憨人国外旅游记

Mark Twain

[美] 马克·吐温 / 著

刘文静 / 译

上海社会科学院出版社
SHANGHAI ACADEMY OF SOCIAL SCIENCES PRESS

前　言

　　本书记载了一次愉快的旅程。如果这次旅程是严肃的科学探险，那么本书就有着科学探险著作所特有的分量、深度，令人印象深刻且晦涩难懂。然而，虽然本书记载的只是郊游野餐之类的琐事，本书也旨在告知读者如何去亲眼观察欧洲和东方，而不是道听途说，人云亦云。我不敢妄自尊大地去告诉大家应该如何欣赏海外的风景名胜——其他书已经做到了这一点。因此，就算我能够胜任，我也无须去做。

　　有人可能会说我的游记风格离经叛道、不拘一格。对此，我心安理得。因为我认为自己公正无私。而且，我确信自己说的至少是实话，别管说的是否英明。

　　在本书中，我摘录了写给旧金山《上加州日报》的通讯。该报的业主已经放弃了版权，并给予了我必要的许可。我还摘录了写给《纽约论坛报》和《纽约先驱报》的几篇通讯。

作者
旧金山，1869 年

目 录

前言	1
第1章	1
第2章	9
第3章	13
第4章	17
第5章	23
第6章	29
第7章	35
第8章	45
第9章	50
第10章	55
第11章	61
第12章	66
第13章	76
第14章	85
第15章	92
第16章	103
第17章	107
第18章	115
第19章	122

第20章	135
第21章	141
第22章	149
第23章	158
第24章	169
第25章	177
第26章	185
第27章	200
第28章	211
第29章	219
第30章	224
第31章	232
第32章	240
第33章	252
第34章	261
第35章	271
第36章	276
第37章	279
第38章	288
第39章	295
第40章	299
第41章	307
第42章	313
第43章	319
第44章	325
第45章	335
第46章	345
第47章	353
第48章	364

第 49 章	_373
第 50 章	_381
第 51 章	_390
第 52 章	_401
第 53 章	_406
第 54 章	_418
第 55 章	_427
第 56 章	_440
第 57 章	_444
第 58 章	_451
第 59 章	_463
第 60 章	_467
第 61 章	_470
结语	_477

第1章

几个月以来,美国各地的报纸都在报道一件伟大的幸事:游历欧洲和圣地巴勒斯坦。这件幸事也成了家喻户晓的谈资。这次旅行不比寻常——这样的旅行以前是难以想象的——因而能以其新颖的视角引人入胜。这次旅行会是一次大型的郊游野餐。这次旅行的组织方式,不是年轻美丽之人齐集丑陋的蒸汽渡船,船上堆满馅饼和炸面圈,汽船沿着某条不知名的小溪逆流而上,下船踏上一块草地,在漫长的夏日里尽情嬉戏,直到精疲力竭,因为他们觉得享乐就是如此。这次旅行的组织方式是,登上一艘巨大的蒸汽船,旗帜飘扬,大炮隆隆作响,跨过诡谲云涌的浩瀚大洋,参观历史闻名的地方,享受一次庄严盛大的度假旅程!他们要在微风和煦的大西洋以及阳光明媚的地中海航行几个月的时间;白天,他们在甲板上走来走去,让船只充满欢叫和笑声,或者在烟囱的阴影里阅读小说和诗歌,或者观察舷侧的水母和鹦鹉螺,搜寻鲨鱼、鲸鱼和其他海洋怪兽;晚上,他们在上层甲板露天跳舞,他们站在好似无边无际的舞厅中央,天似穹庐,繁星明月比油灯更胜一筹,人们翩翩起舞,散步,吸烟,唱歌,求欢做爱,搜寻与"北斗七星"毫无关系的星座,因为他们已经厌倦了北斗七星;他们还会看到二十个国家的舰队——二十个迥异民族的风情和服饰——半个世界的伟大城市——他们还会与贵族亲密接触,友好交谈的对象会是国王、王子、莫卧尔大帝、强大帝国奉天承运的君主!这是一个勇敢的理念;是天才大脑的产物。前期进行了充分的宣传,但结果表明宣传几乎是多此一举：大胆的创新、非凡的特色、诱人的性质、宏大的计划，引起了街头巷尾的热议，成了家喻户晓的新闻。了解到这个项目之后，谁能不动心？谁不想成为其中的一员？我把这个广告挂出来。这个广告几乎就像地图一样完美，完全可以充当本书的正文：

游览圣地、埃及、克里米亚、希腊及沿途景点
布鲁克林，1867年2月1日

在文末签名者将在下一个季节按照上述方案进行游览，行程如下：

精心挑选一等蒸汽船一艘，贴心为您安排，船舱至少可以容纳一百五十人，乘客都经过仔细筛选，人数不超过船只载客量的四分之三。有理由相信本旅行团可轻松就近组成，乘客均为朋友和熟人。

船上提供包括图书馆和乐器在内的所有必需休闲用品。

配有一位经验丰富的医生。

大约于6月1日离开纽约，从大西洋的腹地穿插过去，开始一段愉快的旅程，中途会经过亚速尔群岛，十天之内到达亚速尔群岛的圣迈克尔岛。在亚速尔群岛逗留一两天，享受当地的水果和原生态风光。然后继续旅行，在三四天之内到达直布罗陀海峡。

在直布罗陀海峡盘桓一两天，参观绝妙的地下要塞。参观这些地下坑道的申请会迅速获得批准。

从直布罗陀海峡出发，沿着西班牙和法国海岸航行三天就会到达马赛。在这里，乘客有足够的时间去完成下列的心愿。第一，游览建成于公元前600年的马赛。第二，游览马赛的人工港口，马赛的人工港口是地中海最好的一个。第三，在世界博览会期间参观巴黎。第四，参观美丽的城市里昂，里昂位于巴黎和马赛中间。在晴朗的日子里，可以从里昂的高处清晰地看到勃朗峰

和阿尔卑斯山。乘客也可以在巴黎多停留一些日子，然后经过瑞士，在热那亚再次登船。

从马赛到热那亚一夜即达。游客有机会参观"壮观的宫殿之城"热那亚，并参观哥伦布的出生地。哥伦布的出生地离热那亚十二英里①，拿破仑一世修建的一条美丽的道路把二者连接了起来。从这里出发可以去米兰、科莫湖和马焦雷湖。也可以前往米兰、维罗纳（以其不同凡响的堡垒闻名）、帕多瓦和威尼斯。或者，如果游客想要游览帕尔马（文艺复兴时期绘画大师柯勒乔的壁画闻名天下）和博洛尼亚的话，他们可以搭乘火车去佛罗伦萨，在里沃纳再度登船。这样，就可以有大约三个星期的时间游览意大利的艺术名城。

从热那亚到里沃纳需要沿海岸航行一个晚上。这里会预留时间参观佛罗伦萨，尤其是当地的宫殿和美术馆；比萨，尤其是当地的大教堂和"斜塔"；卢卡，尤其是当地的温泉浴场和罗马圆形竞技场；佛罗伦萨离得最远，乘火车约六十英里。

从里沃纳到那不勒斯（如有人想从这里前往罗马，可以在奇维塔韦基亚登陆）的旅程大约持续三十六个小时，航线规划在意大利沿岸，靠近卡普雷拉岛、厄尔巴岛、科西嘉岛。已经预作安排，让一个领航员在里沃纳上船，负责领航前往卡普雷拉岛的行程。如有可能，可由此前往加里波第②的故乡参观。

罗马（乘坐火车）、赫库兰尼姆、庞贝、维苏威火山、维吉尔陵墓，或许还有帕埃斯图姆遗址都可以参观。还可以看到那不勒斯周边那美不胜收的风景以及迷人的那不勒斯湾。

下一个要去的景点是西西里最美丽的城市巴勒莫。从那不勒斯乘船一个晚上就可以到达巴勒莫。在巴勒莫要逗留一天，晚上离开，驶向雅典。

---

① 1英里约等于1.61千米。（译者注，如无特别说明，本书脚注皆为译者注）
② 加里波第（1807—1882年），意大利军事家，为意大利统一运动做出重大贡献。

沿着西西里岛的北海岸航行，穿过伊奥利亚群岛，斯特龙博利岛和沃坎尼岛就近在眼前了。斯特龙博利岛和沃坎尼岛都是活火山。然后穿过墨西拿海峡，墨西拿海峡的一边是"斯库拉巨石"，另一边是卡律布狄斯漩涡。接着，沿着西西里岛的东岸航行，可以看到埃特纳火山。再沿意大利南岸、希腊的西岸和南岸航行，可以看到古老的克里特岛。溯雅典湾而上，进入比雷埃夫斯港，再有两天半或者三天的时间就可以到达雅典。在雅典停留一阵之后，就穿过萨拉米斯海湾，在科林斯逗留一天，接着继续航行，穿过希腊群岛、达达尼尔海峡、马尔马拉海、金角湾海口，到达君士坦丁堡①。从雅典到君士坦丁堡需要大约四十八小时。

离开君士坦丁堡之后，会取道美丽的博斯普鲁斯海峡，穿过黑海，到达塞瓦斯托波尔和巴拉克拉瓦，大约二十四小时的行程。建议在这里停留两天，参观克里米亚的港口、堡垒和战场；然后穿过博斯普鲁斯海峡返回，停靠君士坦丁堡，让原先留在君士坦丁堡的游客上船；从马尔马拉海和达达尼尔海峡南下，沿着亚洲古老的特洛伊和吕底亚海岸航行，到达士麦那。从君士坦丁堡到士麦那的行程大约需要两天到两天半。会在这里停留足够的时间，参观以弗所。从士麦那到以弗所的铁路里程为五十英里。

从士麦那到圣地的航程会经过希腊群岛，与帕特莫斯岛擦肩而过，经过亚洲的海岸、古老的旁非利亚、塞浦路斯岛。三天之内到达贝鲁特。在贝鲁特会留出时间参加大马士革，然后汽船会驶向雅法。

从雅法出发，可以参观耶路撒冷、约旦河、太巴列海、拿撒勒、贝瑟尼、伯利恒以及圣地的其他名胜古迹。先前选择从贝鲁

---

① 即现在的伊斯坦布尔，曾是罗马帝国、拜占庭帝国、拉丁帝国和奥斯曼帝国的首都，学者们习惯将 1453 年拜占庭帝国灭亡之前的该城称为"君士坦丁堡"，之后的称为"伊斯坦布尔"，在本书中，作者仍使用旧称"君士坦丁堡"。

特出发穿越圣地的人们,可以经大马士革、加利利、迦百农、撒玛利亚,取道约旦河和太巴列海,在雅法再次登船。

离开雅法,下一个历史名城是亚历山大,二十四小时之内到达。恺撒皇宫遗址、庞培柱、克利奥帕特拉方尖碑、地下陵墓群、古亚历山大城遗址,都是值得一看的景点。到开罗的铁路里程是一百三十英里,几个小时即可到达。从此可以参观古城孟菲斯遗址、约瑟的粮仓、金字塔。

从亚历山大就踏上了回家的旅程,经停马耳他、卡利亚里(在撒丁岛上)、帕尔马(在马略卡岛上)三个良港,环境优美,水果丰富。

每个地方停一两天,晚间离开帕尔马,次日清晨到达西班牙的瓦伦西亚。在瓦伦西亚停留几天,瓦伦西亚是西班牙最棒的城市。

从瓦伦西亚出发,继续回家的旅程,沿着西班牙海岸航行。会与阿利坎特、卡塔赫纳、帕洛斯以及马拉加擦肩而过,有一到两英里的距离。二十四小时之内到达直布罗陀海峡。

在直布罗陀海峡停留一两天。接着继续航行到马德拉群岛,大约三天就可以到达那里。马里亚特船长写道:"我知道,在整个地球上,只有马德拉可以给予初次来访的旅客最多的惊喜。"在马德拉停留一两天。如果时间允许,停留时间会延长。接着穿过马德拉群岛,可能看到特内里费峰。接着向南航行,在刮起东北信风的纬度横跨大西洋,预计终日可见温和宜人的天气、平滑如镜的大海。

可以前往百慕大,它就在回家的路线上。从马德拉到百慕大大约需要十天。和我们的朋友百慕大居民小聚之后,即继续回家的航程,中途不再停靠,大约三日内到达。

欧洲相关人士已经提出申请,意欲加入在当地的旅行计划。

这艘船始终会给您宾至如归的感觉。旅客一旦生病,会有善良的朋友陪伴左右,您会得到悉心全面的关怀和照顾。

如果上述港口出现传染病，则不再停靠，选择其他景点替代。

成年游客每人收取旅费一千两百五十美元，现金支付。房间和餐桌席位按照缴纳定金的先后顺序分配；向财务人员缴纳百分之十的旅费之后，方可视为预订成功。

沿途停靠各港口时，旅客可以依据个人意愿停留在船上，不额外收费。所有的摆渡船只费用都包含在了船费之中。

要按时缴纳全款，以便规划出最为完美的旅程，按时开船。

提出旅行申请者，需要得到委员会批准方能得到船票。可以向文末签名者提出申请。

旅客沿途所获特产珍品均可随船免费带回家中。

据估算，每天五美元足够岸上和各个景点的一切花销。游客可以离开汽船数日，在景点参观游览。

经全体游客一致同意的话，旅行可以延长，路线可以更改。

查斯·C. 邓肯

纽约华尔街 117 号

R. R. G，财务人员

申请委员会

J. T. H 先生

R. R. G 先生

查斯·C. 邓肯

择船委员会

W. W. S 船长，保险从业者委员会监督员

C. W. C，美国和加拿大顾问工程师

J. T. H 先生

C. C. 邓肯①

附言——目前已经租赁了漂亮结实的蒸汽船"贵格城号","贵格城号"是舷侧明轮船,将于6月8日离开纽约。政府已经为本次旅行颁发许可证,请求国外各口岸给予优待。

这个旅游项目还有什么美中不足吗?是不是令人无法割舍?确实无懈可击。巴黎、英格兰、苏格兰、瑞士、意大利——加里波第!希腊群岛!维苏威火山!君士坦丁堡!士麦那!圣地!埃及和"我们的朋友百慕大居民"!欧洲人希望加入旅行计划——避免传染病——摆渡船只费用都包含在了船费之中——配有医生——如果游客一致同意的话,可以环游地球——由公正无私的"申请委员会"严格挑选公司——同样公正无私的"择船委员会"严格挑选船只。人类的本性无法抵挡这些令人眼花缭乱的诱惑。我匆忙跑到财务人员办公室,交上百分之十的订金。令人高兴的是,还空着几间特等舱房。那个铁面无私的委员会并未对我的个人情况严加盘查,但我还是挖空心思列举了故乡的头面人物,而这些头面人物可能跟我素未谋面。

不久后发布了项目的补充条款,规定船上会用到《普利茅斯赞美诗集》。然后,我补齐了旅费。

我得到了一张收据,由此正儿八经地成了旅行团的一员。我感到高兴。但是,跟"选入旅行团"的新鲜感相比,这种喜悦之情就有点平淡了。

项目的补充条款也告知游客可以携带下列物品:轻便的乐器,供船上消遣之用;马鞍,用于叙利亚的旅程;绿色的眼镜和伞;面纱,用于埃及的旅程;结实的衣物,用于艰难的圣地朝拜之旅。另外,虽然船上的图书馆能提供大量的读物,但还是建议每个游客都随身携带几本旅游手册、一本《圣经》、几本经典的游记。还附带了一个书目,主要是关于圣地的书籍。因为圣地是旅程的一部分,好像还是重中

---

① C. C. 邓肯即查斯·C. 邓肯(Chas. C. Duncan)的缩写。

之重。

亨利·沃德·比彻教士意欲加入旅行团，但因为另有重要任务，所以被迫放弃了。有些游客大可不必加入，他们也应该愉快地退出。陆军中将谢尔曼本来也要加入旅行团，但是，印第安人战争使得他留在了北美大平原之上。船只的旅客名单上有一个人气正旺的女明星，但她有事无法前往。"波托马克鼓手男孩"弃权了。看呐，一个名人都没剩下！

然而，我们会从海军部领取"一批枪炮"（就像广告里所述的那样），这是用来答谢皇家海军的礼炮。海军部长签署的文件本来是颁发给"谢尔曼将军及其随员"的。凭着这份文件，谢尔曼将军一行可以在旧世界的宫廷和军营得到礼遇。现在，这份文件也留给了我们。但是，我认为，枪炮和文件已多少失去了原来的光彩。然而，我们依然拥有那份诱人的旅行项目，巴黎、君士坦丁堡、士麦那、耶路撒冷、耶利哥、"我们的朋友百慕大居民"。那么，我们还有什么好在乎的？

第2章

在接下来的一个月里,我有时会去华尔街117号,咨询船只的维修和配给情况,平均每天增加了多少游客,委员会每天"枪毙"了多少人,有多少人黯然神伤地离开。令我高兴的是,船上会带一台小型印刷机,每天发行我们自己的报纸。我欣慰地得知,船上配备的钢琴、柜式风琴、簧风琴都是市面上同类产品中最好的。令我自豪的是,乘客之中还有三位传教士、八位医生、十六位或十八位女士、几位陆海军高官、林林总总的"教授"。还有一位先生,名字后面是一串如雷贯耳的头衔:"美利坚合众国派驻欧洲、亚洲和非洲委员!"我已经做好了心理准备,要在船上退居次席,因为资质审核委员会只是一时大意,才通过了我那份煞费苦心搜集的材料。我知道会碰上一大票陆海军英雄,明白可能因此要退避三舍。但是,坦白地说,我根本没想到会有如此天壤之别。

那一串令人眼花缭乱的头衔顿时让我觉得相形见绌。我说,如果那个有权有势的人物一定要搭上我们的船,为什么这么说呢,我猜他一定可以——但是,我认为,如果美国觉得有必要派这么一位大人物远渡重洋,那么,更好更保险的方法是,把这位大人物大卸八块,分门别类装上几艘船只,运到对岸去。

啊哈,其实我大可不必如此紧张。因为委员阁下只是个普通人,他的任务只不过是为那个可怜、无用、无知、迂腐的老古董史密森学会搜集种子、稀罕的山芋、特别的卷心菜、独特的牛蛙。

在这个令人难忘的月份，我兴奋难耐，因为这是我人生当中头一次作为弄潮儿徜徉在盛大的群众运动之中。人人都要去欧洲——我也去。人人都要去著名的巴黎博览会——我也去。总的来说，各条轮船航线每个星期从美国各个港口运出四五千美国人。在那一个月里，如果不是我碰到了十几个马上要动身去欧洲的人，我现在就不会记得那么清楚了。我和年轻的布卢彻先生在纽约晃来晃去，布卢彻先生也预订了这次旅程。布卢彻先生愿意相信别人，脾气温和，不谙世故，是个好旅伴。但是，他不会做出什么惊天动地的大事。对于这次欧洲之旅，他有着不同寻常的看法。他之所以最后加入了旅行团，是因为他觉得所有的美国人都要移民法国。一天，我们走进了百老汇的一家商店，他买了一条手帕。店员没有零钱可找，B先生[①]说：

"不要紧，我到了巴黎再给你。"

"但是，我不去巴黎。"

"怎么——我不明白你说的。"

"我说我不去巴黎。"

"不去巴黎！不去——嗯，那么，你要去美国的什么地方？"

"哪儿都不去。"

"竟然哪儿都不去？不去地球上的任何地方，只待在这里？"

"哪儿都不去，就在这里——整个夏天都在这里。"

我的朋友接过买的手帕，一言不发地离开了商店。他表情凝重，若有所思。在大街上走了一段之后，他打破沉默坚定地说："店员在撒谎——这是我的想法！"

时间到了，旅客们可以登船了。有人把我介绍给一位年轻的绅士，这位年轻的绅士是我的室友，他聪明、乐观、无私、慷慨、耐心、体贴、脾气极好。"贵格城号"上的乘客都认为我的评价恰如其分。我们挑了一个特等舱房，位置在舵轮的前方，右舷，"甲板下面"。舱房里有两个铺位；一个昏暗的舷窗；一个洗涤槽，里面还有

[①] B先生即布卢彻（Blucher）先生的缩写。

个洗脸盆；一个长长的锁柜，其中的衬垫精致华美，既可以当沙发，又可以放东西。尽管摆了这么多家具，还是能挤进来，但就是没法转身，一转身肯定会碰到什么东西。然而，就特等舱房而言，空间已经不小了，方方面面都令人满意。

船只预定在六月初的某个星期六起航。

在那个不同寻常的星期六，刚过了中午，我就赶来登船了。船上乱成了一锅粥。[我以前在某个地方看到过这个说法。]码头上挤满了马车和人；乘客们赶来匆忙登船；船的甲板上堆满了大包小包；一群一群的旅客穿着乏善可陈的衣服，为旅途做好了准备。他们在牛毛细雨中愁眉苦脸，无精打采，就像脱了毛的鸡一样。鲜艳的旗帜升了起来，但也像着了魔一样，靠着桅杆萎靡不振。总之一句话，这就是最为凄凉的一幕！这是一趟愉快的旅程——不可否认，项目里就是这么说的——合同里也是这么规定的——但这一幕确实不具备愉快旅程的基本特点。

最终，伴随着呼哧声、轰隆声、喊叫声，以及汽船的嘶嘶声，传来了一个响亮的命令："解缆开船！"——匆忙跑上舷门——访客急忙上岸——明轮旋转了起来——我们出发了——郊游野餐开始了！码头上的那群落汤鸡发出了两声温和的欢呼；我们在湿滑的甲板上温和地回应；旗帜想要飘扬起来，但是，失败了；"那批枪炮"也没有发言——没有弹药了。

汽船行驶到了港口就抛锚了。还在下雨。不光下雨，而是暴风雨。我们自己都看到了"外面"是波涛汹涌的大海。我们还是得待在平静的港口里，直到暴风雨减弱。我们这些乘客来自十五个州；只有为数不多的人曾经到过海上；显然不能让他们直面火力全开的风暴，因为他们肯定会晕船。傍晚时分，两艘蒸汽拖轮开走了。本来，这两艘蒸汽拖轮一直陪伴着我们，两艘船上是一群纽约年轻人在兴高采烈地开香槟酒会，想用恰如其分的古老传统向我们船上的一位乘客告别。我们形单影只地漂在了汪洋大海之中。海水深达五英寻①，船锚

---

① 1英寻约等于1.83米。

第2章

牢牢地抓住了海底。外面大雨倾盆。这样的鬼天气特别适合报仇杀人，不会留下痕迹。

锣声恰好响起，召集大家祈祷，大家这才松了一口气。如果换做其他愉快的旅行，那么，第一个星期六的晚上可能会玩惠斯特牌、跳舞。但是，客观公正地说，在这样的情况下，我们适合纵情享乐吗？想想我们经历了什么，我们的心境如何。我们应该静静地守候，而不是寻欢作乐。

然而，大海总能带给我们欢乐。那天晚上，波浪起起伏伏，有规律地摇晃着铺位，远处波涛的喃喃低语催我入眠。很快，我就安静地睡着了。把白天乏味的经历抛在了脑后，忘记了关于未来的可怕预感。

第3章

整个星期天都停在锚地。暴风雨已经减弱了许多,但是大海依然不平静。"外面"依然是波浪滔天。用望远镜就能看得清清楚楚。我们不能在星期天正式开始愉快的旅程了;我们的肠胃尚未经受考验,受不了如此凶残的大海。我们必须静静地躺着,直到星期一。我们确实也是这么做的。但是,礼拜和祷告会还是进行了几次;所以,我们依然怡然自得,就跟在其他地方一样。

那个安息日早晨,我早早起来去吃饭。我迫不及待地想去仔仔细细、公平公正地审视一下所有的旅客。因为,此刻正是显露他们本性的时刻——吃早餐的时刻,是卸下伪装和面具的时刻。

令我大跌眼镜的是,船上竟然有这么多的老人——我或许应该说,这么多的德高望重之辈。一眼扫过去,一长溜的人头,让我误以为都是花白头发。但不是的。还是适当点缀着一些年轻人的。还恰如其分地点缀着一些绅士和淑女,年龄不好说,算不上真正的老人,也不是纯粹的年轻人。

次日清晨,我们起锚出海。经历了反复拖延、黯然神伤之后,起锚出海真的让人高兴。我认为,空气从来没有这么欢畅,太阳从来没有如此明媚,大海从来没有如此漂亮。此时,我热爱这次郊游野餐,热爱其中的一切活动。内心所有的邪念杂念都烟消云散;美国逐渐淡出视野,此刻,仁爱之情在胸中升腾,就像辽阔的大洋一样无边无际。此刻,大洋之上波涛汹涌。我想表达自己的感情——我想高歌一曲；但是，我不知道该唱什么，所以，我不得不放弃了唱歌的想法。不过，就算不唱，这艘船好像也没有什么损失。

和风吹拂，令人心旷神怡，但是大海依然波浪滔天。要想昂首阔步，就要小心性命了；有时，船首斜桅就像一杆步枪一样瞄准半空中的太阳。到了下一刻，又像一支鱼叉那样，冲向洋底的鲨鱼。这种感官刺激真是奇妙，你先是感觉到船尾灵活地沉到你的脚下，然后又看到船头攀上高高的云端！这一天，最好的走路姿势就是紧握栏杆不撒手；散步成了一种非常危险的休闲方式。

幸运的是，我没晕船。我为此而自豪。以前，我并非总是幸免于难。在这个世界上，最让人心情愉快、得意忘形的事情就是出海的第一天就肠胃健康，而几乎所有的伙伴都在晕船。很快，一个德高望重之辈出现在了尾甲板舱的门口，他的围巾包着下巴，穿得就像木乃伊一样。船又晃了一下，这位老先生一下子跌进了我的怀里。我说："早上好，先生。天气不错。"

他把手放在肚子上说："哦，我的天！"然后蹒跚着走开了，跌倒在天窗的窗棂旁。

不久，另外一位老绅士从同一扇门猛冲了出来。我说："冷静下来，先生——别着急。天气不错，先生。"

他也把手放在肚子上说，"哦，我的天！"然后跌跌撞撞地离开了。

不久，又有一位老先生从同一扇门忽地一下子跑出来，两手抓着空气，想要得到一根救命稻草。我说："早上好，先生。天气不错。正好娱乐。你要说的是——"

"哦，我的天！"

我就知道他会这么说。不管怎样，我猜对了。我原地不动。可能有一个小时的时间里，老是有老绅士撞过来。我听到他们说的都是"哦，我的天！"

然后，我若有所思地走开了。我说过，这是一次令人愉快的享乐之旅。我喜欢。乘客话并不多，但也好交往。我喜欢这些老年人，但不知道为什么,他们好像都热衷于说"哦,我的天!"

我知道他们怎么了。他们晕船。我因此而高兴。当别人晕船的时候,我们自己安然无恙,这总能让人洋洋自得。外面狂风暴雨,里面是我们借着客舱灯光打惠斯特牌,真是妙不可言;伴着月光走在后甲板上,真是妙不可言;如果不恐高的话,在微风习习的前桅楼吸烟也一样妙不可言;但是,这样的欢乐都无足轻重,乏善可陈,因为还有更可乐的事情,那就是看着晕船的人备受折磨,饱受煎熬。

这天下午,我了解到了大量信息。有一次,船尾高耸入云,我爬上上层后甲板,吸着雪茄,感觉不错。有人突然叫道:"嘿,注意了,这样不行。看看这儿的告示——**舵轮后禁止吸烟!**"

原来是远征队队长邓肯船长。当然,我走上前去。我看到一个长长的小型望远镜,放在一张桌子上,地点在操舵室后面上层甲板的一间特等舱房里。我伸手去拿——远处有一艘船。

"啊,啊——把手拿开!给我出来!"

我出来了。我跟打扫甲板的人说——但是压低声音:"那个留着大胡子、声音刺耳的大块头海盗是谁?"

"是伯斯利船长——副船长——领航员。"

我闲逛了一会儿。然后,想找点更有意思的事情干,我俯下身子,用刀子在栏杆上刻划。有人用温和的口气劝道:"嗯,嗨——我的朋友——你不会是要把这艘船大卸八块吧?你肯定不会这么做的。"

我离开栏杆,看到了打扫甲板的人。

"那里有个家伙,衣着光鲜、面上无须、精神抖擞,是谁?"

"那是 L 船长,船主——大老板当中的一个。"

这段时间,我在操舵室右舷闲逛,发现凳子上有一个六分仪。现在,我的说法是,他们用这个东西来"测量太阳的高度以便确定纬度"。依我之见,我可以通过六分仪看到那艘船。我还没把六分仪凑到眼前,就有人拍着我的肩膀,不以为然地说道:"先生,我不得不要求你把那个东西给我。如果你想了解太阳的高度和纬度,我非常乐意告诉您——但是我不想让任何人碰这个仪器,如果你想算个数——

好的,好的,先生!"

另一边有人叫他,他应声而去。我去找打扫甲板的人。

"那边腿像蜘蛛,身材像猩猩,一脸假正经的家伙是谁?"

"是琼斯船长,先生——大副。"

"嗯。这真完全超出了我的认知范围。你是不是——现在,我以男子汉和兄弟的身份问你——你是不是觉得,我在这儿扔块石头,别管朝哪儿扔,都能砸着这艘船的一个船长?"

"呃,先生,我不知道——我觉得你可能会砸死值班船长,因为他是个——他站在那儿正好挡住路了。"

我向下走去——心事重重,有点儿沮丧。我想,如果五个厨师会做坏一锅汤,那么,五个船长会把一次愉快的旅行变成什么样子?

第 4 章

我们勇往直前,航行了一个星期或者更长的时间,船长之间没有发生任何值得一提的权限冲突。旅客很快学会了在新环境下随遇而安,船上的生活变得机械单调,几乎就和兵营里一样循规蹈矩。我并不是说船上生活乏味,因为一点都不乏味——但就是一成不变而已。在海上生活中,旅客不久就会学会水手的术语,一向如此——这表明,旅客们已经宾至如归,把船当家了。对于这些来自新英格兰、美国南部、密西西比河流域的朝圣者来说,六点半不再是六点半,而是"钟鸣七次";八点、十二点、四点是"钟鸣八次";船长测量经度的时间不是九点,而是"钟鸣两次"。旅客们流利地谈论"后舱""前舱""左舷和右舷"以及"前甲板"。

钟鸣七次的时候,锣声第一次响起;钟鸣八次的时候吃早饭,晕船不严重的人可以吃。然后,身体健康的人就挽着胳膊在长长的散步甲板上走来走去,享受美好的夏日清晨。晕船的人艰难地爬出来,硬撑着挨进明轮罩的背风处,愁眉苦脸地喝茶、吃烤面包,可怜的家伙们。从十一点直到午餐时间,从午餐时间直到傍晚六点,可以做各种各样的事情,也有许许多多的娱乐项目。有些人在阅读,许多人在吸烟和做针线活,只是分属不同群体而已;大海之中怪兽出没,引人关注,令人遐思;陌生船只驶过,需要用戏剧望远镜才能详加查看,众说纷纭,各抒己见,猜测陌生船只的情况;不仅如此,大家都饶有兴致地看着旗帜升起,有礼貌地下降三次,答谢陌生船只的致敬;在吸烟室，总有一些绅士三五成群，玩尤克牌、国际跳棋和多米诺骨牌，尤其是多米诺骨牌这种令人愉悦且没有害处的游戏；在主甲板上，在前舱——放着鸡笼，养着牲畜——我们玩所谓的"马弹"。马弹是个不错的游戏，提供了良好积极的锻炼，令人欢乐兴奋。马弹融合了"跳房子游戏"和打圆盘游戏，使用的是T字形手杖。在甲板上用粉笔画出一个大型跳房子游戏棋盘，给每个分格都标上数字。你站在三四步之外，面前的甲板上放着几个巨大的木质圆盘，你用长手杖把这些圆盘用力推向前去。如果圆盘停在粉笔线条上，则不得分。如果停在第7分区，则得7分；第5分区，5分，依此类推。一局游戏是100分，可以四个人一起玩。在静止的地板上玩这个游戏非常简单。但我们要想打好就需要技术了。我们必须考虑到船只的左右摇晃。情况通常是，估计船会向右晃，然而是向左。结果就是圆盘偏出整个跳房子游戏场地一两码①的距离。然后，一方满面羞惭，另一方哈哈大笑。

当然，下雨的时候，游客不得不待在室内——或者至少待在船舱里——搞点娱乐活动，比如，阅读，观察那天天见的大海，扯些闲话。

到了晚上七点，基本都吃完晚饭了；接着是在上层甲板上散步一个小时；然后，锣声响起，大多数人都来到后舱（上层），这里是一个漂亮的沙龙，五六十英尺②长，用作祈祷室。不信上帝的人称之为"犹太会堂"。祈祷仪式仅仅是唱两首《普利茅斯赞美诗集》里的赞美诗，然后再做简短的祷告，时间很少超过十五分钟。赞美诗由柜式风琴奏乐伴奏，当然，这得是风平浪静的时候，柜式风琴师要能够坐在柜式风琴前面，无须绑在座椅上。

祷告之后，犹太会堂很快变成了写作中心。这类画面以前从未在一艘船上出现过。沙龙里长长餐桌的两侧是奋笔疾书的游客，沙龙从

---

① 1码约等于91.44厘米。
② 1英尺约等于0.30米。

这头到那头也零散分布着奋笔疾书的游客。绅士和淑女在摇曳的灯光下就坐，连续两三个小时笔耕不辍，写下日记。老天保佑！这些日记有个通病，开头长篇大论，却草草收场，虎头蛇尾！这批朝圣者里面可能没有一个人可以拿出整整一百页日记，讲述"贵格城号"头二十一天的旅程。而且，我相当肯定，这些人之中只有不到十个人可以用二十页日记记叙接下来的两万英里的行程！在某些时期，一个人最大的梦想就是在日记本里忠实记录自己的言行；他热情高涨地投入到这项工作之中，因为他相信记日记是世上最纯粹最欢快的娱乐方式。但是，如果他只生活二十一天，他就会发现，要想大胆进取、锲而不舍地写日记，就要具备如下优秀品质：勇气、耐力、忠于职守、立场坚定。

杰克是我们最喜欢的年轻人之一。这个非比寻常的年轻人思维敏捷，颇有见地。他的一双腿令人叹为观止，又长又直又细。他经常在每个清晨兴高采烈、精神饱满地汇报进展，说："哦，我弄得不孬！"（他比较高兴的时候，就有点喜欢说俚语。）"我昨晚上写了十页日记——你知道我前天夜里写了九页，大前天夜里写了十二页。为啥呢，就是图个乐子呗！"

"你都写了什么，杰克？"

"哦，啥都写。每天中午的纬度和经度；过去的二十四小时里，我们行驶了多少海里；我玩的一局又一局多米诺骨牌游戏、马弹游戏；鲸鱼、鲨鱼和鼠海豚；星期天布道的文本（你知道，原因是我家里人吃这套）；我们向别的船致敬，这些船是哪个国家的；风向朝哪，海上风浪是不是大，我们用的什么帆，虽然我们根本不用风帆，基本上都是逆风行驶——我就纳闷了，为啥呢？——莫尔特撒了多少谎——哦，啥都记到日记里！我把什么都记下来了。我爸让我记日记。等我的日记完工了，我爸可不会拿一千美元换我的日记。"

"不，杰克；当你完工的时候，你的日记价值可不止一千美元。"

"你觉得？不，但是你真觉得值吗？"

"是的，当你完工的时候，至少价值一千美元。可能更值钱。"

"呃，我自己半信半疑。这本日记应该不是怂货。"

但是，杰克的日记很快变成了最可悲的"怂货"。一天晚上，在巴黎，经过一天辛苦的观光游览之后，我说："现在，我要出去，到咖啡馆逛一会儿，杰克。你有机会写你的日记了，老伙计。"

他的脸失去了光彩。他说："呃，不，你不用放在心上。我想我再也不写日记了。写日记非常烦人。我想我得有四千页没写。关于法国，我一点儿都没写。一开始，我想不写法国，重新开始。但这样不行，是吧？老爸会说，'哈罗，这里——在法国啥都没看吗？'你知道，这可不行。一开始，我觉得应该从旅游指南里抄抄法国的内容，就像前舱的老巴杰那样。老巴杰在写一本书，但是抄了三百多页。哦，我觉得日记根本没啥用——你觉得呢？日记就是个麻烦，不是吗？"

"是的，没写完的日记没有太大用处，但是当你完工的时候，记叙恰当的日记价值一千美元。"

"一千！好，我应该这么想。就算给我一百万，我也不写了。"

他的经历代表了舱中夜校奋笔疾书的大多数人的经历。如果你想残酷无情地惩罚一个年轻人，就让他写一年的日记吧。

船上采取了许多方法来让游客身心愉悦、心满意足。全体游客组建了一个俱乐部。祷告之后，俱乐部成员在写作中心碰头，高声朗诵我们正在接近国家的情况，并讨论由此得来的信息。

有几次，远征队的摄影师拿出他的透明照片，给我们放映漂亮的幻灯片。他播放的大多数是国外风景，但是其中也有一两张祖国的图片。他通知我们他会"于'钟鸣两次'（晚上九点）的时候在后舱放映幻灯片，并告诉游客他们最终会到达什么地方"——真是皆大欢喜。但令人啼笑皆非的是，映在帆布上的第一幅图片是凄凄惨惨的格林伍德公墓！

在几个繁星闪烁的夜晚，我们在上层甲板的天棚下跳舞，把船上的许多灯挂在柱子上，像模像样的，有点舞厅灯火辉煌的味道。奏乐的时候鼓角争鸣，乱成一团。一台簧风琴发出呼哧呼哧的声音，在需要放声演奏的时候经常歇气。一支单簧管，奏高音不太可靠，低音则悲凉凄惨。一台名誉扫地的手风琴，有的地方漏风，声音越强，漏风越严重——对于这三件乐器，我真是无话可说了。然而，舞蹈比音乐差多了。船向右舷晃的时候，那群跳舞的人也随着船冲向右舷，在栏杆附近挤作一团；船向左舷晃的时候，他们就张牙舞爪地涌向左舷，无一例外。跳华尔兹舞的人身处险境，旋转了大约十五秒钟，然后转向栏杆，像是要跳海。在"贵格城号"上跳弗吉尼亚旋转舞是真正闻所未闻的旋转，观众们兴致勃勃，舞者奋不顾身，险象环生。最后，我们放弃了跳舞。

我们用烤面包、演讲和诗歌为一位女士庆祝生日。我们还举行了一次模拟审判。所有出海的船都在船上进行过模拟审判。事务长被指控从10号特等舱房盗窃了一件大衣。我们任命了法官；还有书记员、法庭传呼员、法警、治安官；检察官和被告辩护律师；证人被传唤到庭，经过多次公示与异议才组成了陪审团。证人愚蠢、不可靠、自相矛盾，证人一直就是这个德性。律师夸夸其谈、能言善辩、恶意诋毁对方，这就是律师的特点和本性。最后，案件被提交，并由法官正式结案，判决荒唐可笑，经不住推敲。

有几个夜晚，年轻的绅士和淑女在船舱里玩字谜游戏，事实证明在所有的娱乐实验之中，这是最为出类拔萃的成功项目。

还有人试图组织一个辩论俱乐部，但最终失败。船上没有口若悬河的天才。

我们都过得快活——我认为完全可以这么说，只是娱乐方式比较平静而已。我们很少弹钢琴；我们一起吹长笛和单簧管，也可以奏出动听的音乐，极尽美妙之能事，但是我们总是老调重弹；调子非常美妙——我能回忆起那美妙的曲调——我在想，我何时会忘掉这个曲调。除了祈祷的时候，我们从不弹奏簧风琴或者风琴——但是，我说得太快了：年轻的阿尔伯特确实懂得一些曲调，比如"哦，这样或那样，得知他就是某某人的名字多么地甜蜜"（我记不清楚确切的名字了，但是我知道这个曲调缠绵悱恻，催人泪下）；阿尔伯特一直弹奏这首曲子，直到我们要求他少弹一些。但是，在月光之下，没人在上层甲板唱歌。教堂会众的歌唱和祷告很难做到整齐划一。我尽量忍受，然后加入进去并努力改善这种情况，但是，年轻的乔治也随我加入了进来，我的努力因此成了泡影；因为乔治正在变声，当演唱低沉的男低音时，他往往压不住声音，搅得大家高音喧哗，乱作一团。乔治也不懂曲调，这也是他演唱的一个软肋。我说："嘿，嗨，乔治，不要即兴演唱。这样唱太自私自利了，会遭人非议的。就像别人一样一直唱《加冕礼》。这是一个挺好的曲调——不能像这样任意拔高，想怎么唱就怎么唱。"

"为什么呢，我并没想任意拔高——我在和别人一样歌唱——就是按照曲谱唱的啊。"

他也确实发自内心地认为自己是照谱演唱。有时，他唱到一半就哑巴了，牙关紧闭，一言不发。对此，他也怪不得别人，只能怪自己。

有些不敬上帝的人认为持续不断的逆风是源自令人沮丧的合唱音乐。有人公开说，这种可怕的音乐能进行下去纯粹是在碰运气，就算唱得再好，也白搭；让乔治帮忙就是罪孽深重的表现，是对上帝的公然冒犯。这些人说，如果合唱团继续这样不管不顾地唱下去，那么，总有一天，暴风雨会降临，让这艘船沉入海底。

甚至有人抱怨祷告。副船长说朝圣者缺乏仁爱之心："他们在那儿，每晚钟鸣八次的时候都在，祈祷顺风——他们也和我一样非常清楚，在一年的这个时候，这是唯一一艘往东开的船，但是，有一千艘在往西开——我们是顺风，他们就是逆风——上帝为一千艘船刮顺风，而这帮子人却想让上帝完全转变风向，来为一艘船提供便利——而且这还是一艘蒸汽船！这真是缺乏判断力，缺乏合理的理由，缺乏优秀的基督徒精神，也缺乏人类普遍的仁爱之心。停止胡说八道吧！"

第5章

如水手们所说,"别管顺风还是逆风",我们都心情愉快地用了十天时间从纽约行驶到亚速尔群岛——速度不快,因为距离仅为两千四百海里①,但总的来说,旅途还是极为愉快的。确实,我们一直处于逆风之中,几场使百分之五十的乘客晕船卧床的风暴,也使得这艘船看起来死气沉沉、悄无声息——许多乘客直到如今都对这几场风暴记忆犹新,因为他们在颠簸的甲板上体验到了风暴,曾被大片的浪花裹挟,船头刮来的风不时把大片的浪花高高扬到空中并像雷阵雨一样席卷我们的船;但在大多数情况下,夏夜的天气温和宜人,甚至比白天更加美好。我们看到,每个夜晚的同一时间,满月挂在天空的同一位置。一开始,我们不明白月亮为什么会这样,但后来就豁然开朗了,我们在快速向东进发,每天都在增加大约二十分钟——我们每天赢得的时间差不多正好赶得上月亮。我们家乡的朋友看到的是下弦月,但是,对于我们这群约书亚②来说,月亮始终保持在原地,而且一直就是那么大小。

年轻的布卢彻先生来自美国远西地区,是第一次出来旅行,变来变去的"船上时间"令他非常担忧。一开始,他为自己的新手表自

---

① 1海里约等于1.85千米。
② 约书亚是《圣纪》中的人物,继摩西成为以色列人的领袖,带领以色列人离开旷野进入应许之地。

豪。每当中午钟鸣八次的时候,他就立刻把表拽出来。但是,过一会儿他又会看看表,好像是怕表走不准。离开纽约后的第七天,他登上甲板,斩钉截铁地说:"这个东西是个劣质产品!"

"什么是劣质产品?"

"为什么呢,这块表。我是在伊利诺伊州买的——花了一百五十美元——而且我觉得这块表不错。这表在岸上确实走得准,但不知道为什么,在水上就走得慢了——可能是晕船了。这块表会漏拍;十点半之前一切正常,然后,突然之间,就慢下来了。我把那个老旧的快慢针越调越快,直到整整调了一圈,但还是一点儿不起作用;中午之前,我的表比船上所有的表都快,滴滴答答稳稳当当,但是之后钟鸣八次的时候,我的表就慢十分钟了。我都不知道怎么办了。表是在努力工作——也在努力向前走,但还是无济于事。现在,你知道吗,船上没别的表比我的表走得更准了,但这样能说明什么呢?当你听到钟鸣八次的时候,你就会发现我的表肯定会慢上大约十分钟。"

我们的船每三天就增加整整一个小时,这个家伙努力让表走快点,跟上时间增加的速度。但是,就像他说的那样,他已经把快慢针调到最快了,而且他的表在"努力向前走",因此,他无能为力,只能交叉着双手,看着船赢得这场赛跑。我们让他去找船长,船长给他解释了"船上时间"这个神秘现象,他纠结的心获得了平静。在我们离开之前,这个年轻人又多次询问关于晕船的事情,想知道晕船的症状,以及怎么才能判断出来自己晕船。他明白了。

当然,我们看到了司空见惯的鲨鱼、虎鲸、鼠海豚,等等。而且,渐渐地,大群大群的僧帽水母也加入到了日常海洋奇观名单之中。有些是白色的,有些是鲜艳的胭脂红色。鹦鹉螺就像是一团透明的果冻,展开身子,借助风力,伸出一根根一两英尺长的像肉一样的触须漂浮在水中,以便使身体保持平衡。鹦鹉螺是优秀的水手,有着水手一样敏锐的判断力。当风暴即将来临或者风力较强的时候,鹦鹉螺就收起自己的风帆,藏得严严实实的。当狂风大作的时候,鹦鹉螺就沉到水底。通常,鹦鹉螺都会翻滚身体并把风帆浸泡在水里一会儿，以便使风帆保持湿润和良好的驱动状态。海员说，只有在三十五度纬线和四十五度纬线之间的海域才能发现鹦鹉螺。

6月21日早晨，钟鸣三次的时候，我们被唤醒了，有人告诉我们亚速尔群岛已经遥遥在望。我说我在凌晨三点对岛屿一点儿兴趣也没有。但是，又来一个打扰好梦的家伙，一个接一个。最后，我认为，因为全船热情高涨，所以没人能够睡个好觉。我从床上爬起来，睡眼惺忪地走上甲板。现在是五点半，一个阴冷潮湿、狂风呼啸的清晨。乘客们在烟囱周围缩成一团，蜷在通风口后面，人人都裹着冬天的衣服，一脸睡相，心情不悦。因为，狂风呼啸，浪花飞溅。

遥遥在望的岛屿是弗洛里斯岛。给人的感觉仅仅是，大海单调的雾霭之中一座用泥巴堆成的山丘钻了出来。当我们向弗洛里斯挺进的时候，太阳出来了，营造出一幅美丽的画卷——满眼都是绿色的农场和草地，隆起达到了一千五百英尺，山丘的上部已经与云雾混合到了一起。岛上有锋利、陡峭的山脊和狭窄的裂谷，处处有高耸的岩石，它们的形状仿佛城垛和城堡；大片的阳光从云层缝隙中透出来，为山顶、山坡和峡谷染了色，像火焰的带状物，还有暗淡的阴影带。这是流放到夏日之土的北极光！

我们环绕岛屿行驶了三分之二的周长，离岸四海里。船上所有的戏剧望远镜都用来解决两个争议。第一，高地上绿油油的地方是树丛还是草丛？第二，海边白色的村庄是真的村庄，还是墓园里一块块的墓碑？最终，我们离开弗洛里斯，驶向大海，改变航线顺风行驶，目标圣米格尔岛。不久，弗洛里斯就再度变成了圆圆的土丘，隐入了雾霭之中，消失了。但是，对于许多晕船的乘客来说，再次看到青翠的群山是一件高兴的事情。此后，一切都更加出乎意料地欢快起来。而此前，我们起得太早，令人头疼。

但是，我们去圣米格尔的计划需要修改了，因为大约在中午的时候，暴风雨来了。船只颠簸起伏。按照常理，我们得找个避风的场所。因此，我们转向群岛中最近的岛屿——法亚尔岛（Fayal，当地人称其为菲奥岛［Fy-all］，第一个音节重读）。我们在小镇奥尔塔的

第5章

开放式港外锚地停泊,离岸半海里。小镇上有八千到一万的居民。雪白的住宅掩映在无边无际的翠绿色植被之中,相得益彰,这是世上最为美丽和动人的小镇。小镇坐落在群山环抱的山坳之中,这些小山的高度从三百英尺到七百英尺不等,从山脚到山顶都是精耕细作的土地——没有一英尺土地是闲置的。每个农场、每一英亩①,都被切分成石墙环绕的小方块,石墙的功能是保护农作物免受当地肆虐的狂风侵害。这成百上千个绿色方块,被黑色的熔岩墙壁所分割,使得一座座山丘就像是巨大的棋盘。

这些岛屿属于葡萄牙,法亚尔岛上的一切都充满了葡萄牙特色。但是,关于此事,容日后再谈。来了一群葡萄牙人船夫,肤色黝黑,声音吵闹,满口谎言,耸着肩膀,打着手势。他们耳朵上戴着铜环,心怀鬼胎,爬上船沿。我们好几拨人都和他们讲好价钱,让他们带我们上岸,每人都被课以高价,不过用哪国的银币交钱都行。我们在一座小型堡垒的墙根登陆。这座小型堡垒装备着十二磅炮和三十二磅炮,被奥尔塔居民当作固若金汤之作。但是,如果我们用一艘铁甲炮舰攻击它,那么,他们就必须把堡垒搬迁到乡下去,别无选择。那么,当他们需要这座堡垒的时候,还可以再找到这座堡垒。码头上是一群黯淡无光之人——男人和女人、男孩和女孩,都穿着破衣烂衫,赤着脚丫,头发没梳,污垢满身。他们就是天生的,也是后天培养的职业乞丐。他们成群结队地跟在我们后面,我们在法亚尔岛的时候就没能甩掉他们。我们在主路的中间行走,这些肮脏污秽的家伙把我们包围起来,对我们怒目而视;每时每刻都有兴奋的男女冲到队伍的前头,然后回过头来仔细打量,就像村童的做法一样,村童喜欢跟着沿路做广告搞宣传的大象走遍大街小巷。成为大街上万众瞩目的焦点真让我受宠若惊。一路上都能看到女人们在门口,戴着时尚的葡萄牙兜帽。葡萄牙兜帽是用深蓝色的布匹做成,附着在同样材质的斗篷上,奇丑无比。兜帽高高耸立,向外延伸,深不可测,样子就像马戏团的

---

① 1英亩约等于0.40公顷。

帐篷。女人的头部深深地埋在兜帽里。无独有偶,歌剧舞台上也有人深藏在铁皮屋里给演员提示台词。他们把这种兜帽称作卡波特。这个巨大的卡波特上没有一点儿装饰品——就像是一个巨大的风帆,简单、丑陋、蓝得瘆人。女人戴上了这种东西,无论哪个方向来风,都寸步难行。女人只能顺风而行,否则就无计可施了。在所有的岛屿上,卡波特的样式都大同小异,在接下来的一万年里也会保持不变。但是,每个岛屿上的卡波特也都有自己的鲜明特色。这样,别人一眼就能看出来一位女士来自哪个岛屿。

葡萄牙硬币里斯真是个奇葩。一千个里斯才等于一美元,所有的金融估价都以里斯为单位。后来,是布卢彻让我们明白了这个情况。布卢彻说,再次踏上坚实的土地令他喜不自禁、感恩戴德,因此,他想款待别人——说他听说此地物价不高,所以要举行盛大的宴会。他邀请了我们之中的九个人,我们在当地大酒店里享用了丰盛的大餐。席间,气氛热烈,香烟缭绕,觥筹交错,人们谈着差强人意的逸闻趣事。此时,店主拿来了账单。布卢彻扫了一眼账单,面色阴沉了下来。他又看了一眼,确保自己没有看错,然后用颤抖的声音大声读出了消费项目,面颊的红润也变成了铅灰色:

"'十份正餐,每份六百里斯,共计六千里斯!'完了!"

"'二十五支雪茄,每支一百里斯,共计两千五百里斯!'哦,我的亲娘呀!"

"'十一瓶酒,每瓶一千两百里斯,共计一万三千两百里斯!'老天保佑!"

"'**总共,两万一千七百里斯!**'受苦受难的摩西啊!船上的钱都不够付这个账单!走吧——让我一个人扛吧,兄弟们,我没救了。"

我认为,这种哑口无言的聚会真是闻所未闻。大家都说不出一个字来。好像人人都已经目瞪口呆。酒杯慢慢地放在了桌子上,大家滴酒未沾。雪茄从麻木的手指间滑落。大家面面相觑,但在对方的眼睛里都发现不了一丝希望,也找不到一点儿鼓励。最后,可怕的沉默被打破了。布卢彻的脸上阴云密布,但却呈现出坚定果断、奋不顾身的表情，他站起来说："店主，这是个拙劣、卑鄙的骗局，我绝对无法忍受。这是一百五十美元，先生，你就只能得到这么多了——杀了我也再拿不出一个子儿了。"

我们高兴起来，而店主却拉下了脸——至少我们认为是这么个情况；他肯定是糊涂了，虽然他一个字都没听懂。他看了看那一小堆金币，又看了看布卢彻，如此反复几次，然后走了出去。他肯定去找了个美国人，因为当他回来的时候，他带了一份翻译好的账单，基督徒可以看得懂——账单如下：

十份正餐，共计六千里斯，或者六美元
二十五支雪茄，共计两千五百里斯，或者二点五美元
十一瓶酒，共计一万三千两百里斯，或者十三点二美元
总计两万一千七百里斯，或者二十一点七美元

布卢彻的盛宴再次充满了欢乐。我们又要了一些茶点。

第6章

我认为亚速尔群岛在美国肯定默默无闻。整个船上没有一个人知道亚速尔群岛的一星半点。聚会上的一些人了解了关于大多数其他地方的信息，但是只知道亚速尔群岛是大西洋中位置偏僻的群岛，由九个或者十个岛屿组成，处于从纽约到直布罗陀海峡行程过半的地方。仅此而已。因此，我要在这里赘述一段枯燥的内容，介绍一下亚速尔群岛。

这里是一个典型的葡萄牙社区——也就是说，缓慢、贫穷、缺乏变通、昏昏欲睡、懒懒散散。亚速尔岛有一个民政总督，由葡萄牙国王任命，民政总督兼任军事总督，可以获得最高统治权并随心所欲地推翻民政政府。亚速尔群岛有大约二十万人口，几乎都是葡萄牙人。一切都一成不变、固步自封，因为哥伦布发现美洲大陆的时候，葡萄牙已经有一百年的历史了。这里的主要农作物是玉米，他们种植玉米，然后碾碎，重复着曾曾曾祖父的做法。他们用包裹着一点儿铁片的板子犁地；男人和女人拉着微不足道的耙子；小小的风车碾碎玉米，一天碾十蒲式耳①，一个副手负责往风车里加玉米，一个总指挥站在旁边，防止副手睡着。当风向改变的时候，他们套上几头驴，实际上是拉动风车的整个上半部分，直到风叶到达合适位置。其实，较好的做法是调整风车部件，这样转动的就是风叶，而不是风车。他们

---

① 蒲式耳是计量单位，在美国，1蒲式耳相当于35.24升。

沿用传说中玛士撒拉时代的做法，让牛踩掉麦穗上的颗粒。这片土地上一辆独轮车都没有——他们运送东西的工具是脑袋、驴子、一种柳条编的两轮小车。这种两轮小车的轮子是实心木料，车轴随着轮子一起转动。岛上没有现代化的犁，也没有脱粒机。引进这些设备的所有努力都归于失败。那些虔诚的葡萄牙天主教徒在自己身上画十字，祈祷上帝让葡萄牙人摒弃亵渎上帝的私心杂念，仅仅萧规曹随、子承父业就好。气候是温和的；从不下雪，也不结冰，我也没有在小镇上看到烟囱。一家中的驴子、男人、女人和孩子都在同一间屋子里吃饭睡觉。屋子里污秽不堪，蚊虫肆虐，倒也其乐融融。这些人满嘴谎话，欺骗游客，极端无知，对逝者也颇不恭敬。就此看来，他们比与他们同吃同住的驴子强不了多少。在这个小镇上，衣冠整齐的只有六个富裕的家庭、耶稣会神父、一座小兵营里的士兵。一个劳动力每天的收入是二十到二十四美分，优秀技术工人的工资大约翻一番。他们以里斯计算，一千里斯兑换一美元，他们因此而富裕阔绰、心满意足。这座岛屿本来种植着优质的葡萄，酿造并出口品质优良的葡萄酒。但是，十五年前，一场病害杀死了所有的葡萄树。从那时起就再也不酿酒了。这几个岛屿都是由火山喷发形成的，土地肯定非常肥沃。几乎每一英尺的土地都得到了开垦，每一种庄稼都可以每年两熟或者三熟，但是，除了一些橙子之外并不出口任何东西——橙子主要销往英格兰。没人到这儿来，也没人离开。法亚尔岛上就没有新闻。岛民压根儿就没有打探新闻的想法。一个智商正常的葡萄牙人问我们美国内战是不是已经结束了。他说，原因是有人告诉他美国内战结束了——或者，他是突然想起有人在以前说过类似的话！有的乘客把几份《论坛报》《先驱报》《纽约时报》送给军营里的军官。他吃惊地在报纸上看到了关于里斯本的最新信息，但是每月来小岛的蒸汽船带来的信息就要慢上半拍了。我们告诉他这是电报发来的信息。他说，他知道早在十年前这里就要铺设电缆。但是，据他所知，这事出于某种原因没有成功！

就是在这样的社区，耶稣会的坑蒙拐骗才大行其道。我们参观了一座约有两百年历史的耶稣会大教堂,看到了一个货真价实的钉死耶稣的十字架。十字架光亮坚硬,保存良好,就好像耶稣受难那可怕的悲剧就发生在昨天一样。而实际上,耶稣受难是十八个世纪以前的事情了。但是,这些易被蒙骗的人却毫不犹豫地认为这块木头是真的。

大教堂里有一个附属小教堂,小教堂里面有一个祭坛,涂料是纯银的——至少他们是这么说的,但是依我看,纯度也就是有个百分之八九十(按照银矿矿工的说法)——祭坛前是一盏小小的长明灯。一位虔诚的女士去世了,留下了一笔钱,要求用无限的弥撒来让她的灵魂安息,还规定这盏灯要始终亮着,日夜不熄。你明白,她死前就完成了遗嘱。灯极小,非常昏暗。我觉得就算这盏灯完全熄灭了,也对她没什么大的伤害。

大教堂里的大祭坛、三四个小祭坛,都是金玉其外,败絮其中,华而不实,徒有其表。在这些华而不实的东西周围,是一群生锈、肮脏、损坏的使徒。有的只有一条腿。有的一个眼珠子掉出来了,另一个眼珠子却顽强地留在原地。有的缺了两三个手指头。有的鼻子少了一块,都没法擤鼻涕了。所有的使徒都是残疾的,令人沮丧,与其留在大教堂里,还不如送去医院。

高坛的墙壁都是陶瓷做成的,满是接近真人大小的人像,衣着精致华美,都是两个世纪以前的奇装异服。画面表现的是事物或者人物的历史,但是,我们孤陋寡闻,读不懂画上的故事。有一位老神父,在附近的一块石头下安息,他死于1686年。如果他能从坟墓里爬出来,他肯定会告诉我们画面上的历史。但是,他没爬出来。

我们穿过小镇,碰到了一队小毛驴,小毛驴都上好了鞍子以备乘骑。别管怎么说,鞍子是独具特色的,就像一个锯木架之上放着一个小垫子,这件家具盖住了毛驴的半个身子。没有马镫,马镫之类的支撑物实属多余——坐在这样的鞍子上就像骑在一张餐桌上——这种结构足够支撑膝关节。一群衣衫褴褛的葡萄牙赶驴人围着我们,说半美元可以乘骑一小时他们的驴子——对待外国来的游客非常流氓,因为市场价是十六美分。我们中的六个人骑上这些丑陋的家伙,尊严扫地,大出洋相,在有一万人口的镇上招摇过市。

我们开始了。不是快步跑,不是急速飞奔,也不是慢跑,而是横冲直撞。所有可能的、可以想象得到的步法都包括了在内。没必要使用马刺。每头驴子都配了一个赶驴人,还有一打的志愿者在旁边。他们用赶牛棒打驴,用鞋钉扎驴,发出类似"色可亚!"的声音,吵吵闹闹,叫个不停,混乱程度超过了疯人院。这些流氓都是步行,但是不要紧,他们总是准时到达——他们比驴跑得快,也比驴耐力好。总之,我们的队伍生动活泼,别具一格。无论我们走到哪里,都有人蜂拥到阳台上围观我们。

布卢彻根本对付不了他的驴子。这个畜生以之字形跑过街道,其他的毛驴因而撞到了这头畜生身上;它把布卢彻蹭到两轮小车上,蹭到房子的角落里;街道的两旁砌着高大的石头围墙,驴子让他碰了这边,又磕了那边,但是,就是不走中间的正道;最终,这头驴来到自己出生的那座房子里,冲进客厅之中,在门口把布卢彻碰了下来。重新披挂上驴之后,布卢彻对赶驴人说:"嗯,行了,你知道的;以后你走慢点吧。"

但是,这个家伙不懂英语,不知道布卢彻在说什么,所以,他只是说,"色可亚!"驴子又像子弹一样飞了出去。驴子突然拐过一个街角,布卢彻越过驴脑袋上跌了下来。不夸张地说,所有的驴子都被他们两个绊倒了,整个驴队乱成一团。无人受伤。从这种毛驴身上跌下来就和从沙发上滚下来差不多,没有大的伤害。这场灾难之后,驴子都静静地站着,等候吵闹的赶驴人把掉下来的鞍子收拾整齐,再度安装上去。布卢彻非常生气,想骂街,但是,每当他张开嘴的时候,他的坐骑也放声大叫,发出一连串的吼叫声,把所有的声音都淹没了。

骑上毛驴,匆匆忙忙地绕行微风吹拂的山岗,穿过风景秀丽的峡谷,令人心情愉快。这是一次新鲜的猎奇之旅;骑驴而行新颖、脱俗、令人兴奋、心旷神怡。比国内那些玩腻的古董游戏要强一百倍。

岛上的道路就是个奇观,我们完全可以这么说。这个岛上人烟稀少——两万五千人——在美国,你只能在中央公园发现如此优良的道路。别管你走到哪里，朝哪个方向走，你都会发现两种道路之中的一种。第一种是主干道，坚硬、光滑、平坦，点缀着黑色熔岩沙粒，两边是小型排水沟，排水沟里是光滑的小鹅卵石。第二种是那种像百老汇一样铺设得紧密结实的道路。在纽约人们大谈特谈俄罗斯石砌小路，称其为新发明——然而，在大海之中，在这个遥远的小岛之上，此种道路已经有了两百年的历史！奥尔塔的每条道路都赏心悦目，用沉重的俄罗斯大石铺就，路面整洁，就和地板一样——不像百老汇那样斑驳杂乱、布满孔洞。每条道路的两边都围以高大、坚固的熔岩墙壁，会在这片不知霜冻为何物的土地上延续一千年。这些墙壁非常厚实，通常抹着灰浆，涂着白粉，上面还耸立着一块块经过切割的条石。墙上建有花园，树木垂下摇曳的卷须，卷须青翠碧绿，与墙上的白粉或者黑色熔岩相互衬托，美丽绝伦。树木和藤蔓有时穿过狭窄的街道，遮蔽太阳，因此，你好像是在隧道里骑行。石砌小路、大路、桥梁都是由政府修建的。

桥梁是单孔桥——单拱——由经过切割的石头建成，没有支撑，桥面上砌着熔岩石板，装饰着鹅卵石。处处是墙、墙、墙，所有的墙都别具一格、耐人寻味——而且会亘古屹立；处处是匠心独运的石砌小路，非常整洁、光滑、坚不可摧。如果在世界上有一处地方，道路、街道、房屋外面都一尘不染、毫不泥泞、清洁卫生，这个地方就是奥尔塔，就是法亚尔岛。下层社会的人自身肮脏，住所也脏——但仅此而已——小镇和岛屿都干净得出奇。

跑了十英里之后，我们终于回去了。不屈不挠的赶驴人在我们的脚下奔来跑去，赶着驴子，一直叫着"色可亚"，用糟糕的英语唱着《约翰·布朗的尸体》。

我们下了驴，要付账了。赶驴人之间，赶驴人与我们之间，吵吵嚷嚷、唠唠叨叨、咒骂争吵，几乎震耳欲聋。一个家伙说骑他的驴一小时一美元；另一个宣称为我们赶驴要收半美元，还有一个说自己帮忙赶驴要求我们付四分之一美元，还有大约十四个向导要我们付钱，因为他们为我们指明了穿越小镇及周边的道路；这伙无赖一个比一个更吵闹，动作也更激烈、更疯狂。我们给一个向导支付了报酬，还按每头驴一个赶驴人支付了报酬。

　　一些岛屿上的群山非常高。我们沿着皮可岛的海岸线航行。岛上是巍峨的青翠群山，就像金字塔一样。山峰高耸入云，连绵不绝，高达七千六百一十三英尺。山顶直插云霄，耸立于白云之上，就像漂浮于雾中的岛屿！

　　当然，我们在亚速尔群岛搞到了许多新鲜的橘子、柠檬、无花果、杏，等等。但是，我就说到这儿了。我不是在这儿写专利局报告。

　　我们踏上了前往直布罗陀海峡的旅程。离开亚速尔群岛五六天之后就可以到达。

第7章

这一周始终是暴雨如注,波浪滔天。这一周,人们眩晕呕吐,船舱空无一人。这一周,上层后甲板上浪花飞溅——肆虐的浪花之下,烟囱从上到下都结了一层厚厚的白色盐霜。这一周,我们白天蜷缩在救生艇和甲板室发抖,夜晚则聚集在吸烟室里吞云吐雾,在喧嚣窒息的环境里玩骨牌游戏。

这一周的最后一个夜晚,暴风雨达到了极致。没有雷声,有的只是船头击水,狂风呼啸,扫过张帆索的狂风发出尖锐的口哨声,海水像沸腾了一样奔涌咆哮。但是,帆船先是高高跃起,好像要登上云端——然后猛然顿住,就像停顿了一个世纪,接着再一头栽下,就像坠下悬崖那样。层层叠叠的浪花像瓢泼大雨一般浸透了甲板。四周一片漆黑。一道闪电偶尔刺破黑暗的夜空。在曲曲折折的光线之下,是起伏的波涛,白茫茫的海面上空空如也。深色的张帆索被罩上了一层闪闪发亮的银边,人们的脸也被照得惨白可怖!

许多人本来是不喜欢夜风和浪花的,此刻也在恐惧的驱使下涌上了甲板。有人觉得船会在这个夜晚沉没。站在狂风暴雨之中,看着险象环生,心惊肉跳,好像并没那么可怕。真正可怕的是困在阴森可怖的船舱之中,在昏暗的光线之下胡思乱想:外面的大洋之上到底发生了什么可怕的事情。钻出船舱之后——呈现在眼前的是暴风雨肆虐妄为,船只苦苦挣扎——耳边是狂风在尖声怪叫,浪花扑面而来,闪电照亮了一幅壮美的画面。此刻,他们不由自主,情不自禁,驻足观看。这是一个疯狂的夜晚——一个非常、非常漫长的夜晚。

6月30日早晨7点，人们奔走相告，涌上甲板，喜形于色，陆地已经遥遥在望了！久经风暴的脸上喜气洋洋，虽然风暴的淫威依然隐约可见。但令人高兴的是，船上所有的乘客又一次聚在了一起。这一幕并不多见。然而，无神的眼睛很快闪现出了欣喜的色彩，苍白的面颊又一次红润起来。在这阳光明媚、心旷神怡的清晨，曾经饱受晕船折磨的躯体迅速吸纳了清晨朝气，恢复了生气。是的，更为重要的是饱受折磨的落难之人将要看到幸福的彼岸！——看到幸福的彼岸就像是回到那魂牵梦绕的故土。

不到一个小时的时间，我们就完全进入了直布罗陀海峡，右边是非洲的高山，高山上点缀着黄色的锈迹。山脚笼罩在蓝色的雾霭之中，山顶被云雾所包围——《圣经》里也提到了同样的东西："云雾和黑暗笼罩着大地。"我认为《圣经》里这句话说的就是直布罗陀海峡右岸的非洲大陆。左边是花岗岩砌成的宏伟古代西班牙建筑。直布罗陀海峡的最窄之处仅有十三英里。

在西班牙沿岸经常可以看到风格奇特的古老石塔——我们认为是摩尔式建筑——但后来我们知道事实并非如此。从前，摩洛哥土匪经常驾船沿着加勒比海航行，寻找合适的机会，然后猛地冲上去，占领一个西班牙村庄，抢走发现的所有美女。这是个一本万利的买卖，大受欢迎。西班牙人在山上建造瞭望塔，密切关注摩洛哥人贩子。

另一方面，千篇一律的大海让人审美疲劳。在我们的眼中，西班牙风情就是一幅美轮美奂的画面。船上的人渐渐变得兴高采烈。我们站在那里感叹着云雾缭绕的山峰和朦胧迷离的低地。但就在此时，一幅更加美妙的画面呈现在了我们眼前，像磁铁一样吸引着每一双眼睛——一艘巨轮，船帆层层叠叠，触目所及尽是鼓胀的风帆。它像一只大鸟那样迅速掠过大海。非洲和西班牙都被抛到了脑后。人们纷纷向不期而至的巨轮行注目礼。在大家的注目之中，它翩然而过，星条旗迎风飘扬！大家不假思索地把帽子和手帕抛向空中，高声欢呼！美丽的巨轮变得更加光彩四射。在甲板上，我们当中的许多人现在才第一次明白了一个道理,国内的国旗看起来黯然无光,而飘扬在异国的国旗则光芒万丈。看到了国旗就能想起祖国的温暖,记起那些叱咤风云的国人。一阵激动的感情袭来,顿时热血沸腾!

我们正在接近著名的大力神双柱。非洲的大力神之柱"猿山"已经近在眼前。猿山年代久远、体量庞大,山顶是道道花岗岩矿脉,另一根大力神之柱叫作直布罗陀巨石,即将闪亮登场。古人认为大力神双柱是航行的起点、世界的尽头。古人的信息极为贫乏。先知们写了许多书籍和书信,但却从未暗示大洋的另一边有一块巨大的陆地;然而,我觉得他们肯定知道新大陆的存在。

不一会儿,一块孤零零的巨石突兀地立在了我们眼前。巨石大约处于宽阔的海峡中央,边边角角都受到了海水的冲刷。早有"见多识广"之人在耳边卖弄絮叨起来。但是,不消他们说,我们就知道在一个王国里,不会有两块这样的石头。

据我估算,直布罗陀巨石长度约一英里半,高度一千四百到一千五百英尺,底部四分之一英里宽。巨石的一面和一角就和房子的立面一样从大海里直插云霄。另一角是不规则的,另一面是一个陡峭的斜坡,一支军队也极难攀爬而上。斜坡的脚下是城墙包围的直布罗陀海峡镇——准确地说是小镇占据了部分斜坡。无论在什么地方——在山的一侧,在悬崖之中,在海边,或者在山巅——别管你看向什么地方,都会发现直布罗陀处处是砖石建筑,枪炮林立。无论你从哪个角度凝视直布罗陀,都会看到一幅动人心魄、栩栩如生的画面。一片扁平狭窄的土地延伸入海,让人想起墙面板末端的一"块"泥土。直布罗陀脚下这数百码的平地属于英国人。这块平地又从大西洋延伸到地中海,距离有四分之一英里,是"中立地带",这片区域有两三百码宽,既不属于英国也不属于葡萄牙。

从法亚尔岛到直布罗陀,"你要穿过西班牙去巴黎吗?"这个问题就成了船上日夜讨论的热门话题。这句话是最让我厌烦的一句话,我也非常厌恶再次回答"我不知道"。最后,六七个做事足够果断的人决定去,而且也确实去了,我立刻觉得松了一口气——不管怎样,现

第 7 章

在都太迟了,我现在才从容地决定不去。我思绪万千;有时需要长达一周的时间才能做出决定。

但是,有句俗话说,屋漏偏逢连夜雨,船迟又遇打头风。西班牙的烦心事刚完,直布罗陀的向导又给惹了一出事——反复叙述一个枯燥的传奇,乏善可陈,就算第一次听都没有什么新鲜感:"那边的高山叫作女王的宝座;原因是法国和西班牙军队围困直布罗陀的时候,一个西班牙女王把宝座放在了那里。女王说,英国的旗帜不从要塞落下,她就不离开那个地方。如果不是英国人有一天献殷勤把旗帜降下来几个小时,女王就得要么违背誓言,要么死在那儿。"

我们乘坐驴子在陡峭狭窄的街道上前行,进入英国人在岩石中炸出来的地下坑道里。这些坑道就像巨大的铁路隧道。每隔一小段距离,就有大炮从海拔五六百英尺的射孔里伸出来,对准大海和小镇。这个地下工事大约有一英里长,肯定花费了大量的金钱和人力。坑道里的枪炮控制着这个半岛和两个大洋的港口。我觉得,不搞这些工事要塞以及枪支弹药可能也不错,因为无论如何,一支军队都几乎无法爬上如此陡峭的石墙。有一个地方,一块突出的峭壁被挖出一间密室,里面安上巨炮,开凿出射孔。从这里就能看到不远处的山丘。一个士兵说:"那边的高山叫作女王的宝座;原因是法国和西班牙军队围困直布罗陀的时候,某个西班牙女王曾经把宝座放在了那里。女王说,英国的旗帜不从要塞落下,她就不离开那个地方。如果不是英国人有一天献殷勤把旗帜降下来几个小时,女王就得要么违背誓言,要么死在那儿。"

我们在直布罗陀的峰顶停了挺长一段时间,驴子们无疑也累了。驴子们也该累了。军用道路路况良好,但是相当陡峭,而且陡峭路段挺多。从狭窄的岩脊望去,眼前是一片美妙的景色。从这里看到的船就像儿童玩具一样小巧。但是,如果使用望远镜观看的话,船就变成了巨轮。他们说,有些船只在五十英里甚至六十英里开外,肉眼是看不到的,但在这些望远镜之下却清晰可辨。我们向下看,看到一面是无穷无尽的大炮,另一面则笔直地延伸到了海里。

我们非常惬意地在一段防御土墙上休憩,在宜人的微风中冷却我炽热的脑袋,另一帮人里一个导游殷勤地凑上来说:"先生,那边的高山叫作女王的宝座——"

"先生,我是一个无助的孤儿,在异国他乡无依无靠。可怜可怜我吧。不要——现在不要再给我讲那个传奇了,**烦死人了**,我今天都听够了。"

就这样——虽然我发誓要言辞温和,但这次还是爆粗口了;但是,这个罪没人能受得了。气势磅礴、美不胜收的西班牙和非洲呈现在你的眼前,蓝色的地中海在你的脚下无边无际,你想大饱眼福,纵情享受,静静地沉浸在美景之中,但是一切都被打破、被打扰了,那么,你可能说得比我更难听。

直布罗陀熬过了几次旷日持久的围困,其中一次将近四年(城门失守)。英国人只是通过阴谋诡计才拿下了直布罗陀。令人惊奇的是,竟有人想要武力拿下直布罗陀,这简直是痴心妄想——但还是有人诉诸武力。

摩尔人在两百年前拿下了这块土地。直到如今,当年建造的坚固古堡依然矗立在小镇的中心。城垛上长着青苔,城墙弹痕累累。那是历次战役和围困留下的弹痕,而现在已经没人记得了。前一段时间,古堡后面的岩石里发现了一个密室,里面有匠心独运的宝剑、年代久远的盔甲。古玩专家也不太熟悉这种样式的盔甲,但推测它当属于罗马时代。直布罗陀海洋尽头的一个洞穴里,发现了各式各样的罗马盔甲和罗马遗物;历史记载,罗马在大约公元纪年的时候占领了这片领土,这些盔甲和遗物似乎证实了这段历史。

在这个洞穴之中,还发现了人类的骨骼,骨骼上结了一层厚厚的石质外壳。英明睿智之士大胆推测,这些人类生活在大洪水之前的时期,确切地说是大洪水之前一万年。这个推测或许能够成立——看起来完全讲得通——但是,只要这些死人不会起死回生并行使民主权利投上一票,那么,公众就不会关心。在这个洞穴里还发现了动物的骨骼和化石。这些动物在非洲的任何地方都可以找到。但是,根据记忆和传统，在西班牙的国土上，只有在直布罗陀的孤峰之上才能找到这些动物！所以，从理论上说，直布罗陀和非洲之间的海峡曾经是干燥的陆地；直布罗陀及其身后西班牙群山之间的中立狭长地带曾经是大洋；当然，这些非洲动物登上了直布罗陀（可能在石头的后面——那儿有很多非洲动物），却在巨变发生之时被隔绝在了直布罗陀。海峡的对岸，非洲的群山之上，处处都是猿猴。现在，在直布罗陀巨石之上就有猿猴，而且一向如此——但在西班牙的其他地方就没有！这是个有趣的课题。

直布罗陀有一个英国兵营，驻军六七千人，所以有很多火红的军装、红蓝相间的服装、雪白的便装和裸露膝盖的苏格兰人的奇怪军装。人们还能看到目光柔和的西班牙女孩，来自圣罗克；纱巾遮面的摩尔美女（我认为是美女），来自塔里法；来自非斯的摩尔商人，戴着头巾，系着腰带，穿着长裤；来自得土安和丹吉尔的穆斯林游民，穿着长袍，光着双腿，衣衫褴褛；棕色的、黄色的、像墨汁一样黑的——来自世界各地的犹太人，穿着粗布长袍，戴着无檐便帽，趿拉着拖鞋，犹太人在图片和剧院里就是这个装束，三千年前也是这个样子，毋庸置疑。你能够轻易地明白，我们这样一个部落（出于某种原因，我们这批朝圣者让人想到了这个词，因为我们零零散散地穿过异国的大街小巷，自鸣得意，卓尔不群，活像印第安人一样），来自联邦的十五六个州。眼前的时装秀千变万化，令我们目不暇接。

说到我们这批朝圣者，让我想起我们之中有一两个偶尔兴风作浪的害群之马。然而，我还没算上贤人。我要说的是，贤人是个脑子短路的老蠢驴，一个人的饭量赶上四个，看起来绝对比整个法兰西科学院都要英明，只要能想到多音节词就绝不使用单音节词，根本不知道自己使用的多音节词是什么意思，也不知道该在哪儿用；然而，他会就非常深奥的问题气定神闲地提出自己的观点，并踌躇满志地引经据典，虽然引用的经典都是他自己胡编乱造的，最终自己哑口无言，转向问题的对立面，说自己一直就在对立面，然后用你提出的论据来攻击你，夸夸其谈，把你的说法据为己有。他阅读了旅游指南里面的一章,把所有的事实都混为一谈,因为他记性不好。然后,他四处卖弄,把自己的这堆垃圾当作真知灼见强加到别人身上,就好像真知灼见已经在他的脑子里发酵了好几年,就好像是师承大学里如今已经作古的老学究,就好像他卖弄的知识是已经绝版的稀世珍品。早晨吃饭的时候,他指着窗外说:"你看到那边非洲海岸上的山丘了吗?我说明一下,这是大加神双剑之一——而且,这个山丘的旁边还有终极神剑。"

"终极神剑——这个单词不错——但是,大力神双柱不在海峡的同一边。"(我知道,旅游指南里有句漫不经心的话,他被这句话骗了。)

"你不该说这种话,我也不该说。一些作家这样说,另一些作家又那样说。老吉本斯就此没有发表任何看法——完全是避而不谈——吉本斯就这样,一旦卡住了,就啥也不说了——但是,有一位罗兰普顿,他怎么说呢?他说大力神双剑都是在一边的,还有特林库里安、所波斯特、希拉卡斯、朗格玛干布——"

"哦,可以了——足够了。如果你想编造作家和证据,我就再没什么可说的了——就让它们在同一边吧。"

我们不在乎贤人。我们相当喜欢他。我们会自然而然地容忍他,但是,船上还有一个诗人和一个好脾气的富于进取精神的傻瓜,他们俩确实让大家痛苦不堪。诗人把他的诗作分发给领事、指挥官、旅馆老板、阿拉伯人、荷兰人——事实上是分发给任何人,他是一片好心,只要人家能受得了这种折磨就行。在船上写写诗还是不错的,尽管他用了半个小时写成了《致狂风暴雨之中的海洋》,又用了半个小时写就了《船腰雄鸡之咏叹调》,两首诗歌转换得相当突兀;但是,诗人把一份韵律清单送给了法亚尔岛总督,另一份送给了总司令以及直布罗陀的其他权贵,清单上写着"贵格城号"桂冠诗人敬赠,乘客们对此不以为意。

我上面提到的另一个人就是好脾气的富于进取精神的傻瓜,年轻、幼稚、愚蠢、不学无术、胸无城府。然而,如果有朝一日他知道

第 7 章

了自己所有问题的答案,他就会变得博学睿智。船上的人都叫他"问号",后来因为习以为常就简化为"问"了。他已经出了两次风头了。在法亚尔岛,他们指着一座山,告诉他这座山高八百英尺,绵延一千一百英尺。他们还告诉他有一个两千英尺长、一千英尺高的隧道穿过了这座山,从这头到那头。他信了。他把这个段子重复讲给每一个人听,加以讨论,按照自己做的笔记念出来。最终,一个老年朝圣者给出了评论,他从这个评论之中得到了有用的启示。评论如下:"嗯,是的,这有点匪夷所思——不同寻常的隧道——高出山顶大约二百英尺,一头戳出山体大约九百英尺!"

在直布罗陀,他把受过教育的英国军官逼得哑口无言。因为美国以及美国创造的奇迹成了他大吹大擂的资本!他告诉一个英国军官,美国的几艘炮艇可以来此把直布罗陀轰到地中海里去!

此时,我们之中的六个人按照自己的设想,进行了欢快的私人旅游。我们把船上一多半白人乘客组织起来,登上一艘小蒸汽船,前往非洲古老的摩尔人小镇丹吉尔。毋庸置疑,我们乐在其中。我们高速驶过波光粼粼的水面,呼吸着这个阳光灿烂的小岛上温和的空气。在此地,我们心无旁骛。我们什么都不在乎。

我们的小蒸汽船甚至冒冒失失地驶近马拉巴特要塞(摩洛哥皇帝的一个据点),一点儿都不害怕。整支卫戍部队都全副武装地出来了,以为遭到了威胁——然而,我们还是不害怕。卫戍部队忽而前进,忽而后退——在防御土墙里前进的情景尽收眼底——然而,尽管如此,我们绝不退缩。

我猜我们确实不知道何为恐惧。我询问了一下马拉巴特要塞卫戍部队的名字,他们说是穆罕默德·阿里·本·山克姆。我说要是多些卫戍部队来帮忙就好了;但是,他们并不这么认为,这支卫戍部队的任务只是坚守要塞,而且足以胜任工作,已经坚守了两年。证据确凿,无人可以反驳。信誉就是最好的证明。

我不时想起昨晚在直布罗陀买手套的经历。我、丹和船上的医生来到巨大的广场,倾听优秀军乐队的奏乐,注视着英国和西班牙女性的可爱与时尚。九点钟的时候，我们前往剧院，碰到了将军，法官，海军准将，上校，美利坚合众国派驻欧洲、亚洲和非洲的专员。他们刚去了俱乐部会所，登记了几个头衔，并把菜单上的菜一扫而光；他们让我们去法院旁边的小杂货铺买些羊皮手套。他们说，那里的手套做工考究，价格适中。戴着羊皮手套去剧院好像是件时髦的事情，我们按照他们的说法行动。小杂货铺里有位非常漂亮的年轻女士，递给我一双蓝色手套。我不想要蓝色的，但是她说我的手戴上这双蓝色手套会非常漂亮。这番话轻轻地触动了我。我偷偷看了一眼自己的手。不知怎的，看起来还挺好看。我戴上左手的手套，有点脸红。显然，手套对于我来说太小了。但是我觉得心满意足，因为她说："哦，真合适！"然而，我知道不是这么回事。

我努力把手塞进手套，但是没有成功。她说："啊！我看你习惯戴羊皮手套——但有些绅士真笨，戴不上。"

我根本没有想到她会这么夸我。我只知道怎样完美地戴上鹿皮手套。我又使了使劲，手套撑破了，从大拇指根部一直裂到了手掌上——我想要藏起来这道裂缝。她继续恭维我，我下定决心，要么名至实归，接受恭维，要么死了算了："啊，你有经验啊！[手套背上裂了个口子。]这副手套你戴着正合适——你的手非常小——如果手套烂了，你不用付钱。[中间裂了个口子。]我总是能够看出哪位绅士知道如何戴上羊皮手套。只有经过长期训练的人才能优雅地戴上羊皮手套。"就像水手们说的那样，手套的所有后甲板值勤海员都"因船只颠簸而离岗"，指关节处的羊皮也分崩离析，剩下的只是一堆可怜的废物。

我被吹捧得飘飘欲仙，没法告诉她手套已分崩离析，无力把手套扔到这位天使的手里。我浑身燥热、烦恼、困惑，但是依然觉得幸福；但是我恨那两个家伙，因为他们饶有兴致地看着我出丑。我希望他们滚到耶利哥去。我心怀愧疚，因为我高高兴兴地说："这个确实不错；非常合适。我喜欢合适的手套。不，别介意，女士，别介意；我到街上再戴另一只手套，这里真暖和。"

小杂货铺确实暖和。这是我去过的最暖和的地方。我付了账,风度翩翩地鞠躬离开,我觉得那个女人的眼里有着一丝嘲讽的意思;当我从街上回头看的时候,她正因为某种原因独自笑个不停,我用有点讥讽的口气对自己说:"哦,当然,你知道怎么戴上羊皮手套,是吧?一头沾沾自喜的蠢驴,喝了迷魂汤,等着不怕麻烦的女人夸你吧!"那两个家伙的沉默惹恼了我。最终,丹若有所思地说:"有些绅士根本不知道怎么戴上羊皮手套,但是有些就知道。"

医生说(我认为是对着月亮说的):"但是,如果一个绅士习惯于戴上羊皮手套,我们总能轻易地看出来。"

丹停顿了一下,自言自语道:"啊,是的;只有经过长期,非常长期训练的人才能优雅地戴上羊皮手套。"

"是的,确实是。我注意到,如果一个人费力地戴上羊皮手套,就像拽着尾巴把猫拉出土洞一样,那么,他就知道如何戴上羊皮手套;他有经——"

"伙计们,够了,够了!我想,你们觉得自己很聪明,但我不这么认为。如果你们把这事告诉船上任何一个八卦大师,我绝不会原谅;至此为止。"

他们暂时让我自己静了一会儿。我们总是能及时让彼此安静一下,以免玩笑过头破坏了彼此的感情。但是,他们也购买了手套,就和我一样。今天清晨,我们一起把手套扔了。我们买的手套粗糙、不结实,满是大块大块的黄斑,经不住戴,也不好拿来展示。我们不知不觉地给一个天使带来了欢乐,但是我们并未理解她,她理解了我们。

丹吉尔!一群强壮的摩尔人涉水而过,把我们从小船上背上海岸。

第 8 章

感觉好极了。那些去西班牙的家伙就好好享受吧——摩洛哥皇帝的这些领地就非常适合我们这个小团体。就目前来说，直布罗陀的经历已经让我们受够了西班牙。丹吉尔一直是我们魂牵梦绕的地方。我们在其他地方发现了具有异国风情的人和事，但是，总是掺杂了一些我们之前熟悉的人和事，因此，新鲜感顿时消退了很多。我们想要的是彻彻底底的异国情调——从头到脚的异国情调——从中央到周边的异国情调——从里到外全方位的异国情调——浑身上下没有一处冲淡异国情调的地方——不会让我们想起太阳下的任何其他人物和地方。看呐！丹吉尔就是这样。这里的景色和我们曾在图片里见过的简直一点儿也不一样——我们以前总是不相信图片。以后再也不会了。图片好像常常是夸张的——与现实相比好像太古怪、太惊艳。但是，看吧，图片还不够狂野——不够惊艳——程度连一半都不到。丹吉尔是最具异国情调的地方。丹吉尔的真正风貌只有《一千零一夜》才能体现。这里看不到白人，然而，我们周围全是人。这是个摩肩接踵、人山人海的城市，周围是一圈巨大的石墙，石墙有一千年的历史。所有的房屋几乎都是一两层的，由厚重的石墙建成，外面抹着灰泥，就像干货箱那样四四方方，屋顶就像地板一样平坦，没有飞檐，到处刷着白涂料——一座拥挤的城市，处处是雪白的坟墓！门口是独特的拱门，就跟我们在摩尔人图片里看到的那样；地面是七彩菱形石板；还有非斯瓷窑产出的色彩斑斓的瓷质方砖；还有经历岁月侵蚀仍焕然如新的红色瓷砖和大块砖头;除了长沙发以外,(犹太人的住宅里)各个房间里都没有家具——摩尔人家里有什么就没人知道了;就连基督徒的狗也不得进入摩尔人的各面圣墙之内。街道是东方风格的——一些三英尺宽,有些六英尺,但只有两条街道超过了十二英尺;一个男人只要伸展身体横躺下,就能堵住大多数街道。这难道不是一副东方的画面吗?

这里有沙漠之中的贝都因人,强壮结实;还有庄严的摩尔人,他们以自己的历史为豪,他们的历史可以追溯到洪荒时期;还有犹太人,他们的祖先在很多个世纪之前逃到了这里;还有黝黑的里夫人,来自山地——天生的杀手——还有真正的土生土长的黑人,像摩西一样黑;还有伊斯兰教托钵僧、血统各异的阿拉伯人——迥然不同、形形色色,让人目不暇接,尽享异国风情。

他们的奇装异服难以名状。比如,一个古铜色的摩尔人,戴着巨大的白色头巾,穿着刺绣独特的夹克,扎着金色与深红色相间的腰带,腰带有很多褶子,在腰上围了一圈又一圈,裤子只比膝盖长一点儿,但却耗费了二十码的布料,带有装饰的短弯刀,裸露的小腿,没穿长筒袜的双脚,黄色的拖鞋,长得离谱的枪——只是个士兵!我还以为他至少是皇帝呢。又比如,上了年纪的摩尔人,银须飘飘,穿着长袍,长袍上还罩着蒙头斗篷;贝都因人穿着长款带帽条纹斗篷;黑人和里夫人,剃着光头,只在耳朵后面留了一撮卷曲的头发,说得确切一点,这撮头发是在头颅后面靠近耳朵的地方;还有形形色色的野蛮人,穿着古怪的衣服,或多或少都有点衣衫褴褛。再比如,摩尔妇女,从头到脚罩着粗糙的白色长袍,判断她们性别的唯一特征就是她们只露着一双眼睛,也从不看本族的男子,本族的男子也不在公共场合看她们。此外,还有五千犹太人,穿着粗布长袍,系着腰带,趿拉着拖鞋,脑袋靠后的位置扣着小小的无檐便帽,头发梳到前额上,直接在当中分开——他们在丹吉尔的祖先就是这个装束,我都不知道那是多少个世纪之前的事了。他们光着脚和脚踝。他们都是鹰钩鼻,而且鹰钩鼻的形状都相同。他们彼此间非常相像,以至于别人几乎相信他们是一家人。他们的女人丰满漂亮,见了基督徒总是面带微笑,令人心旷神怡。

多有趣的一个古镇啊！一边是古老的遗迹，一边是我们嘻嘻哈哈，插科打诨，举止轻浮，两相对比，是有些亵渎神灵的意味。只有先知之子那庄重的话语和审慎的言辞才配得上如此令人尊重的古迹。这里有一堵破旧不堪的墙壁，早在哥伦布发现美洲的时候，就已经有些年头了；"隐士"彼得号召中世纪具有骑士精神之人组织第一次十字军东征的时候，这堵墙就已经有些年头了；在遥远的传奇时代，查理大帝及其十二武士围攻恶魔作怪的城堡并与巨人和鬼怪交战的时候，这堵墙就已经有些年头了；基督和门徒走遍世界的时候，这堵墙就已经有些年头了；曼农嘴里发出叫喊的时候，人们在古代底比斯大街上做买卖的时候，这堵墙就已经在这儿了！

腓尼基人、迦太基人、英国人、摩尔人、罗马人都曾经在丹吉尔争得你死我活——都曾经得而复失。这里有一个衣衫褴褛、东方人面孔的黑人，来自非洲内陆的某个沙漠地带。他正在一个喷水池旁边把羊皮装满水。这个喷水池锈迹斑斑、破旧不堪，是一千两百年前由罗马人建造的。那边是一个毁坏的桥拱，是尤利乌斯·恺撒于一千九百年前建造的。或许，走过那座桥的人就曾经目睹圣母怀抱圣婴的情景。

附近是一个船厂的废墟。公元前50年，恺撒在这里修理船只，并在船上装上谷物，进攻大不列颠。

这里，在宁静的群星之下，这些古老的街道好像充满了幻影幽灵，而这些幻影幽灵本是某个被人遗忘时代的产物。我的眼睛盯着一处地方，那里屹立着一块纪念碑。不到两千年以前，罗马历史学家曾看到并描述了这块纪念碑的样子。纪念碑上刻着：

我们是迦南人。犹太强盗约书亚把我们逐出了迦南美地。

约书亚把他们逐出了迦南美地，他们就来到了这里。离这里不太远的地方就有一个犹太人部落。因为反抗大卫王失败，这些犹太人的祖先逃难到了这里。这些犹太后裔依然游离于犹太教会之外，其他犹太教徒与他们老死不相往来。

丹吉尔的历史在过去三千年一直被不断提起。四千年前，大力神赫拉克勒斯穿着狮子皮，来到这里，丹吉尔当时是一个小镇，一个奇怪的小镇。在这些街道里，大力神遇到了这里的国王安尼托斯，并用棍棒砸碎了国王的脑袋，这是当时绅士们的时尚之举。丹吉尔（当时叫作廷吉斯）的人民生活在简陋不堪的草棚里，穿着兽皮，拿着棍棒。他们得去和野兽搏斗，但他们自己和野兽一样野蛮。不过，他们是一个高贵的种族，不工作。他们依靠这片土地上大自然的产出而生活。他们国王的乡间住所在著名的金苹果圣园，沿这里的海岸下行七十英里就是。金苹果圣园以及其中的金苹果（橙子）现在已经灰飞烟灭了——一点儿踪迹都没有留下。古文物专家承认，大力神这个人物确实在远古时期存在过，而且一直认为他锐意进取、精力充沛。但是，他们认为大力神不是一个慈爱善良的神祇，因为这种认可是违反宪法之举。

就在这儿，在斯帕特尔角，有举世闻名的大力神洞穴。大力神被打败并被逐出丹吉尔国之后，在此避难。洞里刻满了文字，所使用的语言现在已经不再使用。因此，我认为大力神不可能经常四处游荡，否则他就不会记日记了。

离这儿五天的路程——大约两百英里——是一座古城的遗址。典籍和传说中都没有记载这座古城的历史。然而，它的拱门、柱子和雕像都表明建造这座城市的是一个开化的种族。

在丹吉尔，商店的一般规模约等于文明社会的一个普通淋浴房。穆斯林商人、洋铁匠、鞋匠、杂货摊贩都盘腿席地而坐。无论你想买什么，商品都在他们触手可及的范围之内。这些小商铺就像一个个鸽子窝，你可以用五十美元一个月的价格租下整整一排鸽子窝。生意人带着一篮子一篮子的无花果、枣、柠檬、杏等挤进市场。其中还有一队一队载货的驴，基本上比纽芬兰狗大不了多少。这一幕活灵活现、美丽别致，就像治安法庭一样。犹太钱币兑换商的小店就在旁边，他们整天都在数着铜币，从一个蒲式耳篮里挪到另一个里面。我认为他们现在不怎么铸造钱币了。我看到钱币都有四五百年的历史，残破不堪，面目全非。这些硬币并不怎么值钱。杰克出去兑换自己的拿破仑金币，以便有合适的钱购买那些便宜货，他回来说自己"让银行忙得不可开交，购买了十一夸脱①的硬币，银行的老板去大街上找人通融了一些零钱，才凑够数"。我自己拿了一先令购买了接近半品脱②的当地货币。但是，拥有这么多的钱并不能让我自豪。我不关心财富。

摩尔人有一些小银币，还有一些银块。每个银块价值一美元。银块非常稀少——因此，如果衣衫褴褛的阿拉伯穷人看到了一个银块，就会哀求别人允许他亲吻银块。

他们还有价值两美元的小金币。这让我想起了什么。当摩洛哥处于战争状态的时候，阿拉伯信使携带信件穿越摩洛哥，并索要大笔的邮费。这些信使不时落入抢劫团伙之手，惨遭洗劫。鉴于以上经历，一旦得到了价值两美元的钱币，这些信使就把钱币换成这种小金币。劫匪一来，信使就把金币吞下去。起初，这个策略奏效了，未被怀疑。但后来，劫匪就只是给精明的美国邮递员一剂泻药，然后坐等即可。

摩洛哥皇帝昏庸暴虐，他手下的大官就是小暴君。没有正规的税收体系，但是，如果皇帝或者帕夏③想要钱，他们就会对一些富人征税。富人有两个选择：交钱或者坐牢。因此，摩洛哥人几乎不敢变富。富裕的代价太大了。有人有时出于虚荣而露富，但是，摩洛哥皇帝迟早会捏造罪名，陷害他——任何罪名都有可能——并没收其财产。当然，这个帝国里有许多富人，但是他们的钱都埋了起来，穿着破衣烂衫，假装贫穷。国王会不时监禁一个人，因为怀疑这个人有罪：富有。此人会寝食难安，被迫找出藏匿的金钱。

摩尔人和犹太人有时把自己置于外国领事的保护之下，然后，他们就可以安然无恙地在皇帝面前炫耀自己的财富了。

---

① 夸脱是容量单位，在美制单位中有两种夸脱（干量、湿量），1美制干量夸脱约为1.10升。
② 品脱是容量单位，在美制单位中有两种品脱（干量、湿量），1美制干量品脱约为0.57升。
③ 帕夏（Bashaw）即摩洛哥的文武高官。

第9章

　　登陆之后，我们在昨天下午首次遇险，冒冒失失的布卢彻几乎因此送命。我们当时骑上了一些骡子和驴子。伟大的哈吉·穆罕默德·拉莫泰（祝愿他的部落繁荣昌盛！）仪态万方、气象庄严，我们在他的保护下出发了。我们来到一座漂亮的摩尔人清真寺。清真寺里有一座高塔。彩格瓷砖图案数量众多，色彩斑斓。这座宏伟建筑的每一个角落采用的都是古色古香的阿尔汉布拉宫建筑风格。布卢彻起步，前往大开的门道。嘻嘻哈哈的围观群众发出一阵惊呼"嗨——嗨！"，接着，同行的一个英国绅士大叫"停下！"这个冒失鬼才停了下来。然后，我们被告知，异教徒踏入摩尔人清真寺那神圣的门槛是严重的渎神行为，无论怎样净化，都无法洗清，而虔诚的信徒再也不会在寺中祈祷了。如果布卢彻成功进入，他无疑会被追得满大街乱窜，被用石头砸死；以前就发生过这样的事情，而且不是很多年之前的事情，如果基督徒在清真寺被抓，就会被处死。我们瞥见清真寺里有美丽的棋盘形嵌石人行道，信徒们在喷水池边洗礼。但是，就算是瞥了一眼，周围的摩尔人也并不乐意。

　　几年之前，清真寺高塔里的钟出问题了。丹吉尔的摩尔人退化了。长期以来，他们之中就缺乏技工，无人能够治愈这个脆弱的病人：出了故障的钟。城里的头面人物神色严峻，秘密集会，商讨解决办法。他们通盘考虑了这个问题，但是一筹莫展。最终，一个族长站了起来说："哦，先知穆罕默德的孩子们，你们知道丹吉尔城有个异教徒钟表维修工。这个葡萄牙狗东西玷污了这座城市。你还知道,建造清真寺的时候,驴子驮运石头和水泥,穿过神圣的大门。因此,现在,让这个异教徒狗东西四脚着地,光着脚,进入圣地修钟,让他作为一头驴子进来!"

按照这个办法,问题解决了。因此,只要布卢彻想要看到清真寺的内部,他就得抛弃人性,呈现自己的自然状态。我们参观了监狱,发现摩尔罪犯在制作席子和篮子。(罪犯如此劳动改造倒是具有文明社会的气息。)谋杀要处以死刑。不久之前,三个谋杀犯被带到城墙前处以枪决。摩尔人的枪不好,摩尔人的射手也不怎么样。这次,他们远远地射击可怜的罪犯,罪犯就像一个一个靶子那样,他们拿罪犯练手——罪犯们一直跳来跳去,躲避子弹,足有半个钟头,才最终被击毙。

如果有人偷牛,他们就砍掉他的右手和左腿钉在市场上,以警示每一个人。这种外科手术缺乏艺术气息。他们先沿着骨头切割一点,然后弄断肢体。有时,手术对象还能康复;但基本上都不会康复。然而,摩尔人有一颗坚强的心脏。摩尔人总是勇敢无畏。这些罪犯经历了可怕的手术,不畏缩,纹丝不动,不呻吟!任何的艰难困苦都不会磨灭摩尔人的荣耀,不会让他痛哭流涕,丧失尊严。

在这里,婚约是由双方父母决定的。没有情人节,没有偷偷约会,没有骑行外出,没有昏暗客厅里的求婚,没有恋人的争吵与和解——没有结婚之前的任何过程。年轻男子带走父亲为自己挑选的女孩,结婚,然后摘下女孩的面纱,才第一次看到女孩。正式相识之后,如果女孩适合男子,他就会留下她;但是,如果他怀疑她的贞洁,他就会把女孩退回给她的父亲;如果发现有病,同上;或者,如果给她一段合情合理的时间之后,她依然无法怀孕,她也得回到娘家。

如果条件允许的话,这里的伊斯兰教徒会娶多个妻子。虽然被称作妻子,但是,我认为《古兰经》只允许娶四个正妻——其他的都是妾。摩洛哥皇帝不知道自己有几个妻子,但是估计有五百个。然而,

第9章

这就差不多够了——多算十几个，少算十几个，无所谓。

甚至内地的犹太人也有许多妻子。

有几次，我瞥见了几个摩尔人妇女的脸（因为她们也是人。如果没有男性摩尔人在身边，她们就会露出自己的脸）。

她们用个袋子把孩子背在背上，和世界上其他的野蛮人一样。

许多黑人都是摩尔人的奴隶。但是，一旦一个女性奴隶成为主人的妾，她的奴隶身份就解除了。只要一个男性奴隶可以阅读《古兰经》的第一章（这一章是教义），他就不能再被当作奴隶了。

丹吉尔一个星期有三个礼拜天。伊斯兰教徒的礼拜天在星期五，犹太人的在星期六，基督徒领事的在星期天。犹太人是最极端的。在安息日，摩尔人大约在中午的时候去清真寺。和在其他日子一样，摩尔人在门口脱掉鞋子，洗礼，行额手礼，前额一遍又一遍地贴在铺面上，祷告，然后回去工作。

但是犹太人会关闭店铺；根本不碰黄铜或者青铜钱币；只经手金银，尽显其贪婪本色，也不怕弄脏了手指；虔诚地在犹太会堂集会；不做饭，不生火；秉承宗教习俗，不事生产。

曾去麦加朝觐的摩尔人会获得尊贵的称号。人们称其为"哈吉"，此人从此也就成了大人物。每年成百上千的摩尔人来到丹吉尔，乘船去麦加。他们搭乘英国蒸汽船走过部分路程，需要支付十或者十二美元，这几乎占了旅途花销的全部。他们携带大量食物。如果食物容器空了，他们就"小偷小摸"。"小偷小摸"是杰克的说法，是个俚语，杰克这么说人家真是罪过啊。从离家直到回家为止，他们从不洗澡，不管是在陆地上，还是在海上。他们通常离家五到七个月。因为路上从来不换衣服，所以，当他们回家时，已经不堪入目了。

他们当中许多人长期东拼西凑，才攒够乘坐蒸汽船的十美元。回来的时候，就彻底破产了。如此倾囊而出之后，大多数摩尔人在这短短的一生里都无法再度积累起财富。为了让哈吉的荣耀仅仅归属于贵族富绅这样的头面人物，皇帝诏曰，只有坐拥一百美元金币的高官显贵才能去麦加朝觐。但是，看看吧，邪恶会战胜法律！只要给好处，犹太钱币兑换商就会借给朝圣者一百美元，让其足以蒙混过关，然后在船扬帆出海之前把钱收回来！

摩尔人只怕西班牙。原因是西班牙派遣自己的重型战舰和巨炮来恐吓这群穆斯林，而美国和其他国家仅仅偶尔派艘炮艇来，个头不大，笨重缓慢，缺乏威慑力。和其他野蛮人一样，摩尔人相信眼见为实，道听途说对他们没有效果。我们在地中海拥有庞大的舰队，但是却很少在非洲的港口停泊。摩尔人藐视英格兰、法兰西和美利坚，拿些官样文章，打些老爷官腔，为难三国代表，然后才给予代表们应得的权利，优惠更谈不上了。但是，西班牙公使一提要求，他们就满口应允，不管要求是否合理。

大约在五六年之前，西班牙就直布罗陀海峡对面一块有争议的土地惩了摩尔人，并夺取了得土安城。西班牙就增加领土，两千万美元的赔偿以及和平问题做出妥协。然后，西班牙放弃了得土安城。但是，直到西班牙士兵吃光了所有的猫，他们才放弃得土安城。只要猫还在，他们就不会妥协。西班牙人非常喜欢猫。相反，摩尔人敬畏猫，把猫看作神圣之物。所以，西班牙人击中了摩尔人的软肋。西班牙人对猫大开杀戒，吃光了得土安所有的猫，燃起了摩尔人心中的仇恨之火，摩尔人认为就算把西班牙人赶尽杀绝也无法洗雪心头之耻。摩尔人和西班牙人就此结下了世仇。法国曾经在这儿派驻公使，无意中惹怒了这个摩尔人国家。公使杀的猫数量庞大（丹吉尔到处是猫），用猫的皮做成了客厅里的地毯。公使把地毯做成一圈一圈的——先是一圈灰色的老公猫，尾巴都指向中心；然后是一圈黄猫；接着是一圈黑猫和一圈白猫；然后是一圈各式各样的猫；最后，中心是一群各种各样的小猫。绚丽至极，但是，摩尔人至今仍在诅咒他不得好死。

今天，我们去拜访美国总领事，我注意到，所有可能用于客厅娱乐的游戏都体现在他的茶几上。我认为这代表了一种寂寥之情。我的想法是对的。总领事一家是丹吉尔唯一的美国家庭。这里有许多外国领事，但是，互相来往不多。丹吉尔孤悬于世外，如果根本没有什么可谈的，互相来往又有什么意思呢？没意思。所以，每个领事的家人大部分时间都待在家里,尽可能地自娱自乐。如果只待在丹吉尔一天,会发现许多值得一看的地方。但是,之后丹吉尔就成了枯燥的监狱了。美国总领事已经在丹吉尔五年了,厌倦了,自我感觉足有一个世纪那么长。他不久就要回国了。当邮件到来的时候,总领事的家人纷纷去抢信件和报纸,在两三天的时间里反复阅读,在接下来的两三天里反复谈论,直到味同嚼蜡,精疲力竭。此后数天里,他们一起吃喝睡觉,外出时去同一条古老的街道上骑行,看着几十年如一日甚至千年不变的景致,一成不变得令他们昏昏欲睡,他们一个字都说不出来!他们几乎完全无话可说。对于他们来说,一艘美国军舰的到来就是天大的好事。"哦,寂寞难耐,圣贤在你脸上窥见的魅力安在?"这是我能想到的最为彻底的放逐。我强烈建议美国政府,如果有人身犯重罪,法律已经不足以惩罚了,那么,就任命其担任驻丹吉尔总领事。

令我高兴的是,我游览了丹吉尔——世界上第二古老的小镇。但是,我相信我要迫不及待地跟它说再见。

今晚或者明晨,我们会由此前往直布罗陀。毋庸置疑,"贵格城号"会在接下来的四十八小时内驶离港口。

第10章

在浩瀚的大洋之上，在我们"贵格城号"之上，我们度过了7月4日美国独立日。从方方面面来说，这一天都是典型的地中海上的一天——完美无瑕，美丽至极。万里无云；夏日的风清新怡人；阳光明媚，水波荡漾，阳光欢快地洒在水面上，没有滔天巨浪；我们脚下的大海清澈透亮，如天空一般湛蓝，景致甚好，令人着迷的景致把乏味的感觉一扫而光。

地中海上甚至有优美的日落——在地球的大多数地方肯定很少见到这一幕。我们驶离直布罗陀的那个夜晚，那块面目可憎的巨石沉浸在一片牛乳般的雾霭之中，厚重、柔软，令人心驰神往、意乱情迷。贤人心境安详、勇于创造、气场强大，就是一个吹牛不打草稿的骗子。此时也对开饭的锣声置之不理，留下欣赏美景了！

他说："喔，真不错，是吧！我们那边可没有这么好的景，是不？我认为，眼前的美景是由你们所谓的绝伦的射射度（折射度）导致的。太阳的德里克效应叠加马星（木星）近日点的淋巴力量。你怎么想？"

"哦，去睡觉吧！"丹说完就走了。

"哦，是的，当一个人提出论点，而另一个人无言以对的时候，说去睡觉挺好的。丹根本无法和我辩论。他也知道这一点。我该怎么说呢，杰克？"

"呃，医生，别跟我引经据典，胡说八道。我没伤害过你，是吧？

你别惹我。"

"他也走了。呃,就像他们说的那样,这些家伙都在对付贤人,但是根本不是这个老家伙的对手。或许,桂冠诗人对他们的推理不满意?"

诗人回了一个粗声粗气的"哼",然后下去了。

"他也不配跟我辩论。呃,我就没指望他能说点什么。我从没见过哪个诗人知道点什么的。他现在要下去了,编出关于那块老石头的一堆垃圾诗句,送给领事、领航员、黑人或者任何一个他碰到的倒霉蛋。令人遗憾的是没人把这个可怜的老疯子拉走,把他肚子里的垃圾(垃圾)诗歌都挖出来。为什么一个人不把智力放在有价值的东西上?吉本斯、希波克拉底、萨科罗哈格斯以及所有的古代哲学家都看不起诗人——"

"医生,"我说,"你现在要胡编乱造权威言论了,我要离开你。我一直喜欢和你交谈,虽然你用了那么多音节词,虽然你提到的哲学都是你生编硬造的;但是当你吹得边的时候——你寻找权威的证据来支持自己提到的哲学,权威的证据都是来自你的创造和臆想——我就没法相信你了。"

这是恭维医生的方式。他认为,我害怕跟他辩论是对他的一种赞许。他总是在用深奥的论点迫害船上的乘客,因为他的论点净使用没人能听得懂的语言。他们忍受这种温文尔雅的折磨一两分钟,然后就逃跑了。一天击败六个持反对意见的人就足够了;然后,他就在甲板上踱步,对遇到的每个人报以灿烂的笑容,沾沾自喜,如登极乐世界!

但是,我跑题了。在白天的时候,我们的两门大炮威武地向所有醒着的人宣布7月4日的到来。不过,我们当中的许多人都是后来才得知的,从历书上得知的。所有的旗帜都飘扬在空中,只有需装饰在船下方的六面旗帜例外。不久,船上就充满了节日气氛。早晨,召开了多次会议,形形色色的委员会行动起来,投入庆典之中。傍晚,全体船员集结于船尾、甲板和天篷;笛子、发出呼哧呼哧声音的簧风琴、有气无力的单簧管磕磕绊绊地演奏《星条旗之歌》，唱诗班赶来救场。到了最后一个音符，乔治发出一声鬼哭狼嚎的尖叫，彻底扼杀了这首歌。没人哀悼死去的国歌。

三声欢呼之中，我们搬出了国歌的尸体（这个玩笑并不是我们有意为之，我并未支持），然后是主持人，在一个铺着国旗的锚链舱后面登基，宣布"讲师"就位，他站起来朗读陈词滥调《独立宣言》，我们都听过多遍了，并不认真听；此后，主持人吹长口哨迎接当值演说家到住舱区，当值演说家也是那套陈词滥调，歌唱伟大的祖国。我们对此坚信不疑，热烈鼓掌。现在唱诗班再度登场，带着哇哇乱叫的乐器，把《赞美哥伦比亚》演奏得一塌糊涂。唱诗班和乐器各显其能，不相上下。就在此时，乔治回归了，如大雁悲鸣，令人毛骨悚然，音调瞬间变化。当然，唱诗班的声音就此压倒了乐器。一位牧师为大家赐福祈祷，小型爱国聚会散场了。地中海上的7月4日是安全的。

晚饭时间，船上的一位船长充满激情地背诵了一首精心写就的原创诗歌。按照惯例，祝酒十三次，喝掉了几篮子香槟。演讲乏善可陈——几乎全都不堪入耳。实际上，只有一个例外。邓肯船长做了精彩的演讲；晚饭时间，他的演讲是唯一的亮点。他说："女士们，先生们：祝我们大家都永葆青春，长命百岁。祝大家吉祥如意、幸福美满。服务员，再拿一篮子香槟来。"

大家认为他表现得非常称职。

可以说，庆典的结束就是再在散步甲板上举办一次奇葩的舞会。但是，我们不习惯在平坦的龙骨上跳舞。庆典是否成功举办了呢？令人怀疑。但是，总的来说，独立日欢乐、愉快、令人高兴。

第二天傍晚，天快黑的时候，我们驶进了马赛的大型人工港，马赛是个高贵的城市。我们看到即将落下的夕阳给尖塔和防御土墙涂上了一层金色。周围洋溢着大片大片的青葱翠绿之色，散发着柔和的光彩。这幅美丽的风景之上，或远或近地点缀着一栋栋别墅，别墅在如此色彩之中平添了一分魅力。〔依法受到版权保护。〕

第10章

没有驳船，我们没法从船上登陆码头。真让人烦恼啊。我们充满了激情，我们想看看法兰西！日落的时候，我们这个三人小组与一个船工商量好了，可以用他的船当桥——他的船尾靠着我们的舷梯，船头抵着码头。我们进了他的船，这个家伙回到了港湾。我用法语告诉他，我们只是想通过他船上的横坐板上岸，并问他把船开走是想去哪里。他说他听不懂我说什么。我重复了一遍。他还是不懂。他好像根本不懂法语。医生试着跟他说话，但他不懂医生在说些什么。我要这个船夫解释自己的行为，他照做了；然后我就听不懂他说什么了。丹说："哦，去码头，你这个老傻瓜——我们是要去码头！"

我们耐心地劝说丹，跟这个外国人说英语是没用的——他最好让我们用法语沟通，不要让陌生人看到他缺乏教养。

"呃，继续，继续，"他说，"不要考虑我。我不想干涉。只是，如果你继续用自己的那套法语跟他交流，他绝不会搞明白我们想去哪里。我是这么认为的。"

我们严肃反驳了他这个观点，告诉他无知的人总是心怀成见。那个法国人再次开口说话，医生说："看吧，丹，他说他要去'douain'。也就是说他要去旅馆。哦，当然——我们不懂法语。"

杰克说这对丹是个毁灭性的打击。心怀不满的丹没有再吹毛求疵。我们沿着海岸行使，经过一批大蒸汽船的锋利船头，最终停靠在石质码头上一座政府建筑旁边。此时，我们才明白，"douain"是海关，不是旅馆。然而，我们没说出来。法国式的礼貌令人着迷，海关官员只是打开又拉上我们的小背包，没检查我们的护照，就此送我们上路了。我们在第一个咖啡馆停了下来，并进去了。一个老年妇女让我们在一张桌子旁坐下，等我们点菜。医生说："你有酒吗（Avez-vous du vin)？"

那个女士显出困惑的神情。医生一字一顿地再度说道："你有酒吗（Avez-vous du vin)！"

那个女士显得比之前愈加困惑。我说："医生，你的发音有点问题。让我试着跟她说。'女士，你——有酒——吗（Madame, avez-vous du vin)？'不管用，医生——你来问。"

"女士，你有酒吗（Madame, avez-vous du vin）——奶酪（du fromage）——面包（pain）——腌猪脚——黄油（beurre）——鸡蛋（des oeufs）——牛肉（du boeuf）——辣根、泡菜、猪和玉米片粥——什么都行。在这个世界上，只要是基督徒可以吃的东西，都行！"

她说："上帝保佑，你怎么不早说英语？你说的法语把我搞糊涂了，我一点都没听懂！"

心怀不满的丹对我们一阵冷嘲热讽，晚饭的融洽氛围被破坏了。我们愤怒地保持沉默来回应他，并尽快离开了。这里，我们身处美丽的法兰西——有一所大房子，用石头建成，奇特而精致——周围是各种各样的法语标牌，标牌上的文字稀奇古怪——穿着奇装异服、留着胡须的法国人盯着我们看——渐渐地，我们确信夙愿得偿，毫无疑问，我们终于身处梦寐以求的美丽法兰西，吮吸着法兰西的气息，把一切都抛到脑后，我们感受到了身心愉悦的浪漫氛围，法兰西令人神魂颠倒，不能自已——这时，却有个皮包骨头的老女人横插一杠，说着蹩脚的英语，真是大煞风景！令人恼羞成怒。

我们出发去找城市的中心，不时询问前进的方向。我们问路，对方总是不明白我们到底在说什么。对方回答我们，我们也不明白对方到底在说些什么。但是，他们之后总会指一指——他们总是这么干——我们礼貌地鞠躬说，"谢谢，先生（Merci, Monsieur）"，不管怎么说，我们都战胜了心怀不满的丹，让他神情沮丧。吃了败仗的丹焦躁不安，经常问："那个海盗说什么？"

"怎么了，他告诉我们从哪条路可以到大赌场。"

"是的，但是，他说的是什么？"

"哦，他说什么不重要——我们明白他说的。这都是受过教育的人，跟那个愚蠢的船夫不一样。"

"呃，我希望他们受过的教育足以给别人指明某个方向——因为我们已经绕了一个小时的圈子了。我经过这个古老的零售店七次了。"

第 10 章

我们说这是低级下流的谎话（但我们知道丹说的是对的）。再次经过零售店显而易见不行——我们可以继续问路，但是，如果我们想让心怀不满的丹不再怀疑，我们肯定不能再按照别人手指的方向前进了。

我们在平坦的柏油马路上走了很久。马路两边各有一排巨大的商店，都用乳白色的石头建成。在一英里的马路上，每一栋商店都是一模一样的，每一排商店都和另一排没有区别，而且全都灯火通明——我们至少来到了大路之上。处处是煤气灯，颜色绚丽，灿若繁星，男男女女衣着光鲜，在人行道上摩肩接踵——匆忙、生活、活动、欢乐、对话、欢笑，处处可见！我们发现了卢浮与和平大酒店，写下了我们的名字、出生地、职业、从何而来、前往何处、预计到达时间以及同样重要的其他大量信息——只为了方便酒店店主和秘密警察。我们雇用了一个向导，并立刻开始了观光。踏上法国土地的第一个夜晚令人振奋。我们去过的或者专门看过的地方我连一半都想不起来了；我们不想深入研究任何东西——我们只想走马观花——走，不停地走！这个国家的特质感染了我们。最后，夜深了，我们在大赌场坐了下来，要了大量的香槟。在这种物美价廉的地方完全可以大肆挥霍一下！我估计，在这个眼花缭乱的地方有大约五百人。不过，不夸张地说，墙上全是镜子，根本分不清到底有多少人，给人的感觉是成千上万人。衣着考究的年轻男子、穿着时髦的年轻女子、老年绅士和女士，都三三两两地围坐在无数的大理石台面餐桌旁边，吃着精致的晚餐，喝着葡萄酒，喋喋不休，令人头晕眼花。远远地有一个舞台和一个大型管弦乐队；穿着花哨的喜剧服装的男女演员不时走出来，演唱非常滑稽的歌曲，我们是从他们的荒唐动作判断出来的；但是，喋喋不休的观众只是暂停了一下，冷漠地看上一眼，一点儿笑容都没有，更别提鼓掌了！我以前一直以为什么都能逗法国人发笑。

第11章

我们迅速适应了国外的生活。我们习惯了法国的大厅和卧室,虽然里面都是石头地板,没有地毯——地板一踩上去就发出声音,尖锐的声音会让安坐冥思的人吓一跳。安静整洁的侍者我们已经见怪不怪,他们悄无声息地四处走动,像蝴蝶一样盘旋在你的后背和臂膀上,迅速理解客人点什么菜,并迅速上菜;不管小费多少,都表示感谢;总是彬彬有礼——绝不失礼。这真是有史以来的天下奇闻——彬彬有礼的酒店侍者竟然不是傻瓜。我们已经习惯了车子直接驶入旅馆中心庭院,身处芳香的藤蔓和花朵的围绕之中,同时身处一群群的绅士之中,这些绅士安静地坐着阅读或者吸烟。我们在适应冷冻在普通瓶子里的人造冰——这里只有这种冰。我们在适应所有的这一切,但是,我们并未适应自行携带肥皂。我们是文明开化之人,携带自己的梳子和牙刷,但是,每次洗漱都得响铃要肥皂,这样的事情对我们来说是新鲜事,一点儿都不舒服。我们把胡须和脸庞完全弄湿了之后才想起这事。还有时,我们在浴缸里泡了很长时间才想起这事,然后当然就是恼人的拖延了。这些马赛人为全世界创造了《马赛曲》、马赛马甲和马赛肥皂。但是,他们从不唱《马赛曲》,不穿马赛马甲,也不用自己的肥皂洗澡。

我们学会了耐心、平静、满意地完成餐桌上例行的繁文缛节。先喝汤,然后等几分钟吃鱼;再等几分钟,换盘子,烤牛肉上来了;再换盘子,我们吃豌豆;再换盘子,吃扁豆;换盘子,吃蜗牛肉饼(我更喜欢蚂蚱);换,然后吃烤鸡和沙拉;然后是草莓馅饼和冰淇淋;然后是青无花果、梨、橙子、绿杏仁等;最后是咖啡。当然,在法国,每道菜都配着葡萄酒。餐桌上如此水陆杂陈,消化就成了一个缓慢的过程,我们必须长时间坐在凉爽的房间里吸烟——阅读法国报纸,一个非常简单的故事,法国报纸能讲出花来,等你看到"关键之处",却发现掉了一个单词,而且别人也猜不出到底掉了哪个单词,一个故事就这么毁了。昨天,一座堤坝倒下,压在了一些法国人身上,今天的报纸上进行了连篇累牍的报道——但是,我却搞不明白这些受害者是死了、残了、擦伤了,还是仅仅受到了惊吓,我就是想不惜一切弄明白。

今天吃饭的时候,一个美国人的举动给我们带来了小小的困扰。他高谈阔论,声音粗粝,放声大笑,而其他人都安安静静、规规矩矩。他点葡萄酒的表情极为夸张,说"先生,我吃饭必喝葡萄酒"(这是句差劲的谎言),并环顾四周,打算接受期待之中的崇拜之情。他摆出了这副神情,但是,按照当地的惯例,菜单上不写汤,也不写葡萄酒!在这里,对于各行各业的人来说,葡萄酒就像白水一样普通!这家伙说:"我是一个生来自由的君主,先生,一个美国人,先生,我想让每个人都知道这一点!"他没说自己是巴兰的驴子[①]的直系后裔,但是,他不用说,大家也知道。

我们驱车在普拉多奔驰——普拉多是条宏伟的林荫大道,两边都是高官显贵的宅邸和仪态庄严的林荫树——还参观了保利城堡及其叹为观止的博物馆。那里展示给我们的是小型公墓——无疑是马赛有史以来第一座墓地的复制品。精致的小骷髅躺在破碎的墓穴里,陪葬的有家庭之神和炊具。这个公墓本来是几年前在马赛的一条主要街道上挖出来的。之前一直在那儿,离地仅有十二英尺,有大约两千五百年的历史。在建造罗马之前,罗慕路斯就在这里,打算在此建造城市,不过,最终放弃了这个想法。我们审视着这些腓尼基人的骷髅,罗慕

---

① 巴兰的驴子,典出《圣经·旧约·民数记》,指平常沉默驯服,突然提出抗议的人。

路斯本人可能认识其中的一些人。

在宏大的动物园,我们发现了世界各地所有动物的标本。我认为,包括单峰驼,还有一只猴子,猴子身上有一团一团的毛发,颜色是鲜艳的蓝色和胭脂红色——一只色彩艳丽的猴子——来自尼罗河的河马,一种长腿大鸟,鸟喙就像牛角制火药筒,紧贴在身上的翅膀就像燕尾服的尾巴。这个家伙站在那儿,闭着眼,肩膀略向前倾,看起来就像是它把手放在了燕尾服的尾巴下。这只鸟,灰色身躯,黑色翅膀,秃着脑袋,奇丑无比!如此安静的蠢态、超凡脱俗的吸引力、自以为是、难以言喻的志满意得,都集中在表情和态度之中。它真难看,头上长满了丘疹,腿上满布鳞片,但却如此气定神闲,难以言表的自信满满!它是我们所能想到的最具喜剧色彩的生物。

听到丹和医生放声大笑真让人高兴——自从驶离美国之后,我从没有在乘客之中听到如此自然宜人的笑声。这只鸟真是天赐神物。如果我忘记在这几页里提提它,我就是个忘恩负义之徒。我们的旅行令人身心愉悦;因此,我们跟那只鸟待了一个小时,充分发掘这只鸟的笑点。我们不时逗逗它,但是它只是睁开一只眼,再次缓慢地闭上,它庄重虔诚的举止和严肃认真的态度丝毫不曾减弱。它好像只是在说:"别伸出你的脏爪子亵渎老天的宠儿。"我们不知道它的名字,所以,我们叫它"移居美洲的清教徒"。丹说:"他现在就想要本《普利茅斯赞美诗集》。"

忠实陪伴在巨型大象旁边的是一只普普通通的猫咪!这只猫咪喜欢沿着大象的后腿攀爬而上,在象背上休憩。它会端坐在那儿,爪子蜷在胸前,在阳光之下睡半个下午。一开始,大象通常并不喜欢这样,会伸出鼻子把猫咪拿下来,但是,猫咪会来到后面,再次爬上去。猫咪坚持不懈,直到战胜了大象的偏见。现在,它们是分不开的朋友了。猫咪经常在伙伴的前脚和鼻子附近玩耍,直到群狗到来,然后,猫咪爬上高处,躲避危险。后来,大象消灭了几条狗,因为他们逼猫太甚。

我们雇了一条帆船和一个向导,前往港口中的一个小岛,参观伊夫堡。这座古代的堡垒有着悲伤的历史。在两三百年的时间里曾用作关押政治犯的监狱,地牢的墙壁上斑驳粗糙地刻着许多犯人的名字,这些犯人在此苦度余生,没有留下自身的记录,我们能看到的仅仅是这些亲手刻成的墓志铭。这些名字真是数不胜数!刻下这些字的人虽然久已远去,但阴暗的牢房和走廊里却好像魅影重重,去世已久的幽灵好像还没有离开。我们逛过一个又一个地牢,好像来到了海平面之下的原生岩石之中。到处都是姓名!——有些是平民的,有些是贵族的,有些甚至是王室成员的。平民、王室成员和贵族有着相同的愿望——不想被遗忘!他们可以忍受孤独、静止不动、令人恐惧的安静。这种令人恐惧的安静未受到任何声音的干扰。但是,一想到自己要被世界彻底忘记,他们就受不了了。因此,他们在石头上留下了自己的姓名。在一间牢房里,只有一点儿光线照射进来,一个人在此生活了二十七年却从未见过其他人类的面庞——生活在污秽和悲伤之中,没人陪伴,只能独自思考,他们无疑悲伤至极,绝望至极。如果狱卒认为他需要任何东西,就会在夜间通过一扇小门塞进牢房。

这个人把监狱墙壁刻满了,从地板到天花板都是各种人物和动物的形象,图案纷繁复杂,自成体系。他年复一年地艰苦雕刻,努力去完成自己设定的任务,婴儿变成了儿童——变成了精力充沛的青少年——从中小学混到大学——找到一份工作——成年了——结婚,回首婴儿时期,几乎就像是看着某个遥远而模糊的远古时代。但是,谁能说得清在这个犯人的眼中,这是多长的一段岁月?有些人觉得时光飞逝;还有些人则觉得遥遥无期——时间总是在缓慢爬行。有些人,晚上跳舞,觉得度年如日;还有些人,这些夜晚和其他夜晚一样,都在地牢中过活,度日如年。

一个被囚禁十五年的人在墙上写下了诗篇,还有简短的散文句子——简短却哀婉动人。这些诗篇和散文描述的不是他的艰苦岁月,而是心灵的祭坛,他魂游胜地,摆脱了监狱的桎梏——享受着家庭的温暖,膜拜着梦境中的偶像。他没能活着看到这些虚无缥缈的东西。

这些地牢墙壁的厚度就和某些美国卧室的宽度一样——十五英

尺。我们看到了潮湿阴暗的牢房，大仲马笔下的两个主人公在这里度过了监禁时光——《基督山伯爵》里的两个主人公。在这里，勇敢的神父法里亚用自己的鲜血写了一本书，笔是用一块铁箍做成的，衣服撕成一条一缕浸在自己食物的油脂里，点燃之后就是一盏灯，法里亚神父就是在这样的灯下写作；然后，用微不足道的工具挖透厚厚的墙壁，工具是自制的，原料是一块碎铁或者餐刀，然后把邓蒂斯从枷锁中解放了出来。遗憾的是，那么多个星期的艰苦劳作最终成了泡影。

他们让我们参观了一间恶臭熏天的牢房，著名的"铁面人"——心硬如铁的法国国王的兄弟，一个倒霉蛋——在这里被监禁了一段时间，然后被迁往圣玛格丽特的地牢，避免好奇之人打探他那离奇的身世之谜。如果我们确切地知道铁面人的身份、他的过往、他为何会遭受如此不同寻常的惩罚，那么，我们就不会对这个地方如此感兴趣。神秘！这就是魅力所在。无声的舌头、遭到禁锢的面庞、困苦而无法言表的内心、满腔可怜秘密的胸膛，都曾经存在于这监狱之中。这些阴湿的墙壁了解铁面人，而铁面人痛苦的故事永远是一本禁书！这里令人着迷。

第12章

我们乘坐火车,行驶了五百英里,穿越了法国的心脏地带。多么令人着迷的土地!就像花园一样!毋庸置疑,青翠的草坪每天都打扫、梳篦、洒水。修剪草坪的是理发师。毋庸置疑,树篱的形状和规格都是精心设定的,最具有建筑师风格的园丁保持了其美学价值。毋庸置疑,一排又一排修长笔直的杨树把美丽的风景切分开来,就像棋盘的一个个方格,都是用准绳和铅坠预先设定好的。高度整齐划一,都是用水准仪量过的。毋庸置疑,笔直、平坦、干净的收费公路每天都是用粗刨刨过的,也用砂纸打磨过。这些奇观如此美丽,又干净又井然有序。不采取上述措施,如何能收到这种效果?精彩绝伦啊!有碍观瞻的石墙不曾出现,各种栅栏更是闻所未闻。处处都没有尘土,没有腐烂,没有垃圾——一点儿都没有疏忽。一切都井然有序、美不胜收——所有的景致都赏心悦目。

我们看到岁讷河静静地流淌,河两岸是青青绿草;舒适的农舍掩映在鲜花和灌木之中;古色古香的红瓦乡村历史悠久,长满青苔的中世纪大教堂在雾霭之中隐约可见;林木茂密的群山上巍然耸立着封建时代的城堡,城堡里是长满青藤的塔楼和角楼;我们就好像见到了极乐世界,飘渺的仙境令我们目不暇接!

此时,我们明白了诗人是在歌颂什么:

　　青青玉米地与阳光下的藤蔓

哦，法国，宜人的土地！

法国是宜人的土地。只有"宜人"这个词才能精确地描述法国。他们说，法语里面没有"家"这个词。呃，如此引人入胜的美景自然给人家的感觉，因此，处于如此美景之中，就算没有这个单词，他们也不会有意见。对于"无家可归的"法国，我们不要同情心泛滥。我看到，身处异国他乡的法国人基本上不会放弃在适当时候重返祖国的念头。现在，他们的念头一点儿都不让我奇怪了。

但是，我们谈不上喜欢这些法国火车车厢。我们坐了头等车厢，不是因为我们想在欧洲做点什么标新立异的事情来吸引注意力，而是这样可以加快行程。在任何一个国家，乘坐火车都不是一件舒服的事情。太枯燥乏味了。公共马车比这要有趣得多。有一次，我乘坐公共马车穿越美国西部的平原、沙漠和山脉，从密苏里一线前往加利福尼亚。从此，每当我踏上愉快的旅程，总要跟这次绝无仅有的西部之旅比较一下，希望能像这次西部之旅一样酣畅淋漓。两千英里，不断前行，车轮滚滚，马蹄声声，夜以继日，不知疲倦，始终兴味盎然！头七百英里是在平坦的大陆上，草原一望无际，比大海更绿、更柔、更平滑，还有与此无边无际的景色相配的图案——朵朵云彩。这里只有夏季的景色。睹此美景，唯一的愿望就是舒展身体，躺在邮包之上，享受令人身心愉悦的微风，微醺似地抽上一管烟，享受和平的时光——安静平和、心满意足，夫复何求？在城市里，我们终生辛苦劳作，而置身西部，在凉爽的早晨，太阳还没有完全升起，和车夫一起栖身车顶前座，看着六匹骏马飞奔，尖厉的鞭声啪啪作响，但鞭子却绝不会接触到马的身体；极目远望，一片青翠，天地之大，我们为主；光着脑袋在风中飞奔，散漫的脉搏愈跳愈快，简直就像一往无前的台风！接下来的一千三百英里是荒芜的沙漠；无边无际的沙漠，令人称奇的景物；亘古不变的岩石，落日那深红色和金色的余晖，一起营造出了海市蜃楼的城市、尖顶大教堂、巨大的城堡；屹立的高峰令人头晕目眩，峰顶云雾缭绕，积雪终年不化，雷电和暴风雨在我们的脚下大打出手，头顶的积雨云就在我们面前挥舞着一条一缕的旗帜！但是，我忘却了。现在，我在优雅的法兰西，并不是奔波于宏伟的美国南道以及风河群山，没有羚羊、水牛和即将出战的涂面印第安人。铁路旅程枯燥乏味，根本无法跟美丽夏日乘坐公共马车穿越大陆相提并论，因此，我不该做如此苛刻的比较。一开始，我想说的是铁路旅行枯燥乏味，确实如此——但是，当时脑海之中油然而生的是五十个小时的悲惨之旅，从纽约到圣路易斯。当然，漫游法兰西并不是真的乏善可陈，因为所有的景色和经历都是新鲜奇异的；但是，就像丹说的那样，法兰西也有"不足之处"。

车厢里面有一个个包房，每个卧车包房能容纳八个人。每个包房都分成两半，显然是四个人占一半。四个人面对着另外四个人。座位和靠背都被垫得厚厚的，十分舒服；想抽烟就可以抽烟；没有烦人的小贩；不用跟大量令人不悦的乘客同行。上述所言还不错。但是，之后，列车开动，乘务员就把你锁了起来；车厢里没有水喝；夜晚旅行也没有取暖设备；如果乘客里有个喝醉酒的在那儿嚷嚷，你就不能到离他二三十个座位远的地方或进入另一个车厢；但是，最重要的是，如果你精疲力竭，必须睡觉，你只能坐在那儿打瞌睡，腿抽筋，备受折磨，处境悲惨，第二天就萎靡不振、毫无生气——原因很简单，看看吧，他们还没有充分考虑人性化设计，没有充分为乘客着想，整个法国都没有卧铺车。我更喜欢美国的铁路系统。美国的铁路系统没有如此多的"不足之处"。

在法国，一切都按部就班，一切都循规蹈矩。他们不犯错误。每三个人里面就有一个穿制服的，可能是帝国元帅，也可能是火车上的司闸员，但不管是谁，都做好了准备而且非常愿意彬彬有礼地回答你所有的问题。肯定会告诉你坐哪趟车，还愿意亲自把你送上车，确保你不会走错。没有车票，你就进不了车站候车室。如果火车没有停靠在站台上，你就不能踏出候车室唯一的出口。上车之后，只要还没核对你的车票，火车就不会启动——要等到检查完所有乘客的车票之后。这主要是为了你好。如果不小心乘错了车，你就会被移交给一个彬彬有礼的职员，职员会把你带到应该乘坐的火车上，并且谦恭有礼地多次向你鞠躬。你会在沿途不时遇到检票。需要换车的时候，你就会知道了。你所面对的这些职员热切地关心你的福利和利益，而不会费尽心机想些办法来打扰刁难你。美国的铁路乘务员自满自负、高高在上，打扰刁难就是他们的家常便饭。

但是，法国铁路部门最令人高兴的规定是——三十分钟就餐时间！不是五分钟狼吞虎咽下松弛的面包卷、浑浊的咖啡、可疑的鸡蛋、胶状牛肉，还有馅饼。除了创造这样馅饼的厨师，天下根本就没人知道是谁做了这样的馅饼！

法国不是这样，我们平静地坐下——那是在古老的第戎，这地名拼写起来很简单，但是不好念，除非归化这个词，称其为德米江——倒出醇浓的勃艮第葡萄酒，平静地尝遍长长的餐桌上的一道道佳肴、蜗牛肉饼、美味的水果，等等。然后，支付一点微不足道的餐费，高兴地再次登上火车，不再诅咒铁路公司。不同寻常的经历，值得永远珍藏。

他们说，法国铁路不发生事故，我觉得此言不虚。如果我没记错的话，我们有时高高在上穿过了马车道，有时又在马车道下面的地道里穿行，从没有在马车道的平面上行驶。我觉得，每隔四分之一英里，就有一个人出来，举起一根棒子，直到火车驶过，举起棒子的意思是前路安全。提前一英里就扳道，方法是拉动一根钢缆。钢缆沿铁道地面铺设，从一个车站直到另一个车站。日夜都有信号发出，不断及时提醒岔道的位置。

是的，在法国就不会出现铁路事故。但是，为什么呢？原因是，一旦出现铁路事故，就会有人因此被处以绞刑！可能不是处以绞刑，但至少有相应的处罚，所以，此后许多天里，一说到玩忽职守，铁路官员就会不寒而栗。"领导不容置疑"——我们的陪审团内心软弱，经常把这句谎言以及招灾的裁定挂在嘴边，但是，在法国却很少这样。如果乘务员部门出了问题，并且无法证明下属有罪，那么，领导就会担责；如果火车司机部门出了问题，并且情况类似，那么，火车司机就得被罚。

资深游客——这些快乐的鹦鹉"以前到过法国",比拿破仑三世更了解法国的现在和未来——给我们说了这些事情。我们相信他们说的,因为这些掌故轶事令人乐于相信,还因为这些掌故轶事有点道理,而且是比较切合法律和秩序的,这样的事例在我们身边俯拾皆是。

但是,我们喜欢听资深游客侃大山,说胡话,吹牛皮。一看到他们,我们就能分辨出来。他们总是探出几个触角;先听每个人都发一下言,确保发言人都没有出去旅游过,之后才开始天花乱坠。然后,他们火力全开,夸夸其谈,冷嘲热讽,高谈阔论,怒吼咆哮,亵渎神圣的真理之名!他们的中心想法,他们的伟大目标,就是征服你,压倒你,让你自惭形秽,匍匐在他们的光环和荣耀之下,跟见多识广的他们相比觉得相形见绌!他们不会让你知道任何东西。他们嘲笑你毫无敌意的建议;他们无情地嘲笑你珍藏的关于异国的梦想;你的七大姑八大姨可能游历过许多地方,但是他们大肆挞伐你亲戚的旅游见闻;他们取笑你最信任的作家,这些作家在你心目中建立起了正面形象,你心甘情愿地膜拜这些作家,而他们却残酷无情地攻击这些作家,就像是狂热的立志打破偶像崇拜的斗士!但是,我依然爱资深游客。爱他们的原因是他们智商欠费,却又喜欢搬弄陈词滥调;他们自命不凡,却又惹人厌烦;他们犟驴似的自负令人忍俊不禁;他们想象力异常丰富;他们的谎言令人吃惊、聪明异常且不容置疑。

我们走马观花,经过了里昂、索恩河(在这里,我们看到了里昂小姐,对她的美貌不以为然)、维拉弗兰卡、托纳雷、气象庄严的桑斯、默伦、枫丹白露,还有数十个美丽的城市。我们始终没有发现懒猪打滚的泥坑、破损的栅栏、奶牛群、未经粉刷的房屋、泥浆。我们也多次看到了下列情形:干净、优雅、热衷装饰和美化的品味,甚至一棵树的位置和树篱的转向都别具匠心;路况良好,令人称奇,没有车辙,甚至没有一点儿崎岖不平。在这个美妙的夏日,我们稳步地快速前进,一个小时又一个小时。夜晚降临的时候,我们进入了一片芬芳的花朵和灌木之中，快速通过，然后，兴高采烈，兴奋莫名，半信半疑地以为自己在做美梦。瞧，我们身处无与伦比的巴黎！

　　法国人把大型公共场所管理得井井有条！没有你推我挤、争先恐后，没有高声叫嚷、厉声谩骂，也没有趾高气扬的马车车夫蛮横地来抢生意。这些绅士们站在外面——他们的马车排成一排，他们站在马车旁边，一个词都不说。好像有个马车夫总长之类的家伙负责所有的交通事宜。他彬彬有礼地接待乘客，并将乘客引导到想要乘坐的交通工具跟前，告诉车夫前往何处。没有"讨价还价"，没有漫天要价带来的不快，也没有任何抱怨。不久，我们就在巴黎的大街小巷上穿行，高兴地认出书本上耳熟能详的名字和地点。当在街角看到里沃利街路牌的时候，就像见到了老朋友一样；我们欣赏过卢浮宫的图片，现在也亲眼见识了规模宏大的卢浮宫；当我们经过七月柱的时候，不消别人说我就知道眼前是什么。我们知道，七月柱矗立在肃穆的巴士底狱原址上，巴士底狱是人类希望和幸福的坟墓，阴森冰冷。我们还知道，在巴士底狱的地牢里，岁月的皱纹爬上了许多年轻的面庞，许多高傲的灵魂变得卑微，许多勇敢的心破碎。

　　我们在一个旅馆订了几个房间，或者确切地说，我们让人把三张床放在一个房间里。这样我们就能住在一起。然后，我们就去了一家餐馆，那时路灯刚刚亮起，我们享用了一顿舒服、满意而悠闲的晚餐。吃饭成为了一种享受，因为处处都干净整洁，食物烹饪技术高超，侍者彬彬有礼。来来往往的客人都蓄着胡子，活力四射，和蔼友善，法国味十足！周边的环境全都欢欣愉悦、活泼生动。两百个人坐在人行道的各张小桌子旁边，抿着葡萄酒和咖啡；街道上全是轻便交通工具和兴高采烈、寻欢作乐的人群；空气之中音乐飘荡，我们周围处处是活力与动力，煤气灯遍布各地，犹如满天繁星！

　　饭后，我们想欣赏一下巴黎风情，这倒不是什么难事。所以，我们漫步于灯火通明的街道，看着杂货铺和珠宝店里精致的小玩意。偶尔，我们只是想残酷一点，找点乐子，我们让人畜无害的法国人坐立不安，用难以理解的法语黑话组织一个个问题算计法国人。当他们绞尽脑汁的时候，我们用他们自己的卑鄙动词和分词难为他们，刺激他们，指责他们。

我们注意到，珠宝店里有些珠宝标明"黄金"，有些则注明是"仿品"。这种难能可贵的诚实令我们啧啧称奇，所以我们就询问了一下到底怎么回事。得到的回答是，鉴于大多数人无法鉴别黄金饰品的真假，政府命令珠宝商就其产品的纯度进行检验并刻印官方标志于其上，仿品要用恰当的方式注明，标签上要写明"仿品"二字。他们告诉我，珠宝商不敢违抗这条法令，而且不管陌生人在任何一家珠宝店买了什么，都可以完全相信珠宝的纯度和真假。法兰西真是一片绝妙至极的土地！

然后，我们去找理发店。从我还处于襁褓之中的时候，我就一直希望有朝一日能在宏伟的巴黎理发店刮胡子。我想舒展全身，躺在软绵绵的理发椅上，周围都是图画和奢华的家具；墙上采用湿壁画技法作画，头顶是金碧辉煌的拱门，科林斯柱群的全景在我面前远远地延伸开去；阿拉伯半岛的香水令我神魂颠倒，远处的噪声在我耳边嗡嗡作响，就像催眠曲一样，令我酣然入睡。一个小时之后，我意犹未尽地醒来，发现自己的脸就像婴儿一样光滑柔软。要走了，我把双手举过理发师的头顶说："老天保佑你，我的孩子！"

所以，在大约两个小时的时间里，我们四处搜寻，却看不见一家理发店。我们只看到了假发店，上色蜡像头上紧贴着毫无生气又令人作呕的头发，把我们吓了一跳。这些蜡像从橱窗里用死气沉沉的眼睛看着路人，如同鬼魅一样惨白的面孔吓得路人不知所措。一开始，我们避开了这些标志，但最后，我们得出结论，制作假发的人肯定也是理发师，因为我们大肆搜寻，却找不到理发师的一点儿踪迹。我们进去一问，确实如此。

我说我想刮胡子。理发师询问我的房间在哪里。我说我的房间在哪里不重要，我想刮胡子——就在这儿刮。医生说他也想刮胡子。然后，两个理发师兴奋了起来！他们进行了热烈的讨论，然后跑前跑后，急切地从不起眼的角落里找出剃刀，翻箱倒柜地寻找肥皂。然后，他们把我们带进后面一个狭小、破旧、寒碜的房间；他们有两个普通的起居室座椅，让我们坐在上面，大衣都没脱。我长期的夙愿，我美好的憧憬，都化作了泡影！

我坐得笔直，一言不发，悲伤肃穆。一个造假发的恶棍给我的脸涂了十分钟的肥皂泡沫，让我饱受折磨。最后，他把一团肥皂泡沫塞到了我的嘴里。我用了一个强烈的英语脏词把这团令人作呕的东西吐了出来说："老外，你给我小心点！"然后，这个不法之徒在靴子上蹭了蹭剃刀，在我头上悬停了六秒钟，令我产生了不祥的预感，心惊肉跳。然后，他就向我俯冲过来，就像造成破坏的蠢材一样。剃刀第一下就从我脸上开了一道口子，我一下从椅子上跳了起来。我暴跳如雷，胡言乱语，另外两个家伙就看着热闹。他们的胡须稀稀拉拉。让我们结束这悲惨的一幕吧。

就光说我自己的悲惨经历吧，我自投罗网，经受了法国理发师的酷刑折磨，总算刮完了胡须；极度痛苦之下，眼泪不时从我的面颊滑落，但是我挺过来了。然后，这个初出茅庐的杀手把一盆水放在我的下巴下面，把水泼在我的脸颊上，泼到我的胸膛上，还有我的后颈上，内心阴暗、装模作样地想要洗去肥皂和血迹。他用一块毛巾给我擦脸，还想给我梳头，但我求他饶了我吧。我略带嘲讽地说，剥脸皮就足够了——就不用剥头皮了。

我用手帕包着脸离开了理发店，再也不对宏伟的巴黎理发店心存幻想。事实是，在巴黎刮胡子的经历让我相信，就理发而言，巴黎没有一家理发店名副其实——也没有一个理发师名副其实。那些江湖骗子冒充理发师，带着平底锅、小毛巾、行刑工具来到你的住所，特意在你的私人公寓里剥你的皮。啊，在巴黎我饱受折磨，但是不要紧——时候到了，我要冷血复仇，血债血还。有朝一日，一个巴黎理发师到我的房间剥我的皮，从那天起，这个理发师就会人间蒸发。

十一点的时候，我们偶然发现了一个标牌。显然，这是一家台球室。高兴啊！我们在亚速尔群岛打过台球，球不是圆的，古老的台球

第 12 章

桌比砖砌人行道平不了多少——可怜的老式台球桌，垫子都已经失去了弹性，褪色的桌布打着多个补丁，另外还有看不见的损坏之处，因此，台球运动的角度极为奇特却又不容置疑，取得了意想不到的结果，始料不及并几乎是不可能实现的"侥幸击中"，令人摸不着头脑。在直布罗陀，我们打的台球只有核桃那么大，台球桌就像是一个公共广场。无论是亚速尔群岛，还是直布罗陀，台球给我们带来的都是恼火而不是娱乐。我希望在法国能高高兴兴地打台球，但我们错了。垫子比球高出许多。因为球总是会陷在垫子里，所以，我们很难做到一击双球。垫子硬实且缺乏弹性，球杆弯弯曲曲，所以，在击球的时候，我们必须考虑到弧度，否则，你打"侧旋"球的时候肯定会击打在错误的一侧。我和医生打台球的时候，丹负责计分。一个小时过去了，我们两个都没有得分，计分的时候却无分可计，丹因此而疲倦懈怠。我们两个打得热火朝天，愤怒不已，满心厌恶。我们支付了巨额的账单——大约六美分——并且说等我们有一个星期的时间可以自由支配的时候，我们还会来的，然后就结束了游戏。

我们来到一家漂亮的咖啡馆吃晚饭，按照别人教的方法尝试了法国的葡萄酒，发现法国葡萄酒无害且平淡。然而，如果喝够量的话，那么，法国葡萄酒可能就是令人兴奋的。

在巴黎心旷神怡的第一天就要结束了。现在，我们找到卢浮大酒店，进入我们的大房间，爬上豪华的床铺，阅读，吸烟——但是，唉！

> 可怜呐，
> 全城都是煤气灯，
> 我们却没有！

* （医生打趣道）

没有煤气，就没法阅读——只有暗淡的烛光。这是个耻辱。我们努力去安排次日的行程；法国的《巴黎旅游指南》让我们困惑；我们的谈话支离破碎，徒劳无功地想把一团乱麻理出头绪来，规划出一天的行程，提前了解要看的景点；我们懒洋洋地借吸烟消愁；我们目瞪口呆，哈欠连连，舒展筋骨——然后无力地想自己真的在驰名世界的巴黎吗，我们昏昏欲睡，神游天外，天马行空。

第13章

次日清晨，我们在十点钟起床穿衣。我们去找酒店的"杂役"——我不知道什么是"杂役"，但是，我们找到了这个人——告诉他我们想要个向导。他说，世界博览会吸引了大量的英美人士到巴黎来，要找到一个有空的好向导几乎是不可能的。他说，通常情况下他手头有几十个向导，但是现在只能提供三个。

他把向导叫了来。一个看上去简直就像个海盗，所以我们立刻把他打发走了。下一个说起话来字正腔圆，有板有眼，让人心烦，他说："如果先生么（们）让我很大荣幸提供服务，我要让他看巴黑（黎）所有猫（绝）妙的景观。我将（讲）的英语玩味（完美）。"

他如果就说到这儿，那倒是一个不错的结局。因为这段话是他用心演练的，脱口而出，没有一点错误。但是，他洋洋得意，情不自禁地说了些自己并不熟悉的英语，鲁莽冒进毁了他。在十秒钟的时间里，他乱作了一团，动词支离破碎，句子结构四分五裂，没人听得懂他在说些什么，我们也对他不再抱有期望。显而易见，他"将"的英语不是那么"玩味"，他之前只是在故弄玄虚。

第三个人打动了我们。他衣着普通，但是整洁大方。他戴着高高的丝绸帽子，帽子有点旧，但经过了仔细的掸拂。他戴着二手羊皮手套，保养得不错，还携带着一根藤杖，藤杖的把手是弯曲的——像女人的腿——象牙做的。他走起来温文尔雅、仪态万方，就像一只猫一样穿过泥泞的街道；哦，他文质彬彬；他安静从容、谦虚温和、镇定自若；他本人谦恭有礼！他说话温柔，留有分寸；如果他想发表自己的看法或者提出自己的建议，他就会先权衡再三，冥思苦想，把小手杖的曲柄靠在牙齿上。他的开场白完美无瑕。完美的结构、完美的措辞、完美的语法、完美的重音、完美的发音——一切都完美无瑕。他说得不多，此后，他很少说话，留有分寸。我们被迷住了。我们不仅被迷住了——我们喜出望外。我们立刻雇用了他。我们甚至根本没让他报价。这个人——虽然他是我们的跟班、我们的仆人、我们沉默寡言的奴隶——他还是个绅士——我们可以看出这一点——而其他两个人，一个粗鲁笨拙，另一个就是天生的海盗。我们把他当成《鲁滨逊漂流记》里的"星期五"，我们问他叫什么名字。他从钱包里拿出一张雪白的小卡片，深鞠一躬递给我们：

    A. 账单指头
    巴黎、法国、德国、西班牙等地导游
    卢浮大酒店

"账单指头，哦，带我回家，杀了我吧！"

这是丹的"旁白"。这个骇人听闻的名字也刺痛了我的耳朵。我们之中大多数人都能试着去原谅，甚至去喜欢那些给我们留下不良第一印象的面孔。但是，我想，我们之中几乎没有人可以轻易适应如此耸人听闻的名字。我差不多后悔雇用这个人了，他的名字几乎让人无法忍受。但是，不要紧。我们急不可待地出发了。账单指头走到门口叫了一辆马车，然后医生说："呃，向导类似于理发店、台球桌、无煤气灯房间，或者还类似于巴黎的许多其他美丽的浪漫故事。我希望找到的向导名字叫作亨利·德·蒙莫朗西或者阿尔芒·德·拉·沙尔特勒斯，或者其他名字，只要能让老家的村民听起来高端大气就行。但是，想想吧，一个法国人，名字叫账单指头！哦！你知道这是个荒唐事。这样绝对不行。我们不能说账单指头；这个名字让人恶心。再给他取个名字；我们该怎么叫他好呢？亚力克西·杜·科兰古？"

"阿方斯·亨利·古斯塔夫·德·奥特维尔。"我给出了自己的建议。

"叫他弗格森。"丹说。

这是个好主意，简单易行，脚踏实地。未加讨论，账单指头就不再是账单指头了，我们叫他弗格森。

马车——一驾敞篷四轮四座大马车——准备好了。弗格森登上马车，来到车夫旁边，我们驾车去吃早饭。按照服务规程，弗格森先生要站在旁边，传递我们的订单，并回答问题。渐渐地，弗格森不经意地提到——狡猾的冒险家——我们一吃完饭，他就得去享用自己的早餐。他知道我们的旅游少不了他，而且我们不愿四处闲逛等他吃完。我们让他坐下来和我们一起吃饭。他多次鞠躬，请求原谅。他说这样不符合服务规程；他要坐在另一张桌子旁。我们不容置疑地要求他同坐。

第一个教训到此为止了。这是个错误。

此后，只要这个家伙跟我们在一起，他就总是饿；他总是渴。他来得早；走得晚；他没法错过一家餐馆；他贪婪地看着每一家酒馆。建议停下来，找借口吃喝是他的拿手好戏。我们努力让他饱餐一顿，这样他就半个月不用吃饭了，但我们失败了。他食量超人，肚子总也填不满。

他还有一个"不同寻常之处"。他总想让我们买东西。他几乎不加掩饰地引诱我们去衬衣商店、鞋店、裁缝店、手套商店——普天之下任何地方好像都有让我们购物的机会。是个人都能猜出来店主会给向导一定的销售提成，但是，我们太天真了，一开始并没有猜到，直到向导推销的行为愈演愈烈，我们才明白过来。一天，丹凑巧说想买三四块绸缎衣料作礼物。弗格森像饿狼一样盯了丹一会儿。行驶了二十分钟之后，马车停了下来。

"这是什么？"

"则（这）是巴黎最好的绸缎商店——最有名的。"

"你来这儿干吗？我们让你带我们去卢浮宫。"

"我以为介（这）位绅士说他想买些丝绸。"

"你不用'想'我们怎样，弗格森。我们不愿让你太累。我们情愿分担一些，自己费心费力。如果确实需要'想'我们，我们自会去做。接着赶车吧。"医生说。

十五分钟之后，马车又停了，停在了另一家绸缎商店前面。医生说："啊，卢浮宫——美丽，美丽的建筑！拿破仑皇帝现在住这儿吗，弗格森？"

"啊，医生！你真会开玩笑；则（这）不是卢浮宫；我们直接前往卢浮宫。但是，因为我们正好路过则（这）个商店，多美的丝绸啊——"

"啊！我明白了，我明白了。我本想告诉你我们今天不想买任何丝绸，但是，我一时疏忽，忘记了。我本来也想告诉你我们想直奔卢浮宫，但是我也忘记了。然而，我们现在正赶往卢浮宫。原谅我有点粗心，弗格森。继续赶车吧。"

半个小时之后，我们又停下了——在又一家丝绸商店的前面。我们发怒了；但是医生总是气定神闲，说话总是态度温和。他说："最后，我们到了！卢浮宫多么壮观，又多么渺小！风格多么与众不同啊！地理位置多么优越啊！了不起，了不起的宏伟建筑——"

"对不起，医生，则（这）不是卢浮宫——是——"

"这是什么？"

"我有过（个）想法——一个想法油然而生——则（这）是个丝绸商店——"

"弗格森，我多粗心啊。我很想告诉你我们今天不想买任何丝绸，我也想告诉你我们想立即前往卢浮宫。但是，看到你今天早晨狼吞虎咽了四次早餐，我就兴奋莫名、心旷神怡，因此我就忘了当前想去哪儿。然而，我们现在将要前往卢浮宫，弗格森。"

"但是，医生，"（他激动地说，）"花不了一分钟的时间——仅仅短短的一分钟！则（这）位绅士只要不想买就不用买——就是看看丝绸而已——看看美丽的料子。（然后用恳求的语气说。）男生（先

第 13 章　　　　　　　　　　　　　　　　　　　　　79

生）——就淡淡（短短）的一分钟！"

丹说："该死的蠢货！我今天一点儿也不想看丝绸，我不想看。接着赶车。"

医生说："我们现在不需要丝绸，弗格森。我们一心向往卢浮宫。让我们继续赶路吧——让我们继续赶路吧。"

"但是，医生！只是一会儿——就淡淡（短短）的一会儿。耗费时间不多——一点也不多！因为现在没啥好看的——太晚了。还大（差）十分钟就四点了，卢浮宫四点关门——只是淡淡（短短）的一会儿，医生！"

奸诈的恶棍！吃了四顿早饭，喝了一加仑香槟以后，给我们玩了如此卑鄙下流的把戏。这一天，我们没看到卢浮宫那无数的奇珍异宝、艺术珍品。我们唯一感到有点满足的是，事后一回想，弗格森一块丝绸都没卖出去。

我之所以写这一章有两个原因。第一，想过过嘴瘾，咒骂这个超级恶棍账单头头。第二，让读到这本书的每一个人都知道，美国人在巴黎导游的手里是多么悲惨，巴黎导游都是些什么人啊！不要以为跟我们大多数美国同胞相比，我们比较蠢，或者比较容易下手。因为我们和大多数美国同胞一样。向导不择手段地欺骗所有初次来到巴黎的美国人。别管你是自己来的，还是跟初来乍到的同伴一起来的，都照骗不误。有朝一日，我会再来巴黎，然后向导们就小心着点吧！我会大开杀戒——手持战斧，所向披靡。

我认为我们只是在巴黎浪费了点时间。每天上床的时候，我们都筋疲力尽。当然，我们参观了著名的世界博览会。世界各地的人都来了。在巴黎的第三天，我们去了世界博览会——我们在那儿停留了接近两个小时。这是我们第一次也是最后一次参观世界博览会。实话实说，别人可能会用几个星期来看的东西，我们瞥一眼就完了——是的，别人甚至会用几个月——在那座巨大的建筑物里，细细观看，慢慢品味。这是个极为优秀的博览会。不过，博览会现场人潮涌动，来自各个国家和民族，这是一场更精彩的博览会。我发现，如果我在这儿待上一个月，我应该还会观察人，而不是毫无生气的展品。一些13世纪的古老挂毯别具一格，引发了我一点儿兴趣，但是，一群阿拉伯人经过，他们灰暗的面庞和稀奇古怪的着装立刻引起了我的兴趣，挂毯不再是我的兴趣点。我观察着一个用银子做的天鹅，动作生动优雅，眼睛炯炯有神——游来游去，悠然自得，无忧无虑，就好像它的出生地是沼泽而不是珠宝商店——我看到他抓到了水下一只银子做的鱼，昂起头，例行公事且灵活巧妙地吞下这条鱼——但是，就在银鱼消失在银天鹅喉咙里的一霎那，一些文着刺青的南太平洋诸岛岛民凑了上来，我被他们吸引了。

不久，我发现了几百年之前的一把左轮手枪。奇怪的是，这把枪就像现代的柯尔特手枪。就在此时，我听人说法国皇后在博览馆的另一区域，我赶紧离开手枪，跑去一睹皇后的芳容。我们听到了军乐声——我们看到大批士兵四处疾走——大量的人群骚动起来。我们询问到底怎么了，并了解到法国皇帝和土耳其苏丹将要在凯旋门检阅两万五千人的军队。我们迅速离开了。我更喜欢看到这些人物，就算二十个博览会也没这么大的吸引力。

我们乘车离开，抢占了一个位置，就在美国公使住宅对面的开阔地上。一个投机者在两个桶上架了一块板子，我们花钱得到了上面的几个站位。不久，远处传来了音乐声；一分钟之后，一柱烟尘缓慢地向我们袭来；又过了一会儿，各色旗帜飘扬，军乐阵阵直冲耳膜，一队英姿勃发的骑兵从烟尘之中出现，缓步沿街道前进。随后是长长的一队炮兵；然后是更多的骑兵，衣甲鲜明；然后是两位君王——拿破仑三世和阿卜杜尔-阿齐兹。围观群众人山人海，挥舞着帽子叫喊——周围一大片区域里，窗口和屋顶上手帕挥舞，就像天降暴雪，挥舞手帕的人也在欢呼，和下面欢呼的人群汇成了欢叫的海洋。此情此景令人血脉偾张。

但是，两个中心人物吸引了我的全部注意力。到目前为止，大众面前还有比这更巨大的反差吗？

拿破仑穿着军装——身子长腿短，八字胡透着威严，老态龙钟，满面皱纹,双眼半闭,一副如此深邃、狡猾、诡诈的表情!拿破仑一直在向高声喝彩的人群微微鞠躬,用一双猫一样的眼睛看着万事万物,眼睛隐藏在压低的帽檐之下,就好像嗅到了这些欢呼不是由衷而发、不够热诚友善的蛛丝马迹。

阿卜杜尔·阿齐兹是奥斯曼帝国的专制君主——穿着深绿色的欧洲服装,几乎没有装饰或者等级徽章;头上戴着红色土耳其非斯帽;个矮、粗壮、肤色黝黑,蓄着黑胡子、黑眼睛,愚蠢,给人第一印象不佳——他的整个外表在某种程度上表明,如果他只是手里拿着一把切肉刀或者穿着一件围裙,那么,人们就会理所当然地认为他会说:"你今天是想要烤羊肉还是优质大脊骨牛排?"

拿破仑三世代表着最高的现代文明、进步和精致;阿卜杜尔·阿齐兹代表的民族,无论是就先天还是就后天培养来说都肮脏、野蛮、落后、迷信——阿卜杜尔·阿齐兹代表的政府则信奉三条准则——专政、掠夺和流血。这里是繁荣先进的巴黎,凯旋门宏伟庄严,1世纪与19世纪称兄道弟。

拿破仑三世,法兰西皇帝!簇拥着他的成千上万欢呼的子民、军容整齐的武装、首都巴黎的美景,陪伴着他的国王和王子——此人曾被嘲笑、辱骂,被称作杂种——然而,他始终醉心于王冠和帝国;他曾遭驱逐——但是矢志不移;他跟美国的普通人相处,压上赌注赛跑——但他还是奇迹般地登上了宝座;他排除万难,去看望垂死的母亲——惋惜的是她没能看到他脱掉布衣,黄袍加身;他成了伦敦的一名普通警察,按时上下班,步履沉重地四处巡逻——但却期待着将来能在夜晚漫步于杜伊勒里宫那长长的走廊;他把斯特拉斯堡弄得一团糟;他看到了那只可怜兮兮的老鹰,老鹰忘记了教训,拒绝栖息在他的肩头;他精心准备,大放厥词,口若悬河,听众却无动于衷;他发现自己居然身陷囹圄,成了茶余饭后说笑的谈资,沦为了全世界人民无情嘲笑的对象——然而,他一如既往地憧憬着加冕和壮丽的庆典;他成了海姆地牢里默默无闻的俘虏——却依然精心策划,考虑着未来的荣耀和权力;最后他成了法国总统!一次政变,鼓掌的军队簇拥着他，大炮发出雷鸣般的响声欢迎他，他登上了宝座，君临天下，世界为之震撼！谁在谈论小说里的奇迹？谁谈及了浪漫故事里的奇特经历？谁在唠叨阿拉丁和阿拉伯巫师那微不足道的成就？

阿卜杜尔·阿齐兹，土耳其苏丹，奥斯曼帝国的统治者！一生下来就是君主；虚弱、愚蠢、无知，几乎就和手下最卑贱的奴隶一模一样；他是一个庞大皇族的族长，却是自己宰相的傀儡，服从专制的母亲；他登上了皇位——动一动手指就可以调动海军和陆军——数百万人的生杀大权就掌握在他的手中——然而，他睡觉，睡觉，吃饭，吃饭，和八百个嫔妃鬼混，当他厌倦了睡觉、吃饭和鬼混的时候，就会振作起来，掌管政府，立志做个苏丹，但是，他会改变主意，因为小心谨慎的福阿德帕夏会提出一个绝妙的计划，比如一座新的宫殿或者一艘新船——新鲜玩具让阿卜杜尔·阿齐兹改变了主意，和所有其他闲不下来的孩子并无二致；他看着自己的臣民被残忍的收税官抢劫和压迫，但一言不发，不愿拯救臣民；他相信《一千零一夜》里的侏儒、妖怪和疯狂寓言，但对今天强大的魔术师并不感冒，神秘的铁路、汽船和电报的出现让他心情紧张；穆罕默德·阿里在埃及取得了巨大的成就，阿卜杜尔·阿齐兹却视若无睹，选择忘记他，而不是去效仿他；阿卜杜尔·阿齐兹发现自己的帝国是世界的污点——堕落、贫穷、可怜，以极端的无知、犯罪和野蛮而臭名昭著——他的生命碌碌无为，但他还要浪费有限的光阴，然后归于尘土，被蛆虫所啃噬，就此结束！

在十年的时间里，拿破仑促进了法国的商业繁荣，其贡献是难以计数的。他重建了巴黎，并部分重建了这个国家的每一座城市。他一次性征用整条街道，评估毁损程度，支付拆迁费，重新打造优美整洁的街道。然后，投机者买光地皮并出售，但是，原来的业主会被政府赋予优先选择权，价格是公开的。然后投机者才能购买。但最重要的是，拿破仑在法兰西大权独揽，使法国成了相当自由的土地——因为人民不愿意过多干涉政府事务。没有国家像法国这样为生命和财产提供强力保障，人民能享有自己想要的所有自由，但是，自由不等于无法无天——不得干涉他人，不得给他人带来痛苦。

至于这位苏丹，只要在任何地方设个陷阱，一晚上就能逮到十几个强过他的人。

伟大的冒险家拿破仑精力过人，坚持不懈，开拓进取。虚弱的阿卜杜尔·阿齐兹无知、偏执、懒散。乐队奏响音乐，拿破仑和阿卜杜尔·阿齐兹准备前进——齐步走！

我们看到了宏大的检阅场面，看到了胡须斑白的克里米亚老兵兼法兰西元帅康罗贝尔，看到了——呃，看到了一切，然后，我们满意地回家了。

第14章

我们去参观巴黎圣母院。巴黎圣母院的大名已经是如雷贯耳。有时，我都感到惊讶，因为我们确实知道得太多，而且我们也太聪明了。我们立刻认出这座古老高大的褐色哥特式建筑；景色如画。我们离开一段距离，从一个观察视角转到另一个观察视角，长时间凝视着它高耸的方塔和富丽堂皇的正门，只看见密密麻麻残缺不全的圣徒石像。时光似箭，日月如梭，圣徒们却一直居高临下，平静地俯视众生。在骑士精神和浪漫主义盛行的古代，耶路撒冷的最高级主教站在这些建筑下面，号召进行第三次十字军东征，那是六百多年以前的事情了；从那时起，圣徒们就站在了那儿，安静地俯视令巴黎或喜或悲的震撼人心的一幕幕场景、最宏大的庆典、最不同寻常的景象。这些支离破碎、鼻子无踪的老家伙见过许许多多的骑士全身披挂，排成队列，从圣地回家；他们听过头上的钟鸣，钟声就是圣巴塞洛缪大屠杀的信号，大屠杀在钟鸣之后开始；后来，圣徒们看到了雅各宾派的恐怖统治，法国大革命时期的残忍屠杀，国王被推翻，拿破仑一世和拿破仑三世加冕，如今在杜伊勒里宫为年轻王子进行的洗礼，年轻的王子对着大批仆从居高临下、颐指气使——他们可能继续站在那儿，直到他们看着拿破仑王朝灰飞烟灭，伟大共和国的旗帜飘扬在拿破仑王朝的废墟之上。我希望这些老家伙可以开口说话。他们会说出值得一听的故事。

他们说，在古罗马时代，在十八到二十个世纪之前，巴黎圣母院现在矗立的地方曾经有过一座异教徒寺庙——这座异教徒寺庙的遗迹依然在巴黎留存；大约在公元 300 年左右，一座基督教堂取代了异教徒寺庙的位置；公元 500 年的时候又有一座取而代之；眼前的大教堂奠基于大约公元 1100 年。此时大家会认为此地已经成了一个相当神圣的所在。这栋庄严古建筑的一部分让人想起了古色古香、历史悠久的建筑式样。它由勃艮第公爵让·桑斯-珀尔建造，以使他的良心得到安息——他暗杀了奥尔良公爵。天呐！美好的旧时光一去不复返了。在美好的旧时光里，杀手可以除去恶名，消弭麻烦，安然入睡，需要做的仅仅是拿些砖头瓦块，涂涂抹抹，在教堂旁边建个小屋。

巴黎圣母院重要的西立面，有多个大门，都被四四方方的柱子一分为二。1852 年，他们把中间的柱子取走，以感谢总统重新掌权——但是，很快，他们就有机会重新考虑取走柱子是否合适，然后再搬回来！确实搬回来了。

我们在宏伟的侧廊里闲逛了一两个小时，仰望色彩艳丽的玻璃，玻璃上装饰着蓝色、黄色、深红色的圣徒和殉道者，努力去欣赏小教堂里无数的伟大画作，然后，我们得以进入圣器室，看到了一件精美的袍服，教皇为拿破仑一世加冕的时候就穿的这件；一车纯金纯银器皿，用于盛大的公众列队祝祷游行和教堂庆典；真正十字架上的钉子、十字架本身的一块碎片、荆棘王冠的一部分。我们在亚速尔群岛一个教堂已经看到一大块真正的十字架，只是没有钉子。他们同样向我们展示了沾血的袍服，是巴黎大主教穿过的。1848 年，起义者怒火冲天，当时的巴黎大主教将自己神圣的躯体暴露在怒火中，跨过路障，高举象征和平的橄榄枝，希望终止屠杀。他的高尚行为使他献出了自己的生命，他被枪击身亡。他们向我们展示了巴黎大主教面庞的模型，这个模型是巴黎大主教死后制作的。他们还向我们展示了杀死巴黎大主教的子弹，以及两块椎骨，子弹射入了两块椎骨之中。这些人对遗物的兴趣有点不同寻常。弗格森告诉我们，当年的巴黎大主教腰带上挂着银十字架，有人把银十字架夺走，扔进塞纳河里，银十字架在河底的烂泥里躺了十五年，后来，一个天使在一位神父面前显灵，告诉神父从那儿一头扎下去能找到十字架；神父确实一头扎了下去找到了银十字架，银十字架现在就在巴黎圣母院展览，供人们瞻仰，因为有些人相信无生命的物体可能拥有强大的力量并影响人们的生活。

接下来，我们去参观停尸房，这是个陈列死人的可怕地方，这里的人神秘死去，他们去世的原因就是个可怕的秘密。我们站在一扇格栅跟前，向房间里张望，房间里挂满了死人的衣服；被水浸泡的粗糙罩衫；妇女儿童的精致衣着；贵族服装，有被劈刺的痕迹，溅满血迹；一顶被弄皱的帽子，血迹斑斑。

在一块倾斜的石头上躺着一个溺水身亡之人，裸体、肿胀、发紫；手里紧紧抓着一段折下的树枝，溺水而亡之人会牢牢抓紧手里的东西，人的力量是无法让这具尸体放手的——这段树枝就是无声的目击者，看着为了活命而垂死挣扎的一幕，而这最后一搏依然无济于事。一注水流不断滴在那张可怕的脸上。我们知道尸体和衣服是放在那儿留待朋友认领的，但是，我们怀疑是否有人会喜欢这具丑陋的东西或者哀悼其逝去的年华。我们冥思苦想，考虑是否会出现下面的情况：四十年前，这具可怕躯体的母亲把它放在膝头玩耍，亲吻它，爱抚它，自信满满地向路人展示它，她可曾预料到如此可怕的结局？她的脑海里可曾闪过如此可怕的一幕？我还是有点害怕，我们在这儿的时候，这个死人的母亲、妻子或者兄弟会不会出现。但是，没人出现。男男女女来到这里，有些人急不可耐地望着里面，把脸挤在栅栏上；还有些人草率地扫了一眼尸体，然后就面带失望地走开了——我想，所有这些男男女女都靠强烈的刺激过日子，定期来看停尸房的展览，就像有的人每晚去剧院看戏一样。当一个人向里面张望，然后继续赶路的时候，我不禁想："既然这具尸体不能让你满足——你需要的就是一个脑袋被枪打掉的尸体。"

一天晚上，我们前往著名的马比耶公园，但是只逗留了一小会儿。然而，我们想看到诸如此类的巴黎生活，所以，第二天晚上，我们去了一个类似的娱乐场所，位于阿涅埃郊区的一个大公园里。傍晚时分,我们来到了火车站,弗格森买了二等车票。人潮涌动,我难得一见——但是,没有噪声,没有混乱,没有争吵。我们知道一些上车的妇女和年轻女孩是暗娼。其他的还有些我们并不确定。

除了吸烟之外,一路上,我们车厢的女孩和妇女举止得体、中规中矩。当我们到达阿涅埃的公园之时,我们支付了一两个法郎的门票钱,然后入园。公园里有花坛、草地、装饰性的灌木,排成弯曲的线条,还有隐秘的凉亭,方便在里面吃冰淇淋。我们沿着弯弯曲曲的石径前行,身边是许多女孩和年轻男子。突然之间,白色圆顶寺庙映入眼帘,建筑精美,明亮的煤气灯星星点点,光芒四射,灯光就像落日一样倾泻在我们身上。附近是一栋规模宏大的房子,宽大的正立面也采用了某种照明设施,房顶上飘着美国的星条旗。

"哇!"我说。"这是怎么了?"我几乎喘不上气来了。

弗格森说一个美国人——纽约人——拥有这栋房子,正在跟马比耶公园大唱对台戏。

在我们这群人之中,男女老少都在公园里嬉戏游玩,坐在旗杆前和寺庙前的露天地里,喝葡萄酒,喝咖啡,抽烟。舞蹈还没有开始。弗格森说这里还要表演节目。大名鼎鼎的布隆丹要在公园的另一边走钢丝。我们来到公园的另一边。这里灯光昏暗,许多人挤在一起。现在,我犯了一个错误,所有的驴子可能都会犯这样的错误,但是英明睿智的人不会。我发现这样的错误我每天都在重复。我恰好站在一位年轻女士的前面,我说:"丹,看看这个女孩,真漂亮!"

"先生,显而易见,你是发自内心地在称赞我,对此我深表感谢。可是你没必要在大庭广众之下这么嚷嚷!"这些话是用地道纯正的英语说出来的。

我们走了走,但是,我心情极度沮丧,不能自已。我在此后一段时间里都无法释怀。人们为什么就这么蠢,会以为上万人之中只有自己这么几个外国人呢?

但是,布隆丹不久后就出来了。他出现在了一根绷紧的钢丝之上,给人高处不胜寒之感。下面是抛起的帽子和手帕,密密麻麻就像跃动的海洋。成百上千只彩珠筒嘶嘶鸣响，直冲云霄，烈焰围绕在布隆丹的身边，布隆丹就像是一个微不足道的小虫。他靠一根杆子来保持平衡，走完了整条钢丝——全长两三百英尺；他回来之后接一个人，带着这个人走钢丝；他回到钢丝中心，跳起了吉格舞；接着，布隆丹表演了体操动作和平衡技巧，险象环生，根本算不上让人愉快的景象了；最后，他在助手身上披挂上一千个罗马焰火筒、凯瑟琳车轮式火焰、各种颜色鲜艳的金蛇烟火和彩珠筒，突然之间全都点着，布隆丹再次在钢丝上行走旋转，气氛热烈，百"花"齐放，让人眼花缭乱，整个公园都被照得如同白昼，人们的脸上都洋溢着焰火的五颜六色。好一场午夜大火啊。

舞蹈已经开始了，我们离开走钢丝现场，前往寺庙。寺庙里有一个饮酒沙龙，饮酒沙龙的周围是宽敞的圆形舞台。我靠在寺庙的墙壁上等待。二十对舞伴整装待发，音乐奏响，然后——我把双手捂在脸上，因为场面太让人害羞了。但我透过指头缝向外看。他们在跳著名的"康康舞"。我面前有一对舞伴，漂亮的女孩轻轻向前迈步，迎上对面的绅士，迈步回来，用双手使劲抓住衣服的两边，高高撩起，跳的是不同寻常的吉格舞，比我以前所见的所有吉格舞的活动量都大，暴露得也更多。然后，她又把衣服抛得更高，欢快地进到中心，居心叵测地对舞伴用力一踢。如果她的舞伴身高七英尺，鼻子肯定会被踢掉。幸好，他只有六英尺。

这就是康康舞。康康舞旨在尽量狂野、喧闹、激烈地跳舞；如果是女人就尽可能暴露自己；别管是男是女，踢得越高越好。这样说毫不夸张。那晚在现场的所有一本正经、德高望重、一把年纪的人们都可以证明这一点。当时有很多这种人。我估计，法国人的道德观念并非古板严谨、大惊小怪。

我走到一边，对康康舞概览一番。叫嚷，欢笑，疯狂的音乐，纷繁复杂且令人困惑莫名的混乱，鲜艳的衣服猛地抛起又忽地落下，脑袋前后左右摆动，胳膊飞舞，空中像闪电般闪耀的是穿着白色长筒袜的小腿和精致的舞蹈鞋。最后是集体猛冲，一片骚乱，无比喧闹，疯狂奔逃！天啊！在《阿罗维闹鬼的古老教堂》里，在那个风雨交加的夜晚，颤抖的泰姆·奥相特看到魔鬼和女巫狂欢作乐。从那之后，地球上再没看到过如此一番景象。

我们参观了卢浮宫，当时并没计划购买丝绸，欣赏了旧日大师绵延数英里的画作。有些画作美丽优雅，但同时也表现了卑躬屈膝、谄媚权贵的倾向，因此，我们没有兴趣欣赏。对我来说，他们对达官贵人令人肉麻的谄媚更为突出，也更能吸引我的注意力，而色彩的魅力和绘画之中的表现力就没那么吸引人了。感恩之心是个好事，但是，我觉得有些艺术家好像做得过头了，不是感恩，而是崇拜。如果这种崇拜有个说得过去的理由，那么，就让我们原谅鲁本斯等人吧。

但是，我会放弃这个话题，以免说了什么不该说的话，冒犯了这些旧日大师。

当然，我们驱车行进在无边无际的布洛涅森林公园里，里面有森林、湖泊、小瀑布、宽阔的林荫道。触目所及车水马龙，一派生机勃勃与欢欣鼓舞。有非常普通的出租马车，载着父母和所有的孩子；有惹人注目的小型敞篷马车，里面是蜚声各地且名声不佳的女士；公园里还有公爵夫妇，穿着花哨的男仆跟在后面，再后面是六个同样穿着花哨的骑马侍从；公园里侍从的制服各种各样，有蓝色与银色相间的，绿色和金色相间的，粉色与黑色相间的，林林总总，让人眼花缭乱，不一而足。我几乎也想做个穿制服的跟班了，因为这些制服太棒了。

但是，不久，法兰西皇帝就过来了，所有其他人都黯然失色。前面是贴身骑士开路，骑士们跨在骏马上，穿着华丽的制服。皇帝马车的马匹（粗略估计有一千匹）由雄赳赳的随从骑乘，这些随从也都穿着鲜艳的制服。马车之后又是一队贴身保镖。人人都退避三舍；人人都向皇帝以及皇帝的朋友苏丹鞠躬；他们晃晃悠悠地匆匆而过，消失在人们的视线之中。

我不会描述布洛涅森林。我做不到。布洛涅森林是一片美丽典雅、无穷无尽、精彩万分的荒野。布洛涅森林令人着迷。有人可能会说，布洛涅森林现在就是巴黎的一部分。但是，布洛涅森林之中一块破碎的古老十字架提醒人们布洛涅森林并不一直是巴黎的一部分。十字架是一个地标，14世纪的时候，一位著名的游吟诗人在此遭到伏击被杀。就在这个公园里，去年春天，一个名字拗口的家伙试图用手枪结束俄国沙皇的性命。子弹击中了一棵树。弗格森领我们看了那个地方。如今在美国，在五年之内，这棵有趣的树就会被砍倒，或者被忘得一干二净。但是在法国，这棵树却得到了保护。就算是在未来八百年的时间里，向导也会为游客指出这棵树。当这棵树腐朽倒下的时候，他们会栽上另外一棵树，并像现在那样重复这个古老的故事。

第15章

参观拉雪兹神父公墓是一次非常愉快的旅行。拉雪兹神父公墓是法国的国家公墓，法兰西一些杰出英才在这里光荣地安息。数十位平民出身的优秀儿女长眠于此，他们都靠着自己的经历和天赋获得了声誉。这是一座肃穆的城市，街道蜿蜒曲折。逝者的微缩大理石寺庙和大宅闪着白光，坐落于一片树叶和鲜花之中。并不是所有的城市都像这座城市一样人才云集，也很少有城市可以在自己的城墙里找到这么大一块地方。在任何一座城市里，几乎没有宫殿可以做到如此设计精美，富于艺术性，不惜材料，巧夺天工，美轮美奂。

我们站在古老的圣丹尼斯教堂之中，三十代国王和王后的大理石肖像立于坟墓之上，舒展且逼真；给人带来震撼新奇的感觉；奇特的甲胄，过时的衣着，温和的面容，双手合十，充满诚意地祈愿——真是恍如隔世。可以说，面对面看着老朽的达格贝尔特一世、克洛维、查理大帝好像非常奇怪，这些模糊而罕见的英雄，这些幽灵，这些千年之前的神话！我用手指触摸他们布满灰尘的面庞。但是，达格贝尔特已经去世十六个世纪了，十六个世纪悄然流过，他愈加默默无闻。为基督劳碌之后，克洛维就酣然入睡。老朽的查理曼继续梦想着自己的十二勇士，梦想着血流遍地的龙塞斯瓦列斯。他们都不理我。

拉雪兹神父公墓的知名人士也给人留下了深刻的印象，只是印象各有不同而已。人们总是认为安葬在拉雪兹神父公墓的都是王室贵族、达官贵人——勇气过人、才智突出之辈。聪慧睿智，人品高尚，职业崇高，所有具备三个特点之中一个的人都能在此找到知名代表。结果就是拉雪兹神父公墓成了一个囊括各行各业、三教九流的大杂烩。达乌和马塞纳参加过多次战斗，是两个悲剧人物，被安葬在了拉雪兹神父公墓。同样声名显赫的拉谢尔也长眠在这里，她生前在舞台上表演悲剧。西伽尔教士长眠在这里——他首先倡办了聋哑人教育，是个伟大的教师——西伽尔教士关心每个不幸之人，毕生都投入到了慈善机构之中，为聋哑人服务；就在不远处，最终安享安静与平和的是内伊元帅，他勇猛好斗，只知道鼓角争鸣，不懂其他音乐。有一个人首先把煤气灯用于公共照明；还有一个人也作出了突出的贡献，引进土豆，给数百万饥饿的国民带来了福祉。这两个人都埋葬在拉雪兹神父公墓。与他们做伴的是马塞拉诺亲王、流亡东印度的王后和王子。化学家盖－吕萨克、天文学家拉普拉斯、医生拉雷、律师德·塞兹都埋葬在这儿，和他们在一起的有塔尔马、贝利尼、鲁比尼、巴尔扎克、博马舍、贝朗热；莫里哀和拉封丹，类似的还有几十位，即便是在遥远的文明地区，他们的英名和丰功伟绩也如雷贯耳。长眠在圣丹尼斯教堂拱门下的国王和王子们虽然史上留名，但也不过如此。

拉雪兹神父公墓里的坟墓成千上万。有那么一座墓，别管是男女老少，只要是经过，都会停下来端详一番。每个前来参观的人都对死者的历史有某种模糊的了解，并认为应在此表达敬意。但是，两万人中不会有一个人能够清楚地记起这座坟墓的故事及其主人的浪漫往事。这是阿伯拉尔和埃洛伊丝的合葬墓。在七百年的时间里，这座坟墓受到了更多的爱戴，更为人所知，关于这座坟墓的著作、歌曲和赢得的眼泪也越来越多，而基督教世界里的其他坟墓就相形见绌了，救世主的例外。所有的参观者都若有所思地在此逗留；所有的年轻人都会不遗余力地搜罗各式各样的纪念品；所有为情所困的巴黎年轻男女都会在泪水满眶的时候来此舒缓压力；是的，许多心碎的外省情侣以朝圣的心态不辞辛劳来此拜祭，痛哭流涕，"咬"牙"切"齿地诉说自己的万般哀愁，献上不凋花和含苞待放的花朵，希冀墓穴里那对受到惩罚的灵魂能因此给予他们同情。

第 15 章

只要你去那儿,就会发现有人在坟前哭鼻子抹眼泪。只要你去那儿,就会发现墓穴上摆放着花束和不凋花。只要你去那儿,就会发现来自马赛的火车来补充石子,因为错误表达感情的人们破坏公物,把石子当作纪念品拿走了。

然而,有谁真正了解阿伯拉尔和埃洛伊丝的故事?屈指可数。人人都非常熟悉这两个名字,仅此而已。带着无尽的痛苦,我了解了这段历史,我要在这里讲述这个故事有两个原因。第一,让公众知晓这段历史的真实情况。第二,让公众明白他们在无谓地浪费大量畅销的感情。

埃洛伊丝出生于七百六十六年之前。可能有父母。但是史料上没说。她和舅父菲尔贝生活在一起,菲尔贝是巴黎大教堂的"炮弹教士"①。我不知道大教堂的"炮弹教士"是什么,但是,他就是"炮弹教士"。他可能顶多是个山地榴弹炮,因为那时候没有重型火炮。不过,只要知道一点就行:埃洛伊丝与她的"山地榴弹炮"舅父幸福地生活在一起。埃洛伊丝童年的大多数时光是在阿让特伊修道院度过的——以前从没听说过阿让特伊,但估计确实有这么个地方。后来的情况可能是,她回到"老枪"舅父那儿或者"老枪"之子那儿。舅父或舅父的儿子教她读写拉丁语。拉丁语是当时的文学语言和上流社会语言。

就在此时,已经作为修辞学家而名声大噪的皮埃尔·阿伯拉尔来到巴黎找寻修辞学校。他提出了独具匠心的原理,而且巧言善辩,体格雄伟,相貌英俊,因而让人过目不忘。他看到了埃洛伊丝,被年少貌美、性情温和的她所俘虏。他给她写信;她回信了。他再写;她再次回信。他现在陷入了爱河。他渴望结识她——与她面对面交谈。

阿伯拉尔的学校在菲尔贝的住宅附近。阿伯拉尔请求菲尔贝允许他来拜访。心地善良的老炮弹发现这是个千载难逢的机会:自己深爱

---

① "炮弹教士"原文为"canon",本应为咏礼司铎的意思,根据后文可知作者将"canon"与"cannon"(炮弹)一词混淆。

的外甥女可以师从这个男人，而且自己不用花一分钱。这就是菲尔贝——一个吝啬鬼。

不幸的是，没有任何一个作者提到菲尔贝叫什么名字。不过，叫他乔治·W. 菲尔贝就行了，叫其他的名字也行。在这一点上，随他去吧。菲尔贝让阿伯拉尔给埃洛伊丝上课。

这个千载难逢的机会让阿伯拉尔欣喜若狂。他常一来就待很久。他有封信的第一句话就表明，主人家友好接待他，他的所作所为简直就是一个地地道道的恶棍，他蓄意勾引一位容易轻信别人的纯洁女孩。下面便是这封信。

  我吃惊万分，菲尔贝怎么这么单纯啊！同样令我吃惊的是，菲尔贝仿佛把一只羔羊投到了饿狼的怀抱里。我和埃洛伊丝，以学习为借口，全身心地投入爱情之中，爱情需要私密的空间，我们的学习就给我们提供了这么个机会。书本在我们面前展开，但是我们更多时候是在谈情说爱，哲学被放在了一边。我们的嘴唇更多是用于接吻，而不是说话。

就这样，阿伯拉尔生性卑劣，为主人给予他真诚的信任而沾沾自喜，觉得人家"单纯"得可笑；禽兽不如的阿伯拉尔诱奸了菲尔贝的外甥女，而他还是菲尔贝的客人。这事轰动了巴黎。有人把这事告诉了菲尔贝——告诉了多次——但是菲尔贝拒绝相信。菲尔贝无法理解，一个人怎能如此卑劣下流，主人热情好客，而客人却利用这种神圣的保护和安全来达到不可告人的目的，犯下如此为人不齿的罪行。但是，菲尔贝听到了街上的流氓无赖唱着阿伯拉尔写给埃洛伊丝的情歌，此时才真相大白——教授修辞和哲学跟情歌是风马牛不相及的。

菲尔贝把阿伯拉尔从家里赶了出去。阿伯拉尔悄悄潜回，把埃洛伊丝带到了布列塔尼的巴莱，这里是阿伯拉尔的故乡。不久，埃洛伊丝就在此生下了一个儿子，孩子非常漂亮，取名为埃斯特拉卜-威廉·G.。埃洛伊丝私奔让菲尔贝暴跳如雷，菲尔贝想要复仇，但却

第 15 章   95

投鼠忌器，害怕埃洛伊丝受到伤害——菲尔贝依然温柔地爱着埃洛伊丝。最终，阿伯拉尔提出要埃洛伊丝——但是有个可耻的条件：要秘密结婚，不让世人知道，目的是（然而，埃洛伊丝依旧和以往一样名誉扫地）保全自己的教士声誉。这真是寡廉鲜耻之人才能做出来的事情。菲尔贝觉得这是个机会，同意了。菲尔贝打算让两人结婚，然后利用阿伯拉尔的信任，利用别人的信任本来就是阿伯拉尔给菲尔贝的教训；菲尔贝要揭露这个秘密，在一定程度上洗雪外甥女的耻辱，挽回外甥女的声誉。但是，外甥女怀疑菲尔贝的阴谋诡计。一开始，埃洛伊丝拒绝结婚；她说菲尔贝会泄露秘密来挽救她，另外，埃洛伊丝也不想拖累如此天资过人的情人，因为她的情人受人尊敬，前途无量。这是高尚的爱，充满了自我牺牲精神，心地纯洁的埃洛伊丝心甘情愿这么做。但是，这不是个好主意。

但是，埃洛伊丝被说服了，婚礼秘密举行。现在，轮到菲尔贝动手了！备受戕害的心灵最终会被治愈；饱受摧残的灵魂将要再度得到安宁；无颜抬起的头颅将要再次昂起。菲尔贝在巴黎的上层社会宣布二人的婚讯，为洗刷了家族的耻辱而兴奋。但是，瞧！阿伯拉尔拒不承认已经结婚！埃洛伊丝也不承认！人们都知道先前发生了什么。如果只是阿伯拉尔拒不承认已经结婚，人们还能相信菲尔贝。但是，主要当事人——埃洛伊丝本人——也否认了，人们哄堂大笑，菲尔贝受尽嘲弄，心情绝望。

巴黎大教堂可怜的"炮弹教士"再遭重创。挽回家族声誉的最后一丝希望破灭了。接下来怎么办？人类的本性让他去复仇。说干就干。历史学家说：

> 菲尔贝雇用的暴徒在夜晚袭击了阿伯拉尔，可怕而残忍地打残了他。

我去寻找这些"暴徒"的安息之地。如果找到了，我会流下眼泪，堆起一些花束和不凋花。我还要强行带走一些石子，以资纪念。

这些暴徒一生之中可能或多或少地犯下了罪行，但无论如何，袭击阿伯拉尔乃是正义之举。虽然，严格按照法律条文来说，他们的做法并不合法。

埃洛伊丝进了修道院，永远告别了这个世界，这个世界的欢乐与她无关了。在十二年的时间里，她从未听到过阿伯拉尔的任何信息——甚至没有人在埃洛伊丝面前提到过他。埃洛伊丝成了阿让特伊修道院的院长，过着完全与世隔绝的生活。一天，她偶然发现了阿伯拉尔写来的信，阿伯拉尔在信中讲述了自己的故事。埃洛伊丝放声大哭，给阿伯拉尔回信。阿伯拉尔又来信了，称呼埃洛伊丝是自己的"基督教姐妹"。他们继续鸿雁传书，埃洛伊丝的语言毫不修饰，她对感情坚定不移。阿伯拉尔语言冰冷，老谋深算，字斟句酌。埃洛伊丝打开心扉，热情洋溢，前言不搭后语；阿伯拉尔却像在写论文一般，结构完整，精心划分了标题和副标题、前提和论点。埃洛伊丝的字里行间尽显温柔，给他最亲切的称呼；阿伯拉尔心硬如铁，就像北极的冰川一样冰冷，称呼埃洛伊丝为"基督的伴侣"！这个寡廉鲜耻的恶棍！

因为埃洛伊丝对修女管理松懈，她们之中出现了一些不体面的违禁行为，所以，圣丹尼斯修道院的院长免了埃洛伊丝的职。当时，阿伯拉尔是圣吉尔达德吕伊修道院的最高长官。听说埃洛伊丝无家可归，阿伯拉尔心中涌起一股同情（这种不熟悉的感情没有爆掉阿伯拉尔的脑袋真是咄咄怪事），阿伯拉尔把埃洛伊丝和她的属下安置在了圣灵之家的小礼拜室里。圣灵之家是由阿伯拉尔创立的宗教机构。一开始，埃洛伊丝生活困顿，经历了许多艰难困苦。但是，她意志坚定，善解人意，因而结交了有影响力的朋友，建成了一座富有繁荣的修道院。埃洛伊丝成了教会领袖们的大红人，也在公众之中大受欢迎，虽然她很少公开露面。很快，埃洛伊丝声名鹊起，好评如潮，备受器重，而阿伯拉尔的地位却同样迅速地一落千丈。教皇以埃洛伊丝为荣，任命她担任她创建的修道会的首脑。阿伯拉尔是个天赋极高之人，是那个时代的第一辩论家，他变得胆怯懦弱、犹豫不决，怀疑自己的各种能力。阿伯拉尔以博学多才闻名于世，但是，只需要一次非常不幸的事件，就可以让高高在上的阿伯拉尔摔下来，这样的事件说来就来了。国王和王子们要求阿伯拉尔与心思缜密的圣伯纳德面对面论战，并碾压对方。围观的是王室成员和著名人物，阿伯拉尔冥然兀立。圣伯纳德说完之后，阿伯拉尔环顾四周，结结巴巴地开始说话；但是，阿伯拉尔勇气顿失，如簧之舌也像打结了一样；他话未出口就浑身颤抖，坐了下来。昔日的辩论冠军颜面扫地，败下阵来。

阿伯拉尔默默无闻地死去，于公元1144年埋葬在克吕尼。后来，阿伯拉尔的尸体被迁移到了圣灵之家。二十年之后，埃洛伊丝去世，人们根据她的临终遗愿把她与阿伯拉尔埋葬在了一起。阿伯拉尔在六十四岁的高龄去世，埃洛伊丝去世时六十三岁。合葬三百年之后，再次迁墓。1800年，又一次迁墓。最终，十七年之后，他们被挖出来，迁移到了拉雪兹神父公墓。他们在拉雪兹神父公墓享受着安静平和的生活，直到时机到来，再次起来搬家。

历史书并没有记载"炮弹教士"后来如何。就任由世人评说吧。我至少对他表示尊重。别人滥用他的信任，给他留下了不灭的记忆和永久的伤痛，他的心碎了，他的灵魂惨遭折磨。让他永远安息吧。

这就是阿伯拉尔与埃洛伊丝的故事。这就是那段令拉马丁①潸然泪下的历史。但是，拉马丁一个什么样的人呢？就算是最令人无动于衷的主题，也会让拉马丁热泪盈眶。拉马丁应该修筑一道大坝——或者，我应该说得更明白点，他应该修筑大堤，这样他的泪水才不会奔涌而出。这段历史就是这样——并不像通常所说的那样。如果撕掉多愁善感的外衣，令人作呕的历史真相就能得到还原。皮埃尔·阿伯拉尔本来是个卑怯的诱奸犯，却在历史外衣的掩盖下成了我们崇拜的对象，令无数善男信女肝肠寸断。埃洛伊丝是个遭到苛待的忠实的女孩。对于她，我无法指责。心碎的少男少女在她的坟前供奉简单的祭品来纪念她，我不会顺走一件祭品。但是，非常遗憾，我没有时间和

---

① 拉马丁（1790—1869），法国浪漫派抒情诗人。

机会写上四五卷书来表达我对她的那位朋友的看法，别管她这位朋友创建的是圣灵之家，还是胜定之家。

都是我无知，在这个寡廉鲜耻的骗子身上浪费了这么多的感情！从此以后，我对这样的人再也不会感情用事了。我要先把他们调查清楚，明白他们是否值得我泪眼婆娑。我希望能拿回我的不凋花，以及那束萝卜。

在巴黎，我们在商店橱窗里经常看到"这里说英语"的标识，就像在美国看到一个"这里说法语（Ici on parle française）"的标识。我们总是迅速闯进这些地方——无一例外地被人用字正腔圆的法语告知，这里说英语的员工刚去吃饭了，一个小时就回来了。先生要买点什么吗？我们想知道，这些人吃饭的时间为什么这么不同寻常，而且无规律可循。因为我们去这些商店的时间，根本不是标准的基督徒外出吃饭的时间。事实是，这就是卑劣的欺诈行为——一个陷阱，掉以轻心的人会陷进去——哄骗菜鸟的谷糠。他们没有可以讲点英语的员工。他们靠这个标识来诱骗外国人误入虎穴，靠自己的三寸不烂之舌把外国人稳住，直到外国人买点什么。

我们还发现了另一种常见的法国骗局，标识大致是：**"此地备有各式美国饮料，精工细作而成。"** 我们聘请了一位绅士，这位绅士熟知美国酒吧的术语。然后，我们走进了一个骗子开的酒吧。一个系着围裙的法国人鞠了一躬，迅速迎了上来："先生们想要点什么（Que voulez les messieurs）？"我们不知道这是什么意思，但他就是这么问的。

我们的头儿说："我们想要纯威士忌。"

［这个法国人盯着我们。］

"呃，如果不知道什么叫纯威士忌。就给我们香槟鸡尾酒。"

［盯着我们，耸耸肩。］

"呃，那么，给我们上雪利可倍乐[①]。"

这个法国人一筹莫展，就像在听天书一般。

---

① 雪利可倍乐，雪利酒加柠檬、糖等制成的饮料。

"给我们上白兰地斯马喜!"

这个法国人开始往后退了。我们最后一次点酒的时候声嘶力竭,这个法国人担心会有什么不好的事情发生——开始往后退了,耸耸肩,摊开双手,表示道歉。

头儿跟了上去,大获全胜。这个外国人没受过什么教育,甚至无法提供圣克鲁斯潘趣酒、开眼酒、威士忌苹果酒混合饮料、地震酒。显然,这个法国人是个邪恶的骗子。

我的一个熟人以前说过,毫无疑问,在参观博览会的美国人当中,只有他享受了皇帝贴身保镖护送的殊荣。我温文尔雅却又直言不讳地说,我感到惊讶,因为他大长腿,尖下巴,长相不讨人喜欢,像他这样幽灵一般的人物,竟然享此殊荣。我问他到底是怎么回事。他说自己前段时间在战神广场观看了一场盛大的阅兵式,随着时间的推移,人越来越多,他在栏杆里面看到了一片开阔地。他离开马车,走了进去。那里就他一个人,所以他的空间足够大,又处于中心位置,他可以看到场地上进行的一切准备活动。渐渐地,音乐声传来。很快,法国皇帝和奥地利皇帝就在著名的百人团护卫下进入了围场之中。他们好像没有注意到他。但是,卫兵司令给出了一个信号,一个年轻中尉看到信号,径直带队向他走来,停下,举起手,敬军礼,然后低声说,不好意思打扰了陌生的绅士,但是此地皇家专用。然后,这个新泽西幽灵站起来,鞠躬,请求原谅,随后军官陪着他,军官的一队人马跟着他前进,帝国百人团毕恭毕敬地护送他回到了马车上!军官再度敬礼,退下。新泽西小妖怪鞠躬回礼,像模像样地装作刚刚完全是因私会见了两位帝王,挥手跟军人们告别,从场地驱车离开了!

想象一下,一个可怜的法国人在不知情的情况下误入公共讲坛,而这个公共讲坛却是某个三四线美国要人的圣地。警察老爷会来一阵暴风骤雨,骂人不带脏字,把这人吓得要死,然后横加指责把他赶走。显而易见,我们在某些方面优于法国。但是,法国人在其他一些方面大大优于我们。

巴黎就到此为止了。我们已经尽兴了。我们看到了杜伊勒里宫、拿破仑之柱、玛德莲教堂、旷世奇观拿破仑陵墓、所有伟大的教堂和博物馆、图书馆、皇宫、雕塑和画廊、先贤祠、植物园、歌剧、马戏、立法机关、台球室、理发师、年轻女工……

啊，法国年轻女工！我差点忘了。她们是另一个浪漫的骗局。她们（如果你相信旅行指南里的鬼话）都那么美——那么干净整洁，优雅得体——天真无邪，信赖他人——温和有礼，可爱迷人——忠于职守，热爱自己的商店，叽里咕噜，胡搅蛮缠，让买家无力抗拒——对拉丁区的穷学生关爱有加——星期天的郊外野餐会上，她们无忧无虑，兴高采烈——还有，哦，不食人间烟火，就像快乐迷人的仙子坠落凡间！

一派胡言！有那么三四天，我一直在说："快看，弗格森！那是个法国年轻女工吗？"

弗格森总是回答："不是。"

最后，弗格森明白了，我想看的是法国年轻女工。然后，他领我看了几十个法国年轻女工。几乎就跟我见过的每个法国妇女一样——朴实无华，乏善可陈。她们手大，脚大，嘴也大；她们都有一个狮子鼻，还有胡须，就算是有教养的人也不会视而不见；她们直接把头发往后梳，不分头；体型不好看，谈不上可爱迷人，做不到优雅得体；从她们的外貌，我就可以知道她们吃大蒜和洋葱；最后一点，我认为，要说她们是坠落凡间的仙子，那就是言不由衷的谎言。

走开，哪有什么漂亮姑娘，你们这些大妈！以前我羡慕拉丁区的浪荡学生，现在我更为他们感到悲哀。就这样，我儿提时代的又一个偶像轰然倒地。

我们看到了一切。明天，我们去凡尔赛。我们还会回到巴黎登船，继续我们的航程，但回来时只会在巴黎短暂停留。所以，我也感到遗憾，要跟这么美丽的城市说再见了。离开巴黎之后，我们会旅行数千英里，参观许多伟大的城市，但是，没有一个城市会像巴黎这么令人神魂颠倒。

我们之中的一些人已经去了英格兰，想要绕个圈子，于几个星期之后在里沃纳或者那不勒斯再度登船。我们几乎就要打算到日内瓦去了。但是，最后，我们决定回到马赛，从热那亚北上穿越意大利。

　　我要总结一下这一章，我非常自豪能做出总结——也感到高兴，因为我的伙伴们热诚地给予肯定，即到目前为止，我们在法国看到的美女都是在美国土生土长的。

　　现在，我的感觉是，一个人仅仅在最后时刻完成了一件合情合理的事情，但却挽回了摇摇欲坠的名声，让饰有纹章的盾牌从暗淡无光变得光芒夺目。

　　伴着缓慢的乐曲落幕吧！

第16章

凡尔赛！太美，太漂亮了！你瞪大眼睛，连眼皮都不眨一下，眼前的一切竟然是真的，这就是天上人间，不是传说中的伊甸园——但是，你头晕目眩，周围美丽的世界让你昏昏沉沉，你半信半疑地认为自己陷入了美梦之中，无法自拔。景色就像军乐一样，令人兴奋激动！这是个高贵典雅的地方，正面装饰精美的房屋鳞次栉比，延伸开去，好像没有尽头一样；前面是条宏伟的长廊，帝国军队可以在此接受检阅；周围到处是几乎数不清的五颜六色的花朵、巨大的雕像，但看起来却像是仅仅零散分布在这片宽阔的空间中；长廊有宽阔的石头台阶，通往花园的低处——整团的士兵都可以在这条阶梯上站岗，而且空间还绰绰有余。还有规模宏大的喷泉，巨大的青铜像把耀眼的水流喷向空中，一百条弯曲的喷射水流汇聚在一起，外形壮观，绝美无比；宽阔的林荫道以青草为地毯，像树枝一样向不同的方向伸展，四通八达，延伸到好似无穷无尽的远方，道路两边各是一排密密麻麻、枝叶茂盛的树木，树枝在上方交汇，形成拱门，就跟雕刻的石头拱门一样无懈可击、富于美感；森林中处处是波光粼粼的湖泊，小型船只在湖面上闪闪发光。无论在什么地方——在宫殿的台阶上，在散步场所，在喷泉周围，在树丛中，在远处绵延不绝的林荫道拱门下——成千上万的人身着盛装，走路，奔跑，跳舞，给这幅神仙画卷带来了生机与活力，起到了画龙点睛的作用。

不远万里而来，不虚此行。一切都规模宏大。没有小家子气的东西——没有便宜货。雕像都体积庞大；宫殿宏伟；花园占地极多；林荫道无穷无尽。凡尔赛面积巨大、广阔无垠。我以前认为，图片过度夸张了，凡尔赛没那么大。这一切使凡尔赛比世界上任何地方都更加美丽。现在，我知道，图片并没有从根本上反映出凡尔赛的精髓，没有画家可以在画布上充分表现凡尔赛真实的美感。我过去曾腹诽路易十四世耗费两亿美元建造这个惊世绝伦的花园，而建造花园之际，他的一些子民连面包都吃不上。但是，我现在原谅他了。路易十四世划了一块周长六十英里的土地，大干一场，建起了这座花园，修起了宫殿还有从巴黎通往宫殿的道路。路易十四世每天雇用三万六千人修建凡尔赛。劳工健康状况不佳，经常有人死去，大车每晚都往外运死人。当时一个贵族的妻子把劳工死亡称作"不便"，但却天真地评论道："我们现在安享幸福时光，死几个人好像不值得我们费心关注。"

我一直讨厌一些国人，他们把灌木修剪成金字塔、正方形、螺旋形以及各种非自然形态。当我看到这座伟大的公园里也这么干的时候，我开始觉得不满了。但是，我很快发现了其中的想法和智慧。他们寻求的是宏观效果。在一个仅有餐厅那么大的小院里，我们把十几株病殃殃的树弄得缺胳膊断腿，那么，看起来当然很可笑了。但是，他们有二十万株高大的林木，排成两排；距地面六英尺以内的树干上，枝叶被修剪得一点不剩；从六英尺之处，才生枝长叶，渐渐地向外延伸，再延伸，直到相交于头顶，由此形成了一个完美无瑕的绿色通道。拱门经过了严格计算，因而效果极好。他们把树木修剪成五十种不同的形状，所以，效果别出心裁，变化多端，优美如画。没有两条林荫道上的树木形状是相似的，因此，眼睛不会因为单调乏味、缺乏变化的自然景色而视觉疲劳。现在，这个话题我就不谈了。留待别人去研究这些人如何让这一排排无穷无尽的林木都长得粗细均匀（直径大约一又三分之二英尺）；他们如何让绵延几英里的林木都长得完全一样高；他们如何让这些林木长得这么密集；他们如何迫使每棵树都在同一个地方长出一根巨大的枝丫，形成拱门的主要结构；月复一月，年复一年，这些树木为什么始终整齐划一，一样地匀称美观——我努力想理出个头绪来，但就是想不明白。

我们走过凡尔赛宫的雕塑大厅以及一百五十间画廊，觉得如果没有整整一年的时间可供支配，就白来这个地方了。这些画都是战斗场面。其中只有孤零零的一块小画布完全没有涉及法国伟大的胜利。我们也走过了大特里亚农宫、小特里亚农宫、王室挥霍无度生活的遗迹，也见证了其中悲惨的历史——按照原来的样子摆放着拿破仑一世、三位已故国王和三位王后的纪念品。他们曾接连睡在一张豪华的床铺之上，但现在这张床上却空空如也。在一个大型餐厅里，有一张餐桌，路易十四世和他的情妇曼特农夫人，然后是路易十五世和蓬帕杜夫人，曾在此就餐，一丝不挂且无人服侍——因为这张桌子在一个活动门之上，需要添菜的时候，餐桌就会和活动门一起降到下面去。在小特里亚农宫的一个房间里摆的家具还和可怜的玛丽·安托瓦内特离开时一样。当年，暴民把她和路易十六世拖到巴黎，他们再也没有回来。旁边就是马厩，巨大的马车金碧辉煌，这是先前的国王和王后用于国事活动的座驾，现在已经不再使用，只有两种情况例外。一是国王加冕，二是王室子孙洗礼。和马车放在一起的是一些奇形怪状的雪橇，形状像狮子、天鹅、老虎，等等——当时精心设计，巧夺天工，外形美观，但现在却布满灰尘，日渐腐坏。这些雪橇也有自己的历史。当路易十四世的大特里亚农宫完工的时候，他告诉曼特农夫人他为她创造了一个天堂，并询问她现在有什么想要的东西。他说他希望特里亚农宫尽善尽美。曼特农夫人说，她只能想到一样东西——当时是夏天，在温暖的法国——然而，她却想驾着雪橇在凡尔赛枝叶茂盛的林荫道上驰骋！次日清晨，无穷无尽、芳草萋萋的林荫大道上铺了一层厚厚的雪白的盐和糖。这些模样奇怪的雪橇排成一排，等着帝王的宠妃。这是法国历史上最荒淫无耻、最肆无忌惮的宫廷！

　　豪华奢侈的凡尔赛、它的宫殿、雕塑、花园、喷泉，被我们甩在了后面，我们返回巴黎，寻找截然不同的东西——巴黎郊外的圣安东尼区。狭窄的街道；蓬头垢面的儿童在街道上玩耍；油腻邋遢的妇女抓住孩子一阵暴打；一楼污秽不堪的房间里是破旧衣服商店（在巴黎郊外，最大的产业就是捡旧衣服）；还有些污秽不堪的房间出售二手和

第 16 章

三手套装，价格极低，如果不是偷来的，店主就得破产；再有些污秽不堪的房间出售杂货——半美分一件——五美元就可以公平合理地买光所有的商品，一个不留。在这些曲曲折折的街道上，只需要花七美元就可以雇凶杀人，并把尸体扔到塞纳河里。在这些曲曲折折的街道上，还有一部分街道——我得说，大多数街道——住着名妓（lorette）。

在巴黎郊外的圣安东尼区，处处都是悲伤、贫穷、堕落、犯罪，例子俯拾皆是，不胜枚举。住在这里的人是革命的发起者。每当此类事件发生的时候，他们总是严阵以待。他们真切地喜欢修筑街垒，就像他们喜欢割喉以及把朋友推进塞纳河一样。就是这些像野蛮人一样的暴徒不时席卷杜伊勒里宫的亭台楼阁。并在国王遭到问责的时候，蜂拥来到凡尔赛。

但是，他们再也不会修筑街垒了，也不会再用铺路石打破士兵的脑袋了。路易·波拿巴把这一切问题都解决了。他拆除了曲曲折折的街道，用气派的大马路取而代之，大马路就像箭矢一样笔直——在这些大马路上，炮弹可以从这头打到另一头，却不碰到任何障碍物，碰到的仅是人类的骨肉——大马路两旁庄严的建筑没有为饥饿不满的革命发起者提供庇护所以及密谋的场所。其中五条大马路从一个巨大的中心辐射出去——这个中心足以安放重炮。暴民过去经常在这儿闹事，但以后，他们必须找寻另一个集结地点了。而且，这位心灵手巧的拿破仑把各大城市的街道都铺上了平坦结实的沥青与沙子的混合物。不再有石板修筑的街垒——不能再用鹅卵石攻击帝王的军队了。我无法喜欢昔日的美国同胞拿破仑三世，尤其是在此时——1867年7月，我恍惚看到，马克西米利安①轻信了拿破仑三世，成了受害者，横尸墨西哥街头，他的遗孀发疯了，在法国的精神病院里热切盼望着永远不会到来的身影——但是，我确实佩服拿破仑三世，因为他勇气可嘉，镇定自若，不依赖他人，为人精明，颇有见地。

---

① 马克西米利安（1832—1867）是奥地利哈布斯堡家族成员，1864年在拿破仑三世的怂恿下接受墨西哥皇位，1867年被墨西哥军事法庭以颠覆墨西哥共和国的罪名判处枪决。

第17章

我们再度出海，旅途愉快。我们发现，在过去的三天里，我们的船处于战争状态。第一个夜晚，一艘英国船的水手掺水烈酒喝多了，来到码头，要和我们的水手混战一场。我们的水手欣然接受挑战，一窝蜂地冲上码头，开打——势均力敌，不分胜负。两边都有几个人受了皮外伤，流血，被警察带走，拘禁到次日清晨。第二天，英国小伙们又来挑战，但是，我们的人被严令待在船上，躲在英国人的视野之外。我们的人照做了。包围我们的英国人越来越吵闹，骂得越来越难听，因为，显而易见（对于他们来说），我们的人不敢出来。最终，他们哄堂大笑，肆意嘲讽，叫着侮辱性的绰号，骂骂咧咧地离开了。第三天，他们又来了，比以前更加喧哗吵闹。他们在几乎空无一人的码头上大踏步走来走去，诅咒我们的船员，说下流话，冷嘲热讽。没人能够受得了这个。副船长命令我们的人上岸——但是不得打架。他们猛攻英国人，大获全胜。如果是别样的结局，我可能就不会提到这场战斗了。但是，我旅游的目的就是学习。我还记得，凡尔赛的战役画廊里没有描绘法国战败的场面。

再度踏上舒适的"贵格城号"，在微风习习的甲板上吸烟散步，就像回到了家里一样。然而，跟家里也不完全一样，因为许多家庭成员都不在。我们怀念一些令人心情愉悦的面庞，我们想在吃晚饭的时候看到他们。晚上打尤克牌的时候，会有一些空位，也找不到合适的牌友。"莫尔特"在英格兰，杰克在瑞士，查利在西班牙。布卢彻走了，没人知道他去了哪儿。但是，我们又来到了海上，我们又可以看着星辰和海洋，有足够的空间去胡思乱想。

意大利海岸按时出现在了我们的视野之中。这个夏季的清晨阳光明媚，我们站在甲板上眺望。庄严的城市热那亚从海平面上升起，热那亚的百座宫殿反射回太阳的光芒。

我们在这儿暂时休息一下——确切地说，我们一直试图在这里休息一小会儿，但是，我们四处乱窜，并没怎么休息。

我想待在这儿。我宁愿止步不前。欧洲可能还有更加美丽的女人，但是，我持怀疑态度。热那亚的人口是十二万；我认为，三分之二是女人，女人之中至少三分之二是美女。虽然谈不上貌如天使，但是，她们衣着考究，很有品位，优雅从容。然而，我相信，天使的衣着并不太考究。至少图片之中的天仙衣着并不考究——她们除了一对翅膀，什么都没穿。但是，这些热那亚女人确实看起来非常迷人。大多数年轻女性都从头到脚穿着一身雪白的衣服，不过她们还会更加精心地装扮自己。她们之中十分之九的人头上只戴着一层薄薄的纱巾，纱巾垂在她们的背上，就像缥缈的白雾。她们非常白皙，许多人都有蓝色的眼睛，但是，最常见的是黑眼睛以及梦幻的深褐色眼睛。

热那亚的男男女女有一种宜人的习惯，从晚上六点直到九点，在城市中心山顶上的大公园里散步，然后，花一两个小时在附近的公园吃冰淇淋。我们在星期天的晚上来到公园。公园里有两千人，主要是年轻的淑女和绅士。绅士们穿着巴黎最流行的时装，淑女们的袍子在树林里闪光，就像片片雪花一样。人们成群结队地在公园里转来转去。乐队在演奏，喷泉在喷水；月亮和煤气灯照亮了这一幕，眼前所有的一切多么华丽灿烂、栩栩如生。每个经过我身边的女人，我都扫一下她们的脸。我觉得好像都很漂亮。我以前从未见过如此多可爱的面庞。我发现，意志不坚定的男人在这儿没法结婚，因为在他下定决心之前，他就会爱上另外一个人。

绝不要吸意大利的烟。任何情况下都不要吸。想想意大利烟的成分就让我发抖。你不能把吸剩的雪茄烟"烟蒂"四处乱扔，因为流浪汉会立刻冲上去捡拾。我很喜欢抽烟，但是我感到心情不悦，因为想要捡拾烟蒂的流浪汉用饿狼一样的眼神看着我，估算着我的雪茄还能吸多久。这勾起了我痛苦的回忆，旧金山的那个殡仪员会戴表来到病床前，看看还需要多长时间收尸。昨天晚上，一个捡拾烟蒂的流浪汉一直在公园里跟着我们，我们吸的一点儿都不尽兴。我们总是心存恻隐之心，雪茄还没有吸一半，就用烟蒂来安抚他，因为他看起来急不可耐。我认为，他凭着先到先得的原则把我们当作他的专属法定猎物。因为他赶走了其他几个捡拾烟蒂的专业流浪汉，这几个流浪汉也想打我们的主意。

现在，他们肯定把这些吸剩的烟蒂咬开，晾干，卖出，用于制作雪茄。因此，买雪茄的话，不要买意大利的牌子。

几个世纪以来，热那亚都被称作"超凡之地"和"宫殿之城"。当然，热那亚处处是宫殿，宫殿内部富丽堂皇，但是外部锈迹斑斑，谈不上建筑精美。如果就女性而言，"超凡之地热那亚"就是一个恰当的措辞。

我们参观了几座宫殿——建筑高大，墙体厚实，还有巨大的石头楼梯，地面上铺的是镶嵌成棋盘花纹的大理石（有时，他们精心设计成马赛克形状，把鹅卵石或者小块大理石镶嵌在水泥之中），还有豪华的沙龙，悬挂着鲁本斯、圭多、提香、保罗·委罗内塞等人的画作，还有宫殿主人们的画像，他们戴着饰有羽毛的头盔，穿着气派的锁子甲，还有贵妇的画像，都穿着几个世纪以前的奇装异服。但当然，这些人都到乡下避暑去了。要是在家的话，也不一定请我们吃饭。所有的空无一人的大型沙龙都是如此，人行道发出回响；仙逝的祖先遗像庄严肃穆；破烂的条幅积满了几个世纪以来的灰尘，死气沉沉，阴森恐怖；我们垂头丧气，一蹶不振。我们从没有到第十一层去，我们一直疑神疑鬼。还总是有个殡仪员模样的仆人陪着我们。他递给我们一份参观清单，指给我们所在沙龙列表上的第一幅画，然后穿着笔挺的侍从制服直挺挺站在那儿，一动不动，也不笑一笑。直到我们准备去下一个房间，他才愁眉苦脸地走在前面，然后像之前一样

第 17 章

心怀不满却又尊敬地站在一边。我浪费了大量时间祈祷屋顶砸在这帮垂头丧气的男仆身上,因而几乎没有时间关注宫殿和画。

另外,就像在巴黎时一样,我们雇了个向导。愿所有的向导万劫不复。这个向导说,就英语而言,自己是热那亚最天赋异禀的语言学家,在热那亚除了他自己之外,只有两个人能讲英语。他领我们看了克里斯托弗·哥伦布的出生地。我们在那儿默默沉思了十五分钟,然后,他说,这里不是哥伦布的出生地,是哥伦布祖母的出生地!当我们要求他解释自己的行为时,他只是耸耸肩,用野蛮的意大利语回答了我们。在下面一章,我会进一步介绍一下这个向导。我认为,所有从这个向导那儿得到的信息,我们都能从随身携带的指南中知道。

长期以来,我并不像过去的几个星期那样经常去教堂。这些古老土地上的人们好像偏爱教堂。热那亚市民好像尤其如此。我认为,在整个热那亚城,每隔三四百码就有一座教堂。从这头到那头,街道上经常碰到神父,戴着铲形宽边帽,穿着长袍,吃得容光焕发。教堂的钟有几十座,几乎整天都在鸣响。人们不时会碰到方济各会教士。他们剃着光头,穿着粗糙的长袍,以绳子作腰带,挂着念珠,脚上穿着凉鞋,或者干脆赤脚。我认为,这些杰出人物承受着肉体的折磨,终生都在苦修。但是,从外表看,他们倒像是完全的饥饿者。他们肥头大耳,安享清福。

古老的圣洛伦佐大教堂基本上可以称作热那亚的著名建筑之一。在巨大的圣洛伦佐大教堂里,气派的柱子林立,还有一架宏伟的风琴,以及司空见惯的盛景:镀金地脚线、油画、湿壁画天花板,等等。当然,我无法描绘——得需要许多页才能描绘出来。但这是个与众不同的地方。他们说,在救世主诞生之前,圣洛伦佐大教堂有一半——从距正门一半的地方到祭坛——是犹太会堂,而且从那时起就没有改变。我们怀疑这个说法,但还是不情愿地相信了。其实,我们还是挺想相信这个说法的。这个地方修葺一新,不像有这么久远的历史。

圣洛伦佐大教堂最值得一看的地方是施洗约翰的小教堂。他们只允许妇女在一年之中的某一天进入。原因是他们依然对妇女怀有敌意,当初圣约翰之所以被杀,就是要满足希罗底一时的心血来潮。①在这个小教堂里有个大理石箱子。他们告诉我,箱子里是圣约翰的遗骸,箱子上绕着一道锁链。他们说,圣约翰在监狱里的时候就是被这道锁链捆绑。我们不想否定这些说法,然而,我们无法确信这些说法的真实性。有两个原因,第一,我们可以破坏这道锁链,圣约翰也可以。第二,我们以前在另一座教堂见过圣约翰的遗骸。我们没法让自己相信圣约翰有两具遗骸。

他们还向我们展示了圣母马利亚的肖像,是由圣路加绘制的。但是,这幅画还赶不上鲁本斯一些画作年代的一半久远和沧桑。我们不禁感叹这位使徒是如此谦虚,因为他在写作的时候从未提及自己还会画画。

但是,这种圣物是不是有点过犹不及?每当我们走进一座古老的教堂,都能发现真正十字架上的一个部分,还能看到上面的一些钉子。我不想做出肯定的判断,但是,我觉得我们看到的钉子足有一小桶了。此外,还有荆棘王冠;在巴黎的圣礼拜堂有一部分荆棘王冠,在巴黎圣母院也有一部分。至于圣丹尼斯的骨头,我可以确定我们已经看够了。如有需要,完全可以拼出来两个圣丹尼斯。

我只是想写点关于教堂的事情,但是,我跑题了。我只能说圣母领报堂满是美丽的柱子、雕塑、镀金地脚线、图画,几乎数也数不清。但是,这些东西不能完整地体现报喜这个内涵。所以,这些东西有什么用呢?一个家族建造了这整个建筑,而且还有余钱。神秘之处就在于此。一开始,我们认为只有铸币厂才能承担如此的花销。

此地居民的房子最沉重、最高大、最宽敞、最阴暗、最坚固,你大可以竭尽所能去想象一下。每一栋房子都"无惧嘲笑的围攻"。基本的风格就是正面一百英尺宽,一百英尺高。走上三层楼梯之后,才

---

① "施洗约翰"和"希罗底"是《圣经》中的人物,希罗底是犹太国王希律王的妻子,她出于怨恨,利用女儿莎乐美向希律王提出请求,砍下了约翰的头颅。

能看到人类居住的迹象。一切都是石头做成的，最沉重的石头——地板、台阶、壁炉架、长凳——一切。墙有四五英尺厚。街道通常有四五英尺到八英尺宽，就和开瓶器一样百转千回。你沿着这么一条灰暗狭窄、弯弯曲曲的小道前进，仰望天空，发现天空仅仅像是一道光带，远远地在你头顶之上。而街道两边高大房子的屋顶几乎靠在了一起。你就感觉自己是在一个巨大深渊的底部，整个世界都高高在上。你东拐西拐，弯过来，折过去，就像走进了神秘的八卦阵一样，你就像一个瞎子一样分辨不清方向。你根本无法让自己相信街道就是这样的，这些阴森肮脏、像怪物一样的房子就是住宅，直到你看到一个容貌漂亮、衣着光鲜的女人从这样的房子里出来——看到她从一个黑暗、丑陋、地牢一样的洞穴里出来，从地面上升到半空之中。然后，你感到惊奇，如此迷人的飞蛾竟然是从如此令人生畏的壳里飞出来的。街道修建得极为狭窄，房子厚重，是用石头建造的，这做很明智，人们在炎热的季节里会觉得凉爽。确实凉爽，一向如此。但是，我又想到了另外一点——男人戴着帽子、肤色黝黑，而女人除了薄纱之外什么头饰都不戴，女人的薄纱就像蛛网一样，然而女人却大多肤色极为白皙。真奇怪，是不是？

据估计，热那亚的每座巨型宫殿都是由一个家庭占据的，但是，我觉得里面可以容纳一百个人。这些宫殿是热那亚兴盛时期的余晖——那是几个世纪之前的事了，当时，热那亚是个强大的国家，贸易繁荣，海运发达。这些房子虽然是坚固的大理石宫殿，但外面却经常是暗淡的粉红色。从人行道到屋檐，遍布着如下图画：热那亚人战斗场面、巨大的朱庇特和丘比特、源自希腊神话的童叟皆知的插图。因为日晒雨淋，年久失修，有的画面斑驳脱落，效果并不理想。丘比特的鼻子没了，朱庇特的眼睛掉了，维纳斯乳房上粘上了一块什么东西，图画里的这副尊容让人大倒胃口。在一定程度上，有些彩绘的墙壁让我想起了高大的大篷车，车身上涂抹着花里胡哨的广告和海报，跟着马戏团的乐队彩车上山下乡，走街串巷。我从未听说过，也没有在书籍报刊上看到过，欧洲其他城市的房屋外墙画着这样的湿壁画。

我无法想象废墟一片的热那亚。庞大无比的拱门，笨重厚实的地下建筑，支撑着巍然耸立、两翼宽广的建筑。这都是我们以前很少见到的。当然，这些建筑所采用的巨大石块永远不会腐朽。墙的厚度等于美国普通大门的高度，这样的墙壁也不会崩塌。

在中世纪，热那亚共和国和比萨共和国非常强大。它们的船只在地中海比肩接踵，它们与君士坦丁堡和叙利亚进行着广泛的贸易。它们的仓库是最大的集散地，来自东方的昂贵商品从这里发往欧洲。当时，这两个好战的小国四处挑衅。现在，热那亚和比萨在这些强大政府面前就像蚂蚁般渺小脆弱。九百年前，撒拉森人占领了热那亚，并抢劫掠夺。但是，在接下来的一个世纪里，热那亚和比萨结成联盟，共同进攻和防守，包围了撒拉森人在撒丁岛和巴利阿里群岛的殖民地，坚持不懈，奋先祖之武功，一围就是四十年。最终，它们取得了胜利，由各大贵族家庭平分了占领来的土地。一些显贵家庭的后裔依然居住在热那亚的宫殿之中。从容貌可以看出，他们就像那些严肃的骑士。这些骑士的画像悬挂在他们富丽堂皇的大厅里。他们也像画上的美人，有翘起的嘴唇，欢快的眼睛。而斗转星移，岁月流转，那些先人却早已作古多时，归为尘土，灰飞烟灭了。

我们入住的旅馆在十字军时代属于基督教一个高级骑士团。身披盔甲的卫兵在厚实的塔楼里瞭望守卫。铁质的鞋子后跟在大厅和走廊里发出一阵阵回声。

热那亚以前是个伟大的共和国，但是现在已经衰落了，只是默默无闻地从事天鹅绒和银花边贸易。他们说每个欧洲城镇都有特产。花边产品就是热那亚的特产。热那亚的银匠把银锭创造成各式各样优雅美丽的造型。他们用银箔和银丝造出一束束花朵，就像冰霜在窗玻璃上凝结成的精细入微的图案；我们看了微缩银庙，银庙那有凹槽的柱子、科林斯风格的柱顶和丰富多彩的柱顶纹饰、尖塔、雕塑、大钟、雕刻作品的绚丽与奢华，都体现在了抛光银饰上面，艺术价值无与伦比，每个细节都值得细细揣摩，完工的建筑就是一个美学奇迹。

我们准备再次动身，虽然我们还没有厌倦这个古老大理石洞穴里的狭窄通道。洞穴是个好词——就星斗之下的热那亚而言。午夜时分,我们踯躅在他们称为街道的黑暗裂缝之中,听到的只有我们自己的脚步声,只有我们还在大街上游荡。过了一段不短的时间才能看到远方有一处灯光,然后灯光又神秘地消失了。我们胳膊肘旁边的房子显得越发高耸入云,总是让我想起在家乡钻山洞的经历,通道高深莫测,静悄悄的,空无一人,黑暗笼罩着山洞,回声阴森可怖,灯光闪烁不定。最重要的是,道路突然分叉,眼前出现了裂缝和狭长通道,我们最不想碰到的就是这些。

我们并未厌倦众多的饶舌之人,他们兴高采烈,喋喋不休,整天聚在院子里和街道上;也并未厌倦那些穿着粗糙长袍的僧侣;并未厌倦"阿斯蒂"葡萄酒,让那个老医生(我们称其为贤人)乐在其中的就是颠三倒四,因此贤人把这种酒叫作"啊呸酒"。但无论如何,我们得走了。

我们最后参观的是一座公墓(这座公墓预计可容纳六万具尸体),我们忘记了那些宫殿之后,也还会记得这座公墓。公墓的轮廓是这样的,高大的大理石柱廊环绕一圈,中间是一块四四方方的巨大空地;地面宽阔,采用大理石制成,每块大理石上都刻着铭文——因为每块大理石下面都是一具尸体。沿着通道的中心前进时,两边都是石碑、坟墓、精雕细刻且极尽优雅美丽的人物雕塑。各个都崭新雪白;每个轮廓都尽善尽美,每幅面孔都没有损坏和瑕疵;因此,对于我们来说,这一排排令人着迷的造型万分可爱。而人们从古代艺术废墟中抢救出了残缺不全、污秽不堪的雕塑,并陈列在巴黎的艺术馆里供世人瞻仰,这些残缺雕塑根本无法和公墓里完美无瑕的雕塑媲美。

备好充足的雪茄以及其他生活必需品,我们现在整装待发,目的地米兰。

第18章

整整一天，我们都在山峦起伏的乡村飞奔。山峰在阳光下闪闪发光。山腰上点缀着一栋栋漂亮的别墅，别墅掩映在花园与灌木之中。深邃的山谷凉爽遮阴。我们仿佛和鸟儿在闷热的高空之中振翅飞翔，山谷对于我们来说真是太诱人了。

然而，我们穿过了许多冰凉刺骨的隧道，隧道让我们不再出汗。我们算了一下穿过其中一条隧道的时间。我们用了二十分钟穿过了这条隧道，时速三十到三十五英里。

离开了亚历山德里亚，我们经过了马伦戈的战场。

黄昏时分，我们离米兰越来越近了，瞥见了米兰城和远处蓝色的山峰。但是，我们并不关心这些——这些一点都不能引起我们的兴趣。我们急不可耐；我们急于看到举世闻名的大教堂！我们把目光投向——这个方向和那个方向——四周——每个角落。我们不需要别人为我们指出来——我们不想让任何人指出来——就算是在撒哈拉大沙漠里，我们也能把它找出来。

最后，如林的方尖塔优雅地呈现在了我们眼前，在琥珀色的阳光中闪闪发光，在一片低矮的房顶中间冉冉升起。有时，人们会看到，在遥远的地平线上，在海面之上，镀金的鳍状云朵从茫茫波涛之中升起。大教堂！我们立刻明白这就是大教堂。

那个夜晚一半的时间以及整个次日，这座建筑巨作都是我们唯一的兴趣点。

真是个奇迹！如此宏伟、庄严、巨大！却又如此精巧、轻盈、优雅！这座建筑坚固厚重，但是在温柔的月光之中，却又像霜花一样给人虚幻缥缈、如梦如幻的感觉，似乎只需要吹一口气就能够融化一样！棱角分明，尖塔如林，刺破苍穹。它们的阴影落在雪白的屋顶之上，给人以强烈的力量感！——一个奇迹！——一首石头的赞美诗，大理石的诗歌！

无论如何审视，这座伟大的教堂都给人高贵典雅、美不可言之感！在米兰的每个角落，或在距离米兰七英里之内的任何地方，你都可以看到它。只要一见到它，其他的一切东西就没有办法吸引你的注意力了。你可能一走神，目光暂时游离到别的地方。但是，你肯定又会把目光投向它。早晨起来，你目光找寻的第一件东西就是它。在夜晚，最后让你恋恋不舍，不忍闭目的也是它。当然，它是人类大脑构思出的最神奇的造物。

早晨九点，我们出发了，来到这座巨大的大理石建筑之前。这座教堂有五扇大门。中间的大门周围是大理石浅浮雕，有鸟类、水果、兽类和昆虫，精工细作，栩栩如生——而且数量繁多，设计复杂，就算研究一个星期也不会厌倦。在大尖塔之上——俯视许许多多的尖塔——在尖塔之中——在门窗之上——在这栋宏大建筑的每一个角落，从顶部到底部，只要能找到壁龛和拱门的地方，处处都可以看到一座大理石雕像，每一座雕像本身都值得玩味！拉斐尔、米开朗基罗、卡诺瓦——这样的巨匠负责设计，他们自己的学生负责雕塑。每张脸都表情丰富，每个姿势都仪态万方。远远地，在高耸的屋顶之上，一排排精雕细刻的尖塔高耸入云。透过尖塔丰富多彩的窗花格，可以看到远处的天空。在尖塔中间，大尖塔拔地而起，就像大商船的主桅傲然耸立在一群小船中间。

我们想到上面去。教堂看守人指给我们一段大理石楼梯（楼梯当然是大理石的，是最纯最白的大理石——建筑材料之中没有其他石头，没有砖头，没有木头）并告诉我们登上一百八十二级台阶，然后停下，等他来。不需要喊停——不管如何，我们都得停下来。爬上了一百八十二级台阶，我们已经累了。这里就是屋顶，从宽大的大理石石板上拔地而起的是一长溜尖塔，旁边的这些看着很高，但是，离得越远的就看着越矮，就像风琴的管子。现在，我们可以看到每个尖塔上面的雕像就和大块头一样高大，虽然从街上看，他们就像是玩具娃娃。从每个中空尖塔的内部，我们还可以看见，有十六尊到三十一尊精美的大理石雕像向外俯视着下面的世界。

从屋檐到屋顶的鸡冠形屋脊，都是绵延不绝的巨大的曲线形大理石横梁，就像是蒸汽船从船头延伸到船尾的牵索。每根横梁，从头到尾，都竖立着一排花样繁多的花朵和水果雕塑——互不统属，迥然不同，代表了一万五千多个物种。稍远处，这一排排的花朵和水果好像靠在了一起，就像铁路轨道的一根根枕木。就此，这座花园里含苞待放的花朵和怒放的花朵形成了一幅非常养眼的画面。

我们下了楼梯，走进教堂。在教堂里，长长的几排有凹槽的柱子就像巨大的纪念碑一样，把教堂切分成一条条宽阔的过道，上面彩绘窗户上泻下大量温柔的红光，照射在花纹地砖上。我知道这座教堂很大，但是一开始并没有明白到底多大，直到我看见远远站在祭坛下面的人就像孩子一般大小，那些人就像是在滑行而不是走路。我们四处游荡，凝视高处的巨型窗户，窗户闪闪发亮，色彩艳丽，展示了救世主及其追随者的生活。一些是马赛克图片，上千块彩色玻璃和石块被拼接在一起，艺术感十足，和画作一样光滑完美。我们数了数，一扇窗户有六十块玻璃，每块玻璃上都画着画，巧夺天工，成就不凡，只有足够的耐心才能完成这样的巨作。

向导让我们看那座咖啡色的雕塑。向导说，人们认为这座雕塑是菲迪亚斯[①]的作品，因为任何时代的任何其他艺术家都无法如此惟妙惟肖、精确细致地模仿自然。这尊人像是一个没有皮肤的人；人体上的每一根静脉、每一根动脉、每一块肌肉、每一根纤维、每一根肌腱、每一块组织，都纤毫毕露。它看起来很自然，因为人像仿佛摆出

[①] 菲迪亚斯（前480—前430），古希腊雕塑家、建筑家，被认为是伟大的古典雕刻家之一。

了一副痛苦的样子。一个被剥了皮的人就应该是这个样子，除非他的注意力被其他事情占据。这个东西肮脏丑陋，却有着某种令人神往的特质。我见过了这个东西，我很难过，因为他会一直浮现在我眼前。有时做梦，我也会梦到他。我会梦到，他把筋肉毕现的手臂放在我的床头，用死人的眼睛看着我；我会梦到，他四仰八叉地跟我一起躺在床上，用他裸露的肌肉和黏糊糊、冰凉的腿蹭着我。

丑陋恶心的一幕令人过目不忘。到目前为止，我还记得，有一次逃学，那时我还是个男孩。当时夜已经深了，我最终爬上了父亲诊所的窗户，就在休息室睡下了，我怕回家会被暴打一顿。我躺在长沙发上，眼睛适应了黑暗。我胡思乱想，好像看到有个长长的、黑暗的、无形的东西瘫在地板上。我打了个冷战。我把脸朝向墙壁。但是不管用。我怕那个东西会爬过来并在黑暗中抓住我。我把头转回来，一分钟又一分钟地盯着它——一分钟就像一个小时那么久。我觉得，姗姗来迟的月光永远不会照射到它身上。我转向墙壁，数到二十，以便熬过这段焦虑不安的时间。我看了看——从四四方方窗户里射进来的苍白月光好像近了一点。我再次转头，数了五十下——月光快要触碰到它了。我横下心来，再次转头，数到一百，转回头，全身颤抖。月光之下是一只苍白的手！我的心一下子沉了下去——猛地倒抽了一口凉气！我觉得——我搞不清自己是什么感觉了。我积蓄了足够的力量，再次面壁。但是，背后有一只神秘的手，没有哪个男孩能安之若素。我再次数数，观察——看到的是一只裸露手臂的一大部分。我用手捂住眼睛，数数，直到我再也数不下去了，然后——一个人暗无血色的脸出现了，两个嘴角下垂，目光呆滞，了无生气，活脱脱一个死人！我坐了起来，怒视着这具尸体，直到月光爬上那人裸露的胸脯，慢慢地——一英寸一英寸地——爬过乳头——然后月光之下是一个可怕的伤口！

我离开了那里。我并不是说自己是狼狈逃窜，我只是离开了——这就足够了。我从窗户离开的，把窗框也随身带走了。我不需要窗框，但是，带着窗框走总比把窗框留在原地方便，所以，我把窗框带走了。我并不害怕，但是，非常躁动不安。

到家之后,我被抽打了一顿,但是我乐在其中。好像非常高兴。那天下午,那个人在我爸的诊所附近被刺,然后被送到了我爸的诊所里治疗。但是,他只活了一个小时。从那时候起,我在睡觉的时候常看到他来到我的房间——在我的睡梦之中。

现在,我们要走进地下室,就在米兰大教堂大祭坛的下面。聆听感人至深的布道,不过,布道之人的嘴唇已经有三百年没有说过话了,双手也有三百年没有动过了。

神父在一个小型地牢里停了下来,举起了蜡烛。这是一个好人长眠的地方,此人热心且无私;他的一生都用来救助穷苦之人,鼓励胆怯之人,探望生病之人;无论何时何地,只要发现艰难困苦,他就会伸出援手。他的心、他的手、他的钱包总是敞开的。知道了他的故事之后,我们几乎可以看到,在瘟疫席卷米兰的时候,他面容慈祥,平静地走来走去,他的周围是一张张憔悴的面孔。所有其他人都胆怯退缩,他勇往直前。在恐惧之下,所有其他人都出于自保的本能丧失了同情心,他却颇具恻隐之心,用自己的心、手和钱包给所有人鼓励,和所有的人一起祈祷,为所有的人提供帮助。当时,父母抛弃了孩子,朋友相互嫌弃,兄弟与姐妹断绝关系,而姐妹的恳求哀嚎依然在兄弟的耳畔回响。

这个好人叫圣查尔斯·博罗梅奥,他是米兰主教。人们视他为偶像;王公贵族慷慨解囊,给予了他无尽的财富。我们站在他的陵墓之中。附近是石棺,滴落着蜡油的蜡烛照亮了石棺。墙面上是浅浮雕,用大量的白银描绘了圣查尔斯·博罗梅奥的生活情景。神父在他的黑色长袍上套上件白蕾丝边短装,在胸口画十字,虔诚地鞠躬,开始缓慢转动一个绞盘。石棺被纵向分成两段,下面一块陷进去,露出了一口晶莹剔透的水晶棺材。里面是圣查尔斯·博罗梅奥的尸体,穿着昂贵的制服,制服上是金子做的刺绣和闪闪发光的宝石。因为年深日久,尸体的脑袋已经腐烂发黑,皮肤干瘪,紧贴着骨头,双眼都没了,太阳穴和面颊上各有一个洞,脱水的两片嘴唇分开了,露出了一个面目可憎的笑容!这副可怕的面容,布满灰尘,腐烂变质,在不怀好意地咧嘴而笑,戴着的王冠上面密布着闪闪发光的钻石;胸前放着

第 18 章

纯金的十字架和主教牧杖，上面的翡翠和宝石交相辉映。

死神庄严肃穆、威风凛凛、令人敬畏。在死神面前，这些华而不实的身外之物何其渺小，何其廉价！想一想，世人以恭敬的态度瞻仰弥尔顿、莎士比亚、华盛顿，却发现他们佩戴着玻璃珠子、黄铜耳环、一文不值的马口铁装饰品，活脱脱一个印第安野蛮人！

死去的博罗梅奥进行了一次意味深长的布道，要旨是：汝辈敬仰世俗之物——汝辈如此渴望尘世的荣誉、财富和名声——看看它们价值几何！

我们觉得，此等好人，心地善良，为人质朴，理应在陵墓之中休憩，安享太平，不受探究的目光的打扰。我们相信，他本人肯定是这个想法，但是，就这方面来说，我们的想法可能错了。

我们走出地下室，再次来到教堂的地面上。另一位神父自告奋勇要带我们看教堂的财宝。

什么，还要看什么？光是我们刚才参观的狭窄的死亡之室里的金银珠宝，按照盎司和克拉计算，就高达六百万法郎，更不用说价格昂贵的制作工艺了！但是，我们跟着进了大房间，里面是高大的木柜，就像衣橱一样。神父把木柜打开，看呐，内华达金属化验所里储存的大量"天然金银"从我的记忆里消失了。高大的木柜里面是圣母和主教，比真人大，纯银制作，按照重量来说每尊价值八十万法郎到两百万法郎，他们还拿着镶有宝石的每本价值八万法郎的书；浅浮雕重达六百英镑，采用纯银雕刻；主教牧杖和十字架、六英尺和八英尺高的烛台，都是纯金的，上面镶嵌的各种宝石闪闪发光；除此以外，还有各种杯子和花瓶，等等，个头都挺大。这就是阿拉丁的宫殿。单就重量而言，不算制作工艺，这里的金银财宝就价值五千万法郎！如果我能暂时保管这些金银财宝，我担心银质主教的市价会立即上涨，因为银质主教在米兰大教堂极为罕见。

神父们领我们看了圣保罗的两根手指、圣彼得的一根手指；出卖耶稣的加略人犹大的一根骨头（是黑色的），还有所有其他门徒的骨头；一块手帕，救世主在上面留下了自己脸庞的印迹。在最为珍贵的圣物之中，有一块圣墓的石头，荆棘王冠的一部分（巴黎圣母院里是个完整的荆棘王冠），救世主穿过的紫袍的一块碎片，圣路加的真迹，画的是圣母和圣婴。这是我们看到的第二幅圣路加绘制的圣母。这些圣物会每年拿出来举办一次游行，穿过米兰的大街小巷。

米兰大教堂是一座伟大的教堂，我想要不厌其烦地罗列一下它的细节。它长五百英尺，宽一百八十英尺。主塔约有四百英尺高。有七千一百四十八座大理石雕塑。完工的时候，还会在此基础上增加三千多座。此外，还有一千五百幅浅浮雕。它有一百三十六座尖塔——还要再建二十一座。每个尖塔上面都有一个六英尺半的雕塑。教堂的一切都使用大理石制作，都来自同一个采石场；几个世纪之前，采石场就为此目的留给了大主教先生。所以，需要的仅仅是制作工艺成本，但成本依然高昂——到目前为止，总计六点八四亿法郎（远远超过了一亿美元），据估计，还需要一百二十年的时间这座大教堂才能完工。看着已经完工了，但是还差得远呢。昨天，我们看到一座新的雕像安进了壁龛。他们说，旁边的一座雕像已经在那儿站立了四百年。有四段楼梯通向主塔，每段楼梯花费十万美元，装饰着四百八十座雕像。五百多年前，建筑师马尔科·克姆皮奥尼设计了这栋精彩绝伦的建筑。他用了四十六年的时间才画出了平面图，交到建筑者的手中。他已经去世了。不到五百年之前，这栋建筑开工。但是，从我算起，第三代人也无法看到它完工的那一天。

米兰大教堂在月光下最美。原因是它最古老的部分历经岁月侵蚀，和较新较白的部分形成了颇不和谐的对比。跟高度相对比，米兰大教堂显得有点宽了，但是，看习惯了可能就不觉得了。

据说，米兰大教堂仅次于罗马的圣彼得大教堂。我无法理解，在人工建造的东西之中，它怎么会屈居第二。

现在，我们要跟米兰大教堂说再见了——或许是永远不会再回来了。可以肯定，在未来的某一天，关于米兰大教堂的记忆不再那么鲜活，我们会半信半疑地认为是在一场美梦之中见到了米兰大教堂，绝不是醒着的时候看到的！

第 18 章

第19章

"你们商（想）高（上去）吗？"

当我们抬头仰望和平拱门上面的青铜马匹时，向导这样问我们。他的意思是，你们想上去吗？向导说的英语就是这样，这就是个典型的例子。这些人让旅客的生活成了负担。他们的舌头就没停过。他们喋喋不休，说的都是些粗俗下流话。纵然神灵附体也无法理解他们在说些什么。这里有艺术珍品，令人肃然起敬的陵墓、监牢、战场，感人泪下的记忆、历史故事，还有伟大的传统神话。如果向导只是把我们领到地方，然后走开并立定十分钟，让我们自己思索，那么情况还不算糟糕。但是，他们搅扰了每一场梦、每个愉悦身心的思维过程，用的就是他们令人厌烦的聒噪。有时，我站在内心珍藏已久的偶像面前，许多年以前上学的时候，我在地理课图片里看到过它们。从那时起，这个偶像就记在了我的心间。我对着偶像许下心愿，如果身边这个人形鹦鹉突然就地消失，听凭我凝视、思索和膜拜，那么，我宁愿付出自己的一切。

现在，我们不"商（想）高（上去）吗"。我们想去斯卡拉歌剧院，这是世界上最大的歌剧院，我认为是他们自封的最大歌剧院。我们去了。斯卡拉歌剧院是个大型建筑。人群分为七组，各自独立，自得其乐——六个巨大的楼厅包厢，一个庞大的剧场正厅。

我们想去安布罗西安图书馆，我们也去了。我们看到了维吉尔[①]

[①] 维吉尔（前70—前19），古罗马诗人，代表作有《埃涅阿斯记》等。

的手稿,还有彼特拉克①亲手加上的注释。彼特拉克是一位绅士,爱上了一位有夫之妇劳拉,终身都对她至爱不渝,显然是自作多情、白费心机。看起来是用情至深,但却用错了地方。双方都因此名噪一时。至今多愁善感之人仍为之潸然泪下,感怀不已。但是,谁为可怜的劳拉先生说句话了?(我不知道他叫什么。)谁赞美了劳拉先生?谁为劳拉先生流泪了?谁为劳拉先生写下了诗歌?没有人。你怎么能假定,这种给世人带来乐趣的事情是他喜欢的?他怎么会乐在其中?有人处处跟着他的妻子,劳拉的眉毛是属于劳拉先生的,彼特拉克却为这双眉毛写了一首十四行诗,让劳拉的名字被满口大蒜味的意大利人口耳相传。他们得到了名声和同情——劳拉先生什么都没得到。这就非常恰如其分地证明了所谓的"诗歌中的正义"。这一切都美妙动人,但并不符合我的是非观念。这事太片面——太不公平了。

世人愿意的话,就继续为了劳拉和彼特拉克纠结不已吧;但是,对于我来说,我的泪水和悲伤会用在无人歌颂的被告身上。

我们还看到了卢克雷齐娅·博尔贾的亲笔信。我一直对这位女士怀有最高的敬意,有四点原因。第一,她的表演能力世所罕见。第二,她有许多纯金高脚杯,都是用镀金的木头制作的。② 第三,她以尖着嗓子唱歌剧而声名大噪。第四,她能同时安排六场葬礼,并为此准备六具尸体。我们还看到了卢克雷齐娅的一根粗糙的黄色头发。这让人心惊肉跳,但是,我们依然活着。还是在这个图书馆,我们看到了米开朗基罗(那些意大利人称其为米卡朗基罗)和列奥纳多·达·芬奇(他们把芬奇的名字拼写成 Vinci,但是念做芬才 [Vinchy];外国人的拼写能力总是强过他们念的能力)的一些画。我们对这些素描持保留意见。

在另一栋建筑里,他们领我们看了湿壁画,上面是一些狮子和其

---

① 彼特拉克(1304—1374),意大利学者、诗人,文艺复兴的发起者之一,与但丁、薄伽丘并称"文艺复兴三杰"。
② 原文如此。推测是制作高脚杯的过程之中需要使用镀金的木头做模子等,存疑。

他野兽在拖曳战车；这些湿壁画从墙上突出很多，因此，我觉得它们就像是雕刻作品。艺术家聪明地强化了这一错觉，方法是在动物的背上画上灰尘，灰尘就像真的一样，看不出破绽。如果能让陌生人上当就算是头脑灵活了，那他们算是头脑灵活的家伙了。

在其他地方，我们看到了巨大的罗马圆形剧场，那里的石头座位依然保存良好。进入了现代，圆形剧场已经成了和平的休闲场所，一群野兽拿基督徒当正餐的节目已经看不到了。有时，米兰人把圆形剧场用作赛马场。在其他时候，他们把圆形剧场灌满水，进行激烈的赛艇运动。向导告诉了我们这些情况。他几乎不敢说谎。因为，在讲英语的时候，只有讲真话，他才能不磕巴。

在另一个地方，我们看到了一种夏天乘凉用的亭子，亭子的前面是栅栏。我们说这没什么了不起的。我们又看了一眼，透过亭子看到无穷无尽的花园、灌木和草地。我们非常想进去休息一下，但是却办不到。这只是某个艺术家的画带来的错觉，对劳累的人们几乎没有一点仁慈之心。这骗局完美无瑕。没人会想到花园不是真的。一开始，我们甚至认为自己闻到了花香。

黄昏时分，我们找了一辆马车，随着其他贵族在林荫大道上行进。吃完晚饭之后，我们在一个优美的公园里与大众一起喝葡萄酒，吃冰淇淋。音乐很棒，花朵和灌木令人眼前一亮，多么生机勃勃的一幕啊。人人都温文尔雅、举止得体。女士们略有点胡须，穿着漂亮，但是相貌平平。

我们来到一家咖啡馆休息，打了一小时的台球。当医生击球落袋的时候，我得了六七分。当我击球落袋的时候，他也得了相同的分数。有时，我们几乎做到一击双球，但却没有击中我们想要打的球。台球桌是常见的欧洲款式——垫子失去了弹性，且是球的两倍高；球杆年久失修。当地人只在上面打一种落袋台球游戏。我还从未见人玩法国三球游戏，而且，我怀疑法国是否有人知道这种游戏。法国人也不一定会鼓起勇气在这种欧洲台球桌上玩法国三球游戏。最后，我们不得不停止游戏，因为在两次计分的空档，丹总是要睡上十五分钟，没在意算分这档子事。

此后，我们沿着一条人潮涌动的街道走了一会儿，人们舒适悠闲的生活令我们心旷神怡。而美国的商场匆匆忙忙，忙忙碌碌，让人筋疲力尽。我们希望美国的商场也能增添点舒适悠闲的气氛。欧洲生活的主要魅力就在于此——舒适悠闲。在美国，我们疲于奔命——这是好事；但是，当白天的工作结束时，我们继续患得患失，为明天做出规划，我们甚至把工作上的事随身带上床，辗转反侧，殚精竭虑，而此时本该睡个好觉，祛除疲劳，修养疲惫的身心。我们精神紧张，心力交瘁，不外乎两个结果。第一，早死。第二，晚景凄凉、疾病缠身，而欧洲人却认为同样的年纪正是春秋鼎盛之年。如果一英亩的土地耕作了多年，并且产量不错，那么，我们就会休耕，让其休养一季；在横穿美洲大陆的时候，一个人开始时乘坐的公共马车绝对不会一跑到底——公共马车要在草原上的某个地方安顿下来，发热的机器要冷却几天；如果发现剃刀长期使用，不再锋利，那么，理发师就会把剃刀放上几个星期，剃刀就会自动变得锋利。我们细心照料没有生命的东西，却丝毫不肯关心自己。如果我们偶然休养一下，恢复元气，那么，我们会是一个多么强壮的民族，我们的人民会变得多么善于思考！

我确实羡慕这些欧洲人，因为他们过着舒适悠闲的生活。完成了一天的工作之后，他们将其抛在脑后。一些人和妻儿去啤酒馆，安静地坐着，文雅地喝上一两杯麦芽酒，听听音乐；有些人在大街上溜达，有些在大道上驱车前行；还有人在华灯初上的时候，聚在装饰华丽的大广场上，享受缤纷的美景和花朵的芬芳，倾听军乐队的演奏——在黄昏，每个欧洲城市都会演奏美妙的军乐；还有些欧洲人坐在小吃部前面的露天里，吃冰淇淋，喝一些对儿童无害的温和饮料。他们上床挺早，安然入睡。他们总是安静祥和，井然有序，兴高采烈，舒适悠闲，热爱生活，对方方面面充满感激之情。在他们之中看不到一个醉鬼。我们这个小小的群体发生了令人始料不及的改变。日复一日，我们不再那么匆匆忙忙，而是吸收了安静闲适的精神气质。而这种精神气质就存在于我们周围平静的氛围之中，也存在于欧洲人

第 19 章

的行为举止中。我们的智慧迅速增加。我们开始理解生活的目的。

我们在米兰的一个公共浴室洗了个澡。他们想把我们三个都放进一个浴缸,但是我们拒绝了。我们每人的后背上都又是泥,又是灰,堪比一个意大利农场了。如果官方为我们测量和圈占这个农场,那么,我们就会觉得自己是个富人。我们要了三个浴缸,大号的——只有贵族才配享用这种浴缸,这种贵族拥有不动产,而且会随身携带。我们脱光衣服并往身上泼第一把凉水之后,才发现在意大利和法国许多城市和乡村屡屡困扰我们生活的烦心之事再度登场——没有肥皂。我喊了起来。一个女人应声,我只是来得及用身子抵住了门——再有一秒钟,她就进来了。我说:"小心,女人!离开这里——现在就离开,否则对你可不好。我没什么遮羞蔽体的东西,但是,就算牺牲自己的生命,我也会捍卫我的荣誉!"

我说的这些话肯定吓着她了,因为我听到她慌不择路地跑开了。

丹的声音在耳边响起:"哦,拿点肥皂来,你怎么不拿肥皂来!"

回答的声音是意大利语。丹接着说道:"肥皂,你知道——肥皂。我要的是——肥皂。佛——诶——肥——子——澳——皂——肥皂;沲——皂——肥皂;肺——燥,肥皂。快点!我不知道你们这些爱尔兰人怎么拼写肥皂,但是我想要的就是肥皂。你们想怎么拼写是你们自己的事,但是把肥皂拿来。我快冻僵了。"

医生说话了,令我们感同身受:"丹,我不是经常告诉你这些外国人不懂英语吗?你怎么就不想着靠我们呢?你为什么不告诉我们你想要什么,让我们用这个国家的语言来要呢?这样我们还能留些面子,虽然你那该遭天谴的无知让我们颜面扫地。我要用这个人的母语跟他交谈:'嗨,卡斯帕托(cospetto)!卡破地八口(Corpo di Bacco)!萨克拉门托(Scramento)!萨尔非拉诺(Solferino)!① 肥皂,

---

① "卡斯帕托(cospetto)!卡破地八口(Corpo di Bacco)!萨克拉门托(Scramento)!萨尔非拉诺(Solferino)"这几个词是意大利语,但是跟肥皂无关,属于医生的胡言乱语,所以采用音译,不译出实际意义。

你个王八蛋!'丹,如果你愿意让我们为你说话,你就永远不会暴露你的无知和粗俗了。"

如此大秀了一通意大利语之后,也没人立刻给我们奉上肥皂,但这也是合情合理的。这个公共浴室就没配备肥皂。我相信这里从来都没有肥皂。他们说,他们派人大老远地去了镇上,找了几个不同的地方,最后才搞到了肥皂。我们不得不等了二三十分钟。前一天晚上,在旅馆里也发生了同样的事情。我想我终于猜出来这是怎么回事了。英国人知道如何才能舒服地旅行,所以随身携带肥皂;而其他外国人不用这种东西。

每当我们入住一家旅馆,总要派人去买肥皂。而此时已经是最后关头了,我们正在梳洗打扮,准备就餐。旅馆倒是把肥皂送来了,但是账单上还有蜡烛等乱七八糟的东西。美国人消费的高档香皂有一半是马赛人制造的,但对于高档香皂的用途,马赛人仅仅是有着模糊的理论概念。马赛人是通过游记获得的这些理论概念。他们也是通过游记才马马虎虎知晓了干净的衬衫、大猩猩的特别之处以及其他稀奇古怪的事情。这让我想起了可怜的布卢彻留给巴黎旅馆房东的便条:

巴黎,7月7日

  房东先生——先生:你为什么不在卧室里放些肥皂呢?你觉得我会偷走肥皂吗?昨天晚上,你收了我两支蜡烛的钱,而我只得到了一支蜡烛;昨天,你已经收了我的冰淇淋的钱,我却一点冰淇淋都没吃到;没(每)天,你都给我要这样那样的花样,但是,你再也没法给我玩这种肥皂把戏了。肥皂对于每个人来说都是生活必需品,法国人除外。而且,我也要你的旅馆提供肥皂,否则,你会有麻烦的。你给我好好听着。来试试吧。

布卢彻

我反对发出这张便条,因为它乱七八糟,房东根本理不清头绪;但是,布卢彻说他自己估计,这个老家伙可以读得懂便条中的法语,也能估算出便条中的其余部分。

布卢彻的法语非常糟糕。但是，每天在意大利俯拾皆是的英语广告也好不到哪里去。比如，看了旅馆印刷的卡片，我们可能会去科莫湖边的一家旅馆住宿，看看这家旅馆印刷的卡片吧：

其（启）事

我们是意大利最好、最不同凡响的旅馆，位于风景如画的科莫湖边。景色美不胜收，毗邻梅尔兹别墅群，可以看到比利时国王和赛尔贝洛尼。本旅馆刚刚扩建，各式商品价格适中，竭诚欢迎您来科莫湖体验四季生活，实现心中梦像（想）。

这是个不错的例子吧？在旅馆里有个漂亮的小教堂，一个英国牧师受雇给英美游客布道。那份广告也用不合标准的英语阐明了这个事实。你会不会假定，设计这个广告卡片的语言学家虽然大胆冒进，但也会先去向英国牧师请教，然后才去印刷？

在米兰，有个已经坍塌的古老教堂废墟，残存着令人惋惜的遗迹，那就是世界上最为有名的一幅画作——列奥纳多·达·芬奇的《最后的晚餐》。我们不是权威的书画鉴定专家。但当然，我们还是要去欣赏这幅出类拔萃的绘画作品，这幅作品曾经美不胜收，一直得到艺术巨匠的崇拜，永远是歌曲和故事之中的热门题材。谁知，我们挨了当头一棒，因为海报上的英语乏善可陈、惨不忍睹。摘抄其中一段让大家看看。

巴塞洛谬（观众左手边的第一个人），不确定且怀疑他想已经听到的东西。就此，他想得到他本人在基督那儿，而不是其他人的确定。

挺好，是吧？还有，彼得被描述成"以威胁愤怒地（的）状态对加略人犹大争论"。

这段话让人想起了《最后的晚餐》。《最后的晚餐》画在破破烂烂的墙上。我估计，在古时候，那儿是附属于大教堂的小教堂。这面墙处处破烂不堪，千疮百孔。在岁月的侵蚀下，墙壁出现了污点，画面也失去了往日的光彩。大多数门徒的腿都被拿破仑的马踢掉了。半个多世纪之前，这里是它们①（马匹，不是门徒）的栖息之所。

我立即认出了这幅古画——救世主低着头坐在中间，眼前是一张长长的粗糙的饭桌，饭桌上凌乱地摆放着水果和菜肴，两边各有六个穿长袍的门徒，正在互相交谈——三个世纪以来，这幅画是所有版画和所有摹本的母本。众所周知，好像没人试图换种方式刻画主的晚餐。世人好像早就相信人类的天赋无法超越达·芬奇这幅作品的艺术成就。我猜只要眼睛还能分辨出这幅画残存的任何一点蛛丝马迹，画家就会继续临摹《最后的晚餐》。这个房间里有十二个画架，十二个画家正把这幅伟大的图画转移到他们的画布上。五十个钢版雕刻和石印品的样品也散布在各处。而且，和往常一样，我不禁注意到摹本比母本强多了。当然，这是我这个外行人的看法。别管在哪儿看到拉斐尔、鲁本斯、米开朗基罗、卡拉契，或者达·芬奇的作品（你每天都可以看到），你都会发现艺术家正在忙着临摹，而且摹本总是最漂亮的。或许，母本在刚画出来的时候也挺漂亮，但是，现在就不行了。

我认为，这幅画约有三十英尺长，十或十二英尺高，其中的人物至少有真人大小。这是欧洲最大的油画之一。

随着年深日久，颜色变得暗淡了；面部脱落损坏，几乎所有的表情都难以辨认了；墙上的头发模模糊糊，眼里没有生机。只有姿态是清楚的。

来自世界各地的人们赞美着这幅代表性巨作。他们站在画前，欣喜若狂，屏住呼吸，双唇张开。当他们说话的时候，发出的只是时断时续的幸福的呓语：

"哦，真棒！"

---

① "它们""他们"翻译成英语都是"they"，因此单从"they"这个词上看不出指的是马匹，还是门徒。

第 19 章

"表情栩栩如生!"

"姿态优雅!"

"高贵典雅!"

"这幅画完美无瑕!"

"颜色无可匹敌!"

"氛围烘托得真好!"

"笔触细腻!"

"构思精巧!"

"美景！美景！"

  我只是嫉妒这些人；我嫉妒他们发自内心的顶礼膜拜，假定真是发自内心的顶礼膜拜——我嫉妒他们的喜悦之情，如果他们感觉到了喜悦。我对他们任何人都没有敌意。但同时，我也会有一个想法：他们是如何看到那些看不见的画面？假定一个人看着一个老朽、瞎眼、牙齿掉光、满脸雀斑的埃及艳后说："绝代佳人！有魄力！表情极佳！"你会怎样看待这个人？假定一个人凝视着昏暗无光、雾气氤氲的日落说："辉煌啊！心潮澎湃啊！色彩丰富啊！"你会怎样看待这个人？假定一个人心醉神迷地盯着一片树桩说："哦，我的灵魂啊，我那跳动不已的心脏啊，这里是多么高贵典雅的一片树林啊！"你会怎样看待这个人？

  你会觉得这些人拥有惊人的天赋，可以洞察已经消失的东西。站在《最后的晚餐》前，我就是这么认为的，因为我听到人们惊叹奇迹、美景和完美无瑕。而在他们出生一百年之前，这些就已经从画里销声匿迹了。我们可以想象一张饱经沧桑的脸曾经风华绝代；我们可以看到树桩就想象到森林；但是，如果没有这些东西，我们就根本没法看到它们。我愿意相信，经验丰富的艺术家可以看着《最后的晚餐》，依据残存的痕迹来重构昔日的荣光，提供已经消失的色调，恢复踪迹全无的表情；修修补补，涂上颜色，在单调的画布上画龙点睛，最后，人物就鲜活地站在了艺术家的面前，感情充沛，活灵活现，而且还具有艺术大师达·芬奇刚完工时候的高贵与美丽。但是，我创造不出这样的奇迹。其他那些没有灵感的游客能做到吗，还是他们只是在愉快地臆想自己可以做到？

深入仔细地研究之后，我确信《最后的晚餐》在从前确实是个艺术奇迹。但那是三百年之前的事了。

我觉得心烦意乱，因为我听到人们轻松地谈论"氛围""表情""格调"，他们还说些普普通通、乏善可陈的艺术术语，在谈论各种画作的时候装腔作势。在七千五百个人之中，没有一个人可以辨别画面之中的面孔想要表达什么样的感情。在五百个人之中，没有一个人可以走进法庭确定不把无害无辜的陪审员错看作受审的黑心杀手。然而，这些人却在谈论"性格"，并认为自己解读了画面之中的"表情"。有一个古老的故事，演员马修斯曾经夸耀人脸可以表达出深藏在内心的情感和情绪。他说面部可以比舌头更清楚地揭露内心的变化。

"现在，"马修斯说，"看我的脸——表达了什么？"

"绝望！"

"呸，表达的是和平退出！这表达了什么？"

"愤怒！"

"胡扯！这意味着恐惧！这个！"

"愚蠢！"

"傻瓜！是压抑的怒火！现在这一个！"

"高兴！"

"哦，万劫不复的家伙！哪怕是蠢驴也能看出来这意味着疯狂！"

表情！人们不知天高地厚，想要读懂表情。但是，如果让他们解读卢克索方尖碑上的象形文字，他们就会觉得自己是胆大妄为——然而，这两件事情他们都可以完全胜任。在过去的几天里，我听说，两位非常睿智的评论家谈论穆里略的《圣母无沾》（现在保存在塞尔维亚的博物馆里）。一个说："哦，圣母的满脸狂喜之色，吉祥圆满——如此美满，夫复何求！"

另一个说："啊，那张优美的脸如此谦卑，如此恳切——就像是在直截了当地说：'我害怕，我颤抖，我无足轻重。但是就愿你的意旨成全①；你让你的仆人存活下去吧！'"

读者在任何一个客厅都可以看到这幅画；一眼就可以认出来；圣母（我们之中的一些认为，在古代大师的作品之中，只有这幅里面的圣母年轻且真正美丽）站在弯弯的新月之中，一群天使在她周围盘旋，还有更多的天使赶来；圣母的手在胸前交叉，天空中射下一道光轮，照在圣母扬起的脸上。读者可以自娱自乐，猜猜这两位先生哪位正确解读了圣母的"表情"，如果两人中至少有一人是正确的。

任何熟悉古代大师的人，只要听到我说观众现在根本分不清门徒是希伯来人还是意大利人，就会明白《最后的晚餐》遭受了多少摧残。古代的画家从没忘记自己的国籍。意大利画家画的是意大利籍圣母，荷兰画家画的是荷兰籍圣母，法国画家笔下的圣母是法国女人——没有画家在圣母马利亚的脸上展示出模糊的犹太妇女特征，别管你看到的圣母是在纽约、君士坦丁堡，还是在巴黎、耶路撒冷，或者在摩洛哥帝国。曾经，我在夏威夷群岛看到过一个天才德国艺术家的摹本，模仿的是一份美国画报上的版画。这幅版画讲述了一个寓言，画面上是戴维斯先生在签署脱离联邦的法案或者类似的文件。戴维斯的头上盘旋着华盛顿的鬼魂，他在发出警告。背景是一队模糊的士兵，穿着美国独立战争时期的军服，士兵步履蹒跚，没穿鞋子，脚上裹着绷带，穿过漫天的大雪。当然，这里表现的是福吉谷。摹本好像惟妙惟肖，然而，还是有不一致的地方。长时间的观察之后，我发现了问题所在——模糊的士兵都是德国人！杰夫·戴维斯是德国人！甚至他头顶的鬼魂也是德国鬼魂！这个艺术家无意识地把自己的国籍融入了画面。实际上，施洗者约翰和他的画像让我有点困惑。在法国，我终于恍然大悟，他是法国人；但是在意大利，他无疑是意大利人。接下来会怎么样？画家笔下的施洗者约翰是否到了马德里就变成

---

① "就愿你的意旨成全"（Thy will be done）。引自《圣经·新约·马太福音》第26章42节。参照《圣经》（简化字现代标点和合本，下同）。

了西班牙人,到了都柏林又成了爱尔兰人?

我们登上一辆敞篷四轮四座大马车,驱车到离米兰两英里的地方,就像向导说的那样去"看呢(那)个回声"。平坦的道路两边是树木、田野、草地,湿润的空气里充满了花香。一群群充满自然美感的农村姑娘,从农田里归来,冲我们发出嘘声,大声喊叫,跟我们开各种各样的玩笑,让我乐不可支。我长期以来的判断得到了确认。我确实一直认为,我在诗歌之中读到的邂逅、浪漫、未经梳洗的农村姑娘显然是个骗局。

我们喜欢这趟旅行,它令人振奋,让我们摆脱了令人讨厌的观光。

对于我们来说,向导大谈特谈的奇怪回声倒是不怎么煞风景。别人对奇观的大肆赞扬已经让我们渐渐习惯,而事实证明,这些奇观往往是乏善可陈。所以后来,我们虽然有点失望,但还是非常高兴地发现,向导竟然没有把"回声"拿来大吹特吹。

我们来到一个叫帕拉诺西蒙娜提的破败老旧的贫民窟——一栋巨大的原石建筑,被一家衣衫褴褛的意大利人所占据。一个漂亮的年轻女孩陪同我们到了二楼的一扇窗户前,窗户外面是一个院子,院子的三面都是高大的建筑。她把头伸出窗外叫喊。回声多次响起,我们数都数不过来。她拿起一个扩音喇叭,通过它叫喊,声音尖锐迅速,只是一个"哈"! 回音响起:"哈——哈——哈——哈——哈——哈! 哈! 喝——啊——啊——啊——啊——啊!"到了最后,变成了兴高采烈的大笑,极尽欢乐,无与伦比。确实高兴——延续的时间如此长——极为热烈真诚,人人都不由自主地加入了进来。无法抗拒。

然后,这个女孩拿出一把枪开火。我们做好了准备,要数数奇怪的回声会响起几次。回声的频率太快了,我们不能快速说出一二三,但是我们可以用铅笔尖在笔记本上点点点,这样的速度足够快,就像是记下关于结果的某种速记类报告。我在一页纸上记下了数目。我跟不上,但是我尽可能记了下来。

我记下了五十二个清楚的点。然后,回声击败了我,我跟不上节

第 19 章

奏了。医生记下了六十四个点，然后，回声太快，他也点不下去了。支离破碎的一阵震动之后，回响变弱了，成了混乱的、长时间的哐啷声。就像巡夜人的响板所发出的声音。这好像是世界上最超凡绝伦的回声了。

　　医生开玩笑说想吻这个女孩。当女孩说可以吻她但要付一法郎时，医生有点吃惊！医生还算有点勇气，说到做到，付了一法郎，亲了这个女孩。这个女孩是个哲学家。她说，拥有一法郎是个好事，而且她根本不在乎一个无足轻重的吻，因为她还有一百万个吻。我们的这个同伴一直是个精明的生意人，提出要在三十天内消费完一百万个吻，但是，这个小小的金融项目没有完成。

第20章

我们乘火车离开了米兰。大教堂在我们身后六七英里远的地方；前面二十英里的地方是身形庞大、如梦如幻、略带蓝色、冰雪覆盖的群山——这些都是重要景点。更近一些的风景有车窗外的农田和农舍，还有车厢里的一个大脑袋侏儒和一个长着胡子的女人。这两个人并不是什么展览项目。唉，畸形、女人的胡须，在意大利都是见怪不怪了。

我们经过了一片风景如画的荒山，山体陡峭，长满树木，形状像松果，崎岖的悬崖突兀地四处耸立，民居和倾圮的城堡高耸入云。我在奇特的科莫古镇吃午餐，小镇在科莫湖边。然后乘上小型蒸汽船，惬意地游览了一个下午，目的地是——贝拉吉奥。

当我们登岸的时候，一群警察（这些警察戴着三角帽，穿着花哨的制服，美国军人最好的制服也相形见绌）把我们关进一个小型石牢里，并上了锁。整船的乘客都和我们做伴，但要是没把他们也关进来，空间还能大点，没有光线，没有窗户，没有通风设备。石牢拥挤闷热。我们挤成一团。这就是小型的加尔各答黑牢。不久，烟雾从我们脚边升起——奇臭无比，世上一切死尸的气味莫过于此，人们所能想到的腐烂变质气味不过如此。

我们在石牢里待了五分钟。当我们出来的时候，已经难以辨别我们之中谁身上最臭。

这帮可怜的贱货说这种方式就是在为我们"熏蒸消毒"，这个术语已经非常温和了。虽然我们来自并未感染的港口，他们还是给我们熏蒸消毒，以免他们感染霍乱。我们一直没有感染霍乱。然而，他们必须要采取这样或者那样的方法来预防传染病，而且熏蒸消毒比肥皂便宜。他们只有两个选择，要么自己洗洗澡，要么给别人熏蒸消毒。有些下层社会中人宁愿死，也不洗澡，给陌生人熏蒸消毒并不会让他们痛苦不堪。他们不需要给自己熏蒸消毒。他们的习惯使得熏蒸消毒毫无必要。他们随身携带着预防药物；他们整天都流汗，相当于一直在熏蒸消毒。我相信自己是个谦卑谨慎、表里如一的基督徒。我努力做正确的事情。我知道自己有责任"为那些恶意利用我们的人祈祷"；因此，尽管困难，我还是要为这些街头手摇风琴师祈祷，虽然他们给人熏蒸消毒，虽然他们的肠胃里塞满了通心粉。

我们的旅馆坐落在水边——至少旅馆的前花园在水边——我们在灌木丛中散步，在暮霭中吸烟；我们远眺瑞士和阿尔卑斯山，觉得身上发懒，不愿意细看；我们走下台阶，在湖里游泳；我们登上雅致的小艇，在闪耀的群星之下驶向远方，躺在划手座上，听着远方的笑声和歌声，欢快的刚朵拉小船漂浮在水面上，传来笛子和吉他的温和曲调；傍晚的最后一个项目是令人恼怒的台球运动，还是在那种老旧的遭天谴的台球桌上。我们在宽敞的卧室里吃夜宵；阳台不大，朝向水面、花园和群山；我们总结了一下一天的行程。然后，上床，脑袋昏昏沉沉，头脑之中闪过一幅幅画面，奇形怪状，杂乱无章，有法国、意大利、船只、海洋、祖国。然后，熟悉的面孔和城市，上下翻滚的波浪，都消失了，一切都归于平静，万籁俱寂。

然后就是噩梦。

我们吃早饭，然后来到湖边。

昨天，我并不喜欢科莫湖。我认为塔霍湖比科莫湖好得多。然而，现在我得承认，我的判断有点问题，虽然问题并不大。我总是觉得科莫湖就和塔霍湖一样是一个盛满水的大盆地，周围是群山环绕。呃，周围确实是大山，但是，科莫湖并不是一个盛满水的大盆地。科莫湖像小溪一样迂回曲折，只有四分之一到三分之二的面积跟密西西比河一样宽阔。两边都没有一码低地——只见连绵的群山从水边拔地而起,海拔高达一千到两千英尺。山坡上陡峭崎岖,植被茂盛。星星点点的白色房子从郁郁葱葱的树叶之中探出头来,随处可见。甚至在离你头顶一千英尺的山顶之上,也能看到房子。山顶风景如画,刺破苍穹。

在沿岸几英里的范围内,还有漂亮的乡间别墅,被花园和树丛环绕,悬停在水面之上。有的别墅建在大自然雕琢的幽暗角落里,坐落于藤蔓丛生的悬崖之上,出入全靠船。有些别墅配备了巨大的石阶,通向水中,沉重的石质栏杆上装饰着雕像,攀爬的藤蔓和鲜艳的花朵更是锦上添花——简直和剧院里放下的幕布一模一样,只是看不到穿长款上衣和高跟鞋的女人,也看不到穿丝绸紧身衣并插着羽毛的护花使者,下来到停泊的漂亮刚朵拉里唱小夜曲。

科莫引人注目的一大特色就是湖边和山腰上有许多美丽的房子和花园。看起来非常温暖舒适,给人以家的感觉。日暮时分,一切都好像昏昏入睡,晚祷的钟声偷偷掠过水面传了过来,让人不禁相信,只有科莫湖上才有如此安静祥和的人间乐园。

现在身处贝拉吉奥,我凭窗眺望,看到了科莫湖的另一边,风景如画啊。一段悬崖,斧刻刀劈一般,瘦骨嶙峋,筋骨毕现,高一千八百英尺;在这个宏大的岩石壁垒的腰间有一块不大的阶地,阶地之上有座雪片一样的教堂,看起来比马口铁盒大不了多少;悬崖的底部环绕着一百个橘园和花园,白色的建筑掩映其间,星星点点;前面,三四个刚朵拉悠闲地泊于水面——湖面光滑如镜,倒映着山脉、小教堂、房屋、树丛、船只,闪闪发光,清澈透明,人们几乎分不清实物和倒影的界线!

这幅画卷有着优美的周边环境。一英里之外,林木茂盛的岬角远远地插入湖中,湖面碧绿青翠,岬角倒映其中,宛如宫殿一般;中游,一叶扁舟,划破金光闪耀的湖面,留下一道长水痕,就像是一道光线;远处的群山笼罩在梦影一般的紫色雾霭之中;远方,对面,一大片起伏的穹顶、青翠的山坡和山谷卧在湖上,确实是距离产生美,

第 20 章

距离给景色增添了魅力——因为在这块宽大的画布之上，太阳、云彩、五颜六色的周边环境，把一千种色调融为一炉，画卷表面上浮光掠影一点一点漂移，让画卷美不胜收，好像就是天堂的翻版。毫无疑问，此情此景，绚丽至极，以前从未得见。

昨夜，风景引人入胜，宛如画卷。在另一边，险峻的悬崖、众多的树木、雪白的房屋，都倒映在湖水之中，给人超凡脱俗之感。远处的多扇窗户里射出一道道灯光，远远地照在平静的水面上。在这一边，咫尺之遥，宏伟的大宅被月光涂上了一层白色，从枝枝叶叶之中探出头来，上方悬崖投下来了块块阴影，使得枝枝叶叶变得黑漆漆且不辨形状——下面，湖边，所有光怪陆离的景象都得到了忠实的反映。

今天，我们在一个奇妙的花园里游荡，这个花园附属于一个公爵的庄园——但是，我认为，描述已经足够了。我怀疑，园丁的儿子就是利用这个花园欺骗了莱昂斯夫人。但是，我并不知道实情。你可能听说过下面的诗篇：

> 深邃的山谷
> 阿尔卑斯山使其远离尘嚣，
> 与清湖为邻，湖边遍植金色果实。
> 爱神木窃窃私语；
> 温柔的天空，万里无云，与山谷交相辉映，
> 还有罕见的玫瑰色阴影；
> 恍如宫殿，大理石墙壁永世长存，
> 绿树成荫，别具一格，阴凉宜人，百鸟鸣叫。

一切都名副其实，除了"清"湖之外。当然，科莫湖比许多湖泊都清澈，但是，跟清澈见底的塔霍湖比起来，它就是个浑浊的池塘，简直不值一提！我要说的是塔霍湖北岸，一百八十英尺深的水下，鳟鱼的鳞片清晰可数。我本来打算把这句话"按照票面价值出手"，但

是没有成功；所以，我不得不打了五折。这样，我才发现了一些买主；或许，读者会以同样的价格接受——九十英尺，而不是一百八。但是，要记住，这是被迫给出的价格——法庭拍卖扣押品的价格。就我个人而言，我坚持原先的说法，丝毫不动摇，塔霍湖水具有神奇的放大作用，一百八十英尺深的水下，鳟鱼（大型鳟鱼）的鳞片清晰可数——湖底的每颗鹅卵石都清晰可见——甚至可以数清板车的销钉。人们说阿卡普尔科沿岸墨西哥湾的海水清澈透明，但是，根据我自己的经验，我知道那里的海水跟塔霍湖的湖水没法比。我曾在塔霍湖捕捉鳟鱼。我把鱼饵放进八十四英尺深的地方，看到鳟鱼用鼻子嗅鱼饵，我还可以看到鳟鱼的鳃一张一合。就算是在空气中，我也难以看清八十四英尺远的鳟鱼。

我追忆往事，想起了那片高贵的湖，坐落于海拔六千英尺的雪峰之间。我可以再次断言，在那威严的存在面前，科莫湖简直就像是个俗不可耐的芝麻小官。

悲伤和不幸压倒了立法机关，因此，年复一年，立法机关依然允许保留"塔霍"这么难听的名字！"塔霍"这个名字无法让人想象水晶一般的湖水、如画的岸边风景、庄严伟大。塔霍就是云中的湖泊：与众不同的湖泊，有时风平浪静，有时波涛汹涌；傲然孤立，与世隔绝，周围是一圈卫兵一样的山峰，山体正面积雪覆盖，海拔九千英尺；无论从哪个方面来说，这片湖都给人留下了深刻的印象，无论是岸边，还是水中，都秀美壮丽，犹如天神下凡，卓尔不群！

"塔霍"的意思是蚱蜢。意味着用蚱蜢做的汤。这是印第安人的语言，也会让人联想起印第安人。有人说这是派尤特部落——可能是迪格尔部落。我认为"塔霍"这个名字是迪格尔取的——这些堕落的野人把死去的亲属烘烤一下，然后把人类的油脂和骨灰与柏油混合起来，在头上和前额"涂抹"厚厚一层，漫山遍野地哀号，这就是他们所谓的"哀悼"。就是这帮高贵的人起了塔霍湖这个名字。

有人说，塔霍的意思是"银湖"——"清澈的水体"——"落叶"。胡说八道。意思是蚱蜢汤，迪格尔部落最喜欢的一道菜，也是派尤特部落的最爱。在这个实干的时代,不适合谈论印第安人的诗歌——印第安人根本就没有诗歌——费尼莫·库柏①笔下的印第安人除外。但是,他们是已经灭绝的部落,从未存在过。我认识高贵的红种人。我曾与印第安人一起野营;我曾与他们一起准备作战,一起追逐驰骋——目标是蚱蜢;帮助他们偷牛;与他们一起闲逛,剥下他们的头皮,把他们当早餐。要是有机会的话,我乐意把所有的印第安人都吃掉。

但是,我跑题了。我要继续比较两个湖泊。如果当地人所述属实的话,科莫湖比塔霍湖略深一点。他们说,科莫湖在这里深达一千八百英尺,但是就碧绿的程度来说,好像不到这个深度。据美国地质部门的测量,塔霍湖中心位置深达一千五百二十五英尺。他们说,这个小镇对面的高峰有五千英尺高,但是,我敢肯定,这个说法里面的三千英尺——是地地道道的谎言。这里的湖面有一英里宽,并从此地直到最北边基本保持同样的宽度——这段长度是十六英里,而从此地到最南边——约有十五英里——我可以说,任何一处都不到半英里宽。总听人提起这里的雪山,但是却很少看到,而远处是阿尔卑斯山。塔霍湖宽八到十英里,群山就像墙壁一样围绕着它。山顶的积雪终年不化。塔霍湖有一个很奇怪的地方:湖面上从来不结冰。但是,这群山之中还有湖泊,海拔较低,温度较高,在冬天却结冰。

在这些人迹罕至的地方,遇到一个同船旅伴,并和他切磋交流,是一件令人高兴的事情。我们在这里发现了一个同船旅伴——一个战斗经验丰富的老兵,他在这些阳光灿烂的岛屿上寻求不流血的冒险,远离战争的喧嚣。②

---

① 弗尼莫·库柏(1789—1851),美国民族文学的奠基人之一,著有《皮袜子故事集》《最后一个莫希干人》等边疆传奇小说,对美国西部小说产生重要影响。
② J. 赫伦·福斯特上校,一位《匹兹堡日报》的编辑,最值得敬重的绅士。就在本书即将印刷之际,我接到了不幸的消息,他回家不久就去世了。——M. T. (马克·吐温)

第 21 章

我们乘坐蒸汽船顺莱科湖而下,穿过荒山野岭,尽享原始风景,与小村庄和别墅擦肩而过,然后在莱科镇下船。他们说,乘马车两个小时可以到达贝加莫古城,我们到达那儿的时候正好赶上火车。我们找了一辆敞篷四轮四座大马车,车夫粗犷狂暴,然后,我们出发了。旅途愉快。马匹跑得快,道路非常平坦。左边悬崖高耸,右边是美丽的莱科湖,不时还会降雨。就在出发之前,车夫在街上捡起了一个一英寸长的雪茄屁股,塞到了嘴里。就这样,他把雪茄屁股叼了大约一个钟头,我觉得作为基督徒,应该慈悲为怀,给他借个火。我把自己的雪茄递给他,这个雪茄我刚点着。他把我的雪茄放进嘴里,把自己的雪茄屁股放进了口袋里!我就没见过这么不把自己当外人的。至少,我从未见过这么短时间就一见如故的家伙。

现在,我们看到了意大利的内陆。房屋用坚固的石头砌成,经常得不到妥善的修理。农民和他们的孩子基本上都懒懒散散,驴和鸡登堂入室,无人驱逐。市场上的货车行动缓慢。我们遇到的每个货车车夫都在阳光下四仰八叉地躺在货物上,睡得很香。我觉得,每隔三四百码,我们就会碰到某个圣徒或其他人的神龛——画像粗糙,刻进了路边巨大的十字架或者石柱之中。关于救世主的有些图画自成一派,别具一格。在这些图画之中,救世主在十字架上双手张开,表情痛苦扭曲。荆棘王冠的伤口;被刺穿的肋部;残缺的手和脚;遭受鞭刑的躯体——身体的每一块皮肉全都血流不止!我认为,如此血迹斑斑、恐怖可怕的一幕会把小孩吓得灵魂出窍。一些特有的附件让画面变得不同凡响。真正的木头和铁器，醒目地围绕在救世主的画像周围：一捆钉子；一个砸钉子的锤子；海绵；固定海绵用的芦苇；一杯醋；用来登上十字架的梯子；刺穿救世主肋部的长矛。荆棘王冠是用真正的荆棘做成，钉在了那颗神圣的脑袋上。在一些意大利教堂画作之中，就算是在古代大师的作品之中，救世主和圣母也是戴着银质或者镀金的王冠，用钉子安装在画像的头上。效果就是荒诞不经，十分不协调。

路边旅馆的正面处处可见巨大粗糙的湿壁画，画面上是饱受折磨的殉道者，就像神龛里那样。即使湿壁画模糊不清，他们的痛苦也不能减少分毫。我们处于教会统治地带的核心和源头——在这里，幸福、欢乐、满足与无知、迷信、堕落、贫穷、懒散结合在一起，永远不思进取，一事无成。我们情绪激动地说，这些人就是这样；让他们和其他动物一起去享受这一切吧，老天禁止别人打扰他们。我们对这些熏蒸消毒器没有恶意。

我们穿过了最奇怪、最滑稽、难以想象的古镇。古镇墨守成规，沉溺于往日的梦想之中，根本不知道世界变了！根本不关心地球是旋转的，还是静止不动的。他们无事可做，只是吃了睡，睡了吃。只有当朋友站在身边并让小镇上的人保持清醒的时候，他们才会干一点活。他们不会思考——他们不食人间烟火。他们不值得尊敬——他们乏善可陈——他们不博学，不英明，不睿智——但是，在他们的胸膛之中，终生颟顸，耽于安逸，出人意料！他们怎么能被称为人类呢，他们满足于堕落的生活，他们飘飘然、浑浑噩噩。

我们迅速经过许多灰蒙蒙的中世纪古堡。古堡上爬满了常春藤，枝条从塔楼和角楼上垂下，随风摇曳，而那儿曾经飘扬着古代十字军的旗帜。车夫指了指一个古代要塞，说（我翻译如下）：

"你们看到那个从墙上伸出来的铁钩子没有，就在塔楼废墟最高的窗户下面？"

我们说，这么远看不清，但是无疑是在那儿。

"好,"他说,"那个铁钩子有一段传奇。大约七百年之前,这个城堡属于贵族热那亚的路易吉·真纳罗·圭多·阿方索伯爵——"

"他还有其他名字吗?"丹说。

"他没有其他的名字。我刚才提到的就是他的全名。他的父母是——"

"可怜但却诚实的父母——没什么——别介意这个细节——继续谈这个传奇。"

传奇

呃,那么,在当时,全世界都为圣墓而疯狂激动。欧洲所有的大领主都用土地作抵押,典当金银餐具,招募士兵,以便加入基督教世界的大军,在圣战之中扬名立万。路易吉伯爵和其他人一样筹集资金。在一个宜人的九月清晨,装备着战斧、吊门、重型火炮,他骑马穿过城堡主堡,两旁是胫甲和小圆盾,身后跟着的仿佛一群趾高气扬的基督教匪徒,这支匪军在意大利前所未有。他带着自己的宝剑——亚瑟王神剑。在要塞的攻城锤和扶垛旁,他那美丽的伯爵夫人和年轻的女儿洒泪向他告别,他志得意满地纵马而去。

他袭击了附近的一位男爵,用战利品完善了自己的装备。然后,他把男爵的城堡夷为平地,屠杀了男爵一家,然后接着前进。在伟大而古老的骑士世代,他们是一群肆无忌惮的家伙。唉!骑士时代已经一去不复返了。

路易吉伯爵在圣地声威大震。他投身上百次战役的大屠杀中。但是,他的亚瑟王神剑总能让他化险为夷,虽然经常受重伤。因为长期暴露在叙利亚的阳光下行军,他的脸变成黄褐色;他忍饥挨饿;他身陷囹圄,痛苦不堪,他感染瘟疫,在医院里备受煎熬。有许多次,他想起在家乡的亲朋好友,想知道他们是否安好。但是,他的内心在说,家里安好,不是有兄弟在代为照顾吗?

第 21 章

****

四十二年兴衰更替；伟大的战争获得了胜利；戈弗雷成了耶路撒冷的统治者——基督徒的军队在圣墓之上竖起了十字军的旗帜！

黄昏即将降临。五十个丑角穿着飘逸的长袍，疲惫地接近了这座城堡，因为他们是步行而来，衣服上的灰尘表明他们经过了长途跋涉。他们偶遇一个农夫，问农夫，他们有无可能因基督教慈善事业的仁爱之心而在此地获得食物和舒适的床铺。另外，如果在客厅演个积极向上的节目，领主是否有可能给予丰厚的酬劳？"因为，"他们说，"就算是最为挑剔的人，也不会觉得这场演出有所冒犯。"

"哎呀，"农夫说，"说了你们别生气，你们最好带着杂耍班子能走多远走多远，在这个城堡杂耍是出力不讨好的。"

"怎么回事，小子！"领头的僧侣叫道，"解释解释你这不着边际的话。否则，有你好看。"

"稍安勿躁，跑江湖的朋友，我只是说了个心中埋藏的真相。圣保罗为我做证。如果粗壮的列奥纳多伯爵痛饮之后看到了你们，他肯定会把你们统统从城堡最高的垛口扔下来。呜呼哀哉！在这段悲惨的日子里，好领主路易吉并未统治我们。"

"好领主路易吉？"

"嗯，还有谁呢。请听我说。领主路易吉统治的时候，穷人们都欢欣鼓舞，他压榨的是富人；没听说过税收，教堂的神父受了他的赏赐，都吃得肥头大耳；游人来来去去，不受干涉；只要愿意，谁都可以在他的大厅里逗留，并受到热诚的欢迎，还可以吃他的面包，喝他的葡萄酒。但是，该我倒霉！大约四十二年前，好伯爵从这儿出发，为圣十字架而战。许多年过去了，我们都没收到过他的只言片语。据说他曝尸巴勒斯坦荒野，任凭日晒雨淋。"

"现在怎么样？"

"现在？天可怜见，残忍的列奥纳多成了城堡的主人。他对穷人横征暴敛；他抢劫所有途经大门的游人；白天，他忙于复仇和谋杀，晚上，他纵情享乐，声色犬马；他把教堂的神父放在厨房烤肉叉上烧烤，乐在其中，称之为消遣解闷。这三十年来，这片土地上的任何人都没看到过伯爵夫人。许多人悄悄地说，伯爵夫人在城堡的地牢里受苦，因为她拒绝和列奥纳多结婚，而且伯爵夫人说，她亲爱的领主还活着，就算死也要忠于伯爵。他们还悄悄地说，伯爵夫人的女儿也沦为了囚犯。走吧，玩杂耍的好汉，去别的地方讨生活吧。在别的地方，你可以像个基督徒那样死去。而在这里，就要被人从那个令人头昏眼花的塔楼上扔下来。再见了。"

"上帝保佑你，好伙计——再会。"

但是，这群演员不顾农夫的警告，径直奔向了城堡。

列奥纳多伯爵已经得到消息，一群跑江湖的想到他这儿蹭吃蹭喝。

"不错，按照惯例处理他们。不过，等等！我需要他们。让他们到这里来。然后，把他们从城垛上抛下去——或者——你们手头上有多少神父？"

"今天的结果不佳，我那仁慈的领主。我们今天所有的收获就是一个男修道院院长和一打衣衫褴褛的托钵僧。"

"见鬼了！咱们这块地盘没落了吗？把那些跑江湖的带上来。然后把他们和神父一起烤了。"

穿着长袍、戴着风帽的丑角进来了。列奥纳多焦急不安又一脸阴沉地坐在议事桌的首席。大厅之上，列奥纳多两边，士兵列队而立。

"哈，恶棍们！"伯爵叫道，"你们有什么本事想在我这儿蹭吃蹭喝？"

"令人敬畏的领主殿下，我们献丑的时候，观众人山人海，如痴如醉，掌声雷动。在我们的班子里有乌戈利诺，多才多艺，天生聪明；还有鲁道夫，大名鼎鼎；罗德里戈，天赋异禀，才华横溢；经营起来不费力，也不费钱——"

"去死吧！你们能表演什么？别啰哩啰嗦的。"

"我的好领主，我们擅长耍杂技，玩哑铃，走钢丝，爬地板，翻跟斗——既然您问我，我这里就斗胆直言，很绝妙，很有趣，答滴答滴答——"

"塞住他的嘴！掐住他的脖子！见鬼！我是一条狗吗，要忍受这样满嘴胡言乱语的折磨吗？但是，等等！柳克丽娅、伊莎贝拉到前面来！小子，看看这个女士，这个哭泣的乡下女人。我要在一个小时之内娶柳克丽娅；伊莎贝拉你有两个选择，要么擦干眼泪，要么去喂秃鹫。你和你的流浪汉们要营造欢乐气氛，为婚礼锦上添花。把神父带上来！"

女士扑向领头的演员。

"哦，救救我！"她叫道，"救救我，嫁给他生不如死！看吧，悲伤的双眼，凹陷的双颊，消瘦的身形！看到了吗，这个魔鬼让我形销骨立，可怜可怜我吧。看看这位少女；注意，她已经没有人形了，步履蹒跚，双颊没有血色，而她正值豆蔻年华，理应青春绽放，幸福美满，欢欣鼓舞，笑容常驻！倾听我们的诉说，发发慈悲吧。这个怪物是我丈夫的兄弟。他本来该为我们遮风挡雨，但却把我们关在城堡主堡地牢里，呜呼，三十年不见天日。我们犯了什么罪？原因很简单，我不愿背叛订婚时的誓言，不愿放弃对路易吉伯爵强烈的爱，路易吉伯爵随着十字军团在圣地征战，（哎呀，路易吉伯爵没有死！）我不愿跟列奥纳多结婚。救救我们，哦，救救我们这些受苦受难的人儿！"

她扑倒在他的脚下，抱住他的膝盖。

"哈！哈！哈！"野蛮的列奥纳多大叫道，"神父，准备婚礼！"列奥纳多把哭泣的女士从演员身边拉开。"说，再给你一次机会，你会不会嫁给我？——以神圣的名义起誓，要是说个'不'字，就让你断气！"

"休——想!"

"那么,去死吧!"列奥纳多宝剑出鞘。

间不容发之际,电光火石一瞬间,五十个人脱去教士的衣服,五十个衣甲鲜明的骑士站了出来!五十口刀剑,寒光闪闪,砍向士兵。更亮更凶的是高高举起的亚瑟王神剑。只见寒光一闪,亚瑟王神剑劈了下来,打掉了野蛮的列奥纳多的武器!

"啊,路易吉来救我了!"

"啊,列奥纳多!去死吧!"

"哦,上帝啊,哦,上帝,我的丈夫!"

"哦,上帝啊,哦,上帝,我的妻子!"

"我的父亲!"

"我的宝贝!"[画面定格]

路易吉伯爵把篡权兄弟的手脚绑在一起。在巴勒斯坦久经战阵的骑士轻松地把笨手笨脚的士兵剁成肉泥。大获全胜。重获幸福。骑士们全和伯爵女儿结婚了。高兴!痛饮!大团圆结局!

"但是,他们是怎么处置路易吉伯爵那邪恶的兄弟的?"

"哦,没什么——就是把他挂在我说的那个铁钩上。挂住下巴。"

"怎么挂的?"

"穿过腮帮子,挂进嘴里。"

"就放在那儿?"

"放那儿好几年。"

"啊——是——是死了吗?"

"六百五十年前死的,或者大约这个数。"

"多好的传奇啊——多好的谎言啊——接着赶车。"

大约在火车开车四十五分钟前,我们来到古色古香的老城贝加莫要塞。贝加莫是一座历史名城,居民三四千人,以生产丑角闻名。发现了这一点之后,车夫讲述的传奇就给予了我们不一样的感觉。

我们休息了一下,精神振作,登上了火车,兴高采烈,心满意

第 21 章

足。我们不用赘述风景优美的莱科湖;气象庄严的城堡,城堡的石头里面承载了历史久远的秘密,甚至连传说也没有这些秘密的痕迹;壮观的山景为周围的景观锦上添花;我也不想赘述古老的帕多瓦或者威严的维罗纳;也不想赘述那里的蒙太古家族和凯普莱特家族,分属两大家族的朱丽叶和罗密欧的阳台和坟墓名闻遐迩,诸如此类。我们要抓紧时间,直奔大海之中的古城,亚得里亚海的孀妇新娘。这是一段非常漫长的旅程。但是,黄昏时分,我们静静地坐着,几乎没有意识到我们到了哪里——因为一阵胡侃之后,我们自然而然地陷入了沉默与冥想之中——有人叫道——"威尼斯!"

当然,一里格①之外,漂浮在宁静的大海之上的就是这座伟大的城市。它的塔楼、圆顶、尖塔就沉浸在夕阳金色的雾霭之中。

---

① 里格是一种长度单位,在海洋中,一里格约等于 5.56 千米。

第22章

威尼斯曾经是个共和国，盛气凌人，百折不挠，盛极一时，延续了大约一千四百年；无论在何时何地作战，威尼斯的陆军总能赢得世界的喝彩；威尼斯的海军几乎控制着所有的海洋，威尼斯商船队的船帆遮天蔽日，最遥远的海洋上也是一片威尼斯的白帆，每个地方的码头上都堆满了威尼斯的产品。而现在，威尼斯已经没落贫穷了，无人关注，处境凄凉，江河日下。六百年前，威尼斯是商业霸主；威尼斯的市场是最大的商业中心，还是商品集散地，来自东方的大量商品从这里发往西方世界。今天，威尼斯的码头已经荒废，仓库空空如也，商船队消失不见，威尼斯的陆军和海军都成了回忆。威尼斯的荣耀已经成了明日黄花。威尼斯的码头和宫殿已经坍塌破败，威风不再。威尼斯坐落在凝滞不动的潟湖之中，孤苦伶仃，满目疮痍，成了被世人遗忘的角落。在鼎盛时期，威尼斯控制着半个地球的商业，拥有强大的实力，只消动动手指就可以决定一个国家的命运。而现在，威尼斯人成了地球上最为卑微的民族，成为游商小贩，向妇女推销玻璃珠，向女学生和孩子兜售小玩具和小饰物。

威尼斯是共和国政体的滥觞，令人钦佩。轻薄的飞短流长和游客的街谈巷议是对威尼斯的不敬。打扰威尼斯的魅力好像就是对威尼斯的亵渎。古老的传说轻柔地在我们眼前勾勒出了一幅远景，我们眼前就像蒙上了一层有色的雾霭，威尼斯的废墟和荒凉因此从我们眼前消失了。人们确实不应该着眼于威尼斯的破旧、贫穷和耻辱，而应该关注其昔日的辉煌。威尼斯曾经击沉查理大帝的舰队；曾经让腓特烈一世威严扫地，还曾经在君士坦丁堡的城垛之上挥舞过胜利的旗帜。

我们在晚上八点到了威尼斯，进入了属于欧洲大酒店的一辆灵车。不管怎么说，这东西就像是灵车，不过，精确地说，这个东西是个刚朵拉。这是历史悠久的威尼斯刚朵拉！从前，出身高贵的骑士登上优雅精致的小船，经常在月光洒落的运河之上犁开水面，心旌摇曳地看着贵族美女温柔的眼睛，而欢快的刚朵拉船夫穿着丝绸的紧身上衣，奏响吉他，哼唱只有刚朵拉船夫才会的歌曲！这就是驰名世界的刚朵拉，这就是不同凡响的刚朵拉船夫！一条黑乎乎、锈迹斑斑的小船，上面是一副黑褐色的棺材，紧紧地镶嵌在小船的中间。刚朵拉船夫是一副什么尊容呢，疥癣缠身、赤着脚丫、活脱脱一个下流坯，有部分衣服本应该深藏不露，却暴露于光天化日之下。不久，刚朵拉船夫拐了个弯，灵柩迅速驶入昏暗的排水沟之中。排水沟两边是两排高耸的建筑，无人居住。欢快的刚朵拉船夫开始歌唱，不负意大利人善于歌唱的盛名。我忍耐了一会儿，然后，我说："那个，啥，罗德里戈·冈萨雷斯·米开朗基罗，我是个朝圣者。在这里，我是个陌生人。但是，我不想让自己的感情受到伤害，这种声音像猫叫一样刺耳。要是再唱下去，我们就有人要落荒而逃了。我心中珍藏着关于威尼斯的诸多梦想，但是我的梦想成了泡影，浪漫的刚朵拉和不同凡响的刚朵拉船夫全都名不副实，这就够我受的了；不能再让我接受这种打击了；虽然心不甘情不愿，我还是会接受刚朵拉灵柩，你最好平和地打出休战的旗帜，我在这里要发下狠毒的血誓，那就是你再也不要唱歌了。再叫一声，我就把你扔下水去。"

我开始觉得歌曲和故事中的古老威尼斯已经一去不复返了。但是，这样说为时尚早。几分钟之后，我们就优雅地进入了大运河。在柔和的月光下，充满诗情画意和浪漫色彩的威尼斯出现了。就在岸边，一连串宏伟的大理石宫殿巍然耸立；刚朵拉轻巧地四处滑动，突然消失在某个始料不及的大门和小巷里；沉重的石桥把身影投射在波光粼粼的水面上。处处都生机勃勃，充满活力，但处处又静谧安详，静悄悄得鸦雀无声，让人想起刺客的潜行静走以及情侣的悄无声息；一半沐浴在月光之中，一半隐藏在神秘的阴影之下，威尼斯共和国灰暗的古宅好像是在表明他们的动作已被古宅尽收眼底。音乐从水面上漂浮过来——威尼斯尽善尽美。

这是一幅美丽的画面——非常柔和、如梦如幻、极为美丽。但是，此时的威尼斯跟午夜时的威尼斯相比如何呢？不值一提。有一个节日——一个盛大的节日，为了纪念某位圣徒。三百年之前，这位圣徒在抑制霍乱方面做出了贡献。在这个节日里，所有威尼斯居民都来到了水面上。这可不是一件稀松平常的事情，因为霍乱还在四处蔓延，所以，威尼斯人说不定哪天还会需要这位圣徒的服务。所以，在一块空旷的水面上——大约三分之一英里宽，两英里长——集结了两万条刚朵拉，每条刚朵拉上都挂着两个到十个、二十个，甚至三十个五颜六色的灯笼，有四到十二名乘客。目力所及的范围之内，彩绘的灯笼比比皆是——就像是各色繁花盛开的花园，唯一不同的就是这些花朵在四处漂动；它们不停地滑进滑出，彼此融合，让你情不自禁地想去看清它们那谜一般的演化过程。处处可见焰火发出的强光，有红的，有绿的，迫不及待地腾空而起，把周围的小船照得亮如白昼。每条从我们身边划过的刚朵拉都高高挂着五颜六色的灯笼，有新月形的、金字塔形的，还有环形的，照亮了灯笼下年轻、喷香、可爱的面庞，构成了一幅美丽的画卷；这些灯笼的倒影，细长、多彩、数不胜数，被波浪扭曲弄皱，同样也构成了一幅美丽的画卷，令人心醉神迷。一群群的年轻女士和绅士精心装扮他们的彩船，在船上吃晚餐。身穿燕尾服，系着白领结的侍者随侍左右。餐桌布置得富丽堂皇，就像是在吃喜宴一般。我猜他们可能从自家客厅带来了昂贵的球形灯，还有装饰着花边的丝绸窗帘。他们还带来了钢琴和吉他，弹奏并演唱歌剧。从郊区和穷街陋巷赶来的是平民百姓的刚朵拉，挂着纸做的灯笼，此刻都围拢过来观看欣赏。

处处都有音乐——合唱团、弦乐队、管乐队、长笛手，应有尽有。美妙的音乐、醉人而可爱的美景把我包围融化，周围的气氛感染了我，我也自顾自地哼唱了起来。然而，我看到其他的刚朵拉已经驶离，而且我的刚朵拉船夫正准备跳入水中，此时，我停止了哼唱。

真是盛大的节日啊。他们通宵庆祝。我达到了人生快乐的巅峰。

威尼斯是亚得里亚海女王，是一座多么有趣的古城啊！狭窄的街道、广阔灰暗的大理石宫殿，在潮湿的环境之中存在了几百年，已经变成了黑色；整个威尼斯都有部分地基浸泡在水中。放眼望去，没有一块干爽的地方，也没有值得一提的人行道。如果你想去教堂、剧院或者餐馆，你必须叫一艘刚朵拉。威尼斯肯定是残疾人的天堂，因为确实用不着迈步走路。

有那么一两天，这地方就像是洪水泛滥的阿肯色州小镇。无处不在的水洗濯着家家户户门前的台阶。成群结队的小船从窗外飞驰而过，或者从小巷小道里钻进钻出。因此，我形成了一种印象：春汛遮盖了威尼斯的丑态，水会在几个星期后退去，剩下的就是房子上肮脏的高水位线，还有满是泥泞和垃圾的街道。

白天，光线强烈，威尼斯几乎没有什么诗情画意。但是，月亮为威尼斯平添了姿色，锈迹斑斑的宫殿又变得洁白，支离破碎的雕刻作品隐藏在了阴影之中，古老的城市恢复了五百年之前的荣光。因此，人们可以轻易地幻想一下，静静的运河上是插着羽毛的护花使者和美丽的女士——夏洛克穿着犹太人的粗布长袍，脚踏凉鞋，大胆向富裕的威尼斯商船队放贷——奥赛罗和苔丝狄蒙娜，埃古和罗德利哥，诸如此类的人物——威风凛凛的舰队，凯旋的军团。在奸诈的阳光之下，威尼斯的弱点暴露无遗，破烂、荒凉、贫穷、商业凋敝、无足轻重。但是，在月光下，一千四百年的光辉岁月给威尼斯镀上了一层光环。在世界诸国之中，威尼斯又一次成为高高在上的女王。

> 大海之中有座宏伟的城市；
> 大海存在于或宽或窄的街道之中，
> 潮起潮落；苦咸的海草
> 牢牢抓住宫殿的大理石。

没有人类活动的痕迹，没有脚步来来往往，
前往她的一扇扇大门！小路就在海上，
不见踪迹：我们从陆地，
来到漂浮的城市之上——驶入，
沿着她的街道滑行，如梦如幻，
如此平滑而又宁静——经过了许多圆顶，
就像清真寺一样，还有许多气象庄严的柱廊，
雕塑在蔚蓝的天空下排开；
层层叠叠，富庶的东方也无法与之匹敌，
商业之王的古老宅邸；
虽然岁月侵蚀，
部分宅邸依然闪耀着最为夺目的艺术光辉，
好似满屋财富关不住。

一到威尼斯，人们自然会想看什么？当然是叹息桥——接下来就是圣马可教堂和圣马可大广场、铜马组合、著名的圣马可雄狮。

我们打算去叹息桥，但是机缘巧合，先去了总督府邸——这栋建筑肯定多次出现在威尼斯的诗歌和传说之中。在这个古老共和国的参议院里，我们的眼睛应接不暇，里面密密麻麻的都是历史名画，有丁托列托的和保罗·委罗内塞①的作品。但是给予我们巨大震撼的只有一样东西，这样东西也给所有的陌生人造成了强烈的震撼——一个黑色的方块，位于肖像画廊之中。大厅四壁有一长溜画的都是威尼斯的历任总督（高高在上的家伙，有着飘逸的白须，因为在有资格担任参议员的三百个人之中，年龄最长的通常被选为总督），画像还都附着

---

① 丁托列托（1518—1594），意大利威尼斯画派著名画家。代表作《最后审判》《最后晚餐》等。保罗·委罗内塞（1528—1588），意大利威尼斯画派著名画家。与丁托列托、提香并称为文艺复兴晚期威尼斯画派"三杰"。

歌功颂德的铭文——直到你来到本该镶嵌着马里诺·法列罗①的画像的地方，但却黑乎乎、空无一物——空无一物，除了一块简单的铭文，说的是这个阴谋家因为自己的罪行而被处决。这个不幸的可怜家伙已经在坟墓里五百年了，还让这块无情的铭文留在墙上好像是件残酷的事情。

马里诺·法列罗在巨人楼梯的顶端被砍头。在古代，这里还是历任总督加冕的地方。石墙之中有两个细小的裂缝——两个无伤大雅、无足轻重的罅隙绝不会吸引陌生人的注意力——但是，这两个是可怕的狮子嘴巴！头没了（法国人占领威尼斯的时候把狮子头敲掉了），而这两处裂缝是喉咙。万籁俱寂、月黑风高之际，仇家偷偷把匿名状纸塞进狮子的喉咙。许多无辜之人受诬告走上了叹息桥，下到无人知晓的地牢里。只要进入了地牢，就别指望再看到阳光。当时，只有贵族统治着威尼斯——平民百姓没有投票权，也没有话语权。威尼斯有一千五百个贵族；从中选出三百个参议员；从参议员中选出一位总督和十人团，十人团秘密投票从他们中间选出一个三人团。当时，所有这些人都是政府的间谍，而且每个间谍本人也都受到了监视——大家在威尼斯轻声耳语，没人相信自己的邻居——就算自己的兄弟也不能尽信。没人知道谁是三人团成员——甚至参议院和总督也不知道；三人团是个可怕的特别法庭，成员晚上在密室碰头，蒙面，从头到脚裹着猩红色的斗篷，甚至彼此都不认识，仅仅通过嗓音相互识别。三人团的职责就是审判十恶不赦的政治犯罪，他们做出的就是终审判决，不得上诉。只需要向行刑人点个头即可。在劫难逃的家伙被押赴刑场：穿过大厅，来到门口，登上遮盖得严严实实的叹息桥，过桥，进入地牢，然后被处死。押送全程，只有刽子手在场。如果在那时结了仇，对于仇家来说，最聪明的办法就是往狮子嘴巴里塞一张纸条给三人团，就说"此人阴谋推翻政府"。如果凶恶的三人团没有发现证据，

---

① 马里诺·法列罗（1274—1355），他是第55任威尼斯总督。他因企图政变而被处决。

他们大多数情况下还是会不顾一切地淹死被告，因为如果阴谋诡计严丝合缝、滴水不漏，那是难以发现证据的。在那段艰苦残忍的岁月，蒙面判官和蒙面行刑人拥有无限的权力，他们做出的判决也不容上诉。因此，只要他们怀疑一个人，就算无法给此人定罪，他们也不可能大发慈悲。

我们走过十人团的大厅，不久就进入了三人团那阴森可怖的巢穴。

三人团围坐的桌子依然安在，蒙面审判官和行刑人曾经站立的站台也同样完好无损。当年，他们一动不动，站得笔直，一言不发，直到他们接到一个血腥的命令，接着，他们沉默地走开，就像是无情的机器一样，去执行那个血腥的命令。墙上的湿壁画触目惊心，符合三人团巢穴的氛围。在总督府邸所有其他的沙龙、大厅和大型国事办公室里，墙上和天花板都金碧辉煌，处处精雕细刻。壮丽的画卷流光溢彩，展示了威尼斯在战争中取得的一次又一次胜利，以及威尼斯人在国外宫廷趾高气扬的样子。还有一些神圣的画像，圣母、人类的救世主、传播世上和平福音的诸位圣徒——但是，三人团的巢穴，就形成了鲜明的对比，图画全都是关于死亡和可怕的苦难！所有的活人都受尽折磨，痛不欲生，所有的死人都血迹斑斑，遍体鳞伤，身体扭曲，在痛苦之中失去了生命！

从总督府邸到阴森的监狱只有一步之遥——几乎一跳就可以跨过两者中间的狭窄运河。水面之上是笨重的石质叹息桥，有两层楼那么高——这座桥就是一个遮盖严实的隧道——当你走进石桥的时候，别人就看不到你了。这座桥纵向分开，一边走的是古时候的轻刑犯，另一边押送的是悲伤的倒霉之人，因为三人团要让他在地牢里受尽苦难并且不见天日，或者就让他神秘地猝死。在水平面之下，我们借着烟雾缭绕的火把发出的光线，看到了潮湿厚重的牢房，许多自命不凡的贵族在单人牢房度过了漫长悲凉的监禁生涯，耗尽了自己的生命——没有光线，没有空气，没有书籍；赤身裸体，不刮胡子，不梳头发，虱子跳蚤满身跑；无用的舌头已经忘了如何说话，没有人可以交谈；

第 22 章

生命里的日日夜夜不再分明，而是融进了波澜不惊的无尽黑夜之中；远离了欢歌笑语，陷入了坟墓的寂静之中；爱莫能助的朋友已经把他忘怀，他的命运对朋友来说永远就是个黑暗的秘密；最后失去了自己的记忆，不再记得自己姓甚名谁，如何陷入牢房；看不见的手塞进来面包和水，一阵狼吞虎咽，再把水喝下，支离破碎的灵魂不再有希望、恐惧、困惑以及重获自由的渴望；不再徒劳地在墙上刻下祈祷和抱怨，包括他自己在内，没有人能看到这些祈祷和抱怨，他陷入了绝望和冷漠之中，唠唠叨叨，胡言乱语，神志不清，如癫似狂！如果石墙能够开口说话，就会讲出许许多多此类悲伤的故事。

附近有一道狭小的走廊，我们被带去参观。许多囚犯终年被囚禁在地牢里，被世人所遗忘。但是，施虐者并未忘记这些囚犯，囚犯被蒙面行刑人带到这个地方绞死，或者，在万籁俱寂、月黑风高之际，囚犯被缝进口袋，通过一扇小窗户扔到小船上，带到人迹罕至的地方淹死。

他们通常领游客观看折磨人的刑具，三人团热衷于刑讯逼供——残忍的机器，用来压碎手指；手枷和足枷，囚犯坐着一动都不能动，而水一滴一滴地落在他们头上，直到这种折磨超出人类忍耐的极限；恶魔一样的钢铁装置，就像贝壳一样夹住囚犯的脑袋，转动螺丝来让头箍变紧，直到夹碎脑袋。多年以前，血从钢铁装置的接头处流了下来。如今，这件钢铁装置血迹斑斑。一边是个突起，折磨囚犯的狱卒舒服地把胳膊肘靠在突起之上，俯下耳朵，听垂死挣扎的受难者在里面哀嚎。

当然，我们也去瞻仰了威尼斯的荣光——圣马可大教堂，威尼斯历史悠久，古迹众多，令人景仰。一千年来，平民和贵族踏过的人行道已经变得破败不堪。圣马可大教堂完全是由珍贵的大理石建成，大理石来自东方——全部石料都是进口的。古老的传说使得最心不在焉的异地来客也深陷其中，不能自拔。但对我的吸引力也仅限于此，不能再多了。粗糙的马赛克、丑陋的拜占庭建筑、来自五百个遥远采石场的五百根奇异的室内柱子，不可能让我欣喜若狂。一切都破败不堪——每块石头都是光滑的，且几乎已不成形了，因为成百上千年来，虔诚的信徒在此游荡，无所事事，手摸肩蹭，但是，他们现在已经死去，上了西天——不，我的意思是只是死去了。

在祭坛下面安放着圣马可的骨灰——据我所知，还有马太、路加和约翰的。威尼斯把这些遗迹视作世间最宝贵的财富。在一千四百年里，圣马可一直是威尼斯的守护神。在威尼斯，一切好像都是用圣马可命名，或者在命名的时候以某种方式提到圣马可——这样命名，颇有攀龙附凤、哗众取宠之感。可能就是这么个初衷。与圣马可搞好关系好像是威尼斯人的第一要务。他们说，圣马可有一头被驯服的狮子，圣马可常带狮子出去——圣马可到哪里，狮子就跟到哪里。狮子是圣马可的保护者、朋友和图书管理员。所以，在这座宏伟的古城里，爪子下面摊开一本《圣经》的圣马可飞狮就成了最受人喜欢的标志。在圣马可大广场上，飞狮从威尼斯最古老的柱子上投下身影，罩着下面人潮涌动的自由民。这一幕已经延续了许多个漫长的世纪。飞狮处处可见——毫无疑问，飞狮出现的地方都平安无事。

圣马可死于埃及的亚历山大。我认为，圣马可是殉道而死。然而，这和我要讲述的传奇无关。大约是在威尼斯城刚开始建设的时候——约为公元450年——（因为威尼斯比意大利其他城市都年轻得多，）一位神父梦到一个天使告诉他，如果不把圣马可的遗骸带到威尼斯，威尼斯就永远无法以强大的姿态屹立于万国之中；圣马可的遗体必须夺回来，带到威尼斯，并在遗体上建造一座宏伟壮丽的教堂；而且，如果威尼斯人听任这位圣徒的遗体移出新的安息之所，那么，那一天威尼斯就会从这个世界上消失。神父说出了他的梦境，威尼斯立即着手寻获圣马可的尸骨。一次次的远征队尝试都以失败告终。但是，在四百年的时间里，威尼斯人从未放弃努力。最后，有人采用计谋得到了圣马可的尸体，那是公元800年左右。一个威尼斯远征队的指挥官乔装打扮，偷出了骨骸，尸骨埋在大教堂的墓穴里。墓穴多年前就修好了，就等着尸骨入住。威尼斯的安全和伟大得到了保证。时至今日，还有威尼斯人相信，如果这些神圣的骨殖被盗，这座古城就会像一个幻梦那样消失，威尼斯的地基就会永远埋入海底，被人遗忘。

第23章

威尼斯的刚朵拉自由自在,姿态优雅,就像巨蛇一样在水面滑动。它二十或者三十英尺长,又窄又深,就像一条独木舟;船头和船尾从水面上耸起,就像月牙的两个尖一样,只是曲线略微柔和一些,不像月牙的曲线那么突兀。

船头装饰着钢质鸡冠样的东西,上面还有战斧,就像要凑机会把过往的小船一削两半一样,但是从未真的一削两半。刚朵拉被漆成了黑色,原因是威尼斯盛极一时的时候,刚朵拉全都变得花里胡哨,参议员下令取消一切花里胡哨的装饰,用严肃朴素的黑色取而代之。如果确有其事的话,毋庸置疑,应该是富裕的平民百姓附庸风雅,在大运河上装出一副贵族派头,因此需要让这些装模作样的东西全都灰飞烟灭。现在,这项禁令已经不复存在。但是,出于对神圣历史和传统的尊重,这种黑不溜秋的涂装方式依然沿袭了下来。那么,就这样吧。这是哀悼的颜色。威尼斯在哀悼。刚朵拉的尾部有一块甲板,船夫就站在那儿。刚朵拉船夫只用一支桨——当然,桨叶是长的,因为船夫站得笔直。一个木头销钉,高一英尺半,突出在右舷之上,销钉两边各有一个小钩,也可以叫小弯。

刚朵拉船夫靠这个销钉抓紧船桨,不时把船桨换到销钉的另一边,或者把船桨放在另一个小钩里,这要视船的方向而定——有个问题吸引了我,并一直让我兴趣不减,这个问题就是他如何在前进时忽张忽缩的帆下,笔直冲向前去,或者急转弯,同时还能让船桨停留在这些微不足道的小孔之中。我想，我的精力主要用来研究刚朵拉船夫的惊世绝技了，而刚朵拉一路之上经过的雕梁画栋的宫殿并不能引起我太大的兴趣。刚朵拉船夫有时拐弯太急，或者，在间不容发之际避开另一艘刚朵拉，因此，我觉得自己就像孩子们说的那样"蜷成一团"。当轻便马车的车轮擦过孩子们的胳膊肘时，他们就会这么说。但是，刚朵拉船夫已经把一切都计算得分毫不差，在百老汇般复杂的河道上穿梭，身旁尽是繁忙的船只，他就像训练有素的出租马车车夫一样信心满满，绝不会犯错误。

有时，我们沿着大运河飞驰，速度极快，只能看到两岸建筑的大门。另外，在郊区昏暗的小巷里，我们换上一副严肃的表情，匹配当地的安静、霉菌、静止不动的水面、牢牢粘附的杂草、空无一人的房子、了无生气的氛围，然后，陷入严肃的冥想之中。

刚朵拉船夫简直就是个栩栩如生的流氓，尽管他没穿丝绸制服，没戴插着羽毛的帽子，也没穿丝绸紧身衣。他的态度严肃认真；他轻巧自如、柔韧灵活；他的一举一动都仪态万方。他的刚朵拉长长的，他的身影优美，他在船尾巍然伫立，俯视整船，在夜晚天空的映衬下，一幅极具异国情调的画面呈现在了陌生人的面前，引人注目。

我们坐在一个隔间的软座上，拉着窗帘，吸烟，阅读，看外面来来往往的小船、桥梁，还有人群，自得其乐。而国内的轻便马车上就没这么舒服了，行进在鹅卵石铺成的道路上，上下颠簸。据我们所知，乘刚朵拉出行是最温文尔雅、最宜人的交通方式。

看到小船起到私人马车的作用真是件咄咄怪事——太奇怪了。我们看到商人来到前门，登上一艘刚朵拉，而不是马拉街车，前往市里的会计室。

我们看到来访的年轻女士站在门廊上，笑着吻别，迅速地扇着扇子，并且说："快点来看我们哦——嗯，一定来啊——你一直都是这么害羞——妈妈很想见到你——我们搬进了新房子，哦，真是个不错的地方！去邮局、教堂、基督教青年会都很方便；在后院里，我们可以钓鱼，聊天，举行游泳比赛，妙趣横生啊——哦，你一定来啊——

第 23 章

一点都不远,而且,如果你沿着圣马可大教堂和叹息桥过来,抄近路,经过弗拉利光荣圣马利亚教堂,进入大运河,那就没多少路——嗯,一定来,萨莉·玛利亚——再见!"然后,这个满嘴鬼话的小骗子轻巧地走下台阶,跳进刚朵拉,压低声音说:"讨厌的老东西,我希望她别来!"轻轻划开,拐弯不见了;另一个女孩砰的一声关上了临街的门说:"呃,不管怎么说,折磨终于结束了,但是,我猜还得去看她——招人讨厌、高傲自大的东西!"放眼世界,人类的本性好像都是相同的。我们看到了羞怯的年轻人,胡须稀疏,头发茂盛,没有头脑,衣着光鲜,坐船来到她父亲的大宅,告诉公共刚朵拉船夫舀出船里的积水,并在大宅外等候,然后年轻人胆怯地走上台阶,面见正站在门口的"老年绅士"!——听到年轻人问老年绅士新的英国银行在哪条街上——就好像他此行的目的就是研究这个问题——然后,他跳进自己的船里,急匆匆地跑了,怯懦不堪!——看到年轻人再次从拐角处溜了过来,直奔过来,朝着老年绅士正在离开的刚朵拉,窗帘敞开一道缝。年轻人的苏珊匆忙跑了出来,用意大利语说出一堆缠绵思念的话语,然后与年轻人一起沿着宽阔的水道前往里亚托桥。

  我们看到,女士们以最自然的方式出去购物。经过一条条街道,走进一间间店铺,完全就是由来已久的购物方式。只是等候她们购物的是刚朵拉,而不是私人马车,一等就是几个小时——等啊等,她们让和善年轻的店员翻找成吨成吨的丝绸、天鹅绒、云纹绸古董之类的布料;然后,她们买了一包发夹,划走刚朵拉,去其他的店继续大施淫威去了。她们总是让店铺把她们购买的商品送到家里去,这完全是传统的购物方式。放眼世界,人类的本性几乎一模一样;我亲爱的祖国跟威尼斯也差不多,因为,我看到一个威尼斯女士进入商店,购买了价值十美分的蓝丝带,让人用平底驳船给送到家里。啊,在异国他乡的土地上,就是人性之中的这点点滴滴让人潸然泪下。

  我们看到小男孩和小女孩与保姆一起出去兜风。我们看到,一本正经的家庭携带祈祷书和念珠,身着星期天的盛装进入刚朵拉,向教堂漂去。午夜时分,剧院散场,成群的少男少女欢闹着离开剧院;我们听到公共刚朵拉船夫的叫喊声，看到挣扎的人群跳上刚朵拉，一大片黑漆漆的船沿着月光下的大道前进；我们看到它们从这儿或者那儿分开，消失在岔路里；我们听见微弱的声音从远处飘过来，有笑声，有大声告别的声音；然后，奇怪的盛会结束了，我们面前只是一条条波光粼粼的水道——庄严的建筑——斑驳的阴影——古怪的石头面庞悄悄潜入月光之中——荒废的桥梁——停泊的船只一动不动。整个威尼斯都沉浸在神秘的安宁之中，静悄悄，万籁俱寂，非常匹配古老的威尼斯，这片像梦一样的土地。

我们乘坐刚朵拉几乎周游了威尼斯。我们在商店里购买了珠子和照片，在圣马可大广场购买了蜡梗火柴。说到圣马可广场，我要说点题外话。每个人都在晚上来到这个巨大的广场。军乐队在广场上演奏，无数对女士和绅士在两边走来走去，他们还总是成群结队地前往古老的圣马可大教堂，来到那根庄严的柱子旁边，柱子上面是圣马可飞狮，他们还走出来到刚朵拉停泊的地方；还一直有成群结队的人乘坐刚朵拉到来，加入人潮人海之中。在散步的人群和人行道之间，成百上千的人坐在小桌子旁边，吸烟，吃格兰尼它冰糕（很像冰淇淋），人行道上有更多的人在以同样的方式享受生活。圣马可广场的三面是成排的高大建筑，建筑的一层是灯火通明的商店，空气中充满了音乐和欢快的声音。总的来说，这一幕极为幸福，生机勃勃，充满了欢乐，任何人都会渴望这种气氛。我们完全沉浸其中，不能自拔。许多年轻女性都非常漂亮，衣着品位非凡。我们渐渐掌握了一种失礼的做法，那就是无所畏惧地直盯着别人的脸——不是因为我们乐此不疲，而是当地习俗如此，而且他们说当地女孩喜欢这样。我们想学习世界诸国所有稀奇古怪的风情，回国之后就能借此"显摆"，哗众取宠。奇特的外国做派让我们爱不释手，我们想借此让家乡大门不出、二门不迈的朋友羡慕嫉妒。我们这些乘客都高度重视这个问题，目的是什么我已经说了。如果亲爱的读者不到国外去，就永远无法明白自己会变成什么样的绝顶蠢驴。当然，我这个说法是有前提的，那就是亲爱的读者还没有出过国，没变成绝顶蠢驴。如若不然，我就请求亲爱的读者原谅，向他伸出友好的亲切之手，称呼他兄弟。结束行程的时候，我倒是乐意遇到心仪的绝顶蠢驴。

就这个话题，我要说的是，有些美国人一到了意大利，实际上在三个月之内就忘了自己的母语——在法国就忘记了。他们甚至无法在旅馆登记簿上用英语写下自己的地址。我附上这些证据，这是我从意大利某城市的旅馆登记簿上原封不动抄下来的：

约翰·P. 惠特科姆，美国（Etats Unis）。

威廉·L. 安斯沃思，劳动者（travailleur，我认为，他的意思是旅客），美国。

乔治·P. 莫顿以及儿子（et fils），来自美国（d'Amerique）。

劳埃德·B. 威廉斯，以及三个朋友（et trois amis），波士顿城，美国。

J. 埃尔斯沃思·贝克，刚从法国来（tout desuite de France），出生地美国，目的地大不列颠（place de naissance Amerique, destination la Grand Bretagne）。

我爱这种人。我们之中的一位女乘客说，她的一位同胞在巴黎住了八个星期之后回国，把自己最亲密的朋友赫伯特称作"厄尔－贝尔（Er-bare）先生"！不过，这位同胞道歉了，说："天啊，糟了，但是我同（控）制不住——我习惯于只说法语了，我亲爱的厄尔贝尔——特严（讨厌），又说上了！法语读音根深蒂固了，我摆脱波（不）了法语了——真烦人，我向你保证。"这个有趣的傻瓜叫戈登。名字在大街上被人叫了三遍，他才注意到。然后，他说了一千遍对不起，说已经习惯于听到别人叫他"高尔东（Gor-r-dong）先生"，说"尔"的时候还要卷着舌头。而且，他已经忘了自己名字的正确读音了！他在扣眼里插了一支玫瑰；他用法国方式打招呼——手在面前挥舞两下；在用英语日常交流的时候他把巴黎叫作巴黑（Pairree）；他把盖着外国邮戳的信封放在胸口的口袋里，还露出来一截；他蓄了八字须和帝髯，还想尽其他一切办法，竭尽所能满足自己狂热的幻想，让人觉得他像拿破仑三世——他还流露出一副完全莫名其妙的感恩神情，觉得上述微不足道的一切都是拜上天所赐，他感谢造物主把自己造成这副样子，继续享受自己平凡的生活，好像他自己确实是宇宙建筑师精心设计施工的作品。

想想吧，我们的惠特科姆、安斯沃思之流以及威廉斯之流在国外的登记簿上用蹩脚的法语注册！当我们在国内的时候，我们嘲笑英国人顽固坚持本国的处事方式和风俗习惯。但是，当我们到了国外回想这事的时候，我们就能理解英国人。看到一个美国人在国外突兀地表明自己的国籍并不是件令人愉快的事情。但是，哦，太遗憾了，有的美国人把自己弄得不男不女，不土不洋——成了一个可悲可叹的法国阴阳人！

我们在威尼斯参观了一批教堂、艺术馆之类的地方，但是我只提一个地方——弗拉利光荣圣马利亚教堂。我相信，这所教堂大约有五百年的历史了，立在一百二十万根桩子之上。教堂之中躺着卡诺瓦①的尸体，还有提香的心脏，都埋葬在巨大的纪念碑之下。提香去世的时候几乎有一百岁了。当时，一场肆虐的瘟疫夺去了五万人的生命。显然，这位伟大的画家受人尊敬，因为国家允许在那样一个充满恐怖与死亡的时代为他一个人举行公开葬礼。

另外，在这个教堂里还有福斯卡里总督的纪念碑。拜伦爵士曾经居住在威尼斯，他让福斯卡里总督名垂千古。

在这座教堂里，乔瓦尼·佩萨罗总督的纪念碑，就太平间装饰而言，可以说是别出心裁。他的纪念碑有八十英尺高，正面就像怪诞不经的异教徒寺庙。对面是四个巨大的努比亚人雕像，和夜晚一样漆黑，穿着白色大理石衣服。黑色的腿光着，透过袖子和臀部的破洞，可以看到黑亮的大理石做成的皮肤。艺术家独具匠心，但是丧葬设计

---

① 卡诺瓦（1757—1822），意大利雕塑家，代表作品《拿破仑之母》等。

却荒唐可笑。有两个青铜的骷髅，拿着卷轴，两条巨龙支撑着石棺。在这些奇形怪状的东西中间，高高在上的是仙逝的总督。

这个教堂有一些附属的修道院建筑，是威尼斯的官方档案馆。我们没看到档案馆，但是，据说其中的文件达数百万份。"这是几个世纪以来的记载，修史的威尼斯政府是有史以来最小心、最谨慎、最多疑的政府——事无巨细都记载了下来，但都语焉不详。"文件塞满了近三百个房间。其中的手稿来自接近两千个家庭、男修道院和女修道院档案馆。威尼斯上千年的秘密就在这儿——阴谋诡计、秘密审讯、暗杀、雇佣间谍的任务、蒙面刺客的任务——都唾手可得，为黑暗的世界和神秘传奇故事提供了素材。

是的，我想我们已经把威尼斯看遍了。我们看到了许多价值连城、匠心独运的墓穴装饰，是我们以前所难以想象的。在这些年代久远的圣所之中，我们身处暗淡的宗教光芒之下。周围是一排排蒙尘的纪念碑和肖像，为的是纪念已经去世的威尼斯大人物。然后，我们好像飘啊，飘啊，回到了庄严肃穆的过去，目睹了那一幕幕场景，与远古的先人摩肩接踵。我们一直如醉如痴，半睡半醒。我不知道还能如何描述这种感觉。我们的部分身心还在19世纪，另一部分好像莫名其妙地游走于10世纪的幽灵之间。

我们看了著名的绘画作品，一直看到我们的眼睛疲劳不堪，不愿再欣赏其中的动人之处。有什么可大惊小怪？在威尼斯有帕尔玛·焦瓦内的一千两百幅画，还有丁托列托的一千五百幅画。另外，看啊，还有一定比例的提香和其他艺术家的作品。我们看到提香驰名世界的《该隐和亚伯》《大卫和歌利亚》《亚伯拉罕祭祀上帝》。我们看到了丁托列托的巨型画作，有七十四英尺长，我不知道有多少英尺高，我认为这幅画非常宽。我们已经看够了关于殉道者的图画，也厌倦了以圣徒为主角的画面，这些画足以让全世界洗清罪孽、脱胎换骨。我不该实话实说，但我还是说了，因为在美国人们没有机会充当鉴赏家对艺术评头论足，另外，我也不指望在欧洲的短短几个星期就可以让我精于此道，所以，我不妨公开声明，该道歉就道歉，但我也要说出心里话：我觉得，这些殉道者，只需要看一位，就等于全部都看了。他们显然就像是一家人。他们穿着相同，都穿着粗糙的僧侣长袍和凉鞋，都是秃顶，站姿大致相同。无一例外，都向上仰视天空。按照安斯沃思、莫顿、威廉斯及其儿子之流的说法，他们的"神情"深邃莫测。对于我来说，这些凭空想象的人像并非活灵活现的血肉之躯，给人无法理解的感觉，产生不了实实在在的兴趣。只要伟大的提香具有预言未来的能力，少给一个殉道者画像，前往英格兰给莎士比亚画一幅肖像，就算是年轻时候的肖像也行，那么，我们现在就都能心服口服了。另外，万国民众，包括最年轻的一代，也都不会介意提香少画了一幅殉道者像，因为提香及时留下了莎士比亚的画像。我想后世子孙少看一张殉道者像无关紧要，只要能留存一张提香时代的伟大历史画卷即可，但是，得是提香亲手绘制的——比如哥伦布发现新大陆之后戴着脚镣手铐归来。古代的大师们确实绘制了一些威尼斯历史画卷，我们百看不厌。但是，我们觉得这些画面描绘的是死去的总督被正式引见给圣母马利亚，地点是在云层之上，与礼仪发生了严重的冲突。

尽管我们在艺术方面卑微谦逊，我们对画中僧侣与殉道者的研究并非竹篮打水一场空。我们努力学习。我们取得了一些成绩。我们掌握了一些东西。或许，在专家的眼里，这些东西不值得一提，但是，我们乐在其中。和博学多才之人一样，我们斩获的一点知识也让我们乐不可支。我们也喜欢充分展示这点知识。有时，我们看到一个僧侣带着狮子到处游走而且平静地仰望天空，我们就知道这人是圣马可。有时，我们看见一个僧侣带着一本书和一支笔而且平静地仰望天空，试图想出一个词来，我们就知道这人是圣马太。有时，我们看见一个僧侣坐在一块石头上而且平静地仰望天空，旁边是一个骷髅头，没有其他行李，我们就知道这人是圣哲罗姆。因为我们知道圣哲罗姆轻装出发，健步如飞。有时，我们看见一人平静地仰望天空，身体被乱箭射穿却浑然不觉，我们就知道这人是圣塞巴斯蒂安。有时，我们看见其他的僧侣平静地仰望天空，但却没有标签，我们总是会问这家伙是谁。我们之所以这么做，是因为我们虚心学习。我们已经看了一万三千个圣哲罗姆、两万两千个圣马可、一万六千个圣马太、六万个圣塞巴斯蒂安、四百万个形形色色的僧侣。这四百万个和尚也未标明姓甚名谁。令我们欢欣鼓舞的是,我们相信,如果我们再多看一些如此五花八门的画像,积累更多的经验,那么,我们就能就此培养起更大的兴趣,就像我们那些文质彬彬的美国同胞一样。

哎呀,用这种不敬的语气讨论古代大师和他们画的殉教者确实让我备受煎熬,原因是我在船上的好朋友——这些朋友确实完完全全、真心实意地欣赏这些作品,而且无论从哪个方面来说,这些朋友都足以辨别图画的优劣——要求我为自己着想,不要让人知道我本人缺乏这种欣赏能力,也没有批判性鉴别的水平。我相信我已经写下和将要写下的文字会让他们难受,我也真诚地表示歉意。我甚至允诺把自己不雅的情绪深埋于内心之中。但是,天呐!我从来不会说到做到。我不是怪自己食言,因为问题肯定是出在我的身体里。可能是许愿的器官空间很大,而还愿的器官拥挤不堪。但是我不伤心。我不喜欢半途而废。我宁愿精通一样,也不愿两样皆稀松平常。我肯定是想要说话算话,但是,我发现自己做不到。在意大利旅行却不谈论图画是不可能的。而且,我能通过别人的眼睛看图画吗?

大自然是所有古代大师之王。如果我不是如此沉醉于自然每天展示在我眼前的宏大画卷,那么,我有时就会相信自己根本没有欣赏美的能力。

对于我来说,好像存在一种情况。有时,我沾沾自喜,觉得自己这次发现了一幅让人不吝赞美之词的古代美画,但是,这幅画带给我的喜悦却确定无疑地证明这幅画并不美丽,也无论如何不该被赞扬。在威尼斯,这种情况发生了多次,我都数不过来了。每当碰到这种情况,向导就会一盆冷水泼来,浇灭我的万丈激情,向导说:"没什么大不了的——是文艺复兴时期的作品。"

我不知道文艺复兴到底是什么,所以,我就只能说:"啊!原来是这样——我以前没见过。"

这家伙就是个受过教育的黑人,南卡罗来纳奴隶的后代。在他面前表现我的无知,让我受不了。但是,虽然我志得意满,那句令人恼怒的"没什么大不了的——是文艺复兴时期的作品"还是在我耳边响起。最后,我说:"这个文艺复兴是谁?他从哪儿来的?谁允许他涂鸦了这么多,弄得整个共和国里到处都是?"

然后,我们获悉文艺复兴不是个人;文艺复兴是个术语,指的是一种艺术复兴的全盛时期,顶多算是一种不完美的艺术复兴。向导说,提香的时代之后,以及我们已经耳熟能详的那些伟大人物的时代之后,高雅艺术衰落了;然后,它在一定程度上再度崛起——画家之中的一些无名小卒站了出来,这些蹩脚的画就出自他们之手。然后,我在心里说我"非常希望高雅艺术早五百年衰落"。文艺复兴时期的绘画非常适合我,虽然说实话,文艺复兴的流派热衷于画真人,并没有把足够的精力放在殉道者身上。

我提到的这个向导,是我们碰到的唯一一个无所不知的向导。他出生在南卡罗来纳,父母是奴隶。当他还是婴儿的时候,父母就来到了威尼斯。他在威尼斯长大,接受了良好的教育。他能用英语、意大利语、西班牙语和法语阅读、书写和说话,全都驾轻就熟,他喜欢艺术,非常精通;威尼斯的历史信手拈来,总是把威尼斯的辉煌过往挂在嘴边。我认为,他穿得比我们任何人都好,而且彬彬有礼。在威尼斯,人们认为黑人和白人一样优秀,所以,此人没有回到祖国的愿望。他的判断是正确的。

我又刮了一次胡子。这个下午,我在起居室写作,努力要把注意力放在作品上,努力不看外面的运河。我在尽力抵制气候的温柔影响,想要控制住不思进取、纵情享乐的心思。伙伴们找来了一个理发师。他们问我想不想刮胡子。我提醒他们我曾在热那亚、米兰和科莫饱受摧残;而且提醒他们我已经宣布不会在意大利的土地上再受折磨。我说:"我再也不刮了,如果你们愿意刮的话,请便。"

我接着写。理发师开始对医生下手了。我听见医生说:"丹,自从下船之后,这是最轻松的一次刮胡子。"

不久,医生又说:"嗨,丹,让这个人刮胡子的时候,都可以

第23章

睡着。"

丹拿来一把椅子,然后说:"看,这就是提香。古代大师之一。"

我接着写。丹立即说道:"医生,真是奢侈啊。船上的理发师跟他比起来不值得一提。"

我杂乱的胡子让我痛苦莫名。理发师正在收拾自己的工具。这诱惑太强烈了。我说:"请等一等。也给我刮刮胡子吧。"

我坐在椅子上,闭上眼睛。理发师给我的胡子涂上肥皂泡,拿上剃刀,只见刀光一闪,痛得我一阵抽搐。我从椅子上跳起来:丹和医生正在抹去脸上的血迹,开怀大笑。

我说这是卑鄙无耻的阴谋诡计。

他们两个说,这次刮胡子备受摧残,创下了苦难史的最高纪录,因此,他们俩也想听我就此发表热诚的观点。

这是个寡廉鲜耻的说法,但也于事无补。剥皮已经开始了,总得要结束啊。每下一刀都让我涕泗纵横,也让我大肆咒骂。理发师愈发困惑了,刀刀见血。我认为这两个家伙乐不可支,出国后见过或者听过的任何事物都无法让他们如此快乐。

我们参观了圣马可钟楼、拜伦故居、地理学家巴尔比的住宅、古代威尼斯所有公爵和总督的宫殿。而且,我们也看到了公爵和总督那些柔弱的后代,他们穿着时尚的法国服装,在圣马可大广场上显摆自己的高贵出身,吃着冰淇淋,喝着廉价的葡萄酒,失去了先祖的豪迈气概。当年威尼斯一片辉煌的景象,他们的先祖穿着气派的锁子甲,让敌人的海陆军灰飞烟灭。我们没有看到携带有毒短剑的刺客,没有假面舞会,没有纵情享乐的欢宴;但是,我们看到了威尼斯远古的辉煌——千载难逢的青铜马。威尼斯理应把这些马匹视为珍宝,因为这是威尼斯绝无仅有的几匹马。据说,在这个奇妙的城市,有成百上千的人一生之中从未见过活着的马匹。毋庸置疑,这绝对是事实。

就这样,我们心满意足,第二天就离开了。身后是德高望重的共和国女王期盼着她那消失的船队归来,指望着能再度统领庞大的陆军,在自己的梦境之中重温旧日的峥嵘岁月与光辉业绩。

第24章

在我们离开威尼斯之前,"贵格城号"上的一些乘客就已经从瑞士以及其他地方抵达了威尼斯。还有一些随时会到达。我们没听说他们有什么伤亡,也没听说有人得病。

观光让我们有点疲劳,所以我们乘车经过了许多国家,连停都没停。我没有记下多少笔记。我没在备忘录里提到博洛尼亚,只是说及早抵达了博洛尼亚,但是没有看到当地赫赫有名的香肠。

我们对皮斯托亚的兴趣转瞬即逝。

佛罗伦萨只让我们感到了片刻的愉悦。我认为我们很欣赏大广场上的大型塑像《大卫》,还有一组他们称为"强掳萨宾妇女"的群雕。当然,我们参观了皮蒂美术馆和乌菲兹美术馆收藏的无穷无尽的油画和雕塑。为了自我保护,我发出声明;到此为止吧。我不能背负恶名,让人说我来到了佛罗伦萨,却不长途跋涉数英里遍览诸个画廊。我们慵懒地想要重拾教皇派和皇帝派的踪迹,还想了解历史上其他杀手的行迹。他们的争吵和暗杀在佛罗伦萨的历史上占据了重要的地位,但是,这事并不吸引人。在我们这段不长的旅程之中,我们没有机会看到所有美丽的山景,原因是在这段铁路上,每走三英里的隧道才能享受到一百码的阳光。就算看到了佛罗伦萨,我们心情也已经大受影响了。在佛罗伦萨城外的一个地方,我们看到了伽利略的安身之所。这些人允许伽利略的尸骨长期埋葬在惨遭亵渎的地方,原因是伽利略的伟大发现让世界天翻地覆,被教会视作遭天谴的异端。我们知道，后来，世人接受了伽利略的理论并把他视作举世闻名的伟大人物，但是此后很长时间，他们依然听任伽利略的尸骨在那里腐烂发霉。在我们的有生之年，我们看到伽利略的尸骨埋葬在圣克罗切教堂的荣誉墓地里，这事要感谢一个文人学士协会，而不是佛罗伦萨或者佛罗伦萨的统治者。我们在圣克罗切教堂也看到了但丁的墓，但是，我们高兴地得知但丁的尸体并没有在墓里；这座忘恩负义的城市驱逐并迫害但丁，现在却要费尽心机迎回但丁的遗骨，但也只能是白费心机，徒劳一场。佛罗伦萨有美第奇家族就足够了。就让佛罗伦萨埋葬美第奇家族并在坟墓上面修筑宏伟的纪念碑，来证明佛罗伦萨是多么喜欢曲意逢迎让其备受折磨之人。

宽宏大量的佛罗伦萨！佛罗伦萨的珠宝市场上充斥着马赛克艺术家。佛罗伦萨的马赛克是世界马赛克的上品。佛罗伦萨喜欢这种说法。佛罗伦萨以此为豪。佛罗伦萨就是要培养自己的此种特长。佛罗伦萨感激马赛克艺术家带来的崇高荣誉，为国库带来了外汇，所以，佛罗伦萨为马赛克艺术家发放养老金，以资鼓励。发养老金啊！想想此举是多么的慷慨大方。佛罗伦萨清楚，把美丽的小玩意拼凑在一起的人会早死，原因是此项工作非常熬人，双手和脑袋都会非常疲惫，所以，佛罗伦萨下令，这些人在六十岁之后都可以获得养老金！我还没听说他们之中有谁能从中获益。一个人确实挣扎着活到了六十岁，并去领养老金。但是，结果却是他的家庭记录上似乎搞错了一年，所以，他放弃，死了。

这些物件需要把一小块一小块芥菜籽大小的石头或者玻璃拼凑在袖口纽扣或者衬衫饰扣上，非常平滑，并且根据各块组成部分细微的色差进行精细的调整，做成袖珍玫瑰。茎、刺、叶、花瓣一应俱全。颜色柔和逼真，巧夺天工。他们还能在胸针那微小的圆环上造出惟妙惟肖的苍蝇、活灵活现的虫子、成为废墟的大竞技场。技艺娴熟，手段利落，任何人都会以为这是大家之作。

在佛罗伦萨那个规模宏大的马赛克学校里，我看到了一张小桌子——就是放在屋子中间的普通桌子——桌面是用一种珍贵的抛光石头制成，石头里镶嵌着笛子的图案，还有笛子的端口和让人眼花缭乱的孔眼。世上所有的图画都达不到如此柔和多彩的程度；色彩搭配恰到好处，堪称完美；这个笛子的做工完美无瑕，超越了所有的艺术品。另外，他们说这个笛子是由大量的小石块拼接而成。如果谁想要数清楚到底是多少块石头，那就是自讨苦吃！我认为，对于一般人来说，用肉眼无法分辨出两块石头是如何拼接而成的。当然，我们找不出瑕疵。他们说，这张桌子的桌面需要耗费一个人十年的工作时间，售价为三万五千美元。

在佛罗伦萨的时候，我们不时前往圣克罗切教堂，在米开朗基罗、拉斐尔、马基雅维利的坟前哭泣（我估计他们被埋葬在了那儿，但是他们可能是住在了别处，把坟墓租给了别人——这种做法在意大利风靡一时），间或，我们会去站在桥上，欣赏膜拜亚诺河。人们喜欢去欣赏和膜拜亚诺河。亚诺河是一条历史悠久的小溪，水深四英尺，一些平底驳船四散分布在水面上。如果用水泵弄点水进去，亚诺河倒是勉强能算得上一条河。这些阴暗血腥的佛罗伦萨人，他们都说亚诺河是河，而且他们真的认为亚诺河是河。他们甚至像模像样地在亚诺河上修桥，自欺欺人。我就不明白他们为啥不能放下身段，涉水而过。

旅途中的疲劳和烦恼有时是多么容易让人产生可怕的偏见！一个月之后，我心旷神怡，再到佛罗伦萨，就会觉得佛罗伦萨风景优美，引人入胜。但是现在，我根本就懒得去想佛罗伦萨的风景，也不愿想想佛罗伦萨宽敞的商店。在商店里，雪白的大理石一直堆到屋顶，条纹大理岩复制品也直抵天花板，复制了欧洲所有的著名雕塑。这些复制品令人目不暇接。我想知道，究竟是采用了什么办法才把这些复制品做得像睡魔肖像那样灰暗无光，毫无活力。一天晚上九点，我在佛罗伦萨迷路了，直到凌晨三点才摸清东西南北。街道狭窄，一排排巨大的建筑长得一模一样，就像是迷宫一般。这是个舒适宜人的夜晚，一开始外面有很多人，处处闪耀着喜气洋洋的灯光。后来，我习惯了徘徊于神秘的人群和隧道之中。原本以为拐个弯就可以看到酒店矗立在眼前，但奇怪且有趣的是，根本没看到任何酒店的影子。后来，我累了。我很快就觉得非常疲惫。但是现在外面没有人——甚至连警察都没有。我走啊走，直到耐心全无，又热又渴。最后，大约在一点之后，我始料不及地来到一个城门跟前。这样，我就知道自己离酒店很远了。士兵认为我想出城，他们跳起来，用手里的滑膛枪挡住我的去路。我说："欧洲酒店！"

我就会这么点儿意大利语，而且我不确定自己说的到底是意大利语还是法语。士兵傻傻地看着彼此，又看看我，摇摇脑袋，把我拘捕了。我说我想回家。他们不懂我在说些什么。他们把我带进一个拘留所搜身，但是没发现什么犯上作乱的证据。他们发现了一小块肥皂（现在，我们随身带着肥皂），看到他们把这块肥皂当成了稀罕物，我就把肥皂作为礼物送给了他们。我接着说"欧洲酒店"，他们接着摇头，直到最后，一个在角落里点头的年轻士兵明白了过来，说了点儿什么。我猜，他说的是他知道这个酒店在哪儿，因为卫兵的长官派他把我送走了。我觉得，我们走了一百英里或者一百五十英里，然后他迷路了。他左拐右拐，最后放弃了，表示在这个早晨剩下的时间里他都要去再度找到城门。此时，我突然发现路对面的房子有点眼熟。这就是我要找的酒店！

算我走运，碰到个认路的士兵；因为据说政府规定，士兵要经常从一个地方换到另一个地方，从乡村换到城市，这样他们就不会与当地人相熟，不会玩忽职守，不会与朋友们策划阴谋诡计。我在佛罗伦萨的经历大部分都不怎么愉快。我要换个话题。

在比萨，我们爬上了这个举世闻名的奇怪建筑顶端，它就是比萨斜塔。人人都知道，比萨斜塔大约高一百八十英尺——请允许我说明一点，一百八十英尺大约等于四栋普通的三层楼房摞在一起的高度，对于一个上下周长相等的塔来说，就算这个塔是直立的，也已经非常高了——然而，这座塔偏离垂直线不止十三英尺。比萨斜塔有七百年的历史了，但是，历史和传说都没有说明比萨斜塔是故意造得倾斜，还是一边的地基下沉了。没有记载表明比萨斜塔曾经是直立的。它采用大理石建造，是栋高大漂亮的建筑，共有八层，每层都由有凹槽的柱子环绕，有些柱子是大理石的，有些是花岗岩的。柱子上面是科林斯风格柱顶。多年以前，这些柱顶崭新且漂亮。比萨斜塔是个钟楼，在它的顶端是一组古老的钟。塔里黑漆漆的楼梯曲曲折折，但是，人们总能知道自己在塔的哪一边，因为随着楼梯的左右起伏，重力会自然地让人们从楼梯的一边歪向另一边。一些石阶历经脚踏磨损，却只磨损了一边；其他的只磨损了另一边；还有一些只磨损了中间。从上面向塔内张望就像是在看一口倾斜的水井。从塔顶正中央垂下一根绳子，在触地之前就碰到了墙壁。站在塔尖，从高的一边往下看，感觉并没有那么不舒服；但是，爬到低的一边的边沿，伸长脖子向外看塔基，会让你起鸡皮疙瘩。你会立刻断定，这座建筑必然要倒了。你时刻都小心翼翼，傻乎乎地觉得，就算比萨斜塔不倒，你那微不足道的重量也会让比萨斜塔开始倒塌的过程，所以，你只能仔细地别"压着"它了。

近在咫尺的佛罗伦萨主教堂是欧洲最好的大教堂之一，有八百年的历史。主教堂依然宏伟壮丽，而经济上的繁荣和政治上的重要性已经消失不见了。正是经济上的繁荣和政治上的重要性使得中央大教堂成了必需，更确切地说，成了可能。中央大教堂周围是贫穷、腐朽和废墟。跟书上的描述相比，中央大教堂更加清楚地向我们表明了比萨昔日的辉煌。

比萨洗礼堂的历史略早于比萨斜塔，是一栋气象庄严的圆形建筑，规模宏大，耗资巨大。在比萨洗礼堂里挂着一盏灯，这盏灯的有节奏摇摆启发伽利略发明了钟摆。这盏灯微不足道，但却对科技领域和机械领域的发展产生了巨大的影响。这盏灯让我浮想联翩，我好像看到这盏安静的灯产生了无数摇摆的飞盘。它好像有自知之明，知道自己根本不是一盏灯；而是一个钟摆；一个带着伪装的钟摆，有着稀奇古怪且神秘莫测的目的，那就是展示自己的精妙设计。这也不是一个普通的钟摆，而是钟摆古老的祖先和最初的形态——地位等同于希伯来人始祖亚伯拉罕的钟摆。

第 24 章

据我们所知，在所有的回声之中，这座洗礼堂的回声最好听。向导发出了两个音符，相差半个八度；回声想起，非常迷人，非常动听，融合了你能想象的所有美妙的声音。就像是教堂风琴奏出的拉长的和弦，被距离无限柔化。我可能有点夸大其词了，但是如果确实夸大了，受责备的应该是我的耳朵——而不是我的笔。我在描述一段记忆——这段记忆会长期伴随着我。

在古代，特殊的虔诚信念较为信赖外在的崇拜模式，不太注意心灵的修为，不注意防范邪恶的思想，未能阻止罪恶事件的发生。这种信念认为无生命的物体触碰到圣物就可以保持高贵的属性，比萨一座公墓标新立异的做法就体现了这一点。这些坟墓用的土是多年以前从圣地用船运来的。古代比萨人认为，要埋在这些土里更容易拯救自己的灵魂，胜过在教堂里购买的许多弥撒服务以及发誓奉献给圣母的许多蜡烛。

人们相信，比萨有三千年的历史。比萨是古代伊特鲁里亚的十二个伟大城市之一。伊特鲁里亚是一个共和国，留下了许多纪念碑，表明了自己的先进与发达，但留下的具体而可以理解的历史却寥寥无几。比萨的一个古董商给了我一个古代的泪痕酒杯，他信誓旦旦地说这个泪痕酒杯足足有四千年的历史。这个酒杯是在伊特鲁里亚一座上古城市的废墟里发现的。他说，酒杯来自一个坟墓之中，是在远古时代由某个失去亲人的家庭使用的。当时，埃及的金字塔刚刚建起来，大马士革还是个村庄，亚伯拉罕还是个牙牙学语的婴儿，就连做梦也想不到古老的特洛伊的存在。这个杯子是用来承接泪水的，因为这个家庭失去了挚爱的亲人。泪痕酒杯以自己的语言向我们倾诉；哀婉之情超越了任何语言，悄无声息的语言娓娓道来千百年的漫长历史，讲述的故事涉及空无一人的椅子、消失在门口的熟悉的脚步声、缺席合唱团的动听声音、消失不见的人儿！我们一直觉得这个故事新颖、惊异、可怕、让人痴迷，但是，看吧，这个故事又是多么老套陈旧！这个貌不惊人的小小陶罐生动地向我们展现了那个古老梦幻年代的神话和影像，其中浸淫着人类的身心，不再是刻板的说教。精心遣词造句的历史就收不到这个效果。

　　在中世纪，比萨是个共和国，有自己的政府、陆军和海军，贸易繁盛。当年，比萨是个好战的国家，旗帜上铭记着与热那亚人和土耳其人的诸多精彩战斗。据说，比萨城的人口曾经超过四十万；但是现在，比萨的统治已经终结了，它的舰船和陆军烟消云散，贸易一潭死水。比萨的战旗上承载着多个世纪的霉菌和灰尘，它的市场废弃了，城墙坍塌了，比萨城收缩到其中的狭小区域。大量的人口缩减到两万人。比萨现在只有一件可以自豪的事情，也不是什么大事，即比萨是托斯卡纳区的第二大城市。

　　我们及时到达了里沃纳。里沃纳的城门在傍晚会关闭。但是，城门关闭还早呢，我们看完了所有想看的景点，然后登船。

　　我们觉得好像已经离家千年了。从前，我们并未充分认识到自己的特等舱房多么舒适宜人；晚餐时坐在自己舱房的座位上，与朋友用自己的语言轻车熟路地交谈，是多么轻松惬意啊。哦，多么难得的幸福啊，别人说的每个词都能听得懂，回答的每个词也都能被理解！我们现在畅所欲言，只是在六十五个乘客之中只有大约十个可以聊天。其他的都在闲逛，我们几乎不可能知道他们在哪儿。我们不会在里沃纳登陆。意大利的城市现在让我们审美疲劳了，我们更喜欢走在熟悉的上层后甲板上，从远方欣赏里沃纳。

　　里沃纳政府的愚蠢权贵无法理解像我们这么大的蒸汽船穿过广阔的大西洋仅仅是为了让一群女士和绅士享受一段快乐的旅程。看起来太不可思议了。他们觉得这事可疑。这一切背后肯定隐藏着重大秘密。他们无法理解，他们嘲笑"贵格城号"上的证明文件。他们最后一口咬定我们是一群伪装的加里波第手下，杀人放火是我们的最爱！他们郑重其事地安排了一艘炮艇日夜监视着"贵格城号"，命令炮艇迅速扑灭任何革命活动！警备艇一直在我们周围巡视，水手只要一穿着红色衬衫①露面，就在劫难逃了。这些警察跟着副船长的小艇在岸

---

① 加里波第的军队着红衫。

上和"贵格城号"之间来往，用警惕的眼睛看着副船长诡秘怪异的行踪。然而，只要副船长的脸上表现出一点杀戮、造反和煽动的神情，警察就会逮捕副船长。昨天，一些乘客以友好的方式拜访了加里波第将军（在热诚的邀请之下），充分确认了里沃纳政府对我们所持的恐惧和怀疑。里沃纳政府认为，友好的拜访是假，血腥的阴谋是真。这些人凑近了一些观察我们，而我们正沐浴在"贵格城号"一边的海水之中。他们是不是认为我们和海底潜藏的黑暗势力狼狈为奸？

据说，我们会在那不勒斯被隔离检疫。我们之中的两三个人不想冒这个险。因此，安顿下来的时候，我们提议乘坐法国蒸汽船去奇维塔，从那里去罗马，然后乘火车去那不勒斯。他们不会隔离检疫列车车厢，别管列车车厢里的乘客是从哪儿来的。

第25章

意大利有很多让我们费解的东西——尤其让我费解的是，一个破产的政府是怎样拥有如此宏伟的火车站和如此漂亮的高速公路的。为什么这些高速公路就像金刚石一样坚硬，像直线一样笔直，像地板一样平坦，像雪一样白。如果天太黑不辨事物，人们依然能够看到法国和意大利那白色的高速公路；这些高速公路足够干净，不用桌布也可以在上面吃饭。而且还不收过路费。

就铁路而言——我们国家没有像意大利那样的。车厢平稳地前进，好像在滑板上一样。车站是切割好的一块块大理石堆砌而成的宏伟宫殿。柱廊也同样采用高贵的大理石建成，气象庄严，从车站的一头一直延伸到另一头。宽大的墙壁和天花板上装饰着丰富多彩的湿壁画。宏伟的大门因各种雕塑而优雅万方，宽阔的地面都铺着一块块打磨过的大理石。

意大利有一百个艺术展馆，陈列着无价的艺术珍品，但都无法跟火车站相媲美。原因是，火车站我看得出漂亮，但是艺术展馆我欣赏不了。在佛罗伦萨和意大利的其他城市，有无数的高速公路、铁路、火车站、样式相同房子组成的崭新的林荫大道。在这些地方，我看到了拿破仑三世的天才，或者确切地说，我看到的是模仿这位政治伟人得来的作品。但是，拿破仑三世在法国小心翼翼，在搞这些基础建设的时候都打好了基础——钱。拿破仑三世总是有资金支持自己的项目；此举使法国变得强大而不是弱小。法国的物质繁荣是真真切切的。但是，意大利的情况就不一样了。意大利破产了。这些伟大的工程都缺乏真正的基础。它们所代表的繁荣只是一种伪装。国库里没钱，所以，此举使意大利变得虚弱而不是强大。意大利夙愿得偿，成了一个独立的国家——这样，意大利就在政治赌博之中得到了一头大象，却没有喂养大象的食物。意大利缺乏管理政府的经验，支出各种各样徒劳无功的花费，几乎一夜之间耗干了国库。它把数百万法郎挥霍在了海军上，而它并不需要海军。意大利第一次把自己的新鲜玩具用于实战，就被揍得比吉尔德罗伊的风筝还高——用句朝圣者的话。

但是，世间没有绝对的坏事。一年前，人们发现，国家处于千钧一发的状态，而且意大利纸币的价值几乎还赶不上印钞纸的成本。因此，意大利议会发动突然袭击。在较为正常情况下，最大胆的意大利政治家也会被此举吓一跳。从某种意义上说，他们是没收了教会的产业！意大利是神父当道的国家！神父制造的迷信在这片土地上笼罩了一千六百年！对意大利来说，这是千载难逢的好事，狂风骤雨使得意大利脱离了宗教的牢笼。

他们并未言明要没收教会财产。那就听起来太刺耳了。但实际上就是没收。意大利有成千上万座教堂，每座教堂的密室里都有数不尽的金银财宝，且秘不外宣，而且每座教堂都有成群结队的神父需要供养。此外还有教堂的地产——成千上万亩的良田沃土，还有全意大利最美的森林——都为教堂创造了巨大的收入，而且不向国家交一分钱的税。在一些大区里，教堂拥有所有的财产——土地、沟渠、森林、磨坊和工厂。他们购买，他们销售，他们制造，而且由于他们不交税，谁能指望跟他们竞争呢？

呃，政府实际上攫取了这一切，而且，毋庸置疑还会冷酷而顽固地攫取这一切。必须采取措施来填补饥饿的国库，在整个意大利没有其他的资源——只有教会的财富。所以，政府想从教会的农场和工厂等处提取一大部分收入，还想控制教堂，让教堂按照政府的方式运营并完全听命于政府。在少数情况下，有几家教堂规模宏大且信徒众多，政府就让其保留自己的机构和人员。但是，对于所有其他教堂来说，只能保留为数不多的神父用于布道和祈祷，一些神父能得到养老金，大部分都被弃置不管。

请看一看这些教堂及其装修，你就会明白政府做得是否合理。如今的威尼斯是一个有十万人口的城市，神父有一千两百人。只有天知道在政府削减神父数量之前有多少神父。威尼斯有巨大的耶稣会教堂。按照旧有制度需要六十个神父来经营这座教堂——政府现在把神父的数量缩减到五个，其他的被解除了神父职务。这座教堂的周围处处是可怜巴巴、贫穷不堪的景象。在这座教堂门口，十几个人向我们脱帽致敬，谦卑地弯腰鞠躬，伸出手来，想要点零钱——用我们听不懂的外国话祈求，还有无声的祈求，悲伤的眼睛、凹陷的双颊、破烂的衣衫，一切都无需多言了。然后，我们从教堂气派的大门进入，全世界的财富好像都展示在了我们眼前！用整块大理石雕琢而成的巨大柱子，从顶端到底部镶嵌着一百个复杂精细的图案，这些图案都用昂贵的古绿石制成；布道坛都采用同样奢华的材料，下垂的帷幕打了许多漂亮的褶子，石质部分模仿的是织布机织出的精细图案；大祭坛闪闪发亮，饰面和栏杆都经过了打磨，材质是东方的玛瑙、碧玉、古绿石以及其他我们甚至几乎闻所未闻的宝石——并且一块块无价的天青石随意四处摆放，就好像教堂拥有一个天青石采石场。在一片奢华宏伟之中，祭坛上的纯金银家具就相形见绌、乏善可陈了。甚至连地板和天花板也耗费了巨资。

日复一日，这个社会里一半的人几乎不知道如何才能苟延残喘。那么，让教堂的财富闲置无用有何意义呢？另外，为了维持摇摇欲坠的政府，人民在苛捐杂税的压榨下生存艰难，而在整个意大利，数亿法郎被套牢在教堂里，用于那些缺乏实效、华而不实的东西，听任此种情况发生明智吗？

依我个人观点，在一千五百年的时间里，意大利已经把所有的精力、财力和勤奋都用来修建许许多多绝妙的教会建筑，让一半的公民忍饥挨饿来实现这个目标。现在，意大利就是一个巨大的博物馆，壮观与悲惨并存。美国所有普通城市的教堂加在一起也难以买下意大利百所大教堂中一座里面一件闪耀珠光宝气且华而不实的东西。如果美国有一个乞丐,意大利就有一百个——还有破衣烂衫和虱子跳蚤来一较高低。意大利是地球上悲惨至极、奢华至极的土地。

看看佛罗伦萨的宏大的主教堂——这一大堆东西在五百年的时间里持续从佛罗伦萨市民的钱包里掠夺钱财,而且离完工还遥遥无期。和其他所有的人一样,我扑倒崇拜它。但是,肮脏的乞丐把我包围了起来,这种反差太强烈了,也太发人深省了,于是我说:"哦,堪称经典的意大利的子孙们,进取精神、自立、高贵的劳动难道都在你们的体内消失了吗?诅咒你们这些没用的懒货,你们怎么不去抢劫自己的教堂?"

这个大教堂里雇用了三百个幸福舒坦的神父。

既然已经发起了脾气,我不妨接着骂下去,骂每一个在我脑海里闪现的人。佛罗伦萨有一座巨大的陵墓,他们建造这座陵墓是为了埋葬我们的主、救世主和美第奇家族。这好像是在亵渎上帝,但这是事实,他们就是在这里亵渎上帝。死去的遭天谴的美第奇家族残酷暴虐地统治着佛罗伦萨。在两百多年的时间里,美第奇家族就是佛罗伦萨的祸根。他们被用盐腌制起来,存放在一圈昂贵的墓穴里。在他们中间摆放的才是圣墓。派往耶路撒冷洗劫圣墓的远征队遇到了麻烦,无法完成盗抢任务,所以,陵墓的中间至今还是空的。他们说整座陵墓都是要作为圣墓使用的,只是在耶路撒冷远征失败之后才被用作了家族墓地——请原谅我直言不讳。美第奇家族的一些成员肯定是偷偷潜入的。之所以有些事他们不会厚颜无耻地去做,是因为这些事不值得做。为什么呢,他们让人把自己微不足道、无人记得的海陆功勋用巨大的湿壁画(古代的威尼斯总督也是这么做的)描绘出来,云端是正在抛洒鲜花的救世主和圣母,而上帝本人端坐在天庭的宝座上鼓掌!这些东西是谁画的?提香、丁托列托、保罗·委罗内塞、拉斐尔——为什么不是别人,正是这些世界人民的偶像、"古代大师"?

安德里亚·德尔·萨托在画作之中歌颂王公贵族,使原本会在历史上籍籍无名之人名垂青史,而这些王公贵族却让他忍饥挨饿。这是他应得的报应。拉斐尔画中出现了穷凶极恶的恶棍，比如美第奇家族的凯瑟琳和玛丽，她们坐在天堂之中与圣母马利亚以及天使亲切交谈（更不用说地位更高的人物），然而，我的朋友却指责我，因为我对这些古代大师略有偏见——因为我有时无法在他们的作品之中发现美。我不时会情不自禁地发现美，但我还是反感奴颜婢膝的灵魂，这些大师出卖自己高贵的天赋，无一例外地谄媚两三百年之前毫无人性的家伙，比如法国、威尼斯和佛罗伦萨权贵。

有人告诉我，古代大师必须做这些羞耻之事来换取面包，只有王公贵族和达官贵人才能为艺术提供赞助。假设一个天赋异禀之人把自己的骄傲和人性丢弃在尘埃之中去换取面包，而不是身怀洁白无瑕的荣誉忍饥挨饿，那么，这个理由倒是合情合理。用这个理由也可以开脱华盛顿和惠灵顿之流的偷盗行为，女人放荡下流也有了合理的解释。

但不知怎的，我无法把美第奇陵墓赶出我的记忆。它就像教堂一样大；它的人行道可以和王宫里的人行道相媲美；它的巨大圆顶上遍布超美绝伦的湿壁画；墙壁的材料是——什么？大理石？——灰泥？——木头？——纸？不是。是红斑岩——古绿石——碧玉——东方的玛瑙——条纹大理石——珍珠母——玉髓——红珊瑚——天青石！所有的高大墙壁都完全采用珍贵的石料建成，一块块镶嵌而成，构成精美的画面和图案，抛光之后就像一面面巨大的镜子一样闪闪发光，映出上方圆顶上美丽的湿壁画。美第奇家族一位已故成员的雕像面前是个王冠，王冠上的钻石和祖母绿闪闪发光，这顶王冠几乎足以买下一艘主力战舰。政府对这些东西垂涎三尺。如果它们能够被收入国库，对意大利来说倒是好事。

嗯，眼前的情况是——然而，另一个乞丐来了。我要出去干掉他，再写一章骂骂人。

我打发了这个无亲无友的孤儿——赶走了他的同伴——终于静下心来反思——现在，我心平气和了。我觉得，如此随意地谈论了神父和教堂之后，公平起见，如果我知道关于神父和教堂的什么优点，我

第 25 章

应该说出来。我曾听说过为神职人员增光添彩的许多事物，但是，现在浮现在我脑海里最突出的一件是，一年前霍乱流行的时候，一个托钵僧修道会表现出了奉献精神。我说的是多明我会修士——在这个炎热的季节，他们穿着粗糙沉重的褐色长袍和蒙头斗篷，光着脚。我相信，他们靠别人的施舍过活。毫无疑问，他们肯定热爱自己的宗教，为自己的宗教承受了如此多的苦难。当霍乱在那不勒斯肆虐的时候；每天都有数以百计的人死亡；大众福利无人关心，人人自顾不暇，每个人都把照顾好自己作为唯一的目标，而多明我会修士聚在一起，到处去关爱病患，埋葬死者。他们的高尚行为让他们中的许多人丧生。他们乐于献身救人，死得其所。像数学一样精确的宗教信条、细致入微且条分缕析的教义，确实在拯救某些灵魂的时候是必不可少的。但是，仁爱、纯洁、无私存在于多明我教士之类人的心中，会拯救他们的灵魂。不过，他们根本不相信真正的宗教，而我们的宗教正是真正的宗教。

其中一个胖乎乎、光着脚的家伙与我们一起乘坐狭小的法国蒸汽船来到奇维塔韦基亚。舱房里只有我们六个人。他在统舱。他是这艘船的生命，是宗教裁判所的嗜血子孙！他和一个法国军舰的军乐队领导轮流弹钢琴、唱歌剧；他们一起唱二重唱；穿着临时拼凑的舞台服装，给我们带来精彩的闹剧和哑剧。我们与这位多明我会修士相处非常融洽，相谈甚欢，虽然他不懂我们在说些什么，当然我们也一点都猜不出他说的是什么意思。

据我们所知，奇维塔韦基亚是灰尘的大本营、虱子跳蚤的乐土、愚昧无知的巢穴，达到了登峰造极的地步，仅有的可以与之媲美的是那片被称作丹吉尔的非洲地狱。人们住在六尺宽的陋巷里。陋巷散发着独特的气味，这种气味并不让人愉悦。陋巷不宽不要紧，因为陋巷所承载的臭气人们还能忍受。当然，如果宽一些，臭气就多一些，人们会被熏死的。这些陋巷用石头铺成，上面是死猫、腐烂的衣物、支离破碎的叶子、旧靴子的残骸，全都被洗碗水所浸泡，人们四散坐在凳子上欣赏着眼前的景象。他们基本都是懒散之人，但也几乎没有娱乐活动。他们一次工作两三个小时，但并不努力，然后他们就下班抓苍蝇。抓苍蝇不需要什么天赋，因为只要伸手猛抓即可——如果想抓的苍蝇没抓到，就抓另外一只。对于他们来说都无所谓。他们不挑三拣四。对于他们来说，抓住哪只苍蝇都行。

这里还有其他种类的昆虫，但是其他种类的昆虫并不能让他们自信满满。他们非常安静，不矫揉造作。在这里，苍蝇臭虫之类的东西比其他地方要多，但是他们并不就此炫耀。

他们非常脏——这些人——脸上、身上还有衣服上。当他们看到有人穿上干净的衬衫时，他们就群起嘲笑。女人在街上的公共水池要洗上半天的衣服，但是，那些衣服可能是别人的。也可能她们一直穿的是一套衣服，一直洗的又是另一套；因为她们从不穿洗过的衣服。洗完之后，她们坐在陋巷里给小崽子喂奶。一次给一个脏兮兮的小东西喂奶，其他的都高兴地靠在门柱上，给后背挠痒痒。

这整个国家都属于教皇国。这里好像根本没有学校，只有一张台球桌。他们的教育水平极低。一部分人参军，还有一部分人加入教会，其余的生产鞋子。

他们这里保留着护照签证制度，但是土耳其也是这样。这表明教皇国和土耳其一样非常先进。仅仅这一事实就足以让恶语中伤之徒闭嘴。在佛罗伦萨，我不得不办理前往罗马的签证，然后，我还是不能在奇维塔韦基亚登陆，得等警察在码头检验签证并发放通行证。他们甚至不敢让我把自己的护照拿在手里十二个小时，我看起来是如此可怕。他们觉得最好让我冷静下来。他们认为我可能想占领这个城镇。他们几乎不理解我。不理解也无所谓。他们在车站检查了我的行李。他们拿起一篇我的最搞笑的笑话，仔细读了两遍，然后又倒过来读了一遍。但是，太深奥了，他们读不懂。他们传了一遍，人人都琢磨了一会儿，但是个个都无能为力。

这不是一个普通的笑话。最终，一个资深军官仔细辨认了一番，摇了三四次头，说按照他的看法这是煽动人犯上作乱的东西。这时，我变得惊恐不安。我立刻说让我解释解释这份文件，他们围了上来。

第 25 章

就这样，我解释，解释，再解释，他们把我说的都记录了下来，但是，我说得越多，他们越糊涂。当他们最终停下来的时候，甚至我自己也糊涂了。

他们说他们相信这是一份煽动性文件，针对的是政府。我郑重宣布不是这么回事，但是他们只是摇摇脑袋，并不满意。然后，他们讨论了好大一会儿；最终把我的笑话没收了。我非常难过，因为我在这个笑话身上用了大量的时间，而且这个笑话也让我非常自豪。现在，我想我再也见不到它了。我猜，这个笑话会被提交给上级，放在罗马的犯罪档案里归档封存，而且会一直被视作神秘的诡雷，倘若不是上帝保佑查获了文件，它会像地雷一样爆炸并把仁慈的教皇炸得四分五裂。另外，我猜我在罗马的所有的时间里，警察都会跟着我四处跑，因为他们认为我是个危险分子。

奇维塔韦基亚炎热异常。街道非常狭窄，房子建得极为坚固、厚重、高大，可以抵御炎热。在我参观过的意大利城市之中，这好像是第一个没有守护圣徒的意大利城市。我猜，除了那个乘坐喷火战车飞升的圣徒之外，没有圣徒可以忍受此地的气候。

这里没有什么可看的。他们甚至连密室里有十一吨纯银制成的大主教的大教堂都没有；他们不会带你去看有七千年历史的发霉老建筑；也没有烟熏火燎的古老挡火隔板，而这些恰恰是鲁本斯、辛普森、提香、弗格森等人的代表作；也没有放在瓶子里的圣徒残肢断臂，甚至连真正十字架上的钉子都没有。我们要去罗马了。这里没什么好看的。

第26章

什么能让人飘飘欲仙？什么能超越其他任何体验让人的心中充满自豪？发现！知道自己在涉足其他人没有到过的地方；欣赏人类所没有见过的东西；呼吸着处女地的空气。提出一个想法——发现一个伟大的思想——一个金点子，别人绞尽脑汁却求之不得。发现一颗新的行星，发明一个新的合叶，发现一个方法可以让闪电携带你的信息。做第一个——这就是关键。赶在其他所有人的前面做些什么，看些什么——这些给人带来了乐趣，而其他乐趣乏善可陈、毫无新意，其他的喜悦一文不值、不值得一提。摩尔斯让他的仆人闪电发出了第一条信息；富尔顿经历了长期的挫折和磨难，他把手放在节流阀上，瞧，蒸汽船动了；詹纳病人的血液里感染了牛痘病毒，却毫发无伤地走过天花医院；豪的大脑里闪过一个想法，缝纫机诞生了，而此前的两三千年里人们却在耗费眼力去分清针的两头；某个遥远的已被遗忘的过去，无名的艺术巨擘放下手里的凿子，心满意足地看着完工的《拉奥孔》；达盖尔让正午的太阳听从指挥，在他平淡无奇的银版上印上风景，太阳照办了；哥伦布在"平塔号"的侧支索之中，在神话般的海面上挥舞着帽子，极力眺望着未知的世界！这就是不白活一回的人——他们真正理解了什么是乐趣——他们把毕生的狂喜浓缩到了一个短暂的时刻。

罗马有什么别人没看过的东西可以让我看？有什么别人没碰过的可以让我碰？有什么让我感知、学习、倾听、了解，让我心潮澎湃，而别人尚未体验过？我可以发现什么？没有什么可发现的。一点也没有。旅游的一项魅力在这里就消失了。但是，假设我只是个罗马人！假设除了原本就有的特点之外，我还具有现代罗马人的懒散、迷信和彻彻底底的无知，那么，我会发现无数未知的世界，发现无数不容置疑的奇观！啊，假设我是距离罗马二十五英里的坎帕尼亚平原居民！那么，我就会去旅游。

我要去美国，参观，学习，然后回到坎帕尼亚平原，站在自己的同胞面前，做一位伟大的发现者。我要说："我看到了一个国家。在这个国家里没有气势逼人的大教堂，不过，人们照样活了下来。我看到了一个政府，这个政府从未以高于政府开支的价格请外国军人来保护自己。我看到，普通的男女都能阅读；我甚至看到普通农民的小孩阅读书籍；不管你信还是不信，我还是要说他们还会写字。

在城里，我看到人们喝一种奶和水混合而成的美味乳白色饮料，但是我从未见山羊被赶上百老汇、宾夕法尼亚大道、蒙哥马利大街，并在房子门口挤奶。我看到，普通人的家里也有真正的玻璃窗户。一些房子不是石头建造的，也不是砖头建造的；我庄严发誓是木头建造的。有时候，这里的房子会着火燃烧——实际上是完全烧光，不留一点残渣。就算要了我的命，我也得说事实就是这样。为了证明上述情况不是孤例，我要说的是他们有个东西叫做救火车，能够喷出一股股水流，而且日夜待命，准备冲向正在燃烧的房屋。你可能觉得一辆救火车就足够了，但是有些大城市有一百辆；他们雇用了一批人，按月发给工资，让这些人专门负责灭火。支付一笔钱，别人就能保证你的房子不会被烧毁；如果发生火灾，他们会给你赔偿金。学校成千上万，人人都可以去学习知识，让自己变得聪明起来，就像神父一样。就在这个特别的国家，如果一个富人为富不仁，那么他死了就会受到诅咒；他不能靠花钱做弥撒来救赎自己。人死之后，钱确实没有太大用处。在阴曹地府，钱确实没有太大用处，但是，在人类世界却非常非常有用；因为在人类世界，有钱人会备受尊敬，当选立法者、州长、将军、参议员，别管他是一头多么无知的蠢驴——就像我们可爱的意大利一样，贵族占据高位，而有时他们出生时就是一个高贵的傻子。在人类社会，如果一个人有钱，人们就会送给他不菲的礼物，请他吃大餐，邀请他喝精心酿造的饮料；但是，如果他贫穷不堪、负债累累，他们就会让他做所谓的"还钱算账"。女人们几乎每天都换不同的衣服；衣服通常不错；但是式样荒唐可笑；一年里衣服的种类和式样改变了两次；如果我想让别人说我满口谎言，我就会说改变了不止两次。美国女人的头发不是长在头上的，而是由商店里心灵手巧的工匠制造出来的，蜷曲盘绕，发型标新立异、惊世骇俗。一些人眼前戴着玻璃片，或许能帮助他看东西，否则，他们就不会使用；而且一些人口中的牙齿都是亵渎神灵的手工产品。男人的衣服风格怪异、令人发笑。日常生活之中，他们不携带滑膛枪，也不携带尖锐的长矛；他们不穿宽大的绿色内衬斗篷；他们不戴尖顶黑毡帽，也不穿长及膝盖的皮革绑腿，不穿皮毛外翻的山羊皮马裤，不穿钉有平头钉的鞋子，也没有巨大的马刺。他们戴着圆锥形的帽子，叫作"钉子帽"；穿极端悲伤的黑色大衣；衬衫非常容易显脏，因此每个月必须换一次，非常麻烦；叫作裤子的东西，用肩膀上的带子支撑起来；脚上穿着靴子，式样滑稽可笑，不经穿。然而，着装怪异的他们却笑话我的衣服。在那个国家，书籍司空见惯，因此，见到一本书是稀松平常的事情。报纸也是如此。他们有一种伟大的机器，可以每小时印刷成千上万份这种东西。

"在那儿，我看到了普通人——既不是神父，也不是王公贵族——然而，他们完全是耕者有其田。田地不是从教会租来的，也不是从贵族手里租来的。就此，我敢发誓。在那个国家，就算你从三楼窗口摔下来三次，也不会砸到一个士兵或者神父。这些人数量之少，令人惊奇。在城里，你会看到十几个平民里面才有一个士兵，神父或者牧师的数量也一样少。那里，犹太人得到人类的待遇，而不是被视作狗。犹太人可以从事自己喜欢的行业；如果愿意，他们可以出售崭新的商品；他们可以开杂货店；可以在基督徒中间行医；如果乐意，他们甚至可以和基督徒握手；他们可以和基督徒建立起联系，就像人

第 26 章

类之间的正常关系一样；他们不用把自己封闭在城镇的一个角落里；他们可以按照自己的喜好，居住在城镇的任何地方；据说，他们甚至有权购买土地和房屋，并且自己拥有土地和房屋，虽然我本人怀疑这一点；他们不用在狂欢节的时候裸体在大街上与公驴赛跑来取悦大家；在那里，几百年来，他们从未在每个星期天被士兵赶进教堂听人谩骂他们，尤其是他们的宗教；就在今天，就在那个奇特的国家，犹太人甚至拥有了投票权，可以担任政府官员，如果对政府不满意还可以站在大街的讲坛上对政府品头论足！啊，太棒了。那里的普通人博学多才；他们甚至放肆地攻击政府管理不善，放肆地支配政府并亲自参与政府运营；如果他们的法律像我们一样把农作物收获的三分之一作为税收交给政府，那么，他们就会修改法律；他们不会把自己收入的百分之三十三交税，就算交百分之七的税，他们也会提出抗议。他们是些奇怪的人。他们不知道自己何时会变富。托钵神父不会拎着篮子在人群中游荡为教会乞讨，把人们吃成穷光蛋。几乎看不到传播福音的牧师光着脚，拎着篮子沿街乞讨。在那个国家里，牧师不像我们的托钵僧团——他们有两三套衣服，有时候也会洗衣服。这片土地上的山比奥尔本山高多了；广阔的罗马坎帕尼亚平原有一百英里长，足足四十英里宽，但是跟美利坚合众国比就太小了；我们著名的台伯河几乎有两百英里长，一个在罗马的小伙子也几乎难以把石头抛到河对岸，但是，跟密西西比河比起来，台伯河既不长也不宽——连俄亥俄河都比不上，甚至也比不上哈得孙河。在美国，人们绝对比自己的祖辈英明，也比自己的祖辈见多识广。他们不用尖头棍子犁地，也不使用三角木块，这些东西只能犁开土地的表层。我猜，我们之所以如此犁地，是因为我们的祖先在三千年前就是这么做的。而那些人并不把自己的祖先视若神明。他们的犁是尖锐弯曲的铁片，能切进地里足足五英寸。还不止于此。他们收割谷物的可怕机器能在一天之内割倒整片土地的作物。恕我直言，有时，他们使用一种亵渎上帝的犁，这种犁用火和蒸汽驱动，能在短短一个小时里就撕裂一英亩的土地——但是——但是——看你的表情，你不相信我说的。哎呀，我的人格毁了，我成了一个众所周知的谎话大王！"

当然，我们经常去巍峨的圣彼得大教堂。我知道它的规模。我知道它占地广博。我知道它的长度约等于华盛顿的国会大厦——大约七百三十英尺。我知道它有三百六十四英尺宽，所以比国会大厦宽。我知道教堂圆顶上的十字架离地四百三十八英尺，因此，比国会大厦的圆顶高大约一百英尺或者可能高一百二十五英尺。因此，我就有了规格上的概念。我希望尽可能地确定这个教堂的样子；我好奇，想知道自己会犯多大的错误。我错得离谱了。从外观上看，圣彼得大教堂看起来还不如国会大厦大，美丽程度肯定达不到国会大厦的二十分之一。

我们到达圣彼得大教堂门口，完全置身其中，不能理解它有多大。我不得不深思熟虑一番。我不得不绞尽脑汁，搜罗几个明喻。圣彼得大教堂规模宏大。高度和尺寸相当于两个国会大厦摞在一起——如果国会大厦宽一些的话；或者相当于两排或者两排半普通建筑摞在一起。圣彼得大教堂如此之大，但是看起来却一点都不大。原因在于圣彼得大教堂里面以及周边的一切都一样占地广大，也就无法加以对比——除了人之外，而且我也没注意到人。人就是些小爬虫。有些孩子的雕像，手拿盛着圣水的花瓶。按照数据表，这些雕像堪称巨大。但是，雕像周围的一切也是这么大。圆顶上的马赛克图案非常大，由数以万计的我小指尖大小的玻璃块制成，但是，这些图案看起来平坦光滑，色彩艳丽，和圆顶的比例非常合适。显然，它们不能充当参照物。远处，在教堂的另一边（我认为非常明显是在教堂的远端，但是后来发现是在中间，在圆顶之下），立着一个他们称为波达西诺的东西——一个巨大的金字塔形青铜建筑——就像是蚊帐的支架。它看起来就像是一个大号的床架，仅此而已。然而，我知道它的高度远远超过了尼亚加拉大瀑布的一半。旁边圆顶的更加高大，使得波达西诺相形见绌，显不出高来。四个巨大的方形支墩或者说柱子之间距离相等，立于教堂之中，支撑着屋顶，我根本无法比较计算出它们的尺寸。我知道每个支墩的外表面都和超大型住宅的正面差不多宽（五十或者六十英尺），而且高度相当于普通三层住宅的两倍，但依然看起来不大。我殚精竭虑，想方设法去搞清楚圣彼得大教堂究竟有多大，但是几乎竹篮子打水一场空。有一个使徒的马赛克塑像，手里拿着六英尺长的笔，但是这个使徒给人的感觉也就是个普通大小的使徒。

但是，过了一会儿，人们吸引了我的注意力。站在圣彼得大教堂的大门里，看着人们走到教堂的另一端，有两个街区那么远，渐行渐远，越来越小；周围是巨大的图画和雕像，人们陷入广阔的空间之中，跟露天里站在两个街区之外的人相比，他们小多了。我"目测"了一个人的"大小"，这个人从我身边经过，我看着他远远地经过波达西诺走开去——看着他变成一个学童的大小，然后，消失在了寂静无声的人群之中，这群人看起来都只有侏儒般大小。圣彼得大教堂刚刚装饰过，当时举办了纪念圣彼得的盛大典礼。现在，人们正忙着从墙上和柱子上拆除花朵和镀金的纸片。因为没有足够高的梯子，为了完成工作，人们用绳子把自己从栏杆上和壁柱顶端吊下来，来回摇晃。上面的走廊环绕着圆顶的内壁，高出教堂地面二百四十英尺——在美国，尖塔很少能达到这个高度。游客总会登上走廊俯瞰教堂内部，因为从那儿人们可以最为清楚地了解一些东西的高度和距离。当我们站在地板上的时候，一个工匠吊在那个走廊垂下的长绳一端。以前我从没想到一个人会这么像一只蜘蛛。他非常小，他身上的绳子就像一根线。看到他占了这么小的空间，我就相信了一个故事。据说，有一次，万人的军队来圣彼得大教堂听弥撒，他们的司令后来到的，但没有发现他们，认为他们还没来。但是，他们已经在教堂里面了——他们在一个耳堂里。接近五万人聚在圣彼得大教堂里倾听圣母无沾教义。据估计，圣彼得大教堂的地面空间可以供——许多人站立；我忘记了具体数字。但是，不要紧——这样说就差不多了。

圣彼得大教堂里有十二个小柱子，来自所罗门神庙。另外，他们也有——这一点尤其吸引我——真正十字架上的一块和荆棘王冠的一部分。

当然，我们登上了圆顶的顶点。当然，我们也来到了顶点上面的镀金铜球里。那里的空间可以容纳十几个人，略微拥挤，和火炉一样又闷又热。有些喜欢在名胜古迹留下到此一游墨宝的人已经先我们一步到来了——我认为有一两百万。从圣彼得大教堂的圆顶可以看到罗马的每一个知名景点，从圣天使堡到大竞技场。人们可以辨认出七个山丘，罗马就是建设在这七个山丘之上。人们可以看到台伯河，还有一座桥的原址。在"古老的勇敢岁月"，拉斯·波塞内试图带侵略军过桥的时候，贺雷修斯把守的就是这座桥。人们可以看到荷拉斯兄弟和库里亚提兄弟大战三百回合的地方。人们可以看到坎帕尼亚平原绿意盎然，一直延伸到山脚下，坎帕尼亚平原上四散分布着古代的拱门和支离破碎的沟渠，灰色的遗迹美丽如画，藤蔓蜿蜒攀附色彩鲜明美艳。人们能看到奥尔本山脉、亚平宁山脉、萨宾山和蓝色的地中海。人们能够看到，风景多变，气象万千，美丽养眼，历史内涵比欧洲其他地方更加辉煌的景观。——脚下是一片古城遗址，这座城市曾有四百万人口；在鳞次栉比的建筑之中有各种神庙、柱子和凯旋门的废墟，它们见识过历代罗马皇帝和罗马帝国如日中天的辉煌；在这些遗址旁边，有一段完好无损的拱形建筑，采用沉重的砖石砌成，属于一个更为古老的城市，那时，罗慕路斯和雷穆斯还没有出生，罗马更无从谈起了。亚壁古道依然存在，或许就和以前差不多。当年，帝王凯旋的军队行进在亚壁古道上，从世界的各个角落带回戴着脚镣的王公贵族。我们看不到长蛇一般的战车和身披盔甲的战士带着战利品满载而归，但是我们勉强能够想象出那个盛大的场面。我们从圣彼得大教堂的圆顶上看到了许多名胜古迹；最后，几乎就在我们的脚下，我们的目光停留在一栋曾经是宗教法庭的建筑上。沧海桑田，日月如梭，今非昔比！大约十七八个世纪以前，无知的罗马人会把基督徒放进那边大竞技场的角斗场里，然后放野兽进去攻击基督徒，他们自己坐在看台上观赏取乐。这也是个教训，让人们厌恶和害怕基督追随者们所宣扬的教义。转瞬之间，野兽就把这些受害者撕扯得四分五裂，血肉横飞，不得全尸，可怜至极。但是，基督徒掌权的时候，神圣的母教堂成了野蛮人的梦魇，母教堂并没有用野兽来让野蛮人改正错误。没

第 26 章

有，母教堂把野蛮人放在舒服的宗教法庭之中，指指荣耀的救主，他对所有人都是温和与慈祥的，他们就敦促野蛮人热爱荣耀的救主；而且，他们竭尽所能、不择手段劝野蛮人热爱和尊崇荣耀的救主——先是用螺丝把大拇指拧脱臼；然后用钳子紧紧夹住皮肉——烧得通红的钳子；因为在寒冷的天气里，这个用着最舒服；活活剥点皮，当众烧烤。他们总是能说服野蛮人。真正的宗教运作良好，特别，特别能够收拢人心。可敬可爱的母教堂就是运作宗教的典范。真正的宗教也极具说服力。拿人喂野兽和在宗教法庭上激起他人内在的善念之间存在着天壤之别。一种是堕落的野蛮人所采取的做法，另一种是文明人的做法，旨在启发民智。嬉笑怒骂的宗教法庭消失了，真是无比遗憾。

我还是不描述圣彼得大教堂了。前人已经描述过了。救世主门徒彼得的骨灰安葬在波达西诺下面的地下室里。我们心怀崇敬，立在那儿。在马梅尔定监狱，我们也是如此，那里是囚禁圣彼得的地方，圣彼得在那里让狱卒皈依了基督教。据说，圣彼得让泉水喷流，这样就可以给狱卒施洗了。但是，他们领我们看监狱墙壁上坚硬的石头，说彼得的脸印在了上面，还说彼得摔在了墙上才留下了印记，我们对此持怀疑态度。另外，圣塞巴斯蒂安教堂的修道士领我们看了一块铺路石，上面有两个巨大的脚印，修道士说是彼得踩上去的，我们对此再次存疑。这类东西不会给人留下什么触动。修道士说，天使在夜晚降临解救了狱中的彼得，彼得沿着亚壁古道离开了罗马。救世主遇上了彼得，让他回去，彼得照办了。当时，彼得就站在这块石头上，留下了脚印。救世主和彼得是在夜间秘密相见的，修道士也没说是谁发现彼得留下了脚印。监狱里的脸印是常人大小；脚印是十或十二英尺高的人所留。这种矛盾之处加深了我们的怀疑。

当然，我们参观了古罗马广场，恺撒就是在这儿被刺杀的。我们还参观了塔尔珀伊亚岩石。我们看到了朱庇特神庙的《垂死角斗士》；我想我们甚至也能欣赏这个艺术奇观；在梵蒂冈，那个可怕的故事可能也给予了我们同样的震撼——《拉奥孔》。然后就是大竞技场。

每个人都认识大竞技场的图片；每个人都会一眼认出那个缺了一

块"满是窗户的环形"体育场。大竞技场周围相当空旷,所以,古罗马所有的历史遗迹都没有它显眼突出。甚至在美丽的罗马万神庙里,异教徒的祭坛上如今也耸立着十字架,维纳斯靠着华而不实的小圣物装扮自己,不情愿地充当着圣母马利亚的角色。在罗马万神庙周围甚至布满了寒酸的房子,让它的庄严大打折扣。但是,作为欧洲废墟之王,大竞技场保持了与王者之气相当的含蓄优雅与帝王风范。杂草和鲜花长在大竞技场拱门和环形座位上,藤蔓的枝叶垂在大竞技场高耸的墙壁上。如今,庞然大物一般的大竞技场一片静寂,发人深思;以往,许许多多的男男女女齐聚此处。蝴蝶取代了十八个世纪以前时尚美艳的高贵女士,蜥蜴在帝王的宝座上晒太阳。大竞技场比所有书面的历史都生动形象,为我们讲述了罗马的光荣与没落,是罗马兴衰的集大成者。我们在如今的罗马游荡,可能难以相信罗马曾经如此辉煌,容纳了数百万人口;但是,眼前铁证如山,罗马不得不建造一个容纳八万人就座和两万人站立的露天圆形剧场,来为众多的市民提供娱乐活动,这样,我们的怀疑就基本上迎刃而解了。大竞技场有一千六百英尺长,七百五十英尺宽,一百六十五英尺高,呈椭圆形。

在美国,罪犯因为自己所犯下的罪行而遭受惩罚,同时,我们还让他们发挥作用。我们把囚犯作为劳动力出租,让他们为国挣钱,方法有做木桶和修路。因此,我们把商业和惩罚结合了起来,一切都完美无瑕。但是在古罗马,他们把宗教责任与乐趣结合了起来。这些叫作基督徒的新教派应该被灭绝,为此,人们认为如果可以同时让基督徒为国效力那就一举两得了,要是还能娱乐大众那就更妙不可言了。除了角斗士互斗以及其他表演之外,人们有时还把可憎的基督徒扔进大竞技场的角斗场内,然后放野兽进去攻击他们。据估计,有七万基督徒在大竞技场殉道。这就使大竞技场成了救世主追随者眼中的圣地。这种做法可能是合情合理的;原因是如果捆绑圣徒的锁链、圣徒凑巧留下的脚印都能成为圣物,那么,人们为了信仰而献出生命的地方肯定也是神圣的。

十七八个世纪之前,这个大竞技场是罗马的露天圆形剧场,而罗马雄霸世界。这里上演华丽的盛典,出席的有罗马帝国皇帝、国之重臣、贵族以及不那么重要的芸芸众生。角斗士之间互搏。有时,角斗士与来自遥远异国他乡的被俘武士搏斗。这就是罗马的露天圆形剧场——世界的露天圆形剧场——时尚之士如果不能漫不经心地说出"我在大竞技场的私人包厢",也就进不了上流社会圈子。如果服装店的商人想要街角的食品杂货店老板嫉妒他,他就会在购买前排的专席,并大肆宣扬。如果魅力超凡的纺织品店员想要放纵自我,放荡形骸,自我毁灭,他就会不计花费地打扮自己,带着某个名花有主的年轻女士去大竞技场,进一步惹事。惹事方法有两个。第一,两幕之间给女伴吃一大堆冰淇淋。第二,用鲸鱼骨手杖惊扰殉道者,让女伴见识见识。罗马人的洋洋自得在下面几种情况下表现得活灵活现。第一,靠在柱子上,捻胡须,浑然不顾在场的女士。第二,用两英寸长的戏剧望远镜观看血腥的打斗。第三,用吹毛求疵激起外省人的嫉妒,因为这会显得罗马时尚人物经常光顾罗马大竞技场,早就不觉得新鲜了。第四,最后打个哈欠,转过身说:"他一个明星!用剑就像一个小毛贼!或许,他在乡下显摆一下还行,到了大都市就玩不转了!"

走私者能搞到一张星期六日场的正厅后座票就高兴莫名了。罗马的街头混混在令人头晕眼花的楼座吃着花生嘲笑角斗士,心满意足。

大竞技场已经沦为了废墟和垃圾堆。对我来说,在残垣断壁之中发现仅有的一张演出海报是极高的荣誉了。海报上依然残存着薄荷糖的香味,海报的一边显然被咀嚼过。海报的边上用漂亮的拉丁文写着一些字,是女士的纤纤素手所为:

> 亲爱的,明天早晨七点整,在塔尔珀伊亚岩石见我。妈妈要出门,去萨宾山访友。
>
> 克劳迪娅

啊,如今,那位幸运的年轻人在哪里?写下这几行精致文字的小手在哪里？一切都成了过眼云烟，已经过去了十七个世纪！

那么，读读这张海报吧：

> 罗马大竞技场。
> 无与伦比的吸引力！
> 新道具！新引进的狮子！新的角斗士！
> 演员阵容包括久负盛名的
> 马库斯·马塞勒斯·瓦里兰！
> 仅仅上演六个晚上！
> 主办方将向大众呈上前所未有的精彩演出。不会吝惜投入，公演季节必将物有所值，您必将慷慨解囊，大驾光临。主办方声明，参演
> 阵容庞大，群星璀璨！
> 为罗马所前所未见。
> 演出今晚开始
> 盛大的大刀互砍表演！
> 一方是两个有为青年，均为业余选手。另一方是初来乍到的著名安息角斗士，原系韦罗斯战俘营（Camp of Verus）囚犯。
> 然后是生死对决
> 战斧对战！
> 一方是久负盛名的瓦里兰（一只手绑在身后），另一方是来自不列颠的蛮族巨人。
> 然后，瓦里兰（如果他幸存下来的话）会使用大刀搏斗，
> 用的是左手！
> 对手是角斗士学院的六名二年级学生和一名一年级学生！
> 然后是一连串难解难分的互搏，帝国最优秀的天才将参加战斗
> 然后，人称
> "小阿喀琉斯"

第 26 章

的著名少年奇才

将与四只小老虎搏斗,他携带的武器仅仅是自己的小小长矛!

最后是高雅优美的

大屠杀!

其中,十三头非洲狮和二十二个蛮族囚犯会互相攻击,直至死绝。

票房现在开始售票。

第一层楼厅的前排座位一元,儿童和仆人半价。

警方会到场维持秩序,效率极高,同时会避免野兽跳过栏杆搅扰观众。

七点开门;八点开始表演。

绝无免费入场名额。

狄奥多罗斯印刷

我真是无比心满意足,因为我这个幸运儿还在角斗场的垃圾堆里发现了一份污迹斑斑、残缺不全的《罗马每日战斧报》。上面有一篇对这场演出的评论。这份评论传到我手里的时候已经太迟了,多少个世纪转瞬即逝,已经谈不上什么新闻了。我之所以翻译并刊出这份评论是想让大家知道,戏剧批评的基本风格和用语虽历经数千年仍没有太大的变化。岁月缓慢地流逝。数千年之前,邮递员把这份墨迹未干、散发着墨香的报纸放在罗马大人物的面前:

公演季节——大竞技场——虽然天气恶劣,昨晚还是有大批罗马城上流社会人士齐聚大竞技场,欣赏青年悲剧演员在大都市舞台上的首场演出。最近,他在外省的圆形剧场获得了极好的评价。大竞技场中约有六万名观众,但是,鉴于街道几乎已无法通行,可以理所当然地推断大竞技场本可以座无虚席。尊敬的陛下,奥勒留皇帝来到了皇室包厢,成了万众瞩目的焦点。许多显赫的贵族和帝国将领出席，令大竞技场蓬荜生辉。需要特别指出的是，其中有年轻的贵族军官，他服役于"雷霆军团"时获得的桂冠依然翠绿，就戴在他的头上。欢迎他进场的欢呼声在台伯河上也能听到！

大竞技场刚刚进行了维修和装饰，变得更加漂亮和舒适。比起以前我们都已经习惯的坚硬大理石座位，新的坐垫是个极大的进步。主办方理应受到大众的好评。他们让大竞技场重新变得金碧辉煌，衬料帷帘一应俱全，恢复了豪华奢侈的风范。大竞技场的常客告诉我们，五十年前，罗马即以此为荣。

昨晚的开场节目——大刀互砍，一方是两个年轻的业余选手，另一方是原系囚犯的著名安息角斗士——非常好看。两位年轻绅士当中较为年长的那一位优雅地拿着武器，表明他天赋过人。他虚刺了一下，然后迅即巧妙一砍，砍掉了安息人的头盔，赢得了一片由衷的掌声。他还没有完全掌握反击技巧，但令人极为欣慰的是，他的众多朋友立即意识到，如果他平时勤学苦练本可以弥补这个美中不足。然而，他被杀了。他的姐妹们在场观看，表达了极大的痛惜。他的母亲离开了大竞技场。另外一个年轻人继续战斗，精神可嘉。观众热情高涨、掌声雷动。最后，他变成一具尸体时，他年迈的母亲放声尖叫，头发凌乱，痛哭流涕，昏死了过去，双手还紧紧抓着角斗场的栏杆。警察立刻把她移出场外。考虑到当时的情况，这个女人的行为或许是可以被宽恕的。但是，我们认为此举有伤体面，与演出的庄严派头格格不入，尤其是在皇帝陛下在场的情况下。这个帕提王囚犯勇猛善战；他很可能不仅是在为生命而战，还在为自由而战。他的妻子和孩子到场，用爱为他加油鼓劲。让他明白，如果他获胜的话，就可以重见故土。当他的第二个对手倒下之时，这个女人把孩子紧抱在胸前，喜极而泣。但是，幸福转瞬即逝。这个战俘向她蹒跚走来，她看到他赢得的自由是已经太迟的自由。他伤重而死。就这样，第一幕结束，皆大欢喜。经理被叫到了帷幕跟前。经理

第 26 章

为自己获得的荣誉而答谢观众。经理的发言充满了睿智和幽默。最后，经理说，自己微不足道的努力就是要给大众带来欢乐并寓教于乐，希望能继续受到罗马大众的欢迎。

现在，明星出现了，掌声雷动，六万只手帕一起挥动。马库斯·马塞勒斯·瓦里兰（艺名，他的真名是史密斯），身体健壮，堪称楷模，战绩卓著。他的战斧使得出神入化。在扮演喜剧角色时，他兴高采烈，擅长搞怪，令人无法抗拒。然而，他更加得心应手的是悲剧。他的斧头虎虎生风、轮转如飞，直奔野蛮人的头顶而去。野蛮人一头雾水，晕头转向，此时，他弹身踢腿，观众禁不住哄堂大笑；他用斧子背面击破了一人的脑袋，并几乎同时斧子的锋刃把另一人的身体一切两半，热烈的掌声、欢呼声让整座建筑都摇晃了起来，挑剔的观众表示满意，他就是此道之行家里手，登峰造极。如果他有缺陷（对不起，我根本不能说），那就是在表演到高潮的时候，他扫视观众，好像在寻求崇拜。战斗间歇，鲜花纷纷向他飞去，他鞠躬致谢，这有点恶俗。在伟大的左手之战中，有一半的时间他好像都在看着观众，而不是砍杀对手；他杀掉了二年级学生，又戏弄一年级学生。一束花落了下来，他弯腰去捡，献给对手，就在此时，对手砍杀下来，几乎要了他的性命。我们相信，此种轻浮孟浪之举在外省极为合适，但却有损大都市的体面。我们相信我们年轻的朋友会从谏如流，因为我们完全是为他着想。所有认识我们的人都意识到，我们有时苛待老虎和殉道者，但是我们从不故意冒犯角斗士。

少年奇才创造了一个又一个奇迹，轻松制服了四只小老虎，自己仅仅掉了块头皮。大屠杀精益求精，参与大屠杀的演员虽然殒命，但却永垂不朽。

总的来说，在昨晚的表演中，获得荣誉的不仅有主办方，还有罗马城。因为罗马城鼓励并维系如此有益健康且有教育意义的娱乐方式。我们只是提出一点建议：当皇帝在场的时候，粗俗年轻男孩在楼座上的两种行为应当受到严厉批评，警察应予以制止。这两种行为如下。第一,向老虎投掷花生和纸团并说"嗨——咦!"第二,表达满意或者不满时说出"妙啊,狮子!""上,角斗士!""冲啊!""说话!""绕场走一圈!"昨晚有几次,龙套演员进场拖走尸体,楼座里年轻的流氓叫道"跑龙套的!跑龙套的!"还叫道"哦,穿的什么衣服啊!"还有"怎么不拉腿?"极尽嘲讽之能事,令观众非常反感。

  下午还要为小朋友们上演一个日场,节目是老虎吃殉道者。一般来说,每晚都会继续表演,除非另行通知。每晚的节目都大不相同。二十九日,星期二,瓦里兰如果还活着,将举行义演。

  我曾经在一段时间内从事戏剧批评工作。我经常感到惊讶,因为我注意到我比福里斯特[①]更了解哈姆雷特。现在我觉得心满意足了,因为我的古代同行比角斗士更懂得大刀互砍技巧。

[①] 福里斯特(Forrest,1806—1872)是与马克·吐温同时代的演员,擅长扮演莎士比亚剧作中的角色。

第 26 章

第27章

目前情况还不错。如果有人有权觉得自豪与满足，那这个人肯定是我。因为我的笔下已经出现了大竞技场、角斗士、殉道者、狮子，但一次也没用到"惨遭屠杀供罗马人假日娱乐"这个短语。自从拜伦发明了这种表达以来，只有我一个成年白人自由民实现了这一壮举。

"惨遭屠杀供罗马人假日娱乐"刚开始见诸报端和书页上的时候听起来不错，但是，说了一百七八十万次以后，人们就开始生厌了。关于罗马的书上都有这个词组——近来，一看到这个词组，我就想起了奥利弗法官。奥利弗是个年轻的律师，刚从学校毕业，曾来到内华达州的沙漠开始自己的生活。他发现在那里我们早期的生活方式，跟新英格兰或者巴黎的生活不同。但是，他穿上一件羊毛衬衫，佩戴海军左轮手枪，喜欢上了乡村的咸肉和豆子，决心在内华达就要像个内华达人一样。奥利弗完全适应了环境，尽管很多审判令他头痛不已，他也从不抱怨——从不抱怨，但有一次例外。我、他，还有另外两个人前往洪堡山脉新开采的银矿——他要去洪堡县担任遗嘱检验法官，我们去银矿。距离是两百英里。时值隆冬。我们买了一辆两匹马拉的大车，并在其中放入了一千八百磅咸肉、面粉、豆子、炸药、镐、铁锹；我们买了两匹愁眉苦脸的墨西哥"老马"，毛发乱长，瘦骨嶙峋，比奥马尔清真寺的棱角还要多；我们套上马出发了。这是一段可怕的旅程。但是，奥利弗并没有抱怨。两匹马拉着车出了小镇，两英里之后，马就精疲力竭了。然后，我们三个推着马车前进了七英里，奥利弗走在前面，马在奥利弗身后，奥利弗拖着马嚼子。

我们抱怨不休，但是奥利弗没有抱怨。地上已经结冰。我们睡觉的时候，背上也结冰了。寒风吹过我们的脸，冻住我们的鼻子。奥利弗没有抱怨。推车推了五天，挨冻挨了五夜，我们来到了旅途的艰难地带——四十英里沙漠，或者，如果愿意的话，你也可以称其亚美利加大荒漠。奥利弗先前是脾气最好的人，现在依然不抱怨。早晨八点，我们开始穿越，在深不见底的沙地上跋涉而过；终日艰难行走，见识了一千辆大车的残骸和一万头牛的骨骸；大车轮胎足够箍到华盛顿纪念碑的顶端；拴牛的锁链足够绕长岛一圈；处处是人类的坟墓；我们的喉咙一直干渴缺水；嘴唇在碱性尘土里流血；饥饿，流汗，非常非常疲惫——我们在沙子里每走五十码就要停下来让马歇歇，我们累得几乎一停下来就要睡过去——奥利弗没有抱怨；次日凌晨三点，奥利弗也没有抱怨，那时，我们已经穿过沙漠，累得要死。

我们两三个夜晚都在午夜时分醒来过。那是在一个峡谷之中，雪花落在我们的脸上，即将"被雪活埋"的危险让我们警醒，我们套上马，一直行进到早晨八点，穿过了"分水岭"，我们知道自己幸免于难了。没人抱怨。十五天来历尽艰辛，筋疲力尽，终于，两百英里的路程到了终点，法官还是不抱怨。我们想知道有什么可以激怒他。我建设了一个洪堡屋。

方法如下。你在陡峭的山麓底部挖一个四四方方的坑，支起来两根立柱，并在上边安上两根托梁。然后，在横梁上铺上一大块"家织布"，从横梁跟山体搭界的地方一直垂到地上；这就是大宅的屋顶和正面；两边和背面是你挖掘留下的土墙。把屋顶掀起来一角就完全可以充当烟囱了。一天晚上，奥利弗独自坐在这个阴暗的洞穴里，身旁是用三齿蒿燃起的一堆火，他在写诗；奥利弗酷爱绞尽脑汁发掘诗歌——如果诗歌难产，他就把它们炸出来。奥利弗听到动物的脚步声接近屋顶；一两块石头还有泥土从屋顶落下来，掉在奥利弗的脚边。奥利弗不安起来，不时地说："嗨！走开，行吗！"但是，渐渐地他就坐着睡着了。很快，一头骡子就从烟囱里掉了下来！火苗四溅，奥利

第 27 章

弗向后退去。十个夜晚之后，他恢复了信心，又能写诗了。他又一次打起了瞌睡，又一头骡子从烟囱里掉了下来。这一次，房子的那一边有一半跟骡子一起掉进来。骡子挣扎着起来，把蜡烛踢了出去，打碎了大多数厨房家具，激起了一大片尘土。被如此野蛮的方式唤醒奥利弗肯定不高兴，但是，他从未抱怨。他搬到了峡谷对面的一座大宅里，因为他注意到骡子不去那儿。一天晚上，大约八点，奥利弗奋笔疾书想要完成自己的诗歌，一块石头滚了进来——然后一个蹄子出现在了帆布下面——然后是牛身体的一部分——牛屁股。奥利弗向后靠着，陷入了恐惧之中，叫道："咳！咳！出去！"牛使劲挣扎——一点一点往下滑——灰尘土块哗啦啦掉落下来，整头牛轰然砸在了桌子上，一切都被砸烂，看不出原来的形状！

然后，我认为，奥利弗生平第一次抱怨。他说："这事越来越单调乏味了！"

然后，他辞去了法官职务，离开了洪堡县。"惨遭屠杀供罗马人假日娱乐"也让我觉得单调乏味。

在这里，我想评论一下米开朗基罗·博纳罗蒂。过去，我一直崇拜天赋过人的米开朗基罗，他擅长诗歌、绘画、雕刻、建筑——在他涉足的方方面面都十分出色。但是，我不愿意把米开朗基罗当早餐——午餐——正餐——茶点——晚餐——加餐。我想偶尔换换口味。在热那亚，他设计了一切；在米兰，他或他的学生设计了一切；他设计了科莫湖；在帕多瓦、维罗纳、威尼斯、博洛尼亚，除了米开朗基罗，导游还提到过谁？在佛罗伦萨，一切都是米开朗基罗画的，一切都是他设计的，几乎一切都是。不设计的东西，他就坐在最喜欢的一块石头上观看。他们给我们看了那块石头。在比萨，他设计了一切，一个古老的制弹塔除外。如果这个制弹塔不是倾斜得这么厉害，他们就会把它也归功于米开朗基罗。他设计了里沃纳的码头和奇维塔韦基亚的海关规章。但是，在这里——在这里就吓人了。他设计了圣彼得大教堂；为教皇做设计；设计了罗马万神庙、教皇士兵的军服、台伯河、梵蒂冈、大竞技场、朱庇特神庙、塔尔珀伊亚岩石、巴贝里尼宫、圣约翰拉特兰大教堂、坎帕尼亚平原、亚壁古道、罗马七丘、卡拉卡拉浴场、克劳狄高架渠、马克西姆下水道——这个永恒的讨人厌的家伙设计了不朽之城罗马,如果所有人和书都没撒谎的话,罗马城里的画都是米开朗基罗画的!前几天,丹对向导说:"够了,够了,够了!别说了!总之一句话!就说造物主按照米开朗基罗设计的图纸建造了意大利!"

昨天,我听说米开朗基罗死了。我从未像昨天那样感恩戴德、镇定自若、安静祥和,蒙上帝照顾安享太平。

但是,我们把这个向导折腾得筋疲力竭。他让我们在梵蒂冈无穷无尽的走廊里看了几英里的画作与雕塑作品;还在另外二十个宫殿里看了几英里的画作与雕塑;他带我们看了西斯廷礼拜堂的巨画,还有足以画上天的湿壁画——差不多都是米开朗基罗的作品。所以,我们如法炮制了曾打败我们许多导游的把戏——装傻,问愚蠢的问题。这些家伙从不怀疑——他们不知道什么叫讽刺。

向导给我们看了一具塑像,说:"清东帮组(青铜雕塑)。"

我们漫不经心地看着,医生问:"米开朗基罗的?"

"不——不知道是谁。"

然后向导领我们看了古罗马广场。医生问:"米开朗基罗?"

向导盯着医生。"不——米开朗基罗出生一千年之前就有了。"

然后是一个埃及方尖碑。又问:"米开朗基罗?"

"哦,天啊,先生们!则(这)个,米开朗基罗出生两千年之前就有了!"

有时,向导厌倦了无休无止的问题,不敢再带我们看任何东西。这个可怜的家伙绞尽脑汁,想方设法让我们明白米开朗基罗只是创造了部分世界。但不知道为何,他并没有成功。我们有必要让眼睛和大脑休息一下,停止研究和观光,否则,我们肯定会成为傻瓜。因此,这个向导就得接着受苦。如果他不喜欢,就得受更大的苦。我们乐在其中。

在此,我满可以用一章的篇幅写写这些必不可少的讨厌鬼欧洲向导。许多人心里想的是旅游不要向导；但是，他知道离不了向导，游客希望，作为向导给他带来的苦恼的一种补偿，他能从向导身上找点乐子。我们成功地实现了这个愿望。如果我们的经验能对别人有所帮助，我们乐见其成。

向导的英语水平足以颠三倒四，让人摸不着头脑。他们对口中的故事了如指掌——每具雕塑、每幅图画、每座大教堂以及他们给你看的其他奇观。他们了然于胸，像鹦鹉一样讲故事——如果你打断了他们，他们就接不上来了，就得回到开头重新讲解。终其一生，他们都在向外国人展示稀奇古怪的东西，听外国人发出崇拜的惊呼声。看到别人崇拜艳羡，自己自然心旷神怡，这是人类的本性。因此，当有别人在场的时候，孩子会说"聪明"的东西，做荒唐的事情，或者用其他方式"显摆"。因此才会有人冒着狂风暴雨出去，抢先传播流言蜚语，力求一鸣惊人。那么，想一想吧，做导游多么刺激啊，每天高高在上地向陌生人展示奇迹胜景，让陌生人心怀崇敬，不能自已！在这种情况下，向导根本不可能保持头脑清醒。等我们想明白之后，我们再也不会心怀崇敬，不能自已了——我们什么都不崇拜——我们摆出一副无动于衷的表情，事不关己高高挂起，不管向导向我们展示什么自然奇观、人间奇迹。我们发现了向导的弱点。我们从此充分利用他们的弱点。有时，我们让一些向导发疯，但是我们总能保持心态平和。

一般都是医生问问题，因为他能摆出这副表情，看起来更像是一个原汁原味的傻瓜，说话腔调愚蠢透顶。他能自然而然，本色演出。

热那亚向导乐于接美国人的旅游团，因为一见到哥伦布之前的遗迹，美国人就瞪大眼睛，大开眼界，大惊小怪。我们在热那亚的向导上蹿下跳，就像是吃了一块弹簧床垫。他充满活力——急不可耐。他说："怎（跟）我来，赞（先）生们！——来！我给你们看则（这）封信，克里斯托弗·哥伦布写的！——他本人写的！——弄（用）他自己的手写的！——来！"

向导带我们去了市政厅。费了好大劲，又是找钥匙，又是开锁，终于，污渍斑斑的旧文件展示在了我们面前。向导的眼睛亮了。他绕着我们跳来跳去，用手指拍着羊皮纸文件："我怎么告诉你们的，赞（先）生们！不是这样吗？看！手迹，克里斯托弗·哥伦布！——他自己写的！"

我们无动于衷——不关心。在痛苦的间歇，医生细致有加地检查了这份文件。然后，他没有表现出丝毫兴趣地说："啊——弗格森——什么——你说谁写的这个东西来着？"

"克里斯托弗·哥伦布！呢（那）个伟大的克里斯托弗·哥伦布！"

又是一番仔细的检查。

"啊——是他本人写的？或者——或者怎么写的？"

"他就是自己写的！克里斯托弗·哥伦布！用他自己的手写的，亲自写的！"

然后，医生放下文件说："怎么会这样，我看到美国十四岁大小的孩子写得也比这个强。"

"但是，则（这）是伟大的克里斯托——"

"我不关心他是谁！这是我见过的最糟糕的字。现在，我觉得你不能因为我们是陌生人就硬让我们看这东西。我们绝不是傻瓜。如果你有价值不菲的墨宝，拿出来看看！没有的话，就继续赶车吧！"

车辆继续前进。向导颇为震惊，但是，他锲而不舍。他觉得自己有杀手锏还没使。他说："啊，赞（先）生们，怎（跟）我来！我给你们看美丽的，哦，不同凡响的克里斯托弗·哥伦布半身像！真棒，真好，不同凡响！"

他把我们领到一具美丽的半身像跟前——因为这个半身像确实美丽——然后，他跳回去，装腔作势："啊，看吧，赞（先）生们！漂亮，真棒，克里斯托弗·哥伦布半身像！美丽的半身像，美丽的基座！"

医生戴上眼镜——专门为此类场合准备的："啊，你说这位先生的名字是什么？"

第 27 章

"克里斯托弗·哥伦布！呢（那）个伟大的克里斯托弗·哥伦布！"

"克里斯托弗·哥伦布——那个伟大的克里斯托弗·哥伦布。呃，他干了什么？"

"发现了美洲！发现了美洲，哦，现（见）鬼了！"

"发现了美洲。不——这个说法站不住脚。我们就是刚从美洲来的。我们怎么没听说。克里斯托弗·哥伦布——名字听着不错——他——他死了吗？"

"哦，卡破地八丘（Corpo di Baccho）！三百年！"

"怎么死的？"

"我不知道！我说不上来。"

"天花，是不是？"

"我不知道，赞（先）生们！我不知道他是怎么死的！"

"可能是麻疹？"

"可能——可能——我不知道——我想他是因为某些原因死的。"

"父母健在？"

"不——看（可）能！"

"啊——哪个是半身像，哪个是基座？"

"圣马利亚！则（这）就是半身像！则（这）就是基座！"

"啊，我明白了，我明白了——般配的组合——确实是非常般配的组合。这——这位先生是不是头一次出现在半身像上？"

外国人理解不了这个笑话——向导抓不住美国笑话的微妙之处。

我们让罗马向导变得滑稽可笑。昨天，我们又在梵蒂冈逗留了三四个小时，那里充满了奇迹。有时，我们几乎要表示出兴趣——甚至崇拜——情不自禁。但我们还是控制住了自己。在梵蒂冈的博物馆，还没人能做到我们这样。向导困惑了——不知所措。向导的腿都快跑断了，搜寻不同凡响的东西，为我们殚精竭虑，但还是归于失败；我们对任何东西都没有表现出丝毫兴趣。向导把自认为最伟大的奇观放在了最后——一具埃及皇室木乃伊，可能是世界上保存最好的一具。

向导把我们带到了现场。这次,向导信心十足,失去已久的激情又部分回到了他身上:"看,赞(先)生们!木乃伊!木乃伊!"

眼镜被平静地戴上了,和以往一样不慌不忙。

"啊,弗格森——你说那个先生姓甚名谁?"

"姓甚名谁?他没有姓名!木乃伊!埃及木乃伊!"

"好吧,好吧。在此地出生?"

"不!埃及木乃伊!"

"啊,就是这样,我估计是法国人?"

"不!不是法国人,不是罗马人!出生在埃家(及)!"

"出生在埃家(及)。以前从没有听说过埃家(及)。可能是国外的地方。木乃伊——木乃伊。他多平静啊——多么镇定自若。他,啊——他死了吗?"

"哦,该死,死了三千年了!"

医生向他发起了猛烈的攻击:"此时此地,你这样做是什么意思!把我们当外国佬,就因为我们是求知若渴的陌生人!想要把你邪恶的二手渣子强加给我们!天打雷劈,我想——想——如果你把又好又新鲜的尸体,拿出来!不然,以乔治的名字发誓,我们要打破你的脑袋!"

我们对这个法国人开的玩笑太过火了。然而,他在一定程度上反击了回来,虽然他自己并不知道。这天早晨,他来到酒店问我们是不是起来了,他努力描述我们的长相,以便酒店店主知道他说的是谁。最后他轻描淡写地说我们是疯子。这句话天真诚实,完全符合向导的说话风格。

有一句话(已经提到过)总能让这些向导恶心难受。当我们想不到其他话可说的时候,我们总是把这句话搬出来。向导竭尽全力告诉我们某个古代青铜像或者断腿雕塑美在何处并大加赞扬,但是,我们傻傻地看着,静默五分钟,十分钟,十五分钟——实际上,我们是能静默多久就静默多久——然后问道:"他——他死了吗?"

就算是最沉着冷静的向导也受不了这个。这不是他们希望得到的

第 27 章

回应——尤其是对于新向导来说。就目前来说，我们的罗马弗格森是最耐心的，不加怀疑，坚忍不屈。离开他，我们会依依不舍。有他相伴的日子，我们乐在其中。我们相信他也喜欢我们的陪伴，但是我们内心无比怀疑。

我们一直在地下墓穴之中。这里就像是进入极深的地窖，只是这个地窖无穷无尽。狭窄的通道在石头中粗糙地开凿出来。当你经过的时候，会看到两边都挖出了空洞的支架，三到十四层不等；每个支架上都曾经放着一具尸体。几乎每个石棺上都刻着名字、基督教的标志、祷文或者表明基督徒愿望的语句。当然，日期可追溯到基督教刚刚兴起的时代。在这里，在这些地穴之中，第一批基督徒藏匿其中躲避迫害。晚上，他们爬出去寻找食物，但是白天就躲藏起来。神父告诉我们，圣塞巴斯蒂安在被追缉的时候，在地下住过一段时间；一天，圣塞巴斯蒂安出去，士兵发现了他，并用箭射死了他。早期教皇之中有五六位——大约一千六百年之前在位——在地下建立教廷，并与教士商讨问题。在十七年的时间里——从公元235年到公元252年——这些教皇都没有出现在地面上。在此期间，有四位教皇。每位教皇在位大约四年。显而易见，把地下墓穴作为居住场所并不卫生。后来，一位教皇整个任期——八年都住在地下墓穴。人们在地下墓穴发现了另一位教皇，是被谋杀的，死在了主教座椅之上。在那个时候，做教皇并不舒服，烦心事太多。罗马有一百六十个地下墓穴，每一座都有迷宫般的狭窄通道，纵横交错，每个通道从头到尾，左右两边，都挖空了，被坟墓占据，坟墓一直堆到通道的顶端。根据仔细估算，所有地下墓穴所有通道的长度加起来达到了九百英里，坟墓数量达到了七百万。我们没有穿过所有地下墓穴的所有通道。我们非常渴望这么做，并且做了必要的安排，但是，时间有限，不得不放弃了。所以，我们只是摸索着穿过了阴暗的迷宫一般的圣加里都斯墓穴，位于圣塞巴斯蒂安教堂的下边。在各种各样的地下墓穴里，有草草开凿在石头里的小壁龛，早期的基督徒经常在此就着鬼火一般昏暗的光线举行宗教仪式。想一想，在这错综复杂的地下洞穴里做弥撒和布道！

地下墓穴里埋葬着圣塞西莉亚、圣阿格尼丝以及其他几位最著名的圣徒。在圣加里都斯的地下墓穴里,圣布里奇特常常陷入长达数小时的神圣冥想,圣嘉禄·鲍荣茂经常整夜整夜地祈祷。这也是非常奇妙的一幕。

在这里,圣斐理伯·内利受圣爱的极度感召,甚至肋骨崩裂。

这个严肃的说法我是在一本1808年纽约出版的书中发现的,书的作者是"威廉·H. 内利根牧师大人,都柏林圣三一学院法学博士、文学硕士;大不列颠考古学会会员"。所以,我信了。否则,我不会信的。在其他情况下,我会觉得好奇,想知道斐理伯正餐吃了什么。

我轻信了这个作者,但是这个作者却辜负了我的信任。他讲到了某个圣约瑟夫·加拉桑,他参观过此人在罗马的房子;他只看到了房子——这位神父两百年前就死了。威廉·H. 内利根牧师说圣母马利亚在这位圣徒面前显身。然后,他接着写道:

接近一个世纪之后,在被追封为圣人之前,圣约瑟夫·加拉桑的尸体被发掘了出来,人们发现了他的舌头和心脏,这些目前依然被保存在玻璃盒子里。过了两个世纪,心脏依然完好。当法国军队来到罗马并把庇护七世抓走关押时,这个心脏滴血了。

如果早在中世纪,读到修道士写的这样一本书不足为奇;人们会觉得自然而然,见怪不怪;但是,在19世纪中期如此严肃认真地提出这个说法,就是咄咄怪事了,而且提出这个说法的人还接受了良好的教育,是法学博士、文学硕士、考古权威。我还是乐于放弃怀疑态度,转而相信内利根,随便他把当时的情况编造得天花乱坠。

当今时代,铁路电报早已司空见惯,而这位老先生坚定不移,信

誓旦旦。这份简单明了的态度世所罕见,无比新奇。听听他是怎么说天坛圣母堂的吧:

  在教堂的屋顶里,就在高大的祭坛正上方,刻着几个字:"荣耀归于圣母马利亚,哈利路亚。"在6世纪,罗马遭受了严重的瘟疫。格里高利一世要求人们苦修赎罪,庞大的队伍形成了。这个队伍要从天坛圣母堂行进到圣彼得大教堂。当队伍经过哈德良陵墓,也就是现在的圣天使堡时,天堂的阵阵歌声传来(这是复活节的早晨)。"荣耀归于圣母马利亚!哈利路亚!无沾怀胎,哈利路亚!正如预言,已经复活;哈利路亚!"教皇手捧圣母画像(目前在那个高大的祭坛之上,据说是圣路加画的),与惊诧莫名的民众一起回应:"为我们祈祷吧,上帝,哈利路亚!"同时,人们看到天使收剑入鞘,瘟疫同日终结。有四条证据①证实了这个奇迹。第一,每年的圣马可节,西方的教会都举行规模盛大的游行。第二,圣米迦勒雕像就在哈德良陵墓之上,从那时起它就被称作圣天使堡。第三,天主教会在复活节吟唱《圣母马利亚》颂歌。第四,教堂屋顶里刻着字"荣耀归于圣母马利亚,哈利路亚"。

---

① 斜体是刻意而为。——马克·吐温。

第28章

看了宗教裁判所的血腥运动、大竞技场的屠杀、地下墓穴的昏暗坟墓，我自然而然地去欣赏了嘉布遣会修道院阴森可怖、别具一格的景象。我们在修道院的一个小教堂里停留了一会儿，膜拜《圣米迦勒战胜撒旦》——这是一幅非常美丽的画，我情不自禁地认为它属于备受争议的"文艺复兴时期"，尽管我相信他们说的，这是古代大师所做——然后，我们下到了地下巨大的墓穴里。

敏感的神经受不了这个景象！显然，古代大师在此工作。这个墓穴分为六个部分，每个部分都有独特的装饰风格——而且这些装饰全都是人骨制成！优美的拱门，完全是由大腿骨建成；令人啧啧称奇的金字塔，完全是由咧嘴而笑的骷髅头建成；风格迥异的古朴建筑，由胫骨和胳膊上的骨头建成；墙上是精美的湿壁画，蜿蜒曲折的藤蔓是由虬结的人类椎骨制成；细小的卷须是由肌腱制成；花朵是由膝盖骨和脚趾甲制成。任何一部分人的躯体或者肌腱都可以用在这些巧夺天工的设计之中（我认为都是米开朗基罗所为），而且，这些作品尽善尽美，对细节的关注体现了艺术家对自己工作的热爱，也体现了艺术家乃能工巧匠、饱读诗书之辈。陪伴我们的教士性格温和，我问这位教士，这些作品是谁人所做？他说"我们做的"，——意思是他本人以及楼上的教友们。我可以看到这个托钵老僧极为自豪能展示这么稀奇古怪的东西。我们表现出前所未有的兴趣，诱使他滔滔不绝地说话。在向导面前我们可从没有表现出如此浓厚的兴趣。

"这些人是谁?"

"我们——楼上的——嘉布遣会教士——我的教友。"

"装饰这六个雅间需要多少去世的修道士?"

"这些是四千人的骨头。"

"凑齐这么多人需要挺长时间吧?"

"许多,许多世纪。"

"不同的部分分得很清楚——骷髅头在一个房间,腿在另一个房间,肋骨在又一个房间——如果世界末日到来,尸体复活,这里可就热闹了。一些教友可能一时糊涂拿了别人的腿和骷髅头,结果发现自己一瘸一拐的,看人的双眼之间或者分得太开或者合得太紧。我猜,你根本分不清这些尸骨是谁的?"

"哦,分得清,他们之中的许多人我都认识。"

他把手指放在一个骷髅头上。"这是安塞尔莫教友——死了三百年了——一个好人。"

他摸了摸另一个。"这是亚历山大教友——死了两百八十年了。这是卡洛教友——差不多同一年死的。"

然后,他拿了一个骷髅头,放在手中,若有所思地看着,就像是掘墓人在谈论约里克①。

"这个,"他说,"是托马斯教友。他是个年轻的王公,是豪门大族的子孙。他的家族几乎可以追溯到两千年以前,那是伟大的古罗马时代。他爱上一个低等级女孩,他遭到了家族的迫害;那个女孩也遭到了迫害。他们把女孩逐出了罗马;托马斯教友跟着去了;他四处寻找女孩;但却不见女孩的踪迹。他回来把破碎的心献给了祭坛,疲惫的生命也用于服务上帝。但是,你看,峰回路转了。不久,他的父亲死了,母亲也死了。女孩回来了,兴高采烈。女孩四处寻找他。他的眼睛曾经长在这个可怜的骷髅头上,温柔地看着女孩。但是女孩找不到托马斯教友。最后,女孩在大街上认出了托马斯教友,他就穿着我

---

① 约里克(Yorick),《哈姆雷特》中的角色,尸骨被掘墓人挖出。

们的粗糙服装。他认识女孩。太晚了。他当场昏倒。他们扶起他，带到这儿来。此后，他再没有说过话。一个星期之内，他就去世了。你可以看到他头发的颜色——有点褪色了——太阳穴上还有一小撮头发。这个，[拿起一个大腿骨]就是托马斯教友的。你头顶装饰的叶脉是托马斯教友的指关节，有一百五十年的历史了。"

以如此有条不紊的态度叙述一个痛断肝肠、感人肺腑的故事，在我们面前放下这个爱人的几块碎片并一一告诉我们是人体的什么部位，让我觉得此种叙述方法稀奇古怪、阴森可怖、闻所未闻。我几乎不知道是要微笑还是发抖。在我们的身体里有神经和肌肉。如果用冰冷的生理名词和外科术语来描述它们的功能简直就是亵渎神灵，这位修道士的谈吐差不多就属于此种类型。想一想，一个外科医生用钳子从尸体复杂的结构之中夹起肌腱、肌肉等等查看说："嗯，这个细小的神经在抖动——抖动传递给肌肉——肌肉把抖动传递给纤维；血液的化学反应把抖动分为三部分。第一部分抖动传递给心脏，产生人们耳熟能详的情感。第二部分，沿着这条神经到达脑部，产生惊世骇俗的智力。第三部分顺着这条通道前进，触动眼睛后部储存眼泪的源泉。由此，通过这个简单而美丽的进程，这具躯体就知道他母亲死了并哭了起来。"可怕啊！

我问这位修道士，是不是楼上所有的教友都想在死后被放在这里。这位传教士平静地说："我们最终都要长眠在这里。"

看看环境对人的影响有多大。这位修道士自然而然地认为自己有朝一日肯定会像发动机、钟表、无主房子一样被拆得四分五裂，安进拱门、金字塔、面目可憎的湿壁画。我认为这位修道士若有所思，得意洋洋，踌躇满志，觉得自己的骷髅头在上面会效果良好，自己的肋骨会给湿壁画增光添彩，起到画龙点睛的效果。

处处可见经过装饰的凹室，凹室里摆放着尸骨，修道士干瘪的死尸躺在那儿，枯瘦的尸体上套着他常穿的黑袍。我们仔细查看一具尸体。皮包骨头的双手交叉，置于胸前；两团没有光泽的头发紧紧贴在头颅上；皮肤棕褐色，凹陷，紧紧地绷着颧骨，使得颧骨格外突出；

脆弱的死眼深陷在眼窝里；鼻孔痛苦地大张着，鼻子的末端已经不见了；嘴唇干枯，露出了黄色牙齿；年深日久，纹丝不动，脸上的笑容狰狞古怪，足有一个世纪之久！

这是发自内心的微笑，也是最为可怕的微笑，前所未有，世所罕见。我认为，毋庸置疑，这个老伙计拼尽最后一口气开下了这个最大的玩笑，他还在乐着，这个玩笑还没结束。此时，我看到自己的同伴即将故态复萌。我说我们最好赶紧去圣彼得大教堂。我的同伴们在努力压制一个想要脱口而出的问句："他——他死了吗？"

一想到梵蒂冈，我就头晕眼花——梵蒂冈的雕塑、画作、奇珍异宝各式各样，不一而足，年代各异。"古代大师"（尤其是雕刻方面的）群集于此。我不能就梵蒂冈写点东西。我认为，在我们参观的东西之中，只记得木乃伊、拉斐尔的基督变容图，还有一些如今已经不值得一提的东西。之所以记住了基督变容图。有三个原因。第一，它几乎独占了一个房间。第二，它是公认的世界上第一幅油画；第三，它精美绝伦。色彩如新，丰富多彩。据说，"表情"细腻到位，"感情活泼生动"，"格调"恰到好处，"内涵"深刻。我判断，宽度约为四英尺半。这幅图画确实引人入胜；美丽动人，惹人喜爱；技艺上乘，堪为文艺复兴时期的佳作。上述内容表明了一种思想——希望。我之所以在基督变容图之中发现如此的魅力，是不是因为基督变容图没有悬挂在鱼龙混杂的画廊里？如果其他一些画也分开悬挂，是不是也能体现出美感？假设基督变容图挂在罗马宫殿巨大的画廊里，周围尽是林林总总的图画，我还会觉得基督变容图美吗？假设到目前为止，我只是在每个宫殿看到一个"古代大师"，而不是看到数以英亩计的墙壁和天花板上浩如烟海的作品，那么，我对古代大师的看法会不会比现在更友善？我觉得是。当我是个学童的时候，我想买一把刀子。我们无法确定柜台里哪把刀子最漂亮；而且我也不认为某一把特别漂亮；所以，我心情沉重地选了一把。

但是，回到家看看我买的刀子，此时已经没有雪亮的利刃与之对比了，我惊奇地发现手里的刀子多么漂亮。时至今日，在店外面看我的新帽子就觉得比较漂亮，而之前跟其他的新帽子一起看就没有这么好的效果。

现在我开始恍然大悟，以前一直认为丑陋不堪的东西或许都是深藏不露的美景。我真切地希望别人持这种观点，但是，我肯定不这么想。或许我喜欢去纽约美术学院的原因是那里仅有几百幅画，所以，我就算全部看完也乐在其中。我猜，纽约美术学院是四十英里沙漠之中的咸肉和豆子，而欧洲画廊就是由十三道菜组成的国宴。一道菜会吃个精光。但是，十三道菜会让人食欲全无，毫不满足。

但是，我确信一点。虽然有米开朗基罗、拉斐尔、圭多等古代大师，罗马的光辉岁月依然没有画出来！他们画了足够多的圣母、足够多的教皇、足够多外强中干的圣人，使得天堂人满为患，几乎连落脚的地方都没有。这些古代大师画的就是这些。"尼禄抚琴观看罗马大火"；恺撒遇刺。十万人在大竞技场兴致勃勃地俯下身子，观看两名技艺娴熟的角斗士互相伤害，这一幕令人心潮澎湃；老虎跳向跪在地上的殉道者。我们饶有兴致地欣赏这些历史事件，还有上千件其他历史事件。但是，这些历史事件只能在书本里找到——不是在古代大师留下的垃圾堆里——我心满意足地告诉大众，这些古代大师已经不在人世了。

古代大师确实画了一幅（具有重大历史意义的）历史场景，确实把它刻进了大理石之中，但是只有一幅。是哪幅历史场景，为什么专门挑这幅历史场景呢？是强掳萨宾妇女。之所以选这幅，是为了露大腿和胸脯。

然而，我喜欢看雕塑，也喜欢看画作——就算这些雕塑和画作是关于在神圣狂喜之中仰望天空的修道士、俯首凝思的修道士、化缘求食的修道士——因此，我心平气和，感谢教皇政府精心保护并且用心搜集这些东西；感谢教皇政府允许我这么一个不那么友好的陌生人在他们中间自由自在地徘徊逡巡，不向我收一分钱，只需要我像去任何其他人家做客一样规规矩矩。我心悦诚服，景仰罗马教皇，我希望他长命百岁，幸福安康。

历代教皇一直赞助并收藏艺术品,正如我们务实的共和国鼓励并支持机械化。在教皇的梵蒂冈积聚着各式各样、巧夺天工的艺术珍品;在我们的专利局里储存的则是匠心独运、实用有效的机械装置。如果有人发明了新式马颈圈,或者发现了较好的发电报新法,我们的政府就会为其颁发价值连城的专利;如果一个人在坎帕尼亚平原挖出了古代雕塑,教皇就会给此人一大笔钱,都是金币。观察一个人脸上的鼻子属于何种类型,我们就可以或多或少地猜出一个人的性格。梵蒂冈和专利局就是政府的鼻子,承载了政府相当多的特点。

向导领我们看了一个朱庇特巨像,就在梵蒂冈。向导说,这尊雕塑看上去毁坏严重、锈迹斑斑——很像流浪汉之神——原因是这尊雕塑刚刚才从坎帕尼亚平原挖掘出来。向导问我们觉得朱庇特巨像价值几何?我急中生智回答,可能价值四美元——可能四个半美元。"十万美元!"弗格森说。弗格森接着说,教皇不允许此种历史悠久的作品离开自己的领地。他任命的一个委员会调查此类发现并汇报其价值;然后,他按照估价的半价收购,把雕塑据为己有。向导说,有人刚用三万六千美元购买了一块地就发掘出了这个朱庇特雕塑,所以这位买主一上来就收获不菲。我不知道弗格森是不是一直说实话,但是我估计应该是。我知道,所有古代大师画的画都会被征收高额的出口关税,以免私人藏家出售。我也感到满意,真正的古代大师作品在美国几乎就不存在,因为就算是最便宜的古代大师真迹也是以一个不错的农场的价格来估价的。我本人本想购买拉斐尔的一个小玩意儿,但是,其价格为八万美元,再加上出口关税就大大超过了十万美元,所以,琢磨了一会儿,我最终放弃了。

此时,在遗忘之前,我想提一提自己看过的一段铭文:"崇高的荣耀归于上帝,和平归于大地,**上帝选民**安享和平!"这段铭文并不怎么样,但有天主教的意味,并且反映了人类的本性。

这些字母金光闪闪。位置在圣梯小堂一边马赛克群像半圆壁龛的周围。圣梯小堂即圣约翰·拉特兰教堂,是全世界所有天主教堂的鼻祖和集大成者。马赛克群像包括救世主、圣彼得、教皇利奥、圣西尔维斯特、君士坦丁、查理曼大帝。彼得正把白羊毛披肩带交给教皇,把一面旗帜交给查理曼大帝。救世主正把钥匙交给圣西尔维斯特,把一面旗帜交给君士坦丁。没人向救世主祈祷,救世主在古罗马境内好像就是个无关紧要的人物;但是,下面的铭文写道:"天佑彼得,赐予教皇利奥生命,赐予国王查尔斯胜利。"并没有写"请求救世主代为向圣父请求,赐福与我们",而是写道:"天佑彼得,赐福与我。"

一本正经——不想草率敷衍——不想傲慢无礼,最重要的是不想亵渎上帝——我对自己的所见所闻作一个简单的推论,神圣人物在罗马的排名如下:

第一名——"上帝之母"——圣母马利亚。

第二名——上帝。

第三名——彼得。

第四名——约十二个或者十五个被列为圣人的教皇和殉道者。

第五名——耶稣基督救世主(但是形象总是怀中的婴儿)。

我给出的排名可能并不正确——跟其他人一样,我的判断经常出错——但是,这就是我的判断,别管判断得正确与否。

在这里,我要提一提让我觉得好奇的东西。在罗马没有"基督的教堂",也没有"圣灵的教堂",我是没有发现。罗马有四百座教堂,但是其中四分之一好像都以圣母马利亚和圣彼得命名。如果我理解得没错的话,以圣母马利亚命名的教堂太多了,为了加以区分,不得不加上各种各样的词缀。就这样,我们就有了下列教堂:圣路易、圣奥古斯丁、圣阿格尼丝、圣加里斯多、鲁西娜的圣洛伦佐、达马索的圣洛伦佐、圣塞西莉亚、圣阿萨内修斯、圣斐理伯·内利、圣凯瑟琳、圣多米尼克,还有一堆世人不那么熟悉的次要圣徒。最后,并没有列入教堂名单之内的,有两家医院。一家以救世主命名,一家以圣灵命名!

日复一日,夜复一夜,我们游荡在罗马已经成为残垣断壁的奇迹美景之中;日复一日,夜复一夜,我们饱餐二十五个世纪之久的尘土和腐物——白天想的是它们,晚上念的还是它们,直到某个时刻,我

第28章

们也好像腐烂发霉了，面目变得模糊不清，不再棱角分明，随时会成为某个古文物专家的猎物，在腿上打上补丁，"加上"一个不太合适的鼻子，贴上错误的标签，添上错误的日期，在梵蒂冈摆出来，永远让诗人去喋喋不休，听凭破坏文物之徒涂鸦自己的名字。

但是，要想不再写罗马，最好的办法就是就此罢手。我想就这个非比寻常的城市写一章真正的"旅游指南"，但是，我做不到。原因是，我始终觉得自己是糖果店里的一个小男孩——选择很多，但却一样都没选。我曾经无望地翻过一百页手稿，但却不知道如何开始。我根本就不会开始。我们的护照已经验过了。我们要去那不勒斯。

第29章

"贵格城号"就停泊在那不勒斯港——被隔离了。船已经在此停了几天了,还要再停留几天。我们这些乘坐火车从罗马来的游客避过了这场不幸。当然,没人得到登船的许可,也没人可以离船登岸。"贵格城号"目前处于监禁状态。炙热的漫长白昼,乘客们可能都在天篷下面眺望维苏威火山和美丽的那不勒斯城——边看边骂。想一想,十天的时间就靠这个来打发时间!我们每个白天都乘小船外出,要他们上岸,给了他们安慰。我们离"贵格城号"十步,告诉他们那不勒斯有多好;这儿旅馆的伙食比欧洲其他所有的地方都要强;气候凉爽;不限量的冰淇淋清凉爽口;我们在乡间高兴地奔腾跳跃,兴高采烈地驶向那不勒斯湾里的岛屿。听了我们的话,船上的乘客平静了下来。

攀登维苏威火山

维苏威火山之旅会在我的脑海里停留多日——部分是因为这是一趟观光之旅,但主要原因是此行令人疲劳。我们之中的两三个人曾在安静美丽的伊斯基亚岛风景之中休息了两天,那里距港口十八英里;我们称其为"休息",但是我现在不记得当初是怎么休息的了,因为当我们回到那不勒斯的时候,我们已经有四十八小时没睡觉了。我们本想晚上早睡,补个觉,但却听说了此次维苏威火山之旅。参与维苏威火山之旅的有我们中的八个人，我们要在午夜离开那不勒斯。我们为旅行准备了给养，定好了马车，到十二点的时候带我们去天使报喜镇。然后，我们在城里闲逛，直到十二点还没睡。我们准时出发了，一个半小时之后到达了天使报喜镇。天使报喜镇是普天之下排名倒数第一的地方。在意大利的其他城镇里，人们安静地停留在四处等你去问问题，或者做出一些可以收钱的举动——但是，在天使报喜镇，人们甚至连这点最起码的矜持都不要；他们从椅子上一把抓过女士的披肩，递给女士，索要一分钱；他们打开马车门，在你出来的时候关门要钱；他们帮你取下风衣——两分钱；扫扫你的衣服，让衣服比以前更糟——两分；对你微笑——两分；鞠躬且低三下四地谄笑，手持帽子——两分；志愿提供所有信息，比如骡子很快到达——两分——天气暖和，先生——两分——登上山顶需要四个小时——两分。就是这样。他们挤你——骚扰你——围绕着你——汗味和臭味令人作呕，看起来鬼鬼祟祟、卑鄙无耻、奴颜婢膝。为了钱，他们什么肮脏丑陋的事都干。我没有机会亲眼目睹上层社会的一举一动，但是，根据道听途说的消息，我判断，上层社会缺少下层民众一两样坏品质，他们以其他一两样更为糟糕的品质滥竽充数。这些人怎么会去乞讨呀！他们当中许多人也都衣冠楚楚。

我说自己并没有亲眼看到上层社会的黑暗一面。我必须回想起来！我忘了。昨天晚上，我看到了他们勇敢无比、正直无比的行为。我想，就算是那些混迹于基督教世界落后地区的底层民众也羞于这么做。成百上千上层人物聚集在宏伟的圣卡罗剧院，做——什么？为何如此肆无忌惮地取笑这个老年妇女——取笑，发出嘘声，嘲弄自己曾经崇拜的女演员，但是，昔日的美貌如今已经消退，嗓音不再圆润清晰。人人都在谈论这场难得一见的活动。他们说，剧院会人满为患，因为弗雷佐利尼就要演唱了。据说，她现在无法唱好了，但是，不管怎样，人们还是喜欢听她唱歌。于是，我们就去了剧院。只要这个女人一唱，他们就发出嘘声和笑声——整个剧院都是如此——弗雷佐利尼一下台，观众就鼓掌要求她再次登场。有那么一两次，弗雷佐利尼连着五六次被再次请上台,她一上台就遭到嘘声,一下台就遭到嘘声和哄笑——然后立刻又是加演和遭受羞辱!这些出身高贵的无赖是多么乐此不疲!戴着白色羊皮手套的绅士和女士大笑不止,直到眼泪都出来了,狂喜之中大拍巴掌,而这位不幸的老女人逆来顺受地第六次出场,没有抱怨,耐心十足,迎接她的是排山倒海般的嘘声!这是最残忍的表演——最荒唐、最无情。就算是一群美国无赖观众也会被这位歌唱家征服,她勇敢、坚定、沉着(因为她一次次应邀加演,甜美地微笑,优雅地鞠躬,竭尽所能地歌唱,即便备受嘲弄与嘘声依然鞠躬离去,始终没有阴下脸来,也没有发过脾气)。可以肯定,在意大利之外的任何地方她不需要再做别的,她的性别和孤立无援足以让她得到充分保护。想一想,昨晚有多少芸芸众生涌进剧院。如果经理可以只把那不勒斯人的灵魂塞进剧院,不要肉体,那么,他挣的钱就会不止九千万美元。具有什么品质的人才会帮助三千个恶棍发出嘘声、嘲弄一个无依无靠的老女人,厚颜无耻地羞辱她?此人一定恶贯满盈,十恶不赦。通过观察,我发现(我都是亲眼所见,不会乱下判断)那不勒斯的上层人物就具有此类品质。否则,他们可能是很好的人;我说不准。

攀登维苏威火山——续

在那不勒斯这座城市里,存在着意大利最为卑鄙无耻的宗教骗局之一,赢得了那不勒斯人的信赖和支持。在这个骗局里,圣雅纳略的血液会神奇地液化。一年两次,神父把所有人都聚在大教堂里,请出这一小瓶凝固的血液,让大家看着它慢慢融化,变成液体——在八天的时间里,每天都会重复这个拙劣的闹剧,而神父们来到观看闹剧的人群之中敛财。第一天,血块在四十七分钟内液化——当时,教堂人山人海,收钱的人就得需要时间在人群里走个遍;此后,人每天都在减少,液化速度也在一点一点加快,直到第八天,只有几十个人来看这场奇迹,液化在四分钟内就完成了。

另外，他们也在此举行一年一度的盛大列队祝祷游行。参加的人有神父、市民、士兵、水手、市政府的高官显贵。游行队伍为人造圣母马利亚剃头——一个填充而成的人像，人像上涂着颜色，就像女帽商的人体模型——每隔十二个月头发就会奇迹般地长出来恢复原状。就在四五年之前，他们还在搞此种剃头列队祝祷游行。对于拥有这个神奇人像的教堂来说，剃头列队祝祷游行可以带来巨大的收益。而且，公开为圣母马利亚剃头的仪式总是极尽奢华，力求雍容华贵——怎么热闹就怎么来，因为让人兴奋的场面越多，吸引的人就越多，产生的收入也就越多——但是，最后，这一天到来了，教皇和他的仆人在那不勒斯不再受欢迎了，市政府停止了一年一度的圣母马利亚展览。

这就是那不勒斯人的两个经典案例——两个愚蠢至极的骗局。有一半的那不勒斯人秉持宗教信仰，虔诚地相信这两个骗局。还有一半人要么相信，要么一言不发，因此也成了骗局的支持者。一想到所有那不勒斯人都相信这种可怜、拙劣的奇迹，我就非常满意。我认为，这些人每次向你鞠躬就会索要两分钱，还谩骂妇女，所以，他们相信这些骗局就不足为奇了。

攀登维苏威火山——续

这些那不勒斯人总是索要高达心理价位四倍的价钱。但是，如果你支付他们一开始索要的价钱，他们就会感到羞耻，因为要得太低了，然后立即开出更高的价钱。付钱收钱的时候，总是会有一阵激烈的喋喋不休和比画。不经历点麻烦和争吵，就不可能购买和支付价值两分钱的蛤蜊。双马马车走上一段"路"就要收一个法郎——规矩就是这样——但是，出租马车车夫总是再要点钱，要钱的借口多种多样，到手之后还会再要。据说，有个陌生人乘坐单马马车走了一段——价格半个法郎。陌生人想要试验一下，给了出租马车车夫五个法郎。出租马车车夫还要，又得到了一个法郎。又要，又得到一个法郎，再要，被拒。出租马车车夫情绪激动——再度被拒，嚷嚷起来。

陌生人说:"呃,把那七个法郎还给我吧,我看看自己该怎么办"——陌生人拿回了七个法郎,给车夫半个法郎,他立即要两分钱买酒喝。有人觉得我是有偏见。

或许是这么回事。如果没有偏见,我就会为自己感到羞耻了。

攀登维苏威火山——续

呃,就像我说的那样,跟天使报喜镇的居民讨价还价一个半小时之后,我们得到了骡子和马,睡眼蒙眬地开始登山。每匹骡子的尾巴旁边都跟着一个无赖,无赖装作赶骡子,实际上却在拽住骡子尾巴,让骡子把自己往上拉。一开始,我缓缓向前。但是,我不高兴了。想一想,我给了这个家伙五个法郎,他却拽着骡子的尾巴往后拖,影响骡子爬山。所以,我把他打发走了。然后,我的速度加快了。

从山体一边的一个制高点,我们看到了那不勒斯的宏伟画面。当然,除了煤气灯,我们没看到别的——组成了一个圆环的三分之二,环绕着那不勒斯湾——一条珍珠项链,在远处的黑暗之中闪闪发光——不如头顶的群星明亮,但是更柔和,色彩鲜艳,美不胜收——在宏伟的那不勒斯城里,全都是纵横交错的光带,有直的,有弯的,数不胜数。远远望去,在那不勒斯城的后面,在平坦的坎帕尼亚平原上,处处都是灯光,有一排排的,有呈环形的,有一簇簇的,就像许多宝石一样闪闪发光,表明那儿是许多安睡的村庄。有个家伙一直死死抓住我前面那匹马的尾巴,不必要地残酷虐待那匹畜生。此时,这个家伙被踢出了几十米远。这个插曲,还有远处灯光构成的仙境,让我心旷神怡。我感到高兴,因为我开始了维苏威火山之旅。

攀登维苏威火山——续

这个主题足以写上一章,我明后天就写。

第30章

攀登维苏威火山——续

"看了那不勒斯，死也值了。"呃，我不知道人是不是仅仅看了那不勒斯就一定会死，但要是住在那不勒斯可能就有点不同了。如果像我们一样一大清早就在维苏威火山的一边远远地眺望那不勒斯，就会看到一幅非常美丽的画面。相隔这么远的距离，那不勒斯灰暗无光的建筑看起来就是白的——一排排的阳台、窗户和屋顶层层叠叠，从蓝色的海洋里拔地而起，就像是巨大的白色金字塔，金字塔的顶端是庞大的圣埃尔莫城堡，眼前的画面由此显得匀称、突出、完整。当百合变成了玫瑰——在第一缕太阳的亲吻下羞红了脸——景色就变得美不胜收了。人们此时完全可以说："看了那不勒斯，死也值了。"这幅画面的边框同样迷人。前面是风平浪静的大海——颜色多种多样，像马赛克一样拼凑在一起；远处是高耸的岛屿，畅游在如梦如幻的雾霭之中；在我们这边的那不勒斯城郊，是庄严的维苏威双峰，坚硬的黑色熔岩条分缕析，向下伸展到无穷无尽、地势平坦的坎帕尼亚平原——令人心旷神怡的一片翠绿之色一直延伸，经过一丛丛的树木、四散的房子、雪白的村庄，直到消失在一团雾气之中，变成远方的模糊影像。从维苏威一侧的隐士住所向外眺望，人们才会说"看了那不勒斯，死也值了"。

但是，不要进入那不勒斯城墙内详加查看。那有点煞风景，大打折扣。那不勒斯人卫生习惯不佳，街道因此污秽不堪，不堪入目，气味难闻。从没有哪个群体像那不勒斯人那样歧视霍乱。但是，他们有充足的理由这么做。只要霍乱缠上了某个那不勒斯人，就会让此人送命。原因你是清楚的，医生还没来得及挖土查明病因，病人就死了。上层人物天天在海里游泳，相当不错。

街道基本上仅容一辆马车通行，街道上人头攒动！每条街道、每条死胡同、每条小巷都像百老汇一样！人来人往，人山人海，行色匆匆，比肩接踵，你争我抢！我们从没见过这种情形，我觉得即使在纽约也几乎没有。这里几乎没有人行道。就算有人行道的地方，也经常不够宽，通过时经常要发生碰撞。所以，人人都在大街上走——在街道足够宽阔的地方，马车总是飞驰而过。为什么每天没有一千个人被碾压致残是一个人人难解的谜团。但是，如果世界上有第八大奇迹，那一定是那不勒斯的住宅了。我坚信那不勒斯的房子绝大多数都有一百英尺高！坚固的砖墙有七英尺厚！你爬上九段台阶才上了"一"楼。不，不是九段，而是大约九段。每扇窗户前面都有一个铁栅栏做成的小鸟笼，鸟笼一层又一层，直达云霄，与屋顶齐平。总有人从窗户里向外张望——从一楼向外张望的体形是常人大小，二楼的稍小一点，三楼的更小——越往上人就越小，逐级有规律地变小，到了顶层的窗户，人活脱脱就是高高在上的燕窝里的鸟儿。看一看吧，街道就像裂缝一样狭窄，排排房屋延伸开去，直到在远处像铁轨一样合并在一起；晾衣服的绳子高低搭配，相互交叉，绳子上是像旗帜一样的破烂衣服，下面是熙熙攘攘的人群；从人行道一直到天空之中，穿着白衣服的女人趴在阳台的栏杆上——看到这一幕，人们会认为确实有必要仔细研究那不勒斯。

攀登维苏威火山——续

那不勒斯及其近郊，有六十二万五千居民。但是，令我欣慰的是其占地面积仅仅相当于美国一个人口十五万的城市。但是，那不勒斯向天空延伸，比三个美国城市的高度还要高得多。而且，高度之中蕴含着秘密。这里，我要顺带着说一句，富裕和贫穷的对比，庄严与可怜的对比，在那不勒斯遍地皆是，触目惊心，甚至超过了巴黎。只有去布洛涅森林公园才能看到时尚的穿着、精美的马车、精致的侍从制服，而到了圣安东尼区看到的则是罪恶、凄惨、饥饿、破烂、灰尘——但是，在那不勒斯的通衢大道，这些元素都融合在了一起。一丝不挂的九岁男孩和衣着光鲜奢侈的孩子并存；衣衫褴褛和制服笔挺并存；寒酸小车和高大豪车并存；乞丐和王子、主教并存，上述人等在每一条街道上摩肩接踵，擦肩而过。每天傍晚六点，所有那不勒斯人都行驶在里维埃·基阿加（别管到底是什么意思）上。在两个小时里，人们可以站在那儿。三教九流，鱼龙混杂，目不暇接。王子（那不勒斯的王子比警察还多——整座城市充斥着王子）——王子住在七段楼梯之上，没有受封领地，忍饥挨饿，保有一辆马车；职员、技工、女帽商和妓女，没吃饭就来了，一掷千金乘上出租马车在基阿加闲逛；那不勒斯城的一群地痞流氓，有二三十人，乘坐一辆摇摇晃晃的轻便马车，拖曳马车的驴子比猫大不了多少，他们也在基阿加驰骋；公爵和银行家乘坐着豪华马车，带着衣着鲜亮的司机和男仆，也抵达现场，招摇过市。在两个小时里，地位、财富与卑贱、贫穷相得益彰，混杂在混乱的队伍之中，然后，他们都回家了，平和、幸福、得意洋洋！

　　前几天，我在看国王宫殿里一段壮观的大理石楼梯。据说，这些台阶价值五百万法郎。我估计可能确实价值五十万法郎。我觉得，住在如此舒适奢华的国家里肯定是件惬意的事情。然后，我走了出来，陷入沉思，差点就踩到一个流浪汉身上，流浪汉正在路牙子石上吃饭——一片面包和一串葡萄。我发现这个家伙是一个水果店的店员（他的水果店就在他的篮子里，随身携带），一天的收入是两分钱，住的房子并不是豪门大宅。我觉得住在意大利并不是什么幸福的事情，因而丧失了部分热情。

这自然让我想起了这里的工资。陆军中尉大约一天一美元，普通士兵几分钱。我只认识一个职员——他一个月挣四美元。印刷工一个月六点五美元，但据说一个工头一个月有十三美元。

像这个工头一样一夜暴富肯定会骄傲自大，俨然贵族一般。他颐指气使，不可一世，让人难以忍受。

而且，说到工资，我想起了商品价格。在巴黎，你花上十二美元才可以买上一打茹万公司最好的羊皮手套；而同样品质的羊皮手套在那不勒斯售价三四美元。在巴黎，优质的亚麻衬衫五六美元一件；而在那不勒斯和里沃纳二点五美元。在马赛，优秀裁缝制作的高级燕尾服需要四十美元，而在里沃纳花同样的钱就可以买到一整套晚礼服。在那不勒斯，精致的西装十到二十美元。在里沃纳，你花十五美元就可以买到一件大衣，而在纽约的售价是七十美元。在马赛精致的羊皮靴一双八美元，在那不勒斯四美元。在美国，里昂天鹅绒比热那亚天鹅绒高级。然而，在美国买到的大多数里昂天鹅绒都是热那亚制造的，然后运到里昂，打上里昂的标志，然后出口到美国。在热那亚，你花二十五美元买的天鹅绒就足够在纽约做一件五百美元的斗篷——这是女士们告诉我的。当然，谈完这些之后，我自然而然、顺其自然地转到

攀登维苏威火山——续

在此，我想到了不同寻常的蓝洞。它位于卡布里岛上，距离那不勒斯二十二英里。我们租了一艘蒸汽船前往。当然，警察登上我们的船，给我们查体，询问我们的政治倾向，然后才放我们上岸。这些袖珍政府态度傲慢，横挑鼻子竖挑眼，滑稽可笑。他们甚至让一个警察登上我们的船，只要我们还在卡布里岛这块土地上，就盯着我们。我估计，他们是怕我们把蓝洞偷走。蓝洞值得一偷。蓝洞的入口四英尺高，四英尺宽，在一个巨大的悬崖峭壁——海堤的外表面。你乘小船进入——小船也是勉强擦边进入。涨潮的时候根本进不去。一旦进入之后，你会发现自己处于一个拱形山洞之中，约有一百六十英尺长，

一百二十英尺宽,七十英尺高。究竟有多深没人知道。这个山洞向下延伸到海底。这片平静的地下湖水湛蓝透亮,是你能想象出的最可爱的蓝色。湖水就像平板玻璃一样透明,就算意大利最明媚的蓝天也无法与之相媲美。没有色彩比这更令人心驰神往,没有光泽比这更夺目。抛一粒石子入水,产生无数细小的气泡,闪亮的光芒就像是蓝色的舞台焰火。划起船桨,桨叶银光闪闪,银光上面还染着一层蓝光。让一人跳入湖中,此人立刻套上了绚丽的盔甲,就算是衣甲鲜明的十字军战士也无法与之相提并论。

然后,我们去了伊斯基亚岛。但是,我已经去过伊斯基亚岛了,极度疲倦,"休息"了两天,研究人性之恶,伟大士兵酒店店主就是恶人之典型。就这样,我们去了普罗奇达岛,然后前往波佐利,圣保罗扬帆离开萨默斯之后就是在这里登陆的。我就在圣保罗登陆的地方上岸,丹和其他人也是这样。真是巧了。圣保罗向这些人布道七天,然后出发去罗马。

尼禄的浴室、巴亚废墟、塞拉匹斯神庙。库迈是库班女巫解读神谕的地方。阿尼亚诺湖深深的湖水中,水下的古城依然清晰可见。以上这些以及上百个其他景点,我们都详加观察,虽然我们都是一窍不通的外行。但是,狗洞吸引了我们大部分的注意力,因为对于我们来说,狗洞如雷贯耳。从普林尼到史密斯,人人都写过狗洞和那里的毒气。每个游客都抓着狗腿穿过狗洞的地面,看看是不是能把狗毒死。狗在一分半钟里死亡——鸡立即死亡。通常,爬进狗洞睡觉的陌生人,不叫是起不来的。然后,想起也起不来了。冒险睡在狗洞的人会长眠不醒。我急于看到这个狗洞。我决定找条狗,亲手拿着;让狗窒息一会儿,算算时间;再窒息,然后干掉它。我们大约下午三点抵达狗洞,立刻去做实验。但此时,一个重大难题出现了。我们没有狗。

攀登维苏威火山——续

在隐士住所,我们的海拔约为一千五百或一千八百英尺,因此,从山脚到隐士住所这段山路相当陡峭。接下来两英里的路是混合型的——有时上山的路陡峭，有时不陡峭；但是始终具有的一个特点是——毫无例外——路况毫不让步又难以言表地差劲。道路狭窄崎岖，道路下面是多年之前流过的岩浆——就像是黑色的海洋，倾泻成千奇百怪的形状——一片纷乱的废墟，破败，荒凉——莽莽苍苍，巨浪翻腾，波涛汹涌，又像是狂暴的漩涡，还像是微缩的群山被撕裂分开——虬曲百结，盘根错节，一片黑色，就像是张牙舞爪的树根、巨大的藤蔓和树干，全都交错混杂在一起：整个画面奇形怪状，奔腾不息，黑色的荒原铺天盖地且漫漫无际，触动人的心弦，让人想起生命、活动、沸腾、冲浪、狂暴的运动，所有的一切都静止不动了！就在疯狂发作的一霎那，一切都归于死亡，变得冰冷！被禁锢，被麻痹，只能永远在无力的恼怒之中怒视苍天！

最后，我们站在一个平坦狭窄的峡谷之中（古时候，火山爆发，大量岩浆涌入，创造了这个峡谷）。两边耸立着维苏威火山的两座陡峭山峰。我们要攀爬其中一座——这座山峰上有活火山——好像约八百或一千英尺高，看起来直上直下，难以攀登，当然，骡子载人也是无法爬上去的。如果你愿意的话，这些当地海盗之中有四个人会用轿子带你登顶，但是，假设他们滑倒并把你摔下来——你有任何可能停止滚动吗？可能这辈子都停不下来。我们把骡子留下，把指甲打磨锋利，开始登山。关于登山，我已经写了许多内容了。开始登山的时间是五点四十分。狭窄的山道向上延伸，沿途到处是大块大块崎岖的浮石。我们爬上两步，就滑下一步。太陡了，我们不得不每走五六十步就停下来，休息一会儿。如果想要看看我们的同伴，我们必须几乎直着仰视上面的，几乎直着俯视下面的。最终，我们登顶了——这段旅程耗时一小时十五分钟。

我们在山顶上看到的只是个圆形火山口——你也可以说它是一个圆形明沟——约有两百英尺深，四五百英尺宽，内壁周长大约半英里。这样就形成了一个巨大的圆环。圆环的中间是一个皱裂破烂的突起，有一百英尺高，上面覆盖着一层漂亮的硫磺外壳，五光十色。明沟环绕着这个突起，就像是城堡的护城河。或许还可以打个更为恰当的比方，就像一条小河环绕着小岛。小岛的硫磺外层华而不实到了极致——全都混杂在了一起，红色、蓝色、褐色、黑色、黄色、白色的大杂烩——我不知道还缺少哪种颜色、色度和混色——当太阳突破晨霭，照亮这缤纷奇景的时候，庄严的维苏威火山就像戴上了一顶镶着珠宝的王冠！

  这个火山口——明沟——颜色并不复杂，但是，较为迷人养眼的地方是其柔和、鲜艳、浑然天成的优雅。火山口文雅有型，毫不"张扬"。漂亮吗？人们可以站在那儿，向下看上一个星期，也不会厌倦。火山口就像是一块舒适的草坪，纤纤细草和天鹅绒一样的苔藓上结了一层闪亮的灰尘，先是极淡的浅绿色，然后逐渐加深，变成最深的黄叶颜色，接着再度加深，变成深黄色，然后褪成橙色，然后是亮金色，最后是刚刚绽放玫瑰的粉色，娇柔可爱。部分草坪凹陷了，还有部分草坪就像浮冰一样分崩离析，有的像洞口一样咧开了嘴，有的向上露出了锯齿般的边，挂着花边一样的浅色硫磺结晶，把奇形怪状修饰得离奇有趣、美不胜收。

  明沟的墙壁闪闪发光，上面是一层层黄色的硫磺，还有五颜六色的熔岩和浮石。到处都不见火光，一股股的硫磺蒸汽静默无形地从火山口一千个小缝窄口里喷涌而出，每次呼吸都会飘进我们的鼻腔之中。但是，只要我们把鼻孔埋进手帕之中，就不大会有窒息的危险。

  一些男孩把长纸条塞进孔洞之中点着，欢天喜地地用维苏威火山的火焰点着他们的雪茄。其他人高兴地在石头的窄口上煮鸡蛋。

  如果不是太阳只能偶尔刺破雾霭，从山顶瞭望本可以看到绝美的景色。因此，我们只是瞥见了山下宏伟的全景，这样断断续续地欣赏景色并不能让人满意。

下山

  下山只用了四分钟。我们没有沿着崎岖不平的上山之路小心翼翼地下去，我们选的下山之路埋在齐膝深的松软灰尘里。我们大踏步前进，速度之快连飞毛腿都赶不上。

跟夏威夷群岛上威力强大的基拉韦火山相比，今天的维苏威火山不值得一提。但是，能来到维苏威火山看看让我高兴。确实不虚此行。

据说，有一次维苏威火山大爆发，把重达数吨的巨大石块抛上一千英尺的高空，喷射出的烟雾和蒸汽冲到了三十英里高的天空，成堆成堆的火山灰向外飘散，落到了七百五十英里外海面上的船只甲板上！如果有人相信烟雾和蒸汽可以达到三十英里高的天空，那么，对于火山灰这事我可以在一定程度上相信。但是，就我本人而言，我对整个故事并不那么感兴趣。

第31章

被埋葬的庞贝

他们把这座城市读作"庞培一"(Pom-pay-e)。我总以为进入庞贝需要拿着火把，走下潮湿黑暗的台阶，就像在银矿里一样，还要穿过灰暗的隧道，头顶就是熔岩，两边的有些东西就像是破破烂烂的监狱，从坚固的土壤里钻出来，有点像房子。但是，根本不是这么回事。在这座被埋葬的城市里，足足有一半被彻底发掘了出来，重见天日；一排排坚固的砖房（没有屋顶）还是和一千八百年前一样，被灼热的阳光暴晒；地面擦得干干净净，闪闪发光，没有一丝污迹，上面是精工细作的马赛克，图案有野兽、鸟类和花朵，我们如今还在脆弱不堪的地毯上编织这些图案；在客厅和卧室的墙上是多姿多彩的湿壁画，描绘的是维纳斯、巴克科斯、阿多尼斯求爱寻欢，饮酒作乐；还有狭窄的大街和更窄的人行道，用一块块优质坚固的熔岩铺成，车轮在大街上留下了深深的车辙印，人行道上是很久以前庞贝人走过留下的足印；还有面包店、庙宇、法院、澡堂、剧院——铮亮整洁，一点也不像深埋地下的银矿。破碎的柱子到处都是，门口没有门，残垣断壁，让人立刻想起了美国的一座城市中的"火灾区域"。另外，如果庞贝遗址有烧焦的木材、破碎的窗户、成堆的垃圾、一片漆黑和烟味，那么，它就跟"火灾区域"一模一样了。但不是这么回事——明媚的阳光如今照在古老的庞贝之上，就像基督降生在伯利恒时那样，庞贝街道现在的干净程度超过了它鼎盛时期的一百倍。我知道自己在说什么。原因是我亲眼目睹了两个现象。第一，主干道（商业街道和幸福街）至少两百年没有修理！第二，一代又一代上当受骗的纳税人驾驶马车驶过石板路面，车轮在石板上留下了五英寸甚至十英寸深的车辙！通过这些迹象，我不是可以发现庞贝的市政官员一直不务正业吗？他们不会维修那些从不打扫的街道吧？另外，市政官员是不是天生一有机会就逃避责任？我希望自己能知道庞贝最后一任市政官员的名字，以便痛骂他一顿。我是带着感情谈论这个话题的，原因是我的一只脚卡在了车辙里，而且看到第一具可怜的骨架时我感到悲伤，火山灰和熔岩粘在了这具骨架上。但是，一想到它可能是市政官员的，我就释然了。

不——庞贝不再是个被埋葬的城市。这座城市里有成百上千没有屋顶的房子，街道错综复杂，没有向导就容易迷路，不得不睡在某个鬼影幢幢的宫殿里。自从一千八百年前那个可怕的十一月夜晚之后，就没有活人住过。

我们经过面朝地中海的大门（叫作"海之门"），然后经过锈迹斑斑、残缺不堪的密涅瓦塑像，它依然密切关注着自己无力守护的庞贝。接着，我们走过长长的街道，站在法庭的广阔庭院里。地面平坦干净，两边从上到下都是柱廊，柱子都已经断裂了。分布在四处的支柱有的是爱奥尼亚风格的，有的是科林斯风格的。上端是法官的空位。我们从空位的后面下到一个地牢之中。在火山灰和火山渣之中，有两个披枷带锁的囚犯，在十一月那个难忘的夜晚，他们被折磨致死。当烈火包围他们的时候，他们是多想奋力挣脱无情的枷锁啊！

然后，我漫步经过许许多多私人豪宅。在古代，如果我没有用难解的拉丁文写就的正式邀请函，就无法进入这些私人豪宅。当时，房主住在那儿——我们可能无法得到正式邀请函。这些人修建的房子大同小异。地板采用五光十色的大理石马赛克铺成，图案不同凡响。在门口，你的眼睛有时看到一条拉丁语欢迎辞，或者是一只狗的图案加上一句"小心，有狗"的铭文。还有时图案上是一只熊或者半人半羊的农牧之神，不带一点铭文。然后，你进入类似门厅的地方，我估计此处通常是放衣帽架的；接着是下一个房间，中间是大型大理石盆子，还有一座喷泉和一些水管；两边是卧室；喷泉后面是会客厅，然后是一个小花园、餐厅，等等。地板全是马赛克。墙壁粉刷了，或者画着湿壁画，或者装饰着浅浮雕。处处是或大或小的雕塑、小鱼池、水光闪耀的小瀑布。小瀑布从庭院四周漂亮柱廊的隐秘之处喷射出来，让花坛保持新鲜，让空气凉爽。这些庞贝人在品味和习惯上都非常奢华。我们在欧洲看到的最精美的青铜就在两个被发掘出来的城市——赫库兰尼姆和庞贝，而且，还有最好的浮雕、最精美的石雕；画作有十八或者十九个世纪的历史，通常比三个世纪之前的古代大师著名垃圾都要赏心悦目。这些画作是艺术珍品。从一世纪这些画作诞生直到十一世纪，艺术好像根本不存在——至少是未留下蛛丝马迹——令人惊奇的是，这些旧日的异教徒远远超过了遥远后世的多少代大师（不管怎么说，在某些方面是这样的）。雕塑界的骄傲好像是《拉奥孔》和《垂死的角斗士》，都在罗马。这两座雕塑和庞贝一样古老，从庞贝这样的地方出土；但它们的具体年代和作者只能推测。虽然残破不堪，裂隙斑驳，没有历史，但多少个世纪的沧桑镌刻其上，这两座雕塑依然在静静地嘲笑试图比肩其完美艺术性的所有尝试。

这段观光之旅惬意舒坦，满足了猎奇之心，在死寂的古城里徘徊——穿过如今空无一人的街道，成千上万的人曾在此做买卖、走路、骑乘，使得此处喧嚣、拥挤、快乐。庞贝人并不懒惰。在那些日子里，他们忙忙碌碌。我们这么说是有证据的。一个角落里有座神庙。如果想从这条街到另一条街，从神庙的支柱之间穿过去是条近路，绕过去就远了——看一看神庙由沉重石板铺成的地板上，一代又一代贪图省时的人在上面踏出了一条深深的小径！有了捷径，他们不肯绕过去。在我们美国的城市里也是这样。

别管把目光投向何处，你都会寻思在那个毁灭之夜来临之前，这些古老的房屋是个什么样子——里面的东西也会让你浮想联翩，让那些死去多年的居民回归，把他们的生活展现在你的眼前，比如：从学校里延伸出来的台阶（两英尺厚——大块的熔岩）、延伸进大剧院第一层楼厅前排座位的同种台阶，几乎都被磨穿了！在漫长的岁月里，孩子们匆忙跑出教室。在漫长的岁月里，家长匆忙跑进剧院。紧张的双脚归于尘土已经有十八个世纪了，但却留下了痕迹，供今天的我们研读。我想象自己可以看到一群群的绅士和淑女蜂拥进剧院，手里拿着定好座位的票。我在墙上看到了假想的告示，用臭名昭著的语法写成：**"绝不免票，记者除外！"** 在门口徘徊（我假想的）的是无精打采的庞贝街头混混，说着俚语和亵渎的语言，探头探脑地想要溜进去。我进入剧院，到了第一层楼厅前排座位，在一长溜石凳之中选了一个坐下来，看着乐队演出的地方，看着坍塌的舞台，看着四周空空如也的包厢，暗自想道："挣不到钱。"我努力想象，音乐如火如荼，乐队指挥打着拍子，某个人"多才多艺"（此人"刚从外省演出归来，在外省的演出大获成功，在庞贝举行最后的告别演出，庞贝的演出仅演六天，绝不多演，然后将赶赴赫库兰尼姆"）在舞台上横冲直撞，杀气腾腾——但是，在这种剧院里，我没法这么想象；这些空荡荡的座位让我停止了天马行空，我的思绪被拉回了枯燥的现实。我说，本该在这儿的人现在已经不在人世了，在许多许多年以前就已经化为泥土了，永远都不会关注生活之中的琐事和蠢事了——"受条件等等，等等所限，今晚不会举行任何演出了。"闭幕。熄灯。

就这样，我转身，穿过一家又一家商店、一个又一个店铺，沿着长长的商业街一路前行，要买点罗马和东方的商品，但是，商人已经不见了，市场静悄悄的，留下的只是残破的瓦罐，被封在火山渣和火山灰之中：曾经装满瓦罐的酒和油已经和它们的主人一起消失了。

在一个面包店里，有个碾压谷物的磨，还有一个烘焙面包的炉子：他们说就在这些炉子里，发掘庞贝的人发现了一个个烘焙好的优质面包。面包商最后离开面包店的时候没来得及拿出这些面包，受形势所迫，他匆忙离开了。

在一座房子里（在今天的庞贝，只有这一栋建筑禁止妇女进入），

第 31 章

有一些小房间和短床,都采用建筑的砖石建成,还和以前一模一样。墙上的画栩栩如生,就好似昨天刚画的一样,但是,文字描述不出来;处处都是拉丁铭文,内容猥亵,妙语连珠,手写而成。那一夜结束之前,在铺天盖地的大火之中,这些手可能高举着祈求上苍垂怜。

在一条主干道上,有个沉重的石头水箱,还有个注水用的喷水嘴。坎帕尼亚平原上疲惫不堪、大汗淋漓的劳动者通常在弯腰凑到喷水嘴喝水的时候,把右手放在水箱上。厚重的石头被磨出了宽阔的沟槽,深达一两英寸。想一想,在过去的岁月里,不计其数的手按压在了那里,让钢铁一般坚硬的石头都磨损了!

庞贝有一个巨大的公告板——关于角斗士之战、选举之类的通知就张贴在这里——不是在易碎的纸张上,而是刻在经久不灭的石头上。有一位女士。我认为这是位富裕的女士,且在优渥的环境里长大成人。这位女士打出广告,要出租一两栋房子,附带浴室和所有的现代设施,还出租几百家商店,并且规定房子的用途不得与道德相悖。你可以搞清楚庞贝很多房子里住的是谁,因为房子的石头门牌上刻着字;同样,你也可以知道坟墓里住的是谁。放眼周边,处处都有东西向你揭示这些被遗忘的民族的一点风俗和历史。但是,如果火山渣倾泻在了一个美国城市之上,火山会给这座美国城市留下什么?恐怕留不下什么迹象或者符号来讲诉这座美国城市的历史。

庞贝大厅的特点就是长。在一个此类大厅里发现了一具男人的骨架,一只手里有十个金币,另一只手里有把大钥匙。此人抓住自己的钱,向门口冲去,但是,熊熊烈火铺天盖地袭来,就在门口攫住了他,他倒在门口死了。再有珍贵的一分钟,他就能幸免于难。我看到了一具男人的骨架,还有一具女人的,两具年轻女孩的。那个女人双手大张着,好像还处于濒死前的恐惧之中。我想,从她因恐惧而变形的脸上,我依然可以发现一丝极度绝望的表情。那是很多年之前了,天空中降下火焰,袭击了庞贝的大街小巷。两个女孩和男人的脸趴在胳膊上,好像在躲避席卷而来的火山渣。在一所公寓里发现了十八具骨架,都是坐姿,墙上发黑的地方依然保留着他们的体形和姿势,就像鬼影一样。其中一具女性骨架，在喉咙位置还戴着项链，项链上刻着名字——**朱莉·迪·狄俄墨得**。

但是，或许，庞贝展现在现代研究者面前最有诗情画意的一面是罗马士兵的伟大形象，他全身披挂，披坚执锐；他忠于职守，是个当之无愧的罗马士兵，他勇气可嘉，捍卫罗马士兵的荣誉，坚守在城门哨位上，一动不动，无所畏惧，直到在他身旁肆虐的地狱之火烧光了无畏的灵魂，但却无法征服这无畏的灵魂。

我们一读到关于庞贝的东西，就会想起那个士兵；我们一写点关于庞贝的东西，就会自然而然地提到这位士兵，并做出恰当的评价。让我们记住，他是一位士兵——不是警察——所以，表扬他吧。作为一名士兵，他立定不动——因为勇士的本能不容他逃跑。如果他是一名警察，他也会立定不动——因为睡着了。

庞贝的楼梯不超过六段，也看不到一层以上的房子。庞贝人不像今天的威尼斯人、热那亚人和那不勒斯人那样住在云朵里。

这座城市沉淀着厚重的历史，隐藏着沉重的秘密，我们离开了——这座城市在许多个世纪以前就已经死亡，它古老的习俗、不同凡响的古老风尚也一并消失不见了，耶稣的十二门徒那时还在传播那一新的宗教，而我们现在却觉得那是个恍如隔世的宗教——大片大片的街道和广场依然埋藏在地下，地上是树木，我们在树木中间恍然若失地走着，直到尖厉的哨子声传来，有人叫道："全体上车——这是开往那不勒斯的末班火车！"我们清醒了过来，才明白自己身处十九世纪。我们不是一千八百年前沾满灰尘的木乃伊，身上覆盖着火山灰和火山渣。这个转折惊人。想一想吧，火车确实在沿着铁路通向古老的死城庞贝，哨声大胆地响起，用最为喧嚣和公事公办的方式召集乘客上车，匪夷所思啊，缺乏诗意，不合情调。

比较一下。今天，生活愉快，阳光明媚。公元 79 年 10 月 9 日，年轻的普林尼在此看到的景象让他心惊肉跳。当时，普林尼勇敢地想让母亲免受伤害，而他的母亲却以母亲的无私请求普林尼别管她，自己去逃命。

第 31 章

此时愈发黑暗，让人觉得身处没有月亮的黑夜之中，或者在一个灯火全部熄灭的密室里。处处都能听到妇女的抱怨、孩子的哀嚎、男人的叫喊。有人喊爸爸，有人喊儿子，有人喊妻子，他们只能通过声音辨别彼此。许多人在绝望之中祈求死亡降临，结束他们的痛苦。

有人祈求诸神保佑，有人相信这一夜是最后一夜，宇宙会被吞没！

甚至我也这么觉得——死亡临近，我自我安慰，想到：**看，世界即将终结！**

* * * * * * * *

罗马、巴亚、庞贝的废墟气象万千，我们看过。梵蒂冈走廊里排列着一排排残破不堪、籍籍无名的大理石帝王头像，我们见过。此后，一个想法以前所未有的力量打动了我：名声虚无缥缈，不得长久。在过去，人们寿命长久，毕生努力奋斗，像奴隶一样劳作，有的致力于演讲，有的钻研领兵打仗，有的热爱文学。然后，倒下死去，因名垂青史，声名永驻而喜悦。呃，二十个短短的世纪如白驹过隙，还剩下了什么呢？剩下的仅仅是一块石头上残缺不全的铭文，大惊小怪的古文物专家大费周章，忙作一团，考证出的只是个名字（结果还拼写错了）——没有历史，没有传说，没有诗歌——根本让人提不起来一点兴趣。格兰特将军的英名在四十个世纪之后还会剩下什么？在公元 5868 年的百科全书上可能会这样写道：

尤拉·S（或者 Z）. 甘特①——英属美利坚阿兹特克地区古代著名诗人。一些作家说，公元 742 年左右他红极一时；但是博

---

① 格兰特的英文本为"Grant"，此处故意错拼作"Graunt"。

学的阿阿福福宣称,甘特与英国诗人沙克皮尔[①]是同时代的人,大约在公元 1328 年红极一时,当时是特洛伊战争之后大约三个世纪,而不是之前。甘特写了《妈妈,摇我入眠》。

想到这里,我悲从心来。我要去睡觉了。

[①] 此处为莎士比亚(Shakespeare)的错拼"Scharkspyre"。

第32章

又回家了！多个星期以来第一次，全船人员聚在了一起，在上层后甲板上握手。他们来自罗盘上的不同点位，来自不同的地域，但是，没人失踪；没听说有谁生病或死亡，因而重逢的喜悦也就没有成为扫兴。又一次，全体乘客在甲板上倾听水手起锚时的合唱，并在迅速离开那不勒斯的时候向它挥手道别。吃饭时，座位上又坐满了人，多米诺骨牌牌友凑齐了。晚上，在皎洁的月光下，上层甲板上的生机与活力就像是那古老的年代——我们距那个古老的年代仅有几个星期的时间，但是，这几个星期充满了插曲、冒险和兴奋，因此就像是几年的时间。"贵格城号"上不缺欢乐。因此，这次这艘船就名不符实了①。

在晚上七点，西边的地平线被落日染成了金黄色，远处的船只星星点点。一轮满月高挂头顶，脚下是深蓝色的大海。在我们周围，一种奇怪的晚霞被这五光十色的光线和颜色影响。我们看到了宏伟的斯特龙博利岛。它就像国王一样傲然耸立在海面之上，气象庄严！远方的斯特龙博利岛笼罩在昏暗的紫色之中，还有一层闪闪发光的雾霭，使得崎岖不平的地貌变得柔和，我们就好像是在隔着银色的薄纱观看它。斯特龙博利岛的火炬熄灭了；还在冒着烟；高高的烟柱升了起

---

① "贵格"的原意指的是基督教的一个教派贵格会，因一名早期领袖"听到上帝的话而发抖"得名"Quaker"，意为"震颤者"。

来，消失在了越发明亮的月光之中。由此才说明斯特龙博利岛是活着的"海中之王"，不是死人的魂魄。

凌晨两点，我们穿过墨西拿海峡。月色明朗，一边是意大利，另一边是西西里岛，全都清晰可见，就好像我们在穿过一条大街，从大街的中央观看两边的街景。墨西拿城像牛奶一样白，煤气灯像群星一样闪烁发光，宛如人间仙境。我们一大群人在甲板上吸烟，吵吵嚷嚷，等着看著名的斯库拉巨石和卡律布狄斯漩涡。不久，贤人走了出来，带着他那亘古不变的小型望远镜，挺胸收腹，俨然另一个罗德岛太阳神巨像。在这个时候看到他出来令人吃惊。大家都觉得他不关心斯库拉巨石和卡律布狄斯漩涡的古老传说。一个家伙说："哈罗，医生，晚上这个时候，你在那儿干吗？——你看这个地方干吗？"

"我看这个地方干吗？年轻人，你不了解我，否则，你就不会这么问了。我想看《圣经》里提到的所有地方。"

"胡说——《圣经》里没提到这个地方。"

"《圣经》里没有提到这个地方！这个地方不是——呃，那么，既然你这么了解这个地方，这是什么地方？"

"有什么疑问吗，就是斯库拉巨石和卡律布狄斯漩涡啊。"

"斯库拉巨石和卡——搞错了，我以为是索多玛和蛾摩拉！"

他收起小型望远镜，下去了。刚才讲的是船上的故事。真令人难以置信，贤人竟然不是《圣经》专家，竟然没有耗费大量时间研究《圣经》之中的地点。他们说，最近，贤人在这炎热的天气里抱怨，在这艘船上唯一说得过去的饮料就是黄油。当然，他指的不是黄油。但是，因为我们没有冰了，黄油一直处于融化状态，赞扬他一下倒是合适。别管怎么说，他也是平生头一遭把一个长长的单词说对。在罗马，他说，教皇看起来像一个贵族老头，但是，自己确实觉得教皇的《伊里亚特》不怎么样。

我们沿着希腊群岛绕行，度过了愉快的一天。岛上群山起伏。颜色主要是灰色和棕色，接近红色。白色小村庄被树木包围，坐落于峡谷之中，或者建在高耸入云、悬崖峭壁一般的海堤之上。

我们看到了美丽的日落——鲜艳的胭脂红染红了西边的天空,远远给大海涂上了一层闪光的红色。美丽的日落在地球的这个角落好像并不常见——或者至少是超凡脱俗的日落看不到。日落柔和、舒适、可爱——精致、清新、娇弱,但是,我们在这儿看到的日落并不像美国北方高纬度的那样。在那里,落日如同熊熊燃烧的火焰。一路下落,一路染红了天际。

但是,这样的日落就已经让我们心满意足了,因为我们即将到达那些举世闻名的城市,欣喜若狂!我们怎么会关心外在的景色呢?因为阿伽门农、阿喀琉斯,还有伟大过去的一千个其他英雄如同鬼魅一般浩浩荡荡经过,怎会不令我们心驰神往。这样的日落就已经让我们心满意足了。因为我们即将在真实的雅典生活、呼吸、走路;是的,深入死去的世纪,亲自在公共市场上竞买奴隶第欧根尼和柏拉图,或者与邻居闲谈特洛伊围城或者伟大的马拉松往事?我们不屑于考虑日落了。

我们到了,终于进入了古老的港口比雷埃夫斯。我们在距离村庄半英里的地方抛锚。极目远望,穿过起伏的阿提卡平原,就可以看到一个小型山丘,山丘的顶峰是方形的,上面有东西。我们的望远镜迅速发现,这个东西应该是雅典人城堡的遗迹,其中最显眼的就是宏伟的帕特农神庙。此地的空气异常清澈纯净,这栋高贵建筑的每一根支柱都可以通过望远镜看到,甚至周围较小的废墟也能看出一些轮廓。现在,距离是五六英里。使用普通长柄望远镜就可以看到,雅典位于峡谷之中,靠近雅典卫城(就是先前提到的顶峰是方形的山丘)。人人都急于登岸,尽快参观这些历史悠久的地方。我们参观过的土地还未在乘客中唤起如此一致的兴趣。

但是,坏消息来了,比雷埃夫斯的要塞司令乘船过来了,说我们有两个选择。第一个选择,离开。第二个,从港口之中出来,在"贵格城号"上待着,经受严格隔离检疫,达十一天之久!所以,我们起锚挪到了外面,停了大约十二个小时,补充给养,然后前往君士坦丁堡。这是目前为止我们经历的最悲惨最失望的事情。一整天的时间就看着雅典卫城，还要离开，捞不着参观雅典！失望这个词还不足以描述这种窘境。

整个下午，所以人都在甲板上，带着书、地图和望远镜，想要确定哪道"狭窄的石梁"是亚略巴古，哪个斜坡是普尼克斯山，哪个高地是博物馆山，等等。我们弄得一塌糊涂。热烈讨论，八仙过海，各显神通。教会成员激动地看着一个山丘，他们说圣保罗曾在此山上布道。另一派人宣称这座山是海美塔斯山，还有的人说是彭特利库斯山！经过这么多纷纷扰扰之后，我们确定了一点——那个顶峰是方形的山丘是雅典卫城，而上面的一大堆废墟是帕特农神庙，我们小时候就在课本上看到过它的照片。

我们询问了靠近"贵格城号"的每一个人。比雷埃夫斯有卫兵吗？卫兵严格吗？如果我们当中有人溜上岸，被抓的概率几何？如果我们当中有人冒险被抓，会遭受什么惩处？答案令人沮丧：卫兵如云，警察众多；比雷埃夫斯是个小镇，每个在比雷埃夫斯露面的陌生人都肯定会被人注意到——被抓在所难免。要塞司令说惩罚是"严厉的"；当被问及"有多严厉"时，要塞司令说会"非常严重"——我们只能从他嘴里套出来这些。

晚上十一点，船上大多数人都上床了。我们四个人偷偷乘小船登岸，月亮被乌云遮盖，助了我们一臂之力。我们两人一组，拉开距离，登上一座小山，想要干脆绕过比雷埃夫斯，避开警察的抓捕。择路而行，小心翼翼，披荆斩棘，登上了怪石嶙峋的小山，觉得自己很像是去偷东西。离我最近的同伴和我低声谈论隔离检疫法律及其惩罚措施，但我们发现这个话题并不好玩。我知道这么个情况。就在几天以前，我跟船长交谈。船长提到一个男人的案例，此人乘坐的船被隔离检疫，此人游水上岸，因此被监禁六个月；几年前，我们的船长在热那亚，一个遭受隔离检疫船只的船长乘小船上了一艘即将离开的船，即那艘船只已经在港口之外了，船长请即将离开的船捎一封家信，当局因此监禁了他三个月，把他和他的船统统赶到海上，并警告他此生此世不要再出现在这个港口里。这种对话没什么好处，搞得偷渡之旅心惊肉跳，大家兴致全无，所以，我们避而不谈了。我们绕着比雷埃夫斯兜了一大圈，只看到了一个人。这个人好奇地盯着我们，但是什么都没说。十几个人在门前的地上睡觉，我们从他们中间经过，他们也没醒——但是，我们确实足以把狗弄醒——总是有一两条狗紧跟着我们吠叫。有几次，十几只狗一起跟在我们后面吠叫。犬吠声如此反常，以至于我们船上的人说他们依据狗叫声就可以长时间追踪我们的进展，锁定我们的位置。被云遮蔽的月亮依然在助我们一臂之力。当我们兜大圈的时候，我们经过了比雷埃夫斯远端的房屋，此时，月光普照大地。但是，我们不再怕光了。一座房屋旁边有一口井，我们来到井边喝水，房主只是看了我们一眼就进去了。他听任我们在寂静安睡的小镇上为所欲为。虽然我是这么得意洋洋地记载的，但是，我们并未对这个小镇做什么。

我们看不见路，以远处雅典卫城左边的高山作为标记，径直前往，不顾千难万险，乡村小径崎岖不平。可能在这个世界上，就只有内华达州的路况比此处的小径差了。一段小径上铺着细碎松动的石头——我们一次就能踩上六块石头，石头翻滚。小径的另一段是干燥疏松、新耕过的土地。还有一段是长长一排低矮的葡萄树，弯曲缠绕，我们还以为是有刺的灌木。阿提卡平原上没有葡萄树，是一片荒原，贫瘠、凄凉、缺乏诗意——我想知道在公元前五世纪希腊全盛时期，这里是个什么样子。

大约在凌晨一点的时候，我们因为快步疾走而大汗淋漓，口干舌燥，丹尼①惊呼："瞧，这些杂草是葡萄藤！"在五分钟之内，我们就吃了二十串又大、又白、又美味的葡萄。正要伸手再去摘，一个黑影从阴影里神秘地站了起来，在我们身边说"住手！"就这样，我们逃走了。

十几分钟之后，我们踏上了一条美丽的道路。跟我们不时踏上的崎岖小道不同，这条路是个直道。我们沿着这条路前进。道路宽阔、

---

① 丹尼（Denny）和上文的丹（Dan）是同一个人。

平坦、洁白——漂亮且路况良好,两边各有一排大约一英里长的树,还有郁郁葱葱的葡萄园。有两次,我们进入葡萄牙偷葡萄。第二次,有人不知道在哪儿冲我们吼叫。我们再次逃走。我们再也不在雅典这边寻机偷葡萄了。

不久,我们看到了一道古代的石头沟渠,桥洞都是拱形的。从那时起,我们身边就都是废墟了——我们接近了旅程的终点。现在我们还看不到雅典卫城或者高山。我想沿着这条路走下去,直达目的地。但是,其他人的意见压倒了我,我们不辞辛劳地爬上近在咫尺的石山——从这座石山的顶峰看到另一座石山——爬上另一座石山,又看到一座!光爬就耗费了一个小时。很快,我们看到了一排敞着的坟墓,是在坚固的石头里切割而成(其中一座坟墓曾一度用来囚禁苏格拉底)——我们从山肩绕过去,眼前突然出现了一座城堡,虽是一片废墟,倒也壮观!我们迅速穿过一道沟壑,走上一条蜿蜒曲折的道路,抵达古老的雅典卫城之上,它巨大的城墙就在我们的头顶之上巍然耸立。我们并未停下查看那大块的大理石,也未测量大理石块的高度,也没有猜测大理石不同凡响的厚度,而是立即通过火车隧道一样的巨大拱形通道,直奔古代神庙的大门。大门上锁了!那么,情况明摆着,我们好像无法亲眼目睹伟大的帕特农神庙了。

我们坐下热烈讨论。结果:大门只是用薄弱的木头制成——我们可以破门而入。这种做法好像是在亵渎神圣,但那时,我们已经长途跋涉,而且也非常急切地想要进去。我们不能去找向导和看门人——天亮之前就得回到船上。所以,我们争论了起来。破门而入是个绝妙的主意,但是当我们真的动手去做的时候,我们却破不了门了。我们绕过墙壁的一角,发现了一个低矮的棱堡——外面八英尺高——里面十或者十二英尺高。丹尼准备爬上去,我们想跟着往上爬。苦苦攀爬之后,丹尼终于登顶,但是一些松动的石头滑落了,哗啦一声掉进了墙里面的院子里。几扇门立刻发出响声,还有一声叫喊传来。丹尼闪电般地从墙上爬下来,我们在混乱中退到大门口。公元前480年,薛西斯一世占领了这座无敌的城堡。当时,他带领五百万大军和随军杂役来到希腊。如果能再给我们四个美国人五分钟时间,不受打扰,那么,我们也能拿下这座城堡。

卫戍部队出现了——四个希腊人。我们在大门口吵吵嚷嚷,他们让我们进去了。(受贿和腐败。)

我们穿过一个大院子,进入一扇大门,站在了由最纯白的大理石铺成的人行道上,人行道上印着深深的足印。在我们面前,月光如水,倾泻而下,我们所从未见过的最为高贵的废墟巍然耸立——殿前门廊、小型密涅瓦神庙;大力神神庙,还有巨大的帕特农神庙。(我们从希腊向导那儿得知的这些名字,他好像还达不到百事通的程度。)这些建筑都用最白的潘泰列克大理石建成,但现在大理石上已经有了粉色的色斑。然而,从破损的地方来看,断面就像是优质的块糖。六个女像柱,或者说大理石女人,穿着飘逸的长袍,支撑着大力神神庙的门廊。但是,其他建筑的门廊和柱廊都是由巨大的多利安风格和爱奥尼亚风格柱子构成,尽管许多个世纪过去了,尽管频繁遭到围攻,其柱槽和柱顶依然相当完美。帕特农神庙一开始有一百二十六英尺长,一百英尺宽,七十英尺高,前后各有一排巨大的支柱,每排八根支柱,左右也各有一排,每排十七根支柱,是目前为止世界上最优雅、最漂亮的建筑之一。

帕特农神庙的支柱雄伟庄严,大多数依然高高矗立,但它的屋顶已经不见了。二百五十年前,帕特农神庙还是座完美的建筑。当时,一颗炮弹落进了此处存放的威尼斯军火中,随之而来的爆炸损毁了帕特农神庙,掀掉了屋顶。现在,我记不大清帕特农神庙的事情了。我在这里放上一两个事实和数字,以备那些健忘的人使用。这些摘自旅游指南。

我们若有所思,沿着气象雄伟的帕特农神庙里大理石铺成的地面徜徉,周围新奇的景观让我们目不暇接。处处可见大量的白色雕塑,光彩闪耀,有男有女,靠着一块块的大理石,有些没有胳膊,有些没有腿,有些没有头——但是在月光下看起来都阴沉肃穆,恍如真人一般,吓死我们了!他们站起身来,从四面八方围着半夜闯进来的不速之客——他们从一个个让人始料不及的角落用冷漠的眼睛盯着不速之客；他们从远处荒废走廊的旮旯凝视不速之客；他们在广阔广场的中央挡住不速之客的去路，在神圣的殿堂里用无手之臂严肃地指引方向；月亮透过没有屋顶的神庙向下俯视，给支柱在地上留下倾斜的阴影，遮盖住四分五裂的碎片和破碎的雕塑。

我们周围到处都是残缺不全的雕刻作品！一排又一排——一堆又一堆——四散分布在整个雅典卫城——成百上千个缺胳膊断腿的雕塑，什么尺寸的都有，巧夺天工；曾经属于柱顶楣构的巨大大理石碎片上覆盖着浅浮雕，上面场面有战役和围攻、装备有三四排桨的战舰、庆典和游行——只要人们能够想到的，上面都有。据历史记载，雅典卫城诸个神庙充满了普拉克西特利斯和菲迪亚斯的顶尖作品，另外还有许多雕塑大师的代表作——当然，这些漂亮的碎片证实了这个记载。

我们走出帕特农神庙，走进雅典卫城对面杂草丛生、碎片密布的院子。这个院子不时吓我们一跳，因为我们看到冷漠惨白的面庞突然从草丛里盯着我们，面庞上是死气沉沉的眼睛。这个地方好像有幽灵出没。我有点希望看到二十个世纪以前的雅典英雄溜出阴影，悄悄进入他们非常熟悉的古老神庙，这些神庙让他们无限自豪。

现在，满月高挂，万里无云。我们漫无目标、不假思索，漫步到了城堡高大垛口的边缘，往下看——美景！不同凡响的景色！月光下的雅典！当年，那个先知以为自己看到了新耶路撒冷的光辉，看到的其实是这里！这片美景就在我们脚下的平原之上——一望无际，美丽如画——我们看着它，就像是在热气球上俯瞰大地一样。我们没有看到街道的痕迹，但是，每一栋房子、每一扇窗户、每一条蜿蜒攀附的藤蔓，每个突出部位，都棱角分明、清晰可见，就好像是在正午时分一样；然而，没有强光，没有闪光，没有什么尖厉可憎的东西——城市寂静无声，沐浴在最为柔和的月光之中，就好像某个活物在静静地安睡。远处是一座小寺庙，精致的柱子和华丽的正面闪耀着五光十色，让人目不暇接；近处，国王宫殿的墙壁光滑细腻，引人注目，周围是满园灌木,园里处处是星星点点的琥珀色亮光,就像随机洒落的水滴——浪花一样的金色火光在月光之下黯然失色,在浩瀚的黑色植物之上闪烁着柔和的光,就像银河之中暗淡的星星。头上是气象庄严的支柱,即使成了废墟也威严犹存——脚下是正在做梦的城市——远处是银色的大海——在辽阔的大地上找不到有此地一半美丽的地方!

我们转身,再次穿过神庙,我希望古代来过这里的名人可以故地重游,在我们好奇的目光下现身——柏拉图、亚里士多德、德摩斯梯尼、苏格拉底、福基翁、毕达哥拉斯、欧几里得、品达、色诺芬、希罗多德、拉克西特利斯、菲迪亚斯、画家宙克西斯。名人如云,灿若群星!但是,最重要的是,我希望那个老朽的第欧根尼会漫步而来,跟我们相遇。从前,第欧根尼耐心地提着灯笼摸索前进,热切地在全世界寻找独一无二的诚实之人。或许我不该说,但我还是认为第欧根尼可能已经熄灭了灯笼。

我们离开帕特农神庙,它依然像两千三百年来一样守护着雅典。我们站在了城堡的墙外。远处是古老的忒休斯神庙,虽历经沧桑,依然近乎完美。近处,往西看是讲坛,德摩斯梯尼在讲坛上发表猛烈的抨击演讲,点燃了同胞摇摆不定的爱国热情。右边是战神山,雅典最高法院从前就坐落在山上,[①]圣保罗也在此地树立了自己的地位。下面是市场,圣保罗就在市场上跟喜欢闲言碎语的雅典人"每日一辩"。我们爬上圣保罗攀登过的石头台阶,站在他站过的正方形地块,努力想要想起《圣经》里是怎么记叙这一场景的——但是,由于某些原因,我想不起来了。后来,我找到了:

> 保罗在雅典等候他们的时候,看见满城都是偶像,就心里着急。
>
> 于是在会堂里与犹太人和虔诚的人,并每日在世上所遇见的

[①] 阿勒奥珀格斯山(Areopagus)即战神山(Mars Hill)。"Areopagus"意思可以是"阿勒奥珀格斯山",也可以是"雅典最高法院",因为雅典最高法院就在这座山上。

人辩论。

* * * * * * * * *

他们把他带到亚略巴古①,说:"你所讲的这新道,我们也可以知道吗?"

* * * * * * * * *

保罗站在亚略巴古当中,说:"众位雅典人哪,我看你们凡事很敬畏鬼神;我游行的时候,观看你们所敬拜的,遇见一座坛,上面写着'未识之神'。你们所不认识而敬拜的,我现在告诉你们。②

——《使徒行传》第 17 章

过了一会儿,我想到,如果我们想在天亮之前回到船上,避免暴露在阳光之下,那么,我们就该动身了。所以,我们匆忙离开。远远走开了,我们最后看一眼帕特农神庙,月光穿过它开放的柱廊,给柱顶镀上一层银色。此情此景,庄严、大气、美丽,将永远留在我们的记忆里。

我们向前进,开始克服自己的恐惧,不再关心隔离检疫督查或者任何其他人。我们变得勇猛无畏;有一次突然心血来潮,我甚至用石头砸一条狗。然而,想了想,我幸亏没砸着,因为狗的主人可能就是警察。受这次愉快的失败激励,我变得勇不可挡,不时吹吹口哨,只是调子不高。但是,我胆子越来越大。不久,我一头扎进葡萄园里,完全暴露在月光之下,攫取了一加仑优质葡萄。虽然旁边有个农民骑着骡子经过,我也不在意。丹尼和伯奇也跟我学坏了。

现在,我的葡萄足够十二个人吃。但是,此时杰克逊也变得胆大包天,急不可待地立马进入了葡萄园。他刚抓住第一串就惹来了麻烦。一个邋里邋遢、胡子老长的土匪大叫一声跳上公路,在月光之下亮出

---

① 亚略巴古,《圣经》之中阿勒奥珀格斯山或者战神山的名字。
② 以上五段引用自《圣经·新约·使徒行传》第 17 章。

一把滑膛枪来！我们偷偷前往比雷埃夫斯——没跑，你懂的，只是快速前进。土匪再次叫嚷，但我们仍勇往直前。时间不早了，我们没空听那些蠢驴跟我们用希腊语唠叨陈词滥调。如果不是着急赶路，我们倒是乐意跟这个土匪谈谈。不久，丹尼说："这些家伙在跟着我们！"

我们转头去看，当然，他们正在追赶——三个荒诞可笑的海盗，都带着枪。我们放慢脚步，让他们跟上来。同时，我把藏着的葡萄拿出来，坚定地却不情愿地把葡萄扔进路边的阴影里。但是，我并不害怕。我只是觉得偷葡萄不对。主人近在咫尺的时候，我更是如此——不仅是近在咫尺，主人的朋友也近在咫尺。这些恶棍凑上来，搜出了伯奇医生手里的一包东西。结果他们发现包里只是战神山上几块神圣的石头，他们愤怒地瞪着伯奇医生。但是，这几块石头并不是违禁物品。他们显然怀疑伯奇医生玩了什么无耻的把戏，似乎要剥下伯奇医生的头皮。但最终，他们让我们走了，并警告我们，我认为警告是用最为标准的希腊语发出的。他们还跟着我们，平静地发出警告。走了三百码之后，他们停下了，我们继续欢天喜地地前进。但是，瞧，另一个武装歹徒从暗处出来了，跟了我们两百码。然后，这个武装歹徒把我们移交给另一个恶棍，这个恶棍是从一个神秘的地方冒出来的，接着又被移交给下一个！在一英里半的道路上，我们身后始终跟着武装人员。我这辈子还从来没有这样旅行过。

此后过了好大一会儿，我们才敢再去偷葡萄。这次惊起了另一个麻烦的土匪。然后，我们就不再琢磨偷葡萄这事了。我估计，从我们身边骑骡子经过的家伙可能在我们身边一路布置了哨兵，从雅典一直到比雷埃夫斯。

在那条漫长的道路上，每块地都有武装哨兵看管。当然，有些已经睡着了，但毕竟是在站岗。这就能表明现代阿提卡是一个怎样的国家——到处都是可疑分子。这些人在那儿并不是防备陌生人侵犯他们的财产的，而是彼此防备；因为陌生人很少来雅典和比雷埃夫斯，就算来了，也是白天来，用不了几个钱就可以买一大堆葡萄。如果关于阿提卡现代居民的传言是真的，那么，他们就是臭名昭著的没收狂人和撒谎精。我绝对相信这一点。

朝阳的第一抹亮色染红了东方的天际,把柱子林立的帕特农神庙变成一架破碎的竖琴,挂在浅蓝灰色的地平线上。我们结束了十三英里的长途跋涉,中间走了不少弯路,终于到了船停靠的海滩。照例是由一千五百条比雷埃夫斯狗护卫着我们,紧跟着我们吠叫。我们呼叫一艘离岸两三百码的小船,但很快发现这是一艘警备艇,警备艇正在观察是否有人逃避隔离检疫偷偷上岸。所以,我们躲了起来——现在,我们已经习惯躲藏了——当警卫到达我们刚才所在的地方时,我们已经不在了。他们沿岸巡游,但是方向反了。不久,我们自己的小船就从黑暗之中驶来,接我们上船。"贵格城号"听到了我们发出的信号。我们无声地划走。赶在警备艇再次出现之前,我们又一次安全回家。

我们这些乘客之中还有四个急于参观雅典,并在我们回来半小时之后出发。但是他们上岸还不到五分钟,就被警察发现了。警察疯狂追逐他们,他们好不容易才逃上小船,到此结束。他们再没打参观雅典的主意。

今天,我们驶向君士坦丁堡,但是我们当中一些人对此漠不关心。古老的雅典城在公元前一千六百年就诞生了。当时,特洛伊还没有打下地基。我们在雅典城已经饱览美景,而且是从最为迷人的角度欣赏的。因此,夫复何求?

还有两名乘客昨晚成功突围。我们是在今天早晨得知的。他们静悄悄地溜走,因此"贵格城号"上的人在几个小时里都没发现少了两个人。接近黄昏的时候,他们大胆进入了比雷埃夫斯,并雇了一辆马车。他们是冒险为之,有可能给自己的圣地乐游在新鲜刺激之外再加上两三个月的刑期。我们崇拜他们"初生牛犊不怕虎"[①]。但是,他们安全离开,又安全回来,仿佛一步都没走开。

[①] 引用的朝圣者的话。——原书注

第 32 章

第33章

从雅典出发，一路经过希腊群岛，我们看到的几乎都是险峻的海堤和荒芜的山丘，有时抢风头的是某个古代神庙的三四根支柱，孤零零地废置一旁——恰如其分地代表了整个希腊在日后的颓败。我们没有看到耕地，村庄很少，没有树木、草或者任何植物，就连一间兀然独立的房子也难见踪迹。希腊是一个暗淡无光、肃穆阴沉的荒漠，显然没有农业、工业或者商业。是什么在支撑贫困的希腊人民和政府？这是个谜。

我估计，如果把古希腊和现代希腊对比一下，会形成有史以来最鲜明的反差。十八岁的孩子乔治一世、一小撮在希腊任职的外国人，取代了地米斯托克利、伯里克利以及希腊全盛时期的著名学者和将军。帕特农神庙刚建起来的时候，希腊舰队举世罕见。而现在的希腊舰队就是少得可怜的几艘渔船。当年，英勇的希腊人在马拉松平原上一展豪情，如今的希腊只剩下一群无足轻重的奴隶。历史悠久的伊利苏斯河已经干涸，希腊人财富和伟业的所有源泉也已经枯竭。希腊现在仅有八十万人，但是，其中充斥着贫困、苦难和谎言，就算是一个四千万人的国家也无法承受。在奥索统治时期，希腊的年收入是五百万美元，来源有两个。一个是十一税，征收希腊农业产出的十分之一（这十分之一需要农民用驮骡运载到皇家粮仓，距离不超过六里格）。另一个是交易和贸易之中征收的高额税收。这个小暴君用这五百万美元维持一支一万人的军队。成百上千无用的皇家掌马官、寝宫总管、破产的财政大臣、这个傀儡王国所设立的所有其他荒唐的职位,也都要靠这五百万美元养活。而所有这些职位都是在模仿那些伟大的王国。另外,奥索还着手修建了一座白色大理石宫殿,光是宫殿就耗资约五百万美元。结果简单明了:拆了东墙补西墙,左支右绌。上述支出,五百万美元不够。奥索陷入了麻烦之中。

好长一段时间都没人愿意当希腊国王。原因有两个。第一,希腊人就是一堆穷要饭的,是一群毫无前途的累赘,一年之中要失业八个月,其他四个月就靠借贷和没收过活。第二,希腊处处是荒凉的山地和杂草丛生的荒漠。希腊王位先是给了维多利亚的一个儿子。后来给了王室形形色色的其他年轻子嗣,这些人没有王位,也无事可干。但是这些人都慈悲为怀,婉言谢绝了这项鸡肋一样的荣耀。他们都非常尊崇希腊的古代伟业。在希腊蒙羞的今天,他们拒绝用华而不实的王位去嘲笑希腊的悲哀、破烂和肮脏。最后,他们找到了年轻的丹麦人乔治,乔治接受了。乔治一世建成了那座金碧辉煌的宫殿。我那天晚上在皎洁的月光下看到了那座宫殿。他们说,乔治一世还在做其他许多事情来拯救希腊。

我们驶过荒凉的希腊群岛,进入一条狭窄的海峡。他们有时把这条海峡称作达达尼尔海峡,有时称作黑勒斯庞海峡。该国的这一部分有很多历史回忆,其他的一切就像撒哈拉沙漠一样贫瘠。比方说,当我们接近达达尼尔海峡的时候,我们沿着特洛伊平原航行,闯过斯卡曼德洛斯河口;我们看见了特洛伊的所在地(在远处),虽然那里已经被夷为平地——这个城市刚刚兴起就被消灭。现在,可怜的特洛伊人早就不复存在了。特洛伊人出生得太早了,没看到诺亚方舟,死得也太快,看不到我们的动物园。我们看到阿伽门农舰队集结的地点。远处的内陆有一座山,地图上说是艾达山。在达达尼尔海峡,我们看到历史上记载的第一份原创猫腻合同得到履行,"乙方人员"被薛西斯一世小惩大诫了一番。我说的那座著名的舟桥。当年薛西斯一世下令在达达尼尔海峡最狭窄的地方建造这座舟桥(此处仅有两三英里宽)。一场温和的大风摧毁了脆弱的舟桥。薛西斯一世觉得公开把这

第 33 章

批承包商惩诫一番会有益于下一座桥的修建。薛西斯一世把承包商喊到大军之前斩首。在接下来的十分钟里，他重新订了一份修桥的契约。古代作家说，第二座桥非常好。薛西斯一世派遣他的五百万人马跨过舟桥。如果不是被有意破坏，这座舟桥现在本可以依然存在。如果我们的政府会不时对一些猫腻承包商惩诫一番，效果可能会很好。在达达尼尔海峡，我们看到了利安得和拜伦男爵横渡海峡的地方。按照杰克的说法，利安得是去看自己魂牵梦绕的情人，爱之忠贞至死不渝，而拜伦男爵只是想冒险。我们旁边还有两座知名坟墓，一侧的海岸安睡着阿贾克斯，另一侧的海岸安睡着赫卡柏。

我们发现达达尼尔海峡的两边都是水上炮台和要塞，飘扬着深红色的土耳其国旗，国旗上有白色的月牙。偶尔会有一个村庄，有时是一队骆驼。在进入广阔的马尔马拉海之前，我们看到的都是这些。然后，陆地渐渐消失，我们又一次玩起了尤克牌和惠斯特牌。

我们在晨光之中停泊于金角湾海口。我们之中只有三四个人起来观看伟大的奥斯曼首都。和以往一样，乘客们不会在不合时宜的时候去抢先一睹异国城市的风情。现在，就算我们能看到埃及金字塔，他们也不会在早餐之前出现在甲板了。

金角湾是一个狭窄的海湾，从博斯普鲁斯海峡（像是那种宽阔的河流，连接着马尔马拉海和黑海）延伸出来，弯曲环绕，把君士坦丁堡从中间一分为二。加拉塔和佩拉位于博斯普鲁斯海峡和金角湾的一边；伊斯坦布尔（就是以前的拜占庭）在另一边。博斯普鲁斯海峡的另一岸是斯库台和君士坦丁堡的其他郊区。这个伟大的城市有一百万居民，但是街道狭窄，房屋密布，比纽约城占地面积的一半大不了多少。我们停泊的地方在博斯普鲁斯海峡上游一英里左右的地方，从停泊处望去，君士坦丁堡是我见过的最美的城市。一片密密麻麻的房子从水边向上蔓延，遍布许多山顶；花园到处都是，清真寺有着巨大的圆顶，光塔不计其数，我们放眼望去，大饱眼福，这些都给这座大都市增添了东方的异国情调，人们阅读东方游记时会梦见这种异国情调。君士坦丁堡风景如画。

但是，君士坦丁堡的吸引力始于其如画的风景，也终于其如画的风景。从上岸开始，一直到回到船上，人们都在因此而咒骂。载乘客上岸的小船让人大跌眼镜，因为它的构造非常不合理。小船造得优雅整洁，但是，从黑海下行席卷博斯普鲁斯海峡的湍急水流让人无法好好操控小船。就算是在平静的水面上，也几乎无人可以称心如意地行船。这是一种长长的轻舟（凯可），一头大，另一头就像是锋利的刀刃。他们把长长尖利的一段作船头，你可以想象奔腾的激流会让船急速打转。有两支桨，有时是四支，没有舵。如果你要去一个特定的地点，那么，在你到达之前，你会向五十个不同的方向前进。一开始是一支桨向后划水，然后是另一支桨；两支桨很少并驾齐驱。这种划船方式很可能让一个急性子的人在一个星期之内发疯。毋庸置疑，在整个地球上，就只有这些船夫最笨拙，最愚蠢，最不科学。

　　岸上，嗯，就是个终年营业的马戏团。人比蜜蜂都多，街道狭窄。人们的穿着都非常反常，古怪，搞偶像崇拜，奢侈浪费，惊世骇俗。只有不拘一格、法力无边的裁缝才能想到这种裁剪方式。别管多么稀奇古怪的衣服都能穿；多么荒诞不经都可以忍受；如同着魔一般疯狂，破衣烂衫成为街头一景，不以为耻反以为荣。没有两个人的衣着是相同的。各种服装应有尽有，简直就是服装大展览——每条街上涌动的人流都影影绰绰，形成鲜明的对比。一些老人缠着难看的头巾，但是，这群异教徒之中许多人都戴着火红的无檐便帽。他们称其为"菲斯帽"。他们其他穿着完全难以言表。

　　这里的商店仅仅是笼子，仅仅是岗亭、浴室、壁橱——你怎么叫它们都行——都在一楼。土耳其人盘着腿坐在商店里，工作，交易，抽着长长的烟管，味道就像——像土耳其人。就是这么回事。商店门前的狭窄街道上遍布乞丐，永远都在乞讨，却从来都得不到什么东西；还有颇具特点的瘸子，几乎看不出人样来了；流浪汉赶着载货的驴子；脚夫的背上驮着小房子一样大小的衣物箱；小贩就像魔鬼一样叫喊，兜售葡萄、热玉米、南瓜子以及一百种其他物品；虽然周围都是匆忙的脚步，但是著名的君士坦丁堡狗还是在幸福、舒适、安详地睡觉；嘈杂地四处游荡的是成群的土耳其妇女，从下巴到脚都裹着飘逸的长袍，头上戴着雪白的纱巾，露出的只是双眼以及模糊的、若隐若现的面庞。她们远远地在大市场昏暗的拱形过道里走来走去。仿佛耶稣被钉上十字架的那个可怕夜晚，又是暴雨，又是响雷，地震袭击了髑髅地，死人纷纷从坟墓里走了出来。君士坦丁堡的街道就是一幅只需看一次的画——不能常看。

还有养鹅的——赶着一百只鹅走街串巷，想把鹅卖了。他有一个十英尺长的竿子，一头带钩。有时，一只鹅离开鹅群，在街角放松休憩一下，翅膀半张半合，脖子竭尽所能往上伸。养鹅的着急吗？不，养鹅的以无法言表的从容用竿子去抓鹅——套住鹅脖子，轻松把鹅"拉"回鹅群。他用竿子赶鹅，就像别人操控小渔船一样轻松自如。几个小时之后，我们看到他坐在街角的石头上，周围是一片喧嚣嘈杂，他却安睡在阳光之下，鹅群围绕着他蹲在地上，或者避开经过的驴子和人类。一个小时之内，我们再次经过，他正在数鹅，看看鹅群里是否有走失的或者被盗的。他数鹅的方法很独特。他把竿子的一头放在离石墙六到八英寸的地方，让鹅成单行经过竿子一头和石墙中间的地方。鹅经过的时候，他就数鹅。这样就不会数漏了。

如果你想要侏儒——我的意思是就找几个侏儒，满足猎奇心理——去热那亚。如果你想批量购进侏儒，然后零售，那么，去米兰。整个意大利侏儒遍地，但是，我认为米兰的产量最大。如果你想看各式各样瘸子相当普通的版本，去那不勒斯，或者游历罗马诸城邦。但是，如果你同时想看瘸子和人形怪物的总部和大本营，那么，直奔君士坦丁堡。在那不勒斯，如果一个乞丐只有一个可怕的脚趾头，脚趾头上有一个不成形的趾甲，那么，这个乞丐就发财了——但是，这副尊容在君士坦丁堡根本不会引起任何注意。除了饿死，别无选择。珍奇怪物在金角湾的各座桥梁上涌动，在伊斯坦布尔的排水沟里展示自己的畸形。看到此情此景，谁还会关注意大利式的乞丐。哦，可怜的江湖骗子！他如何能够媲美三条腿的女人，还有眼睛长在腮帮子上的男人？君士坦丁堡怪物的手指头长在胳膊肘上，意大利乞丐怎能不脸红？意大利乞丐会羞得找个地缝钻进去，因为君士坦丁堡侏儒每只手有七个手指头，没有上嘴唇，下巴掉了，像帝王一样巡视而来。欧洲的瘸子就是个名不副实，只会雕虫小技的骗子！真正天赋异禀的瘸子在佩拉和伊斯坦布尔的窄巷胡同里。

三条腿的女人躺在桥上，家当大大咧咧地摆在那儿，取得了出奇制胜的效果——一条真腿、两条长长的、扭曲的假腿。假腿上面还有脚丫子，就像别人的前臂。不远处有个男人，没有眼睛，脸色就像生蛆的牛排，起皱扭曲得就像是岩浆流——五官确实颠三倒四、扭曲变形，人们分辨不出哪里是充作鼻子的肉瘤，哪里是颧骨。在伊斯坦布尔，有个男人，脑袋巨大，个子很高，腿有八英寸长，脚就像雪鞋。他用脚和手一起走路，脊柱前凸，就好像被罗得岛太阳神巨像骑过一样。啊，在君士坦丁堡，乞丐要是没有超凡脱俗之处，就难以谋生。一个蓝脸男人，乏善可陈，只是开矿的时候被炸过，会被视作彻头彻尾的江湖骗子。只是拄着拐杖的伤兵，一分钱都讨不到。正确的做法是脑袋削去一块，培植一个地毯袋一样的粉瘤。

圣索菲亚清真寺是君士坦丁堡的主要名胜。首先，你必须讨一纸诏书，立即前往。我们就是这么做的。我们没有诏书，但是我们每人带了四五法郎，效果基本相同。

我觉得圣索菲亚清真寺并没有什么大不了的。我估计自己是缺乏鉴赏力。这事就不管了。在异教徒的土地上，圣索菲亚清真寺是最为破烂的老旧大宅。我相信，它之所以吸引大家的注意力，是因为它本来是座基督教堂，然后被征服君士坦丁堡的穆斯林用作清真寺，没有经过大改。他们让我脱下靴子，穿着袜子走了进去。我着凉了，粘了一堆乱七八糟的树胶、黏土、各种腐烂变质的东西。因此，那天晚上，我用坏了两千多双鞋拔子才把靴子脱下来，甚至连带着脱下了一些皮肤。没错，就是两千多双。

圣索菲亚是个巨大的教堂，有一千三四百年的历史。从丑陋的外表来看，要老得多。据说，它的圆顶比圣彼得大教堂的圆顶还好，但是它的灰尘比圆顶更妙，但是他们从不提这茬。圣索菲亚里面有一百七十根柱子,每根柱子都是整块石头建成,都是采用的不同种类的昂贵大理石,不过是从巴勒贝克、赫里奥波里斯、雅典和以弗所的古代神庙运来的,如今已经磨损、丑陋、可憎。当圣索菲亚刚建起来的时候,这些柱子已经有了一千年的历史了。对比肯定是惊人的——如果查士丁尼的建筑师不进行任何修剪的话。圆顶的内部到处都是稀奇古怪的土耳其文字,拼凑成金黄色的马赛克图案,就像马戏团海报一样花里胡哨;路面和大理石栏杆都已经磨损,变得肮脏;放眼所及,处处是碍眼的绳子,密如蛛网,从高不可及、让人头晕目眩的圆顶垂下来,吊着无数暗淡粗糙的油灯和鸵鸟蛋,离地有六七英尺。或远或近,或蹲或坐,成群结队的是衣衫褴褛的土耳其人,有的在读书,有的在听布道,或者像孩子一样听课。在五十个地方,都是这种人,弯腰,直起身,再弯腰,再直起身,伏身亲吻大地,同时嘴里念念有词地祈祷。如果不是累了,他们就一直做这种体操,直到精疲力竭。

处处都是垃圾、灰尘、肮脏、昏暗;处处都是老气横秋的古物,但毫无动人或者美丽之处;处处都是成群结队稀奇古怪的异教徒;头上是华而不实的马赛克和密如蛛网的绳子,绳子下面挂着灯——根本没有惹人怜爱、受人景仰的地方。

那些为圣索菲亚神魂颠倒的人肯定是因此看了旅游指南(在这种书里,每座教堂都被描述为"得到了专家的认可,在许多方面都是有史以来,冠绝全球的绝妙建筑")才如此的。或者,他们是来自新泽西荒原的老行家,费了好大劲才搞清湿壁画和消防栓的区别,并从那时起觉得自己有资格矫揉造作,穷其一生对绘画、雕塑和建筑横加批判。

我们拜访了狂舞托钵僧。狂舞托钵僧有二十一个。他们穿着浅色宽松长袍,长及脚踝。每个托钵僧都轮流来到祭司跟前(他们都被围在一大圈栏杆之中),深深鞠躬,然后疯狂转走,旋转到圈里的指定位置,接着继续旋转。当所有人都转到位的时候,彼此相距五六英尺——就这么就位了,由旋转异教徒构成的整个圈子分别绕着房间旋转三次。耗时二十五分钟。他们用左脚旋转,把左脚迅速伸到右脚前面,去踩打蜡的地板,保持身体转动。有的人旋转的"时间"真长。他们之中大多数人一分钟旋转大约四十圈,有一个艺术家平均一分钟大约六十一圈,而且在整个二十五分钟里都是如此。他的长袍充满了空气,围绕着他,就像是个气球。

  他们一点声音都没有,而且他们大多脑袋后仰,闭着眼睛,因虔诚而心醉神迷,神情恍惚。有时响起一种粗鲁的音乐,但是看不到乐师。除了旋转的人之外,别人不得进入这个圈子。要么旋转,要么待在圈子外面。这是我们平生第一次看到如此野蛮的表演。然后,病人过来躺下。女人把患病的孩子放在病人旁边(有一个孩子还处于哺乳期),狂舞托钵僧的长老就在他们身体上踩来踩去。人们相信,长老在他们的胸口和背上踩来踩去,或者站在他们的后颈上,就可以治愈他们的疾病。这不足为奇,因为这些人认为他们所有的一切都是由空中隐身的精灵制造和破坏——巨人、地精、神怪——他们直到今天依然相信《一千零一夜》里的荒诞故事。甚至一位聪明的传教士也这么跟我说。

  我们参观了一千零一根支柱。我不知道这一千零一根支柱一开始是干什么用的,而他们说是用来建水库的。一千零一根支柱位于君士坦丁堡的中心。你走下蛮荒之地中间的一段台阶,就到了。你身处地下四十英尺,周围处处都是拜占庭建筑风格的修长花岗岩支柱。想站在哪儿就站在哪儿,或者想换位置就换位置,你始终处于中心位置,你的周围是十二条长长的拱道和柱廊辐射开来,消失在远方,消失在此处昏暗的微光之中。现在,这个已经干涸的老水库里是一些鬼魅一般的纺丝工人。其中一位指给我看一个支柱高处刻出的一个十字架。我认为,他是想让我明白,在被土耳其人占领之前,一千零一根支柱就已经存在了。我认为他说的就是这个意思。但是,他肯定说话口吃,因为我不明白他说的话。

  我们脱下鞋子,进入苏丹穆罕默德的大理石陵墓。墓里的建筑独具匠心,是最近见过的最好的一个。穆罕默德陵墓上覆盖着黑色的天鹅绒墓布,上面有精工细作的银质刺绣;陵墓位于如梦如幻的银质栏杆之中；边边角角的地方都是银烛台，重量应该超过了一百磅；烛台上面的蜡烛和人的腿一样粗；石棺上面是一顶"菲斯帽"，上面镶嵌着一颗宝石，一个守陵人说这颗宝石价格十万英镑，他说这句话的时候就像一个爱撒谎的土耳其人。穆罕默德的整个家族都舒舒服服地安睡在他的周围。

当然，我们去了伟大的伊斯坦布尔市场，我只能说，伊斯坦布尔就是个小商店的集合——我估计有成千上万个——都在一个天花板之下，由狭窄的街道切分成无数小型区域，街道的上方是拱形的。一条街专卖一种商品，另一条街卖另一种商品，依次类推。

想买一双鞋的话，有整整一条街可供选择——不必东奔西走，不必劳心费神寻找。丝绸、古董、披肩等，都是如此。这里始终人山人海，五颜六色的东方纺织品杂然陈烈于每个店铺之前，巨大的伊斯坦布尔市场是值得一看的景点之一。这里充满了生机、活力、买卖、灰尘、乞丐、驴子、叫卖的小贩、脚夫、托钵僧、出身高贵的土耳其女顾客、希腊人、来自山区和遥远外省的怪模怪样且奇装异服的穆斯林——在大市场，唯一闻不见的气味就是香味。

第34章

有很多清真寺,有很多教堂,有很多墓地,但是,道德和威士忌几乎看不见。《古兰经》禁止穆斯林饮酒。看到土耳其允许这种现象,我们因羞耻而脸颊发烧。然而,在盐湖城,我们对此并不怎么介意。

彻尔克斯女孩和格鲁吉亚女孩在君士坦丁堡依然遭到父母的贩卖,但是并不公开。我们在书上读到过大量介绍巨大奴隶市场的文章——年轻柔弱的女孩被脱光衣服,供人查看,人们评头论足并互相讨论,就好像她们是农村集市上的马匹——这种奴隶市场已经不复存在。现在,奴隶的展览和销售都是私下进行的。目前,价格上扬。有三个原因。第一,苏丹的随从刚从欧洲宫廷回来,创造了旺盛的需求。第二,粮食供应异常充足,货主不用担心挨饿,因此能囤积居奇。第三,买家太弱,无力操控市场,而卖家做好了充足准备,要拉出牛市行情。在此情况下,如果美国大都市的报纸在君士坦丁堡发行,那么,我估计他们下一个商业报道大致如下:

女奴市场报道

一等品彻尔克斯人。1850年产,200里拉;1852年,250里拉;1854年,300里拉。一等品格鲁吉亚人,市面上没货;二等品,1851年,180里拉。十九名普通瓦拉几亚女孩,要价130到150里拉,但是无人购买。十六名高档货,零星卖完——价格私下商议。

成交一批彻尔克斯人，上等货，1852至1854年产品，成交价240到242里拉，买家三十日内取货；1849年货色——残次品——价格23里拉，卖家十日内交货，无押金。几个格鲁吉亚人，质量上乘，1852年产品，已经转手交付预订客户。目前在售的格鲁吉亚人大多是去年的存货，通常极为便宜。新货有点延期，但也会很快到达。至于数量和质量，据说非常令人振奋。在此情况下，我们也可以放心推断，新的彻尔克斯产品前景非常好。苏丹陛下已经预订了大批产品，以新建后宫，后宫将于十四天之内完工，市场自然因此而兴旺，彻尔克斯商品价格自然一路强势上扬。鉴于行情高涨，许多极为精明的经纪人都在卖空。根据多种迹象推断，有人在"大量买进"瓦拉几亚人。

努比亚人依然如故。滞销。

太监——断货；不过，预计今日会从埃及大量输入。

我认为上述文字的风格应该属于商业报道，价格已经居高不下，持有者仍然不卖；但是两三年之前，父母在饥肠辘辘的情况下把年轻的女儿带到这里，仅卖二三十美元，他们别无选择，目的仅仅是避免自己和女儿饿死。这样沮丧的事情一想起来就让人心酸。我本人感到由衷的高兴，因为价格再度上扬。

商业道德尤其败坏。毋庸置疑。希腊人、土耳其人和亚美尼亚人自然而然地先是撒谎和欺骗，然后继续撒谎和欺骗，圆谎，直到尽善尽美，无懈可击。如果想推荐自己的儿子给商人当个物有所值的售货员，父亲不会说儿子人不错、有道德、正直、去主日学校且诚实，而是会说："这孩子乃不可多得之人才——原因是，看吧，别管谁跟他做生意都会被骗，从黑海到马尔马拉海，还看不到如此天赋过人的撒谎大王！"怎么会这么推荐呢？传教士告诉我，他们天天都会听到这么夸奖人的。他们谈到自己景仰的人时，会说："啊，他是个迷人的骗子，一个登峰造极的撒谎大王！"

人人都撒谎和欺骗——不管怎么说，每个生意人都是如此。甚至外国人也迅速适应了土耳其的这项风俗，如果不能像希腊人那样撒谎和欺骗，他们在君士坦丁堡的买卖就长不了。我说像希腊人那样，是因为人们认为希腊人尤擅此道。几个长期住在君士坦丁堡的美国人坚称大多数土耳其人都相当可靠，但是，很少有人说希腊人具有什么美德——至少这一点是清晰可见的。

我半信半疑地认为，著名的君士坦丁堡狗遭到了歪曲——诽谤。我以前受误导，以为它们遍地皆是，堵塞道路；误以为它们三三两两，三五成群，成群结队，有组织地四处乱窜，以坚定凶猛的攻击来得到想要的东西；误以为在晚上，它们的嚎叫淹没了所有其他的声音。我在这里看到的狗不是书上描述的那样。

我发现君士坦丁堡到处是狗，但并没有给人咄咄逼人的感觉。我发现最多的是十或二十条一群。无论是晚上还是白天，许多狗都在沉睡。醒着的狗总是看起来也昏昏欲睡。在我的一生之中，从未见过此种劣等狗，可怜巴巴，饥肠辘辘，愁眉苦脸，令人肝肠寸断。指责这些畜生以武力抢劫似乎是个冷酷的嘲讽。君士坦丁堡狗几乎没有走街串巷的力量和志向——我不记得看见哪条狗走那么远。它们长着疥癣，伤痕累累，缺胳膊少腿。你经常会看到某只君士坦丁堡狗身上一大片被恰如其分地烧焦，看起来就像是新大陆的地图。它们是世界上最可怜的动物——最绝望无助——最悲惨。它们满面愁容，沮丧失落。君士坦丁堡的虱子喜欢癞皮狗没毛的地方，健康的狗身上有再大的地方虱子也不那么喜欢；那些裸露的地方最适合虱子。我见过一只癞皮狗开始啃咬虱子——一只苍蝇吸引了它的注意力，它去抓苍蝇；虱子再一次召唤它，它因此一直首鼠两端；它悲伤地看着身上这片养育虱子的牧场，看着没毛的皮肤。然后，它叹了口气，听天由命地把头趴在了爪子上。它应对不了这个局面。

在整个城市里，狗都睡在街道上。我估计从街道的一头到另一头，一个街区平均有八条或者十条狗。当然，有时一个街区是十五条或者二十条。它们不属于任何人，彼此好像也没有深厚的私交。但是，它们把这座城市划分成不同的地盘。每块地盘上的狗，别管是半个街区还是十个街区，必须待在地盘之内。一旦越界，必有灾祸！狗邻居会在一秒钟之内把它剩下的毛都扒光。据说是这样。但是，从这些狗的样子来看，又不是这么回事。

这些天，狗睡在街上。他们是我的罗盘——我的向导。人类、绵羊、鹅以及所有的活物来来往往，与君士坦丁堡狗擦肩而过，但是它们还在安详地睡觉。每当看到这一幕，我就知道自己不是在主干道上，不是在酒店的周围，必须继续前进。在大路之上，狗都带着一种小心提防的神色——这种神色表明狗在准备让路，因为每天都会有许多马车从这儿驶过——人们一眼就能看出来狗的这副表情。不在大路上的狗都不会有这种表情。所有其他的狗都安详地睡觉，不会小心提防。就算苏丹本人经过，他们也不会动弹一下。

在一条狭窄的街道上（但是没有一条街是宽的），我看见三条狗蜷成一团躺着，彼此相距一两英尺。他们首尾相接躺着，横贯整条街道，把街道两边的排水沟连接了起来。一群绵羊，有一百只，走了过来。绵羊正好踩在狗的身上，争先恐后，你挤我争。狗懒洋洋地抬起头来看看，当绵羊不耐烦的脚踏上后背时，缩一缩身子——叹口气，再次安静地躺下。此时无声胜有声。所以，一些绵羊从他们身上跳过去，其他的瞅准时机爬过去。有时，锋利的羊蹄会划开狗腿。当整个羊群都过去的时候，狗在漫天尘土之中微微打个喷嚏，身子却没移动一英寸。我自认为是个懒人，但是，跟君士坦丁堡狗相比，我就是个蒸汽机。而对于一个有百万居民的城市来说，这一幕不是咄咄怪事吗？

这些狗是城市的清道夫。这是他们的本职工作，虽然工作是艰巨的。这份工作保护了它们。如果不是这些狗在一定程度上清洁了可怕的街道，他们不会被容忍这么长时间。这些狗吃点眼前所有的一切，瓜皮，腐烂的葡萄，甚至各种各样、形形色色的烂泥污物，就算是死去亲戚朋友的尸体它们也照吃不误——然而，他们总是骨瘦如柴，总是饥肠辘辘，总是垂头丧气。人们不愿意杀了这些狗——实际上也没杀。据说，土耳其人慈悲为怀，不愿意让不能说话的动物失去生命。

但是，他们的做法更加恶毒。他们把这些可怜的动物吊起来踢打，向这些可怜的动物扔石头，用沸水烫伤，让狗生不如死，然后任其自生自灭，受尽折磨。

从前，苏丹提出杀尽君士坦丁堡狗，而且确实开始了杀戮——但是，当地居民极力反对，大屠杀因而被搁置。过了一段时间，苏丹提出把狗全都迁到马尔马拉海里的一个岛上。没有异议，然后运走了一两船。但是，据悉，这些狗以种种方式从未上岛，总是在夜晚跳船死去，因此，众议又一次沸腾，运输项目停止了。

就这样，狗依然平静地统治着街道。我并不是说在晚上不嚎叫，也不是说它们不攻击头上不戴"菲斯帽"的人。我只是说，要我对此横加指责这种不合适的行为是卑鄙之举，因为我并没有亲眼看到狗这么做，也没有亲耳听到。

我有点吃惊地看到土耳其人和希腊人就在这块神秘的土地上做报童。而在以前，《一千零一夜》里的巨人和神怪就住在这儿——带翅膀的马和长着多个脑袋的龙守护着令人神魂颠倒的堡垒——凭着神秘的护身符，王子和公主乘坐飞毯在空中飞过——魔术师大手一挥，一夜之间一座城市就拔地而起，城市里的房子是用珍贵的宝石建成。突然之间，热闹的市场被施了咒语，所有的市民都或躺或坐，或者把武器举在空中站着，或者迈开了步子，就和刚刚一样，一言不发，一动不动，直到百年过去！

看到报童在如此如梦如幻的土地上卖报是个新奇的体验。实事求是地说，这是此地的新生事物。大约一年之前，君士坦丁堡才开始卖报。报纸是普奥战争的产物。

此地发行一份英文报纸——《黎凡特先驱报》——总的来说，有大量希腊文报纸和一些法文报纸出现和消亡，创办又垮台。报纸不受苏丹政府待见。苏丹政府不了解新闻业。俗话说："无知者无畏。"对于苏丹宫廷来说，报纸是神秘卑劣的东西。他们知道什么是瘟疫，因为他们的瘟疫不时爆发，人口以一天两千的速度减少。他们把报纸看作温和的瘟疫。一旦报纸出现异常，他们就取缔报纸——未加预警就扑了上去，掐死。如果报纸没出现异常，他们就会起疑心，还是会掐死报纸，因为他们觉得报纸净搞些歪门邪道。想象一下，奥斯曼土耳其帝国宰相（大维齐尔）和帝国的达官贵人在开一个严肃的会议，费尽心机研究可恨的报纸，最终做出了深谋远虑的决策："这个东西是万恶之源——挑不出毛病，隐藏得太深了，太让人生疑了——取缔了！警告发行人，我们不能要这种东西：把编辑抓到监狱里去！"

报业在君士坦丁堡存在自己的不便。就在前后几天之内，两份希腊文报纸和一份法文报纸被取缔了。克里特人取得的胜利不允许报道。奥斯曼土耳其帝国宰相时不时给不同的编辑发出通知，说克里特人的暴动已经被完全镇压。虽然编辑知道真相，但还是不得不把通知发表出来。《黎凡特先驱报》特别喜欢赞扬美国人，因而苏丹并不喜欢。我们同情克里特人，惹得苏丹不高兴。因此，这份报纸不得不非常小心，以免麻烦缠身。以前，有位编辑忘了在报上报道克里特人被消灭的官方通知。这位编辑发表了一封大相径庭的信件，信件来自驻克里特岛的美国领事。这位编辑因此被罚款两百五十美元。不久，他发表了另一封同样来源的信件，并因此遭到三个月监禁。我想自己可以得到《黎凡特先驱报》助理编辑职位，但是，我宁愿混日子，也不愿干这个活。

在这里，取缔一份报纸几乎意味着出版商的毁灭。但是，我认为那不勒斯人借此不幸投机取巧。那不勒斯每天都在取缔报纸。第二天换个名字又冒出来了。我们在那不勒斯停留了十天或者十四天，一份报纸两次死亡和复活。那不勒斯的报童心思活泛，就和其他地方的报童一样。他们利用大众的弱点。如果他们觉得推销不出去，他们就神秘地接近一位市民，低声说——"最后一份了，先生：价格翻倍；报纸刚被取缔了！"当然，这位先生买了下来，但是在报纸上并没发现什么。他们确实说过——对此，我不敢保证——但是，他们确实说过，有人有时大量印刷一期报纸，里面刊登一篇令人生畏的煽动犯上作乱的文章，迅速分发给报童，然后逃跑，直到政府的怒气消了。这是个一本万利的买卖。没收没什么大不了的。铅字和印刷机也无关紧要。

那不勒斯只有一份英文报纸。有七十个人订阅了这份报纸。发行人正在从容不迫地变富——确实非常从容不迫。

我再也不想吃土耳其的午餐了。烹饪设备在一个狭小的午餐室之中,靠近市场,完全对街道开放。厨师不修边幅,餐桌也肮脏不堪,没有桌布。厨师拿了一堆香肠肉,用金属丝串起来,放在炭火上烤。烤好之后,厨师把香肠肉放在一边,一条狗忧伤地走进来,咬住了肉。狗先是闻了闻,可能认出了这块肉是一个朋友的尸首。厨师把肉从狗嘴里拿出来,放在我们面前。杰克说,"过牌"——杰克有时打尤克牌——我们一个接着一个过牌。然后厨师烤了一个巨大平坦的全麦蛋糕。用那根香肠往面包上涂油脂,然后拿着蛋糕向我们走来。蛋糕掉进泥土里,厨师把蛋糕捡起来,在屁股上抹了抹蛋糕,然后放在我们面前。杰克说:"过牌。"我们都过了牌。厨师把一些鸡蛋放在平底锅里,若有所思地站着,用一个叉子剔牙缝里的肉块。然后,厨师用这个叉子翻鸡蛋——并把鸡蛋递到我们面前。杰克说:"还是过牌。"所有人都跟杰克学了起来。我们不知道该怎么办,所以我们重新要了一份香肠。厨师拿出金属丝,串上适量的香肠肉,往手上吐口唾沫,开始干活!这次,我们不约而同,全都过牌,不吃了。我们付了钱离开。这就是我所知道的土耳其午餐。毋庸置疑,土耳其午餐还是挺好的,只是白玉微瑕而已。

东方游记骗了我。每当想到这事,我就想抓个东方游记主角当早餐。多年以来,我梦想着土耳其浴的美妙;多年以来,我下定决心要洗个土耳其浴。有许多次,在幻想之中,我躺在大理石浴池里,呼吸着弥漫在空气中东方香料催人入眠的芬芳;然后,氤氲的蒸汽之中有一群恶魔一般的裸体野人,若隐若现,影影绰绰,他们为我进行了一套古怪复杂的程序,又拉又拖,又泡又擦;然后我在国王才能享用的长沙发上休息一会儿;然后经过另一套复杂痛苦的考验,这套程序比上一套更加可怕;最终,包裹上软和的纺织品,被运到一个高贵典雅的沙龙,躺在鸭绒床上,身着盛装的太监给我打扇,我昏昏欲睡,心旷神怡，满足地看着房子里丰富多彩的挂饰、软和的地毯、豪华的家具、各种各样的画作，喝着美味的咖啡，抽着让人心平气和的水烟，最后陷入安稳的睡眠之中。令人安睡的东西有如下几种。不知放在哪儿的香炉发出宜人的香气；水烟筒里的波斯烟草让人心平气和；喷水池发出美妙的声音，就像滴答的夏雨一般，几乎可以假乱真。

游记胡吹一通，才让我做了上面的白日梦。这是拙劣卑劣的欺诈行为。实际上根本不是这么回事，正如贫民窟不是伊甸园一样。他们在一个大院子里接待我，院子的地面上铺着一块块的大理石；周围是宽敞的走廊，层层叠叠，铺着肮脏的地席，围着未经粉刷的栏杆，摆放着巨大的摇摇晃晃的椅子，椅子上的垫子色彩斑驳且老旧不堪，曾有连续九代人在椅子上休憩，留下了坑坑洼洼的人形印记。这个地方巨大、空旷、沉闷；院子是谷仓，走廊是马厩，人在其中犹如牲口一般。憔悴半裸的侍者在此服务，形容举止毫无诗情画意可言，没有浪漫气息，没有东方韵味。他们的气味不能让人心醉神迷——恰恰相反。他们饥饿的眼睛和瘦削的身体一直在表明一个昭然若揭不容置疑的事实——他们想要一顿加利福尼亚人所谓的"饱餐"。

我走向一个架子，脱掉衣服。一个肮脏的饿鬼把一块华而不实的桌布绕在腰上，在我的肩膀上放了一块白布。当时，如果我有个木盆，我自然就要干起洗衣工了。但当时，在侍者的引导下，我沿着楼梯下到湿滑的院子里，首先引起我注意的是自己的脚后跟。我跌倒了，但是没有人议论。无疑，他们预料到了。只有在这东方的奢侈之家才有慵懒舒服的感觉。当然是足够慵懒的，但是，那里的设施并不是那么舒服的。现在，他们给了我一双木屐——就是缩小版的长凳，上面有皮条可以束缚住我的脚（本来是能束缚住的，但是我不穿 13 号的鞋子）。当我抬起脚的时候，这些东西让皮带吊着，令人不舒服。再落地的时候，木屐就落在了始料不及的地方，让人变得笨手笨脚。有时歪向一边，让我的脚踝脱臼。然而，十足的东方奢侈享受就是这样，我竭尽所能乐在其中。

他们把我放在谷仓的另一边，把我放在那种闷热的草垫上，既不是金线布匹，也不是波斯织品，就是我在阿肯色州黑人区看到的那种平淡无奇的东西。在这个昏暗的大理石监狱里，除了另外五个此种停尸架，什么都没有。这是个非常肃穆的地方。我估计，此刻阿拉伯半岛香料的芬芳会扑面而来。但事实并非如此。一个紫铜颜色的骷髅，裹着块破布，给我拿来一个细颈玻璃水瓶，水瓶的顶部是一个点着的烟斗，还有一个一码长的可以弯曲的烟管，烟管上有个黄铜烟嘴。

这就是大名鼎鼎的东方"水烟筒"——图片上土耳其老大吸的就是这个。乍一看，这东西像个奢侈品。我吸了一口，这就足够了；大量烟雾进入我的胃和肺，甚至进入我身体的每个远端。我猛咳了一下，就像维苏威火山爆发一般。在接下来的五分钟里，我的每个毛孔都在冒烟，我就像一个里面着火的木屋。我再也不吸水烟了。烟的味道让人恶心。一千个异教徒的舌头曾经舔过那个黄铜烟嘴，留下的味道更让人恶心。我变得灰心丧气。从此，一看到康涅狄格烟盒上盘腿而坐的土耳其老大吞云吐雾、装模作样、赛活神仙，我就知道他是个不知羞耻的骗子。

这座监狱热气腾腾，我进行了充分的热身，做好了迎接更高温度的准备，但此时，他们把我带到了一个地方——大理石房间，湿滑且烟雾缭绕，把我放在中间一个凸起的平台上展览。非常暖和。不久，服务员让我坐在一箱热水旁边，把我全身湿透，他一只手上戴着粗糙的手套，开始用手套给我打磨全身。我开始发出难闻的味道。他越打磨，我的味道就越难闻。这是个危险的信号。我对他说："我觉得自己快不行了。显而易见，毋庸拖延，直接埋了即可。或许，你应该立刻对我的朋友下手，因为天气挺热，而且我也'撑'不了多久了。"

服务员继续用力擦洗，忽略了我的话。我很快看到他在把我变小。他在手套上用力，小圆柱体从手套下滚了出来，就像通心粉一样。应该不是灰泥，因为这些圆柱体太白了。服务员就这样长时间为我剥皮。最后，我说："真是个无聊的过程。把我修剪到你想要的尺寸得多个小时啊；我会等待；去借个粗刨吧。"

他充耳不闻。

第 34 章

过了一会儿,服务员拿来一个盆子、一些肥皂、一个疑似马尾的东西。服务员弄出小山一样的肥皂泡,给我从头抹到脚,也没警告我闭上眼睛,然后居心叵测地用马尾为我擦洗。然后,服务员把我扔在那儿,全身都是雪白的泡沫,他自己离开了。我等得不耐烦的时候,就去找他。他靠在墙上,就在另一个房间,已经睡着了。我把他弄醒。他并未仓皇失措。他把我带回去,用热水浇我,然后用头巾包住我的头,用干桌布把我包裹起来,把我带到一个走廊的格子鸡笼里,指指其中一个阿肯色州床铺。我上了床,朦胧地期盼着阿拉伯半岛的香味。但是没有香味。

空空如也、未经装饰的鸡笼根本没有书本上耳熟能详的东方式雍容华贵。更多的只是让人想起县医院。瘦骨嶙峋的服务员拿来一个水烟筒,我立即让他拿了出去。然后,服务员拿来了世界闻名的土耳其咖啡,一代又一代的文人墨客为之神魂颠倒,大唱赞歌。我一把抓了过来,东方的奢华一直萦绕在我的梦中,土耳其咖啡是东方奢华梦的最后一丝希望。这又是一个骗局。在我喝过的所有饮料之中,土耳其咖啡是最难喝的。杯子不大,沾着咖啡渣;咖啡是黑色的,厚重,气味不佳,口味糟糕。杯底泥泞的沉淀物有半英寸厚。沉淀物顺喉咙而下,有些半道卡住,一大团让你痒得难受,又叫又咳了一个小时。

著名的土耳其浴我就体验到这儿。我原本幻想着洗土耳其浴是人间极乐,这个幻想也破灭了。这就是恶毒的欺诈之举。喜欢土耳其浴的人一定会喜欢一切有碍观瞻、感觉不爽的东西。赋予土耳其浴诗情画意的人,也能够同样对待世上所有其他枯燥、可恼、乏味、讨厌的东西。

第35章

我们把十几个乘客留在君士坦丁堡，驶过美丽的博斯普鲁斯海峡，远航，进入黑海。我们把他们置于著名土耳其向导的掌控之中。土耳其向导就是**"再世摩西"**，会诱骗他们购买满满一船玫瑰油、绝妙的土耳其服装、各式各样一点用处都没有的稀奇古怪的东西。默里那价值连城的旅游指南提到了再世摩西的名字，他乃成功人士。他天天乐不可支，因为他是个举世闻名的人物。然而，我们不能改变自己约定俗成的习惯来迁就向导的奇思怪想；就算在此时此刻，我们也不能偏袒再世摩西。所以，尽管再世摩西名声在外，尽管他有如此引以为豪的雅号，我们还是叫他弗格森，所有的向导我们都是这么叫。这个称呼让他一直郁闷生气。然而，我们没有恶意。他不惜工本打扮了一番，夸张的灯笼裤，黄色的尖头拖鞋，火红的"菲斯帽"，蓝色的丝绸夹克，一道道花哨的波斯风格腰带，腰带上是一排镶银的骑兵大手枪，还挂上了可怕的土耳其弯刀。有了这身行头，再世摩西觉得被称作弗格森对自己是个耻辱。但是，我们也没办法。对于我们来说，所有的向导都是弗格森。我们记不住他们那拗口的外国名字。

塞瓦斯托波尔可能是俄国乃至全世界遭战火摧残最严重的城市。但是，不管如何，我们也应该感到高兴，因为在我们访问过的国家之中，还没有哪个国家能如此友善地接待我们。只有在塞瓦斯托波尔，我们才觉得美国人的身份使我们的护照成了一张物尽其用的通行证。抛锚的那一刻，塞瓦斯托波尔总督就立刻派遣一位官员上船，询问有什么可以效劳的,并请我们在塞瓦斯托波尔不要拘束,就像在家里一样!如果你了解俄国,就会知道总督的做法极为友好。俄国人通常非常怀疑陌生人,给陌生人制造了很多麻烦,复杂的护照制度使得进展缓慢,问题层出不穷。如果我们不是来自美国,我们可能无法获批进入塞瓦斯托波尔,还得在三日内离开——但是和以往一样,我们可以在任何时间和任何地方自由地来去。在君士坦丁堡,人人都警告我们要小心保管护照,一定要循规蹈矩,护照时刻不乱放:他们告诉我们英国人和其他许多例子,在塞瓦斯托波尔耽搁了几天,几个星期,甚至几个月,原因就是护照有些无足轻重的不合规矩的地方,而且还不是他们造成的。我的护照已经丢了,我旅游是用的室友的护照,他留在了君士坦丁堡等我们回去。辨认一下他护照上的信息,再看看我,任何人都能发现我根本不像他,就像我根本不像大力神一样。所以我心怀恐惧、心惊肉跳地进入了塞瓦斯托波尔港——充满了模糊、可怕的担忧,害怕我会被发现并被吊死。但是,我们真正的护照始终在头顶骄傲地飞扬——看吧,那就是我们的国旗。他们根本没让我们出示任何其他东西。

今天,许多俄国和英国的先生和女士登船,度过了一段美好的时光。他们都是乐观向上的人。在这遥远的异国他乡,听到英国人说着母语,真是让我心旷神怡。我跟俄国人谈了很多,只是为了表示友好,他们跟我交谈也是抱着这个目的;我肯定双方都乐在其中,但是我们都没听懂一个字。不过,我主要是跟英国人谈的。遗憾的是,我不能带上其中几个跟我们一起走。

今天,我们想去哪儿就去了哪儿,碰到的全都是极尽友善的待遇。没人问我们有没有护照。

几位政府官员建议我们把船移到一个距离此地三十英里的小型海滨胜地,去拜访俄国皇帝。他正在该地度假,远离城市的喧嚣。这些官员说他们担保我们会受到热情接待。他们说,如果我们想去的话,他们不仅会拍电报给皇帝,还会派专使由陆路通知俄国皇帝我们的到来。然而,我们的时间有限,又加上我们的煤即将耗尽,所以,我们觉得最好还是放弃与俄国皇帝交流的殊荣。

跟塞瓦斯托波尔相比，废墟一片的庞贝还算好的。在塞瓦斯托波尔，不管你往哪儿看，看到的基本都只是废墟、废墟、废墟！房子的残垣断壁、坍塌的墙壁、支离破碎的群山，处处都是一片劫后余生的感觉！就好像强大的地震把所有可怕的力量都用在了这块渺小的地方。在长达十八个月的时间里，战争的疾风骤雨倾泻在这座无助的城市之上，最后留下了举世罕见、悲惨无比的废墟。没有一栋房子完好无损——甚至没有剩下一栋可以住人的房子。如此完全彻底的破坏让人难以想象。房子都是采用坚固的、经过加工的石头建成；大多数都遭到了炮弹的反复轰炸——屋顶被掀掉了，从屋檐直到地基裂开了缝——有一排房子，长度有半英里，看起来就像是一眼望不到头的一排惨遭炮火蹂躏的烟囱。没有一栋房子像这排房子一样。一些较大的建筑墙角被打掉了；柱子一分为二；飞檐碎成了粉末；墙壁直接被射出了一个个窟窿。许多窟窿都是圆的，就像是螺旋钻的杰作一样整整齐齐。其他的炮弹钻了一半的厚度。清晰的痕迹就印在石头里，就像油灰里的孔洞一样光滑有型。处处可见嵌入墙中的炮弹，炮弹的铁水流淌下来，使石头变色。

各个战场彼此相距很近。马拉科夫塔楼在一座山上，就在城市的一角。从马拉科夫塔楼发射的来福枪子弹就可以打到雷丹；英克曼在一英里之外；巴拉克拉瓦距此骑马一小时的路程。当年，法国人靠着堑壕接近并包围了马拉科夫塔楼。堑壕非常接近马拉科夫塔楼的斜坡，站在俄国枪炮的旁边扔一块石头就可以落进法国人的堑壕里。在那可怕的三天里，法国人多次席卷小小的马拉科夫山，被打得尸山血海，退了回来。最后，法国人占领了这里，把俄国人赶了出去，俄国人想要撤回城里，但是英国人已经占领了雷丹，用火焰封锁了俄国人的退路；俄国人别无选择，只能转身夺回马拉科夫，否则就会死在英国人的枪口下。俄国人确实转身回去了；拿下了马拉科夫，并又两三回拿下了它，但是，俄国人不顾一切的勇气是徒劳的，他们最后不得不放弃了。

这些可怕的战场,曾经是死亡风暴肆虐的地方,现在却成了和平安定之所;听不到声音,甚至没有活物走动,战场孤独而安静——荒无人烟。

没有什么其他事情可做,所以,人人都去探幽怀古,搜寻纪念品。他们把船上装满了纪念品。纪念品的出处有马拉科夫、雷丹、英克曼、巴拉克拉瓦——任何地方。他们带来了炮弹、破碎的推弹杆、弹壳碎片——这些铁器足够装满一艘单桅帆船。一些人甚至带来了骨头——不辞辛劳大老远地带过来,却悲伤地听医生说这些只是骡子和牛的骨头。我知道布卢彻不会放弃这样的机会。他带了满满一袋上船,还要过去再装一袋。我劝他别去。布卢彻已经把自己的特等舱房变成了博物馆,陈列着一文不值的破烂杂物,这些是他旅途中沿路搜集而来的。现在,他在给自己的战利品贴标签。刚才,我捡起一块,发现上面标记着"俄国将军残骸"。我把这块东西拿出去,到了光线更为充足的地方——这只是马的几颗牙齿和部分颌骨。我略微粗鲁地说:"俄国将军的残骸!荒唐。就不能长点儿见识吗?"

布卢彻只是说:"别着急——老女人发现不了什么异常。"

如今,布卢彻饥不择食地搜集纪念品;全都混杂在一起,然后气定神闲地贴上标签,不管真相如何,得体与否,甚至不在乎有没有可能性。我发现布卢彻把一块石头一分为二,一半石头的标签是"德摩斯梯尼讲坛上敲下来的一块石头",另一半的标签是"阿伯拉尔和埃洛伊丝陵墓上的达尼克石"。我知道布卢彻在路边搜集了一把鹅卵石,带上船,并标记为来自相距五百英里的二十个著名地点。当然,我有理有据地劝他不要乱贴标签,但是,没有用。每次,我都是得到一个镇定自若、难以回答的答案:"没事——老女人发现不了什么异常。"

自从我们三四个幸运儿在午夜探访雅典,布卢彻就给船上的每个人一块圣保罗布道的战神山上的鹅卵石,并由此获得了真正的满足。这些鹅卵石都是布卢彻从海边捡来的,船就停泊在旁边。但是,布卢彻声称是我们的一个同伴给他的。然而,曝光他的诈术并没有什么用处——他乐在其中,而且这也无伤大雅。他说,只要沙滩近在咫尺,就不愁没有圣保罗纪念品。呃,他并不比别人更坏。我注意到,所有的游客都以同样的方式补充自己的藏品。在我有生之年,我再也不相信这些东西了。

第 35 章

第36章

现在，我们已经深入东方——就经度来说，距离旧金山一百五十五度——因此，我的表再也"跟"不上时间了。它心灰意冷，罢工了。我认为它做得对。塞瓦斯托波尔跟太平洋沿岸的时间相差很大。塞瓦斯托波尔早晨六点钟的时候，加利福尼亚大约还是在两周之前。因此，我们有点搞不清楚时间是有情可原的。时间带来的诸多麻烦和纷扰让我头痛不已。因此，我担心自己受了这么大的刺激，就再也不会对时间感兴趣了。但是，我注意到自己依然可以敏锐地把握就餐时间，顿时，我暗自庆幸，困惑和担忧都烟消云散了。

敖德萨离塞瓦斯托波尔大约二十个小时的车程，是黑海最北边的港口。我们到敖德萨主要是为了加煤。这座城市人口十三万三千，人口增长速度超过了美国之外的那些小城。这里是个自由港，也是世界上该特定区域的巨大谷物市场。敖德萨的近岸锚地泊满了船。现在，工程师正在工作，要把开阔的近岸锚地变成巨大的人造港口。近岸锚地几乎要被一些巨大的石头码头包围起来了，其中一个码头将会直线延伸到海里三千英尺以上的地方。

长久以来，我都没有宾至如归的体验。当我"上山"，第一次站在敖德萨的土地上时，却有了回家的感觉。它就像是美国城市；漂亮宽阔的街道，笔直地向外延伸；房屋不高（两到三层），宽敞整洁，没有任何稀奇古怪的建筑装饰；人行道旁边是槐树（他们称其为刺槐）；街道的店铺充满了令人心动的商业气息；人们行色匆匆；房子和一切都呈现出崭新的面貌；给人似曾相识的感觉；是的，还有来势汹汹、令人窒息的尘土，铺天盖地而来，就像是亲爱祖国发出的信息，我们禁不住流下了几滴感动的眼泪，并且按照历史悠久的美国习惯骂上几句脏话。在大街上东瞅瞅西看看，上看下看，发现的全都是美国范儿！没有一样东西让我觉得身在俄国。我们走了一小段路，故乡的风景让我们陶醉，然后，我们看到了一座教堂和一个出租马车司机。说时迟那时快，我们瞬间清醒了过来！教堂有一个圆顶，圆顶上是细细的尖塔，圆顶的基部向内收缩成圆形，看起来就像是一个倒置的萝卜。出租马车司机好像是穿着没有裙箍的长裙。这些东西都是彻头彻尾的异国情调，马车也是如此——人人都了解这一点，因此我也无需赘述。

我们在敖德萨只停留一天一夜，补充煤炭；我们查阅了旅游指南，欣喜地发现敖德萨并没有什么可看的景点；因此，我们有一天美妙、自由自在的休闲时光，什么都不用做，仅仅是在城中闲逛享乐。我们走过市场，对偏僻地区那可怕且非凡的服装评头论足；只要触目所及的人们，我们都要详查一番；最后享用了一顿冰淇淋大餐。我们并不是总能搞到冰淇淋，所以一有机会，我们就会大吃特吃。在国内的时候，我们一点不在乎冰淇淋。但此时，冰淇淋成了我们眼中一种高高在上的崇拜对象，因为在东方酷热难耐的天气里，冰淇淋是一种稀罕玩意。

我们只找到了两座雕塑，这是另一件天佑之事。一个是黎塞留公爵的青铜像，黎塞留公爵是声名显赫的红衣主教的侄孙。雕像位于宽敞漂亮的海滨步道之中，俯视着大海，雕像的基部有一段巨大的石阶，通向港口——有两百级台阶，五十英尺长，每二十级台阶有一个宽阔的阶梯平台。这是个不同凡响的阶梯。从远处看，费力攀爬阶梯的人们就像是小虫子。我之所以提到雕塑和阶梯，是因为它们是有故事的。黎塞留公爵为敖德萨打下了基础——就像父亲一样关心这座城市——殚精竭虑，绞尽脑汁，要把敖德萨建设得最好——不吝惜自己的财富——使得敖德萨健康发展，繁荣昌盛，将来就会成为旧世界的伟大城市之一——自掏腰包，建设了这不同凡响的阶梯——还有——呃，黎塞留公爵为人们付出了这么多，但有那么一天，人们却看着这个无人照料的贫穷老人走下这些台阶，他连一件替换的衣服都没有；几年后，他死于塞瓦斯托波尔，一文不名，默默无闻。人们聚集起来，慷慨解囊，立即建起了这座别具风格的雕像，以资纪念，还用黎塞留公爵的名字命名了一条大街。这让我想起了，人们为罗伯特·彭斯建了一座庄严的纪念碑以资纪念，彭斯的母亲说："啊，罗比①，你乞求他们给你面包，他们给你的却是石头。"

敖德萨人就像塞瓦斯托波尔人那样热情建议我们去拜访俄国皇帝。他们已经发电报给皇帝陛下，皇帝表示可以接见我们。所以，我们起锚，准备前往俄国皇帝的海滨疗养地。就这样，大家忙作了一团！我们要开一系列重要的会议，组建一系列严肃的委员会！燕尾服和白色丝质领结都要收拾得焕然一新！我们即将经历的可怕煎熬，在我们脑海中预演，让人不寒而栗。我原本强烈渴望会见真正的皇帝，但现在却热情消退，无精打采。我的手怎么放？脚怎么放？我自己究竟该怎么办？

---

① 罗比（Robbie）即罗伯特（Robert）的昵称。

第37章

两三天之前,我们就停泊在了俄国的雅尔塔。我觉得这里就像是塞拉山。背景是高大的灰色山脉,山坡上耸立着苍松翠柏——沟壑纵横——年代久远的怪石林立——一条条笔直的长条从山顶一直延伸到海里,标志着古时山崩的路径——在塞拉山看到的就是这些景象,二者如出一辙。雅尔塔这个小村庄位于圆形剧场一样的山脚下。从圆形剧场倾斜向上就是高耸的群山,看起来就像是雅尔塔从高处静静滑落到了现在的位置。这块洼地遍布贵族大型的花园和公园。他们的豪宅掩映在层层绿叶之中,处处皆是,就像花朵一样含苞待放。这是个美不胜收的地方。

美国领事上了我们的船——驻敖德萨领事。我们聚在船舱里,要领事告诉我们要怎么做才能避免出丑,我们要他快说。他侃侃而谈。领事说的第一件事就给满怀希望的我们泼了一盆冷水:领事从未见过宫廷接见的场面。(为领事哀叹三次。)但领事说自己见过敖德萨总督接见的场面,而且还经常听人说起在俄国以及别国宫廷被接见的经验,他还相信自己非常清楚我们会经受什么样的煎熬。(又有了希望。)他说我们人数众多;夏宫不大——只是一座大宅;无疑,会按照夏季方式接见我们——在花园里;我们得站成一排,所有的男士都穿燕尾服,戴白色羊皮手套,系着白色领结,女士穿着浅颜色绸缎,或者此类衣着;在合适的时候——中午十二点——俄国皇帝在盛装随从的簇拥下出场,沿着队列缓步向前,向一些人鞠躬,跟另外一些人说上两三个单词。陛下出场的时候,"贵格城号"上所有的乘客都应该迫不及待地满面微笑,欢欣鼓舞——笑容要充满爱意、满足和敬意——大家还要整齐划一地鞠躬——不能卑躬屈膝,要不卑不亢,有礼有节;十五分钟之后,俄国皇帝就会回屋了,我们就又可以回船了。我们感觉大大松了一口气,在一定程度上好像并不难。我们都觉得,稍加练习,就能站在队列之中,尤其是跟那么多人站在一起;我们都觉得鞠躬的时候不会被衣摆绊倒,也不会折断自己的脖子;总之,我们渐渐觉得自己可以胜任这场表演的任何一个项目,只有微笑是个难题。领事还说,我们应当起草简短的演讲稿,向俄国皇帝致敬。并将演讲稿交给一个侍从武官,他会在合适的时候呈交皇帝。因此,我们委派五位男士准备这份文件,还有五十个人在船上愁眉苦脸地微笑——练习。在接下来的十二个小时里,我们好歹都有了出席葬礼的表情,人人都在哀悼死亡不期而至,但高兴地觉得总算交差了——人人都在微笑,然而肝肠寸断。

一个委员会登岸,晋谒总督阁下,以便了解我们的命运。心惊胆战地等了三个小时之后,他们回来了,说俄国皇帝想在次日中午接见我们——会为我们派来马车——会亲自听我们的演讲。米哈伊大公也派人邀请我们去他的宫殿。任何人都可以看出来,俄国意在向美国表示真诚的友谊,甚至连美国普通公民也能受到礼遇。

在指定的时间,我们驱车三英里,集结在皇帝宫殿前漂亮的花园里。

我们在门前的树下围了一个圈,因为宫殿里没有足够大的房间,能让我们这六十个人舒舒服服地待着。过了几分钟,皇帝一家出来了,又是鞠躬,又是微笑,站在了我们中间。帝国的许多达官贵人穿着日常制服,与皇帝一家一同出来。每鞠躬一次,陛下就说一声欢迎。我把这些话都抄了下来。其中有个特点——一个俄国特点——彬彬有礼,感情真挚。法国人有礼貌,但经常只是礼节性的。俄国人的礼貌真切踏实,既体现在言辞上,也表现在神态上,让人觉得他们是真诚的。就像我说的那样,沙皇边说话边鞠躬:"早上好——很高兴见到你——我心满意足——我心情愉悦——很高兴接待大家！"

人人都脱帽，领事向皇帝强加了一场演说。皇帝安之若素地听了下去；然后接过这份老气横秋的文件，递给某位重臣，存在俄国的档案里——火炉中。皇帝感谢我们的演讲，说很高兴见到我们，尤其是因为俄国和美国关系融洽。皇后说，俄国最欢迎的就是美国人，希望俄国人在美国也能得到类似的待遇。总共就说了这些话。我把这些话推荐给那些授予警察金表的人，因为这些话简单明了、切中肯綮。然后，皇后平易近人（对于皇后的身份来说）地去和围成一圈的形形色色的女士交谈；几位男士一起与皇帝支离破碎地交谈；公爵、亲王、海军将领、宫廷女官跟我们这群人先后无拘无束地交谈，人人都可以走上前去跟沙皇的女儿——端庄的小公主玛丽交谈。玛丽公主年方十四，浅色头发，蓝色眼睛，谦逊美丽。人人都说英语。

皇帝戴着帽子，穿着男礼服大衣和马裤，质地都是某种普通的白色粗斜纹布——棉布或者亚麻布——没有戴珠宝，也没有佩戴任何军衔识别符号。再没有比这更朴素的衣服了。皇帝很高很瘦，看起来意志坚定，不过，他的外表非常英俊。显而易见，皇帝善良亲切。当他脱帽的时候，可以看出他的表情非常高贵。我们注意到拿破仑三世的眼中狡猾的色彩，但是，俄国皇帝截然不同。

皇后和小公主穿着简单的仿薄软绸套装（也可能是薄软绸，我不知道到底是哪种），上面有蓝色的小圆点；衣服镶着蓝边；两位女士腰间都系着蓝色的腰带；领子是亚麻布的，搭配牧师样式平纹细布做成的领结；扁草帽上配着蓝色的天鹅绒镶边；还有阳伞和肉色手套。公主的鞋子没有鞋跟。我本人缺乏这方面的知识，是一位女士告诉我的。我并没盯着公主的鞋子看。我高兴地看到，公主没戴假发，编着粗大的辫子，垂在背后，而不是带着那种难看的假发。他们把那种假发叫作瀑布。如果裹着帆布的火腿像大瀑布，那么，此种假发差不多就像是瀑布了。皇帝的表情和蔼可亲，小公主温柔贤淑，结合这两点，我在想，假设小公主求情的话，沙皇是不是得用上十二分的坚定执着才能把摇尾乞怜的可怜虫发配到西伯利亚荒原受苦。每当他们的

第 37 章

目光接触，我就越发清楚地看到，这个脆弱腼腆的女生如果愿意的话，就会发挥出巨大的力量。有许多次，小公主本可以指挥俄国君王。对七千万人来说，俄国君王动动嘴唇也是法律！她只是个女孩，就像我见过的成千上万女孩一样。但是，从前从没有哪个女孩能让我饶有兴趣研究个不停。

在枯燥乏味的生活中，新奇的感觉殊为难得，但我在这里体会到了。此情此景创造的思想和感觉既不是陈词滥调，也不是陈谷子烂芝麻。好像是一种奇怪的感觉——无法言表的奇怪——想想吧，男男女女簇拥之下的中心人物，在树下闲聊，就像这块土地上最寻常的人一样。而这个中心人物只消动一动嘴唇，船只就会乘风破浪；机车就会在平原上奔驰；信使就会迅速从一个村庄赶往另一个村庄；一百封电报会把信息传到帝国的四面八方，而这个帝国占了地球陆地面积的七分之一；无数人会跳起来完成皇帝布置的任务。我犹豫不决地想去检查皇帝的双手，看看是不是血肉之躯，就和其他人一样。这个人可以完成无与伦比的伟业，但如果我愿意的话，就可以打倒他。情况显而易见，但好像还是荒诞不经——就像打倒一座山或者毁灭一块大陆一样荒诞不经。如果此人扭了脚，一百万英里的电报就会翻越高山，穿过峡谷，经过荒无人烟的沙漠，穿越无路可寻的大海，把这条消息传向四方，一万份报纸就会津津乐道这条消息。如果皇帝身患重病，所有国家都会在日出之前知道；如果皇帝倒地死亡，那么，世界上一半的王位都可能受到震动！如果我能偷走皇帝的大衣，我就偷了。当我们遇到这种人的时候，我想留点念想。

一般说来，会有一个穿金属丝边毛绒裤的男仆或者其他人领我们参观宫殿，并索要一法郎；但是跟众人谈论了半个小时之后，俄国皇帝及其家人带我们参观了宫殿。他们不要钱。他们好像真正乐在其中。

我们用了半个小时在宫殿里闲逛，欣赏舒适的房间，以及宫殿里富丽堂皇又无比亲切的陈设。然后，帝王一家友好地向我们告别，去清点勺子。

我们收到了参观皇帝长子宫殿的邀请,他是俄国王储,他的宫殿近在咫尺。年轻的皇长子并不在宫殿里,但是那些公爵、伯爵夫人、王子和我们一起游览了宫殿,就和刚才在皇帝宫殿里那样悠闲轻松,对话还是和以往一样生动活泼。

现在是一点刚过一会儿。我们驱车前往一英里以外的米哈伊大公府邸。他先前向我们发出了邀请。

从俄国皇帝的宫殿出发,二十分钟就到了米哈伊大公府邸。这里是个不错的地方。美丽的宫殿隐隐出现在公园古老的大树之间。公园坐落在山坳里,周围是崇山峻岭。宫殿和花园都朝向微风习习的海洋。公园里处处是带皮树枝做成的座位,在幽暗僻静的角落,绿树掩映,顿觉阴凉;小溪潺潺流过,溪水就如水晶一般;小湖的岸边是招人喜爱的草地;透过大片叶子的间隙,可以看到一条条闪闪发光的小瀑布;森林树干的人造树结上有一股股清水喷涌而出;灰色的古老险崖之上有微缩的大理石神庙;还有高耸入云的瞭望塔,从瞭望塔上可以看到美丽的陆地和海洋。宫殿仿照最为精致的希腊建筑样式,宽阔的柱廊围绕着中间的庭院,庭院的周围是奇花异草,令庭院香气扑鼻。奇花异草的中间是一个喷泉,给炎炎夏日带来了一丝清凉,可能会生蚊子,但是我觉得不会。

大公和大公夫人出来了,接见仪式就和俄国皇帝宫殿里的一样简单。和以前一样,过了几分钟,就开始了谈话。皇后出现在了阳台上,小公主也出现在人群之中。她们比我们早到了。过了几分钟,俄国皇帝骑着马来了。太好了。如果你曾去帝王家做客,而且有时担心主人已经不耐烦了,你就会觉得俄国皇家的友善了——虽然我相信,一般来说,帝王家觉得时候一到,自然会让你开路。

大公是俄国皇帝的三弟,大约三十七岁,是俄国最具王公气息的人物。他甚至比沙皇还高,和印第安人一样笔直,就如同十字军传奇故事中如雷贯耳的英武骑士一般。他看起来像个慷慨豪侠,会一把把敌人扔进河里,然后跳进河里,冒生命危险救出敌人。他人讲述的关于大公的故事表明他勇敢豪爽。他肯定是急于证明美国人在俄国各个宫殿都大受欢迎，因为他一路骑马到了雅尔塔，并亲自护送我们的队伍到了俄国皇帝宫殿，他还让侍从武官前后奔走，清理街道，并在任何需要的时候提供帮助。那时，我们跟大公相当熟稔，因为我们不知道他是谁。现在，我们认出了他，并感激他的友善精神。友善的大公为我们做的事情世界上任何其他大公无疑都会拒绝做。他有许多侍从可以差遣，但是，他选择亲力亲为。

大公穿着哥萨克军官制服，有型且漂亮。大公夫人穿着白色的羊驼呢礼服，线缝和裥幅都装饰着黑色的倒钩花边，一顶小小的灰色帽子上插着一根同样颜色的羽毛。大公夫人年纪不大，相当美丽、谦虚文雅、落落大方，极有礼貌，打动人心。

我们全都在大公宫殿逛了个遍。然后，贵族领我们欣赏庭院。最后，大约两点半的时候，把大家带回了宫殿吃早餐。他们说是吃早餐，但我们觉得应该称其为午餐。有两种葡萄酒以及茶、面包、奶酪、冷肉，端上客厅和阳台中间的桌子上——任何方便的地方；没有仪式。就是一种野餐。我之前听说过要在此吃早餐，但是，布卢彻说自己相信贝克的儿子向殿下提出了就餐建议。我不这么认为——虽然看起来是这么回事。贝克的儿子在船上制造饥荒。他总是饥肠辘辘，他们说，当乘客出去的时候，贝克的儿子在各个特等舱房乱窜，把所有的肥皂都吃光了。此外，他们说他还吃麻絮。他们说贝克的儿子在两餐之间会吃任何能够得到的东西，但是最爱还是麻絮。他不喜欢把麻絮当正餐，但是，喜欢把麻絮当加餐，休闲时刻吃点，诸如此类。此举使他非常不受欢迎，因为他的呼吸熏人，牙齿上粘的全是焦油。贝克的儿子可能提议大公准备早餐，但是，我希望他没有这么干。无论如何，能吃皇家早餐还是不错的。声名显赫的主人四处走动，帮助大家进餐，说几句插科打诨的话。大公夫人跟阳台上的客人交谈。还有些客人吃完饭，三五成群离开了客厅，大公夫人也在跟这些人交谈。

大公的茶味道不错。他们给每人一个柠檬，可以把汁水挤到茶水里。也可以选择冰牛奶。茶水加柠檬汁最好。茶是从中国经由陆路运来的。如果海运而来，就会损害茶叶的品质。

离开的时候，我们向高贵的主人告别。主人高兴满足地回到房间，去清点勺子。

我们把半天之中最好的时光都消磨在了皇家苑宇，那段时光完全就像在船上一样欢乐舒适。我原本以为帝王过得都是神仙一般的逍遥日子。我认为皇帝都是可怕的人物。我以为他们什么都不干，只是戴着华丽的皇冠，穿着缝上一团团羊毛的红色天鹅绒晨衣，坐在宝座之上，对男仆和宝座之下的人们板着脸，命令公爵和公爵夫人去执行圣旨。然而，现在我发现，如果一个人足够幸运地来到幕后，看到家里的皇帝，看到皇帝家庭生活的点点滴滴，就会大吃一惊，原来皇帝和普通老百姓一样。皇帝安享天伦之乐的样子胜过了剧场里的煞有介事。皇帝的穿着举止就和别人一样，也会像你一样在用完朋友的铅笔时，随手放入自己的口袋。但是，此后，我再不敢相信剧院里华而不实的国王了。这是个巨大的损失。过去，扣人心弦的帝王戏是我的一个乐子。但是，在这次会见之后，我会伤心地转过身去说："不是这么回事——我知道，国王不是这个样子。"

剧院里的皇帝戴着镶嵌珠宝的皇冠，穿着华袍美服在舞台上昂首阔步。看到这一幕，我肯定会说，所有我熟知的皇帝都穿着最为普通的衣服，并不昂首阔步。舞台上的皇帝周围是一群跑龙套的扮演的贴身侍卫，戴着头盔，穿着铁片胸铠。目睹这个场面，我有责任也乐于告诉无知的人们，据我所知，没有哪个帝王在宫殿和自己周围布置一个士兵。

或许有人会认为我们这些人逗留太久了，或者认为我们做了其他不恰当的事情。但事实并非如此。"贵格城号"上的乘客觉得自己重任在身——代表的是美国人民，而不是美国政府——因此，他们力求尽善尽美地完成这项光荣任务。

另一方面，俄国皇帝一家无疑认为，招待我们尤其能取悦美国人民，而殷勤关注一队全权公使就没有这么好的效果了，因此，他们高度重视这件事，要向整个美国表达善意和友好。当然，我们也认为俄国皇帝一家接待我们是在向美国示好,并不只是为了取悦我们这批人。不可否认,我们感到自豪,因为我们作为一个国家的代表受到了礼遇;毋庸置疑,在热烈的招待氛围之中,我们为国家而自豪。

从我们抛锚之时起,我们的诗人就一直遭到压制。一听说我们要去拜访俄国皇帝,诗人文思泉涌。在二十四个小时里,胡说八道。我们一开始担心,自己应该怎么办,而突然之间,我们担心应该拿诗人怎么办。最终,问题解决了。我们给了诗人两个选择。第一个选择,发下毒誓,在沙皇的地盘上一句诗都不会吟。第二个选择,被我们软禁在船上,直到我们再度安全抵达君士坦丁堡。诗人进行了长期抗争,但最后屈服了。真是长舒了一口气。或许,野蛮的读者会喜欢他那种风格的诗歌。这么说我并不是要存心冒犯。我之所以用"野蛮"这个词,是因为"文明的读者"这个短语经常被人使用,稍微改变一下就会让人耳目一新:

> 拯救我们,免除我们的罪恶,最后,然后,
> 看看我们去往耶路撒冷的旅程,供给充足
> 大家要求供给充足,乃人之常情
> 岁月不等人,也不等我们。

大海终日汹涌澎湃。然而,我们还是过得很快活。来访的客人络绎不绝。总督来了,我们鸣炮九响,欢迎他的到来。总督携家人前来。我看见,地毯从码头前端一直延伸到总督的马车,供总督行走。不过,我发现,没有公务的时候,总督在那儿走动,没有任何地毯。我想,总督可能给自己的靴子上了意外保险推销员所谓的高危保亮(开个玩笑,我的意思是"保险单",但是,这个玩笑并不高明),想保护自己的靴子。但是,我审视了一番,并没有发现总督的靴子比平常更黑更亮。可能他以前忘了铺地毯,但不管怎么说,他之前确实没有随身携带地毯。总督是个很有趣的老绅士;我们都喜欢他,尤其是布卢彻。当总督离开的时候,布卢彻邀请总督再次来访,再来的时候

记得带着地毯。

多尔格鲁基王子和一两个海军元帅也来到了船上,他们昨天都参与接见我们的仪式。一开始,我跟他们保持一定的距离,因为我见过了皇帝,不想跟这些仅知道名头的人太过亲近,我又不是完全了解他们的道德品质和社会地位。起初,我觉得最好疏远一点儿。我对自己说,王子、伯爵和海军元帅都很好,但他们不是皇帝,而且,在跟人交往的时候也不能过于挑剔。

弗兰格尔男爵也来了。他曾经担任俄国驻华盛顿大使。我告诉他,我有一个叔叔在矿井里掉了下去,一分为二,就在一年之前。这是谎话,但此时我就是想用耸人听闻的冒险让人相形见绌,我只是渴望搞点新花样出来。男爵是个好人,据说得到了俄国皇帝的高度信任和赞赏。

恩琴-斯特恩伯格男爵也来了,他是个热烈至诚的老年贵族。他富于进取和开拓精神——是同辈人的典型代表。作为俄国铁路系统最高长官——他可以说是铁路之王。在俄国,他以自己的方式运营铁路。他曾周游美国。他说自己尝试让犯人充当劳力,建设铁路,取得了巨大成功。他说犯人工作出色,并且安静平和。他宣称现在有接近一万名犯人在他手下干活。

这又让我灵机一动,想出了攀比的法子。我说美国铁路雇用了八万名犯人——这些犯人全都因一级谋杀罪被判处了死刑。男爵哑口无言了。

来访的还有托特勒本将军(被围攻期间,著名的塞瓦斯托波尔保卫者),以及许多次等陆军和海军官员,还有许多非官方俄国女士和先生。自然,香槟酒会井井有条,没有人员伤亡。祝酒比比皆是,玩笑脱口而出。但是只有两个人演讲。一个是请总督对俄国皇帝和大公表示感谢,感谢他们先前的热情好客。另一个是总督的回答,总督转达了俄国皇帝对我们演讲的感谢,等等,等等。

第38章

我们回到了君士坦丁堡。在一两天的时间里，我们在那里四处游荡，并乘坐"凯可"上溯到了金角湾。然后，再度乘坐蒸汽船离开。我们经过了马尔马拉海和达达尼尔海峡，驶往一片崭新的土地——至少对我们来说是崭新的土地——亚洲。到目前为止，我们和亚洲仅有一面之缘。当时，我们在斯库台区及其周边地区畅游。

我们在利姆诺斯岛和米蒂利尼之间穿过，看它们就如同看厄尔巴岛和巴利阿里群岛一样——就是那么两大团东西，笼罩在远处柔软的雾气之中——就像是雾霭之中的鲸鱼。然后，我们转向南方，开始"欣赏"著名的士麦那。

整整一天一夜的时间里，艏楼里的水手都在自娱自乐，模仿我们的皇家之旅，激怒我们。我们为俄国皇帝而写的演讲稿第一段如下：

> 我们是一小群美国平民，只为娱乐而旅游——平凡低调，并非官方使节——因此，没有借口求见陛下，只是想向一国之君表达我们衷心的感谢。不管世上有多少流言蜚语，说短道长，您始终是我们所热爱的祖国的坚定盟友。

第三厨师以华丽的铁盆为皇冠，裹着一块斑驳的桌布充当皇家服装，桌布上有一块块的油渍和咖啡渍，他还拿着根很像系索栓的节杖，走在破烂的地毯上，蹲在绞盘上，不顾飞溅的浪花；在他的周围是抹着焦油、饱经风霜的宫廷大臣、公爵和海军事务大臣，阵容华丽，用上了备用油布和旧帆残骸。然后是凑上来的"休班人员"，把自己装扮成粗俗的女士和粗野的朝圣者，粗鲁笨拙，道具有瀑布假发、裙箍长裙、白羊皮手套和燕尾服，严肃地走上升降口扶梯，深深鞠躬，绽开一套复杂且不凡的笑容，皇帝见了这副笑容几乎都会死过去。还有扮演领事的。一个油腻肮脏的甲板清洁工拿出一片脏兮兮的纸，费劲地读了起来：致帝国皇帝陛下，俄国皇帝亚历山大二世：

> 我们是一小群美国平民，只为娱乐而旅游——平凡低调，并非官方使节——因此，没有借口求见陛下——

俄国皇帝："那么，你们究竟是来干什么的？"

"只是想向一国之君表达我们衷心的感谢——"

俄国皇帝："哦，见鬼的演讲稿！念给警察听。宫廷大臣，把这些人带到我兄弟大公那儿去，让他们饱餐一顿。再见！我高兴——我满意——我愉悦——我烦。再见，再见——开路吧！宫廷首席侍从官去数一数宫里便携的贵重物品。"

然后，闹剧结束了。值班人员一换，闹剧就重演一遍。每次重演都能推陈出新，加上新发明的繁文缛节和谈话对白。

整整一天一夜，我的耳朵里都充斥着那篇讨厌演讲稿的说辞。污垢满身的水手平静地从前桅楼上下来，宣告自己"是一小群美国平民，只为娱乐而旅游，平凡低调"，诸如此类。加煤手到船舱深处工作，他们解释了脸庞乌黑和衣衫褴褛的原因，提醒别人他们是"一小群美国平民，只为娱乐而旅游"，诸如此类。午夜时分，整条船上都响着一个叫声："**鸣钟八次！——左舷值班员，上！**"左舷值班员打着哈欠，伸着懒腰从船舱里出来，嘴里一直念叨着："啊呀——啊呀！长官！我们是一小群美国平民，只为娱乐而旅游——平凡低调，并非官方使节！"

我是委员会成员之一，并且帮忙拟定了演讲稿，因此，这些冷嘲热讽我都明白。听到水手宣称自己是一小群美国平民，只为娱乐而旅游，我就希望他绊一跤，掉到水里。这样，一小群人里面至少是减少了一个。到目前为止，我最讨厌的就是水手们引用我为俄国皇帝而写的演讲稿的第一句。

我们所熟悉的第一个亚洲名城是海港士麦那，人口密集，居民达到十三万人。就和君士坦丁堡一样，没有郊区。无论是边缘区域，还是中心区域，都一样拥挤，然后，民居突然消失，城外的平原上好像没有房子。士麦那就和所有的其他东方城市一样。也就是说，穆斯林的房子庄重黑暗，缺乏舒适性；街道百转千回，地面铺得马虎粗糙，就和普通的楼梯一样狭窄；这种街道都会把人带到其他地方，而不是目的地，让人大吃一惊，因为到了完全始料不及的地方；交易主要在有顶棚的大市场里进行，就像是密密麻麻的蜂巢，店铺无数，跟普通的小房间差不多大，整个蜂箱被切分成一排排迷宫般的小巷，小巷的宽度仅能容纳一头载货的骆驼，小巷独具匠心，让陌生人困惑莫名，并最终迷路；到处都是灰尘，到处都是跳蚤，到处都是瘦骨嶙峋、伤心绝望的狗；每条小巷都人山人海；触目所及，都是花里胡哨、千奇百怪的服装；工厂都是朝街开放，能看得到工人；各种各样的声音不绝于耳，其中最响亮的是宣礼员的叫喊声，他在一座高大的光塔之上，号召虔诚的流浪汉祈祷；可是有一样东西，号召祈祷的叫喊、街道上的喧闹嘈杂、衣服的风格品位都相形见绌——一切都相形见绌，这样东西开始、最后、自始至终，都吸引了大部分的注意力——这就是东方的奢侈——这就是东方的伟大！我们总是在书上读到这些内容，但是，只有当亲眼所见的时候才明白了。

士麦那是一座非常古老的城市。它的名字在《圣经》里出现过几次，基督的一两个门徒来过这里，而且在士麦那还有《启示录》里提到的最初七个天启教会之一。在《圣经》里，这七个教会用烛台来代表，并在某些情况下暗示着士麦那会被授予"生命之冠"。士麦那会"至死不渝"——就是这些说辞。士麦那并未至死不渝，但是，来到此地的朝圣者觉得它已经算得上至死不渝，可以自我拯救了。所以他们指出一个事实：士麦那今天戴着生命之冠，而且是个大城市，商业繁荣，充满活力，而其他六个教会所在的城市没有被许给生命之冠，已经从地球上消失了。所以，从商业角度来说，士麦那确实有生命之冠。士麦那的商业活动有十八个世纪的历史，充满了兴衰交替。这里曾被多个教派的王公统治，但是据我们所知，在这个时间段（而且自从这里有人居住以来）始终都有基督教小团体坚持信仰，"至死不渝"。在《启示录》之中，唯有士麦那没有遭到威胁，也只有士麦那教会幸存了下来。

以弗所距离这里四十英里远，那里有七个教会里面的另一个。以弗所的情况就不同了。以弗所的"烛台"已经不见了。火光已经被扑灭。朝圣者倾向于在《圣经》之中寻找预言，而《圣经》里往往没有预言。而朝圣者兴高采烈、心满意足地把可怜的、成为一片废墟的以弗所说成是预言的牺牲品。然而《圣经》里并没有哪句话斩钉截铁地说以弗所要毁灭，里面是这么说的："所以应当回想你是从哪里坠落的，并要悔改，行起初所行的事。你若不悔改，我就临到你那里，把你的灯台从原处挪去。"①

仅此而已；其他的词句都大力赞美以弗所。威胁是有限定条件的。没有历史表明以弗所没有悔改。但是，在现代社会，把预言视为圭臬的人有个最为残酷的习惯，就是冷酷随意地把预言加在不相干的人身上。他们总是毫无道理地乱扣一通帽子。我在上面提到的两个例子就是明证。这些"预言"显然针对的是"以弗所和士麦那教会"之类，但是朝圣者却众口一词地说针对的是以弗所和士麦那这两座城市。士麦那这座城市及其商业并未被许给生命之冠，而是许给了组建"教会"的几个基督徒。如果他们"至死不渝"，他们现在就有了自己的皇冠——但是，无论多么忠心耿耿，无论有多少合情合理的精明，都不足以说预言之中许给了这座城市什么东西。《圣经》严肃地指出，生命之冠的光辉会映射无穷无尽永恒世代的日光，而不是映射人工建

---

① 该段引用自《圣经·新约·启示录》第 2 章第 5 节。

第 38 章

造城市的瞬间辉煌，城市终将和建造者一样归于尘土。尘世从生到死只有屈指可数的几个世纪。即便在这屈指可数的几个世纪里，城市及其建造者也会被忘却。

如果一个预言通篇都是"假设"，那么去探讨预言的实现就如同痴人说梦。假设一下，一千年之后，那时的士麦那浅水港口变成了蚊虫肆虐、疟疾横行的沼泽，或者其他什么东西毁灭了士麦那；在著名的以弗所港口，沼泽大行其道，使得以弗所原址现在变得死寂荒凉且不宜居住，变成了坚硬且大片的陆地；假设一下，自然力发生作用的结果是：士麦那变成了凄凄惨惨的废墟，以弗所重建。那么，把预言视为圭臬的人会怎么说？他们会冷静地跳过我们这个时代说："士麦那没有做到至死不渝，所以它不配拥有生命之冠；以弗所悔改了，瞧！以弗所的烛台没有被挪去。看看这些证据！预言多么了不起！"

士麦那曾被完全毁灭了六次。如果士麦那的生命之冠是一纸保险单，那么，在第一次陷落的时候，它就能够得到保险赔偿金了。但是，士麦那依旧保有生命之冠，因为它忍辱负重，还因为有那么一堆并非指向它的谄媚说辞。整整六次，然而，我估计，虽然士麦那和士麦那人深恶痛绝，还是有些对预言心醉神迷之徒胡说八道："事实上，这正说明预言实现了，准得惊人！士麦那没有至死不渝。看吧，它的生命之冠已经从头顶消失了。这些事情无疑令人吃惊！"

此种事情影响恶劣，使得尘世俗人巧言令色，对神圣事物妄加评判。愚钝的《圣经》评论者、蠢笨的牧师和教师对宗教造成危害不浅。明智冷静的神职人员就算鞠躬尽瘁，也难以抵消其危害。说一个被毁灭六次的城市拥有生命之冠显然是极不明智的。还有其他类型的万事通，歪曲预言，说士麦那的毁灭和荒芜是预言导致的。这种说法也是胡说八道，因为令这些万事通不悦的是，士麦那如今非常繁荣。上述这些说法给了无宗教信仰的人争论的口实。

士麦那有一片区域专门划拨给了土耳其人；犹太人有自己的地盘；法兰克人也有自己的地盘；亚美尼亚人也是如此。当然，亚美尼亚人是基督徒。它们的房子又大又干净，还通风，铺着黑白色大理石，显得美丽典雅，许多房子的中间都有一个方形庭院，庭院里是花团锦簇的花园和闪闪发光的喷泉；所有房间的门都向庭院敞开。一个极为宽敞的大厅通向临街的门。在一天的大多数时间里，女人就坐在这个大厅里。傍晚凉爽的时候，女人穿上最好的衣服，出现在门口。女人都相貌标致，非常干净整洁；看起来衣冠楚楚，气度非凡。一些年轻女士——我可以说，许多年轻女士——甚至非常美丽；总的来说，她们略强于美国女孩——请原谅我发表此等叛国言论。她们非常善于交际。如果陌生人向她们微笑，她们也会向陌生人微笑。陌生人鞠躬的话，她们也会鞠躬回敬。如果跟她们说话，她们也乐意交谈。不需要介绍。跟素未谋面的漂亮女孩在门口闲谈一个小时轻而易举，而且非常令人开心。我试过。我只会说英语，女孩只知道希腊语或者亚美尼亚语，或者诸如此类的语言，但是我们相谈甚欢。我发现，在这种情况下，虽然我们不知道对方在说些什么，但是也无关紧要。在雅尔塔那个俄国小镇，我跳了一种奇特的舞蹈，跳了有一个小时。这种舞蹈我闻所未闻，舞伴是个非常漂亮的女孩。我们不停地交谈，笑到精疲力竭，都不知道对方想要表达什么意思。但是感觉太棒了。有二十个人在组队跳舞，舞蹈非常活泼且复杂。没有我的时候，就非常复杂了——有了我，更加复杂。我不时来个花式舞步，让那些俄国人吃上一惊。但是，我一直想着那个女孩。我给她写过信，但是写不出来她的地址和姓名，因为她的名字是那种九节的俄国货，我们自己的字母表里没有这么多字母。在我清醒的时候，我并没有贸然尝试去念出她的名字。但是，我在梦中试了一下，清晨起来就牙关紧闭。我暗自神伤。现在，我根本不吃饭了。她的芳名依然萦绕在我的梦中。牙齿疼死了。她的名字从未自我的口中说出。一说，就会把年深日久的凸牙带出来。然后，牙关紧闭，把最后的几个音节截留下来——但是，截留下来的音节味道不错。

穿过达达尼尔海峡的时候，我们用望远镜看到一队队的骆驼。直到抵达士麦那，我们才接近了一队骆驼。这些骆驼比动物园里看到的皮包骨头的标本大得多。骆驼在大街上高视阔步，排成单行，每行十二只,背上驮着沉重的东西。一个穿着艳丽的黑人穿着土耳其服装,或者一个阿拉伯人骑着一头小毛驴给骆驼引路,在巨大的骆驼面前相形见绌,就像是个小矮人。看到下面的景象你会真正明白什么是东方:骆驼队驮着阿拉伯香料和罕见的波斯织品,走过市场狭窄的小巷,周围是货物压身的脚夫、货币兑换商、卖灯的商人、做玻璃生意妄想发财的家伙、抽着著名水烟盘腿而坐的肥胖土耳其人;人们穿着东方的奇装异服走来走去。这幅画面里什么都有。你由此回到了被淡忘的童年时代,再次梦到了《一千零一夜》里的奇迹;王子再次成为你的伙伴,你的主人是哈里发·哈罗恩·阿尔·拉什德,你的仆人是可怕的巨人和神怪,你的仆人来时伴着烟雾、闪电和雷霆,去时就如疾风骤雨一般!

第39章

我们打听了一下,了解到士麦那的名胜包括古代城堡的遗址,其巨大的残垣断壁从高山上怒视着士麦那,这座高山就在城市的一角——他们称为《圣经》之中的巴古山;公元1世纪,亚洲七个天启教会中一处的遗址就在这儿;还有可敬的坡旅甲的坟墓和殉道地点,大约十八个世纪之前,他因为自己的宗教而在士麦那受苦受难。

我们找来小毛驴,出发。我们看了坡旅甲的坟墓,然后匆匆赶路。

"七个教会"——他们这样简称——是旅行的第二站。我们骑驴到了那儿——在烈日下大汗淋漓地赶了一英里半的路——还参观了一座小型希腊教堂,他们说这座教堂建在老教堂的原址之上;我们出了一小笔钱,教堂工作人员给我们一人一小根蜡烛,以纪念这个地方,我把自己的蜡烛放进帽子里,在阳光下被晒化了,油脂都淌到了我的后颈上;所以,现在我剩下的只是烛芯,它愁眉苦脸,萎靡不振。

我们之中一些人面红耳赤地争辩说,《圣经》里提到的"教会"[①]指的是一群基督徒,而不是一栋建筑;还说,《圣经》说这些基督徒很穷——我认为,这些基督徒极为贫穷,非常容易受迫害(这么说的依据是坡旅甲殉道了),因此,第一,他们可能建不起教堂,第二,就算能建得起来,他们也不敢在光天化日之下建;最后,如果他们有

[①] 英文为"church",既可以指"教会",也可以指"教堂",因而才有下面的说法。

建造教堂的特权，那么，按照常理来说，他们也会在士麦那附近的某个地方建教堂。但是，船上的一些老人打压我们，对我们的证据不屑一顾。然而，他们之后遭到了惩罚。他们发现自己被引入歧途，去了错误的地方；他们发现大家公认的遗址在城里。

在士麦那到处走街串巷，我们可以看到六个士麦那遗址。这六个士麦那曾经存在过，但或者遭了火灾，被烧成一片瓦砾，或者被地震夷为平地。群山和岩石上有多处裂隙。挖掘发现了一块块巨大的建筑用石，在地下埋葬了漫长的岁月。沿途看到，现代士麦那所有的简陋的房子和墙壁都被破碎的柱子、柱顶和大理石雕塑碎片点缀成白色。这些点缀曾经装饰着宏伟的宫殿。在古代，这些宫殿是士麦那的骄傲。

城堡在一座山上，山势陡峭异常，我们爬得相当慢。但是，周围到处是景点。有一个地方海拔五百英尺，道路高的一侧是陡峭的悬崖，有十到十五英尺高，切面露出了三道牡蛎壳，就像我们在内华达和蒙大拿公路裂缝里看到石英矿脉一样。每个矿脉大约有十八英寸厚，彼此相距两三英尺，一道道一路向下倾斜，延伸大约三十英尺或者更多，然后在切面与道路交汇的地方消失。老天也不知道，如果一个人"抽丝剥茧"能追踪这些牡蛎壳多远。这是些干净优质的牡蛎壳，体积巨大，就和其他的牡蛎壳一样。牡蛎壳厚实地镶嵌在一起，没有一个散布在矿脉的上面或者下面。每道牡蛎壳都浑然一体，没有旁逸斜出的部分。我的第一反应就是像以往一样发个——

通知

依据士麦那采矿法律，我们，本文件的署名人，宣称在这个牡蛎壳矿层或者矿脉上，占有五块领地，每块两百平方英尺（一块用做勘探），包括其中的倾斜矿脉、逸出矿脉、边角矿脉、变种矿脉、弯曲矿脉等，上述矿脉周边五十英尺之内的领地，全部用于开采。

这几道牡蛎壳矿脉浑然天成，自成体系，我禁不住"多看两眼"。在牡蛎壳之中夹杂着大量碎片，都是古代破碎的陶器。那么这些牡蛎壳是怎么弄到这儿来的？我搞不明白。破碎的陶器和牡蛎壳让人想起了餐馆——但是，如今，在山体的一侧根本找不到餐馆，因为无人居住。这地方乱石丛生，人迹罕至，一片荒凉，餐馆在这里挣不到钱。另外，牡蛎壳中也没有香槟软木塞。如果这里曾有餐馆的话，肯定是在士麦那的繁荣时期，当时山上处处是宫殿。据此，我相信有一家餐馆；但三家餐馆呢？是否在世上三个不同的时期里，这里都有餐馆？因为牡蛎壳矿脉之间有两三英尺的坚固泥土。显然，用餐馆解释不通。

这座山可能曾经是海底，在一次地震之中带着自己的牡蛎矿床升起——但那陶器是怎么来的？另外，为什么会有三道牡蛎矿床，一道压着一道，中间隔着一层实实在在的泥土？

这个理论说不通。这座山可能是亚拉腊山，诺亚方舟停在了这里，诺亚吃了牡蛎并把牡蛎壳扔出方舟。但是，也说不通。还是因为有三道牡蛎壳，每道牡蛎壳之间都有坚硬的泥土——另外，诺亚一家只有八个人，在山顶上两三个月的时间里吃不了那么多牡蛎。野兽——然而，如果诺亚只给野兽吃牡蛎过活，那就太荒唐了。

令人痛心甚至耻辱的是，我最后只能无奈地得出一个脆弱的理论：这些牡蛎是自己爬上来的。但是，它们的意图是什么？它们爬上来干吗？一个牡蛎爬上山有什么目的？对于一只牡蛎来说，爬山肯定又累又烦。最自然的结论就是牡蛎爬上来看风景。然而，如果考虑一下牡蛎的本性，好像就会明白牡蛎对风景不感兴趣。一个牡蛎对这种东西没感觉，牡蛎不关心美的东西。牡蛎不好热闹，也不活泼——性情甚至没有普通人乐观，也没有什么雄心壮志。但最重要的是，牡蛎一点也不喜欢风景——牡蛎对风景不屑一顾。现在，我得出了什么结论？只是回到了原点，即这些牡蛎壳就在那儿，一道道排列整齐，离海面五百英尺，没人知道它们是怎么爬上去的。我在旅游指南里搜索了一番，旅游指南的主旨就是："牡蛎壳在那儿，怎么到那儿的是个谜。"

二十五年前,许多美国人穿上寿衣,跟朋友挥泪告别,准备号角一响就飞升上天。但是,天使没吹号角。米勒的复活日失败了。米勒教徒兴味索然。我不怀疑在小亚细亚有米勒一样的人物,但是一位绅士告诉我,大约在三年之前,有那么一天,士麦那人全都做好准备迎接世界末日。在那之前,士麦那人就议论纷纷且做了长时间准备。那一刻到来的时候,高潮来临,群情激昂。许多士麦那人一大早就登上了城堡山,想要避开大灭绝。许多人如同走火入魔一般,关上店铺,不理所有尘世俗事。但这事奇怪之处就在于,大约下午三点钟的时候,这位绅士和他的朋友正在旅馆吃饭,暴雨倾盆而至,电闪雷鸣,好似大难将至一般,一直肆虐了两三个小时。在一年之中的这个时候,士麦那从未有过这种天气,吓坏了一些持极端怀疑态度的人。街道成河,旅馆的地板上都是水。饭暂时吃不成了。暴雨停止的时候,人人都全身湿透,处境悲惨,差点淹死。想要升天的家伙从山上下来,浑身干燥,就像唠唠叨叨的慈善布道一样干巴巴的!他们看着脚下可怕的风暴大显淫威,坚信自己期望的世界末日真的来临了。

这里,亚洲的铁路——如梦如幻的东方王国——《一千零一夜》里大名鼎鼎的神奇土地——铁路出现在这种地方真是难以想象。然而,此地已经有一条铁路了,另一条在建。目前这一条建造良好,运营顺畅,都是一家英国公司的杰作,但是业务量不大。第一年运载了许多乘客,但是,运的货只有八百磅无花果!

铁路几乎延伸到了以弗所的大门口——它一直是世界上的伟大城市——《圣经》的读者耳熟能详。当基督的门徒在以弗所的街道上布道时,以弗所就已经存在多年了。它的历史可以追溯到模糊的传奇时代,是希腊神话中举世闻名的诸神诞生地。真是有意思,让火车在这样的地方穿梭而过,唤醒古老传说之中的幽灵,搅了他们的好梦,而这些幽灵早在许多年之前就化为尘土,烟消云散了。

明天就去看那些著名的废墟。

第40章

这是激动人心的一天。铁路运营段段长提供了一列火车供我们支配,并表现出了更多善意,陪我们去了以弗所,对我们悉心照顾。我们把六十头几乎微不足道的毛驴带上货运车厢,因为下了火车还有一大段路。沿着铁路线,我们看到了一些惊世骇俗的奇装异服,简直难以想象。令我高兴的是,没有哪些词堆积起来可以描述这些衣服。因为如果有的话,我可能会奋不顾身地去描述了。

在古代阿雅萨鲁克,在人迹罕至的沙漠之中,我们看到了大批毁弃的沟渠,还有其他宏伟建筑的遗址。由此,我们得出一个显而易见的结论:自己正在接近曾经的大都市。我们下了火车,骑上驴子,和我们同行的是邀来的诸位客人——讨人喜欢的年轻绅士们,全都是一艘美国军舰上的军官。

小毛驴身上有很高的鞍子,这样骑毛驴的人腿就不会拖地了。然而,对于我们这批最高的朝圣者来说,这个预防措施就无法奏效了。没有辔头——只是一根绳子,系在马嚼子上。绳子完全就是装饰性的,因为驴子根本就是一副无所谓的态度。如果驴子"溜向右舷",只要你愿意,就可以使劲"向左转舵",但是,驴子还是接着"溜向右舷"。只能指望一个方法,那就是从驴身上下来,拉着驴屁股转,直到驴头指向正确的方向,或者把驴夹在手臂下,带到大路上的一个地方,驴子在这个地方不爬就出不来。烈日炎炎,炙烤大地,如同火炉一般,围巾、面纱、阳伞好像一点起不到保护效果;这三样东西的作用只是让长长的队伍看起来更加荒诞不经——看吧，女士们因无法侧坐在没型的鞍子上而两腿岔开，男人们汗流浃背且脾气失控，他们的脚碰撞着岩石，驴子们活蹦乱跳奔向四周，就是不走正道，并因此遭到棒击，骑行的队伍里不时掉下一把巨大的阳伞，宣告又一个朝圣者摔了个狗啃泥。在许多天里，这块荒僻之地都没有见过如此混乱的一幕了。我觉得，世上的驴子就只有这些驴子最难驾驭，只有它们如此生性卑劣，让人恼怒。我们偶尔跟驴子争得疲惫不堪，上气不接下气，不得不偃旗息鼓——驴子会立即闲庭信步起来。这种情况下，加上疲劳和太阳，会让人睡着；只要人一睡着，驴子就会躺下。我的驴子再也见不到儿时的家园了。它躺下的次数太多了。它必须死。

我们都站在古代以弗所的大剧院里，我的意思是带石凳的圆形剧场——拍了张照片。我认为，我们在这里有种宾至如归的感觉。但是，这一片荒凉的沙漠并未因为我们而增色多少。我们尽量用自己的绿伞和公驴给这片庄严的废墟增光添彩，但几乎徒劳无功。然而，我们是出于好意。

我想简单说说以弗所的景色。

在一座朝向大海的陡峭高山上，有一片灰色的废墟，是用大块的大理石建成的。据说，十八个世纪之前，圣保罗被监禁于此。在这些古老的城墙上，你可以非常清楚地看到一片荒芜之地，而这片荒芜之地上曾经矗立着以弗所。以弗所是古代最让人骄傲的城市。以弗所的狄安娜神庙设计精妙，工艺精湛，在世界七大奇迹之中也属于上乘精品。

你后面是大海；前面是一个平坦的峡谷（实际上是个沼泽），在群山之中延伸到远方；右前方是古老的阿雅萨鲁克城堡，在一座高山之上；赛利姆苏丹清真寺废墟就在城堡旁边，在平原之上（这座清真寺建在圣约翰的陵墓之上，以前是座基督教堂）；再远一些，你看到的是皮翁山，皮翁山的前面就是以弗所的遗址了，星星点点，硕果仅存；隔着一个狭窄河谷相望的就是绵延崎岖的石头山克鲁索斯。景色优美，但却荒凉——因为在这片广阔的平原上，没人能够生存，也没有人类的住宅。放眼望去，皮翁山脚下，拱门和巨大的方形支柱都已坍塌，墙壁都已破旧不堪，因此，人们无法相信这里曾经矗立着一座声名远播、历史悠久的城市。难以置信的是，当今时代那些举世闻名的事物，竟然出自这片静寂、忧伤荒原的历史和模糊不清的传说。我们谈论阿波罗和狄安娜——他们出生在这里；我们谈论西琳克斯变成了芦苇，这事就发生在这里；我们谈论伟大的神灵潘神——当时潘神就住在克鲁索斯山的洞穴里；我们谈论亚马逊女战士——当时这里就是她们最爱的家园；我们谈论巴克斯和大力神，他们都曾在这里大战那些好战的女人；我们谈论独眼巨人——那边一些废墟里的巨大大理石石块就是他们当年放在那儿的；我们谈论荷马，这里是他的多个出生地之一；我们谈论雅典的赛门；我们谈论亚西比德、莱桑德、阿格西劳斯——他们到访过这里；到访的还有亚历山大大帝；还有汉尼拔和安条克，西庇阿、卢库勒斯和西拉；布鲁图斯、卡西乌斯、庞培、西塞罗和奥古斯都；安东尼是此地的法官，当时，辩护律师正在发言，克莉奥帕特拉从门口经过，安东尼离开自己在公开法庭的座位，去追克莉奥帕特拉；从这座城市，两人开始欢乐的旅程，乘着大船，桨是银的，帆上喷着香水，许多美丽的女孩侍奉着他们，演员和乐师供他们取乐；在恍如昨日的年代，该城的早期历史还没开始，使徒保罗在此传播新的宗教，约翰也是如此，据说，保罗曾被安排与猛兽搏斗，因为他在《哥林多前书》第15章第32节说道："我若当日像寻常人在以弗所同野兽战斗"①，等等。

　　当时，许多见过基督的人还活着；抹大拉的马利亚死在这里，圣母马利亚靠着约翰的帮助在此度过余生，虽然罗马从那时就认为最好把圣母马利亚的坟墓安置在别的地方；六七百年之前——好似在昨天一般——一队队顶盔掼甲的十字军在街头熙熙攘攘；说些无足轻重的小事，我们谈到了迂回曲折的溪流，看到远处山谷里弯弯的河流迂回曲折，原来词典里"迂回曲折"这个词就是这么来的，我们也因此对

----

① 引用自《圣经·新约·哥林多前书》第15章第32节。

第40章

这个普普通通的词产生了兴趣。俯视着苔藓丛生的废墟，俯视着这片历史悠久的荒芜之地，我感觉自己跟这些阴郁的群山一样苍老。人们可以阅读《圣经》并且相信其中的话。但是，人们却不能去站在远处的露天圆形剧场里，想象其中再次比肩接踵，人潮涌动。而这些已经消失的人群当年在露天圆形剧场里围攻保罗的伙伴，并且众口一词地吼道："以弗所人的狄安娜真伟大！"一想到众人在如此空旷的地方大吼，我顿时浑身发抖。

以弗所是个极妙的城市。在这些广阔的平原上随意游荡，你会发现精美绝伦的大理石雕塑碎片，深深地藏在灰土与杂草之中；从泥土里戳出来，或者倒在泥土上的，是美丽的有凹槽的支柱，材质是斑岩以及极为珍贵的大理石；每迈出一步，你都能发现雕刻精美的柱顶和巨大底座，光滑的刻写板上刻着希腊铭文。这里到处是珍贵的遗迹，满地是毁损残缺的宝物。然而，这些东西跟此处埋在地下的奇观相比如何呢？在君士坦丁堡，在比萨，在西班牙的各个城市，有着巨大的清真寺和教堂，其巨大的支柱来自以弗所的神庙和宫殿，然而，在以弗所，人们只需要挖一挖地面就能够看到此类支柱。在这座高贵典雅的城市重见天日之前，我们永远都不会知道什么是美妙绝伦。

到目前为止，我们见到的最好的并且给我们留下最深刻印象的一座雕刻作品（因为我们不大懂艺术，也不大可能轻易为艺术而着迷），就在古老的以弗所露天圆形剧场里。这个露天圆形剧场因圣保罗引起的骚乱而闻名。这座雕刻只是一个无头之人，身披甲胄，胸甲上有美杜莎头像，但是，我们深信，先前的石刻造型从未达到如此优雅高贵的程度。

这些古人是多么优秀的建造者啊！一些废墟的巨大拱门卧在十五英尺见方的方形支柱之上。支柱全部采用一块块结实的大理石建成，一些和萨拉托加大皮箱一样大，一些的尺寸就像是寄宿制公寓的沙发。这些方形支柱并非外表采用石头而内里填充垃圾，整个方形支柱都是采用实心石头制成。宏大的拱门，以前可能是城市的大门，也采用同样的方式建成。三千年来，它们勇敢迎接风暴和围困，遭到许多次地震的摇撼，依然挺立。沿着拱门发掘，就发现了成排的巨大砖石，就像古老的独眼巨人完工时那样完美无缺，无懈可击。一家英国公司即将发掘以弗所——瞧好吧！

现在我想起了：

> 七眠者的传说在远处的皮翁山之中，是七眠者之洞。从前，大约一千五百年之前，七个年轻人都住在以弗所，彼此相距不远，他们属于受人鄙视的基督徒。事情是这样的，好国王马克西米利安（我在跟可爱的小男孩和小女孩讲这个故事），我说的是，事情是这样的，好国王马克西米利安着手迫害基督徒。随着时间的推移，基督徒备受煎熬。所以，七个年轻人商量出去闯荡。他们就出去闯荡了。他们说走就走，没有跟父母或者自己认识的朋友道别。他们只是从父母那里拿了些钱，拿了些属于朋友的衣服，以便在遥远的地方作个念想；他们还带走了一条叫凯特摩尔的狗，这条狗是邻居马勒古的财产，原因是一个年轻人漫不经心地携带着一个绞索，而这个畜生却把脑袋伸进了绞索，七个年轻人没时间放了它；他们还带走了一些小鸡，这些小鸡在附近的鸡笼里好像感觉孤单，还拿走了杂货店橱窗旁边放着的一些稀奇古怪的瓶装酒；然后他们就离开了这座城市。走啊走，七个年轻人来到了皮翁山的神奇洞穴，进了洞，胡吃海喝，不久之后再次匆忙上路。但是，他们忘了带走稀奇古怪的瓶装酒，瓶装酒就留在了洞穴里。他们闯荡了许多地方，经历了许多离奇的事情。他们是道德高尚的年轻人，不遗余力地利用眼前的机会谋生。他们的座右铭就是："机不可失，时不再来。"就这样，每当他们碰到一个人独行，他们就说，看，这个人是个好猎物——我们去看看他带了些什么，抢出来。然后他们就去看了，抢了。
>
> 五年过去了，七个年轻人厌倦了四处漂泊的冒险生涯，渴望重访故土，听到年轻时熟悉的声音，看到少时亲切的面孔。因此，他们抢劫路上碰到的人们，朝着以弗所前进，回家。好国王

马克西米利安已经皈依了新的宗教基督教，基督徒因不再遭受迫害而欢欣鼓舞。一天，日落时分，七个年轻人来到皮翁山的山洞前，商量着先进去休息，然后在清晨到来的时候去和朋友们胡吃海喝，寻欢作乐。七个人都大叫道，好主意。就这样，他们进洞了，瞧，那些瓶装酒还在原处，他们判断岁月并未降低酒的品质。就这一点来说，这七个流浪汉是正确的，而且他们的头脑都一样明智。就这样，每人喝了六瓶，看吧，他们精疲力竭，然后躺下，沉沉睡去。

当他们醒来时，其中一个人，约翰尼斯——姓史密那斯——说，我们赤身裸体。确实如此。他们的衣服全都不见了。他们接近以弗所时从一个陌生人手里抢来的钱，就躺在地上，腐蚀，生锈，面目全非。同样，狗凯特摩尔也不见了，只有狗脖子上的铜项圈还在。他们绞尽脑汁，百思不得其解。但他们拿上钱，用一些树叶裹住身上，到了山顶。然后，他们困惑了。漂亮的狄安娜神庙不见了；许多他们从未见过的巨大建筑耸立在城里；身着奇装异服的人们在街上四处走动，一切都变了。

约翰尼斯说，这座城市不大像以弗所。然而，大体育场还在；还有巨大的露天圆形剧场，我曾经看到过七万人聚在那里；还有集市；那边有泉水，施洗者约翰把皈依基督教的人用水浸湿；远处是好人圣保罗住过的监狱，我们以前确实经常触摸捆绑圣保罗的铁链，坏脾气立刻就烟消云散了；我看到了门徒路加的坟墓，再远处是安放圣约翰骨灰的教堂，以弗所的基督徒一年去两次，搜集圣约翰坟墓的泥土，这泥土能够让疾病缠身的人们恢复如初，还能消除罪恶，净化灵魂；但是，看吧，海面上建起了一些码头，海湾里停泊的船只密密麻麻；再看，城市扩张了许多，延伸到了皮翁山后面的峡谷里，甚至延伸到了阿雅萨鲁克的城墙那儿；瞧，所有的山上都是白色的宫殿，还有多个白色的大理石柱廊。以弗所现在真是繁荣昌盛啊！

眼前的景色让他们大惑不解，他们下山进城，买了衣服穿上。就在他们要走的时候，商人用牙咬了咬他们给的硬币，又把硬币翻过来好奇地打量，还把硬币扔到柜台上听是否有响声；然后，商人说，这些是假币。七个人说，见鬼去吧，然后他们离开了。当他们回到家的时候，他们认出了自己的家，不过，家里的房子好像破旧不堪了；他们兴奋起来，喜不自禁。他们跑到门口敲门，是陌生人开了门，疑惑地打量着他们。他们兴奋异常，心跳加速，脸白一阵红一阵说，我爸呢？我妈呢？迪奥尼修斯和谢拉皮翁，还有伯里克利和德西厄斯去哪儿了？开门的陌生人说，我们不认识这些人。七人说，怎么会呢，你不认识？你住这儿多长时间了，在你之前住这儿的人搬走了吗？陌生人说，年轻人，你们逗我们是吧；我们和我们的父辈祖辈在这些屋檐下居住了六代；你说的这些名字已经在坟墓上发霉了，叫这些名字的人过完了自己短暂的一生，有欢笑和歌唱，也有悲伤和疲惫，各安天命，现在已经安息了；他们面颊上的红晕消失，他们也死去，与死人埋葬在了一起，此后，一百八十年来，夏天来了又走，秋天叶落归根。

然后，七个年轻人转头离开家，陌生人把他们拒之门外。流浪汉们大吃一惊，打量见到的每一个人，希望发现一个认识的人；但全都是陌生人，陌生人与七人擦肩而过，一句友善的话都不说。七人极为灰心，心情沮丧。不久，他们问一个市民，谁是以弗所的国王？市民的回答是，你们从哪里来的，竟然不知道是伟大的拉尔修在统治以弗所？七人面面相觑，大惑不解，不久再次问道，那么，好国王马克西米利安哪去了。这个市民走开了，看样子是害怕了，边走边说，这些人肯定是疯了，在做梦，否则，他们怎会不知道他们嘴里的国王两百多年之前就死了。

然后，七个人恍然大悟，其中一个说，哎，我们喝了那种稀奇古怪的酒。这种酒让我们疲倦。我们呼呼大睡，也不做梦，就这样躺着度过了漫长的二百年。我们的家园破败了，我们的朋友死了。看，一切都完了——让我们去死吧。就在这一天，七人躺下死了。也就在这一天,"七点儿"① 在以弗所彻底销声匿迹了,因为他们七个人经历了悲喜交加,生离死别。他们的名字被铭刻在了墓碑之上,流传至今,他们的名字是约翰尼斯·史密那斯、王牌一套、礼牌、王牌、最小王牌、杰克、胡牌。跟七眠者在一起的还有那些曾经盛放稀奇古怪的酒的瓶子:酒瓶上用古代字母写着如下文字——应该是古代异教徒神灵的女人:甜味朗姆酒、杜松子酒、蛋奶酒。

这就是七眠者的故事(稍有改编),我知道故事是真的,因为我本人见过那个山洞。

确实,最晚在八九百年之前,虔诚的宗教信仰还让人对此传说深信不疑,知识渊博的旅行者对此怀有迷信般的恐惧。两个知识渊博的旅行者记载,他们冒险进洞,但迅速跑出,不敢耽搁,害怕睡过去就比自己的曾孙还多活大约一个世纪。甚至直到今天,附近的无知村民还不愿睡在这个山洞里。

---

① "七点儿",一种牌戏,两个人以上玩,得七点儿成局。

第41章

我写下上一篇备忘录的时候,我们在以弗所。现在,我们在叙利亚,在黎巴嫩的群山里扎营。无论从时间还是从距离上说,从以弗所到叙利亚都大费周折。我们没有从以弗所带走一件古物!我们搜集大理石雕塑残片,打碎清真寺里的饰物;带着这些东西历尽千难万险,疲惫不堪,乘骡子跋涉五英里到了火车站,但是,一位政府官员勒令所有携带此种物品的人都把东西交出来!他接到君士坦丁堡的命令,要小心提防我们这伙人,确保我们什么都没带走。这项惩戒措施英明、公正、实属必要,但是却引起了一片骚动。每当我抵制住诱惑,不去劫掠陌生人的财物,就总觉得自己高尚非凡。这次,我觉得自己的自豪难以言表。大家都指责奥斯曼政府公开侮辱一群游山玩水的游客,侮辱一个完全由绅士和淑女组成的旅游团,此时,我气定神闲地说:"我们乃自由之人,不为所动。"我们被搞得不自在,而且是非常不自在;一个大受其害的人发现,圣旨装在一个盖着英国驻君士坦丁堡大使馆印章的信封里,因此肯定是英国女王陛下的代表撺掇了这事。这糟糕——太糟糕了。如果圣旨只是来自土耳其人,可能只是表明土耳其人憎恨基督徒,说明土耳其人做事简单粗暴;但是,圣旨是来自基督教世界,来自受过教育、考虑周到的英国使节,那就只能说明我们这帮子男男女女被人盯上了!所以,我们重视这事,而且被激怒了。真相无疑是,预防措施是针对所有旅客的,因为英国公司获得了发掘以弗所的权利,为此权利支付了巨额的费用,此项权利需要得到保护,也应该得到保护。如果热情好客之心被旅客滥用,结果是无法承受的,尤其是旅客还臭名昭著,视诚实行为如粪土。

我们离开士麦那,心中满怀期待,因为主要的风景近在咫尺,此次远征最大的目标就在眼前——我们接近圣地了!一阵翻箱倒柜,把几个星期甚至几个月都不动一动的旅行箱翻了出来;在甲板上来回奔走;沸反盈天地又是装又是卸;在甲板上乱扔衬衣和裙子,还有些难以名状且无法分类的零碎东西;把行李打包,把伞、绿色的眼镜和厚面纱分门别类;近乎苛刻地检查鞍子和辔头,这些鞍子和辔头甚至还从未碰过马匹;擦拭左轮手枪,装上子弹,检查鲍伊猎刀;在马裤臀部钉上结实的鹿皮;然后专心研读古老的地图;翻来覆去地看《圣经》和巴勒斯坦的游记;标出线路;费尽心机地把我们这伙人分成小组,划分的原则是意气相投的分在一起,这样,在漫长艰苦的旅程之中就不会吵架了;在早晨、中午和晚上,大家聚在船舱里交谈,自作聪明地提出建议,又是担忧,又是争吵,搞得鸡飞狗跳,此种景象在船上从未见过!

但现在,这些都结束了。我们被分成六人或者八人小组,目前已经四散开了。然而,我们的小组是唯一进行所谓"长途跋涉"的小组——也就是说,外出进入叙利亚,经由巴勒贝克,到叙利亚,然后南下穿越整个巴勒斯坦。在此一年之中炎热的季节里,这将是一趟枯燥乏味又危险的旅程,只有在一定程度上适应了劳累和露天艰苦生活的强壮健康之人才能坚持下来。其他人都是短途旅行。

在过去的两个月里,我们担忧此地圣地朝圣的一个方面。我指的是交通服务。我们清楚地知道巴勒斯坦这个国家并未准备好为大批游客提供服务。每当我们碰到一个熟悉巴勒斯坦旅游状况的人,都会告诉我们,我们当中只有不到一半的人可以得到口译译员和牲口。在君士坦丁堡,人人都发电报给美国驻亚历山大和贝鲁特领事,说明我们想要口译译员和交通工具。我们不顾一切了——愿意乘坐马、公驴、长颈鹿、袋鼠——什么都行。在士麦那,我们往同样的地方发送了更多的电报。另外,为了预防最糟糕的情况,我们打电话预订了开往大马士革的大量驿车座位，还预订了马，以便前往巴勒贝克废墟。

不出所料，叙利亚和埃及谣言盛行：美利坚省（土耳其人认为我们是在世界上一个人迹罕至角落里的蕞尔小邦）的全体居民都要来参观圣地了——所以，当我们昨天抵达贝鲁特的时候，我们发现贝鲁特处处是口译译员以及他们的全套行头。我们原计划是乘驿车前往大马士革，半道转向巴勒贝克——因为我们想再度上船，前往迦密山，并从此随心所欲地乱逛。然而，我们自己这个私密八人小组发现"长途跋涉"是可行的，也是非常合适的，所以，我们选择了这个计划。我们以前从未给领事惹下什么大麻烦，但我们却让我们驻贝鲁特的领事又害怕又烦恼。我之所以这么说，是因为我不禁崇拜他的耐心、勤劳和容忍精神。我之所以这么说，还有一个原因，那就是我认为船上的一些人并未对他的杰出服务给予充分的赞赏，而他理应被大加赞赏。

嗯，在我们八人之中选出了三人处理与远征相关的所有事宜。其他五人无事可做，只能欣赏美丽的城市贝鲁特，贝鲁特阳光明媚，崭新的房子坐落在一望无际的青翠灌木之中，灌木一直延伸到一片高地之上，高地那边是一个通向大海的缓坡；还欣赏了环绕贝鲁特的黎巴嫩群山；还沐浴在透明的蓝色海水里，海水在船周围汹涌澎湃（我们不知道那儿有鲨鱼）。我们还在城里到处漫游，观察当地的服装。这些服装美丽如画、奇异别致，但是不如君士坦丁堡和士麦那的服装那么多样；贝鲁特的妇女给人痛苦不堪的感觉——在君士坦丁堡和士麦那，女性戴着透明的薄面纱（而且她们经常露着脚踝），但是在贝鲁特，女性的整个面庞都被深色或者黑色的面纱遮盖。一个年轻的绅士（我相信他是个希腊人），自告奋勇要领我们游览贝鲁特，并说此举让他无比喜悦，因为他在学习英语，想练练英语。然而，当我们巡游之后，他让我们支付报酬——说他希望诸位绅士能够给予他几个皮阿斯特（等于五美分）的小钱。我们照办了。听到这件事，领事表示惊讶，并且说自己跟这个年轻家伙的家庭很熟，而且这是个古老且极其可敬的家族，资产达到十五万美元！处于这种地位的一些人会耻于为我们带路，他们不会这么卑躬屈膝。

在指定的时间，我们负责处理所有事宜的委员会前来报告，说一切都办妥了——我们今天就要动身，带着马、驮畜和帐篷，前往巴勒贝克、大马士革、太巴列海，然后向南，经过雅各做梦的地方，以及《圣经》中的其他著名地点，前往耶路撒冷——可能从那里去死海，也可能不去——然后，前往大西洋，三四个星期之后在雅法再度登船；条件是每人每天五美元，而且要以金币结算，一切都由口译译员安排解决。他们说，我们会像在旅馆里一样舒适。我以前在书里读到过类似说法，不会蠢到相信这种鬼话。然而，我一言不发，只是打包睡觉用的一床毯子和一个披肩、烟斗和烟草、两三件羊毛衬衫、一个公文包、一本旅游指南，还有一本《圣经》。我也带了一条毛巾和一块肥皂，以便让阿拉伯人肃然起敬，他们会以为我是微服私访的国王。

我们要在下午三点选马。到了下午三点，口译译员亚伯拉罕把马赶到了我们面前。在此，我郑重声明，这些是我有生以来见过的最难以忍受的马，它们的装备与风格非常般配。一个畜生少了一只眼；另一个尾巴被锯掉了一大截，就像是只兔子，但却以此为荣；另外一个从脖子到尾巴都脊梁突出，就像我们在罗马周围看到的沟渠废墟，脖子就像是船首斜桁；这些畜生全都是跛脚，背疼，全身上下星罗棋布着破皮和旧疤，就像是翻毛皮箱上的铜钉；它们的步态令人叹为观止，花样繁多，行进之中的这样一支队伍就像是暴风雨之中的舰队。太可怕了。布卢彻摇摇头说："那个口译译员如果是未经允许就把这些老古董拉出医院献丑，那就是自讨苦吃。"

我什么都没说，这一套跟旅游指南上的一模一样，我们难道不是在按照旅游指南旅游吗？我选了一匹马，因为我觉得我看到这匹马闪避了。我的想法是，如果一匹马具有闪避的勇气，那么，这匹马不容小觑。

晚上六点，我们在一个微风习习的山顶停了下来。这座山棱角分明，俯视着大海。漂亮的峡谷里曾住着雄心勃勃的腓尼基人，我们在书里经常读到他们的事迹；我们周围曾是推罗王希兰的领土。希兰用黎巴嫩群山的雪松木材建造了所罗门王神庙的一部分。

六点过后没多久,我们的驮畜队到了。我以前从未见过,大惊小怪也就不足为奇了。我们有十九个男佣人和二十六头驮骡!这是个完美的旅行队。在岩石中间蜿蜒前进,看起来也确实像旅行队。我感到困惑,我们只有八个人,究竟有没有必要配备如此庞大的一只驮畜队。我困惑了一会儿,但很快,我开始渴望马口铁容器、咸肉和豆子了。我以前曾多次外出宿营,知道接下来会发生什么。没等男佣人过来,我就离开了,把马鞍卸下来,把马肋骨和脊柱这些突出在外的部位清洗了一下。当我回来的时候,看吧,五顶庄严的马戏团帐篷支了起来——帐篷里面花里胡哨,有蓝色的、金色的、深红色的,各种饰物不一而足,绚丽多彩!我无话可说。然后,他们拿来八个小型铁床架,支在帐篷之中;他们在每张床上放上床垫、枕头、优质毯子和两张雪白的床单。然后,他们把一张桌子放在中心柱附近,在桌子上放上白镴罐子、盆、肥皂、最白的毛巾——一人一条毛巾;他们指指帐篷的袋子说,方便起见,我们可以把小零碎放进袋子里,而且,如果我们需要别针之类的东西,到处都别着别针。然后是最后一件事——他们把毯子铺在了地上!我只是说:"如果你们把这叫作野营,好吧——但这不是我熟悉的风格;我随身携带的小行李因此打了折扣。"

天变黑了,他们把蜡烛放在桌子上——蜡烛固定在明亮崭新的黄铜烛台上。很快,铃铛——地地道道、如假包换的铃铛——响起,我们被邀请到"沙龙"之中。我原本以为有一两顶帐篷是多余的,但现在看来,至少有一顶多余的帐篷有了用武之地;作用只是充当饭厅。和其他那些帐篷一样,这顶帐篷非常高,足够长颈鹿一家居住,而且内部漂亮干净、五光十色。简直是神仙府邸。供八个人围坐的桌子、八把帆布椅子;一块桌布、一些餐巾纸,洁白精美,即使在大型邮轮上我们没见过如此上乘佳品;刀叉、汤盘、餐盘——一切都精致绝伦。棒极了!他们称其为野营。这些家伙,气象庄严,穿着灯笼裤,戴着包头巾的"菲斯帽",上了正餐,包括烤羊肉、烤鸡、烤鹅、土豆、面包、茶、布丁、苹果、美味的葡萄;我们几个星期以来都没吃

第 41 章

过烹饪如此高超的珍馐佳肴,桌子收拾得更加漂亮,有巨大的德国银烛台和其他饰物,我们长期以来都没享受过如此美妙的时刻,然而,那个礼貌的口译译员亚伯拉罕鞠躬进来,请我们原谅这一切,原因是在漫长的旅途之中难免出现混乱不堪的一幕,他还保证在将来会大大改善!

现在是午夜了,我们在清晨六点拔营。

他们称其为野营。照这样看来,到圣地朝圣倒是至高无上的特权。

第42章

我们在特木门—埃尔—福柯附近扎营。为了拼写方便,我们这帮游客进行了大大的简化,称其为杰克逊维尔。在黎巴嫩峡谷这个地方,这样的名字听起来有点古怪。但是,这至少比那个阿拉伯地名好记。

> 像幽灵一样到来,也像幽灵一样离去。
> 夜晚将会充满音乐,
> 白昼里种种烦恼牵挂,扰人心神
> 将会收起自己的帐篷,就像阿拉伯人那样,
> 悄悄离去。

昨晚,我睡得很香,然而,五点半的时候,口译译员亚伯拉罕的铃铛响起,还传来了叫喊声:"十分钟穿好衣服来吃早饭!"铃铛声和叫喊声我都听到了。我吃了一惊,因为我有一个月没听到船上的早餐铃声了,每当我们白天有机会鸣炮致敬的时候,我总是要到此后交谈之时才能获悉。然而,野营,就算是在华丽的帐篷之中,也能让人在清晨焕然一新、生龙活虎——尤其是如果你呼吸的是山间凉爽清新的空气时。

十分钟之内,我穿戴整齐出来了。沙龙帐篷的四围都去掉了,剩下的只是屋顶;所以,当我们坐在桌子旁边时,我们可以向外眺望漂

亮的全景,有山、海和朦胧的峡谷。就这样坐着,太阳慢慢升起了,以饱满绚丽的色彩渲染大好景致。

热羊排、炸鸡、煎鸡蛋、炸土豆、咖啡——都非常好。这是菜单,锦上添花的是,我们的胃口很好,一是因为昨天鞍马劳顿,二是因为在纯净的空气之中睡了一觉,一觉醒来体力充沛。当我叫第二杯咖啡的时候,我回头望出去,看到我们白色的村庄已经消失了——漂亮的帐篷像被施了魔法一样不翼而飞!真棒,这些阿拉伯人迅速"收起自己的帐篷";而且,真棒,他们迅速收好营地的一千件零碎东西,然后带着东西消失了。

六点半,我们已经在路上了。整个叙利亚好像也都在路上。道路上到处都是一队队的骡子和一排排的骆驼。这让我想起,我们曾一度设想骆驼的样子,现在我们清楚了。当骆驼全部膝盖着地跪在地上,胸脯贴地准备接货的时候,就像是一只游泳的鹅;当骆驼直立时,就像是一只鸵鸟,只是比鸵鸟多了两条腿。骆驼并不漂亮,巨大的下唇给人非常"蹩脚"①的感觉。骆驼的脚巨大、扁平、分叉,踩在泥里就像是被切了一刀的馅饼。它们不挑食。只要能咬得动,它们连墓碑都吃。这里到处长着一种蓟,我认为上面的刺可以刺透皮肤;如果你被扎到,你只能靠渎神的话语来减轻痛苦。骆驼吃这种蓟。它们用行动表明此乃美味佳肴。我认为,就算让骆驼拿一桶钉子当晚餐,它们也乐此不疲。

说起动物,我要提一提我现在的这匹马,叫作"耶利哥"。这是一匹母马。以前我见过骏马,但是任何骏马都无法和它匹敌。我想要一匹会闪避的马,这匹马正合适。我认为闪避代表着勇气,如果我是正确的,那么,我就得到了世界上最有勇气的马。它闪避眼前的一切东西,无一例外。它好像很怕电线杆子,怕得要命;幸运的是,电线杆子在路的两边,因为到目前为止,我还没有在同一边连续跌落两

---

① 请原谅我使用这个俚语——因为没有其他合适的词可以形容骆驼的这副尊容。——原书注

次。如果我总是在一边跌落，那么，过了一会儿，就会显得单调乏味。这个家伙害怕今天见到的一切东西，干草垛是个例外。它以令人惊奇的勇猛无畏走向干草垛。看到它在区区干草垛面前泰然自若，不由让人心生敬仰。这种鲁莽大胆的英武之举有朝一日会让这匹马送命。

"耶利哥"不太快，但是我认为它可以载我周游圣地。它只有一个缺点。它的尾巴被砍掉了，或者它有一次坐在地上过猛，把尾巴坐掉了。它只能用蹄子跟苍蝇战斗。这都非常好。但是，当它努力用后脚踢掉脑袋上的苍蝇时，就显得离经叛道了。早晚有一天，它会因为这个离经叛道的动作惹上麻烦。它还团团转，咬我的腿。我对此不太在意，只是我不喜欢一匹马跟我这么亲近。

我认为这个极品的主人对它存在错误的看法。马的主人认为它是匹骏马，性烈如火，难以驯服，但是，它并非如此。我知道这个阿拉伯人之所以有这种看法，是因为当他在贝鲁特把"耶利哥"拉来供我们检视时，他一直在猛拉缰头，用阿拉伯语吼道："呀！好吧？你想跑吗，你这个凶恶的畜牲，你想折断自己的脖子吗？"此时，这匹马一直无所事事，看起来只想找个什么东西靠上去思考一下。每当它不闪避的时候，或者不追苍蝇的时候，它就想想找个什么东西靠上去思考一下。它的主人要是知道这个情况，该有多吃惊啊。

我们整天都在乡间的历史景观之中。中午时分，我们扎营三个小时，在莫科什吃午餐。这里临近黎巴嫩群山和昆尼以色山的交叉点，俯视着巨大平坦、像花园一样的黎巴嫩峡谷。今晚，我们在黎巴嫩峡谷附近扎营，欣赏了峡谷的大好风光。我们可以看到长长的像鲸背一样的黑门山，傲立于群山之上。"黑门的甘露"现在滴在我们身上，帐篷几乎被它浸湿了。

透过望远镜望去，在道路的对面、峡谷的高处，我们可以辨别出一个模糊的轮廓，美丽的巴勒贝克废墟，应该就是《圣经》之中的巴力迦得。约书亚和另外一个人，是两个间谍，被以色列的子孙派到迦南的土地上刺探当地的风土人情——我的意思是他们是两个带回好消息的间谍。他们带回了这个国家一些葡萄的样本。在儿童图画书里，他们的形象总是用一根竿子抬着一大串葡萄，就算是对驮畜队来说，这也是个不轻的担子。主日学校的书籍夸大了一点。直到今天，葡萄依然美味，但是，一串葡萄并不像图画里的那么大。当我们看见此地真正的葡萄时，我吃了一惊，并感觉受了伤害，因为那一串串巨大的葡萄是我最为珍贵的童年传说之一。

约书亚带回了好消息，以色列的子孙继续前进，摩西是负责整个政府事务的首脑，约书亚掌管由六十万战士组成的军队。女人、孩子、平民多如牛毛，不可胜数。在那一大群人之中，只有两个忠诚的间谍顽强存活了下来，踏上了应许之地。他们及其子孙在沙漠里游荡了四十年，然后，天生的战士、诗人、政治家和哲学家摩西爬上毗斯迦山，迎接自己神秘的命运。没人知道他葬在何处——原因是

> ……无人挖掘那个墓穴，
> 无人曾经看到
> 因为上帝的儿子翻天覆地
> 将他埋葬！

然后，约书亚大开杀戒。从耶利哥直到巴力迦得，他像毁灭之神一样席卷大地。他屠杀人民，使大地化为焦土，把城市夷为平地。他还杀了三十一个国王。可以称之为国王，不过实际上谈不上杀了国王，因为当时国王很多，绰绰有余。不管怎么说，约书亚干掉了三十一个国王，把他们的王国分给犹太人。约书亚瓜分了眼前这片绵延的峡谷，那么，这里曾是犹太人的领土。然而，犹太人早就从这儿消失了。

在后面那边，离此地一个小时的路程，我们经过了一个由石头建成的阿拉伯村庄，这些石头就像是衣物箱（看起来像），诺亚的坟墓就在此处，守卫森严。[诺亚建造了方舟。]方舟保存着一个消失世界的所有遗物，方舟曾经漂浮在这些古老的群山和峡谷之上。

详述上面的信息，我并无歉意。无论如何，有些读者并不知道上面的信息。

诺亚的坟墓是用石头砌成的，上面盖着长长的石头建筑。给了点小费，我们就进去了。建筑必须是长长的，因为可敬的老航海探险家的坟墓就有两百一十英尺！但只有四英尺高。诺亚肯定像避雷针一样投下阴影。如果有人怀疑这儿不是诺亚的葬身之地，那么，此人肯定极其多疑。证据显而易见。诺亚的儿子闪见证了葬礼，并把此地指给后代看，闪的后代又指给了自己的后代看，这个家族的直系后代今天向我们做了自我介绍。与如此可敬家族的成员结识真是令人高兴。是件令人自豪的事，仅次于结识诺亚本人。

从此以后，诺亚难忘的航行肯定会一直萦绕在我的心头。

如果世上曾有一个遭受压迫的种族，那就是我们身边这个桎梏加身的种族，挣扎在奥斯曼帝国非人的暴政之下。我希望欧洲可以允许俄国占领土耳其的一点领土——不要太多，只要不用占卜杖和潜水钟就再也找不到土耳其的程度就足够了。叙利亚人非常贫穷，却遭到税收制度的压榨。任何其他民族在如此税收制度之下都会发狂。平心而论，去年他们的税已经够重了——但是，今年额外加上了一部分税，因为往年饥荒免除了这部分税收。最要命的是政府征收土地收获的十一税，不过这才只是冰山一角。帕夏领地的帕夏不会费心委派收税员。他计算出一个地区应纳的税额总数。然后，把收税的活承包出去。他把富人召集到一起。出价最高的人得到收税的活，当场付给帕夏钱，然后把收税的活转手卖给较小的人物，较小的人物又转手卖给一群擅长巧取豪夺的更小的人物。这些更小的人物迫使农民自掏腰包，把自己的一点谷物带到村里。谷物必须称重，名目繁多的税收分门别类，剩下的才会还给农民。但是，收税员一天天拖延自己的任务，而农民的家庭却饥肠辘辘；最后，贫穷的可怜虫明白了其中的奥秘说："拿走四分之一吧——拿走一半吧——如果愿意，就拿走三分之二吧，让我走吧！"其凶狠残暴令人发指。

这些人本性善良聪慧。只要接受了教育，获得了自由，就会成为幸福满足的种族。他们经常向陌生人请教：伟大的世界会不会有朝一日来拯救他们？让他们摆脱奴役。苏丹在英国和巴黎花钱如流水，但他的子民现在却饱受摧残。

这种野营方式让我困惑。现在，我们有了鞋拔子和澡盆。然而，驮骡驮着的所有秘密都还没有被揭开。接下来会发生什么？

第43章

我们在太阳底下乏味地跋涉了约五个小时,穿越黎巴嫩峡谷。事实证明,从山腰上看到的景色并不清楚,黎巴嫩峡谷并不怎么像花园。黎巴嫩峡谷是个沙漠,是个杂草丛生的荒原,密布着人拳头大小的石头。处处可见当地人艰难开垦出的土地,栽种着病殃殃的粮食作物。但是峡谷的大部分地方都成了一些牧羊人的牧场,他们的羊群在竭尽所能存活下来,但是效果并不理想。我不时在路边看到一堆堆的石头,认出这是一种划分界限的风俗,流行于雅各的时代。没有围墙,没有栅栏,没有树篱——除了这些随意摆放的石头堆,没有什么用来保卫私人财产。在古老的族长时代,犹太人把这些石头堆看得至高无上。其他这些阿拉伯人,他们的直系后代,也是如此。在如此松散的分界制度之下,一个头脑正常的美国人会迅速扩张自己的土地,只需要动动手,趁黑夜进行。

这些人使用的犁就是一个尖头木棍,和亚伯拉罕当年用过的一样,他们仍和亚伯拉罕一样扬去麦壳——他们把麦子堆在屋顶上,然后一铲一铲把麦子扬到空中,直到风把所有的麦壳吹走。他们从不发明任何东西。也从不学习任何东西。

我们和一个趴在骆驼上的阿拉伯人比赛,狂奔了一英里。有些马非常快,用时很少,但是,骆驼蹦蹦跳跳,轻松就超过了它们。马嘶人叫,扬鞭奋蹄,参赛的人畜都奋勇争先,斗志昂扬,热情高涨。

十一点的时候,我们看到了巴勒贝克的城墙和支柱。这是一片高贵的废墟，其历史就是一本尘封的书。巴勒贝克已经矗立几千年，是旅行者眼中的奇迹和崇拜对象；但是，谁建造了巴勒贝克，何时而建，可能永远无人能回答了。但是有一点确凿无疑。巴勒贝克的各个神庙设计壮观，施工精美。在过去的二十个世纪里，人类的任何作品都无法与之媲美，甚至难以望其项背。

巨大的太阳神庙和朱庇特神庙，还有其他几个小型神庙，齐聚在一个悲惨的叙利亚村庄里。神庙与平民百姓的村庄为伍真是格格不入。这些神庙建造在巨大的地基之上，这些地基几乎可以支撑整个世界；地基用料是一块块公共马车大小的石头——就算有的话，也只有很少的石块比木匠的工具箱小——地基被一条条砖石结构隧道穿过，隧道里可以通行一列火车。有了这样的地基，难怪巴勒贝克会屹立这么长的时间。太阳神庙接近三百英尺长，一百六十英尺宽。周围有五十四个支柱，现在仅有六个还在立着——其他的都破损堆在基部，成为一堆乱七八糟、别具一格的风景。六个支柱都有完好的基部、科林斯风格柱顶和柱顶纹饰——再也找不出来六个更漂亮的支柱了。支柱和柱顶纹饰加在一起有九十英尺高——石柱能达到如此高度确实令人惊叹——然而，看到它们的时候，人们想到的只是其美丽及对称性；柱子看起来纤细脆弱，柱顶纹饰及其精美的雕塑看起来就像花样繁多的灰泥作品。但是，当你向高处凝视，直到双眼疲惫之时，再看看自己周围的巨大柱子碎片，就会发现这些碎片的直径有八英尺；这些碎片旁边躺着美丽的柱顶，显然都像小农舍一样大小；另外还有一块块石板，雕刻精美，有四五英尺厚，完全可以盖住普通客厅的地板。你想知道这些庞然大物来自何处，不久，你恍然大悟，耸立在你头顶轻盈优雅的建筑也是用的这种材料。这太像是咄咄怪事了。

跟我先前说的太阳神庙相比，朱庇特神庙是一个较小的废墟，但也堪称宏大。朱庇特神庙保存相对完好。有一列九个支柱，几乎未受损坏。这些支柱有六十五英尺高，支撑着某种门廊或者屋顶，与朱庇特神庙的屋顶相连。这个门廊屋顶由一些巨大的条石构成，条石向下的部分雕刻精美，仰视时，这些雕刻给人的感觉就像是湿壁画。一两块条石已经掉了，我又一次想知道，我们周围这些雕刻过的巨石是否不比我头顶那些大。朱庇特神庙里面是独具匠心的巨型装饰。当刚刚落成的时候，这个建筑物该是怎样的建筑奇观，多么美丽，多么壮观！月光之下，朱庇特神庙、更为庄严的其他神庙、一片狼藉四散的大块碎片，竟然组成了一幅高贵的画面！

我无法想象这些巨石是如何被拖出采石场的，也无法想象它们是如何在神庙之中被堆砌到令人目眩的高度。然而，这些雕刻过的石头在尺寸上还是不值得一提，因为还有更大的粗加工石块，组成了太阳神庙周围宽大的游廊或者平台。其中一块有两百英尺长，用的石块和马拉街车一样大小，一些石块甚至比马拉街车还大。这些石块在一面十或者十二英尺高的墙上。我认为这些石块已经够大了。但是，跟组成平台另一部分的石头相比，这些石块就小巫见大巫了。另一块平台有三块石头，我认为每块石头的长度几乎都相当于三辆马拉街车首尾相接。当然，它们比马拉街车宽三分之一，也高三分之一。或许，铁路上最大的那种货车车厢两个头尾相接能更好地表明这三块石头的大小。三块石头总长接近两百英尺；宽高十三英尺见方；其中两块各有六十四英尺长，第三块长六十九英尺。这三块石头都修进了离地大约二十英尺的巨墙之中。它们就在那儿，但它们怎么到那儿的是个问题。我曾经看到一艘蒸汽船的船体，比其中一块石头还小。所有这些墙体都和我们今天用砖头建造的脆弱东西一样精确有型。在许多个世纪之前肯定有一个神族或者巨人族住在巴勒贝克。古往今来，人类无法建造此等神庙。

我们来到采石场，巴勒贝克的石头就来自这个采石场。采石场有四分之一英里远，在山脚下。在一个大坑之中，有一块石头，可以跟废墟之中最大那块石头相提并论。在遥远的已被遗忘的年代，巨人受到召唤去把这块石头放进坑里——就保持放进坑里的时的原样，已经几千年了，给那些惯于轻视先人的家伙们一记响亮的耳光。这一大块石头躺在那儿，已经被打磨成了方形，供建造者取用——这块坚实的庞然大物宽和高分别是十四英尺和十七英尺，差几英寸不到七十英尺长!两辆轻便马车可以在上面齐头并进,从一头驶到另一头,两边还能留出供一两个人行走的空间。

可以保证,天国和巴勒贝克之间的所有约翰·史密斯、乔治·威尔金森以及所有其他无名小卒,都会把他们可怜的小名字刻在巴勒贝克宏伟废墟的墙上,还会加上来自哪个镇、县、州——这个保证肯定不会落空。令人遗憾的是,一些伟大的废墟没有倒下砸扁其中一些龌龊之徒,让那些一丘之貉再也不敢把名字留在墙上或者纪念碑上丢人现眼。

确切地说,骑着这些可悲的老弱坐骑,需要三天才能到达大马士革。我们不到两天的时间里就得到达。原因是我们的三个朝圣者不愿在安息日前进。我们都非常愿意遵守安息日,但是,有时会出现一种情况:信守神圣法律的词句本来是出于好意,但最终却成了原罪。这就是一个恰当的例子。我们为疲惫不堪、饱受虐待的马儿求情,竭力要证明它们的忠诚服务值得报以善待,而且,它们时乖命舛,理应得到同情。但是,自以为正直之人是无法理解同情心的。过度劳累的畜生再辛苦几个小时算什么?比一比吧,这些人类也在经历艰难险阻。跟这些人一起旅行,还想通过虔诚信徒的示范来益发崇拜宗教,简直是痴人说梦。我们说的是,救世主可怜不会说话的动物,教导人们如果一头牛陷入泥潭,那么,即使是在安息日也要把牛救出来。救世主不会劝导人们进行如此的强行军。我们说,在炎炎烈日之下"长途跋涉"疲惫危险。就算到了晚上,也依然危险。如果我们坚持这种强行军,我们有些人可能会染上该国的热病。

但是,没有什么能让朝圣者们改变主意。他们必须坚持不懈。人可以死,马可以死,但是他们必须在下个星期踏上神圣的土地,确保不会因在安息日破戒而沾染污点。因此,他们愿意犯下原罪,违背宗教法律的精神,目的是遵守宗教法律的词句。跟他们说"词句杀人"并不值得。我现在说的是我的朋友;他们是我喜欢的人;是优秀市民;可敬、正直、有良心;但是,我觉得,他们的想法好像扭曲了救世主的宗教。他们直言不讳地谈论我们的缺点,每天晚上都把我们叫到一起，给我们读《圣经》之中的章节，里面充满了温和、慈善和悲天悯人；然后，在次日一整天，他们都屁股不离马鞍，一直冲上那些崎岖山脉的峰顶，然后再一路冲下来。把《圣经》的温和、慈善和悲天悯人用在一匹疲惫不堪的马上？胡说——温和、慈善和悲天悯人针对的是上帝的子民，不是上帝的哑巴畜生。我尊重朝圣者那近乎神圣的性格，因此我应该谅解朝圣者的做法——但是，我很想发现我们这伙人里的任何其他一个骑着马一鼓作气爬上这些累人的群山！

我们给了朝圣者许多可资借鉴的例子，但无奈他们不愿意借鉴。他们从未听到我们怒言相向——但是，他们吵了一两次。我们乐于见到他们在他们对我们喋喋不休之后吵架。登陆贝鲁特的时候，他们做的第一件事就是在小船里吵架。我说过我喜欢他们，我确实喜欢他们——但是，每当他们老生常谈地对我们百般挑剔的时候，我就想在书里反驳他们一下。

紧赶慢赶，但是，他们还不满意，于是离开大路，独辟蹊径，去参观一个叫作非吉尔的荒唐喷泉，因为巴兰的驴子曾在此饮水。就这样，我们继续赶路，翻过险峻的群山，走过可怕的沙漠，顶着烧烤般的太阳，然后直到深夜，寻找巴兰驴子那个可敬的水坑。巴兰的驴子是我们这些朝圣者的守护圣徒。我在自己的笔记本里只记下了如下内容：

> 今天共骑行了十三个小时，深入不毛之地，翻越荒凉难看的群山，然后经过怪石嶙峋的蛮荒之地，晚上十一点在一条清澈溪流的岸边扎营，位置靠近一个叙利亚村庄。不知道名字——也不想知道——想睡觉。两匹马瘸了（我的和杰克的），其他的马累坏了。我和杰克牵着马在山上走了三四英里。有趣——但不是太有趣。

十二三个小时的鞍马劳顿，就算在基督徒的土地上，在基督徒的气候里，并且驾乘良马，也是辛苦的旅途；但是，在叙利亚这样的火炉里，马鞍就像是一个破烂的勺子，前后乱晃，"东倒西歪"，一直滑来滑去，马儿疲惫且瘸腿，然而，整整一天之中还是得几乎一刻不停地鞭打它们，用马刺刺它们，直到它们的身体一侧出血，只要你还算是个人，每次鞭打马儿，都会让你的良心遭受折磨——在这一生之中，每当想起这趟旅行，身心疲惫的感觉就会油然而生，就难免痛骂一场。

第44章

第二天,人马都饱受折磨。又是十三个小时的长途跋涉(包括一个小时的"午休")。翻过全叙利亚都罕见的白垩山,穿过全叙利亚都罕见的寸草不生的峡谷。空气之中到处弥漫着热气。在峡谷之中,炎热的空气几乎令我们窒息。在高地之上,白垩山的反光令人眼花缭乱。催瘸马前行是一件残忍的事情,但是,为了在星期六晚上赶到大马士革,还不得不如此。我们看到坚实岩石精心刻成的古代坟墓和神庙,高高耸立在悬崖峭壁之中,就在我们头顶上,但是我们既没有时间,也没有力气爬上去仔细看。我笔记本中精炼的语言描述了这一天里剩下的经历:

早晨七点拔营,艰难跋涉穿过芝伯达纳峡谷和崎岖的群山——马儿蹒跚前行,那个阿拉伯长耳鸦唱了大多数的歌,还带着水袋,当然一直在几千英里的前面,让我们喝不上水——他永生不灭吗?峡谷之中有美丽的溪流,两岸是密密麻麻的各种果园,有石榴树、无花果树、橄榄树和榅桲树。在著名的巴兰驴子非吉尔喷泉午休一个小时,该喷泉是叙利亚第二大喷泉,是叙利亚最冷的水体——旅游指南里没说巴兰的驴子曾在此饮水——可能是有人杜撰给朝圣者听的。泡在水中——我和杰克。只有一秒钟——水冰凉。非吉尔喷泉是亚罢拿河的主要源头——仅仅往下半英里就是交汇之处。美丽的地方——巨树环绕——绿树成荫,清爽宜人，真是舒服，只有不睡着才能体会这份舒适——大股的溪流从山下直射而出，水量巨大。上面是非常古老的废墟，其历史不明——估计用途是膜拜喷泉之神、巴兰的驴子或者某个人。喷泉周围是一群可怜的人类渣滓——破衣烂衫，肮脏不堪，脸颊下陷，苍白病态，全身溃烂，骨骼突出，麻木迟钝，眼神里流露出痛苦和悲伤，从头到脚每条纤维和每块肌肉都清楚地表现出极度的饥饿。他们疯抢一根骨头，把我们给的面包咬得嘎吱作响！如此一群人围着一个人，用贪婪的眼神看着他咬下每一口，每当他吞咽的时候，众人也不自觉地吞咽，朦胧之中就好像这点珍贵的食物顺着喉咙下肚了——旅行队抓紧前进吧！在这个令人痛苦的国家，我再也体会不到吃饭的乐趣了。想想吧，在未来的三个星期里，一日三餐都是在如此环境之中——这是比终日骑行在烈日下更为严厉的惩罚。这群人里有十六个饥肠辘辘的一到六岁的孩子，他们的腿还不如扫帚把大。下午一点离开喷泉（喷泉耽误了我们至少两个小时的行程），到达大马士革上面的穆罕默德瞭望点，时间足够好好欣赏一番，然后才出发。累吗？请远处的风代为作答，风中有一些碎片撒落大海。

  白天的强光变暗成了晚霞，我们俯视一幅举世闻名的画面。我想下面的故事我在书上读到四百遍了。当年，穆罕默德还是一个平凡的赶骆驼的，他来到这儿，第一次俯视大马士革，然后发表了一番名言。他说，人只能进入一个乐园；他想去上面那个。所以，他坐下来，大饱眼福，饱览人间乐园大马士革，然后走了，没有进大马士革的大门。他们在山上建了一座塔，来标明穆罕默德站过的地方。

  从山上看，大马士革确实漂亮。甚至对于习惯了绿树碧草的外国人来说，大马士革也堪称漂亮。我能轻易地理解，对于那些习惯了叙利亚植被稀疏与荒芜凄凉的眼睛来说，大马士革之美是多么难以言表。依我看来，当眼前第一次出现如此画面的时候，叙利亚人会欣喜若狂。

在穆罕默德高高的瞭望点，人们看到前后左右都是如墙的群山，缺少植被，在太阳下闪闪发亮；还圈进来一个平坦的沙漠，沙漠里都是黄沙，像天鹅绒一样平坦，在远处被纤细的线条切分开，这些线条是公路，还点缀着蠕动的小点，我们知道这些小点是骆驼队和赶路之人；就在沙漠中间，是一大片郁郁葱葱的叶子，其心脏地带是一座巨大的白色城市，就像由珍珠和蛋白石构成的岛屿，从祖母绿般的大海里闪耀而出。这就是你向下眺望看到的画面，距离产生了美，阳光起了美化作用，鲜明的对比强化了效果，上方和周围是昏昏欲睡、催人入眠的空气，赋予了其精神，使其就像一个迷离于神秘世界的美人，我们在梦中参观这个神秘世界，而不像我们粗糙乏味的地球的一个碌碌房客。想想吧，这个国家衰退，枯萎，多沙，多石，阳光暴晒，丑陋，沉闷，臭名昭著，你骑过漫漫征程到了这里，你认为在整个宏大的宇宙之中就只有这里最美丽，无与伦比！如果我再来大马士革，我就在穆罕默德的山上扎营大约一个星期，然后再走。没必要进入大马士革城墙内。当决定不下山进入大马士革乐园的时候，先知做出了一个英明决定，而他自己并不知道。

有个由来已久的荣耀传说：大马士革所在的大花园就是伊甸园。现代作家搜集了许多章节的证据，想要表明这里确实曾是伊甸园，还想要表明法珥法和亚罢拿两条河流浇灌了亚当的乐园。可能是这么回事，但现在已经不是乐园了。现在，里边外边都一样。城里扭曲、狭窄、肮脏。人们无法想象这就是在山顶看到的那个卓尔不凡的城市。各花园藏在高高的泥巴墙里面，乐园完全成了一个遭受污染的丑陋垃圾堆。但是，大马士革有充足的清澈纯净的水，足以让阿拉伯人认为它是个美丽的天佑之地。在灼热的叙利亚，水是稀缺资源。在美国，我们在大城市之间运营铁路；在叙利亚，他们把道路修得九曲十八弯，以便经过他们称作"喷泉"的水量稀少的小水坑，经常赶四个小时的路才能找到这么一个小水坑。但是，《圣经》中的法珥法和亚罢拿两条"河流"（只是小溪）流经大马士革，所以，每栋房子和每个花园都有闪闪发光的喷泉和津津溪流。大马士革有枝叶繁茂的树林和充沛的水分，对于来自沙漠的贝都因人来说，就是奇迹之中的奇迹。大马士革只是个绿洲——仅此而已。在四千年的时间里，大马士革的水源没有干涸，土地也没有变得贫瘠。现在，我们可以理解大马士革长盛不衰的原因了。大马士革不能消亡。因为，在那片荒凉的沙漠之中，水源仍在，疲惫口渴的旅行者看到健在的大马士革依然眼前一亮。

  虽然历史久远，但你依然如春风一般新鲜，像你的玫瑰花蕾一样含苞待放，像你的橘花一样芬芳。哦，大马士革，东方的明珠！

  大马士革的历史可以追溯到亚伯拉罕以前的时代，是世界上最古老的城市。它是由诺亚的孙子乌斯①建立的。"大马士革的早期历史淹没在久远的古代过去之中。"撇开《旧约》头十一章的内容不谈，据历史记载，自世界诞生以来，大马士革就一直存在。无论是追溯到多么久远的过去，都会发现大马士革的历史。四千多年来，每个世纪的记载里都提到了大马士革，都有关于它的颂歌。对于大马士革来说，几年、几十年就只是过眼云烟、弹指一挥间。大马士革不是按照几天、几个月、几年来计量时间，而是根据有多少个帝国兴起、繁荣、毁灭。它是一种永生不灭的存在。它见证了巴勒贝克、底比斯、以弗所打下基础；见证了这些村庄变成巨型城市并以自己的宏大让世界啧啧称奇——大马士革还亲眼目睹了这三座城市荒芜废弃并被猫头鹰和蝙蝠占领。它见证了犹太帝国的繁荣，也见证了犹太帝国被消灭。它见证了希腊兴起，繁荣了两千年，然后灭亡。罗马建成时，它早就存在了；它见证了罗马以实力威震世界；它见证了罗马的灭亡。对于饱经沧桑、历史悠久的大马士革来说，热那亚和威尼斯几百年的强大和辉煌几乎只是乏善可陈的昙花一现。大马士革看到了上述所有

---

① 乌斯（Uz）实际上是诺亚（Noah）的曾孙。

情况在世上出现,它依然存在。它看着一千个帝国的枯骨,在自己灭亡之前还会看到另外一千个帝国的坟墓。虽然还有一座城市自称不朽之城①,但古老的大马士革才是真正的不朽之城。

日落时分,我们到达了大马士革的城门口。他们确实说过,在夜间,只要给点小费就能进入叙利亚任何一个有城墙的城市,大马士革例外。但是,大马士革享誉世界四千年,有着许多古老守旧的规矩。大马士革没有路灯。法律规定所有夜间外出的人都必须自带灯笼,就跟从前一样。从前,《一千零一夜》的男女主角走在大马士革的街道上,或者乘坐魔毯飞往巴格达。

我们进城墙内之后几分钟,天就挺黑了。我们长途骑马,穿过七拐八弯的街道,街道宽度八到十英尺,两边都是花园高高的泥巴墙。最后,我们到了一个处处都是灯笼在游动的地方,我们知道自己就在这座奇异古老城市的中心。在一条窄小的街道里,挤满了我们的驮骡,还有一群粗野的阿拉伯人,我们下马,通过墙上一个类似洞口的东西进入了一家旅馆。我们站在一个铺着石板的大院子里,花朵与香橼树环绕着我们,中间有个大水箱,许多管子在往里面注水。我们穿过院子,进入为我们四人准备的房间。两个房间之间有一个巨大的凹槽,由大理石铺成,凹槽处有个水箱,水箱里是清澈凉爽的水,水一直在流动。六根管子的涓涓细流在一刻不停地注入水箱之中。在这片灼热荒凉的土地上,没有什么比灯光下闪闪发光的纯净之水更让人赏心悦目了;这就是一顿视觉大餐,对于长久以来习惯了叙利亚自然之声的耳朵来说,此种仿真雨水就是听觉盛宴。我们的房间宽敞,设施舒适,地板上甚至还铺着柔软且色彩艳丽的地毯。再次看到地毯,心情舒畅,原因是,据我所知,欧亚两大洲的客厅和卧室就如同坟墓一般,用石头砌成,是最让人灰心丧气的东西。它们总是让人想起坟地。一张极大的、花花绿绿的长沙发,大约十二到十四英尺长,占了每个房间的整整一面墙,长沙发的对面是一些单人床,床上有弹簧床

---

① 这座城市是罗马。

第 44 章

垫。房间配有大镜子和桌面为大理石的桌子。所有这些奢侈品都让白天旅途辛劳的人们身心愉悦，也让人们始料不及——因为人们无法预计在一个人数高达二十五万的土耳其人的城市里会发生什么。

我不知道，但我认为他们把水箱放在两个房间之间是为了方便取饮用水；然而，直到我把发烫的脑袋深深扎入凉爽的水中，我才明白了如此放置水箱的原因。虽然在水中扎一下子很爽，但我感到抱歉，正要去跟旅馆老板解释解释。此时，一只毛发颇为卷曲、香水味扑鼻的卷毛狗蹦蹦跳跳地凑过来咬我的腿肚子。无暇细想，我就把它摁到了水箱底部。当我看到一个仆人带着罐子过来的时候，我走开了，任由这只小狗使劲往外爬，但爬得不太成功。心满意足的复仇足以使我无比高兴，当我吃到大马士革的第一顿晚餐时，我依然极为高兴。晚饭后，我们长时间躺在长沙发上，吸水烟和长烟管，谈论白天可怕的旅程，我这时才明白以前曾经明白的一个道理——精疲力竭是值得的，因为之后的休息太舒服了。

早晨，我们派人去找驴。需要指出的是，我们不得不派人去找驴。我说过大马士革是个老古董，确实如此。在任何其他地方，我们都会被一群喧嚣嘈杂的人包围，有赶驴子的、向导、小贩和乞丐——但是在大马士革，他们非常讨厌看到外国基督徒，不想有任何交集；就在一两年之前，外国基督徒在这里还不太安全呢。假设你在其他地方看到一个哈吉戴着绿头巾（去麦加朝觐过的人才能戴着象征荣誉的绿头巾），那么，我认为在大马士革就能看到十二个。在我见过的所有恶棍之中，大马士革人是看上去最邪恶的。到目前为止，所有我们见过的戴面纱的女人几乎都露着双眼，但是，大马士革的许多戴面纱的女人把脸完全罩在一层严严实实的黑纱之下。如果我们碰巧看到一只露在外面的眼睛，那只眼睛就会迅速遮盖起来；乞丐的确从我们身边经过也不索要小钱；市场里的商人并未高举商品急切地叫着"嘿，约翰！"或者"看这个，游客！"相反，他们只是阴沉地看着我们，一言不发。

狭窄的街道人头攒动，挤满了身着奇怪东方服饰的男男女女。当我们与他们擦肩而过的时候，我们的小毛驴把他们挤向左右两边，无情的赶驴男仆在催驴前进。这些压迫者在驴后面跑，一起对驴吼叫，还一起用棒子赶驴，长达数个小时；他们让驴子一路狂奔，然而，他们自己却从不疲惫或落后。有时驴子跌倒，把我们甩到赶驴男仆的脑袋上，但是，不要紧，爬上驴接着匆匆赶路就是了。我们经常撞上尖锐的墙角、满载的脚夫、骆驼、市民；我们小心翼翼，避免碰撞和伤亡，因此就无法欣赏周围的风景了。我们骑驴过了半个城市，经过了著名的"直街"，但却几乎什么都没看到。我们的骨头几乎被撞脱臼了，我们饱受刺激，我们的身体两侧因颠簸而疼痛。我们不喜欢大马士革的马拉街车。

我们前往两座房子，据说犹大和亚拿尼亚曾经住过。大约一千八百年或一千九百年前，大数城的扫罗非常仇恨被称为基督徒的新教派，他离开耶路撒冷，横跨全国，怒气冲冲地要讨伐基督徒。扫罗"向主的门徒口吐威吓凶杀的话"①。

> 扫罗行路，将到大马士革，忽然从天上发光，四面照着他。
> 他就扑倒在地，听见有声音对他说："扫罗，扫罗！你为什么逼迫我？"②
> 知道是耶稣在跟自己说话，扫罗颤抖起来，感到惊讶，说："主啊，你想让我干什么？"

主告诉他站起来，进入大马士革这座古城，有人会告诉他干什么。同时，他的士兵站在那儿，一言不发，充满敬畏，因为他们听到了什么的声音，但却没看到人。扫罗站起身来，发现强烈的超自然光线已经摧毁了自己的视力，他瞎了，所以"有人拉他的手领他进了大

---

① 引用自《圣经·使徒行传》第9章第1节。
② 以上两段分别引用自《圣经·新约·使徒行传》第9章第3节和第4节。

第44章

马士革"①。扫罗皈依了基督教。

保罗②瞎了三天,就住在犹大的家里。在此期间,他不吃不喝。

一个叫作亚拿尼亚的大马士革市民听到一个声音,这个声音说:"起来!往直街去,在犹大的家里,打听一个大数人,名叫扫罗,他正祷告。"③

亚拿尼亚一开始不愿意去,因为他以前听说过扫罗。他感到疑惑,觉得扫罗不是那种宣讲和平福音的"挑选的器皿"。然而,他还是听从命令,来到了"直街"(他是怎么找到前往直街的路的,此后,他又是怎么找到了从直街出来的路,是两个谜团。只能有一个解释,那就是,他是按照上帝的指引行路的。)亚拿尼亚发现了保罗并让他恢复了健康,委任保罗为牧师;保罗走出这栋老房子,我们曾在误称作"直街"的街道上寻找这栋房子,保罗开始放胆传教,直到死去。这栋房子并不是以三十块银币卖主求荣的使徒的房子。我之所以这么说,是要为犹大正名,此犹大跟卖主求荣的犹大大不相同。完全就是另一类人,住在非常好的房子里。遗憾的是,我们对他的了解仅此而已。

在上面的几段里,我为一些人提供了更多的信息。如果不是被此种方法哄着,他们是不会阅读《圣经》历史的。我希望寻求进步且受过教育的朋友们不会阻碍或者干涉我这特殊的传道方式。

直街比红酒起子直,但是直的程度还不如彩虹。圣路加是个小心的人,避免担责;他没说直街是直的,而是说"被称作直街的街"。这真是赤裸裸的反语;我认为,在《圣经》这么严肃的东西里,唯有这句话不分场合,乱开玩笑。我们在直街上走了一大段路,然后拐弯,参观所谓的亚拿尼亚故居。毋庸置疑,故居有一部分还在;这是栋老房子,有十二或十五英尺在地下,其砖石建筑显然是古代的。在

---

① 引用自《圣经·新约·使徒行传》第9章第8节。
② 扫罗(Saul)从此以后更名为保罗(Paul)。
③ 引用自《圣经·新约·使徒行传》第9章第11节。

圣保罗的时代,如果亚拿尼亚不住在这儿,其他人就住在这儿,谁住在这儿都无所谓。我从亚拿尼亚的井里汲水喝。真是奇了,井水十分新鲜,就像取自昨天刚刚挖出的井一样。

我们离开,前往大马士革城的北边,去看一处地方。在这里,门徒们趁夜深人静把保罗从大马士革的城墙上放下去——因为保罗无畏地在大马士革宣传基督,人们想找到他杀掉,今天犯下此种过错也会享受这种待遇——保罗不得不逃跑,去了耶路撒冷。

然后,我们参观了穆罕默德子孙的坟墓。还参观了另外一个坟墓,据说是屠龙的圣乔治的坟墓。接着来到一块岩石下的凹处,保罗逃跑时曾在此躲藏,直到追踪的人放弃了追踪,还去了五千个基督徒的陵墓,他们于1861年被土耳其人屠杀于大马士革。有人说,这些狭窄的街道在几天的时间里都流淌着鲜血,男人、女人和孩子被无差别地残杀,几百人就横尸在基督徒聚居区,任其腐烂;据说,恶臭令人作呕。所有可以逃走的基督徒都离开了大马士革。嗜血倾向蔓延到了黑门和前黎巴嫩高地。在短时间内,又有两万五千基督徒被屠杀,其财物被损毁。他们是多恨在大马士革的基督徒啊!在整个土耳其都大致如此。当俄国再度把枪炮对准土耳其人的时候,土耳其人会付出怎样的代价啊!

英国和法国横插一杠,挽救了濒临灭亡的奥斯曼帝国,否则奥斯曼帝国一千年前就该灭绝了。痛骂英国和法国一场,真是大快人心。我的虚荣心受到了伤害,因为我看到这些异教徒拒绝吃为我们烹饪的食物;拒绝跟我们用一个盘子吃饭;我们基督徒嘴唇污染的山羊皮囊,他们拒绝用来喝水,他们要把一块破布或者海绵裹在山羊皮囊的口上过滤着喝!我讨厌这些土耳其人和阿拉伯人。当俄国准备再次向土耳其发动战争的时候,我希望英国和法国能够明白,横加干涉是野蛮且愚蠢的行为。

在大马士革,他们认为,全世界没有一条河流比得上他们小小的亚罢拿河和法珥法河。大马士革人一贯这么认为。在《列王纪下》第5章里,乃缦对亚罢拿河和法珥河不吝赞美之词。那是三千年之前的

第44章

事情了。乃缦说:"大马士革的河亚罢拿和法珥法,岂不比以色列的一切水更好吗?我在那里沐浴不得洁净吗?"① 但是,我的一些读者早就忘了谁是乃缦了。乃缦是叙利亚军队的指挥官。乃缦最受国王宠幸,是个大人物。"他又是大能的勇士,只是长了大麻疯。"② 非常奇怪的是,他们现在指给你看的乃缦故居,竟然变成了麻风病医院。每当有陌生人进来,病号就露出他们可怕的畸肢,举起手来乞讨小费。

在大马士革的乃缦故居里,如果不是看到麻风病的可怖,就无法理解这种疾病到底有多可怕。骨头扭曲变形,巨大的肿块从脸部和身体突出出来,关节腐烂脱落——恐怖!

---

① 引用自《圣经·旧约·列王纪下》第5章第12节。
② 引用自《圣经·旧约·列王纪下》第5章第1节。

第45章

在大马士革的最后二十四个小时里,我因重度霍乱或者说假霍乱而躺倒不起,因此,我有好机会和好借口躺在那张宽大的长沙发上,真正休息一下。我无事可做,只能听喷泉急促的水声,吃药,再把药呕出来。这是个危险的娱乐项目,但是,总比在叙利亚旅行强。我吃了许多黑门山的雪,因为胃里存不住雪,所以,没有什么能阻碍我吃雪——胃里总有地方再装点雪。我非常享受。叙利亚旅行有其有趣的一面,就像在世界上其他任何地方一样,然而,还有娱乐游客的新花样:让你断腿或者染上霍乱。

我们在中午离开大马士革,用了几个小时的时间骑乘通过平原,然后,大家在一片无花果树的树荫下停了一会儿,给我个休息的机会。这是我们见到的最热的一天——日光如烈焰般射下,如同吹火管吹出的一道道火舌——光线好像洪水猛兽一般向我们的头顶扑来,倾泻而下就如屋顶上流下的雨水。我想像自己可以辨认出每一道洪水猛兽一般的光线——我想自己可以说出每一道强光何时击中我的头部,何时击中肩膀,下一道何时击来。情况糟糕。整个沙漠闪耀着强光,因此,我的眼睛一直泪流不止。伙伴们都有白色的伞,伞上配有深绿色的厚衬里。有这些伞真乃上帝保佑,给多少钱都不卖。我心怀感恩之情,因为我也有一把伞。不过这把伞打包在行李里面了,领先我十英里的路程。在叙利亚不带伞旅行简直是发疯了。他们在贝鲁特告诉我(这些人总是给你提出很多建议),在叙利亚不带伞旅行简直是发疯了。因此，我才准备了一把伞。

但是，实话实说，如果为了遮阳而带伞，那么，在任何地方，伞都是个烦人的东西，阿拉伯人的"菲斯帽"上都没有帽檐，也不用伞，也不用任何东西为眼睛或者面部遮阴，阿拉伯人在阳光下总是怡然自乐，气定神闲。但是，在我看到的所有可笑景象之中，我们的八人小组是最可笑的——他们确实显出一副怪模怪样。他们排成一排前进，全都带着绵延不绝的君士坦丁堡白布，白布一圈圈缠在帽子上，耷拉在背上；八人都戴着厚重的绿色眼镜，还有风镜；他们都撑着白伞，伞上配有绿色的衬里，擎在自己的头顶上；他们的马镫无一例外都太短——他们就是世界上最差劲的骑乘队伍，他们胯下的畜生很难跑得跟马一样快——眼前的景象是，他们头尾相接，鱼贯而行；直直瞪着前方，上气不接下气；整支队伍都高高跳起，队伍失去了章法；使劲抬起膝盖，僵在半空中，胳膊肘上下摆动，就像一只振翅欲啼的雄鸡，一长串伞剧烈地上蹿下跳——看到这番惊人景象展现在眼前，人们就会感到惊奇，诸神为什么不雷电交加让这些人从地表消失！我确实感到惊奇——我感到奇怪。我不会让这样一支旅行队穿行在我自己的国家。

当太阳降到地平线以下，这帮家伙收起伞，放在胳膊下面，这只不过是换了一幕而已，荒唐的属性并未改变。

不过，或许你不知道我们洋相百出是什么样子。你要是在现场，就能看到了。在这里，你一直觉得自己好像生活在公元前1200年左右——或者可以追溯到族长时代——或者继续向远古追溯至新纪元。周围是《圣经》中的场景——同样的人，穿着同样飘逸的长袍，穿着凉鞋，从你面前经过——还有那一串串长长的骆驼队，千百年来走了又归来——沙漠和群山之中有着和远古时代一样令人印象深刻的宗教肃穆与寂静。而且，看看吧，在这样一幅画面之中，来了一群戴着绿眼镜的古怪美国佬，胳膊摆来摆去，伞晃来晃去！狮穴里的但以理重现了，只是胳膊下夹着绿色的棉布伞。

我的伞跟行李在一起，我的绿色眼镜也是如此——而且它们还会跟行李在一起。我是不会使用他们的。我会在一定程度上恪守一个原则：入乡随俗。就算不因奇装异服遭人嘲笑，单是暴晒在烈日之下就够倒霉的了。如果我倒下了，至少让我像一个基督徒那样倒下。

离开大马士革三四个小时之后，我们到了扫罗突然皈依基督教的地方。从这个地方，我们回望灼人的沙漠，最后瞥一眼美丽的大马士革，大马士革掩映在一片青翠碧绿之中。日落之后，我们到了自己的帐篷，就在肮脏的阿拉伯村庄琼斯伯勒外面。当然，这个村庄的真名是艾尔，或者诸如此类，但是，这帮家伙依然拒绝识别那些阿拉伯名字，也不愿意去念这些名字。当我说这个村庄就是普通的阿拉伯村庄时，我是要暗示大马士革方圆五十英里之内的叙利亚村庄都是一个风格——太像了，凭人的智慧根本发现不了不同之处。叙利亚村庄都是一层楼高的小屋（有一人那么高），就像一个衣物箱一样四四方方；无论是平坦的屋顶，还是其他地方，处处都抹着泥巴，通常都马马虎虎地粉刷一下。同样的屋顶通常在半个小镇里绵延不绝，覆盖了许多街道，这些街道通常有一码宽。当你在中午骑行穿过这些村庄时，你首先会遇到一条悲伤的狗，狗抬头望着你，无声地祈求你不要碾压而过，但是狗并不主动让开；然后你碰到一个一丝不挂的年轻男孩，伸出手说："给点钱吧！"——他并不是真的想要一分钱，只是在学会喊妈之前，就会这么说了，因此，现在他已经习惯了；接下来，你遇到一个女人，女人脸上紧紧扣着黑纱，胸脯裸露着；最后，你看到的是几个眼睛肿痛的孩子，都有不同程度的残疾和溃烂；一个可怜的家伙谦卑地坐在尘土之中，衣衫褴褛，胳膊和腿都虬结扭曲，就像是葡萄藤一样。这些人你都可能会遇到。其他的人在屋里睡觉，或者外出照料平原和山坡上的山羊，村庄建在一个年久失修的小小河道旁边，周围是为数不多的赏心悦目的植物。这个如梦如幻的圈子之外，周边绵延数英里的都是沉闷的沙漠，满是黄沙和砾石，还有三齿蒿等一丛丛灰色的灌木。叙利亚村庄是世界上最悲惨的景象，周边环境显然与其风格一致。

我本不想针对叙利亚村庄发表长篇大论，但是《圣经》中臭名昭著的大能猎户宁录就埋葬在琼斯伯勒,因此,我想让大众知道宁录埋在了哪儿。和荷马一样,宁录到底被埋在了哪儿众说纷纭。但确凿无疑、无可辩驳的是,宁录的骨殖就埋葬在这儿。

四千多年以前,最初的部落分崩离析,宁录和一大群人到了三四百英里之外的地方定居,这个地方就是后来的巴比伦。宁录建造了巴比伦。他还开始建造著名的巴别塔,但是,无法控制的情况出现了,他无力完成巴别塔了。然而,他已经盖起了八层,其中两层至今依然立在那里——就是一大堆砖头砌成的东西,地震使得巴别塔从中间裂开,一个愤怒的神灵用闪电把巴别塔烧焦,烧成了玻璃。但是,大片的废墟屹立多年不倒,使得现代人微不足道的劳动相形见绌。巴别塔的大型隔间里住着猫头鹰和狮子。在整个寒酸的小村庄里,没人记得宁录。宁录已经远离了自己热火朝天的工作现场,千秋功过都湮没在了时空之中。

我们一大早就离开了琼斯伯勒。我觉得我们好像一直在赶路,永不停歇,穿越炎热的沙漠和多石的群山,饥饿,又没水喝。一小会儿工夫,我们就喝光了山羊皮囊里的水。中午的时候,我们停在了一个寒酸的阿拉伯小镇艾尔尤伯达姆跟前,小镇在山坡上。但是,口译译员说,要是我们去那儿要水,整个部落都会攻击我们,因为他们不喜欢基督徒。我们不得不继续前进。两个小时后,我们到了一座孤零零的高山脚下,山顶是破败不堪的巴尼亚斯堡垒,巴尼亚斯堡垒无疑是世上最为雄伟的废墟。有一千英尺长,两百英尺宽,砖石建筑极富对称性,同时也异常笨重。那些巨塔和王堡有三十多英尺高,当年高六十英尺。山巅之上,残破的角楼耸立在一片片古老的橡树和橄榄树之中,看起来别致优美,年代极为久远,没人知道是何人何时建造的。它根本无法接近,一个地方除外。在这个地方,一条马道在坚固的岩石中蜿蜒而上,直抵整个古老的吊闸。在堡垒被驻守的成百上千年里,马蹄在这些石头上凿出了六英寸深的坑。我们在堡垒的房间、地下室和地牢里游荡了三个小时。在我们脚下的这片土地上,英武的十字军骑士曾经脚踏战靴叮叮当当地走过。在此之前的岁月里,腓尼基英雄也曾走过这片土地。

我们满心怀疑，如此坚实巨大的砖石结构竟会受地震的影响。我们也无法理解是哪些人把巴尼亚斯变成了废墟；但是，过了一会，我们发现了破坏者，然后，我们的疑惑增加到了原先的十倍。种子掉进了巨大墙壁的缝隙；种子发芽抽枝；柔软细小的嫩芽变得坚硬；长得越来越大，以稳定且不易被察觉的压力迫使巨大的岩石分崩离析。当年在地震之中坚不可摧的巨大建筑如今已经遭受重创！虬结扭曲的树木从古老城墙的各个地方生长出来，郁郁葱葱的叶子给灰色的堡垒带来了美丽和清凉。

从这些古老的塔楼往下看，我们看到了一望无际的广阔平原，平原上闪闪发光的是池塘和小河，它们是神圣的约旦河的源头。看够了沙漠之后，这些池塘和小河真是养眼。

天快黑的时候，我们爬下山，穿过《圣经》中提到的巴珊橡树丛（因为我们正在穿越边界，进入梦寐以求的圣地），到了山脚下的平地，前往广阔的峡谷，我们进入了这个该遭天谴的小村庄巴尼亚斯，在一大片橄榄树之中扎营，旁边是闪闪发光的溪流，溪流两岸是一排排枝繁叶茂的无花果树、石榴树和欧洲夹竹桃。小村庄的周围简直就是一片世外桃源。

人人都热得要命且满身尘土，扎营之后想做的第一件事就是洗澡。我们沿着溪流溯水而上，来到了溪流从山体一侧喷涌而出的地方。此地离帐篷三百码，我们洗了个澡，水冰凉。如果我不知道这是神圣的约旦河的主要源头，我就会觉得在此洗澡会对自己造成伤害。B医生说，当初我之所以得霍乱，就是因为中午的时候在亚罢拿河冰凉的水源"大马士革河"里洗澡。然而，基本上每回洗澡，我都会得霍乱。

屡教不改的朝圣者进来了，口袋里装满了从废墟上敲下来的标本。我希望能有人阻止这种故意毁坏文物的行为。他们从诺亚的坟墓上敲下碎片；有此待遇的还有巴勒贝克各个坟墓上的精美雕塑；大马士革犹大故居和亚拿尼亚故居；琼斯伯勒大能猎户宁录的坟墓；巴尼

第45章

亚斯堡垒古墙上的希腊、罗马铭文;现在,他们乱砍乱凿这些古老的拱门。当年,下凡的耶稣曾见过这些拱门。这伙朝圣者入侵耶路撒冷的时候,但愿上苍保佑圣墓啊!

这里的废墟不太有趣。一座巨大的方形建筑残存了大量的墙壁,这座建筑曾经是一座堡垒;有许多巨大的古代拱门,上面满是瓦砾,几乎没有露出地面多少;有外壁厚实的排水管,孕育了约旦河水晶一般的小溪依然在排水管中流淌;在山坡上,还有一座巨资修建的大理石神庙的地下部分,这座神庙由大希律王在此修建——一块块漂亮的马赛克地板依然存在;古色古香、年代久远的石桥可能在大希律王时代之前就存在了;在小路和树林之中,处处可见科林斯风格柱顶、破碎的斑岩柱子、雕塑的小碎片;在远处的悬崖之上,泉水喷涌而出,岩石壁龛上方是历经岁月打磨的希腊铭文,希腊人以及后来的罗马人当年就在那里膜拜森林之神潘神。但是,现在,这些废墟上许多长出了乔木和灌木;一小撮肮脏的阿拉伯人的小屋其貌不扬,踞于这些破碎的古代残砖碎瓦之上,整个地方看起来冷清乏味、蠢不可及、土得掉渣,人们几乎无法相信,就在两千年前,这里曾有一个繁忙、坚不可摧的城市。不过,此地是一个事件的现场,这个事件在世界历史上占据了巨大的篇幅,引发了长篇大论。因为当年对彼得说话的时候,基督就站在这儿:

你是彼得,我要把我的教会建在这磐石上,阴间的权柄不能胜过他。我要把天国的钥匙给你,凡你在地上所捆绑的,在天上也要捆绑;凡你在地上所释放的,在天上也要释放。①

就因为这几句话,天主教的宏大体系才建了起来;正是靠这几句话所蕴含的权威,教皇才拥有了控制世俗事务的帝王权力,也拥有了神一般的权力去诅咒一个人或者洗白罪恶。罗马宣布是上帝授予其

---

① 该段引用自《圣经·新约·马太福音》第 16 章第 8 节和第 9 节。

"唯一真正教会"的地位，罗马多个世纪以来不辞辛劳，殚精竭虑，劳心费神，也将坚持不懈，直到永远。我在上文引用了这些难忘的语句。完全是因为这些语句，这片毁弃的城市才吸引了当今时代的人们。

站在救世主当年的的确确用双脚踩踏过的地方，真是令我们万分惊奇。周边环境真实可感，触手可及，好像不同于仙界人物固有的特点。他们通常模糊不清，神秘莫测，形如鬼魅。我还无法理解，我坐在神灵站过的地方，看着神灵看过的小溪和群山。周围是黝黑的男女，他们的祖先亲眼看见过基督并面对面和他交谈，方式轻松随意，就像他们与陌生人见面交谈的方式一样。我无法理解这一点；按照我的理解，诸神总是隐藏在云中，遥不可及。

今天早晨，吃早饭的时候，这些邋遢的家伙和往常一样耐心地围坐在我们营地的外面，等着我们可怜可怜他们，施舍点残羹冷炙。他们有年老的，也有年轻的，有棕色皮肤的，也有黄色皮肤的。一些男人又高又壮（在东方的任何地方都很难看到如此相貌非凡的男人），但是所有的女人和孩子都看起来疲倦憔悴，悲伤失望，饥肠辘辘。这些人经常让我想起印第安人，他们确实像印第安人。他们穿得很少，但是穿在身上的衣服都奇形怪状，稀奇古怪。别管有什么华而不实、花里胡哨、荒唐可笑的小东西，他们都要显摆出来，力求一举抓住别人的注意力。他们静静地坐着，耐心十足地看着我们的一举一动，卑鄙无耻，坚持不懈，缺乏礼貌，活脱脱就是一个印第安人。在这种情况下，白人会紧张、不适、易怒，忍不住要灭绝整个部落。

我们周围这些人有其他特性，我发现高贵的红色印第安人也有：他们身上都是虱子跳蚤之类的寄生虫，灰尘在他们的身上凝结，直到变得像树皮一样。

小孩处境堪怜——他们都眼睛肿痛，还遭受着其他折磨。有人说，在东方，几乎所有的当地孩子都眼睛肿痛，而且每年有成千上万的孩子一只眼或者双目失明。我觉得此言不虚，因为每天我都看到许多盲人，而且不记得看见过眼睛不肿的孩子。另外，你觉得一个美国母亲会坐上一个钟头，抱着孩子，任由一百只苍蝇栖息在孩子的眼睛上,连赶都不赶吗?我每天都看到这一幕。这让我浑身起鸡皮疙瘩。昨天,我们遇到一个骑着小公驴的女人,她抱着个小孩——实话实说,当我们接近的时候,我认为孩子戴着护目镜,而且我想知道这个母亲怎能买得起这种玩意。但是,当我们靠得更近的时候,我们看到护目镜只是一群苍蝇,聚在孩子的两只眼睛上,同时,还有一堆苍蝇叮在鼻子上。苍蝇志得意满,孩子心满意足,所以母亲不管不顾。

这个部落刚发现我们里面有个医生,就从四面八方聚拢了过来。B医生天性仁爱,从旁边坐着的一个女人手里接过孩子,给孩子患病的眼睛滴上了眼药水。那个女人走开了,把整个国家的人都鼓动起来。看他们聚在一起,真是大饱眼福!有瘸子、跛足的、瞎子、麻风病人——疾病多种多样,病因是懒惰、灰尘和邪恶罪孽——十分钟就聚了一堆人,就像国会议员一样形形色色,而且还在源源不断地过来!每个有婴儿生病的女人都把婴儿带了过来,没有的也借了个婴儿过来。在他们的眼中,B医生成了可怕神秘的力量。他们一脸虔诚,满怀崇敬!他们看着B医生拿出瓶瓶罐罐;看着他称量白色粉末状的颗粒;看着他加了几滴珍贵的液体,又加了几滴另一种液体;他们不放过他的一举一动;他们的眼睛牢牢盯着他,如同着魔一般,无法自拔。我相信,他们认为B医生是如同天神一般的存在。每当一个人拿到自己那一份药品的时候,此人就眼睛放光,欣喜若狂——脸上写着坚定的信仰,坚信现在世上没有什么能够阻止病人康复。

对于这些愚昧、迷信、疾病缠身的芸芸众生,基督知道如何向他们布道:基督治病。B医生治疗患儿的美名在这片土地上广为传播,他们今天早晨成群结队地来找这个可怜的人类医生,他们用崇敬的眼神看着他,虽然他们还不知道B医生的草药是否会奏效。这些人的祖先——和他们几乎一模一样——无论是肤色、衣服、举止、习俗还是愚昧——在基督身后成群结队,当他们看到基督动动嘴说个词就可以治愈病人的时候,难怪他们会把基督奉若神明。毋庸置疑,基督的行为举国上下耳熟能详。毋庸置疑,跟随基督的人人山人海,因此,有一次——离这儿三十英里的地方——他们不得不让一个患病之人从屋顶下去，因为没法接近门口；毋庸置疑，在加利利，基督的听众人山人海，基督不得不在离岸有一点距离的船上布道；毋庸置疑，在伯赛大周围的沙漠地区，五千人甚至搅扰了基督的安宁，基督不得不以奇迹供给他们饮食，否则就要看着他们因深信不疑和虔诚热爱而遭罪；毋庸置疑，当时，城里有巨大骚动的时候，邻居们就会互相解释，大意是说："他们说拿撒勒的耶稣来了！"

嗯，接着说 B 医生，他把自己所有的药都分发了出去。如今，他的声誉在加利利如日中天。他的病人中有酋长女儿的孩子——这一群人贫穷、衣衫褴褛、疼痛发炎、原罪在身，但是，他们也有自己高贵的酋长——一个可怜衰老的木乃伊，看起来他的家应该在贫民院，他也不像是能领导这个无望、衣不蔽体的野蛮人部落的高级首脑。公主——我的意思是酋长的女儿——只有十三四岁，面相极为甜美。到目前为止，在我们见过的所有叙利亚女性之中，只有酋长的女儿不算丑陋至极。因此，如果酋长的女儿在星期六晚上十点之后笑一笑，安息日就破戒了。但是，她的孩子就是一块坚硬的标本——身上的肉不够做个馅饼，可怜的小东西楚楚可怜地看着每一个来到身边的人（就好像明白过了这个村没这个店了），我们同情心爆棚，是发自内心的同情，不是矫揉造作。

但是，我最近刚得到的这匹马竭力要在帐篷绳子上折断自己的脖子，我不得不出去拴好它。我和"耶利哥"已经分手。我认为，刚得到的这匹马没什么值得吹嘘的地方。它的一条后腿折向了错误的方向，另一条后腿又直又僵，就像帐篷杆子。大多数牙都掉了，还完全看不清东西。它的鼻子曾经在某个时候折断过，现在就像是一个涵洞那样趴着。它的下嘴唇就像骆驼那样悬着，两只耳朵被贴近脑袋砍掉。一开始，我想不出来给它起什么名字，但最终，我决定叫它"巴勒贝克"，因为它真是一堆破烂不堪的废墟。我禁不住谈谈自己的那些马，因为眼前的旅程漫长枯燥，它们自然和明显更为重要的事情一样占据了我的心思。

我们让我们的朝圣者感到满意，因为我们一路奔波，从巴勒贝克

第 45 章

赶到大马士革。但是丹和杰克的马都跛得厉害，我们不得不把它们扔下，为丹和杰克另外找马。口译译员说杰克的马死了。我和穆罕默德换了马。穆罕默德是一个面相如国王的埃及人，是我们的弗格森的助手。当然，我说的弗格森就是口译译员亚伯拉罕。我之所以要这匹马并不是以貌取人，而是因为我没看到马背。我不想看。所有其他马的背我都看过，发现大多数都覆盖着马鞍磨出来的可怕疖子。我知道，多年来，这些疖子既没清洗，也没医治。一想到整天骑在这种可怕的马背上，就如同受酷刑折磨一般，令人作呕。我的马肯定和其他的马一样。但是，至少我能安慰自己，因为不知道自己的马背上到底有无疖子。

  我希望，在将来再也看不到阿拉伯人对马儿顶礼膜拜时感情用事发出的溢美之词。在我还是男孩的时候，我渴望做个沙漠里的阿拉伯人，拥有一匹美丽的母马，称其为赛利姆，或者本杰明，或者穆罕默德，亲手喂养它，让它到帐篷里来，教它爱抚我，用大而温柔的双眼友好地看着我；我希望一个陌生人在此时到来，要给我十万美元买我的马，这样，我就会像其他阿拉伯人那样——犹豫，想得到这笔钱，但是，对母马的热爱战胜了对金钱的渴望，最后说："和你分开，我漂亮的马儿！这辈子绝不可能！走吧，用金钱引诱我的家伙，我鄙视你的金钱！"然后，跳上马鞍，像风一样驰过沙漠！

  但是，我想起了这些雄心壮志。如果这些阿拉伯人跟其他阿拉伯人一样，那么，他们对美丽母马的热爱就是骗局。我认识的这些阿拉伯人不爱自己的马，对马儿没有怜悯之情，也不知道如何对待或者照顾马儿。叙利亚的鞍褥是一个加衬料的垫子，有两三英寸厚。无论白天还是晚上，鞍褥一直都放在马身上。上面满是灰尘和毛发，浸透了汗水。这种鞍褥肯定会导致疼痛发炎。这些土匪从未想过要清洗马背。他们也不让马在帐篷里享福——马儿必须待在外面，无论天气如何。看看可怜的"巴勒贝克"，肢体残缺，形如废物。与赛利姆含情脉脉的罗曼史也见鬼去吧。

第46章

在崎岖多石的道路上骑马行进了大约一个小时,路上被水淹没了一半。然后穿过巴珊的橡树丛,我们到了但。

从此处平原的一个小土丘上流出一道宽广的溪流,水流清澈,汇聚成一个巨大的浅塘,然后继续汹涌向前,越来越大。这个水坑是约旦河的重要源头。水坑的岸边,以及溪流的两岸令人赏心悦目,装饰着盛开的欧洲夹竹桃。但是,这里无法言表的美丽不能让一个大脑清醒的人惊厥抽搐。读了叙利亚游记,就让人觉得在叙利亚旅游,惊厥抽搐在所难免。

从我说的这个地点,炮弹可以射过圣地的边界线,在三英里之外的世俗土地上爆炸。在圣地旅行仅仅一个小时——我们还没开始体会脚下的土地跟我们司空见惯的土地有何不同。但是,我们已经想到了一大堆历史古迹的名字!但——巴珊——户勒湖——约旦河源——加利利海。这些历史古迹都在视线之内,只有加利利海例外,但是加利利海离得也不远。小镇巴珊曾是《圣经》中的著名王国,以公牛和橡树而闻名。户勒湖是《圣经》之中的"米伦水域"。但在巴勒斯坦的最北边,贝尔谢巴在最南边——由此产生了一个说法"从但到贝尔谢巴"。就相当于我们所说的"从缅因州到得克萨斯州"——"从巴尔的摩到旧金山"。我们跟犹太人说的都是一个意思——距离很远。靠着他们缓慢的骆驼和驴,从但到贝尔谢巴大约要走七天——大约一百五六十英里——整个国家就这么长,如果不精心准备,也不加上烦琐的仪式，就不会成行。当回头浪子来到"遥远的国家"时，他不可能走出八九十英里远。巴勒斯坦只有四十到六十英里宽。密苏里州能够拆分成三个巴勒斯坦，还有剩余，剩余的部分可能也赶得上一个巴勒斯坦了。从巴尔的摩到旧金山有几千英里，但是，再过两三年，乘坐火车只需要七天就可以到达。[①] 如果我还活着，我肯定会不时乘坐火车穿越美洲大陆，但毋庸置疑，从但到贝尔谢巴只走一次就够了。这趟旅程比巴尔的摩到旧金山之旅艰辛难耐。因此，如果我们碰巧发现但到贝尔谢巴之旅对犹太人来说难于登天，那么，不要骄傲自满。反思一下，在没有火车可坐的情况下，但到贝尔谢巴之旅过去是，现在也是，难于登天。

我刚才提到的小土丘曾经是腓尼基人的一个城市拉亿。一群来自琐拉和以实陶的海盗占领了这个地方，自由自在、轻松愉快地生活在这儿，膜拜自己制造的诸神。每当自己的神像破旧之时，就从邻居那儿偷盗神像。耶罗波安在此造起一个金牛犊，让人们神魂颠倒，阻止人们踏上危险的旅程去耶路撒冷朝拜，人们可能因朝拜而回归自己真正国王的统治。我十分尊重古代犹太人，但是，我不能忽视一个事实：他们并不是时刻都道德高尚，因而无法抵挡金牛犊的诱惑。从那时起，人性并没有多大的变化。

大约四千年以前，索多玛城遭到了美索不达米亚一些王公的抢劫。在他们抓到的俘虏里面就有族长罗得。王公们回师，把罗得带到了此地，罗得成了他们的私有财产。王公们把罗得带到了但。祖先亚伯拉罕追寻着罗得的踪迹，在夜深人静之时悄悄潜入，周围是塞窣作响的欧洲夹竹桃，头顶是高大的橡树，橡树提供了阴影。亚伯拉罕袭击了睡着的胜利者，枪剑的撞击声让胜利者从梦中惊醒。亚伯拉罕夺回了罗得，还有被抢走的一切。

我们继续前进。现在，我们处于一个绿色的峡谷之中，峡谷有五六英里宽，十五英里长。被称作约旦河之源的几条溪流淌过峡谷，汇

[①] 当我写下上文的时候，铁路已经完工。——原书注

聚到户勒湖之中。户勒湖直径三英里，是个浅浅的水塘。在户勒湖的最南端，汇聚成约旦河流出。户勒湖被广阔的沼泽包围，沼泽里长着芦苇。在沼泽和环绕峡谷的群山之间，是一块狭长的土地，相当肥沃；在峡谷的末端，朝向但，有一半的土地坚硬肥沃，得到了约旦河的浇灌。足以建设一个农场。见了这块土地，那群占领但的冒险家派出的间谍心花怒放。他们说："我们已经窥探那地，见那地甚好。那地百物俱全，一无所缺。"①

间谍们从未见过如此漂亮的国家。仅凭这一点，就足以使他们心花怒放。这里足以供养他们这六百个男人和他们的家人。

我们深入但族农场的平坦地带。实际上，此地可以让我们纵马驰骋了。这个情况引人注目。

日复一日，我们痛苦地在无尽的群山和岩石上攀爬。当我们看到这片没有石头的神奇平原，每人都催马前进，疾速驰骋，尽享乐趣。如此驰骋在叙利亚是难以想象的。

这里有耕作过的痕迹——这种情况在这个国家并不常见——一两英亩肥沃的土地上最后一季死去的玉米，茎有大拇指那么粗，彼此离得很远。但是，在这片土地上，这已经是激动人心的景象了。紧挨着的是一条小溪，小溪的两岸是一大群模样古怪的叙利亚山羊和绵羊，在满心感激地吃着砂砾。我并不是说羊吃砂砾是个令人瞠目结舌的事实——我只是假定它们在吃砂砾，因为那儿除了砂砾之外好像没什么可吃的。我完全相信，如今照料羊群的牧羊人就跟当年的约瑟兄弟一模一样。他们是身材高大，肌肉发达，肤色极黑的贝都因人，胡子就像墨水一样黑。他们有坚定的嘴唇，无畏的双眼，举手投足气象庄严，颇有帝王风采。他们戴的帽子一半像女帽，一半像兜帽，边缘的流苏垂在肩头，宽大飘逸的长袍上有着宽大的黑色条纹——在所有关于沙漠黑皮肤之子的画面上都能看到这种穿着。我认为，如果有机会的话，这些家伙会卖了自己的小弟弟。他们的举止、习俗、穿着、职

---

① 引用自《圣经·旧约·士师记》第 18 章第 9 节和第 10 节。

第 46 章

业以及放浪形骸都和原始人一模一样。(昨晚,他们攻击了我们的营地。我对他们没有好感。)他们那种矮小的公驴在整个叙利亚比比皆是。人们记得,关于"逃奔埃及"的所有图画里都有这种公驴。在《逃奔埃及》这幅画里,马利亚和婴儿耶稣骑着驴,约瑟走在一边,比小毛驴的肩膀还高出许多。

但实际上,在这个地方,一般是男人骑着驴并带着孩子,女人走路。从约瑟的时代到现在,习俗都没有变。在我们的房间里看不到约瑟骑驴以及马利亚走路的图画;我们觉得这是亵渎神灵,但是叙利亚基督徒不这么认为。我知道,从现在开始,我会觉得马利亚骑驴、约瑟走路的图画不够正常。

当然,我们拔营才两三个小时,不能停下来休息,虽然小河近在咫尺。所以,我们继续赶了一个小时的路。然后我们看到了水,但是,小河周围的一片荒地上连一英尺树荫都没有,我们简直要被烤死了。"像大磐石的影子在疲乏之地。"[①] 在《圣经》之中,没有什么比这更美丽了。而且,可以肯定的是,在我们到过的所有地方之中,唯有此处给我们留下了难以磨灭的印象:一片灼热、裸露、无树的土地。

在这里,不是想停就停,而是能停才停。我们发现了水,但是没发现树荫。我们接着赶路,终于发现了一棵树,但是没发现水。我们休息吃午饭,到达的地点叫作艾米拉哈(这帮家伙称其为鲍德温斯维尔)。这一天赶的路很少,但是口译译员不想继续前进了。他满嘴跑火车,说离开了这个地方,就到处都是凶恶的阿拉伯人,在他们的包围之下睡觉并不好玩。嗯,那些阿拉伯人应该是危险的。他们戴着一把锈迹斑斑、久经风霜的燧发老枪,枪管的长度超过了他们本人的高度;枪上没有准星,射得不如扔块砖头远,而且,准确程度还赶不上扔砖头的一半。他们围在腰间的多褶大腰带上插着两三把可笑的老旧骑兵大手枪,因为从未用过而锈迹斑斑——这些武器开火缓慢,你完全可以在它们开火的时候走出射程之外,然后武器爆炸,把阿拉伯人

---

① 引用自《圣经·旧约·以赛亚书》第32章第2节。

的脑袋炸掉。这些沙漠之子极为危险。

以前，每当读到威廉·C. 格兰姆斯在贝都因人之中侥幸脱险的故事，我就吓得手脚冰凉。但现在，我可以泰然自若地阅读他的故事了。我相信，他从未说过遭到了贝都因人的袭击或者曾被不文明地对待，但是，在故事之中，几乎每隔一章，他就发现贝都因人又来了，他叙述得毛骨悚然，给人险象环生的感觉；在故事之中，人们不禁想知道，如果威廉·C. 格兰姆斯在远处的亲戚看到这个四处乱窜的可怜家伙，会做何感想，这个可怜的家伙拖着沉重的双脚，双眼已经模糊，还处于如此危险的境地；在故事之中，最后一次想到老家、可爱的老教堂、奶牛，等等；在故事之中，他终于在马鞍上笔直地直起身形，掏出可以信赖的左轮手枪，用马刺踢"穆罕默德"，冲向凶恶的敌人，敌人显然是要跟他以命相搏。确实，当他冲过来的时候，贝都因人没有对他做什么，而且本来也没想对他做什么，贝都因人感到困惑，他到底为什么大惊小怪的；但不知怎的，我还是认为，正是得益于孤注一掷的勇气，此人才脱离了险境，所以每次读到威廉·C. 格兰姆斯笔下的贝都因人，我都睡不好觉。但是，现在我相信，上述关于贝都因人的事就是假话。我见识了怪物一般的贝都因人，也比他们跑得快。我也不会害怕他们拿着自己的枪射击。

大约公元前 1500 年，我们的这个米伦水边营地，是约书亚有一次灭绝敌人的战场。夏琐（在但的北面）国王耶宾把所有的酋长都召集到自己周围，酋长带着自己的军队，等待着以色列可怕的将军约书亚的到来。

> 这诸王会合，来到米伦水边，一同安营，要与以色列人争战。
>
> 这些王和他们的众军都出来，人数多如海边的沙，并有许多马匹、车辆。[①]

[①] 引用自《圣经·旧约·约书亚记》第 11 章第 5 节和第 4 节。

等等。

但是，约书亚袭击了他们，彻底消灭了他们，一个不留。这是约书亚的战争法则。他从不给报纸留下争论谁赢谁输的机会。约书亚使得这个峡谷成了臭气熏天的屠宰场，而现在，这个峡谷是多么寂静啊。

在这个国家的某一个地方——我不知道具体在哪里——以色列在一百年后打了另一场血腥的战役。女先知底波拉告诉巴拉带上一万人出击另一个耶宾王，因为这个耶宾王做了什么事。巴拉从距此二十或者二十五英里的他泊山上下来，向耶宾的军队发起进攻，耶宾军队的指挥官是西西拉。巴拉打赢了。按照以往彻底获胜的方式，要斩草除根，杀尽战败的敌人。此时，西西拉徒步逃走了。当西西拉又累又渴的时候，一个叫作雅亿的人邀请西西拉进入自己的帐篷休息，西西拉可能之前就认识这个女人。疲惫的军人西西拉迫不及待地同意了，雅亿服侍他上床。西西拉说自己很渴，要求慷慨收留他的人提供一杯水。雅亿拿来一些奶，西西拉感激地把奶喝下，再度躺下，进入了舒适的梦乡，忘记了失败的战役和受损的荣耀。不久，当西西拉还在睡着的时候，雅亿轻轻地带着锤子进来，把可怕的帐篷橛子敲进了西西拉的脑袋里！

"西西拉沉沉睡去，身体疲惫。所以，西西拉就死了。"《圣经》里用如此动人的笔调描述。《底波拉和巴拉的歌》赞扬了雅亿不可磨灭的功绩，笔调令人欢欣鼓舞：

> 愿基尼人希百的妻雅亿比众妇人多得福气，比住帐篷的妇人更蒙福祉。
> 西西拉求水，雅亿给他奶子，用宝贵的盘子，给他奶油。
> 雅亿左手拿着帐棚的橛子，右手拿着匠人的锤子，击打西西拉，打伤他的头，把他的鬓角打破穿通。
> 西西拉在她脚前曲申仆倒，在她脚前曲身倒卧。在那里曲

身，就在那里死去。①

这个峡谷再也不会出现如此骇人听闻的一幕了。整个峡谷里连一个村庄都没有——方圆三十英里都没有。有两三堆贝都因人的帐篷，但是一个永久定居点都没有。在这里骑上十英里都看不到十个人。

这个地区实现了一个预言：

> 我要使此地成为荒地。住在其上的仇敌就因此诧异。我要把你们散在列邦中，我也要拔刀追赶你们。你们的地要成为荒地，你们的城邑要变为荒凉。②

站在荒废的艾米拉哈旁边，没人能说这个预言没有实现。

我上面引用的《圣经》诗句提到了一个词组"这诸王"。这个词组迅速吸引了我的注意力，因为它所蕴含的意义跟在美国一贯表示的意义大不相同。我可以清楚地明白一点：如果我想从这场旅行之中获益并正确理解与其相关的景点，那么我就必须认认真真诚诚实实地抛弃我以前通过种种方式了解到的关于巴勒斯坦的知识。必须开始抛弃成见。我原本以为间谍从应许之地偷出来的葡萄很大，我也是同样认为巴勒斯坦的一切都很大。我的一些想法太离谱了。巴勒斯坦这个词总是给我留下的模糊印象就是这个国家跟美国一样大。我不知道为什么，但我就是这么认为的。我猜原因是，我无法想象如此小的一个国家会拥有如此多姿多彩的历史。我觉得，发现伟大的土耳其苏丹只是普通人的身材让我略略吃惊。我必须把自己关于巴勒斯坦的想法削减到正常大小。有时，童年里得到的印象是大，那就需要一辈子与这个印象作斗争。"这诸王。"当我在主日学校读到这个词组时，我想到的是英、法、西、德、俄等国的国王穿着珠宝闪耀的袍子，排成队列，严肃前

---

① 引用自《圣经·旧约·士师记》第 5 章第 24 节、第 25 节、第 26 节、第 27 节。
② 引用自《圣经·旧约·利未记》第 26 章第 32 节、第 33 节。

进，手里是金质节杖，头上是闪耀的王冠。但是，这里是艾米拉哈，穿过叙利亚之后，认真研究了叙利亚的风土人情之后，"这诸王"这个词组就不再那么伟大了。这些国王只是一群小酋长——穿得不好，脾气也不好，就是一群野人，很像美国的印第安人。他们完全生活在彼此的视线之内。如果"王国"能有方圆五英里，臣民两千，那就算大的了。约书亚一次著名的战役就消灭了三十个"国王"，这些"国王"的王国加起来只相当于我们四个一般面积的县城。我们在该撒利亚腓立比见到的那个可怜的老酋长，有一百个衣衫褴褛的手下，在约书亚的时代也会被称作"国王"。

早晨七点。要是在美国的话，青草上会闪耀着露珠，空气中弥漫着花儿的芬芳，鸟儿在树丛中歌唱。但是，哎呀，这里没有露珠，也没有花儿、鸟儿和树丛。有个平原，还有个缺乏树荫遮挡的湖泊，远处是一片荒山。阿拉伯人正在收帐篷，一如既往地像猫和狗那样争吵，营地到处是行李和包裹，大家汗流浃背地把行李包裹放在骡子背上，鞍子放在了马背上，伞拿了出来，我们在十分钟之内就会上马，长长的队伍会再度出发。莫拉哈这座白色的城市，刚刚从多个世纪的沉寂中短暂复活，又将再度消失，不留痕迹。

第47章

我们在荒郊野外行进了几英里，这里土地肥沃，但却杂草丛生——一片安静肃穆的地方，我们在这里只看到了三个人——阿拉伯人，只穿着粗糙的长衬衫，就像"亚麻纤维"衬衫一样。在夏天，南方种植园的黑人小男孩过去常常只穿一件"亚麻纤维"衬衫。这三个阿拉伯人是牧羊人，他们用传统的牧羊笛让羊群服服帖帖。牧羊笛是一种芦苇做的乐器，声音非常难听，就跟这三个阿拉伯人的歌声一样难听。

从前，牧羊人的祖先在伯利恒平原听到天使唱出美妙的乐曲《人间平安，人类好运》。但是，在这三个牧羊人的笛子里是没有如此美妙乐曲的余音可以绕梁了。

我们走过的一部分地面根本不是地面，而是岩石——奶油色的岩石，被磨得很光滑，就像是水流冲刷过一般；几乎没有棱角，而是有很多孔洞，就像蜂巢一样，如同眼窝一般，构成了各种稀奇古怪的形状，最常见的形状就是可怕的骷髅。在这段路上，有的地方残存着亚壁古道一般的古罗马道路。铺路石依然以罗马风格的黏合力固守原地。

灰色的蜥蜴是废墟的后代，坟墓和荒地的继承人，在岩石中间溜进溜出，或者静止不动晒太阳。有的地方曾经盛极一时，如今颓废破败；有的地方曾经荣耀辉煌，如今盛景不再；有的地方曾经美景萦绕，如今灰飞烟灭；有的地方曾经欢乐长驻，如今忧郁不已；有的地方曾经生机勃勃，如今高处的神殿祭坛一片死寂。蜥蜴就在这样的地方安家，嘲笑人类的虚伪。蜥蜴的表皮是淡灰色的，淡灰色象征着希望的破灭，壮志成空，爱情幻灭。如果蜥蜴能说话，蜥蜴会说，建神庙：我会在神庙的废墟里称王称霸；建宫殿：我会住在其中；建立帝国：我会继承之；埋葬你的美丽：我会看着虫子吞噬美丽；还有你，站在那儿对我品头论足的家伙：最终，我也会踏过你的尸骨。

几只蚂蚁在这片沙漠中，但只是在这儿淌夏天。他们的给养是从十一英里远的艾米拉哈运来的。

今天，显而易见，杰克身体状况不太好；不过，尽管杰克还年轻，他已经像个男子汉那样不愿提及自己的不适。昨天，他在阳光下暴晒的时间太长了。但是，杰克有强烈的学习愿望，想充分利用机会让这段旅途发挥作用，所以，没人去吹毛求疵制止他的行为。有一个小时，我们没有在营地看到他。然后，在一段距离之外发现了他，他在一条小河旁边，没有伞保护他免遭毒辣的阳光暴晒。当然，如果杰克已经习惯了出门不带伞，那就没有问题了；但他并未习惯。他正向一只乌龟扔土块，这只乌龟正在河里的一段木头上晒太阳。我们说："别这么做，杰克。你这样伤害它是为了什么？它做了什么？"

"嗯，那么，我不会杀了它，但是，我应该杀了它，因为它是个骗子。"

我们问杰克为什么，但是他说没什么。走回营地的时候，我们又问了他一两次为什么，他还是说没什么。但是，深夜的时候，杰克坐在床上若有所思，我们又问他，他说："嗯，没什么；我现在不介意了。但是你知道，白天的时候，我可不高兴。原因是，我不说谎，我觉得上校也不应该说谎。但是他说谎了；昨晚，在朝圣者的帐篷里祈祷的时候，上校告诉了我们下面的情况。而且他好像还是读的《圣经》里的话。他说这个国家流淌着奶和蜜，而且在这片土地上还能听到乌龟的声音。我认为，就乌龟而言肯定是夸大其词了。但是我问丘奇先生是不是这么回事，得到了肯定回答。我相信丘奇先生说的。但是，今天，我坐在那儿看了那只乌龟将近一个小时，我在太阳底下几乎烧起来了；但我根本没听见乌龟唱歌。我相信，我出的汗有两磅了——我知道确实如此——因为汗进了我的眼睛里，而且汗一直顺着我的鼻子流；而且你知道我的裤子比别人的紧——巴黎的愚蠢款式——而且裤子臀部的鹿皮被汗水弄湿，然后再变干，蜷缩，起皱，裂开——可怕啊——但是，我根本没听见乌龟唱歌。最后，我说，这是个骗子——就是这么回事，这个乌龟就是个骗子——如果我有点聪明劲的话，我早该知道这只该死的乌龟不会唱歌。然后，我说，我不想折磨这个家伙，我只是给它十分钟开始；十分钟——然后，如果它不开始的话，我就让它滚蛋。但是，你知道，它没开始。我一直站在那儿，想着它可能会开始，很快会开始，因为它一直抬头又低头，闭眼一分钟然后又睁开，好像在为唱歌而钻研什么，但是，就在十分钟结束的时候，我彻底崩溃，几乎被烤成了肉干，它把该受诅咒的脑袋放在一块树瘤上，迅速睡着了。"

"确实有点难以接受，毕竟你等了那么长时间。"

"我应该这么想。我说，嗯，如果你不唱，绝对不会让你睡觉；如果你们这些家伙别管我，我会让它爬出加利利，以别的乌龟从未达到的速度爬。但是，现在无所谓了——就这样吧。我后颈上的皮都掉了。"

大约在上午十点的时候，我们停在约瑟坑边。这是一家废弃的中世纪小客栈，边上一个院子里是被墙包围的拱形水坑。据说，约瑟的兄弟当年就把约瑟扔到这个坑里。根据这个国家的地形，有个较为真实的说法：坑在多坍，离此大约两天的路程。然而，许多人相信眼前的坑才是真的，所以，眼前的坑还是有独到之处的。

《圣经》里名言警句层出不穷，难以在其中选出最美的一节。但可以肯定的是，跟精妙的约瑟故事相比，《圣经》之中能胜出一筹的东西并不多。是谁教会了那些古代作家行文简洁、表意精当、感人肺腑？更重要的是，是谁教会了他们完全隐身于读者的视线之外，使得所叙内容自成一体、如自我叙述一般？在读莎士比亚的书时，总能发现莎士比亚；当我们跟着麦考利那庄严的句子前进时，总能发现麦考利；但是，读者却看不到《旧约》的诸位作者。

如果我说的约瑟坑是正确的，那么，有一幕就发生在那儿，这一幕在图画之中频繁出现，我们都耳熟能详。雅各的儿子们当年在这附近放牧。他们长期未归，他们的父亲感到不安，派最疼爱的儿子约瑟去看看他们是否出了什么事。约瑟在路上花了六七天时间；他只有十七岁，还像个男孩，千辛万苦穿过亚洲最险恶、石头最多、灰尘最多的地方，穿着引以为豪的衣服，那件绚丽多彩的漂亮燕尾服。约瑟是最受疼爱的，而在兄弟们眼里这就是罪；约瑟做过一些梦，解读为那预示着在遥远的将来自己会高高凌驾于这个家族之上，这就是另一宗罪；约瑟穿着锦衣华袍，无疑出于年轻人无害的虚荣心在兄弟们面前炫耀显摆，想引起兄弟们的注意。约瑟的兄弟们因这三宗罪而烦躁不安，决定找机会惩罚约瑟。当兄弟们看到约瑟从加利利海赶来时，他们认出了约瑟，并因此而高兴。他们说："瞧，这个做梦的家伙来了——我们杀了他吧。"但是，流便乞求留下约瑟的性命，兄弟们因而饶约瑟不死。但是，兄弟们抓住了男孩约瑟，从他身上剥下招人恨的彩衣，把他推到坑里。他们想让约瑟死在坑里，但是流便想偷偷放走他。然而，当流便短暂离开一会儿的时候，兄弟们把约瑟卖给了以实玛利商人，这些人正前往埃及。这就是约瑟坑的历史。直至今日，这个坑还在原地；"贵格城号"旅行团下一批喜欢打砸肖像、挖坟掘墓的暴徒到来之前，约瑟坑还会存在。他们肯定会在约瑟坑挖掘一番，顺手牵羊。因为在他们身上看不到对庄严历史遗迹的敬畏之情。别管去哪儿，他们都大搞破坏，一个不落。

约瑟变富了，地位显赫，手握重权——就像《圣经》里说的那样"治理埃及全地"[1]。虽然法老是名义上的国王，但约瑟才是真正的国王，是王国的力量和大脑。约瑟是《旧约》之中真正的伟人之一。除了以扫之外，只有约瑟最高贵，最有男子气概。为什么我们不能为那位宽厚的贝都因人以扫说点儿好话呢？唯一可以安在约瑟头上的罪名

---

[1] 引用自《圣经·旧约·创世记》第41章第43节。

就是他的不幸。为什么人人都得赞扬约瑟善良慷慨地对待残忍的兄弟们？以扫的兄弟雅各让他颠沛流离，而以扫比约瑟更加宽宏大量，但人们为什么不愿热情高涨地称颂以扫，而只是勉强赞美几句？以扫饥肠辘辘的时候，雅各夺去了他的长子名分，以及长子名分应有的巨大荣誉和地位；雅各背信弃义，采用欺诈手段，夺去了父亲对以扫的祝福；他使得家人与以扫断绝关系，以扫成了一个流浪汉。然而，二十年后，雅各见到了以扫，跪在以扫的脚边，因恐惧而发抖，可怜地祈求以扫不要惩罚他，而雅各知道自己应受惩罚，不同凡响的野蛮人以扫是怎么做的呢？以扫搂住雅各的脖子，拥抱他！雅各——无法理解什么才是高贵的性格——还在怀疑、恐惧，坚持"是要在我主面前蒙恩的"[1]，想用牲畜作为礼物贿赂以扫。此时，杰出的沙漠之子以扫说什么？

"兄弟啊，我的已经够了，你的仍归你吧！"[2]

以扫发现雅各过着富裕的生活，被妻儿的爱所包围，出行排场宏大，仆人、一群群的牲畜、一队队的骆驼前呼后拥——但是，拜自己的兄弟所赐，以扫本人依然是个不受待见的流浪汉。十三年来的生活就像是神秘的传奇小说，恶待约瑟的兄弟们来了，成了异国他乡的陌生人，又饥饿又卑微，想要买"一点食物"；被召唤到宫殿，扣上罪名，发现主人是遭自己恶待的弟弟；他们成了浑身发抖的乞丐——约瑟是强大帝国的主宰！约瑟只是肉体凡胎，当然不会放过这个"显摆一下"的机会。以扫和约瑟，两个人之中，谁的人格魅力强呢？流浪汉以扫宽恕了生活富裕的雅各。坐拥王位的约瑟宽恕了衣衫褴褛、颤抖不已的兄弟们，这些人的流氓行为使得约瑟因祸得福到了埃及。

就在我们到达约瑟坑之前，我们"登上"一座山。站在山上往前看，一棵树、一棵灌木都没有，眼前的景色一览无余。为了这番景色，地球上天涯海角的信徒宁愿花费一半的家产来此欣赏——神圣的

---

[1] 引用自《圣经·旧约·创世记》第33章第8节。
[2] 引用自《圣经·旧约·创世记》第33章第9节。

加利利海！

　　因此，我们只在坑边逗留了一小会儿。我们让人马都休息一下，感受了几分钟古代建筑留下的宝贵阴凉。我们没水了。但是，两三个绷着脸的阿拉伯人，带着长枪在周围闲逛，说他们没有水，而且周围也没有。他们知道坑里有点略带咸味的水，但是，他们的祖先曾被囚禁于此，因此，他们把此坑视为圣坑，对其尊崇有加，不愿看到我们在里面喝水。但是，弗格森把破布和手帕接成一根绳子，足够把容器放到坑底，我们喝了水，然后继续前进；不久，我们在加利利海岸边下马。当年，救世主脚踏上这片海岸，这片海岸因而成了圣地。

　　中午的时候，我们在加利利海游泳——在这酷热难耐的气候里，游泳是项奢侈的享受——然后，在喷泉旁一棵无人注意的老无花果树下吃午餐，这里离废弃的迦百农一百码远。在这块土地上，每条从石头堆或者沙堆里流出的小河都被加上"喷泉"的名头，熟悉了哈得孙河、五大湖和密西西比河的人们疯狂地崇拜这些小河，不遗余力地遣词造句大加赞扬。如果所有倾泻在此地喷泉和胜景之上的诗歌和废话都被搜集到一本书里，这本书就会成为最具价值的燃料。

　　自从踏上了圣地，我们之中那些热情高涨的朝圣者就心情愉快、喜不自胜，什么都不做，只是念念有词，断断续续地说着狂热的赞词。午餐的时候，他们几乎什么都没吃，急不可待地想要"上船"，亲自在曾经承载使徒船只的水面上乘风破浪。随着每分每秒的流逝，他们的焦虑在增加，兴奋程度在提高，甚至让我感到害怕。我开始担心，按照现在的状态，他们可能会不顾一切，排除万难，买下整只船队在加利利海上航行，而不是像安静的人们那样雇上一艘船航行一个小时。想到今天的所作所为可能会导致囊空如洗，我顿时不寒而栗。看到他们热情高涨、无拘无束的样子，我不禁对未来感到担忧，中年人一旦第一次尝试到放纵的滋味，容易不加节制，放荡形骸。然而，我觉得，眼前的事虽然让我加挂在心，但也没必要感到惊奇。从婴儿时期开始，这些人接受的教育就是要崇敬甚至膜拜圣地，而圣地现在就在他们眼前，幸福啊。许多许多年以来，这幅画面白天触及他们的思绪,夜晚漂浮在他们的梦中。肉体凡胎站在这幅画面跟前——眼前的画面就跟以前一样——航行于神圣的加利利海之上,亲吻加利利海周围的泥土:夙愿得偿,曾几何时,一代人的生命缓缓流逝,脸上有了皱纹,头发添了霜华。为了欣赏这幅画面,为了在加利利海上航行,他们抛弃自己的家和偶像,穿越成千上万英里,精疲力竭,历尽艰辛。如今,梦寐以求的愿望终于实现了,怎能不欣喜若狂?平时的谨小慎微和勤俭节约也被抛到了九霄云外。让他们大肆挥霍吧!我说——在这种时候,谁还在乎钱?

在这种情况下,我尽可能快地追随朝圣者的脚步,站在了加利利海的岸边。当"船只"迅速驶过的时候,他们就冲着它大声呼喊。此时,我就用帽子和声音为他们助兴。成功了。加利利海上的苦力闻声而来,把小船靠在岸边。每张脸都露出了笑容。

"多少钱?——问他多少钱,弗格森!——我们这些人都上船需要多少钱——我们八个人,还有你——去伯赛大,在那边,还要去约旦河口——快!我们想沿海岸去每一个地方——每一个地方!一整天!在这些水域,我能航行上一年!告诉他们我们要在抹大拉停留,在太巴列结束行程!问他多少钱?什么都可以——别管什么都可以!告诉他,我们不在乎花多少钱!"[我自言自语道,我知道会是什么结果。]

弗格森(在口译):"他说两个拿破仑金币——八美元。"

一两个人的脸沉了下来。然后陷入了停顿。

"太多了!我们只能给他一个拿破仑金币!"

我永远也不会知道当时到底怎么了——到现在当我想到这是一个奇迹遍地的地方还会颤抖——但是,当时,我觉得好像在转瞬之间,船就离岸有二十步了,就像一个受惊的小动物一般迅速离开了!八个垂头丧气的家伙站在岸上,哦,想想这一幕吧!这——这——先是心花怒放,然后竹篮打水一场空!哦,可耻的,可耻的结局,在漫无边际的胡吹海侃之后!很像是说"嘿,让我对付他!"然后谨慎地说"你们两个拉住他——一个人拉住我!"

第 47 章

营地里立刻传出一片唉声叹气和咬牙切齿。两个拿破仑金币也愿意给了——如有需要，再多给也行——朝圣者和口译译员喊得声嘶力竭，恳求正在离去的舟子回来。但是，它们安静地驶远了，不再理睬这些朝圣者。而这些朝圣者毕生梦寐以求的就是有朝一日乘船掠过神圣的加利利海，倾听波浪轻声细语之中的神圣故事。为了这些梦想，朝圣者不远万里来到这里——然后，得出的结论是乘船的费用太高了。

嗯，没有办法，只能望洋兴叹，革尼撒勒近在眼前，却不能在上面畅游，虽然我们为了体验这种乐趣跑了半个地球。从前，救世主在这里传道，沿岸渔民的舟船多如牛毛——但是，现在，舟船和渔民都不见了；十八个世纪之前，老约瑟夫斯在这些水域有一支舰队——一百三十条胆大妄为的独木舟——但也灰飞烟灭，不见了踪影。这里的海岸边不会再有征战，加利利的商船队仅有两艘船，就是耶稣的信徒见过的小划艇样式。一艘船永远离开了我们——另一艘离我们几英里，根本叫不来。所以，我们上马，心情抑郁地前往抹大拉，在岸边一溜小跑，没办法穿过加利利海。

朝圣者好一番互相埋怨！人人都说是对方的错误，对方也都矢口否认。罪人们一句话都不说——在这种时候，就算是最温和的嘲讽也会是危险的。罪人们在朝圣者面前服服帖帖，朝圣者总是为罪人树立起一个个榜样，不停地说教，谆谆教诲罪人们要行得正、坐得端，要有条不紊，严肃认真，避免使用俚语。罪人们都竭力做到举止端正，不敢越雷池一步。因此，他们觉得活着就是个负担。在这种时候，他们不愿意落在朝圣者的后面，不会偷偷摸摸地眨眼，不会暗自得意，不会搞这之类的小把戏——因为罪人们不会想到这么做。否则，他们会这么做的。但是，他们确实想到这么做了——罪人们还满心高兴地听着朝圣者互相埋怨。看见他们不时吵架，我们卑鄙地乐开了花，因为，这表明他们还是跟我们一样的可怜的人类。

就这样，我们都骑马去抹大拉，不时传来咬牙切齿的声音，尖利的话打破了加利利神圣的宁静。

虽然我刚才如此谈论了朝圣者，但是，为了避免别人觉得我本性恶劣，我还是要真诚地说我乃良善之人。如果一个人我不喜欢而且不能得到我的尊敬，那么，我就不愿意听此人说教；而且，他们也不能说我对他们的说教嗤之以鼻，或者说我不听招呼、焦躁不安，也不能说我没有从他们的话里获益。我实话实说，他们是比我更好的人，而且他们也是我的好朋友——此外，如果他们不想让我在自己的书里偶尔刺激一下他们，他们干吗还要跟我一起旅行？他们了解我。他们知道我特立独行——知道我喜欢相互迁就——别人来迁就我。以前，我得了霍乱，他们的一个人威胁要把我扔在大马士革，他并不是真的要这么做——我知道他本性热情，也知道他内心深处有着善良的动机。我无意中听到另一个朝圣者丘奇说，他不在意谁走谁留，他会留在我的身边，直到我用自己的双脚走出大马士革或者被放进棺材里抬出去，就算需要一年的时间也不要紧。我每次骂朝圣者的时候都会把丘奇包括在内——我会恶毒地说丘奇吗？我想刺激他们一下，让他们保持健康；仅此而已。

我们把迦百农抛在了身后。那里只是个不成形的废墟。它不像是个城镇，也没有任何迹象表明那里曾经是个城镇。但是，凄凉惨淡、人迹罕至的迦百农是个名声在外的地方。基督教在这里生根发芽，如今在许多遥远的地方广为传播。基督在沙漠里遭到魔鬼诱惑之后，就来到迦百农，开始讲道；此后，基督又活了三四年，基本都住在迦百农。他医治病人，并迅速声名远播。来自叙利亚、更远的约旦甚至距此几天路程的耶路撒冷的病人都来找他治病。在这里，基督治愈了百夫长的仆人和彼得的岳母，还有许多瘸子、瞎子以及被魔鬼附身的人；在这里，基督还让睚鲁的女儿起死回生。他与信徒上了一艘船。风暴大作，信徒把基督从睡梦中喊醒。基督一发话，顿时风平浪静，波澜不惊。他到了几英里远的对岸，使两个人摆脱了魔鬼的纠缠。回来之后，基督把马太从税关里召来，展示自己治愈疾病的能力，因与税吏和罪人一起吃饭而引发了丑闻。然后他遍游加利利，甚至到了推罗和西顿治病和传道。他挑选了十二门徒，派他们去外地传播新的福

第 47 章

音。基督在伯赛大和哥拉汛展示了神迹——这两个村子距迦百农两三英里。估计就在其中一个村子附近捞上来了那奇迹般的一网鱼。在另一个村子附近的沙漠里，基督大显神迹，用几块饼和几条鱼喂饱了几千人。基督诅咒这两个村子，还诅咒迦百农，原因是，虽然基督在他们中间大显神威，他们还是不思悔改。基督预言他们必遭灾祸。

现在，这三个地方都是废墟一片——朝圣者心满意足，因为和以前一样，他们发现诸神亘古不灭的话语应验在了人间昙花一现的东西身上；更大的可能性是基督指的是人，而不是人们居住的寒酸棚户村庄；基督说到其悲伤会出现在"审判之日"——可就算到了审判之日，泥巴棚屋又有什么可悲伤的呢？无论是不是废墟对预言都没有影响——既不会证实，也不会证伪——就算现在这些城镇是漂亮的城市，而不是几乎消失不见的废墟。基督来到抹大拉，抹大拉在迦百农附近，基督还到了该撒利亚腓立比。他到了拿撒勒附近的老家，看望了自己的兄弟约西、犹大、雅各、西门。这些人是耶稣基督的亲兄弟。按理说，应该在某个时候听人提起过他们的名字。然而，谁曾在报纸上见过他们的名字，或者谁曾听牧师提起过他们的名字？谁曾经探究他们是什么样的年轻人；他们与耶稣一起睡吗，一起玩吗，跟耶稣打闹吗；因为玩具和琐事与耶稣争吵吗；一怒之下打耶稣吗，不怀疑耶稣是什么人吗？谁曾探寻过他们当时的想法？当时，他们看到耶稣以名人的身份回到拿撒勒，他们长久地打量他陌生的面孔，想确定他是不是耶稣，然后说："这是耶稣吗？"谁曾探寻当时他们的脑海里闪过了什么？当时，他们看着这个兄弟（只是他们的一个兄弟，虽然这个兄弟在别人眼中非常神秘且陌生，是一位神，曾在云端与上帝面对面），行不可思议的神迹，一群群惊奇的人们争相观看。谁曾探寻耶稣的兄弟们有没有让耶稣与他们一起回家，说他的母亲和妹妹们因他长期漂泊在外而悲伤，再见到他的面庞会欣喜若狂。谁曾探寻耶稣妹妹的事情？然而，耶稣是有妹妹的；每当他遭到陌生人的苛待时；每当他无家可归，说自己无处安睡的时候；当包括彼得在内的众人都抛弃他，他独处于敌人之中的时候，关于她们的回忆就会潜入耶稣的脑海。

　　基督在拿撒勒没怎么展示神迹，只是逗留了一小会儿。人们说："这是神的儿子！怎么回事，他的父亲只是个木匠。我们知道这家人。我们天天看到这家人。他的兄弟们不是叫什么什么，他的妹妹们不是叫什么什么，大家不是都叫他的母亲马利亚吗？这是个荒唐事。"耶稣并没有诅咒自己的家，但是耶稣抖去了脚上的灰，走了。

　　迦百农接近那片不大的海的边缘，在一个小平原之上。这个小平原有五英里长，一两英里宽，遍布着欧洲夹竹桃。跟周围光秃秃的群山和荒凉的沙漠相比，欧洲夹竹桃特色鲜明，挺漂亮。但是，远未像书上描绘的那样美丽绝伦。一个人如果平静坚定，那么，见了这幅美景，就会活下去。

　　到目前为止，我们发现的最令人惊奇的事情之一就是，如今兴旺发达的基督教竟是孕育自如此小的一块土地之上。我们的救世主最长的旅程就是从这里到耶路撒冷——大约一百到一百二十英里。次长的是从这里到西顿——大约六七十英里。并不是相距遥远——就像美国人脑海里自然形成的关于距离的概念一样——因基督的到来而声名鹊起的那些地方几乎都在这儿，触目可及。从迦百农发射个炮弹就能打到这些地方。抛开救世主的两三次短途旅行，他一生都在传播福音，展示神迹，活动范围不比美国一个普通的县大。这个令人瞠目结舌的事实，我只能这么理解。每隔两三英里，就得读完一百页的历史，真是让人筋疲力尽——因为巴勒斯坦的著名地点相距如此之近。它们就密集分布在你的路上，真累，真让人手足无措啊！

　　我们按时到达了抹大拉。

第48章

抹大拉不是个美丽的地方，完全是叙利亚风格的，也就是说极为丑陋、狭窄、肮脏、令人不适、污秽——从亚当时代以来，叙利亚的城市都是这种风格，所有的作家都竭力证明叙利亚的城市都是这种风格，而且也成功地证明了。抹大拉的街道都是三到六英尺宽，脏东西散发着臭气。房子五到七英尺高，都采用了一种惊世骇俗的建筑样式——就像是一个难看的衣物箱。墙壁上抹着白色的灰泥，高高低低地放置着一坨坨的骆驼粪在那儿干燥，构成了一幅别具风味的湿壁画。这样使得建筑物有了浪漫的外表，就像是被炮弹打得满是窟窿一样，增添了战争气氛。如果艺术家以匀称的比例排列自己的材料——小坨骆驼粪和大坨骆驼粪交替出现，相互之间的空隙经过了仔细考量——那么，我不知道还有什么比生机勃勃的叙利亚湿壁画更赏心悦目了。扁平的、涂着灰泥的屋顶上装饰着一堆堆漂亮的湿壁画材料，已经干透，加工完成了，放在屋顶上方便取用，是用作燃料的。巴勒斯坦没有大段的木头——根本不能浪费在烧火上——也没有一点煤矿。如果我刚才的描述明白易懂，那么，现在，你就会在脑海里浮现一幅画面：四四方方的平顶茅舍，装饰着整洁的湿壁画，其墙壁上方，是像堡垒和角楼一样威严的骆驼干粪，给景色平添了突出的节日特色和秀美韵味，尤其是如果有人细心地想到在房子周围供猫栖息的地方放一只猫的话。叙利亚的茅舍没有窗户，也没有烟囱。以前，我在书中读到的是，在迦百农，它们从屋顶上把一个卧病不起的人放进房子里见救世主,我的基本想法就是那栋房子是三层砖房,而且我还感到惊奇,如此奇怪的实验竟然没有折断他的脖子。然而,现在我明白了,他们可能是抓住那人的脚脖子,利索地把他扔上房顶,没让他遭多大的罪。从那时起,巴勒斯坦一点也没变,无论是举止、习俗、建筑样式,还是居民。

当我们骑马进入抹大拉的时候,一个人都看不到。但是马蹄声惊起了愚蠢的居民,他们成群结队地出来——老男人、老女人、男孩、女孩、瞎子、疯子、瘸子,全都衣衫褴褛,灰头土脸,缺衣少衫。无论从本性、本能还是教育上来说,他们都是绝望无助的乞丐。来了一群什么人啊,都是饱受虱子跳蚤折磨的流浪汉!他们展示着自己的伤疤和疼痛发炎的躯体,可怜地指着残废扭曲的四肢,用可怜巴巴的眼神乞求施舍!我们处于这些灾星之中,无法脱身。他们拉着马尾巴,揪着马鬃和马镫,从四面包围了过来,也不怕被马蹄踩着——从他们异教徒的喉咙里众口一词发出痛苦、穷凶极恶的合唱:"游客,给点钱!游客,给点钱!游客,给点钱!给点钱!给点钱!"以前,我从未被如此的暴风骤雨包围。

我们出了一点钱给眼睛肿痛的孩子和棕色皮肤的活泼女孩,女孩的嘴唇和下巴上都是可憎的文身。然后,我们鱼贯穿过城镇,经过了许多独具匠心的湿壁画,最后到达一个满是刺藤的围场和一片罗马风格的废墟。这就是抹大拉的圣马利亚的住所,她是耶稣的朋友和追随者。向导相信这是抹大拉的圣马利亚的住所,我也相信。我没法不信,住所就在眼前,显而易见。朝圣者从前面的墙壁上弄下了一点,作为标本,他们延续了这种光荣的做法,然后我们离开了。

现在,我们在这里扎营,就在太巴列的城墙里面。夜幕降临前,我们进了城,并观察这里的居民——我们对这里的房子不感兴趣。最好远远地看这里的居民。肮脏和贫困是太巴列的骄傲。年轻女人用结实的线把嫁妆穿起来,披挂起来,从头顶挂到下巴——土耳其银币,有些是她们一起搜罗来的,有些是继承。这些未婚女子大多不富裕,但有些挺有钱。我看到这些女继承人当之无愧的价值——价值,

第 48 章

嗯，恕我直言，九个半美元。但是，这种挺有钱的情况很少。当你偶遇一个挺有钱的，她自然而然地装腔作势，不会找你要小钱。甚至不会允许别人随便套近乎。她有着强烈的自尊心，从容不迫地用着细齿梳子，嘴里念着诗，视你如无物。一些人有钱了，就是摆出这副样子。

有些盗尸人长鼻子，瘦长难看，看起来消化不良，戴的帽子难以描述，每个耳朵前面都垂着一缕弯曲的头发。据说，这些盗尸人是我们在《圣经》之中读到的、耳熟能详的法利赛人。他们老谋深算，自以为是。这些盗尸人确实很像法利赛人。不管其他的证据，单看大致风格，人们就很容易怀疑自以为是就是他们的特点。

从各种权威之处，我精挑细选了关于太巴列的信息。太巴列由谋杀施洗约翰的凶手希律王安提帕所建，以罗马皇帝提庇留的名字命名。人们相信，太巴列依然耸立在许久以前的原址之上，原因是太巴列和南边湖岸边四散分布着精美的斑岩柱子。柱子上曾有凹槽，虽然制作柱子的石头坚硬如铁，柱槽也消磨殆尽了。这些柱子不大。毋庸置疑，这些柱子所装饰的建筑以优雅而不是宏大见长。这个现代城市——太巴列——只是在《新约》中提到了；在《旧约》之中根本没提。

这里是犹太教最高议院兼法院最后召开的地方。在三百年的时间里，太巴列是巴勒斯坦犹太人的大都市。它是以色列的四个圣城之一。太巴列之于犹太人，如同麦加之于穆斯林，耶路撒冷之于基督徒。太巴列是许多博学且著名的犹太拉比[①]的居住地。他们被埋葬在这里。他们附近还埋葬着两万五千个他们的信徒。当拉比们还活着的时候，信徒们大老远地来到他们身边。拉比们死后，就埋葬在了他们身边。伟大的拉比本·以色列在这儿度过了三年的时间，当时是3世纪早期。现在，本·以色列已经死了。

[①] 拉比，犹太人中一个特别阶层，指接受过正规犹太教育，系统学习过犹太教经典，担任犹太人社团或犹太教教会精神领袖者，主要为有学问的学者。

著名的加利利海比塔霍湖①小不少，大约只有塔霍湖的三分之二大。说到美丽，塔霍湖如果是彩虹，加利利海连个子午线都算不上。加利利海水体混浊，而塔霍湖清澈透亮；加利利海周围满是低矮、光秃秃的黄色石头小山丘和沙砾，而塔霍湖周围是墙壁一样的高山，棱角分明、刀削斧劈一般的山坡上长着高大的松树，越往高处，松树显得越小，在高耸入云的地方就像是杂草灌木一样，直到与终年不化的积雪融为一体。安静与寂寥笼罩着塔霍湖，安静与寂寥也同样笼罩着革尼撒勒附近的加利利海。但是塔霍湖的寂寥让人心旷神怡、心旌飘荡，而加利利海的寂寥让人忧郁生厌。

一大早，人们心平气和地看着塔霍湖上的昼夜无声交战；但是，阴影一个个拂袖而去，岸边那隐藏的美丽在正午的光彩之下一览无余；从湖边到离湖中心一半的地方是一道道宽宽的蓝色、绿色和白色，就像彩虹一样；在慵懒的夏日午后，躺在小船上，远远地到了深水湛蓝起始的地方，静静地吸着烟斗，懒散地在帽檐下冲着远处的悬崖和积雪眨眼；小船漂向岸边的白色水域，人们趴在船沿上，整个小时都注视着水晶一般的深水，观察鹅卵石多彩的颜色，看着鱼儿成群结队地在一百英尺深的水里游来游去；晚上能看到月亮和群星，山脊上松树林立，白色的岬角伸向水里，岬角巍然耸立，广阔的崎岖地貌之上是光秃秃、发光的峰顶，全都倒映在平滑如镜的湖面上，美不胜收，纤毫毕见。目睹此情此景，清晨形成的安静的兴趣无疑越来越浓厚，直到最后心醉神迷，不能自已！

这里一片孤寂，因为此处的生物几乎只有岸上的鸟和松鼠、水中的鱼，但是，这种孤寂并不会让人觉得枯燥乏味。看看加利利的情况如何吧。沙漠里空无一人，小土丘锈迹斑斑，一点也不会改变其刺眼轮廓发出的炫目光芒，也不会减弱变淡，成为模糊的风景；迦百农的

---

① 我把什么都跟塔霍湖比，有两个原因。第一，我非常熟悉塔霍湖，对其他湖不那么熟悉。第二，我非常喜欢塔霍湖，塔霍湖给我留下了许多美好的回忆，我一说起湖就禁不住提起塔霍湖。——原书注

废墟凄凉忧伤；太巴列这个愚蠢的村庄沉睡在六片羽毛一样的棕榈树叶子下，平添了几分坟墓的凄凉；远处荒芜的斜坡上，神迹中的猪冲下海，猪无疑觉得吞下一两个魔鬼并淹死在恶水之中，要胜过继续生活在这个地方；天空万里无云，灼热烤人；加利利海严肃古板，了无片帆，没有色彩，周围是一圈黄色的山丘和低矮的陡岸，看起来毫无表现力，缺乏诗意（如果我们不考虑其光辉灿烂的历史的话），就像基督教世界里大都市的水库——如果这些东西不让我昏昏欲睡，那么，就没有什么能让我昏昏欲睡了。

但是，兼听则明，偏信则暗。现在提供威廉·C.格兰姆斯的说法如下：

我们坐船到了对岸。加利利海不到六英里宽。然而，景色美丽无以复加。有些旅行者说加利利海平淡无趣，我无法理解这些旅行者都看了些什么。加利利海第一个伟大的特点就是它处于一个深深的盆地之中。除了较浅的一端，四面都有三四百英尺深。海岸陡峭，一片碧绿。季节性河道和常流性河道使海岸千疮百孔，花样繁多。河道顺着盆地的边流下，形成深色的陷窟或者阳光可以照透的峡谷。在太巴列附近，这些岸边都是石头。古老的坟墓建在岸边，墓门朝着加利利海。他们就像古代埃及人一样选择妙址佳穴作为墓地，煞费苦心。当上帝的声音唤醒墓地之中的长眠者时，他们就会走上前去，看着壮美的景色。在东边，狂野荒芜的群山和深蓝色的加利利海形成鲜明的对比，相得益彰；北边，高贵庄严，黑门山俯视着加利利海，白色王冠带着山之尊贵耸向天空，目睹了一百代人离开的脚步。加利利海的东北面只有一棵树。从加利利海上只能看到这一棵树，别管树大还是树小。除此之外，只有太巴列有一些孤零零的棕榈树。加利利海边这棵树茕茕孑立，比森林还吸引人。整个景色的表现就和我们预计和期望的革尼撒勒景色一样，非常美丽，但是相当安静。那些山也安静。

这段精心写就和策划的描述要混淆视听。但是，如果有一双火眼金睛，去伪存真，透过字里行间就能发现加利利海的真相。

这样剥离表象看来，就是一个四面光秃秃的加利利海，有六英里宽，颜色暗淡，陡岸是绿色的，没有灌木丛；一边是裸露难看的石头，（几乎看不见的）石头孔洞不影响景致；东面，"狂野荒芜的群山"（他本应该说低矮荒芜的小山）；北面是黑门山，山上有雪；这份景致的特别之处在于"安静"；突出特点是一棵树。

就算再精心写就的文字也不能把眼前的景致变美——如果亲眼看到的话。

我有权纠正错误言论，上文的扼要重述已经纠正了加利利海的颜色。革尼撒勒水域的颜色是极浅的蓝色，甚至在高处和五英里之外的地方看也是如此。近在咫尺的地方（目击者当时就航行在加利利海上），很难说水是蓝色的，更不用说"深"蓝。我还要说明一点，不是要纠正什么，而是要陈述一个观点，黑门山既不震撼人心，也不秀美如画，因为黑门山跟旁边的山高度太接近了。就是这样。我不反对目击者把一座山挪动四五十英里来为自己正在描述的景致添色，因为此举非常合适。另外，加利利海的景致也需要这个。

C. W. E. （在《圣地生活》之中）说：

> 美丽的加利利海处于加利利群山之中。这块土地曾经属于西布伦和拿弗他利、亚设和但。天空的蓝色刺透了深深的加利利海，水清甜而凉爽。西边是广阔肥沃的平原；北边，满布岩石的海岸逐渐上升，直到在远方高耸变成冰雪覆盖的黑门山；东边，透过纱幔一般的雾霭可以看到比利亚高原，崎岖的群山绵延起伏，让人意乱情迷，思绪飘向圣地耶路撒冷。鲜花盛开在这个人间乐园，这里曾经树木摇曳，美丽青翠；鸟儿鸣啭，余音绕梁；斑鸠用温和的曲调清吟低唱；有羽冠的云雀将自己的歌声送上天空，严肃庄重的鹳发人深省，让人冥想安详。这里的生活曾经是

迷人的田园生活；过去这里没有富人和穷人，没有高低贵贱之分。这里曾是舒适、简约和美丽的世界，而现在一片荒芜凄凉。

这不是精心描绘的图景，是我见过的最差的。这段描述细致入微，描述对象是其所谓的"人间乐园"，而结尾却是令人吃惊的信息：这个乐园现在"一片荒芜凄凉"。

就大多数曾来此参观过的作家的描述，我已经给出了两个不算偏颇、颇具代表性的典型例子。一个作家说，"景色美丽无以复加"，然后用一串闪光的句子去掩盖惨不忍睹的事实。假如调查真相，会发现只有一盆地平淡无奇的水，一些荒山野岭，一棵树。另一个作家煞费苦心地用同样的材料打造出一个人间乐园，还加上一只"严肃庄重的鹳"，最后却说漏了嘴，人间乐园瞬间崩塌。

几乎所有关于加利利和加利利海的书都说景色美丽。不——并不总是这么直说。有时，传达出的印象特意让我们觉得景色优美，作者小心翼翼，并不直截了当说出来。但是，仔细分析这些描述性文字就会发现作者们的采用的材料一个都不美，加在一起也不美。一些作者对自己笔下的景色满怀崇敬和热爱，加剧了他们的想入非非，扭曲了他们的判断；但不管怎样，他们写下的美妙谎言充满了真情实感。其他作者也像他们那样写，因为他们担心不那样写就不受欢迎。其他作者是伪君子，刻意欺骗。一旦被问起来，他们会立刻说应该一直讲真话，最好总是讲真话。不管怎样，如果没注意到问话里话中有话，他们肯定会这么回答。

但是，为什么一说到这个地方就不能说出真相呢？真相有害吗？难道需要遮遮掩掩，羞于见人吗？上帝造出来的加利利海及其周边的环境就是这个样子。格兰姆斯先生有权改进上帝的作品吗？

根据我读过的书的大意，我可以断定，多年来曾经到访此地的许多人都是长老会教徒，来此是寻求证据支撑自己独有的宗教信条；他们发现了长老会教徒的巴勒斯坦，而且，他们已经下定决心不去寻找其他地方，他们可能知道其他形式的巴勒斯坦，却因为宗教狂热视而不见。其他人是浸礼会教徒，寻找浸礼会的证据和浸礼会教徒的巴勒斯坦。还有些是天主教徒、循道宗教徒、主教制教会教徒都来寻找证据为自己的宗教信条背书，并寻找天主教徒、循道宗教徒、主教制教会教徒的巴勒斯坦。这些人可能是出于一片赤诚之心，但是，他们也充满了不公和偏见，他们在进入这个国家的时候就已经有自己的预设，他们不可能写得冷静客观、不偏不倚，就像他们在评论自己的妻子和孩子的时候会参杂感情一样。

我们的朝圣者也形成了自己的判断。自从我们离开贝鲁特，朝圣者就在交谈之中表明了自己的判断。我几乎可以用一套固定的说辞说出朝圣者在看到他泊、拿撒勒、耶利哥、耶路撒冷时候的说法——因为我有那些书，他们的想法就是从那些书里"照搬"来的。这些作家写出画面，大唱赞歌，小人物亦步亦趋，用作者的双眼而不是自己的双眼观看，用作者的舌头说话。朝圣者在该撒利亚腓立比以其睿智聪慧的话语让我吃了一惊。后来，我在鲁滨逊的书里找到了这些话。当革尼撒勒展现在眼前的时候，朝圣者以其优雅的说法令我着迷。结果，我在汤普森先生的《圣地和〈圣经〉》里找到了朝圣者的说法。朝圣者经常用一成不变的欢快言辞谈起，他们多想像雅各那样在伯特利把疲惫的脑袋放在石头上，闭上黯淡的眼睛，机缘巧合，梦到天使沿着梯子从天上下来。这很美。但是，最终，我认出了疲惫的脑袋和黯淡的眼睛。朝圣者的这个想法——这些单词——这个结构——标点，都是从格兰姆斯那儿借来的。回到家的时候，朝圣者会谈到巴勒斯坦，不是自己眼中的巴勒斯坦，而是汤普森、鲁滨逊、格兰姆斯笔下的巴勒斯坦——会做一些改动，以适应各个朝圣者的宗教信条。

朝圣者、罪人、阿拉伯人现在都上床了，营地里静悄悄的。独自一个人工作令人生厌。记好最后那点笔记之后，我在帐篷外坐了半个小时。在夜晚观看加利利正是时候。在璀璨的繁星之下，革尼撒勒一点也不惹人生厌。群星璀璨，映衬得革尼撒勒星星点点，几乎让我后悔白天看到了革尼撒勒上的强烈光芒。所有人都认为，革尼撒勒的历史和联想才是其主要魅力所在。而在犀利的阳光之下，革尼撒勒的魅

第 48 章

力就乏善可陈了。在白天，我们几乎感受不到革尼撒勒的魅力。我们的心思经常转向生活之中的实际事务，不想关注虚无缥缈的东西。但是，当白天结束的时候，就算最无动于衷之人也痴迷于满天星斗和如梦之境。此地的古老传说令人心驰神往，魂牵梦绕，然后，在狂想之中，所有的景色和声音都蒙上了超自然的味道。波浪拍岸，他听到了鬼怪划桨的声音；在夜晚私密的声音之中，他听到了幽灵的声音；在微风习习之中，他听到了隐形翅膀的拍击声。幽灵船漂浮在海上，二十个世纪的死人都从坟墓里出来了。在晚风的哀号之中，古老的、被遗忘的岁月再度发声，引吭高歌。

在星光之下，加利利没有界限，只是无边无际的苍穹，就是一个重大事件发生的剧场；能够拯救世界的宗教适合在此诞生；庄严威武的人物适合在此秉承天意，宣布上天的意旨。在阳光之下，有人会问一个问题：在这个巨大星球上，在五大洲的各个角落里，无论是天涯还是海角，如今处处钟声鸣响，其原因是不是十八个世纪之前在这么一小块砂石遍地的地方做过什么事，说过什么话？

要想理解上述内容，就需要夜幕笼罩一切煞风景的东西，并创造一个可以上演如此大戏的剧场。

第49章

昨天傍晚，我们在加利利海又游了一次泳。今天，日出时分还游了一次。我们没有扬帆破浪，但是，游了三次泳就等于一次扬帆破浪，不是吗？水里可以看到很多鱼，但是，此次朝圣之旅，我们得到的外部支持只有《圣地的帐篷生活》《圣地和〈圣经〉》，还有一本类似的描写圣地风光的书——没有钓鱼工具。太巴列村没有鱼。我们确实看到了两三个流浪汉在修补渔网，但从未想着靠渔网捉到点什么。

我们没去太巴列下游两英里处的古老温泉。我一点不想去。这好像有点奇怪，并促使我探究自己为什么不合常理，不屑一顾。原因并不复杂，因为普林尼提到过这些温泉。我对普林尼和圣保罗怀有一种说不清道不明的厌恶之情，因为我好像永远都找不到一个属于自己的地方。这种情况总是并且一再出现，圣保罗已经来过这里，而且普林尼"提到过"这里。

一大早，我们上马出发。然后一个怪异的幽灵在队伍的前头挺进——我们认为是个海盗，如果海盗曾经居住在陆地上的话。这是个高个子阿拉伯人，和印度人一样黝黑、年轻——大约三十岁。头上仅仅包裹着一块不凡的黄红条纹丝绸方巾，方巾的末尾是奢华的流苏，垂在两个肩膀的中间，在风中摇摆。从他的脖子到膝盖是一件多褶的长袍，长袍上是一道道蜿蜒曲折的条纹，很像星条旗。从他背上某个地方突兀地伸出一根长烟管，比右边的肩膀高出一截。斜挎在背上，高高耸立在左边肩膀之上的是一杆萨拉丁时代的阿拉伯长枪，从枪托一直到奇长无比的枪管末端都包裹着银子,他腰间系着那一条长长的东西,图案精美,可悲的是已经褪色了,来自穷奢极欲的波斯。他胸前的衣服宽松多褶,上面是一排镶嵌黄铜的老旧骑兵大手枪和嗜血刀子的镀金刀柄。有一大堆长毛山羊皮和波斯地毯,上面的皮套还可以挂更多的手枪。按照他接受的教育,这一大堆山羊皮和地毯是要当马鞍用的。从马鞍上下垂的流苏摇晃不止,在流苏中间是一把覆银的短弯刀,撞击着铁锹一样的马镫。马镫几乎把这位勇士的膝盖撑到了下巴上。短弯刀气势逼人,威风凛凛,谁看了都不免心惊肉跳。缀着流苏、装饰艳丽俗气的王子,享受特权,骑着马驹,领着大象走进乡村。但是跟这个服饰杂陈的海盗相比,王子就是一个一丝不挂的穷光蛋。王子志得意满,虚荣心膨胀。但是,比较起来,也只能算是沾沾自喜了,因为海盗像王者一样气定神闲,骄傲自满,极具气场。

"这是谁?这是什么?"整支队伍都战战兢兢地问道。

"我们的卫士!从加利利到救世主的出生地,这个国家充满了凶恶的贝都因人。他们平生唯一的乐趣就是砍、刺、劈剁、谋杀人畜无害的基督徒。安拉与我们同在!"

"那么,雇一个团的人马来!这些人都是亡命之徒,就靠这么堆废铜烂铁能保佑我们大难不死吗?"

口译译员哈哈大笑——并不是因为这个比喻有多么诙谐幽默。在这个世界上,向导、导游、口译译员都一点幽默感没有。有时,笑话简单易懂,力量强大,砸在他们身上就会把他们砸扁,扁得像一张邮票,但他们还是没有幽默感。口译译员哈哈大笑,无疑是受了脑子里的某个想法的鼓舞,走向了极端,眨了眨眼睛。

在这样的危急时刻,听人哈哈大笑,会让我鼓足勇气,看人眨眼,绝对会让我信心倍增。口译译员最终宣布,一个卫士就足以保护我们,而且这个卫士必不可少。因为他全身披挂,对贝都因人具有强大的威慑力。然后,我说我们一个卫士都不想要。如果一个稀奇古怪的流浪汉可以保护八个全副武装的基督徒和一群阿拉伯仆人免受任何伤害,那么,毋庸置疑,这些人自己就可以保护自己。口译译员困惑地摇了摇头。然后,我说,想想这是一幅怎样的景象——想想自强自立的美国人会如何看待这件事情,我们蹑手蹑脚地溜过大漠荒原,保护我们的是一个衣着古怪的阿拉伯人,假如一个真正的男人向他冲过去,他会不顾一切地逃之夭夭。这件事情乏善可陈,掉价,跌份。假设我们最终必须被这个臭名昭著、星条旗加身的沙漠废柴保护,那么,干吗还让我们带着海军左轮手枪呢?我提出的这些要求无济于事——口译译员只是笑了笑,摇了摇头。

我骑到前面,与无上光荣的所罗门王攀谈套近乎,让他给我看看永世不灭之枪。燧发机锈迹斑斑;从头到尾、上上下下全都是银子,但枪却歪歪扭扭,就跟四九式台球球杆一样。在加利福尼亚古老的采矿营地里仍在使用这种球杆。经过几个世纪的锈蚀,枪口变成了凹凸不平的透雕细工作品,就像是一个饱受烟熏火燎的烟囱的末端。我闭上一只眼,向里面望去——里面是一块块铁锈,就像一艘老旧蒸汽船的锅炉。我借来那些笨重的手枪,试试击发。里面也生锈了——整整一代的时间都没装填过子弹。我回去了,欢欣鼓舞,和向导汇报,要求向导解雇这个卫士,因为他的枪连烧火棍都不如。然后,情况搞清楚了。这个家伙是太巴列酋长的家臣。他是政府收入的来源。他在太巴列帝国,就如同美国的海关一样。酋长强行把卫士派给旅游者,并收取保护费。这是个有利可图的赚钱方式,有时一年给国库带来三十五到四十美元的收入。

现在,我知晓了这位勇士的秘密,我知道那堆生锈的破烂只是保持了他那空洞虚荣之情,而且,我鄙视他那愚蠢的洋洋自得。我说出了他的秘密。于是,整支队伍奋不顾身,勇往直前,进入了危机四伏的荒凉沙漠。虽然他警告我们沙漠里致残和死亡是常有的事,但我们都嗤之以鼻,当他是胡言乱语。

到了一个高于湖面一千两百英尺的高地(我要指出的是湖面比地中海海面低六百英尺——每个旅行者都在心里把这个奇闻轶事大加渲染),展现在眼前的景象光秃秃的,让人心里不起一点波澜,没有什么地方比这里更无趣了。然而,这里历史景观颇多,如果把相关的所

第49章

有书籍文章都铺在地面上，就能从地平线的这头铺到那一头。眼前的景点包括黑门山；环绕该撒利亚腓立比、但、约旦河源和米伦水的群山；太巴列；加利利海；约瑟坑；迦百农；伯赛大所谓的山上布道之地、所谓的填饱大家肚子的地方、所谓的靠神迹打鱼的地方；猪冲下海经过的斜坡；约旦河的出入口；"山上之城"撒弗得；是犹太人四大圣城之一，犹太人相信当真正的弥赛亚来拯救世界的时候，就会出现在撒弗得；哈丁战役的部分战场，十字军骑士在此打了最后一仗，最后一丝耀眼的荣光闪过历史舞台，十字军就此灰飞烟灭；他泊山，一般认为是基督变容的地方。东南方的风景让我想起了一段话（无疑，记得不够确切）：

> 以法莲人没有被喊去分享亚扪之战的战利品，因此，聚集起大军要跟以色列人的示师耶弗他征战；耶弗他得知以法莲人正在杀来，聚起以色列的男丁，跟以法莲人打了起来，让以法莲人四散奔逃。为了扩大战果，耶弗他派人守卫约旦河的各个浅滩和渡口，命令不得让说不出士播列三个字的人通过。以法莲人是另一个部落，念不出正确的读音，而是读成了西播列，这样就证明他们是敌人，要了他们的命；那天，四万两千人死在了约旦河的各个浅滩和渡口。①

沿着从大马士革通向耶路撒冷和埃及的行车线，我们平静地缓步向前，经过卢比亚以及其他的叙利亚村庄。这些村庄都一成不变地位于陡峭的小山小丘的顶部，周围都是巨大的仙人掌（表明此地毫无用处），仙人掌多刺的果实就像是火腿。最后，我们到达了哈丁战役战场。

哈丁战役战场是个巨大的不规则高原，好像就是专为战场而生的。在这里，大约七百年之前，举世无双的萨拉丁遇上了基督徒的军

---

① 参照《圣经·旧约·士师记》第 12 章。

队,并从此摧毁了基督教在巴勒斯坦的统治。敌对双方曾经长期停战。但是,按照旅游指南的说法,卡拉克勋爵沙提永的雷诺破坏了停战局面,因为他洗劫了一个大马士革商队,而且当萨拉丁提出要求的时候,他拒绝释放商人或归还货物。傲慢无礼的小军阀以此举让苏丹火冒三丈。苏丹发誓,无论如何都要亲手杀了雷诺,不管是在何时何地发现他。两支军队准备战斗了。耶路撒冷国王软弱无能,但手下的基督教骑士却人强马壮。国王愚蠢地强迫基督教骑士在烈日下疲惫地长途行军,然后,在无水无其他饮品补给的情况下,下令基督教骑士在空旷的平原上扎营。几批穆斯林骑兵跨着良驹扫过革尼撒勒的北端,就在敌人阵营的对面安营扎寨。清晨,恶战开始。基督教骑士被苏丹的大军四面包围,他们坚持战斗,但没有生还的希望。他们不顾一切,奋勇战斗,但是徒劳无功;酷热烧灼,敌人众多,渴得要命,战局极为不利。到了中午,其中最为勇敢的骑士在穆斯林军队中间杀开一条血路,占领了一个小山峰。在那个小山峰上,一个小时又一个小时,他们簇拥着十字旗帜,击退一群群冲上来的敌人。

但是,基督教政权的毁灭已是板上钉钉了。日落时分,萨拉丁已经成了巴勒斯坦的主宰,基督教骑士在战场上死伤枕藉,耶路撒冷国王、圣殿骑士团团长、沙提永的雷诺成了萨拉丁帐中的俘虏。萨拉丁以王公的礼节对待两个囚犯,下令给二人提供饮品。当国王把一份冰冻果汁牛奶冻递给沙提永的雷诺时,苏丹说:"是你给他的,不是我。"苏丹想起了自己的誓言,亲手杀了倒霉的骑士沙提永的雷诺。

难以想象,这片安静的平原上曾经军乐回响,军队的铁蹄让这里瑟瑟发抖。在这片静寂之中,人们难以想象,在这片平原之上,骑士曾经列队冲锋,胜利者的呼喊血脉偾张,伤员尖声叫喊,战场气势如虹,军旗与兵器交相辉映。如今的满目荒凉让人无法联想到当年的生机勃勃、人嘶马鸣。

我们安全抵达他泊,大大早于那个披坚执锐充当卫士的家伙。一路上,一个人都没碰到,更不用说无法无天的贝都因团伙了。他泊形单影只,就像是以斯德伦平原上的巨人哨兵。他泊比周边的平面高一

第 49 章

千四百英尺，是绿色的、树木茂盛的圆锥体，对称，优雅——是一个重要地标，非常养眼，因为先前看够了讨厌单调的叙利亚沙漠。我们沿着陡峭的小路攀爬到顶峰，穿过一片片微风习习的空地，空地被荆棘和橡树环抱。顶峰之上，放眼望去，景色算是美丽。下方是广阔平坦的以斯德伦平原，一块块田地分布其上，构成了一副棋盘，好像也如同棋盘那样非常光滑平整，周边是白色的小村子，远远近近是浅浅勾勒的曲线，这些曲线是大大小小的道路。在春天的蓬勃朝气之中，仅此就足以构成一幅迷人的画面。南部边界线上是"小黑门"，在山上可以看见基列波。还可以看见著名的拿因和隐多珥。在拿因，寡妇的儿子起死回生。在隐多珥，女巫施展魔法。东边是约旦峡谷，再远处是基列群山。西边是迦密山。黑门在北边——还有巴珊高地——圣城撒弗得在黎巴嫩群山的一个高点上闪着白光——加利利海的一角是钢青色的——山峰呈马鞍状的哈丁，传统上叫作"福音山"，默默目睹了十字军为圣十字架奋勇作战——就是这么一幅画面。

通过残缺破损石窗的美丽边框考察此地风景的显著特色——基督时代的拱门，遮掩了眼前乏善可陈的一面，使你保留了登山的乐趣。要在迷人的日落时分得到最好的效果就必须倒立。要把一片风景放入近在咫尺、粗犷强大的框架之中，才能让风景之美体现得淋漓尽致。在那个迷人的微缩景观之中，在热那亚附近帕拉维奇尼伯爵阁下的美妙花园里，人们了解了这个欣赏风景的方式，并且永远铭记于心。一个小时又一个小时，你徜徉于群山及林木茂盛的幽谷，大自然的巧夺天工与鬼斧神工显而易见，不是人造景观；沿着弯曲的小径，突然遭遇跳跃的小瀑布和朴拙的桥梁；不经意间发现林中湖泊；徘徊于破旧的微缩中世纪城堡，城堡好像历经沧桑，却只是十几年之前建的；在坍塌的古墓前沉思，古墓的大理石支柱被建造古墓的现代艺术家故意损坏；一不小心碰到用稀有珍贵材料建成的玩具宫殿，又碰到农舍，农舍家具破烂，绝不会让人想到是专门做成破烂的样子；骑着漂亮的木马在森林里转来转去，也看不到木马是什么驱动的；横跨罗马的道路，从宏伟的凯旋门下穿过；在古色古香的亭子里休息，隐身的精怪从每个可能的方向冲着你喷出一股股水流，甚至你触碰的花朵也会向你喷洒水滴；在地下湖泊之中泛舟，湖泊就是一个上有拱门的凹坑，拱门上是一簇簇钟乳石；然后来到另一个湖泊之中，这个湖泊在光天化日之下，四周都是长着草的斜岸，在锚地荡漾的游船令人心花怒放，锚地在微缩大理石神庙的阴影之中，大理石神庙从清水中拔地而起，其白色的雕塑、丰富的柱顶和带凹槽的支柱倒映在深水之中。

就这样从一个奇观到另一个奇观，一直觉得最后看的那个才是重头戏。而重头戏确实留到了最后，但是要看到重头戏只能上岸，穿过一片从世界各个角落搜集而来的罕见花卉，站在又一个微缩神庙的门前。就在这个地方，艺术家把自己的才智发挥到了极致，让仙境的大门豁然洞开。你透过一块被染成黄色的素净窗玻璃望过去，首先映入眼帘的是丛抖动的叶子，离你有十小步，在一个像门户一样的参差不齐的开口之中——在自然界之中极为常见，没有人类大肆发挥的设计理念——门户下方也向上伸出一些宽大的热带植物叶子和漂亮的花朵，非常漫不经心，但却匠心独运。突然，你看到一幅极其模糊、柔和、丰富的画面。以前，约翰看到新耶路撒冷在天堂的云朵之上闪光，从那时起，濒死的圣徒从未梦到过这幅画面。一片广阔的海面上，点缀着倾斜的帆船；尖锐突出的海角上是高耸的灯塔；后面是芳草萋萋的斜坡；远处是古老"万殿之城"的一部分，有着花园、小山和庄严的大宅；再远处是一座大山，粗犷的线条映衬着海洋与天空；在所有这些景物的上方是一条条、一片片游移不定的云朵，漂浮在金色的海洋之中。海洋是金色的，城市是金色的，草场、山和天空都是金色的——一切都是金色的——鲜艳、柔和、如梦如幻，宛如人间仙境。没有艺术家可以在画布上展现如此迷人的美景。然而，只是因为有了黄色玻璃，有了精心构造且出乎意料的框架使得景色产生了距离美，并且屏蔽了所有乏善可陈的方面，所以，才让大家魂牵梦绕。这就是生活，诱惑人的大蛇无处不在。

现在只能回来讨论古老的他泊山，不过这个话题非常讨厌，而且我无法只谈论这个话题，我会谈论更能引起美好回忆的风景。无论如

第 49 章

何,我认为我会跳过这个话题。他泊山没什么好谈的(只能说这里是基督变容的地方),他泊山只有灰色的古老废墟。废墟层层叠叠,跨越多个时代。最早可以追溯到三千年前基甸等人的时代,最晚是到不久之前的十字军时代。此地有希腊正教修道院,有优质的咖啡,但是没有一片真正的十字架,没有圣徒的骨头,也就无法吸引世俗之人,无法让他们胡思乱想。对于我来说,没有遗物的天主教堂不值得一提。

以斯德伦平原——"万国征战之地"——只会让人想起约书亚、便哈达、扫罗、基甸;坦麦能、坦克雷德、狮心王、萨拉丁;历代勇武的波斯国王、埃及英雄、拿破仑——因为他们都在这里打过仗。如果月光魔法可以召唤世界各地、历时多年的坟墓之中的无数曾在此无边无际之地战斗过的人,让他们穿着一百个民族的上千种奇装异服排列成队,派他们这一大批人踏上以斯德伦平原,插着羽毛,旗帜飘扬,长矛闪耀,蔚为壮观,那么,我就会在此待上一辈子,观看庞大的幽灵大军。但是,月光魔法徒有其表,形同骗局;相信月光魔法的人会伤心失望。

他泊山脚下,就在历史悠久的以斯德伦平原的边缘,是一个无足轻重的村庄德布拉。以色列的女先知底波拉曾经住在这儿。这个村庄就像是抹大拉。

第50章

我们从他泊山上下来,穿过深邃的沟壑,沿着一条乱石丛生的山间小路到达拿撒勒——两个小时的路程。东方的距离都是按照小时而不是英里计算的。几乎在任何道路上,一匹好马都可以一小时走三英里;因此,在这里,一个小时总是代表三英里。这个计算方法麻烦又讨厌;在完全适应这个方法之前,要正确理解距离的远近,就得停下来把当地的小时换算成基督徒的英里。这就类似外语听力水平一般,达不到精通的地步,无法立即理解听到的内容。人的脚走过的距离也是用小时和分钟来估计的,虽然我不知道如此计算的基础何在。在君士坦丁堡,你问道:"到领事馆有多远?"他们答道:"大约十分钟。""到劳埃德公司有多远?""一刻钟。""到下游那座桥有多远?""四分钟。"虽然我无法确定,但是我认为,在这个地方,如果有人要定做一条裤子,这个人会说腿长四分之一分钟,腰围九秒钟。

从他泊山到拿撒勒两个小时——因为道路极端狭窄曲折,我们必须在这段路上遭遇耶利哥和杰克逊威尔之间所有的骆驼队和公驴队,别无选择。驴子不大要紧,因为它们太小了,如果你的马劲头十足,是可以从驴子身上跳过去的,但是骆驼身上就跳不过去了。骆驼就和普通的叙利亚住宅一样高——也就是说骆驼比一个魁梧的男子高一到两英尺,有的高出接近三英尺。在叙利亚的这片区域,骆驼经常托运巨大的行李袋——一边一个。骆驼及其货物要占马车那么大的地方。想想吧,在狭窄的道路上遇上这么个挡路的东西。国王来了,骆驼也不会回避。骆驼安详地昂首阔步，把带肉垫的蹄子向前伸去，就像有规律摇摆的钟摆一样，迈出大步，挡路的一切要么乖乖让路，要么被巨大的行李袋猛地撞开。对于我们来说，这是一段累人的旅程，马也累得受不了了。我们不得不从一千八百头驴子的身上跳过去。在我们之中，只有一个人被骆驼撞下马的次数少于六十次。这像是一个强大的宣言，但是诗人说过："事情并不是表面上显示的那样。"我现在只记得一件事情，这件事肯定会让人哆嗦，软脚的骆驼悄悄来到人的身后，用自己冰冷松弛的下唇碰人的耳朵。一头骆驼给其中一个家伙来了这手，他正低头含胸坐在马鞍上沉思。这个家伙扫视周围，看到高大的鬼影盘旋在自己的头顶，顿时大惊失色，想要跑开，但是，没等跑开，骆驼就凑过来咬了他的肩膀。这是旅途中唯一的乐事。

在拿撒勒，我们在一片橄榄树里扎营，就在圣母马利亚的喷泉旁边。那个优秀的阿拉伯"卫士"来为自己的服务收取小费，因为他从太巴列就跟着我们，靠着自己的全副武装产生威慑力，防止隐藏的危险。口译译员已经把钱给了"卫士"的主人，但是白搭——在这里，如果你雇一个人为你打喷嚏，而另一个人又帮了你，那么，你就得付两份钱。只要没钱，他们什么都不干。如果这些人听说有什么"没钱没价"的方式可以自我拯救，他们该多吃惊啊。假设自救世主时代以来，这个国家的礼节、居民、习俗发生了改变，那么，《圣经》中的象征和暗喻就无法作为证明这一情况的证据了。

我们进入宏大的罗马天主教修道院。据说，罗马天主教修道院就是在圣家族故居上修建的。我们走下一段楼梯，有十五个台阶，位于地下。我们站在一个小教堂之中，里面装饰着挂毯、银灯、油画。在大理石地面之中，祭坛之下，有个用十字架标记出的点。据说，这里是圣母双脚踩过的地方，因而成了圣地。当时，圣母从这里站起来，接受天使带来的信息。这里如此简单朴素，却是如此重大事件的现场！这里正是天使报喜的地方——整个文明世界的壮观神殿和宏伟神庙都曾纪念过这个事件，艺术大师以在画布上充分展现这个事件作为自己最伟大的抱负；在基督教世界，无论天涯海角，无论城里乡下，天使报喜之处的历史童叟皆知，家喻户晓；许许多多的人不辞辛劳、不远万里来此瞻仰，觉得这是莫大的荣幸。这些想法可以理解。但是，我难以想象天使报喜的盛况。我可以在几千英里之外坐下来，想象天使出现，翅膀呼扇，面庞发光。我注意到，一束光向下倾泻到圣母的头上，座天使把信息传到了圣母的耳朵里——大洋彼岸人人都能想象得到，但在这里，几乎无人可以想象得到。我看到了那个小壁龛。天使就是从这个小壁龛里走出来的，但是天使怎么待在这个小壁龛里呢？据我所知，天使都飘忽不定，来去无踪——不适合待在实心石头壁龛里。离得越远，想象力就越丰富。站在天使报喜洞窟里，周围是实实在在的石墙，我估计此情此景之下，没人能够展开想象的翅膀天马行空了。

他们给我们看一个破碎的花岗岩柱子，这个柱子从天花板上悬垂下来。他们说征服拿撒勒的穆斯林把这根柱子砍作两段，想要放倒这座圣殿，但是没有得逞。柱子奇迹般地悬在半空中，无依无靠，那时就支撑着天花板，现在依然如此。如果把这个说法分成八个部分，那还有点能让人相信。

这些天赋过人的罗马天主教徒从不半途而废。如果他们给你看竖在旷野上的铜蛇，你不用怀疑，他们还有把铜蛇竖起来的杆子，甚至还有插杆子的洞。他们在这里找到了天使报喜的"洞窟"；就像有了嘴，就要有喉咙一样，他们还找到了圣母的厨房，甚至圣母的起居室。一千八百年前，圣母和约瑟就在起居室里看着圣婴玩希伯来人的玩具。都在一个屋檐之下，都是干净、宽敞、舒适的"洞窟"。有点不可思议的是，跟圣家族关系密切的人都住在洞窟里——在拿撒勒，在伯利恒，在富丽堂皇的以弗所——然而，在他们的岁月和时代，其他人都没有住在洞窟里的想法。如果其他人曾经住在洞窟里，那么，他们的洞窟都已经不见了，而且，我估计我们应该感到特别惊奇，因为我提到的这些洞窟都保存完好。当年，圣母为了逃脱希律王的怒火，藏身在伯利恒的一个洞窟里，这个洞窟至今尚存。屠杀伯利恒无辜之人的地点是一个洞窟；救世主出生在一个洞窟里——这两个洞窟目前都对朝圣者开放。极为奇怪的是，这些大事都发生在洞窟里——同样也极为幸运，因为假以时日，最坚固的房子也会分崩离析，但是，原生岩石里的洞窟永世长存。

这种洞窟就是假冒的，但是，人人都应该感谢天主教徒。每当他们找到《圣经》中的一处圣地，不管是在哪儿，他们都直截了当在那儿建造一座巨大的——几乎会永不磨灭的——教堂，并保存那里的记忆，供后世缅怀。如果是基督教新教徒来做这件意义重大的事情，我们今天甚至不会知道耶路撒冷在哪里，而且能去用手指触碰拿撒勒的人肯定是世外高人。天主教徒肆意妄为，在岩石之中开凿出这些假冒洞窟，但是，这却产生了良好的结果，所以，世人应该感谢天主教徒；看到一个洞窟让人极为满意，因为多个世纪以来，人们都相信圣母曾经住在这儿，而不是随机地去想象圣母的故居何在，在整个拿撒勒城中，圣母故居可能在这儿，在那儿，在左边右边，上边下边。这个范围太大了，想象是不管用的。没有一个特定的地点吸引你的眼球，让你凝神聚力，陷入沉思。只要普利茅斯岩还在，人们就不会忘记1620年来到美洲的清教徒。天主教老家伙们是英明的。他们知道如何凭借美丽的传说，立个地标，让美丽的传说永远跟地标绑定在一起。

我们参观了一个地方，耶稣在这里当了十五年的木匠，他试图在犹太会堂布道，但是被暴民赶了出来。这些原址上建起了天主教小教堂，来保护古老城墙的小块碎片。我们的朝圣者从上面敲下来一些碎片留念。我们还参观了一座新建的小教堂，教堂在城里，围绕一块大石头而建，大石头有十二英尺长，四英尺宽；几年前，神父们发现，当信徒们从迦百农走来的时候，曾经在这块大石头上休息。他们急匆匆地去保护这个遗迹。遗迹是价值连城的资产。旅行者要付钱才能参观，而且他们还乐此不疲。我们喜欢这个主意。一旦正儿八经交了买路钱，人们就会觉得心安理得，安之若素了。我们的朝圣者很想拿出灯黑和模板，在这块石头上涂画出自己的名字，顺便添上来自美国的哪个村庄，但神父们不允许乱涂乱画。然而，严格来说，我们这伙人很少干这种坏事。虽然,我们船上有人逮着机会就乱涂乱画。我们的朝圣者犯下的最大的罪就是狂热地搜集标本。我估计,到了这个时候,他们已经知道这块石头有几英寸,有几吨;我敢肯定,他们今晚会杀个回马枪,想办法把石头弄走。

据说,在马利亚还是个女孩的时候,她一天二十次从"圣母喷泉"取水,把水放在罐子里,顶在头上带走。这是一座古老的砖石建筑,远离村里的房子,墙上是一些水龙头,水就从这些水龙头里流出。还有十几个年轻的拿撒勒女孩聚在这里,欢笑嬉闹,乐个不停。拿撒勒女孩相貌平平。其中一些女孩有着明亮的大眼睛,但是没有一个脸蛋漂亮的。这些女孩通常就穿一件衣服,衣服宽大、没形,颜色难以说清;而且基本上都破破烂烂,未经缝补。从头顶到下巴,挂着一串串稀奇古怪的古钱币,就跟太巴列的美女是一个风格。手腕和耳朵上是黄铜首饰。她们从不穿鞋子和长筒袜。迄今为止,就我们在这个国家看到的女孩而言,只有她们最通人性,最为和善。但悲哀的是,这些女孩无疑都相貌平平。

一个朝圣者——"激情澎湃者"——说:"看那个高挑优雅的女孩!看她的面庞多么漂亮,就像圣母马利亚一样!"

另一个朝圣者立刻凑上来说:"仔细看那个高挑优雅的女孩;看她的面庞多么漂亮,如同女王一样气质高雅,就像圣母马利亚一样。"

我说:"她不高,她矮;她不美,其貌不扬;我肯定她足够优雅,但是她相当吵闹。"

不久,第三个也就是最后一个朝圣者走过,说:"啊,一个多么高挑优雅的女孩!多么漂亮,如同女王一样气质高雅,就像圣母马利亚一样。"

所有的评价都在这儿了。对于这些问题,现在就要看看专家怎么说的了。我发现了下面这段话。谁写的呢? 威廉·C. 格兰姆斯:

> 坐上鞍子之后,我们骑向圣母喷泉,再看一眼拿撒勒的女人们。总的来说,她们是我们见到的东方女人之中最美丽的一群。

第 50 章

当我们接近她们的时候，一个十九岁的高个子女孩来到米丽娅姆身边，给她一杯水。高个子女孩姿态优雅，如女王一般。我们当场发出惊呼，多么美丽的面庞，就像马利亚一样。惠特利突然口渴了，求高个子女孩给点水，惠特利慢慢喝着，眼睛越过杯子，盯着她黑色的大眼睛，好奇心十足，高个子女孩也同样好奇地盯着惠特利。然后是莫里特要水。高个子女孩把水给了他，他处心积虑地把水打翻，又要了一杯，当高个子女孩走向我时，就识破了这个小伎俩；她饶有兴致地看着我。我开怀大笑，她跟我一起开心大笑，就像旧时奥兰治县的女孩一样。我想要一张她的画像。假如马利亚的面庞就和这个美丽的拿撒勒女孩一样，那就堪称'美丽动人'和'欢乐永驻'了。

多少年来，描述巴勒斯坦的文字都是这些陈词滥调。去找费尼莫尔·库柏，我就能发现印第安人之美。去找格兰姆斯，就能发现阿拉伯人之美。阿拉伯男人大多相貌不错，但阿拉伯女人就不是这样了。我们都会相信圣母是个美人；反过来想就不正常了；但这是否意味着我们必须从拿撒勒现在的居民之中发现美呢？

我喜欢引用格兰姆斯的话，因为他的话极具戏剧性，而且他好像不太在乎自己说的话是不是事实，所以他能够以耸人听闻的话语哗众取宠。

穿过这片平静的土地时，格兰姆斯总是把一只手放在左轮手枪上，另一只手放在手帕上。他要么在为圣地而哭泣，要么在杀死阿拉伯人。自从闵希豪森死后，无论是在此地还是其他地方的游客，只有格兰姆斯的经历最为离奇古怪。

在巴亭，没人惹他，他在夜深人静的时候爬出帐篷，拔枪射击，以为自己在射远处石头上一个不怀好意的阿拉伯人。子弹杀死了一匹狼。就在射击之前，他突发奇想——就和以前一样，是为了给读者上点耸人听闻的话语：

是想象吗，还是我看到有什么东西在石头上动？如果那是人的话，他现在为什么不杀了我？我黑袍加身，背后是白色的斗篷，是个绝佳的猎杀目标。我感觉子弹射击了我的喉咙、胸膛、脑袋。

鲁莽的家伙！

向革尼撒勒前进的时候，他们看到了两个贝都因人，而且，"我们留意自己的手枪，在披肩之中悄悄拔枪"等。总是从容不迫。

在撒玛利亚，他冲上山，石头纷飞；他向朝他扔石头的人们开火。他说：

> 我抓住一切机会要让阿拉伯人体会美英武器的完美，要让他们知道攻击有武装的欧洲人的危险。我认为那颗子弹没白打，给他们上了一课。

在巴亭，他把一整队阿拉伯赶骡人训了一顿，然后——

> 我自感满足，因为我确信，如果再有人胡作非为，我就会严惩责任人，打怕他，让他再也不敢撒野。如果我找不到责任人，就会鞭打所有的人，从第一个到最后一个。要么是典狱长动手鞭打，要么是我亲自动手。

此人英勇无畏。

他在石头中沿着陡峭的小径一路骑行，从巴尼亚斯堡垒到橡树丛，一路飞奔，他的马一跃就能跨越"三十英尺"。我已经准备好带三十个可靠的目击者证明，与此相比，帕特南在霍塞内克的丰功伟绩不值得一提。

看他——总是在演戏——看着耶路撒冷——这次，一时疏忽，把手从手枪上拿开了。

第 50 章

我站在路上，一只手放在马脖子上，模糊的双眼努力去搜寻早已印在脑海里的圣地轮廓，但是飞流的眼泪让我无法搜寻。我们的队伍之中有一些穆斯林仆人、一个罗马天主教教士、两个亚美尼亚人、一个犹太人、全都双目凝视，眼泪飞流。

如果天主教教士和阿拉伯人哭泣，我就敢拿性命担保，马儿也会哭，真是一幅超凡绝伦的画面。

但是，如有必要，他会像硬石一样坚决。在黎巴嫩峡谷，一个阿拉伯青年——一个基督徒；他专门指出穆斯林不偷盗——抢了他微不足道的价值十美元的火药和弹丸。他告到了酋长那儿，观看那个基督徒被处以可怕的笞刑。听他怎么说：

他（穆萨）躺在那儿，扭来摆去，嚎叫，吼叫，尖叫，但是他被带到门边的阳台上，这样，我们就能看到行刑，他被脸朝下放置。第一个人坐在他的背上，第二个人坐在他的腿上，第二个人还拉起他的双脚，第三个人用犀牛皮科巴什①打他裸露的脚掌。每挥动一下，科巴什就在风中呼呼作响。可怜的莫里特处于痛苦之中，纳马和纳马第二（穆萨的妈妈和姐妹）俯地哀求哭号，一会会抱着我的膝盖，一会会抱着惠特利的膝盖，而门外穆萨的兄弟，哭天抢地，比穆萨的声音还大。甚至连优素福也来了，跪在地上求我宽恕，最后还有贝图尼——那天早晨，这个恶棍在房子里丢了一个饲料袋，所有人之中，就只有这个恶棍骂得最响——恳求游客可怜一下穆萨。

---

① "在阿拉伯语言里，科巴什就是牛皮，只不过这个牛是犀牛。这是普天之下最残忍的鞭子。和铅一样重，和橡胶一样灵活，约四十英寸长，逐渐从直径一英寸变细，成为一个点。打上一鞭，痕迹经久不消。"《埃及船上生活》——原书注

但是，他没答应。惩罚"告一段落"。打到十五下的时候，他们听到了坦白招供。然后，格兰姆斯等人上马离开，留下那个基督徒家庭，穆斯林酋长会按照自己认为合适的尺度对这家施以罚款和严厉的惩罚。

"我上马，优素福又一次请求我出面干涉，对那一家大发慈悲，但是，我环顾周边的黑脸，在自己的内心之中找不到一点对他们的仁慈。"

他以嬉笑欢乐的幽默结束了这一幕，与那位母亲和孩子们的忧伤形成了鲜明对比。

再来一段：

> 然后，我又一次低下头，在耶路撒冷哭泣没什么丢人的。当我看到耶路撒冷的时候，我哭了。当我沐浴在伯利恒的星光之下时，我哭了。在神圣的加利利海滩，我哭了。当我沿着蓝色的加利利海骑马时，我的手依旧抓紧缰绳，放在手枪上的右手并未因愤怒而扣动扳机（哭泣）。我的双眼并未被泪水模糊，内心依然强大。那些对我的感情嗤之以鼻的人就看到这里吧，因为我的圣地之旅几乎不对他们的胃口。

每当愁肠百结之时，他就涕泗纵横。

我意识到自己就格兰姆斯先生的书絮叨了太多。然而，谈谈他的书理所当然，因为《巴勒斯坦游牧生活》是一部代表作——代表了关于巴勒斯坦的一类书籍——针对这本书的批评就是针对所有此类书籍的批评。另外，因为我把这本书当作代表作详加评论，所以，我自作主张，虚构了这本书及其作者。无论如何，这样做比较好。

第 50 章

第51章

拿撒勒非常有趣,因为这里就和耶稣离开时一样,人们发现自己总是在说,"男童耶稣站在这个门里——曾在那条街上玩耍——用手触碰了这些石头——曾在这些白垩小山上漫步。"只要有人巧妙地写出耶稣的童年,那么,付梓印刷之后肯定会大受欢迎,无论读者是年轻还是年老。我之所以这么判断是因为虽然迦百农和加利利海也能引起我们的遐想,但都不如拿撒勒这样魅力超凡。站在加利利海边,只会朦胧模糊地想到那位高贵的人物行走在风口浪尖之上,如履平地,他触碰死人,那些死人站起身来说话。现在,带着新的兴趣,我在自己的笔记之中读到了1621年版本《新约外传》里的一些句子。

一个新娘被男巫弄成了哑巴,新娘亲吻基督,痊愈。一个麻风病女孩被圣婴洗浴过的水治愈,并成为约瑟和马利亚的仆人。王公患麻风病的儿子也被类似的方法治愈。

一个年轻人被施了巫术,变成了一头骡子。圣婴把手放在年轻人的脖子上,奇迹般地治愈了他。年轻人娶了一个曾得过麻风病的女孩,这个女孩也被治愈了。因此,旁观者赞美上帝。

第16章。有些门、奶桶、滤网、箱子,约瑟造得并不合适,基督奇迹般地加以扩大或缩小,约瑟并不擅长木匠活。耶路撒冷国王命令约瑟造一个宝座。约瑟工作了两年,结果宝座短了两拃。国王生气了,耶稣安慰约瑟——让约瑟拉宝座的一边,自己拉另一边，拉成了合适的尺寸。

第19章。耶稣被指控把一个男孩从屋顶上扔下来。奇迹发生了，耶稣让死去的男孩说话，结果是他被宣告无罪释放；耶稣为母亲运水，打碎了水罐，奇迹发生了，耶稣把水守在披风里，带回了家。

耶稣被送去上学，他拒绝读书，老师要鞭打他，结果老师的手干枯了。

《新约外传》古怪离奇，充斥着不得收入《新约》的福音书。其中还有圣克雷芒写给科林斯人的信。一千四五百年之前，这封信还被教堂采用，视为真经。信里记载了传说中的凤凰。

1. 让我们想想那种伟大的复兴，出现在东方国家，即阿拉伯半岛。

2. 有种鸟叫凤凰。一次只出现一只，可以活五百年。当大限将至，即将死去的时候，凤凰就用乳香和没药，以及其他香料，为自己建一个巢。时间到了，凤凰入巢，死去。

3. 但是，凤凰的肉在腐烂，生出了一种虫子，虫子在死鸟体液的滋养下长出了羽毛；长成之后，就占据了鸟巢，其母体的尸骨依然在鸟巢里。它抓起鸟巢，把鸟巢从阿拉伯半岛带到埃及一个叫赫里奥波里斯的地方。

4. 光天化日众目睽睽之下，新生的鸟儿把鸟巢放在太阳祭坛上，然后从哪儿来，回哪儿去。

5. 然后，神父查看关于时间的记载，发现鸟儿回归的时间恰好是五百年结束的时候。

公事公办，凤凰能够守时，真是难能可贵。

关于救世主小时候的那几章包含了许多好像无关紧要、不值得保存的东西。然而，该书其余部分读起来大多和正本《圣经》一样。正本《圣经》应该收入下面的一节，因为这一节显然预言了美国国会的基本情况：

> 199. 他们自视甚高，觉得自己精明强干；虽然他们是傻瓜，却想指手画脚，教训别人。

发现这些文字之后，我就摘抄了下来。在法国和意大利的大教堂之中处处可以找到在《圣经》中名不见经传的人物传说，还有《圣经》之中并未提到的神迹。但是，这些人物和神迹都出现在了《新约外传》之中。虽然它们被排斥在了我们的现代《圣经》之外，但它们在1200年或者1500年之前是公认的福音，和其他福音一样受人推崇。要参观这些名声在外的大教堂，了解其不容置疑、历史悠久的珍宝，就必须先读《新约外传》。

在拿撒勒，他们强加给我们另一个海盗——另一个不屈不挠的阿拉伯卫士。我们最后看了一眼这座城市，拿撒勒就像一个粉刷过的蜂巢，镶嵌在山腰上。清晨八点，我们离开了。我们下马，赶马通过马道，我认为这条马道就像瓶塞钻一样九曲十八弯，我知道它就像彩虹向下的部分一样陡峭，我相信它几乎是世界上最差的道路。比它更差的道路在夏威夷群岛，夏威夷群岛上的这条路给我留下了痛苦的回忆。内华达山脉里的一两条山道也可能比这条马道差。在这条狭窄的马道上，马儿经常小心翼翼地站在粗糙的石头台阶上，然后把前蹄伸出石头边缘，下探一段距离，这段距离超出了马儿一半的高度。这样马鼻子就贴近地面了，而尾巴朝向天空的某个地方，让人觉得这匹马想要倒立。在这种情况下，马儿无法保持优雅。最后，漫长的下坡路走完了，我们小跑经过广阔的以斯德伦平原。

在我们结束朝圣之旅以前，我们中的一些人就会被射杀。朝圣者阅读了《巴勒斯坦游牧生活》，时刻保持堂吉诃德式的英雄主义。朝圣者总是把手放在手枪上，并不时在你始料不及的时刻拔枪瞄准并不在眼前的贝都因人。朝圣者还会拔出刀来，疯狂挥舞，假想贝都因人就在眼前。我总是深陷危险之中，因为朝圣者舞刀弄枪皆是源自心血来潮与突发奇想，所以我当然不知道何时应该躲远点。如果我有朝一日被误杀于朝圣者浪漫的抽风之中，那么，事实证明，格兰姆斯先生就应当被视作罪犯的同谋。如果朝圣者好好瞄准，朝人射击，那就恰如其分，无懈可击了——因为遭枪击的那个人一点危险没有；但是，我反感胡砍乱射，我不想再见到类似以斯德伦的地方，这里的地是平的，人们可以狂奔飞驰。朝圣者因此沉浸在戏剧性的胡思乱想中。别人在太阳下傻傻地闲庭信步，思索遥远的过去，突然，朝圣者来了，一阵狼奔豕突，策马扬鞭，马刺频用，催促那些瘦骨嶙峋的老马奋力前行，直到朝圣者的脚踝飞得比头都高。朝圣者呼啸而过的时候，亮出一把滑膛小手枪，接着传来令人心惊的"嘭"的一声，声音不算大，只看一颗小小的弹丸在空中欢快地飞过。既然已经开始了朝圣之旅，我还是想善始善终，但说句老实话，只是凭着一股奋不顾身的勇气，我才把朝圣之旅坚持到现在。我不介意贝都因人，我不怕他们；因为他们和普通阿拉伯人都没有表现出伤害我们的意思，但我确实害怕自己的同伴。

到了平原的最远端，我们骑马往山上爬了一会儿，抵达隐多珥，这里以女巫闻名。女巫的后代还在隐多珥。在这里，一群群半裸的野人粗犷野蛮，令我们大开眼界。他们从泥巴堆成的房子里蜂拥而出；离开衣物箱那样简陋的小屋；离开层层叠叠岩石之下敞开的洞穴；从土地的缝隙里钻出来。在五分钟的时间里，这个地方就不再死寂安静。暴民们乞讨，尖叫，嚎叫，围绕着马脚争先恐后，堵塞了道路。"给点钱！给点钱！给点钱！游客，给点钱！"抹大拉的一幕重现了，唯一的区别是，在这里，人们双眼射出的光芒凶狠残忍，充满仇恨。人数达到了两百五十，一半以上的居民住在岩石之中的洞穴里。肮脏、下流、野蛮就是隐多珥的特色。现在，我们不再谈论抹大拉和德布拉。隐多珥成了话题的中心。隐多珥比所有的印第安人村庄都要差。这座山荒凉、多石，令人望而生畏。看不到萋萋芳草，只有一棵树。这是棵无花果树，在岩石中摇摇欲坠，在一个阴森森洞口的旁边，如假包换的隐多珥女巫曾经住在这儿。据说，扫罗王于午夜时分坐在此洞之中，双目凝视，浑身颤抖，此时，地动山摇，雷声滚滚，死去先知的魂魄在火与烟之中升起，直面扫罗王。当扫罗王的军队沉睡的时候，他在黑暗之中蹑手蹑脚地来到这里，想知道自己在次日的战役之中会有什么样的命运。他悲伤地离开，去面对耻辱和死亡。

泉水从山洞昏暗的凹处流出，我们渴了。隐多珥的居民不允许我们进入。他们不在意灰尘；不在意破衣烂衫；不在意虱子跳蚤；不在意蒙昧无知与野蛮懵懂；他们不在意可以忍受的饥饿，但是，他们确实想在自己的神灵面前保持纯洁与神圣，不管这位神灵是谁，因此，一想到基督徒的嘴唇会污染泉水，他们就浑身发抖，面色几乎苍白，因为泉水会流入他们圣洁的食管之中。我们根本不想伤害他们的感情，也不想践踏他们的成见，但是，大清早，我们就没水了，嗓子在冒火。此情此景之中，我想到了一句由来已久的格言。我说："兔子急了也会咬人。"我们进山洞喝水。

最后，我们离开喧闹可怜的人群，鱼贯登上一座座小山，留下他们三五成群，三三两两聚在一起——先是老年人，然后是婴儿，接着是女孩；强壮的男人在我们身边跑了一英里，竭尽所能想要得到最后的小钱，哪怕只是一个皮阿斯特，然后他们才离开。

一个小时之内，我们到达了拿因。在这里，基督让寡妇的儿子起死回生。拿因就是小型的抹大拉。拿因的人口寥寥无几。据我所知，原先的墓地离拿因不到一百码；墓碑平放在地上，属于叙利亚犹太人的风格。我相信是穆斯林不允许犹太人把墓碑竖起来。穆斯林的坟墓通常粗粗地遍体涂着灰泥，刷着白涂料，一边是个直立的突起，雕琢得极为粗糙，是作装饰用的。城市之中一般不会出现坟墓；看到的是一块高大纤细的大理石墓碑，精心刻着字母，镀着金，涂上了颜色，标示出埋葬的地点。墓碑上是一块头巾，头巾是雕刻出来的，头巾的形状代表了死人生前的社会地位。

他们领我们看一段残垣断壁，说是城门的一面墙壁。多少个世纪之前，寡妇的儿子就从这个城门被抬了出来，耶稣遇上了送殡的队伍：

> 将近城门，有一个死人被抬了出来。这人是他母亲独生的儿子，他母亲又是寡妇，有城里的许多人同着寡妇送殡。
>
> 主看见那寡妇，就怜悯她，对她说："不要哭！"
>
> 于是进前按着杠，抬的人就站住了。耶稣说："少年人，我吩咐你起来！"
>
> 那死人就坐起，并且说话。耶稣把他交给他母亲。
>
> 众人都惊奇，归荣耀与神说："有大先知在我们中间兴起来了。"又说："神眷顾了他的百姓。"①

一座小清真寺耸立在那儿。据说，那儿就是寡妇家的所在地。两三个上了年纪的阿拉伯人坐在小清真寺的门口。我们进入小清真寺，朝圣者从基墙上敲下来一些标本，虽然他们不得不触摸甚至站在"祈祷毯"上，才能敲下来标本。这几乎是从这些老阿拉伯人的心上割肉。粗鲁地站在神圣的祈祷毯上，穿着靴子——阿拉伯人不会这么做——这是对这些阿拉伯老人的伤害，而他们根本没冒犯我们。假设一群有武装的外国人进入美国的一个乡村教堂，出于好奇从祭坛栏杆上敲下装饰品，爬上祭坛，并践踏《圣经》和讲坛地垫，那会是一副怎样的场景？然而，这两种情况并不相同。一个是亵渎我们的基督教堂，另一个是亵渎穆斯林的宗教场所。

我们再次来到以斯德伦平原，在一口井前停了一会儿——这口井无疑是亚伯拉罕时代的。它位于沙漠之中。用巨大的方形石头砌成的三英尺高墙壁围着井口，是《圣经》图片里那种样式。井周围站着一些骆驼，还跪着一些骆驼。一群从容不迫的小毛驴周围是一些赤身裸体、肤色黝黑的孩子，有的孩子围着毛驴喧闹不已，有的跨在驴背

---

① 以上五段分别引用自《圣经·新约·路加福音》第 7 章第 12 节、第 13 节、第 14 节、第 15 节、第 16 节。

上,还有的拉着驴尾巴。黄褐色皮肤、黑眼睛、赤脚的少女穿着破衣烂衫,戴着黄铜臂钏和铜锌合金耳环,头上顶着水罐,或者从井里打水。一群羊站在旁边,等候牧羊人把石坑装满水,这样,它们就可以喝水了——这些石头就跟井口的围墙一样,已经磨损,上面是一道道皱纹,是上百代口渴的动物用下巴造成的。阿拉伯人成群结队坐在地上,严肃地吸着他们的长烟管。其他的阿拉伯人在给黑色的水袋加水——水袋加满了水,膨胀,几条短腿就痛苦地伸展,脱离了正常位置,鼓鼓囊囊的。这是一幅宏大的东方画面,我曾面对着柔和、鲜艳的钢版雕刻膜拜了一千遍!但是,在雕刻里,没有荒凉;没有尘土;没有破烂衣服;没有跳蚤;没有丑陋的面容;没有肿痛的眼睛;没有享用大餐的苍蝇;没有蠢笨无知的面孔;驴子的背上没有破皮的地方;没有难听的含糊不清的口音;没有骆驼的臭气;不会让人浮想联翩:在这些人身下放几吨炸药,然后引爆,场面会更加壮观,给东方画面带来真正的趣味和魅力,就算一个人活上一千年,每当回想起这一幕,还会有满满的幸福感。东方场景在钢版雕刻上效果最佳。那幅示巴女王拜访所罗门的画再也不会给我留下美好印象了。我会自言自语,你看上去不错,女士,但是,你的脚不干净,你的气味就像骆驼。

不久后,一个管理骆驼队的阿拉伯人认出弗格森是个老朋友。他们跑起来,双颈相交,亲吻彼此的双颊。我立刻明白了一件事情。以前我一直觉得这件事情是牵强附会的东方比喻。我说的这件事情是这样的,基督指责一个法利赛人,或者一个此类人物,提醒对方没有"亲吻欢迎"自己。以前,我觉得男人互相亲吻好像不合适,但现在我意识到他们确实互相亲吻。而且,亲吻也是有理由的。这一风俗自然合理;因为人们必须亲吻,而且,在这个国家,一个男人不大可能随心所欲地亲吻一个女人。要长见识,人们必须旅游。以前《旧约》之中的词句对我来说无关紧要。现在,这些词句越来越意义丰富了。

我们绕着小山——"小黑门"——的山脚旅行,经过古老的十字军堡垒艾尔富勒,抵达书念。书念是另一个抹大拉,一切非常相似,就连湿壁画也一模一样。据说,先知撒母耳就出生在这里,而且书念女人在城墙上建了一个小房子,供先知以利沙居住。以利沙问她想要什么回报。这个问题非常自然,因为这些人以往和现在都习惯于先提供帮助和服务,然后期望和乞求报酬。以利沙非常了解他们。他无法想象会有人仅仅出于老朋友的交情,没有任何私心杂念地为他建造那个寒酸的小棚子。以前我觉得他这么问那个女人虽然谈不上粗鲁,但是好像非常不礼貌。但是,现在,我不这么觉得了。这个女人说自己什么都不想要。然后,为了感谢这个女人的善良和无私,他告诉女人她会生个儿子。这是重谢——但是,如果是女儿,这个女人就不会这么感激先知以利沙了——在这里,女儿总是不受欢迎。这个女人的儿子出生,成长,变得强壮,死去。以利沙在书念让这个女人的儿子起死回生。

我们发现了一片柠檬树——凉爽,遮阴,硕果累累。如果美景不多,人们就会高估美景,但我认为这片柠檬树非常美丽。确实美。我并未高估。我总是记得书念的美好。在我们长途跋涉、酷热难耐之后,赋予了我们这片郁郁葱葱的避难所。我们在一个小时的时间里吃午饭、休息、聊天、抽烟,然后上马,接着赶路。

当我们骑马快速通过耶斯列平原时,我们遇到了六个印第安挖掘者(贝都因人),他们手持长矛,骑在老迈不堪的马上蹦蹦跳跳,刺杀想象中的敌人;高声叫喊,让自己破烂的衣服在风中呼呼作响,就是彻头彻尾、无可救药的精神病患者。看吧,最后是"狂野自由的沙漠之子,骑在美丽的阿拉伯母马上,如风一样穿过平原",他们的事迹在书里耳熟能详,我们急不可待地要去见他们!看吧,"奇装异服"!看吧,"壮观的景象"!衣衫褴褛的无业游民——粗鄙低级的吹牛大王——"阿拉伯母马"瘦骨嶙峋,细长纤弱,就像博物馆的鱼龙,脊背突起,皮包骨头,就像单峰驼!扫一眼真正的沙漠之子,关于他的浪漫故事就会烟消云散——看看沙漠之子的骏马就想大发慈悲,卸下它的马具,让它死个痛快。

不久后,我们来到山上废弃的小镇,这就是古老的耶斯列。

撒玛利亚国王亚哈(当时,这是一片广阔的王国,几乎有罗得岛的一半大）住在耶斯列城里，那里是首都。国王附近住着一个人叫拿伯，拿伯有个葡萄园。国王要求拿伯把葡萄园交出来，拿伯不愿意，国王就想买下来，但是，拿伯拒绝出售。当年无论以什么价格卖掉自己的遗产都会被视作一种罪行——就算卖掉了，也会在下一个禧年归还卖主或者其继承人。所以，国王像个被宠坏的孩子一样走了，面对墙壁侧卧在床上，悲伤难过。王后是当年著名的恶人。甚至到了今天，她的名字依然是个笑柄，甚至是个耻辱。她走进房间，问国王为何悲伤，国王告诉了她原因。耶洗别说自己可以把那个葡萄园搞到手；她冒用国王的名义向贵族和贤者发出信件，命令他们宣布斋戒并把拿伯放在高处供人围观，然后教唆两个目击者发誓拿伯亵渎神灵。他们就这么做了，人们在城墙边朝受到指控的拿伯扔石头，他死了。然后，耶洗别去告诉国王，说，瞧，拿伯完了——起来造反去夺取葡萄园。就这样，亚哈夺取了葡萄园，闯进葡萄园，据为己有。但是，先知以利亚找到亚哈，宣布他和耶洗别的命运；并且说，在狗舔拿伯血液的地方，狗还会舔亚哈的血液——以利亚还说，狗会在耶斯列的城墙边吃掉耶洗别。随着时间的流逝，国王死于战斗之中。当在撒玛利亚池塘之中清洗国王战车的车轮时，狗就来舔食血液。过了几年，以色列国王耶户在一个先知的命令下前来进攻耶斯列，并且按照那时通行的方法驯服威慑敌人；耶户杀掉了许多国王及他们的臣民。耶户过来的时候，看到了耶洗别。耶洗别涂脂抹粉，衣着光鲜，向窗外看着。耶户命令把耶洗别扔到自己跟前。一个仆人照做了，耶户的马把耶洗别践踏在脚下。然后，耶户进去，坐下吃饭；不久，耶户说，去把这个遭天谴的女人埋了，因为她是一个国王的女儿。然而，耶户的慈悲发得太晚了，因为预言已经应验——狗已经吃了耶洗别，他们"发现的只是她的头骨、双脚、两只手掌"。

已故的国王亚哈留下了一个无助的家庭，耶户杀掉了亚哈七十个沦为孤儿的儿子。然后，他杀掉了这个家庭所有的亲戚、教师、仆人和朋友，然后他休息了一下。他来到撒玛利亚附近，遇到了四十二个人，并问他们是谁；他们说自己是犹大王的兄弟。耶户把这四十二个人也杀了。到了撒玛利亚，耶户说要向主表示热情；就这样，他把信奉巴力的所有祭司和居民聚在一起，假装要皈依巴力，大肆祭拜；这些人都被关了起来，无法自保，此时，耶户命令把他们统统杀掉。然后，好传教士耶户又一次休息了。

我们回到山谷之中，骑马前往安叶鲁费喷泉。他们通常称其为耶斯列喷泉。这是个水塘，大约一百平方英尺，深四英尺。一股水流从上面一块突出岩石的下方流进水塘。水塘处于一大片荒地之中。古时候，基甸在此扎营；书念的后面是"米甸人、亚玛力人、东方人"，他们"如同蝗虫那样多。他们的骆驼无数，多如海边的沙"。① 这意味着有十三万五千人，还有相应的运输工具。

基甸人只有三百人，在夜间突袭敌人，然后站在一边观看，敌人自相残杀，直到十二万人战死沙场。

黑夜来临之前，我们在耶宁扎营。然后在凌晨一点起床，再度出发。大约在天明的时候，我们经过一个地方。根据最可信的传说，约瑟的兄弟就在此地把他扔进一个坑里。我们经过一座座山峰，山上密布着一片片无花果树和橄榄树，可以看到四十英里之外的地中海。我们经过《圣经》中提到的许多古城，居民们看着我们这队基督徒，怒火中烧，好像要拿石头砸我们。然后，大约在中午的时候，我们到达了极为平坦丑陋的群山。这表明，我们已经离开了加利利，终于到达了撒玛利亚。

我们爬上一座山，参观撒玛利亚城，与基督在雅各井边交谈的女人可能就是这里人。无疑，这里还有著名的"撒玛利亚好人"。据说，大希律王把此地建设成了一座宏伟的城市。为了证明这个事实，许多作家指出，这里有许多粗糙的石灰岩支柱，有二十英尺高，直径两英尺，建筑风格朴素自然，几乎没有任何花哨的装饰。然而在古希腊，这些建筑不会被看作漂亮的作品。

这个营地的居民非常邪恶，一两天之前，用石头砸了我们的两个

---

① 引用自《圣经·旧约·士师记》第7章第12节。

朝圣者。之所以会出现这种困境，是因为朝圣者露出了左轮手枪，却不打算开枪——在美国远西地区，这种做法会被视作错误的判断，在其他地方肯定也会被这么看待。在新领土，如果一个人把手放在武器上，此人知道他肯定会使用它；肯定会立即使用，或者就等着被当场击倒。这些朝圣者之前一直在读格兰姆斯的书。

在撒玛利亚，我们无事可做，只能以一法郎十二枚的价格购买一把又一把的古罗马硬币，还看了破烂的十字军教堂及其拱门。拱门里曾经存放着施洗者约翰的尸体。早在多年前，这一遗迹就被带到了热那亚。

在以利沙时代，撒玛利亚经受住了灾难性的围攻。食品价格飞涨，"一个'驴'头售价八十枚银币，四分之一凯伯的鸽子粪五枚银币。"

那段艰难岁月发生的一件事会让人非常清楚地了解这些残垣断壁里弥漫的灰心丧气。一天，国王走在城垛之上，"有一个女人向他呼喊说，我主、我王啊，求你帮助！王问妇人说，你有什么苦处？她回答说，这个妇人对我说，将你的儿子取来，我们今日可以吃，明日可以吃我的儿子。我们就煮了我的儿子吃了。次日，我对她说，要将你的儿子取来，我们可以吃。她却将她的儿子藏起来了"①。

先知以利沙宣布，在二十四小时之内，食物几乎会变得一文不值，事实确实如此。因为这样或者那样的原因，叙利亚军队拔营逃走。饥荒从外部解除。许多卑鄙投机鸽子粪和驴肉的人破产了。

我们高兴地离开这个炎热无比、满是灰尘的古村，继续赶路。两点的时候，我们停下来吃午饭，在古老的示剑休息。示剑位于历史上赫赫有名的基利心山和以巴路山之间。在古代，法律书籍、诅咒、祝福就在从山上向山下的犹太大众宣读。

---

① 引用自《圣经·旧约·列王记下》第 6 章第 26 节、第 28 节、第 29 节。根据此处原文对汉语译文的标点做了修改。

第52章

　　纳布卢斯即示剑，坐落于一个狭窄的峡谷之中。这个峡谷经过了高度的开垦，土地很黑，很肥沃。灌溉条件良好，一片郁郁葱葱，植被茂盛，与两边的荒山形成了鲜明的对比。两座山里，一座是古老的祝福山，另一座是诅咒山。想见证预言应验的英明之人，认为自己在这里发现了此类奇观，即祝福山肥沃得出奇，而诅咒山贫瘠得出奇。然而，就此而言，我们发现两座山确实区别不大。

　　示剑之所以与众不同是因为两点。第一，示剑是族长雅各的居住地之一。第二，有些脱离以色列同胞的部落住在这里，这些部落鼓吹的教义跟原始的犹太教信条不同。在几千年的时间里，这支氏族一直住在示剑，遵循严格的禁忌，无论是信仰其他宗教的同胞，还是其他的民族，他们都基本不交往和接触。经历了多少代，他们的人数也没有超过一两百人，但是他们依旧坚持自己古老的信仰，保持他们古老的仪式和礼仪。谈谈家族历史和后世子孙吧！王公贵族以自己家族数百年的传承而骄傲。但是两相比较就不值得一提了。这一小撮最先来到示剑的古老家族可以说出几千年来历代祖先的名字，说得有条不紊、无懈可击——可以一直追溯到遥远的过去，令某个国家的国民目瞪口呆、困惑莫名、无法理解！在这个国家，两百年之前就被称作"古"代。示剑有高贵的血统——显赫的"家族"——值得一提的名人后代。这个曾经强大的群落，如今孤芳自赏，离群索居，远离了尘世的喧嚣；他们依然像自己的祖先那样生活，像祖先那样劳动，像祖先那样思考,像祖先那样感觉,在同一个地方拜祭,看着同样的地标,采用同样别致的方式,就跟三千多年前他们祖先在族长时代的做法一样。我发现自己盯着这个奇特种族的后代,看着他们特立独行的做法。我的思绪迷乱了,就像人们看着活的乳齿象一般。假设人们看到混沌初开时的大地懒,而大地懒见识了大洪水之前的神秘世界,那么,人们也会思绪迷乱。

这个怪异的群落精心保存着神圣的档案,其中就有古代犹太法律的手稿。据说,此手稿是世上最为古老的文件。手稿写在牛皮纸上,大约有四五千年的历史。只有给了小费才能一观。在后世,这份手稿的名头不那么响亮了,因为许多巴勒斯坦游记的作者都觉得有权去怀疑这份手稿。说起这份手稿,我想起自己从这个古老撒玛利亚群落的祭司长手里高价购买了一份秘密文件。这份文件更加古老,也有趣得多。我想一把这份文件翻译完,就可以出版。

约书亚临死前,在示剑给以色列的子孙留下了训喻,并几乎同时在示剑的一棵橡树下秘密埋下了无价的财宝。迷信的撒玛利亚人不敢去找这笔财宝。他们相信有凶恶的妖怪看守着这笔财宝,而人们却看不见这些凶恶的妖怪。

在离示剑一英里半的地方,我们在以巴路山山脚下停了下来,面前是一小块方形区域,这里被高大的石墙包围,石墙上刷着白涂料,干干净净。这片被石墙包围的区域一端是一座墓,按照穆斯林风格修建。这是约瑟的墓。没有什么比这座墓更真实。

当约瑟快要死的时候,约瑟受神的启示而说出四百年之后犹太人出埃及之事。同时要求他们发誓前往迦南地的时候会带上他的遗骨,并埋葬在祖先的土地上。人们遵守了誓言。

> 以色列人从埃及带来约瑟的骸骨,藏埋在示剑,就是在雅各从前用一百块银子向示剑的父亲哈抹的子孙所买的那块地里。①

---

① 引用自《圣经·旧约·约书亚记》第 24 章第 32 节。

在世上，很少有坟墓能像约瑟之墓一样让如此多的种族以及各种宗教的信徒表示尊重。"撒玛利亚人和犹太人，穆斯林和基督徒，都尊崇约瑟之墓，前来凭吊，表示敬意。约瑟之墓啊！这位尽责的儿子，热诚之人，宽恕兄弟，品德高尚，还是一位英明的王公和统治者。埃及感受到了约瑟的影响——全世界都了解他的历史。"

就在雅各从前用一百块银子向示剑的父亲哈抹的子孙所买的"那块地"里，还有著名的雅各井。雅各井开凿在坚硬的岩石里，九英尺见方，九十英尺深。地上的这个洞，朴实无华，人们路过的时候可能不会注意。但在许多遥远的国度，这个洞的名字却家喻户晓，童叟皆知。它比帕特农神庙还有名；比金字塔还古老。

就是在这口井边，耶稣坐下与一个女人交谈。这位妇女就属于我提到的奇怪古老的撒玛利亚群落。耶稣告诉这个女人神秘的生命之水。古老英国贵族的后代依然津津乐道自己家族的光辉岁月，说这个国王或者那个国王于三百年前跟自己家族某个受宠的祖先共度了一天的时光。那么，这位住在示剑的撒玛利亚女人的后代还在夸夸其谈他们的祖先不久之前跟基督徒弥赛亚的谈话，也就不奇怪了。这种夸夸其谈倒也情有可原。他们不大可能贬低如此长脸的事情。撒玛利亚人的本性就是人性，人性总是会偏爱过五关斩六将的辉煌，绝口不提走麦城的尴尬。

因为家族的荣誉遭到了侵犯，雅各的儿子们一举灭绝了所有示剑人。

我们离开雅各井，一直行进到早晨八点，但是速度相当慢，因为我们已经在马鞍上十九个小时了，马非常累。我们领先帐篷太远了，不得不在一个阿拉伯村庄扎营，睡在地上。我们本来可以睡在村里最大的房子里；但是出了点小问题；虱子跳蚤丛生；地面满是灰尘，一点都不干净，唯一的卧室里住着一群山羊，还有两头驴在客厅里。房子外面没有什么不方便的，只是黝黑、衣着褴褛、眼神真诚的村民，男女都有，涵盖所有年龄段，一群群蹲坐在一起，围绕着我们，讨论

第52章

我们，对我们吹毛求疵，吵吵嚷嚷，直到午夜。我们累了，不在乎噪声。但是，读者无疑意识到，当你知道有人在看着你的时候，你几乎睡不着。我们十点睡觉，两点起来，再度出发。这就是饱受口译译员摧残的人们，他平生唯一的雄心壮志就是赶在别的口译译员的前头。

大约在天明的时候，我们经过示罗。约柜就在示罗存放了三百年，善良老迈的以利就在门口跌倒，"折断了脖子"。当时，信使从战场艰难逃回，告诉他自己的人民被击败了，他的儿子们也都死了，而且最糟糕的是古老的约柜被抢走了。约柜是祖先从埃及带出来的，是以色列的荣耀、希望、慰藉。难怪在这种情况下，以利跌倒，折断了脖子。但是，示罗对我们来说没有吸引力。我们很冷，只有活动着才觉得舒服。我们很困，在马上几乎坐不住了。

过了一会儿，我们来到一处不成形的废墟前，废墟依然名叫伯特利。就是在这里，雅各躺下，眼界大开，看到天使沿着梯子飞上去又飞下来，梯子从远端一直延伸到地面，还通过敞开的天堂大门看到了别具洞天的神仙府邸。

朝圣者从神圣的废墟里搜刮纪念品。然后，我们前往这次出行的目的地，名扬天下的耶路撒冷。

我们越走越远，太阳也越来越热，石头越来越多，植被越来越少，景色也变得越来越可憎单调。假设长期以来，这里每十平方英尺的土地上就有一个石匠作坊，这里扔的石块也不会有这么多。几乎到处都没有乔木，也没有灌木。无用土地的忠实朋友橄榄树和仙人掌也几乎放弃了这片区域。通往耶路撒冷的道路两旁，景色枯燥乏味，令人眼睛酸痛，堪称世界之最。道路和周边区域唯一的区别可能就是道路上的石头比周边区域多出不少。

我们经过拉玛和比录，在右边看到了撒母耳的坟墓，在一个山丘之上，居高临下。还是看不见耶路撒冷。我们不耐烦地继续赶路。我们在古老的贝拉喷泉停留了片刻。多少个世纪以来，口渴的动物的下巴严重磨损了贝拉喷泉的石头，但是我们不感兴趣——我们急于看到耶路撒冷。我们驱马爬上一座又一座山，通常在登顶之前就开始伸长我们的脖子——但接下来总是失望：远处还有呆头呆脑的群山——还有乏善可陈的风景——没有圣城。

最后，到了中午，路上开始出现残垣断壁和坍塌的拱门——我们又登上一个山头，每个朝圣者、每个罪人都高高挥起帽子！耶路撒冷！

在亘古不变的小山之上，坚固的白色圆顶建筑，聚在一起，被灰色的高墙围着，久负盛名的城市在太阳下闪闪发光。这么小！怎么回事，不比人口四千的美国村庄大，不比三万人口的普通叙利亚城市大。耶路撒冷只有一万四千人。

我们下马观看，没说几句话，视线穿过广阔无垠的山谷，看了足有一个小时或者更长的时间；我们注意到耶路撒冷的标志性建筑。从上学那天起直到死亡之日，人们就在图片上熟悉了这些标志性建筑。我们可以认出西皮克斯塔、奥马尔清真寺、大马士革门、橄榄山、约沙法谷、大卫塔、客西马尼园。根据这些地标，我们基本可以推断出其他许多无法辨认的地标在哪里。

这里，我指出一个显而易见却并不可耻的事实，甚至连我们的朝圣者也没哭。我认为我们每个人的脑海中都充满了各种想法、图像和记忆，因为眼前名垂千古的城市有着非凡的历史，令我们思绪万千。但是，朝圣者中依然"没有哭泣的声音"。

没有哭的动力。此情此景不适合掉眼泪。耶路撒冷给人的感觉是充满了诗意、崇高，更重要的是充满了尊严。如果像幼儿一样用啼哭来表达感情，你就不得体了。

就在下午，通过著名的大马士革门，我们进入了这些狭窄弯曲的街道。在随后的几个小时里，我一直想弄明白，自己是否真的身处著名的古城之中。所罗门曾住在这里，亚伯拉罕在这里与上帝交谈。城墙依然矗立，城墙见证了耶稣被钉死在十字架上。

第53章

一个腿脚快的人只需要一小时的时间就可以走出耶路撒冷的围墙并完整地绕城一周。我不知道还有什么别的办法让人理解耶路撒冷有多小。这座城市外表特别。这里的小圆顶多如牛毛，就跟牢房的螺栓头一样多。每所房子都有一到六个此种涂着灰泥的石头圆顶，宽大低矮，有的位于平顶的中央，有的在平顶上扎堆。因此，如果一个人从高处往下看，看到的是一堆房子（密密麻麻，实际上根本看不到街道，整个城市就像是实心的），看到的是世上最为疙疙瘩瘩的城镇，唯一胜过耶路撒冷的就是君士坦丁堡。看起来从中心到边缘都像是罩着一个个倒扣的碟子。唯一打破眼前单调景色的就是宏伟的奥马尔清真寺、西皮克斯塔和其他一两座突出的建筑。

房子通常两层楼高，是坚固的砖石建筑，外面刷着白涂料或者灰泥，每扇窗户前面都伸出一个木头格子笼子。要重现耶路撒冷的街道，只需要把鸡笼倒转过来，挂在一排美国房子的外面。

街道马马虎虎地铺着粗糙的石头，曲折程度还能忍受——足以让每条街道都像是紧紧依靠在一起，如果哪位朝圣者走进一条街道，一百码就会走到头。许多房屋的较低楼层都伸出一个非常狭窄的门廊顶，或者棚屋，下方没有支撑；有几次，我看到猫从一个棚屋跳到街道对面的棚屋，外出访亲问友。猫可以不费力地跳过两倍的距离。我提到猫，是为了让大家知道街道有多窄。因为猫可以轻松跳过街道，几乎就不用说街道太窄，马车无法通过了。马车这种交通工具无法畅游圣城。

耶路撒冷的居民有穆斯林、犹太人、希腊人、拉丁人、亚美尼亚人、叙利亚人、科普特人、阿比西尼亚人、希腊天主教徒,还有一小撮基督教新教徒。目前只有一百个基督徒居住在基督教的诞生地。上述民族千差万别,语言南腔北调,林林总总,难以胜数。我觉得世上所有的种族、肤色和语言都可以体现在耶路撒冷的一万四千居民之中,褴褛、悲惨、贫穷、肮脏,随处可见。麻风病人、瘸子、瞎子、傻子,从四面八方围攻你,他们显然只会说一种语言的一个祈使句——永远不变的"给点钱"。看到许许多多残缺、畸形、生病的人们挤在圣地的街头,堵塞了各个大门,会让人觉得昔日重现,上帝的使者随时会下来搅动毕士大之水。耶路撒冷悲哀、枯燥、缺乏生气,我可不愿住在这儿。

人们自然而然地先去圣墓。圣墓就在城里,靠近西门;圣墓、耶稣受难地以及实际上与那件大事紧密关联的每个其他地方都巧妙地聚在了一起,处于一个屋檐——圣墓教堂的圆顶下。

进入圣墓教堂,照例从一群乞丐中间穿过,就会在左边看到一些土耳其卫兵——因为不同教派的基督徒不仅会在这块圣地上争吵,如果允许的话还会打架。在你面前是块大理石板,覆盖着圣油石。当年,救世主的尸体就放在上面,准备埋葬。人们觉得有必要如此隐匿这块货真价实的石头,以免损坏。朝圣者非常喜欢削点碎片下来带回家。附近是一圈栏杆。当年给主的尸体涂油的时候,圣母就站在现在那圈栏杆围住的位置。

进入宏大的圆形建筑,我们就站在了基督教世界最为神圣的地方——耶稣陵墓。耶稣陵墓位于教堂的中心,就在巨大的圆顶之下。它被围在一个小型神殿里,神殿用黄白两色石头建成,设计不拘一格。小型神殿的里面有一块石头,原先在陵墓的门口,后来给滚到这里来了。当马利亚"一大早"到来的时候,天使就坐在那块石头上。弯下身子,我们进入拱门——这就是圣墓。只有六英尺宽,七英尺长,死去的救世主躺过的石床从房间的一头延伸到另一头,占据了房

第53章

间一半的面积。圣墓上覆盖着大理石板,被朝圣者的嘴唇磨损得很严重。这块石板现在用作祭坛。上面挂着大约五十个长明金灯和银灯。这里还被零星杂物、华而不实的东西、俗丽而廉价的装饰拉低了档次。

基督徒的所有教派(新教徒除外)都在圣墓教堂的屋顶之下盖了小教堂。人人都必须局限在自己的地盘之内,不能冒险越界。事实充分证明,他们不能和平共处,一起围绕着救世主之墓膜拜。叙利亚人的小教堂不漂亮;科普特人的小教堂是其中最寒酸的。只是一个阴暗的洞穴,粗糙地开凿在髑髅山的原生岩石之中。洞穴的一边开凿有两个古墓,据说埋葬着尼哥底母和亚利马太人约瑟。

我们在教堂另一部分各式各样的巨柱之间徘徊,遇到一群穿着黑袍、像动物一样的意大利修道士。他们手持蜡烛,用拉丁文唱着什么,围绕着镶嵌在地板里的一块圆形大理石进行着某种宗教仪式。就在那里,起死回生的救世主像园丁一样出现在抹大拉的马利亚面前。附近有一块相似的石头,是星形的——当时,抹大拉的马利亚就站在这儿。修道士们还在此表演。他们到处表演——在这个大建筑的每一个地方,在任何时候。他们的蜡烛总是在黑暗之中闪耀,让昏暗古老的教堂更加诡异,就算是一座坟墓也没有这么诡异的。

有人领我们看了一个地方。复活之后,主就在这里出现在了母亲面前。在这里,大理石板也标识了一个地点。在这个地点,耶稣被钉死在十字架上,过了三百年,君士坦丁皇帝的母亲圣海伦娜发现了几个十字架。据说,这个伟大发现让人喜笑颜开。但是,喜悦并未长久。问题来了:"哪个是钉死天佑的救世主的十字架,哪些是钉死盗贼的?"在如此重大的事情上困惑不解——不知道该膜拜哪个十字架——是可悲的不幸。公众的欢乐因而变成了悲伤。但是,竟然有这样圣洁的神父吗,连这么简单的问题都解决不了?其中一个神父很快想到了一个可靠的试验方法。耶路撒冷的一个贵族妇女重病在身。英明的神父命令把三个十字架全都带到贵族妇女的床前。命令得到了执行。当贵族妇女看到第一个十字架时,她发出了一声尖叫,响彻大马士革门，据说甚至橄榄山上也听得到，然后她躺下，昏死了过去。他们把她弄醒，拿来了第二个十字架。贵族妇女立刻害怕得抽搐，六个强壮的男人费了好大劲才制住她。现在，他们害怕了，不敢拿进来第三个十字架。他们开始害怕手头的三个十字架可能都不是处死耶稣的十字架，真十字架并不在其中。然而，这个女人好像要被抽搐折磨致死了，他们认为第三个十字架也不会有多大的伤害，顶多是自杀了事，脱离苦海。就这样，他们把第三个十字架拿了进来，看，奇迹发生了！这个女人从床上跳起来，微笑喜悦，完全恢复了健康。当我们听到此类证据时，我们只能相信。如果怀疑，我们肯定会陷于羞耻之中。甚至发生这一切的耶路撒冷也是真真切切存在的。所以，真没有可以怀疑的余地。

神父竭力通过一个小纱窗指给我们看一块真正的鞭刑柱碎片。当遭受鞭刑的时候，耶稣就被绑在这个柱子上。但是，我们看不见，因为纱窗里一片漆黑。然而，那儿有根短棍，朝圣者用短棍在纱窗上戳了个洞，然后他就不再怀疑真正的鞭刑柱在里面。朝圣者没有一点怀疑的借口，因为他可以用短棍感觉到鞭刑柱。能清楚地感觉到，就像能感觉到其他东西一样。

不远处是一个壁龛，他们过去把一块真十字架放在那儿，但现在不见了。这块十字架发现于十六世纪。罗马天主教神父说，它早就被另一个教派的神父偷走了。这样说好像不讲情面，但是我们清楚地知道这块真正的十字架被盗了，因为我们在意大利和法国的几个大教堂亲眼见过。

但是，对我们触动最大的遗物是一柄平凡的古剑，这柄剑属于一个勇猛顽强的十字军战士，布永的戈弗雷——耶路撒冷的戈弗雷国王。在基督教世界，没有刀剑能让人如此神魂颠倒了——在欧洲历史悠久的古堡里，没有一把锈迹斑斑的刀剑能在观众的脑海中产生如此浪漫的印象——也没有刀剑能讲出这样的骑士事迹和古老武士时代的传说。这唤醒了人们多年来沉睡在脑海中的关于圣战的点点滴滴，使人们的思绪中充满了顶盔掼甲的形象、冲锋的军队、战役和围攻。让人想起了鲍德温、坦克雷德、具有王者之气的萨拉丁、伟大的狮心王理查。可以说，正是用这样的刀剑，浪漫故事中的伟大英雄把人一削两半，尸体从中间向两边倒下。在戈弗雷挥动这把剑的古老时代，它把数百骑士从头砍到下巴。那时，一个归所罗门王指挥的神灵对这柄剑施了魔法。当危险接近主人的帐篷时，这柄剑总是会敲击盾牌，发出尖锐的警报，惊醒梦中之人。在困惑的时候，或者在雾中或黑暗之中的时候，如果拔剑出鞘，这柄剑就会立刻指向敌人，指明道路——还会自发地追击敌人。基督徒无论如何伪装，这柄剑都不会伤害他——无论穆斯林如何伪装，这柄剑都会脱鞘而出，取其性命。这些说法在许多传奇中言之凿凿，这些传奇是虔诚的天主教老修道士最为信赖的传奇。现在，我再也忘不了老戈弗雷之剑了。我把古剑上的血擦掉，还给神父——我不想让新鲜的血液抹去古剑上神圣的红点。六百年前的一天，锃亮的剑上出现了红点，警告戈弗雷日落之前，他的生命就会走到尽头。

我们依然在圣墓教堂的黑暗里穿行，来到了一个小教堂，小教堂开凿在石头之中——多少世纪以来，这个地方一直被称作"我主遭囚禁之地"。据说，救世主被钉死在十字架上之前，就被囚禁于此。门外的一个祭坛之下，是一对禁锢人双腿的足枷。这些东西被称作"基督的枷锁"，它们因先前的用途而得到如今的名字。

希腊小教堂最宽敞。是圣墓教堂里面最高调花哨的小教堂。其祭坛和所有的希腊教堂祭坛一样，是一个高大的隔板，横贯整个小教堂，上面的镀金和图画令人叹为观止。挂在祭坛之前的无数盏灯都是金银制成，价值连城。

但是，此地的特色是一个短柱从小教堂的大理石地面中央拔地而起，标志着丝毫不差的地球中心。最可靠的传说告诉我们，这里早就被确定为世界的中心了。而且，基督还存活在这个地球上时，就斩钉截铁地肯定了这些传说，他亲口说这些传说属实。记住，基督说那根短柱就树立在地球中心之上。如果世界的中心发生了改变，这根短柱也会相应地改变。这根短柱自己变换了三次位置。原因是，在三个不同的时刻，自然界发生了翻天覆地的变化，地球上的物质——可能是整个山脉——飞进了太空，因此缩短了地球的直径，并使地球确切的中心位置改变了一两度。这是个非常奇怪有趣的情况，是对一些哲学家的尖刻反驳。这些哲学家想让我们相信地球的任何一部分都不会飞入太空。

为了让自己确信此地确实是地球的中心，一个怀疑论者有次出了一大笔钱才获得登上教堂圆顶的机会，想看看正午的太阳是否会投下他的影子。他下来的时候心悦诚服。那是个阴天，太阳一点影子都投不下来；但是，这个怀疑论者已经确信，如果太阳出来，具备产生影子的条件，也根本就不会投下他的影子。喜欢挑刺之人无事生非的舌头肯定不会把此类证据放在一边。心底宽厚、勇于接受他人观点的人肯定会笃信不疑。

如果需要比上述证据更强大的证据来向那些固执愚蠢的家伙证明此地是地球真正的中心，也是可以拿出来的。其中一个最为强大的证据就是，就在这根柱子下面采集了制造亚当的泥土。这肯定会被当作最为有力的证据。当时，从世界中心采集上等泥土轻而易举，因此，制造第一个人类的时候不大可能用劣质泥土。这个证据会严重打击那些善于反思的头脑。在六千年的时间里，都没有人能够证明制造亚当的泥土不是从此地采集的，这就足以证明亚当是用此地的泥土制成。

奇怪，就在这座伟大教堂的屋顶之下，离那根著名的柱子不远，竟然埋葬着人类的祖先亚当。毋庸置疑，亚当确实是埋在这个被指认为他坟墓的地方——别无他处——因为还从未有人证明这座坟墓不是埋葬亚当的地方。

亚当之墓！太感人了，在这个满是陌生人的地方，远离家乡、朋友和关心我们的人，却发现了血亲的坟墓。确实，是远亲，但依然是亲人。丝毫不差，就是亲人相见，真情流露。一时间，我亲情勃发，内心深处激情涌动，百感交集。我靠在一根柱子上，放声大哭。我认为，在我已经作古的可怜亲戚坟前哭泣并不丢人。那些对我的感情嗤之以鼻的人就看到这里吧，因为我的圣地之旅几乎不对他们的胃口。

第53章

高贵的老人——他无法活着见到我——无法活着看到他的孩子。而我——我——哎呀,我活着的时候见不到他。在悲伤和失望的重压下,他在我出生之前就死了——在我出生之前六千年就死了,死了倒是不长时间。但是,让我们试着忍住悲伤。让我们相信他现在过得不错。让我们聊以自慰,觉得他的死换来了我们永久的福祉。

圣墓教堂之中向导领我们看的第二个地方是一个祭坛,祭奠的是一个罗马士兵,这个士兵是军队派出的卫士,耶稣被钉死在十字架上的时候,这个士兵就在旁边维持秩序,当时,可怕的黑暗降临了,神庙的帷幔被撕裂;各各他的石头被地震分成两半;天空中电闪雷鸣,声势骇人,让人顿感渺小;裹尸布缠身的死人在耶路撒冷的街道上招摇过市——目睹这种场面,这个士兵因恐惧而发抖,说:"这人肯定是神的儿子!"那个罗马士兵当年就站在祭坛现在的位置,一览无余地看着被钉在十字架上的救世主,看着和听着髑髅山周围处处发生的所有神迹。就在这个地方,神殿的祭司将这位罗马士兵斩首,因为他说出了这句渎神的话。

在这个祭坛之中,他们以前保存着一个极为奇怪的遗物,令人大开眼界——这个遗物可以以某种神秘的方式让观众神魂颠倒,一连看上几个小时都没法挪开眼睛。那就是彼拉多放在救世主十字架上的铜板,铜板上写道:"**这是犹太人的王。**"我认为,君士坦丁的母亲圣海伦娜在公元3世纪来到这里时,发现了这个非凡的纪念物。她游遍了整个巴勒斯坦,而且一直运气不错。每当这个虔诚热切的老人发现自己的《圣经》之中提到了什么东西,别管是《旧约》,还是《新约》,她都会去寻找,直到找到。如果提到的是亚当,她就会去找到亚当;如果是诺亚方舟,她就会去找到诺亚方舟;如果是歌利亚或者约书亚,她就会去找到他们。我认为,圣海伦娜在这儿发现了铜板上的上述铭文。她就是在这儿发现的,接近罗马士兵殉道的地方。现在,这块铜板在罗马的一个教堂里。人人都可以在那里看到。铭文非常清晰。

我们向前走了几步,看到一个祭坛。据虔诚的天主教神父说,当年正是在祭坛的位置,士兵们分了救世主的衣服。后来才在那个位置上建了祭坛。

然后,我们下到了一个洞穴里。吹毛求疵之人说,这里曾是一个水池子。然而,现在是个小教堂——圣海伦娜小教堂。有五十一英尺长,四十三英尺宽。里面有个大理石椅子。以前,海伦娜就坐在那个椅子里,监督工匠们挖掘和搜索真十字架。在这里,有圣迪马斯的祭坛,圣迪马斯就是那个悔过自新的盗贼。这里有座崭新的青铜像——圣海伦娜像。这让我想起了可怜的马克西米利安,他刚被枪杀。在去墨西哥登基之前,他把这尊青铜像送给了这个小教堂。

我们从水池子处下了十二级台阶,进入一个形状粗糙的巨大岩洞。这个岩洞完全是在原生岩石之中开凿而成。在寻找真十字架的时候,海伦娜炸出了这个岩洞。她在此大费周章,但是付出是值得的。在这里,海伦娜得到了荆棘王冠、真十字架上的钉子、真十字架本身、悔过自新的盗贼的十字架。当海伦娜觉得她发现了一切,即将收手的时候,她在梦中得到了指示,得再挖一天。非常幸运。她照做了,发现了另一个盗贼的十字架。

这个洞穴的墙壁和屋顶依然在流着辛酸的眼泪纪念发生在髑髅地的那件事。看到这些伤心的眼泪落在自己身上,虔诚的朝圣者呻吟哭泣起来。修道士把这个洞穴称作"发明真十字架小教堂"——这是一个不幸的名字,无知的人会因此认为这个名字就是默认了海伦娜在此发现真十字架的传说是虚构的——是一个发明。然而,现在没问题了,聪明的人并不怀疑这个传说的任何细节。

圣墓教堂中所有小教堂和教派的教父都可以参观这个神圣的洞穴,哭泣,祈祷,膜拜高贵的救世主。然而,两派不同的教徒不得同时进入,因为他们总是打架。

依旧在庄严的圣墓教堂之中穿行,周围是唱诗的神父,他们穿着粗糙的长袍和凉鞋;还有各种肤色和民族的朝圣者,穿着各式各样的奇装异服;我们走过昏暗的拱门、各种各样暗淡的柱子;教堂中阴森昏暗,不见天日,烟雾缭绕,烧香敬神,隐隐约约点着几十根蜡烛,时现时隐,或者像鬼火一样在远处的过道飘来飘去——我们终于到了一个叫作"嘲笑小教堂"的教堂。祭坛下是大理石柱子的一块碎片;当遭受国王的辱骂嘲笑时,基督就在那块碎石之上,基督还被戴上了荆棘王冠,授予了芦苇做成的节杖。就在这里,他们蒙上了耶稣的眼睛,打他,还以嘲讽的口气说:"你是先知,说说看,是谁在打你。"根据古老的传说,这就是基督受嘲讽的地方。向导说,泽武甫是第一个这么说的人。我不知道泽武甫这个人,但我依然根本无法拒绝他的证据——我们都不能拒绝。

他们领我们看了个地方。耶路撒冷的头两代基督徒国王戈弗雷和鲍德温曾埋葬在这个地方。这里离圣墓不远,他们曾长期勇敢地为圣墓而战,想把圣墓从异教徒的手中夺过来。但是,盛放这两位著名十字军成员骨灰的壁龛已经空空如也。甚至坟墓上的覆盖物也没了——被希腊教会的虔诚信徒给毁了,因为戈弗雷和鲍德温是罗马天主教王公,他们从小接受的基督教派信仰在一些无关紧要的方面与希腊教会有所区别。

我们继续前进,在麦基洗德墓前停了下来!无疑,你会记得麦基洗德。他是个国王。当年,亚伯拉罕追逐抢去罗得的人,一直追到但,并把所有的财物夺回。麦基洗德出来向亚伯拉罕索取贡品。这大约是四千年之前,麦基洗德不久后就死了。然而,他的坟墓保存完好。

当一个人进入圣墓教堂的时候,最想看的就是圣墓本身,这也确实几乎是他看到的第一样东西。第二想看的是救世主被钉死在十字架上的地点。但是,最后才有人领着他看这个地点。这个地点是圣墓教堂的镇堂之宝。站在小小的救世主之墓前,人们心情沉重,思绪万千——在这里不可能有别的表现——但是,人们根本不相信主曾被埋在这里,所以,这么一想,在此地感受到的肃穆之情顿时大打折扣。人们看着马利亚站过的地方,在教堂的另一边,人们看着约翰站过的地方、抹大拉的马利亚站过的地方;暴民嘲讽主的地方;天使坐过的地方;荆棘王冠和真十字架被发现的地方;起死回生的救世主出现的地方——人们饶有兴趣地看着这些古迹，但却跟看着古墓时的想法一样，都认为没有一个是真的，都是修道士臆想创造出来的神圣之地。但是，把耶稣钉死在十字架上的地方给了人们不一样的感受。人们完全相信眼前就是救世主付出生命的地方。人们记得，还没来耶路撒冷，基督早就已经声名大振；人们知道，基督声名显赫，总有人群追随在他的身后；人们意识到，基督进入耶路撒冷引起了巨大轰动，万人空巷，热烈欢迎；人们无法忽视一个事实，那就是，当基督被钉死在十字架上的时候，许多耶路撒冷人相信基督是真正的神的儿子。公开处决这么一个人物，足以让处决地点长期存在于大众心中；此外，还有风暴、黑暗、地震、神庙里的帷幔被撕裂、死人不合时宜地醒来，这些因素加在一起，足以让处决这件事以及处决地点成为大众的记忆，就算是没脑子的目击者也不例外。父亲会告诉儿子这桩怪事，并指出这个地点；儿子会把故事传给自己的孩子，这样，三百年过去了。[①]

在这个时候，海伦娜来到髑髅地上建了一座教堂，纪念主的死并埋葬他，并且在人们的记忆里保留了这块圣地；从那时起，髑髅地上一直都有教堂。耶稣被钉死的地方并不一定就在髑髅地。知道耶稣被埋在何处的人可能不超过六个。无论如何，埋葬耶稣算不上什么大事。因此，就算我们对圣墓有所怀疑，也情有可原。但如果怀疑耶稣受难地，那就不可原谅了。五百年后，邦克山纪念碑会踪迹全无，但是美国人依然知道邦克山战役发生在何处，知道沃伦倒在了哪儿。在耶路撒冷，耶稣被钉死在十字架上是件家喻户晓的大事，髑髅山也因此闻名，不可能在短短三百年里就被忘记。我沿着教堂的楼梯，爬上一个小石头尖塔的顶端，这里被围了起来。我看着真十字架曾经耸立的地方，兴味盎然，世上的万事万物从未如此吸引过我。我无法相信这块石头上的三个洞里插过十字架。但是，我相信那三个十字架当年

[①] 这是普赖姆先生的想法，不是我的，这想法很有道理。我从他的《帐篷生活》里借用了这个想法。——原书注

第 53 章

的位置就在这附近,差上几英尺并不要紧。

当一个人站在救世主受难之地时,他发现自己一直在想基督并不是被钉死在天主教堂之中。他必须不时提醒自己这件大事发生在露天之中,不是发生在大型教堂楼上烛光摇曳的灰暗房间里——那个小型房间,珠宝多多,装饰艳丽,闪闪发光,品位庸俗,令人不适。

在一个像桌子一样的大理石祭坛下,其大理石底座上有个圆洞,与其下方插真十字架的圆洞相匹配。每个人做的第一件事都是跪下,拿根蜡烛检查圆洞。这种勘探怪模怪样,但又一本正经。没见过此种操作的人根本产生不了设身处地的感觉。然后,人们把蜡烛凑到精雕细琢的救世主图画跟前,图画刻在一块乱七八糟的金板之上,珠光宝气,熠熠生辉,闪闪发光。金板挂在圆洞上方,祭坛之内。他们脸上严肃的表情变成了生动的崇拜。他们站起来看着精工细作的救世主形象和罪人形象,三人全都挂在祭坛后面的十字架上,闪耀着五光十色的金属光泽。接下来,目光转向旁边的圣母和抹大拉的马利亚,然后是原生岩石之中的裂缝,裂缝是耶稣被钉死在十字架上时的地震造成的。先前,在下方一个洞穴的墙壁上,人们看到了这个裂缝的余脉。再接下来,看到的是一个玻璃陈列柜,里面是圣母的人像。人们感到奇怪,圣母竟然富贵堪比王侯,身边奇珍异宝不计其数,密密麻麻,几乎就像衣服一样遮蔽了圣母人像。整个屋子都是希腊教会那华而不实的装饰,刺激人的眼睛,让人费好大劲才想起这是耶稣受难地——各各他——髑髅山。看到的第一件东西也是最后一件东西——真十字架耸立的地方。满足了所有好奇心,并对此地其他事物丧失了所有兴趣之后,人们会情不自禁,回来看看。

关于圣墓教堂的这一章就到此为止。对于世界上亿万男人、女人和孩子来说,不管是贵族还是贫民,不管是奴隶还是自由民,都把圣墓教堂视作最神圣的地方。圣墓教堂历史悠久,传说故事极多,一直是基督教世界最为出名的建筑。尽管有许多哗众取宠的表演和不成体统的行为,圣墓教堂依然伟大、崇高、可敬——因为一位神死在了这里;在一千五百年的时间里,圣墓教堂的神龛都被来自天涯海角的朝圣者用泪水浸湿；在两百多年的时间里，英勇至极的骑士曾舞刀弄枪，抛头颅洒热血，要夺回圣墓教堂，使其神圣免受异教徒的污染。甚至在我们这个年代，两个敌对的国家还打了一仗，物资财富消耗无数，血流成河，这两个国家都声称只有自己有权在圣墓教堂上加个新的圆顶。历史中处处可见这个古老的圣墓教堂——为了圣墓教堂洒下鲜血，原因是和平的君仁慈低调，温文尔雅，人们对他的长眠之地尊敬景仰！

第54章

我们站在安东尼塔旁边狭窄的街道上。"在这些分崩离析的石头上,"向导说,"救世主坐下休息,然后才扛起十字架。这是悲伤之路,也叫苦难之路的起点。"我们打量着这个神圣的地点,然后继续前进。我们从"以西霍姆拱门"下经过,看到了那扇窗户。就是在这扇窗户里,彼拉多的妻子警告丈夫不要迫害义人。虽然年代久远,但这扇窗户保存得挺好。他们领我们看了耶稣第二次休息的地方,暴民拒绝饶了耶稣,说:"让他的血留在我们的头上,流在我们子子孙孙的头上。绵延不绝。"法国天主教徒正在此地修建教堂。他们一贯珍视历史遗迹,因此就翻新了他们在当地找到的残垣断壁。我们又来到一个地方,当年在十字架的重压下,救世主就晕倒在了这里。当时,某个古代神庙的花岗岩柱子倒在这里,被沉重的十字架一压就从中间折断了。当向导让我们停在断裂的柱子跟前时,向导就是这么说的。

我们穿过一条街道,不久就来到了圣韦罗妮卡故居。当年,救世主经过这里,圣韦罗妮卡出来,充满了女性的仁爱之心,跟救世主说怜悯的话,不顾暴民的吼叫和威胁,用自己的手帕擦去救世主脸上的汗水。圣韦罗妮卡的事迹我们已经耳熟能详,也看过许多大师画的圣韦罗妮卡。因此,看到圣韦罗妮卡在耶路撒冷的老房子就像是与一位老朋友不期而遇。这件事让圣韦罗妮卡一举成名,其中最奇怪之处就是,当圣韦罗妮卡为救世主擦去汗水的时候,救世主的脸印在了手帕上,形成了一幅惟妙惟肖的肖像画,留存至今。我们之所以知道,是因为我们在巴黎的一个大教堂里看到了这块手帕,西班牙的大教堂里也有,意大利的两个大教堂里也有。在米兰大教堂,看一下这块手帕五法郎。在罗马的圣彼得大教堂,基本上花多少钱都看不到。在所有的传说之中,只有圣韦罗妮卡和她的手帕证据最为充分。

在下一个拐弯处,我们看到房子角落坚硬的石头少了一大块。我们本来会就这么走过,不加注意。但是向导说,是救世主的胳膊肘撞掉了这一大块。当时,救世主绊了一下,摔倒了。不久,我们看到一堵墙上也少了这么一块。向导说,救世主在这儿也摔了一跤,碰出来这么一个坑。

主也在其他地方摔倒了,也在其他地方休息过;但是,今天早晨走过通向髑髅地的弯曲小巷时,我们发现了一个最为有趣的古代历史地标,这是房子墙上的一块石头——这块石头条纹纵横、千疮百孔、奇形怪状,有点像人脸。本来,两颊的位置是突出的。但是,世界各地的多少代朝圣者热烈的亲吻,把两颊的位置磨平了。我们问"为什么?"向导说,原因是,这块石头是基督提到的"耶路撒冷之石"中的一块,当时的情景令人难以忘怀,基督骑驴入城遭到了责备,因为基督让人们喊"和散那!"一个朝圣者说:"但是没有证据证明石头确实叫喊了——基督说,如果人们停止叫喊'和散那',那些石头就会叫喊'和散那'。"向导非常安详。平静地说:"这就是那块要叫喊的石头。"几乎无法动摇这个家伙简单的信仰——事情是明摆着的。

就这样,我们来到了下一处奇观,这处奇观令人兴味盎然——那个不幸的可怜虫曾经住过的房子,确凿无疑。他的事迹在歌曲和故事里流传了一千八百多年,他的名字叫作流浪犹太人。在耶稣受难日这个难忘的日子里,他站在自己的门口,双手叉腰,看着外面张牙舞爪的暴民靠近。当疲惫的救世主想要坐下休息片刻的时候,他粗鲁地把救世主推开:"接着赶路。"主说:"你也接着赶路。"从那时到现在,主的这个命令从未解除。

大家都知道这个遭天谴的恶棍在世界各地漂泊,年复一年,想要休息却无法实现——想死但根本死不了——无论是城市、荒野还是寂

第 54 章　　　　　　　　　　　　　　　　　　　　　　　　419

静的沙漠，想停下来，但总是被无情地警告要继续前进——前进！他们说——根据古老的传说——当年，提图斯劫掠耶路撒冷，在大街小巷屠杀了一百一十万犹太人，人们看到流浪犹太人总是出现在战斗最为激烈的地方，当战斧在空中闪耀的时候，他把头伸到战斧下面；当刀剑发出致命的光芒时，他一跃而上；他挺胸迎接飕飕的标枪、嘶嘶的箭矢以及一切可以致人死命和终结苦难的武器，只求休息。但是，没用——他安然度过了大屠杀，甚至没有受伤。据说，五百年后，穆罕默德摧毁了阿拉伯半岛的城市，他追随穆罕默德。然后又和穆罕默德反目，希望会被当作叛徒处死。流浪犹太人的小算盘再次落空了。没有叛徒能逃过一死，但是，故意找死的流浪犹太人例外。五百年后，流浪犹太人在十字军东征中寻死，到阿斯卡隆暴露在饥荒和瘟疫之下。流浪犹太人又没死——他不能死。一连串的挫折只会产生一个效果——流浪犹太人的信心动摇了。从那时起，流浪犹太人依旧身临险境，铤而走险，但基本上不抱什么希望，不奢望死去。流浪犹太人尝试霍乱和铁路事故，也对诡雷和专利药品颇感兴趣。现在，流浪犹太人老了，也有了符合自己年龄的稳重；他不再轻浮孟浪，只能有时去刑场，也喜欢葬礼。

有一件事，流浪犹太人无法避免：别管到了世界上哪个地方，每五十年他都要去耶路撒冷报到。只是一两年之前，流浪犹太人又回来了，这是耶稣受难以来，他第三十七次回归。他们说，这儿的许多老人当时都看到了他，之前也见过他。他看起来总是一成不变——苍老、萎缩、眼睛凹陷、无精打采，只是他的神情好像是在寻找某个人，期待某个人——可能是他年轻时的朋友。但是，他的朋友现在大多已经过世了。他总是在古老的街道上徘徊，形单影只，在墙上到处做标记，带着友善的五味杂陈的兴趣看着最为古老的建筑；在自己的旧居门口，他潸然泪下，辛酸啊，辛酸。然后，他收了租金离开。在许多个星光闪耀的夜晚，人们看到他站在圣墓教堂附近，因为多少个世纪以来，他都相信，如果自己进入了圣墓教堂，就能得到休息。但是，当他接近圣墓教堂的时候，门砰的一声关上了，地震了，耶路撒冷所有的灯都发出可怕的蓝光！每五十年，他就这么做一次，周而复始。没有希望了，但是，一千八百年来形成的习惯难以打破。这位老迈的旅客现在远走他乡。我们这样的一群傻瓜，满世界乱逛，自命不凡，觉得自己见多识广！看到这一幕，流浪犹太人不禁微微一笑。来肯定是极为鄙视那些无知自满的蠢驴。在铁路大行其道的年代，他们满世界乱窜，谓之旅游。

向导指给我们看流浪犹太人在墙上留下的颇有年头的标记，我惊呆了，只见上面写道："S．T．——1860——X．"

流浪犹太人的上述情况，可以咨询我们的向导，他可以充分证明。

宏大庄严的奥马尔清真寺及其周围铺砌的庭院占据了耶路撒冷的四分之一。奥马尔清真寺和庭院位于摩利亚山上，那儿曾经耸立着所罗门王神庙。除了麦加之外，这个清真寺就是穆斯林眼中最为神圣的地方。就在过去的一两年里，还无论如何都不准基督徒进入奥马尔清真寺及其庭院。但是，现在，禁令已经解除，我们给了小费就可以自由进入。

这座清真寺名扬天下，极为美观、漂亮优雅、对称均匀，这些优点我都不需要说，因为我没发现这些优点。惊鸿一瞥之下看不到这些优点——一般来说，只有在跟一个真正漂亮女人相当熟悉之后才能发现她到底有多美；这条规则对尼亚加拉大瀑布、巍峨的山脉和清真寺同样适用——尤其是清真寺。

奥马尔清真寺的一大特色是圆形大厅中央的巨石。就是在这块巨石之上，亚伯拉罕几乎把儿子以撒作为贡品献上——无论如何，这至少是有据可查的，比大多数传说要靠谱得多。当年，天使也是站在这块石头上威胁耶路撒冷，大卫劝天使饶恕耶路撒冷。穆罕默德非常熟悉这块石头。他从这块石头上升天。石头也想跟着去。如果不是万分侥幸，天使迦百列正好在那儿，一把抓住了石头，这块石头就真的跟着穆罕默德上天了。很少有人拥有迦百列那么强的握力——今天，还能在石头上看到迦百列巨大手指的痕迹，有两英寸深。

第 54 章

这块石头虽然大，但确实悬在半空之中，四面无靠。向导是这么说的。这很好。石头上穆罕默德站过的地方留下了脚印，就印在坚硬的石头之中。我估计穆罕默德穿大约十八英寸的鞋子。但当我说石头悬空的时候，我想指出的是，石头下面有个大洞，大洞底部有块石板，他们指给我们看石板，说石板下是个小洞，穆斯林都对这个小洞非常感兴趣，因为小洞通往地狱，谁要想从地狱到天堂，都得经过那个小洞。穆罕默德站在那儿，揪住他们的头发，把他们拉出来。所有的穆斯林都剃头，但他们都小心地留下一撮头发，供先知穆罕默德抓。我们的向导说，如果一个虔诚的穆斯林掉了那撮头发，死前又没有再长出来，那么，这个穆斯林就会觉得自己命中注定要和遭天谴之徒一起待在地狱里。

多少年来，女人就不得进入那个有着重要小洞的大洞。原因是，人们发现，曾经有个女人把她知道的世上的一切都讲给了阴曹地府里的坏蛋听。她如此多嘴多舌，根本存不住话——在日落之前，地狱里的魑魅魍魉就都知道了世上发生的一切和说过的一切。此时就该屏蔽这个女人的发报机，人们立刻就屏蔽了。这个女人也几乎同时停止了呼吸。

这座大型清真寺的里面满是色彩斑斓的大理石墙壁，还有独具匠心的马赛克窗户和铭文。和天主教徒一样，土耳其人也有自己神圣的遗物。向导领我们看了一副名副其实的盔甲，当年是穆罕默德的孙女婿和继承人穿着的，还看了穆罕默德叔父的小圆盾。巨大铁栏杆围绕着那块石头，栏杆上的一处透雕细工上绑着一千块破布。这是为了提醒穆罕默德别忘了把破布绑在那儿的人身上，那些人来此膜拜。人们认为，这种绑法仅次于把破布绑在穆罕默德手指上。

就在清真寺的外面是一个微缩神庙。以前，大卫和歌利亚常常坐在那儿给人们断案。①

---

① 一个朝圣者告诉我，以前常常坐在那儿的不是大卫和歌利亚，而是大卫和扫罗。我坚持自己的说法，这个说法是向导告诉我的。向导应该知道到底是谁。——原书注

奥马尔清真寺里到处是破碎的柱子、奇形怪状的祭坛、精心雕刻的大理石碎片——所罗门神庙的珍贵遗迹。这些都是从摩利亚山不同深度的地下和垃圾堆里发掘出来的，穆斯林总是会精心呵护这些遗迹。所罗门神庙的那段古墙叫作犹太人哭墙，希伯来人每星期五都聚在那儿，亲吻高贵的石头，为锡安昔日辉煌的逝去而哭泣。人人都会觉得这就是毋庸置疑、确凿无疑的所罗门神庙的一部分，这段墙壁由三四块石头叠加而成，每块石头都有两个七八度钢琴那么长，厚度大约等于此种钢琴的高度。但是，如上文所述，就在一两年之前，古老的法令还禁止像我这样的基督教徒进入奥马尔清真寺，不得观看曾经装饰所罗门神庙的昂贵大理石。这些碎片设计得古色古香、别具一格，所以，观众不仅自然而然深感兴趣，还能领略到一种清新脱俗的气质。这些古董碎片比比皆是，尤其是在临近的阿克萨清真寺里，阿克萨清真寺的内墙里是许多古董碎片，之所以这么修建，就是要精心保存这些古董碎片。这些石头碎片色彩斑驳、满是灰尘，隐约表明了一种辉煌气概。我们接受的教诲一直都是，这是世上最为伟大辉煌的古董。这让人想起了一幅令人魂牵梦绕的画面——骆驼满载香料和珠宝——美丽的奴隶，呈献给所罗门充当姬妾——一长串盛装的野兽和武士——示巴女王在这幅"东方盛景"的最前列。对于那些没心没肺的罪人来说，这些漂亮的碎片比犹太人亲吻哭墙中的几块严肃的巨石更为有趣。

宏大的奥马尔清真寺的院子里是密密麻麻的柠檬树和橘子树，橘子的下方是一片洼地，洼地里是一堆柱子——古代所罗门神庙的遗迹；这些柱子原本是用来支撑所罗门神庙的。那里还有笨重的拱道，根据预言，"犁"经过这里，摧毁一切，但是，拱道却毫发无伤。我们高兴地得知自己的设想落空了。我们原先从未设想自己会看到部分真正的所罗门神庙。我们丝毫不怀疑如今的所罗门神庙遗迹是僧侣制造的赝品和骗局。

我们看够了景点。现在除了圣墓教堂之外，没有什么再能吸引我们。我们每天都去圣墓教堂，但却不感厌倦；只是其他的一切都让我们审美疲劳了。景点太多了。每走一步都会看到一大堆景点；整个耶路撒冷或者周边地区的每一英尺土地好像都有着自己令人心潮澎湃的历史。偷偷走上一百码，真是个解脱，没有向导在身边喋喋不休，告诉你路上每块石头的历史，把你的思绪拉到这块石头成名的遥远过去。

真是难以置信，我竟然在一段残垣断壁上靠了一会儿，百无聊赖地向下看着名垂青史的毕士大水坑。我认为，这些东西挤在一起也不会减少它们的趣味。但是，说真的，我们几天来四处游逛，又看又听，更多的是为了履行职责，不是出于多么崇高可敬的理由。每当要回家不再因历史名胜而灰心丧气的时候，我们就欢欣鼓舞。

我们的朝圣者把一天的行程安排得太满了。人们可以像狼吞虎咽果脯那样走马观花。今天早晨吃了早餐之后，我们看了大批景点。如果我们轻松惬意、有针对性地欣赏这些不同的景点，我们就够回味一年的。我们参观了希西家水坑。当年，大卫看到乌利亚的妻子从水坑里出浴，爱上了她。

我们从雅法门出城。当然，有人告诉我们许多关于西皮克斯塔的事情。

我们骑马穿过欣嫩山谷，穿过基训双坑，经过所罗门修建的沟渠，这个沟渠仍在向耶路撒冷送水。我们爬上恶意之山，犹大就是在这座山上接受了三十枚银币。我们还在一棵树下徘徊了一阵。根据古老的传说，犹大就是吊死在这棵树上。

我们再度下到峡谷之中，向导开始告诉我们眼前的每个河岸和巨石姓甚名谁："这是血田；石头上这些切割的痕迹是摩洛的神龛和神庙；他们在这里用孩子献祭；那便是锡安门；泰罗波恩山谷和俄斐勒山；这里是约沙法谷——你右边是约伯井。"我们前往约沙山谷，向导接着滔滔不绝。"这是橄榄山；这是倒霉之山；那一堆棚屋就是西罗亚村；这里，那里，处处都是国王的花园；在那棵大树下，祭司长撒迦利亚被杀；那边是摩利亚山和神庙的墙壁；押沙龙之墓；圣詹姆斯之墓；撒迦利亚之墓；远处是客西马尼园和圣母马利亚之墓；这里是西罗亚坑，还有——"

我们说，我们想下马，解渴，休息。我们已经大汗淋漓了。日复一日无休止的前行让我们越来越疲劳，几乎承受不了了。人人都想休息。

西罗亚坑就是一个两边砌墙的深沟，清水流淌其中，水是从耶路撒冷地下的某处流出来的，流经圣母喷泉，并得到圣母喷泉的补给，然后顺着厚重的砖石隧道流到这里。这个著名的水坑无疑就跟耶路撒冷时代一样，同样黝黑的东方女人以她们古老的东方方式走下来，头上顶着水罐，就跟三千年前一样。如果五万年后，她们还活在人世上，还是会这样打水。

我们离开了，在圣母喷泉逗留。但是，水质不好，一点也不舒适平和，原因是一群男孩、女孩、乞丐一直纠缠我们索要小钱。向导想让我们给他们一些钱，我们照做了；但是向导接着说，这些人快要饿死了，我们顿时觉得自己犯下了大罪，阻碍了他们修成正果，所以，我们想把钱要回来，但是做不到。

我们进入客西马尼园，还参观了圣母之墓，这两处我们以前都看过。现在不适合谈论这两个景点。以后机会合适再说。

现在，我不能谈论橄榄山，也不能谈论从橄榄山上观看耶路撒冷、死海、摩押山；也不能谈论大马士革门或耶路撒冷的戈弗雷国王种的那棵树。谈到这些东西的时候应该高兴。我也根本无法谈论从神庙里伸到约沙法之上的石柱，这根石柱就像是大炮。旁边是神庙墙壁的金门——在神庙时代，这扇门是个精美的雕塑，甚至至今依然如此。古时候，犹太祭司长就在金门放开替罪羊，任其逃至荒野，带走人们一年来的罪恶。现在，如果放走替罪羊，它甚至跑不到客西马尼园，因为此地的这些可怜的流浪汉会把这只羊生吞活剥，[①] 连罪孽也一起吞下去。他们不在乎。羊排和罪孽都是他们的菜。

我们又回家了。我们精疲力竭。太阳几乎要把我们烤熟了。

[①] 朝圣者最喜欢的说法。——原书注

第 54 章

然而，回想了一下，我们就通体舒畅了。我们在欧洲的经历让我们明白疲劳会烟消云散；炎热天气会被忘记；口渴、向导烦人的喋喋不休、乞丐的折磨——然后，剩下的只是对耶路撒冷的美好记忆。随着时间的流逝，每当想起这段往事，我们的兴趣都会增加。有朝一日，这段记忆会变得美妙绝伦，脑海中留下的种种不快会成为过眼云烟，一去不复返。学童时期并不比之后的岁月幸福，但是，我们遗憾地回忆学童时期，因为我们已经忘记了在学校遭受的惩罚，忘记了失去弹球和毁了风筝时我们有多么悲伤——因为我们已经忘记了在那段被神化的时期里经历的悲痛与困苦，记得的只是去果园偷盗，炫耀木剑，在假期捕鱼。我们满足了。我们可以等。我们终会得到回报。对于我们来说，耶路撒冷和今天的经历会在一年后成为令人魂牵梦绕的记忆——就算用金钱也无法从我们这里买走它。

第55章

我们结了账。数字还算正常。在耶路撒冷再也没什么可看的了，剩下的只是寓言中提到的财主和拉撒路房子、诸王陵墓、各个士师的陵墓；他们用石头砸死一个使徒并斩首另一个使徒的地方；因最后的晚餐而闻名的房间和餐桌；耶稣弄枯萎的无花果树；客西马尼和橄榄山周围的诸多历史景点、城里的十五或者二十个其他不同景点。

我们行将结束旅程。现在，人性暴露无遗。过度的辛苦以及随之而来的疲倦开始自然而然地产生了影响。它们开始让我们懒散无力、意兴阑珊。现在他们已经非常气定神闲了，不再担心未能完成朝圣之旅的任何细节，虽然马上就能给自己放个假了，他们还是想提前休息。他们有点懒了。他们吃早饭迟到，吃正餐要坐很久。三四十个朝圣者已经乘船抄近路抵达，于是一阵胡侃海吹。在炎热的下午，他们喜欢躺在旅馆的长沙发上，谈论大约一个月以来的愉快经历——原因是以前的旅游插曲有的恼人，有的让人愤怒，而且发生的时候经常莫名其妙，但现在一切成为过去，却不再枯燥乏味，成了美好的回忆，令人心驰神往。在城市里，雾哨被各种各样的杂音淹没，在一个街区之外就听不到了，但是，在远远的海上，水手却能听到，这些乱七八糟的声音传不到海上。在罗马，所有的圆顶都是一样的；但是，如果到了十二英里之外，罗马完全从视野中消失，只见圣彼得大教堂在平原上隆起，就像是一个系着线的气球。在欧洲旅游的时候，每天发生的事情好像都一样；但是两个月之后，到了两千英里之外，值得记住的事情脱颖而出,真正无关紧要的事情烟消云散。

想抽烟,想混日子,想闲聊,这个状态并不好。显而易见,不能消沉下去。必须尝试着改变,否则,就会意志消沉。有人提出去约旦河、耶利哥、死海。耶路撒冷的有些地方还没参观,就先不去了。这个旅行计划立刻得到了赞同。大家又满血复活。骑着马——在平原上——露天宿营:此时,心驰神往,浮想联翩。痛心的是,我们发现这些过惯了城市生活的人喜欢上了自由自在的宿营和沙漠生活。游牧天性就是人性,与亚当一起产生,通过族长传递下来,经过三十个世纪的不懈努力,文明还没有完全驱离我们的天性。游牧天性的魅力在于,一旦尝试,就想再次尝试。根本无法通过教化让印第安人放弃游牧天性。

定下来要去约旦河一游,我们便通知了口译译员。

早晨九点,我们的马匹就候在了旅馆门外,我们在吃早餐。周围一片骚动。谣言满天飞,人们纷纷传说血流成河。约旦峡谷以及死海附近沙漠里无法无天的贝都因人起来暴乱,谁去就杀了谁。贝都因人与一支土耳其骑兵打了一仗,击败了土耳其骑兵;有几个人被杀。贝都因人堵住了一个村子的居民和耶利哥附近一个古堡里的土耳其驻军,展开围攻。他们行进到我们的旅行者在约旦河边的营地,朝圣者悄悄逃走,趁着月黑风高,快马加鞭飞奔到了耶路撒冷,侥幸捡了条命。我们中的另一些人遭到了埋伏,受了枪击,然后又在光天化日之下遭到了攻击。两边的人短兵相接。幸运的是,没有流血。我们跟那个开了一枪的朝圣者交谈,这个朝圣者亲口告诉我们,在这咄咄逼人、死到临头、千钧一发之际,使这些朝圣者幸免于难、避免全灭的是他们的镇定自若、人多势众、全副武装。据悉,领事要求,在此种事态下,我们的朝圣者不要再前往约旦河;另外,领事希望,如果以后要去的话,至少要有超强的护卫。这就是我们遇到的麻烦,但是,马已经在门口了,人人都知道马在门口是干什么的,那么,你要怎么办呢?承认你害怕,耻辱地退出?几乎不可能。你会像我们那样做:说一百万个贝都因人你也不怕——立下遗嘱,在队伍的后边找个不显眼的位置。

我想我们心里的小九九都是相同的。我之所以这么认为，是因为我们好像绝不会到达耶利哥。我的马慢得出奇，但不知为何，我没法让它待在队伍后面，也就没法保住我的脖子。我的马总是往领头的位置凑。在这种情况下，我有点发抖，就下来整理马鞍。但是，一点用没有。其他人也都下来整理马鞍。我从没见人花这么长的时间整理马鞍。三个星期以来，一个马鞍都没出过问题，而现在全都坏了。我试着溜达溜达，锻炼身体——我在耶路撒冷搜寻神圣之处就靠走，现在还意犹未尽。但又失败了。这些家伙都不辞辛劳锻炼起来。不到十五分钟，他们就都在徒步行进了，我又成了排头兵。真是令人沮丧。

这些事情都发生在我们离开贝瑟尼之后。离开耶路撒冷一个小时之后，我们到达了贝瑟尼村。他们领我们看了拉撒路之墓。我宁愿住在这里，也不愿住在贝瑟尼的任何一座房子里。他们还领我们看了巨大的"拉撒路喷泉"，还有村子正中央的拉撒路故居。拉撒路好像是个富有之人。主日学校的传说极大地歪曲了拉撒路；让人觉得他是个穷人。原因是他们弄混了，还有一个人也叫拉撒路，另外这个拉撒路除了品德高尚之外别无优点，高尚的品德从来不像金钱那样受人尊敬。拉撒路的房子是三层的石头建筑，但是，多年来积累下来的垃圾将其埋了起来，只留下最上面一层。我们拿上蜡烛，下到灰暗的牢房一般的房间之中。当年，耶稣曾坐在这里与马大和马利亚一起吃肉，并与她们一起谈论她们的兄弟。我们只能兴味盎然地看着这些肮脏老旧的房间。

我们从山顶上扫了一眼死海，死海就像是约旦平原上一块蓝色的盾牌。现在，我们下山，经过一条狭窄、酷热、崎岖、荒凉的小路，可能除了火蜥蜴之外就没有生物能在此悠然地生活。这里静寂得枯燥、可憎、可怕！约翰曾在这片"荒野"上布道。腰上围着骆驼毛——足以充当衣服了——但是，他在这里可搞不到蝗虫和野蜂蜜。我们愁眉苦脸地穿过这个可怕的地方，每个人都徘徊不前。我们的卫士——两个衣着华丽的阿拉伯年轻酋长，随身带着刀剑、长枪、手

第55章

枪、匕首——懒懒散散地行进在队伍的前面。

"贝都因人！"

大家都缩成一团，藏到衣服里，就像一只乌龟。我的第一反应是冲上前去，干掉贝都因人。第二反应是往后跑，看看是否有人往前冲。我按照第二反应采取了行动。其他人的做法跟我一样。当时，如果有哪个贝都因人胆敢从哪个方向接近我们，他们会为自己的鲁莽付出惨重代价。事后，我们都这么说。我们会群起而攻之，血流成河，场面之惨烈无法用文字描述。我知道这一点，因为每个人都拍胸脯保证会勇往直前；对付贝都因人的手段怪异残忍，闻所未闻，难以想象。一个人说他已经镇定地下定了决心，如有必要，就当场就义，但寸步不让；他会以极大的耐心等待，直到能够数清第一个贝都因人夹克上的条纹，然后数清条纹，让这个贝都因人吃苦头。另一个人准备坐着纹丝不动，直到最前面的长矛离胸膛不到一英寸，然后，躲开，抓住长矛。我不想说这另一个人会对手持长矛的贝都因人做什么。想到这一点，我就毛骨悚然。还有一个要剥去不幸落败的贝都因人的头皮，带着活着的光头沙漠之子回家，当作战利品。但是，那个怒目而视的勉强称得上诗人的朝圣者一言不发。他的双眼闪烁着致命的光泽，但嘴唇不动。大家焦虑起来，问他，如果他抓到个贝都因人，会如何对待——开枪打？他严肃轻蔑地笑了，摇摇头。他会刺伤被俘的贝都因人吗？他又摇了摇头。会肢解吗——会剥皮吗？还是摇头。哦！可怕啊，他会怎么做呢？

"吃了！"

如此振聋发聩的可怕话语就从他的嘴里冒了出来。这些暴徒都是怎么说出这种话的？我内心暗自高兴，没有看到这些邪恶屠杀的场面。没有贝都因人攻击我们可怕的排尾。也没攻击我们的排头。新来的只是一群枯槁憔悴的阿拉伯人，是来增援我们的，都穿着衬衫，光着腿，被派到我们队伍的大前方，挥舞着锈迹斑斑的枪，吼叫炫耀，就像疯子一样，从而吓走了可能埋伏在我们行进路线周围的所有贝都因劫匪团伙。这里，我要指出，在我们的整个旅途之中，我们没看到贝都因人，阿拉伯卫士对于我们的用处还不如漆皮靴子和白色羊皮手套。凶猛攻击其他那些朝圣者的贝都因人都是这些朝圣者的阿拉伯卫士专门精心准备的，从耶路撒冷用船运来，暂时冒充贝都因人。一场战斗之后，他们就当着朝圣者的面会师一处，吃午饭，瓜分刚才危急环境下勒索的小费，然后陪伴着旅行者的队伍回城！据说，酋长和贝都因人共同创建了阿拉伯卫士制度，给旅行者增加麻烦，他们却共同获益。无疑，这种说法很大程度上是真实的。

我们参观了一个喷泉，先知以利沙让这个喷泉变甜（现在还是甜的）。以利沙在这里逗留了一段时间，乌鸦负责喂养他。

现在，古老的耶利哥一片废墟，并不怎么漂亮。大约三千年之前，约书亚七次环行耶利哥，用喇叭把耶利哥吹倒。他这件事干得很漂亮，很彻底，因此，这座城市几乎不见了踪影。这座城市遭受了诅咒，永远不得重建，这个诅咒从未解除。一个国王没把这个诅咒当回事，试图重建此城，但却因自己的自行其是而付出了沉重的代价。这块地会一直无人居住；不过，在整个巴勒斯坦，这里是最适合建设城镇的地方之一。

凌晨两点，他们叫我们起床——这又是一桩多此一举的残忍行为——我们的口译译员又一次犯傻，想要赶在竞争对手的前面。离约旦河还有不到两个小时的路程。然而，我们穿戴整齐，没人想到看看几点了。我们在寒夜的空气中打着瞌睡前进，梦想着营地的篝火、温暖的床铺以及其他舒适的物件。

没人交谈。人觉得寒冷、不幸和困倦的时候，不会说话。我们有时在马鞍上点头，又突然惊醒，发现队伍已经消失在了黑暗之中。然后就变得精神抖擞、全神贯注，直到队伍灰暗的轮廓再次映入眼帘。偶尔，队伍会低声传递一个命令："靠紧——靠紧！贝都因人埋伏在这儿，到处都是！"让人后背发凉，心惊肉跳！

四点之前，我们就到了这条著名的河流。夜很黑，看不见河，我们差点骑马直冲进河里。我们中的一些人不高兴了。我们等啊等，期待白天的到来，但白天没来。最后，我们摸黑离开，在灌木丛中的地

第55章

上睡了一个小时，感冒了。因此，打这个盹代价高昂，但又是值得的，原因是，打个盹，这段枯燥的时光就不知不觉过去了，使我们处于较好的状态之中，可以去一睹这条神圣河流的容颜。

感觉黎明将近，每个朝圣者都脱下衣服，走进黑暗的急流，唱起来：

> 约旦河水流湍急，我们站在河边。
> 依依不舍，迦南胜地，人间乐园。
> 我的思念，迦南。

但是，朝圣者并没唱多久。水冷得吓人，他们不得不再从水里跑出来。然后，他们在岸上发抖，懊恼，悲伤，他们理应得到最神圣的同情。原因是另一个梦想、另一个夙愿破灭了。他们早就暗下决心，在沙漠里长途跋涉进入迦南之后，他们要从犹太人当年穿过约旦河的地方过河。为了纪念犹太人过约旦河这件大事，以前放置了十二块石头，朝圣者要从十二块石头那儿过河。朝圣者过河的时候会自行想象：浩浩荡荡的犹太人，朝着心中的圣地，穿过中分的水体，带着神圣的约柜，喊着和散那，唱着感恩之歌和赞美之歌。人人都暗下决心，要第一个过河。最终，他们就要实现梦想了，但是水流太急，水太凉！

这时，杰克帮了朝圣者一个忙。他有着年轻人特有的蓬勃朝气，初生牛犊不怕虎，恰如其分，自然而然，理所应当，他一马当先，带头冲过了约旦河，大家都笑逐颜开。人人都蹚水过河，然后站在对岸。河里任何一个地方水深都不到胸口。如果再深的话，我们就几乎无法完成渡河大业了，因为在抵达可以登陆的地点前，湍急的水流就会把我们带到下游，让我们筋疲力尽淹死在水中。实现了主要目标，精神萎靡、可怜兮兮的朝圣者坐下来，再次等待太阳，因为大家不仅想触摸约旦河，还想看看约旦河。但是，这种娱乐方式太冷了。从圣河里接了几罐水，又在河岸上砍了几根藤条，然后，我们上马，不情愿地离开了，要不就冻死了。所以，我们看到的约旦河非常模糊。岸边的灌木丛把阴影投在了湍急的浅水之上（赞美诗上说约旦河"波大浪急"，这是溢美之词，言过其实），而且我们用眼睛无法判断约旦河的宽度。然而，我们蹚水过河之后发现美国的许多街道有约旦河的两倍宽。

我们刚一上路，太阳就出来了。用了一两个小时，我们到了死海。死海周围平坦、酷热的沙漠里别的不长，只长杂草和死海苹果。诗人说，死海苹果赏心悦目，但一碰就腐烂成灰，烟消云散。我们发现的死海苹果难看、味苦。没变成灰。可能因为没熟。

死海周围的沙漠和荒山在太阳下闪闪发光，令人难受。在死海之上或者死海周边没有让人高兴的事物或者活物来愉悦眼睛。这个荒凉的地方灼热、干旱、可憎。此情此景静寂无声，令人心情低落。这让人想起了葬礼和死亡。

死海不大，水很清，海底是鹅卵石，离开岸边一段距离水还不深。死海出产大量沥青岩；岸边到处是沥青岩碎片；由于有了沥青，此地散发着一种不好的气味。

我们读过的书都告诉我们，不要对一头扎进死海抱希望，因为结果会让我们失望——我们会突然觉得万箭穿心；可怕的剧痛会持续几个小时；我们甚至会从头到脚起水疱；多日痛苦不已。但是，书里告诉我们的并不正确，我们先前的估计落空了。另一拨朝圣者跳进死海，我们八个人也同时跳进去，没人立刻叫起来。根本没人大声抱怨，只是抱怨擦伤的皮肤有点刺痛的感觉，过会儿就感觉不到了。我的脸剧痛了几个小时，部分原因是我洗澡的时候被严重晒伤，而且，在水里待了太长时间导致身上覆盖了一层盐。

不，海水并没让我们起水疱；并没有在我们身上覆上一层黏滑的软泥，也没有让我们浑身恶劣的香味；死海不太黏滑；我们身上的味道并没有变得更臭，来巴勒斯坦之后一直都是这么臭。只是味道有所不同，但并不明显，因为人的味道各有不同。我们在约旦河上的味道跟我们在耶路撒冷的味道不同；我们在耶路撒冷的味道也不同于我们

第 55 章

在拿撒勒、太巴列、该撒利亚腓立比或者加利利任何一个其他荒废古城的味道。不，我们一直在变，通常越来越糟。我们自己洗衣服。

这次澡洗得有趣。我们沉不下去。人们可以完全舒展身体躺着，双手放在胸口，从下巴一角到身体一侧的中间位置，从腿中间到脚踝骨，身体上边的部分都会在水上面。如果愿意的话，可以把头抬出水面。一个姿势不能长期保持；你失去平衡，翻滚，先是躺着，然后趴着，诸如此类。你可以舒适地躺着，头伸出来，小腿不放在水里，用双手稳住自己。你可以坐下，膝盖收起抵住下巴，双手抱着膝盖，你肯定很快就会翻过来，因为你这个姿势头重脚轻。你可以在水中笔直站着，水深没顶，你胸脯中间往上却不湿。但是，你不能一直这样。水很快会让你的脚浮出水面。仰泳的话，游不动，因为你的双脚高居水面之上，驱动你前进的只能是脚踝。如果你趴着游，你就像舷明轮船一样踢水，无法前进。在死海里，马头重脚轻，无法游泳，也无法站立。马会立刻倒向一边。我们中的一些人洗了一个多小时，然后出浴，身上是一层盐，让我们就像冰柱一样闪闪发光。我们用粗糙的毛巾把盐擦掉，骑马离开，身上气味清新，虽然这股味道一点不比几个星期以来我们习以为常的气味糟糕。这股味道自成一派、强烈无比、标新立异，令我们着迷。在死海的海岸上，处处可见盐的结晶闪闪发光，就像一层冰一样覆盖着地面，玲珑剔透。

当我是个男孩的时候，我不知怎地形成了一种印象，约旦河有四千英里长，三十五英里宽。可事实上约旦河只有九十英里长，弯弯曲曲，有一半的时间人们都不知道自己在哪一边的岸上。虽然有九十英里长，但流经的区域还不到五十英里。它不比纽约的百老汇大街宽。无论是加利利海，还是死海——都不到二十英里长，十三英里宽。然而，当我在主日学校的时候，我认为加利利海和死海直径都达到六万英里。

旅游和经验破坏了最为宏大的画面，夺去了我们童年时代最为珍惜的传说。好吧，随它去吧。我已经看到所罗门王的帝国只有宾夕法尼亚州那么大；我估计加利利海和死海的缩水倒是可以忍受的。

我们边走边看，路上的景点无一遗漏，但根本没看到谷物和罗得妻子变成的晶体。太让人失望了。许多许多年以来，我们已经知道了罗得妻子的悲剧，她的不幸总是激起我们的兴趣。但是，她已经不见了。她的倩影已经从死海的沙漠里消失了，再也不会让游客想起那些失落城市的灭绝。

我无法描述那个可怕的下午从死海到马萨巴修道院的旅程。一想到这段旅程，我就心情沮丧。太阳烤炙着我们，眼泪有一两次流下我们的脸颊。恐怖、无树、无草的峡谷让人上气不接下气，我们觉得就像在烤炉之中。我认为，太阳火力强大。没人能在太阳下笔直站着。大家都俯在马鞍上。约翰在这片"荒野"上布道！这肯定不是个好活。一看到宏大的马萨巴修道院那如林的塔楼和防御土墙，我们顿时觉得如处仙境！

我们整夜都在伟大的马萨巴修道院里，我们是热情的神父的客人。马萨巴修道院在险崖之上，这个人造巢穴高高在上，靠着一块垂直的山体，是一片巨大的砖石建筑，在你的头顶一层摞一层，就像是伯沙撒盛宴和古代法老宫殿那两类稀奇图片里逐层收缩的柱廊。旁边没有其他人类住所。这是成百上千年之前由一个神圣的隐士所建，他起初生活在一个岩洞之中——这个岩洞如今被封在了修道院的墙里，神父满怀崇敬地向我们展示了这个岩洞。这个隐士严酷地折磨自己的肉体，主食是面包和水，完全避世而居，不理俗务，平常就是祈祷，对着一个骷髅头冥思苦想，使得人们群起效仿，为他带来了许多信徒。峡谷对面的悬崖满是他们挖出的小洞，他们就住在这些小洞里。目前，居住在马萨巴修道院的大约有七十人，都是隐士。隐士们穿着粗糙的长袍，戴着丑陋、无边、像截烟囱的帽子，不穿鞋子。他们只吃面包和盐；只喝水。只要还活着就绝不到墙外去或者看女人——因为不管用什么借口，女人都不得进入马萨巴修道院。

他们之中一些人已经在那儿闭关了三十年。在如此漫长枯燥的时间里，他们没有听到过孩子的笑声，也没听到过天籁一般的女人声音；他们没有见过人类的眼泪，没有见过人类的微笑；他们不知道人间欢乐，也不知道有益于身心健康的人类悲伤。在他们的心中，没有关于过去的记忆，在他们的脑海中，也没有对未来的梦想。他们抛弃了一切可爱、美丽、有价值的东西；抵制一切赏心悦目的东西，抵制一切悦耳动听的声音；他们从不出门，永远居住在无情的围墙之中。他们摒弃生活中的细致优雅，留下的只有憔悴、瘦弱的笑柄。他们的嘴唇从不亲吻和歌唱；他的心完全无恨无爱，从不起一丝波澜，不会认为"我有国家，有国旗"。他们是行尸走肉。

我之所以写下上面的想法是因为这些想法都是自然而然的——并不是因为上面的想法是公正的，也不是因为我应当写下上面的想法。作家可以轻易地说出"当我看到此种场景的时候，我就是这么想的"——事实上，作家们是到了后来才有了那些美妙的想法。人们首先想到的并不一定清晰明了，然而，想想并不是什么罪过，写下来也不是罪过，可以根据后来的经历进行修改。这些隐士在几个方面是死人，但并不总是如此。一方面，一开始我就认为他们不可理喻，我还坚持己见。另一方面，一开始我就说他们不可理喻，我还喋喋不休。这两个方面，我都做得不合适。就我的言行而言，他们对我太好了。他们还是在某些地方闪耀着人性的光辉。他们知道我们是外国人和新教徒，对他们不崇拜，也不怎么友好。但是，他们并不在意，对我们非常仁慈。对于他们来说，我们只是饥渴疲惫之人，这就足够了。他们开门欢迎我们。他们不问问题，不自以为是地展示自己的热情好客。他们不求恭维之言。他们安静地四处走动，为我们安置好桌子，准备好床铺，拿来水供我们在此洗洗刷刷。我们说他们大可不必如此，因为我们有人干这活，他们安之若素。我们逍遥自在，吃正餐的时候磨蹭了很久。后来，我们和隐士一起在修道院里四处走动。然后，坐在高耸的城垛之上，一边享受凉爽的空气、荒野风景和日落，一边抽烟。一两个人去舒适的卧室睡觉，但是，游牧天性促使其他人睡在占据广阔大厅的宽大长沙发之上，因为这就像在户外睡觉一样，更让人愉快，更吸引人。这样的休息让我们飘飘欲仙。

当我们早晨起来吃饭的时候，我们焕然一新了。他们虽然如此热情好客，但收费并不严苛。如果我们想给什么，可以给；如果我们穷或者小气，就什么都不用给。穷人和小气鬼在巴勒斯坦的天主教修道院里如鱼得水。根据我所接受的教育，要敌视天主教的一切，另外，因为这一点，有时我发现找出天主教的缺点远远易于找出天主教的优点。但是，我觉得有一点不可忽视，不可忘记，即我以及所有的朝圣者都应对巴勒斯坦的修道院神父致以真诚的敬意。他们的门总是敞开的，只要值得敬重之人到来，他们总是持欢迎态度，不管来者是衣衫褴褛，还是锦衣华服。天主教修道院是穷人的无价之宝。假如一个朝圣者没钱，别管是新教徒还是天主教徒，都可以周游巴勒斯坦，在巴勒斯坦荒无人烟的沙漠里找到天主教修道院，每晚都获得有营养的食物和干净的床铺。条件较好的朝圣者经常被烈日酷热击倒，然后，修道院就救助收留他们。如果没有这些热情好客的去处，只有最为强壮的人才敢在巴勒斯坦旅游取乐。我们这些人，别管是朝圣者，还是其他人，总是准备好，也总是愿意举杯祝巴勒斯坦的天主教神父健康、富足、长寿。

就这样，休养生息、养精蓄锐之后，我们列队离开，一个接一个翻越荒芜的朱迪亚群山，经过多石的山脊，穿过贫瘠的峡谷。处处静寂无声，了无人气。昨天下午，我们遇上了零零散散的几群武装牧羊人，他们在照料自己的长毛山羊，就算这样的牧羊人在这儿也看不到。我们只看见了两个活物。这两个活物是瞪羚，以"眼神温柔"而臭名昭著。它们就像是极小的羊羔，但却健步如飞，堪比快车。除了美国大平原上的羚羊，我还没见过比瞪羚跑得快的动物。

在上午九十点钟的时候，我们抵达了牧羊人平原，站在有围墙的橄榄园里面，十八个世纪之前，牧羊人就在这里守夜看着羊群。当时，许多天使告诉他们救世主出生了。四分之一英里之外是犹太的伯利恒，朝圣者从石墙上弄下些石头，继续匆忙前进。

牧羊人平原是个沙漠，铺着松动的石头，没有植被，在强烈的阳光下闪闪发光。只有牧羊人平原曾经听过的天使音乐可以施魔法，让灌木和花朵起死回生，恢复已经消失的美丽。实现这样的奇迹，弱一点的魔法都无法实现。

一千五百年之前，顽固不化的圣海伦娜建造了伯利恒巨大的主诞教堂。在主诞教堂里，他们带我们去地下，进入开凿在原生岩石之中的岩洞。基督就诞生在这个"马槽"里。一颗银星镶嵌在地板上，银星上的拉丁铭文大致就是这个意思。许多代朝圣者前来顶礼膜拜，把这颗银星亲吻得锃亮。岩洞被修饰得毫无品位，平淡无奇，巴勒斯坦的神圣之地都是如此。就像在圣墓教堂一样，此处也有显而易见的嫉妒和严苛。希腊教会和罗马天主教会的神父和成员，都不走同一个走廊跪拜神圣的救主诞生之地，而是从不同的道路来去，以防他们在世上最为神圣的地方争吵打斗。

这个地方并未令我"默念"。不过这个地方是世上第一个说出"圣诞快乐"的地方。我童年时的朋友圣诞老人在此开始了自己的第一段旅程。在许多非常遥远的地方，在冬日的早晨，在噼啪作响的火炉边，一个又一个家庭因圣诞老人而笑逐颜开。我用充满崇敬的手触摸圣婴确凿无疑躺过的地方，但我什么都没想。

跟巴勒斯坦其他所有可能发人深省的地方相比，这个地方无法激起人们更多的想象。乞丐、瘸子、修道士围绕着你，让你想到的是小费。而你却想要思考点跟这个地方匹配的神圣东西。

离开时我很高兴。我感到高兴，因为在我们走过的那些岩洞里，尤西比厄斯曾经写字，哲罗姆曾经斋戒，约瑟曾策划逃往埃及。我们还走过了其他十二个著名洞穴。我知道我们的任务完成了。主诞教堂几乎和圣墓教堂一样充满许多极为神圣的所在。这里甚至还有一个岩洞，希律王想杀掉圣婴的时候，就在这个岩洞里屠杀了两万个孩子。

当然，我们去了哺乳洞——在逃往埃及之前，马利亚在此短暂藏身。她入洞之前，洞壁是黑色的，但是，在给圣婴喂奶的时候，一滴奶掉在了地上，漆黑的洞壁立刻变成奶白色。我们在此采集了许多小石头，因为整个东方都知道，不孕不育妇女只需用嘴唇触碰这里的一块石头，就能立刻治愈不孕不育症。我们带走了许多标本，想为我们的亲戚朋友带去幸福。

下午，我们离开了伯利恒，离开了那里成群结队的乞丐和文物贩子，在拉谢尔坟墓停留了一小会儿，然后尽快赶往耶路撒冷。以前回家，我从未如此高兴。以前，我的休息时刻从未像这最后几个小时那样舒坦。到死海、约旦河和伯利恒的旅程不长，但却令人疲惫。这种酷暑难耐、寂寥逼人、荒凉郁闷在世上其他地方肯定是不存在的。真累啊！

按照常理，我应该讲些约定俗成的美丽谎言，说我万分不舍地离开巴勒斯坦的每个著名景点。每个人都这么说，但是，我怀疑他们说的每一个字，只是尽量不把怀疑表现出来。我可以发个毒誓，我从未听过我们的四十个朝圣者说过万分不舍之类的话，但是，他们和每个朝圣者一样高尚虔诚。回国之后，他们很快就会这么说，为什么不呢？他们不想反对世上所有的"拉马丁"和"格兰姆斯"。难以想象人们不愿离开的地方具有以下特征：生活几乎都难以为继，因为一群群的乞丐和小贩全都拉着游客的袖子和上衣后摆，在游客耳边尖叫和吼叫，展示可怕的疼痛发炎的身体和畸形，让游客看了心惊肉跳。游客高兴地离开了。我听无耻的人说，离开女士节庆活动的时候，他们心情愉快，因为一群群可爱的年轻女郎在那里缠着他们买东西。把这些美女变成丑老婆子和衣衫褴褛的野蛮人，把她们圆润的身材变成骨节突出、干瘪畸变的身材，把她们柔软的手变成满是伤疤的丑陋怪手，把她们殷殷期盼的声音变成刺耳可恨的喧嚣之声，然后，看看还有谁恋恋不舍，不忍离去。不。先说你恋恋不舍，然后说你的脑袋里有些深邃的想法"想要说出来"，这样说倒是讨人喜欢；但事实是，说你自己恋恋不舍，却又发现根本想不出来什么——不过，这样说并不受人尊敬，也没有诗意。

在神圣的地方，我们没想；后来，躺床上，我们就想了起来，当时，强光、噪声和困惑都消失了。我们在梦境中独自重游往昔庄严的遗迹，回味已逝荣光的魅影。

第 55 章

第56章

我们参观了前往约旦河的路上未参观的耶路撒冷周边的神圣景点。然后,一天下午大约三点钟的时候,我们整队人从宏伟的大马士革门出去,耶路撒冷的墙壁永远地把我们关在了外面。我们在远方一座山的顶峰暂歇,最后再看一眼历史悠久的耶路撒冷,跟它再次告别。这里是我们的人间乐园和精神家园。

在大约四个小时的时间里,我们都在下山。下山的路是一条狭窄的马道,穿过了峡谷的底部。如果可以,我们就避开长长的骆驼队和驴队。如果不可以,我们就要遭罪了,被挤在悬崖峭壁上,腿被经过的货物擦伤。杰克被撞了两三次,丹和莫尔特也是如此。一匹马在湿滑的石头上重重摔了一跤,其他的侥幸没摔倒。然而,这条路跟巴勒斯坦的路一样好,甚至可能路况最佳,所以,没什么人抱怨。

有时,在峡谷之中,我们碰到郁郁葱葱的无花果园、杏园、石榴园,等等,但更常见的是崎岖、多山、光秃秃、令人生畏的景色。斜坡上处处是塔楼,好像都高不可攀。这种风格和巴勒斯坦本身一样古老,在古代用来防范敌人。

我们穿过一条小溪,大卫就在这条小溪里捡石头杀了歌利亚。无疑,我们还看了那场著名战斗发生的地方。我们经过一处漂亮的哥特风格废墟。这里的铺路石上曾走过十字军的千军万马,他们勇气逼人。我们骑马经过一处乡村。据说,参孙曾在此居住。

我们在莱姆拉修道院跟虔诚的修道士一起过夜。早晨起来纵马飞奔了很长一段距离,抵达雅法。之所以纵马飞奔有两个原因。第一,这块平原像地板一样平坦,没有石头。第二,这是我们在圣地的最后一次行军。这两三个小时之后,我们和疲惫的马儿就可以休息睡觉了,睡多长时间都行。这就是约书亚说到的平原。当时,约书亚说:"日头啊,你要停在基遍;月亮啊,你要止在亚雅仑谷。"① 当我们靠近雅法的时候,这些家伙踢马前进,沉浸在真正的赛马的兴奋之中——自从我们在亚速尔群岛赛驴之后,我们还从未如此酣畅淋漓。

最后,我们来到了典雅的橘园,东方城市雅法就埋在这个橘园之下;我们穿过城墙,再度骑马沿着狭窄的街道前进,置身于一群群活生生的乞丐之中,看到了我们久已熟悉的其他景象,经历我们久已熟悉的东西。我们最后一次下马,我们看到了"贵格城号",就在远处的海面上,在锚地停泊!我在此加上一个感叹号,因为我们看到船的时候,感叹不已。长期的朝圣之旅结束了。不知怎的,我们好像为此觉得高兴。

(要了解雅法,请看《世界地名词典》)。硝皮匠西门从前住在这儿。我们来到他的故居。所有的朝圣者都参观了他的故居。彼得躺在硝皮匠西门的房顶,看到各种野兽在一块布上降落人间。约拿得到指示去宣告尼尼微的覆灭时,他从雅法登船。无疑,鲸鱼吐出约拿的地方距此不远,约拿当时发现自己没票。约拿并不顺从,喜欢吹毛求疵,好抱怨,这样的人几乎就不该提起。当年,建设所罗门神庙的木料就是结成筏子飘到雅法的,然后穿过礁石之间狭窄的缝隙抵达岸边。现在,礁石之间的宽度一英寸也没增加,航行的危险也并未比当年减少一点。无论是过去,还是现在,巴勒斯坦这个唯一良港的居民一直有着昏昏欲睡的天性。雅法有一段历史,还是一段激动人心的历史。从这本书里根本发现不了这段历史。如果读者去巡回图书馆并提我的名字,他就会得到一批书,从书里了解关于雅法的最全面的信息。

---

① 引用自《圣经·旧约·约书亚记》第 10 章第 12 节。

第 56 章

朝圣之旅就此结束。我们应该高兴,我们没想着大饱眼福去欣赏迷人的自然风光,因为我们会失望的——至少在一年的这个季节是这样。一位作者在《圣地生活》里说:

> 对于那些习惯了美国草木青翠、繁花似锦的人来说,圣地的许多地方可能会显得单调乏味,这些人见惯了美国奔腾的河流、多变的地貌。但是,我们必须记住,对于在沙漠中跋涉了四十年的犹太人来说,圣地是多么与众不同。

我们肯定会干脆地同意这个说法。但是,圣地真的是"单调乏味"。没有足够的理由对圣地作出别的描述。

我认为,在所有景色凄惨的地方之中,巴勒斯坦堪称第一。山光秃秃的,颜色单调,外形难看。山谷就是丑陋的沙漠,周围是零散的植被,蔫巴巴、垂头丧气。死海和加利利海沉睡在一大片山体和平原之中,看不到漂亮的色彩,看不到令人眼前一亮的东西,看不到沉浸在紫色雾霭之中或云朵阴影映衬下斑驳柔和的画面。每个轮廓都是生硬的,每个景色都是分明的,没有美感——就算离得远也没有距离美。这片土地没有希望,单调乏味,令人心碎。

然而,在全盛时期,巴勒斯坦的某些边边角角肯定是非常漂亮的。跟四面八方一望无际的荒地相比,就显得更加漂亮。我很喜欢看约旦河周边春天的风景,还有示剑、以斯德伦、亚雅仑、加利利边界——但是,就算是在春天,这些地点也只是像无边无际荒凉地带里点缀的小花园。

巴勒斯坦被懊悔失落环绕。城市上方笼罩着恶毒的诅咒,因而土地贫瘠,精神萎靡。从前,索多玛和蛾摩拉在一片平原之上大建圆顶和塔楼,但现在这片平原已经变成了一片汪洋大海,海水苦涩,没有活物——在波澜不兴的海面上是灼人的空气,空气凝滞不动——海边只长着杂草和几团四散的藤条,还有那靠不住的果子,这果子本来能滋润干渴的嘴唇,但一碰就化成灰了。拿撒勒无人居住;当年,成群结队的犹太人唱着欢乐的歌，通过约旦河的浅滩，进入应许之地，而现在，人们只发现了沙漠中一处肮脏的营帐，扎营的是标新立异的贝都因人；遭诅咒的耶利哥，现在只剩分崩离析的废墟，就像三千多年前被约书亚施了神迹之后的样子，伯利恒和贝瑟尼处于贫困和耻辱之中，现在已经无法让人想起救世主曾大驾光临这两个地方了；有一个神圣的地方，当年，牧羊人夜间在此照料羊群，天使歌唱世界和平与人类安康，而现在，此地了无生气，一点也没有赏心悦目的感觉。耶路撒冷名闻天下，是历史上赫赫有名的地方，现在已经失去了所有昔日辉煌，成了贫民窟；所罗门让来访的东方女王惊叹的财富已经不见了；非凡的神庙曾是以色列的骄傲和辉煌，现在也不见了，奥斯曼帝国的新月旗在此地飘扬，而在世界编年史上那个最值得纪念的时代，人们竖起了圣十字旗。在著名的加利利海上，罗马舰队曾经抛锚停泊，救世主的门徒曾乘船航行，但这里也早就被热衷战争和商贸之人所抛弃，加利利海的周边是静寂的荒地；迦百农现在是个不成形的废墟；抹大拉是阿拉伯乞丐的家园；伯赛大和哥拉汛已经从地球上消失了，周围都是"沙漠地带"，当年，成千上万人在此倾听救世主的声音，吃神迹变出来的面包，现在这里则是一片静寂的荒地，只有猛禽和偷偷摸摸的狐狸住在这儿。

巴勒斯坦荒凉可憎。不是理当如此吗？有了上帝的诅咒还怎么可能让土地肥美呢？

在这个平淡无奇的世界巴勒斯坦已经不值一提了。在诗歌和传说之中巴勒斯坦是神圣的——是梦寐以求的地方。

第57章

重回海上真高兴，就算当国王也不过如此。人们松了一口气，不管什么焦虑——去哪儿、待多久、值不值得去等所有的问题；对马况的各种焦虑；"我们何时能找到水？""我们何时吃饭？""弗格森，在扎营之前，我们还得在烈日下爬行多久？"诸如此类的问题全都成了过眼云烟。松了一口气啊，终于可以把这些折磨人的小小烦恼抛到脑后——它们就像是钢丝绳，烦恼虽小，但各有千秋，令人不堪重负——我们感到了暂时的满足，因为这乱七八糟让人操心的事终于可以不用想了。我们没看罗盘：我们现在不在乎船去那儿，只要能尽快离开陆地即可。等我下次旅行的时候，我想在游船上航行。假如在一艘陌生的船上、处于不熟悉的面孔之中，再多的钱都无法买来我们一踏上"贵格城号"就体会到的完美的满足感和再次回家的感觉，这是我们自己的船——我们刚经历疲惫不堪的朝圣之旅。当我们回到船上时，我们一直有这个感觉，这个感觉给多少钱都不卖。

我们脱下蓝色羊毛衬衫、踢马刺、沉重的靴子、臀部钉有鹿皮的裤子，取下血腥的左轮手枪，刮胡子，再一次穿着基督徒的衣服出来。所有人都是如此，但杰克是个例外，他把其他的衣服都换了，就是不肯脱旅行时穿的裤子。裤子臀部依然保有大块的鹿皮坐垫；就这样，每当杰克站在艉楼欣赏船头海景的时候，身上的水手短外套，加上一对细长腿，使得他成了一道别致的风景。此情此景让我想起杰克父亲最后的嘱托。

杰克的父亲说：

> 杰克，我的孩子，你将会加入一群优秀的绅士和女士之中，他们文雅有礼，深受文明社会礼貌原则和风俗习惯的熏陶。听听他们的对话，研究他们的生活习惯，学着点。要彬彬有礼，与所有人和睦相处，体谅每个人的观点、弱点和偏见。就算无法赢得旅伴的友谊，也要得到他们应有的尊敬。另外，杰克——只要你还活着，就不要在大庭广众之下，在天气不错的时候，穿着不适合在你母亲客厅穿着的衣服出现在甲板上！

真是希望这个有前途的年轻人的父亲有朝一日能上船，看到这个有前途的年轻人高高地站在艏楼，穿着水手短外套，戴着饰有流苏的红色"菲斯帽"，裤子上臀部钉着鹿皮，镇定自若地对着海洋沉思——在任何人的客厅里都难以见到这一幕。

愉快的航行和充足的休息之后，我们靠近埃及了。在最为柔和的日落之中，我们看到亚历山大的圆顶和光塔浮现在眼前。一放下锚，我和杰克就找了条船上岸。到了晚上，其他游客满足于待在船上，在早饭后参观古老的埃及。他们在君士坦丁堡就是这样。他们对没见过的国家颇有兴趣，但是，学童时代急不可耐的情绪已经消失殆尽了。他们习得了人生智慧，要举重若轻，怎么舒服怎么来——这些古老的国家不会在今晚消失；他们一直等到早饭之后。

当我们抵达码头的时候，我们发现了一群牵着驴的埃及男孩，驴子不比男孩个头大，他们在等待游客——因为驴子就是埃及的公共汽车。我们想走路，但是走不了。男孩们挤在我们周围，喧嚣吵闹，把驴子赶上我们的必经之路，别管我们往哪儿走。男孩们是善意的淘气包，驴子也是。我们骑上驴子，孩子们在我们身后奔跑，让驴子一路狂奔，就像在大马士革一样。我相信，在这个世界上，我最喜欢骑的动物就是驴子了。驴子脚步轻盈，不矫揉造作，驯服却又固执己见。撒旦亲自来也吓不倒驴子，驴子方便——很方便。当你骑累了的时

第 57 章

候，你可以双脚撑地，休息一下，让驴子从你的胯下跑开。

我们找到了旅馆，订好房间，高兴地得知威尔士亲王曾在此停留。他们把这条消息到处张贴。从那时起，直到我和杰克到来，这段时间没有其他亲王来过。我们出去走街串巷，发现这座城市充满巨大的商业建筑和宽大整洁、点着煤气灯的街道。到了晚上有点像巴黎。但最后，杰克发现了一家冰淇淋店，我们那晚的侦查就此结束。天气很热，杰克很多天都没见过冰淇淋了，所以，根本不要提离开冰淇淋店这茬。店门关了，我们才走。

早晨，诸多失落的美国部落登陆，使得旅馆人满为患，他们控制了能找到的所有驴子以及其他敞篷四轮四座大马车。他们招摇过市，成群结队前往美国领事馆；到各大公园；到克莉奥帕特拉方尖碑；到庞培柱；到埃及总督官邸；到尼罗河；到一片片壮观的椰枣林。在我们这些景点遗物猎人之中有一群人最为顽固不化，其中一个人带着个锤子，他想从直立的克莉奥帕特拉方尖碑上敲一块下来，但却做不到；他想从俯卧的方尖碑上敲下来一块，也没成功；他从一个石匠那儿借了一个大锤，又试了一次。他试着砸庞培柱，还是不行。在这个独块巨石周围是一些面容尊贵的狮身人面像，用埃及花岗岩雕刻而成，和蓝钢一样坚硬，容貌精致，虽历经五千年风吹雨打，也巍峨不倒，经久不坏。景点遗物猎人坚持不懈地敲打这些狮身人面像，累得汗流浃背。他还不如去砸砸月亮。狮身人面像带着庄严的微笑平和地看着他，这副微笑已经持续了很长时间，好像在说："使劲敲吧，可怜的家伙；我们身体坚固，不怕你这种人；千百年来，我见过的你这种人比你脚边的沙子都多：他们在我们身上留下痕迹了吗？"

但是，我忘了雅法殖民者了。在雅法，大约四十个人上了我们的船，他们是一个非常著名的社团的成员。有男有女；有婴儿、小男孩、小女孩；有年轻已婚人士，还有一些老年人。我说的是"亚当斯雅法殖民队"。殖民队的其他成员早就离队了。亚当斯先生和他的妻子，还有十五个不幸的家伙被我们留在了雅法，他们没钱，也不知道该去哪儿，漫无目的。我们了解的就是这么个情况。一开始，这四十个家伙非常可怜，在甲板上横七竖八地躺着，一路都在晕船。我认为，他们的悲惨几乎无以复加了。然而，一两个年轻人没有倒下。我们反复追问之下，从他们嘴里套出了一点信息。他们不情愿地说出来，而且说得支离破碎，原因是，他们的先知骗了他们，此乃丑事一桩，他们觉得羞耻和不幸。在这种情况下，人们不想说话。

殖民队彻底失败了。我已经说过，不时有能离开的殖民者离开。先知亚当斯——曾经做过演员，后来干过其他几样工作，然后做了摩门教徒和传教士，他一直都是个冒险家——依然和他的一小群可怜的臣民待在雅法。我们带走的四十个人大多是贫民，不过不全是。他们想去埃及。未来会怎样，他们不知道，或许也不在意——只要能离开可恨的雅法。他们几乎没抱希望。因为素不相识的波士顿人通过报纸多次呼吁新英格兰大发慈悲，还在波士顿成立了一个机构接收捐给雅法殖民者的钱，但只收到了一美元。驻埃及总领事给我看了报纸上的一段话，上面提到了这个情况，还提到了捐款难以继续以及捐款机构关门大吉。显然，现实的新英格兰对这些想入非非的家伙并不热心，也不觉得心有愧疚，甚至也根本不想雇人把这些家伙弄回新英格兰。在这些不幸的殖民者眼里，前路漫漫，前途未卜，去埃及也是无奈之举。

在这种情况下，他们离开我们的船，在亚历山大登陆。我们当中的一个乘客，纽约《太阳报》的摩西·B. 比奇先生询问总领事，如果经由利物浦把这些人送回缅因州老家要花费多少钱。总领事说，一千五百美元的金币就可以。比奇先生用支票付了这笔钱。就这样，雅法殖民者的麻烦就结束了。①

亚历山大很像一个欧洲城市，因而没有新鲜感，我们很快就感到厌倦了。我们搭车到了古城开罗，开罗是个东方城市，是彻头彻尾的

---

① 这是无私的仁爱之举；没有任何炫耀自夸的意思，我认为也从未在任何报纸提及。因此，稀奇的是，我现在了解到，我写下上面那段话几个月之后，另一个人欺世盗名，说是自己拯救了这些殖民者。这就是人生啊。——原书注

东方风格。如果有人认为开罗处于阿拉伯半岛的心脏地带，那也没有必要纠正他的错误认知。满脸严肃的各种骆驼、黝黑的埃及人、同样的土耳其人和黑皮肤的埃塞俄比亚人，缠着头巾，系着腰带，穿着千奇百怪的东方服装，服装颜色各异，花里胡哨。这些人熙熙攘攘，狭窄的街道和蜂窝一样的市场上都人头攒动。我们在牧羊人旅馆停了下来，除了我曾经住过的美国一个小镇的旅馆，这个旅馆堪称全世界最差旅馆了。现在，读到我笔记本里的这些话令我心情愉快，并且我知道我还是能忍得了牧羊人旅馆的，因为我曾在类似的美国旅馆下榻并幸存了下来。

我在本顿住宿处停留。以前，这个旅馆不错，但是这说明不了什么——要这么说，我以前还是个好孩子呢。近些年，我和本顿住宿处都变坏了。本顿住宿处不是个好旅馆。这里缺乏好宾馆的许多必备要素。地狱里到处都是强过本顿住宿处的旅馆。

当我抵达本顿住宿处的时候，夜已经深了。我告诉工作人员我想要足够的照明，因为我要阅读一两个小时。当我和脚夫到达十五号房时（我们穿过一个灰暗的大厅，大厅里铺着古老的地毯，地毯褪色了，许多地方磨损了，打着年代久远的油布补丁——大厅在脚下下陷，每踩一脚就发出阴森的咯吱声），脚夫划着火——动物脂油蜡烛有两英寸长，灰黄、凄惨、所剩无几，发着蓝光，噼啪作响，有气无力，熄灭了。脚夫又点着了。我问工作人员是否就提供了这么点蜡烛。脚夫说："哦，不，我这里还有一根。"接着变出了另一根两三英寸长的蜡烛。我说："两根都点上——我需要两根蜡烛一起照明。"他照做了，结果并不理想，一团漆黑。脚夫是个欢乐随和的恶棍。他说他去"某地"偷盏灯。我表示赞同，鼓励他去实施犯罪计划。十分钟之后，我听到旅馆老板在大厅里责骂他。

"你带着灯去哪儿？"

"十五号房间的客人要，先生。"

"十五号房间！他已经有双份的蜡烛了，那么多——他想照亮整栋房子吗？——他想搞火炬游行吗？他究竟想干什么？"

"他不想要蜡烛——说想要盏灯。"

"举国罕见——我怎么从没听说过这种事？他要那盏灯到底想干什么？"

"呃，他只是想阅读——他是这么说的。"

"想阅读，是吗？一千根蜡烛还不满足，偏要灯！我就想知道这家伙要灯究竟想干什么？再给他拿根蜡烛，然后，如果——"

"但是，他想要盏灯——说要是不给他盏灯，他就把这所带死的——带死的（该死的）旧房子烧掉！"（我根本没说这话。）

"我要立刻见他。呃，你带着灯一起去——但是，我发誓我真不明白——去看看，你能不能搞清他到底要灯想干什么。"

旅馆老板走开了，边走边自顾自地低吼，还在一遍遍地考虑十五号房客那不可理喻的行为。灯不错，但却揭露了一些不赏心悦目东西——房间就像沙漠一样，在边边角角的地方放着一张床——床上有山有谷，你必须让自己的身体适应先前躺在床上的人留下的印记，然后才能舒服地躺着；地毯饱经沧桑；远方的角落里有个悲伤的脸盆架，脸盆架上是个悲哀的罐子，在为破碎的鼻子而悲伤；一面镜子从中间裂开，从你的下巴那儿切掉你的脑袋，使你看着像一个可怕的残缺不全的怪物或别的什么东西；墙纸从墙上一条条地剥落。

我叹了一口气说："这是个迷人的地方；现在，你不认为可以给我搞点东西读读吗？"

脚夫说："哦，当然；那老家伙的书多得要死。"他走了，但我还没说我想看什么种类的书。然而，他的表情表现了对自己能力的高度自信，相信自己会完成任务，载誉而归。老家伙突然出现，吓了脚夫一跳。

"你想对那堆书做什么？"

第 57 章 449

"十五号房客想看这些书,先生。"

"十五,是吧?然后,他会想要长柄炭炉——还想要个护士!把屋子里的一切都给他——给他酒吧间招待——给他行李车——给他女服务员!该死的,我从来没遇到过这事。他说要这些书干什么?"

"想阅读,看来是这样;应该不是要吃书,我觉得他不会吃。"

"想阅读——这么晚了想阅读,穷凶极恶的疯子!呃,不能给他。"

"但是,他说就要;他说他要在房子里大呼小叫,东翻西找,还要干——呃,毋庸置疑,要是不给他,他什么都干得出来;因为他醉了,耍酒疯,不顾一切。只有给他书,才能让他平静下来。"(我一点都没威胁,也没处于脚夫说的境地。)

"呃,继续;但是,如果他大呼小叫,东翻西找,我就在旁边。他一大呼小叫,我就把他从窗户扔出去。"然后,这个老绅士走了,和先前一样低吼。

脚夫就是个天才,非比寻常。他把怀里的一堆书放在床上,说"晚安",颇为自信,就好像他知道我想读的就是这类书。他可能真的知道。他挑选的书涉及所有的常见书籍种类,包括教士卡明斯博士的《大团圆》——神学;《密苏里州法令修订版》——法学;《马医完全练成本》——医学;维克多·雨果的《海上的艰苦劳动者》——浪漫文学;《威廉·莎士比亚作品集》——诗歌。这个天资聪颖的脚夫计谋权变,智力超群,我的敬佩之情犹如滔滔江水,连绵不绝。

但是,我认为基督教世界的所有驴子、大多数埃及男孩应该都在门口,往轻里说就是有些噪声。我们要去壮观的埃及金字塔,为这趟旅程准备的驴子正在接受检查。我要去挑一头,要不,好驴子就没有了。

第58章

驴子都挺好，漂亮，强壮，状态佳，速度快，而且急于证明自己的速度。这是我们见过的最好的驴子，最"精挑细选"的驴子。我不知道什么叫"精挑细选"，但不管怎么说，这些驴子配得上这个词。它们有些是柔和的老鼠一样的颜色，其他的是白色、黑色、杂色。一些全身的毛都被剃光，只留尾巴尖上一团毛，就像画笔一样。其他的驴子被剃成了稀奇古怪的地图，身上满是弯曲的线条，线条的一边是长毛，另一边是大剪刀掠过之后留下的贴身绒毛。驴子都刚剃过毛，发型很酷。几头白驴就像斑马一样身上一道道的，涂着蓝、红、黄三色条纹。它们的美难以形容。丹和杰克从这群三色条纹驴子里挑选了自己的坐骑，因为这让他们想起了意大利的"古代大师"。鞍子高耸、鼓鼓囊囊、像青蛙一样，我们在以弗所和士麦那见过。赶驴的男孩是可爱的埃及小淘气包，他们可以跟着驴子让驴子跑上半天，还不觉得累。我们骑上驴的时候，有大量人围观，因为旅馆里住满了要经陆路去印度的英国人，还有准备参加非洲战役对抗阿比西尼亚国王西奥多罗斯的军官。我们人不太多，但是，当我们冲过这个大都市的街道时，我们发出了五百人的噪声，作出了相应的动作，引起了相应的骚动。没人可以操纵毛驴的前进方向，一些驴撞上了骆驼、托钵僧、绅士、驴、乞丐，等等。只要给驴子一个合理的碰撞机会，什么都照撞不误。当我们拐上出城的宽阔大道时，地方就足够大了。这条路通往开罗老城。高大的椰枣树像墙壁一样围着花园，长在道路两侧，投下树荫，让空气变得凉爽怡人。我们精神为之一振，一时间，横冲直撞，万众奔腾，疯狂程度无以复加。有生之年，我想再享受一次。

沿途某处，我们看到了东方简约风格的一些触目惊心的实例。一个女孩显然有十三岁了，出现在大路旁边，穿得就像堕落之前的夏娃。在美国，我们会说这女孩十三岁了；但是，在这里，看起来十三岁的女孩实际年龄经常不到九岁。偶尔，我们看到身材高大、一丝不挂的男人洗澡，没有遮遮掩掩的意思。然而，熟悉了这个欢乐的习俗一个小时之后，朝圣者接受了它，也就见怪不怪、安之若素了。这些四处游荡的朝圣者饱览了风土人情，就算是看到耸人听闻的事物，他们还是觉得百无聊赖。

到了开罗老城，随行杂役接过驴子，把它们弄上一艘有着大三角帆的小船，我们也跟着上路了。甲板上挤满了驴子和人；两个水手不得不爬上爬下，穿过密密麻麻的驴子和人才能操作船帆。想要转舵、猛打方向时，舵手不得不推开四五头驴子，才能清出一条道路，但是，他们的麻烦跟我们有什么关系？我们无事可做；只能享受旅程；只能把驴子从我们的眼前推开，看着尼罗河美丽的景色。

右边的岛上有个机器，他们称其为尼罗河水位测量标尺。这是个石柱，作用是标记水位，并预测水位是否仅仅达到三十二英尺引发饥荒，或者水位是否达到四十英尺恰好淹没土地带来丰收，或者水位升到四十三英尺给人畜庄稼带来死亡和毁灭——但是，他们无法向我们解释其中的原理，所以我们不明白。就在这个岛上，还可以看到一个地点。当年，法老的女儿就在这个地方发现了芦苇丛中的摩西。我们扬帆起航的地方附近，曾经住着圣家族。当年，圣家族逗留在埃及，直到希律王完成屠杀无辜的大业。初到埃及的时候，他们在一棵树下休息。不久之前，这棵树还在，但是，埃及总督刚刚派人把这棵树送给了欧仁尼皇后。埃及总督及时把树搬走了，否则，我们的朝圣者就会把这棵树弄走。

这一段尼罗河泥泞，流速快，还浑浊，宽度比密西西比河差不了多少。

临近寒酸的小镇吉萨，我们爬上陡岸，再次骑上驴，迅速离开。这段路有四五英里在高高的堤岸之上。他们说，堤岸本来是要用作铁路的路基。苏丹之所以要建这段路基只有一个原因：法国皇后去拜访苏丹时，她可以舒服地前往金字塔。这是真正的东方好客之道。我非常高兴，我们运气好，没有火车也有驴可骑。

几英里之外，金字塔从棕榈树之上浮现出来，看起来如同刀削斧劈一般，规模宏大，气势非凡，同时也非常柔和朦胧。它们沐浴在丰富的雾霭之中，让人感觉不到任何冰冷的石头，就像是个虚无缥缈的幻梦——放眼望去，这些金字塔好像变成了一层层模糊的拱门或者装饰华丽的柱廊，千变万化，好像又变成了各种样式的建筑，然后溶解消失，与颤抖的空气融为一体，让我们心情愉快。

到了堤岸的尽头，我们离开驴子，上了一艘帆船，穿过尼罗河的一个河湾，这个河湾是河水泛滥形成的。然后在撒哈拉大沙漠沙子离开堤岸的地方登陆，堤岸像墙壁一样直，就在尼罗河冲积平原的边上。烈日炎炎，艰苦跋涉，我们到达了基奥普斯大金字塔的脚下。刚才的虚幻的美景消失了。基奥普斯大金字塔就是一大堆皱巴巴、有碍观瞻的石头。每一个巨大的立面都是一段宽阔的阶梯，逐级上升，渐渐变窄，直到变成高居空中的一个点。男男女女就像是虫子一样——"贵格城号"上的朝圣者——在令人头晕目眩的高处攀爬，一小群黑色的人群在缥缈的高处挥舞着邮票——应该是手帕。

当然，我们被一群强壮的埃及人和阿拉伯人包围了，他们想做把我们拉到金字塔顶的买卖——所有的游客都是如此。当然，因为周围一片喧嚣，所以你听不到自己的声音。当然，酋长们说他们是唯一负责的群体；所有的合同都得跟他们签署；所有的钱都得给他们，除了他们，没人会对我们强取豪夺。当然，他们做买卖时承诺，把我们拉上去的无赖绝不会提小费两个字，因为这不符合规矩。当然，我们让他们揽下了这笔买卖，给了他们报酬，并被交到拖拉人的手里，拉上金字塔。从底部到顶部，因为小费，一再遭到骚扰折磨。我们也支付了小费，原因是，在面积广大的金字塔上，我们被有意分得很开。如

第 58 章

果我们呼救,近处无人可以帮忙。拖拉我们的大力神们索要小费时,甜言蜜语,大拍马屁,诱我们入圈套,同时还凶神恶煞,威胁要把我们从陡坡上扔下去,展现了说服力和教育力。

每一阶都有餐桌那么高;台阶非常非常多,阿拉伯人一边一个抓住我们的胳膊,一阶阶往上跳,并抓着我们一起跳,强迫我们每次把脚抬到胸口的高度。阿拉伯人动作迅速,坚持不懈,搞得我们快要昏厥了。攀爬金字塔这种休闲方式,愉快热烈,令人精神焕发,劳心费神,让人肌肉酸痛,骨头扭曲,饱受折磨,筋疲力尽,谁敢对此持否定态度?我们恳求无赖别把我彻底拉散架;我再三恳求,甚至向他们发誓我不想争强好胜,率先登顶;我竭尽所能让他们明白,如果我最后一个登顶,我会觉得是天大的恩赐,并永远感激他们;我乞求他们,向他们祷告,哀求他们,让我停下休息一会儿——就一小会儿;他们的回应就是跳得更欢了,身后一个热心人志愿者用脑袋一阵猛顶,简直要把我晃荡成零件,彻底报废。

他们从我手里敲诈了两次小费才让我休息了一分钟,然后继续疯狂攀爬金字塔。他们想超过其他人。他们并不在意我这个陌生人成为他们邪恶事业祭坛上的祭品。但是,在悲伤之中,欢乐绽开了花朵。即使在这灰暗的时刻,我也有了甜蜜的慰藉。因为我知道,如果他们不忏悔,有朝一日会直接走向灭亡。他们从不忏悔——从不舍弃自己的宗教信仰。想到这一层,我平静下来,心情愉快。到了金字塔顶端,我一屁股坐下来,简直要累死了,但是,高兴,很高兴,而且内心安详。

一方面,遍地黄沙一直延伸到天涯海角,刻板,静寂,缺乏植被,任何形式的生命体都受不了这份荒凉;另一方面,埃及的伊甸园就在我们面前展开——宽广的绿地,被蜿蜒的河流分割,绿地上零散地分布着乡村。远处一丛丛的棕榈树逐渐变得矮小,彰显了绿地的广阔无垠。绿地在令人着魔的空气中沉睡。没有声音,没有动作。在不远不近的椰枣树上到处是圆顶和尖顶,闪耀在彩色的精致雾霭之中;远处的地平线上是十几座匀称的金字塔,俯视着已成废墟的孟菲斯;

在我们脚下，和蔼且麻木的狮身人面像高居黄沙中的宝座之上，平静忧郁地看着眼前的景色，就像看着足足五千年前类似的风景一样。

我们遭受的折磨文字都无法描述出来，因为阿拉伯人如饥似渴地想要得到小费，他们的眼里闪烁着贪婪的光，时时刻刻唠叨不停。为什么要回忆埃及逝去的辉煌传统；为什么要想象所有的埃及人跟着死去的拉美西斯进入他在金字塔里的坟墓，或者大批的犹太人从远处的沙漠离开？为什么要想这些，这些事情都是不可能的。人们必须事先接受定局，要不就得在后来落入俗套。

那个传统的阿拉伯人用传统的方式提议跑下基奥普斯金字塔，穿过它和高大的基普林金字塔之间八分之一英里的沙地，登上基普林金字塔的顶端，然后回到基奥普斯金字塔顶端跟我们会合——九分钟之内就可以跑完全程，整个服务只收一美元。我立刻恼了，我说让这个阿拉伯人和他的丰功伟绩都一边去吧。但是，等等。基普林金字塔上面的三分之一覆盖着一层加工过的大理石，就像镜子一样光滑。一个好主意进入我的脑海。他肯定会折断自己的脖子。我说，成交，让他去。他出发了。我们看着。他一蹦一蹦地跳下金字塔巨大的宽阔面，就像头野山羊。他变得越来越小，直到变成一个快速移动的矮子，向底部冲去——然后消失了。我们转身看另一面——四十秒——八十秒——一百秒——高兴啊，他已经死了！两分钟——两分钟十五秒——"他来了！"是真的——真的是他。他现在已经很小了。渐渐地，但可以肯定的是，他通过了平地。他开始再次跳跃攀爬。向上，向上，向上——最后，他到了那层光滑的大理石——时候到了。但是，他脚趾头和手指头并用像苍蝇一样紧紧抓住大理石。他这样爬，那样爬——到了右边，向上倾斜——到了左边，依然向上倾斜——最后站起来了，成了金字塔顶的一个黑色小钉子，在挥舞他那微小的头巾！然后，他再度登上粗糙的台阶，向下爬，开动敏捷的双脚，一路飞奔。不久，我们就找不到他了。又过了不久，我们看到他在我们下边，活力不减地攀爬。很快，他呐喊着跳到我们中间。时间八分钟四十一秒。他胜利了。骨头完好无损。搞砸了。我反思。我自言自语，

第 58 章

他累了，肯定会头晕眼花。我在他身上再花一个美元，赌一把。

他又开始了。再度踏上旅程。在光滑的大理石上滑行——我暗算他的阴谋几乎得逞了。但是，臭名昭著的裂隙救了他。他再次回到我们中间——全须全尾。时间八分钟四十六秒。

我对丹说："借给我一美元——我还是能赌赢的。"

情况越来越糟。他又赢了。时间八分钟四十八秒。现在，我耐心全失。我孤注一掷了。金钱不再重要。我说："老兄，我给你一百美元，你头朝下从这个金字塔跳下去。如果你觉得我出的钱还不够，你出个价码。现在，多少钱我都出。只要丹还有一个美分，我就要站在这儿，在你身上打赌。"

现在，我快要赢了，因为对于一个阿拉伯人来说，这是个绝佳的机会。他思考了一会儿，我认为他要头朝下跳下去了，但是，此时，他的母亲到了，横插一杠。她的眼泪感动了我——我无法坦然面对妇女的眼泪——于是，我说，如果她头朝下跳下去，我也给她一百美元。

但是，我失败了。阿拉伯人在埃及身份太高。他们摆起谱来。

我们下来，身上很热，心情不佳。口译译员点起蜡烛，我们都进入靠近金字塔底部的一个洞，迎接我们的是一群疯狂的阿拉伯人，我们并没邀请他们，他们却竭力要为我们服务。他们把我们拉上长长的斜面，把蜡烛油洒得我们满身都是。这个斜面的宽度和高度还不到萨拉托加大皮箱的两倍。围墙、屋顶和地面都是坚固的埃及花岗岩石块，石块跟衣柜一样宽，厚度有衣柜的两倍，长度有衣柜的三倍。我们继续爬，穿过压抑昏暗之地，直到我觉得应该是再度接近了金字塔的顶部，然后到了"王后房间"，一会儿又到了国王房间。这些巨大的房间就是墓室。墙壁用一块块巨大光滑的大理石建成，整齐地堆在一起。其中一些是巨大的方形石头，几乎和普通的客厅一样大。一个像浴盆一样的巨大石棺矗立在国王房间的中心。周围聚着如画一般的阿拉伯人，还有风尘仆仆、衣衫褴褛的朝圣者，他们在黑暗之中高举蜡烛，喋喋不休。烛光跳动，影影绰绰，把模糊的光照在坚持不懈的夺宝奇兵身上。他们正在用渎圣的锤子凿琢历史悠久的石棺。

我们挣扎着来到室外,享受明媚的阳光。在半个小时的时间里,接待了三五成群、十几个、几十个衣衫破烂的阿拉伯人,为他们的服务支付小费,因为他们发誓并相互证明提供了服务,但是我们先前并未发现他们提供了什么服务——每个阿拉伯人都得到了小费,然后又排到了队伍的末尾,又轮到他们时,就编些新的借口,再要一份小费。

我们在金字塔的阴影里吃午餐,周围是一群硬凑上来、讨厌的人。然后,我、丹和杰克去走了走。一群大呼小叫的乞丐跟着我们——包围我们——几乎挡住了我们的路。其中有一个酋长,穿着飘逸的白色阿拉伯斗篷,戴着华丽俗气的头饰。他想要更多的小费。但是,我们采用了新的准则——出数百万美元保卫自己,一美分的小费都不给。我问他,如果我们给他钱,他能否说服其他人离开。他说可以——十个法郎即可。我们达成了协议说:"现在,劝你的仆人退后。"

他高举一个长东西挥舞,三个阿拉伯人摔了个满嘴泥。他在一群暴民之中疯劲地蹦蹦跳跳。他发起冰雹一般的打击。每打一下,就有一个臣民倒下。我们不得不赶紧去救援,并告诉他,给他们轻微的伤害即可,没必要杀了他们。在两分钟之内,我们身边就只剩下了酋长,而且一直如此。这个目不识丁的酋长说服力非凡。

基奥普斯金字塔的每一面几乎都和美国的国会大厦一样长,也几乎和博斯普鲁斯海峡的苏丹新宫殿一样长,长度超过罗马圣彼得大教堂最深的地方——也就是说,基奥普斯金字塔的每一面都有七百多英尺长。比圣彼得大教堂里的十字架高大约七十五英尺。我第一次进入密西西比河的时候,我认为圣路易斯和新奥尔良之间最高的悬崖——接近密苏里州的塞尔玛——可能是世上最高的山峰。有四百一十三英尺高。在我的脑海里,这座山峰依然气势恢宏。我沿着巨大的斜坡向上看,发现乔木和灌木变得越来越小,直到变成远处山顶上轻柔的流苏。基奥普斯金字塔是对称的——用坚固的石头建成,像山一样高,

第58章

由人们耐心的双手建成——这个巨大的陵墓，属于一个已被忘却的国王——我视为珍宝的山峰跟这座金字塔比起来就像矮子一般。因为基奥普斯金字塔有四百八十英尺高。

在看到四百一十三英尺高的悬崖之前，我们镇上的霍利迪山对我们来说就是鬼斧神工。它好像刺破了天空。它接近三百英尺高。那些天，就这个问题我思考了很多，但就是不明白，霍利迪山顶峰为什么不是云雾缭绕，巍峨的山脊上为什么不是积雪终年不化。我们听说世界上其他地方的大山都是烟雾缭绕，积雪终年不化。我记得，在某些下午，我和另一个男孩逃学并挨了打，而我们本来只想挖出山顶边缘的一块巨石，并推下去；我记得，一个星期六的下午，我们辛辛苦苦挖了三个小时，最后大功告成；我记得，当时我们坐下，抹去汗水，等着山下路上野炊的人离开——然后，我们推动巨石。太棒了。巨石跌跌撞撞滚下山，把小树连根拔起，把灌木夷为草丛，摧毁沿途的一切——最后，让山脚下一堆木头分崩离析，然后从高高的边坡上一跃而过，砸在路上一辆货车上——黑人立刻向上扫了一眼，丢下车躲了起来——下一秒，把一个箍桶店碾为齑粉，箍桶匠蜂拥而出。然后，我们说妙不可言啊，就走了。因为箍桶匠正往山上爬，看看是怎么回事。

这座山一如既往地高大巍峨，但跟基奥普斯金字塔相比还是不值一提。我想不出如何比较一下，才能清楚地表达出这堆庞大石块的大小，这堆石块占地十三英亩，高度竟然达到四百八十英尺。所以，我放弃了，走向狮身人面像。

几年的等待之后，狮身人面像终于出现在了眼前。这副巨大的面孔充满了悲伤、真诚、渴望、耐心。其风采之中有种超脱世外的高贵。面容温和，绝非人类所有。它是用石头建成，但好像有知觉一般。如果石像能思考，那么，它就在思考。它看着天涯海角，然而什么都没看——只有远方和虚无。它的视线越过现在的一切，洞察过去的岁月。它凝视着时间的海洋——凝视着世纪之波的线条，线条逐渐后退，彼此越来越接近，最后变成不可分割的潮流，去往遥远过去的地平线。狮身人面像在思考逝去岁月的战争；在思考那些帝国，它曾看着那些帝国建立和毁灭；在思考那些国家，它曾目睹那些国家建立，看到它们壮大，注意到它们毁灭；在思考欢乐与悲伤、生存与死亡、伟大与腐朽，思考着五千年漫漫岁月，年复一年。这属于人的特点——是心和脑两个器官的官能。**这是记忆——回顾——的具体体现**。有些人知道逝去时光中记忆的伤感，也知道已经逝去面庞的伤感——就算仅仅是过去了几十年——会在一定程度上欣赏这些悲伤眼睛里的伤感，这些眼睛坚定地回望着他们所知道的史前事物——传说产生之前的事物——存在的事物，移动的形体，在那个模糊的时代，甚至诗歌和浪漫故事都几乎无人知晓——并一个个离开，留下石头做成的空想家孤单存活在这个陌生的新时代，看着一幕幕难以理解的画面。

狮身人面像茕茕孑立，形影相吊；体积庞大；它故事的神秘色彩发人深省。这座亘古不灭的石像威风凛凛，石像回忆起从古至今的万事万物，若有所思，心情沉重。这就表明，有朝一日，狮身人面像站在威严的上帝面前时的所思所想。

顾及美国的面子，有些事可能还是不说为佳；但是，为了美国人民的真正利益，这些事情恰恰应该给予重视。当我们驻足观望的时候，一个疣，或者某种赘生物出现在了狮身人面像的下巴上。我们听到锤子那熟悉的叮叮当当之声，立刻就明白了是怎么回事。我们之中一个心怀好意的冷血动物——我的意思是那些景点遗物猎人——已经爬上了狮身人面像，想从这个能工巧匠的伟大之作的脸上敲下一块"标本"。但是，这个巨大的人像依然像以往一样平静地思忖着过去的岁月，没意识到这个小虫子在蛀蚀自己的下巴。埃及花岗岩傲然面对所有过去的风暴和地震，<u>丝毫不怕无知旅行者——这些喜欢标本的强盗——的钉锤</u>。景点遗物猎人失败了。我们派酋长去，如果酋长有权力，酋长就会逮捕他。如果没有权力，酋长就会警告他，根据埃及法律，他想要实施的犯罪行为可以处以监禁或者笞刑。然后，景点遗物猎人收手走了。

第 58 章

狮身人面像：如果我没记错的话，一百二十五英尺长，六十英尺高，头围一百零二英尺——用一整块比铁还硬的实心石头刻成。这块石头原本肯定跟第五大道酒店一样大，因为之后要例行切削（根据雕刻的需要）原料的四分之一或者二分之一。我之所以列出这些数字和言辞是想表明，雕刻非常精美、对称、无瑕，肯定耗费了惊人的劳动。这种石头极为坚硬，用这块石头雕刻而成的狮身人面像历经两三千年的风吹雨打依然清晰无损。那么，是否经过了一百年的耐心工作才刻出了狮身人面像？可能是。

我们有事耽搁了，没去红海，没在阿拉伯半岛的沙滩上走走。我不会描述庞大的穆罕默德·阿里清真寺，其整个内墙都是用光滑闪亮的雪花石膏砌成；我不会说小鸟如何在清真寺大吊灯的圆球里筑巢，它们如何让整个清真寺充满音乐而且不惧怕任何人，因为它们的鲁莽得到了宽恕，它们的权利得到了尊重，任何人都不准干涉它们，就算清真寺因此一盏灯也不亮；我肯定不会说马穆鲁克骑兵被屠杀这样的陈词滥调，因为这些无法无天的恶棍遭到屠杀令我心情愉快，而且我不想为他们博得任何同情；我不会说那个形单影只的马穆鲁克骑兵如何纵马从城堡一百英尺高的城垛跳下逃走，因为我觉得没什么大不了的——我本人也能做到；我不会说约瑟井，约瑟在城堡山坚固的岩石里挖井，井依然完好如初，我也不会说约瑟买来汲水的那些骡子（用一根无穷无尽的绳索），还在井边，而且已经厌倦了汲水的工作；我不会讲述约瑟的谷仓，谷仓是建来储存谷物的，当时，埃及经纪人在卖空，他们没料到将来各地都闹饥荒，完全可以在将来卖出；我根本不会谈及那个非常奇怪的城市开罗，因为它只是个复制品，就像我已经谈及的东方城市一样，只是城市规模大了许多，夸张了许多；我不会述及每年前往麦加的大商队，因为我没看到；我不会谈论人们俯伏在地的方式，由人形成了一长溜地砖，远征归来的酋长在这些地砖上骑马而过，这样，人们就实现了自己的救赎，这些我也没看到；我不会说铁路，因为这里的铁路就和别的铁路一样——我只会说他们给火车头用的燃料是有三千年历史的木乃伊，成吨地购买，或者整个墓地的都买来，以充当燃料，而且，有时人们听到渎神的工程师小题大作地叫喊："遭——天谴的平头百姓，烧起来一点不旺——加个国王进去烧。"①

我不会谈及一块块的锥形泥巴，就像黄蜂窝一样粘在一千个高于高水位标志的小丘上，埃及全国到处都是——这是较低阶级的村庄；我不会谈到广阔无垠的平原，长着郁郁葱葱的谷物，赏心悦目，谷物与埃及柔和馥郁的空气形成了鲜明的对比；我不会说起二十五英里之外看到的金字塔是什么样子，因为画面太缥缈，缺乏灵感的笔无法形容；我不会谈到一群群黝黑的妇女，火车一在车站停留片刻，她们就一拥而上，卖给我们饮用水或者红色多汁的石榴；我不会谈及在另一个野蛮的车站，我们发现了一个非常热闹的市场，市场里有形形色色的人和五花八门的衣服；我不会说行色匆匆的同时，我们如何大吃鲜枣和欣赏美丽的风景；也不会说，我们终于以雷霆万钧之势开进亚历山大，从车厢蜂拥而出，乘小船登上"贵格城号"，留下一个同伴（这个同伴要回到欧洲，从欧洲回国），起锚，经过漫长的旅程之后船头最终对准了祖国，再也不改变方向；也不会说，当柔和的落日降临这片世上最为古老的土地时，杰克和莫尔特聚在吸烟室里，面容严肃，为失去了一个同伴而整夜难过，怎么哄也不行。这些事情，我不会说一个字，也不会写一行字。它们就会像是一个未解之谜。我不知道什么是未解之谜，因为我从未见过，但是，在这里，未解之谜这个词是合适的，因为这个词受人欢迎。

我们高兴地看到作为文明之母的这片土地——把字母教给了希腊，由希腊传到罗马，由罗马传到世界；这片土地可以赋予以色列的子孙人性和文化，但却听凭他们几乎和野人一样离开这片土地。我们高兴地看到，这片土地有一个开明的宗教，它包含未来永恒的回报与惩罚，与此同时，甚至连以色列的宗教都没有关于将来的承诺。我们

---

① 别人把这事当作事实告诉我。我只是照录听到的内容。我想相信这事。我什么都愿意信。——原书注

第58章

高兴地看到，这片土地使用玻璃的时间比英国早三千年，并可以在玻璃上画画，而现代人无人可以做到；早在三千年之前，这片土地就几乎知道医学最近发现的所有内科学和外科学医学知识；这片土地拥有科学最近发明的所有精巧的外科器械；这片土地拥有发达文明的一千种高级奢侈品和必需品，而我们在现代才逐渐开发和制造出这些东西，并宣称此乃首创；不知多少个世纪之前，这片土地就有了纸张，而当时我们做梦都不会想到纸张这个东西——还有披垂的波型长发，而当时我们的女人还没想到这种发型；早在我们吹嘘公立学校制度之前，这片土地在仿佛遥不可及的过去就有了完善的公立学校制度；这片土地对尸体进行防腐处理，使得肉身几乎亘古不灭——我们现在还无法做到；这片土地建造不怕岁月侵蚀的神庙，我们引以为豪的建筑奇迹根本无法与其媲美；这片古老的土地知道我们现在所知的一切，可能还知道得更多；在天地初开的时候，这片土地就走在了文明的宽阔大道上，而我们的诞生还是很长时间之后的事情；这片土地在狮身人面像亘古不变的面庞上留下了千古流芳的文明思想印记，直面出言讥讽之人。当其他所有证据都消失的时候，出言讥讽之人可能会劝说世人相信，高贵的埃及当年虽然名扬天下，但实际上只是在黑暗中摸索而已。

第59章

现在，我们到了海上，要开始漫长的航程——我们沿途要经过整个黎凡特；还要经过整个地中海区域，然后横跨整个大西洋——这段航程要持续几个星期。我们自然开始进入了慢节奏的居家生活模式，想做安静的模范人民，在二三十天的时间里不再东游西逛。闲逛最多不超过船头到船尾。不过，我们期待这种非常舒适的生活，因为我们累了，需要长时间休息。

现在，我们都懒洋洋的，心满意足，我的笔记本（对于我来说，笔记本就是我生活状况的真实索引）里记下的寥寥数语就可以证明。不管怎么说，在海上记笔记是件愚蠢的事情。请看笔记的风格：

星期天——钟鸣四次时，礼拜仪式如常。晚上也有礼拜仪式。没打牌。

星期一——美丽的一天，但是雨大。在亚历山大买的牛是要杀了吃牛肉的，应该入圈。要不就该把牛养肥了。牛紧靠肩膀后部的位置积起了深深的水洼。牛背上也到处是积水。幸运的是，这些牛不是奶牛，否则积水会渗进奶牛的身体，毁了牛奶。那只可怜的猛禽是老鹰，来自叙利亚，在雨水中成了落汤鸡，楚楚可怜，蹲在前部的起锚绞盘上。[①] 对于海上旅程，老鹰好像有自己

[①] 后来，这只老鹰送到了中央公园。——原书注

的想法。如果把这些想法用语言表达出来,并把语言固化,可能就足以把世上最宽广的河流一分为二。

星期二——马耳他岛附近某处。无法停靠。霍乱。经历了狂风暴雨。许多乘客晕船,不见了踪影。

星期三——天气依然极为暴烈。风暴把两只陆地上的鸟吹到了海里,它们登上了我们的船。一只鹰也被吹离了陆地。它绕着船飞了一圈又一圈,想落下来,但是怕人。然而,它太累了,最终不得不落下来,要不就累死了。鹰多次停靠在前桅楼,但又多次被风吹走。最终,哈里抓住了它。海里满是飞鱼。它们三百条一群起飞,在浪尖上掠过两三百英尺的距离,然后落下,消失。

星期四——在非洲的阿尔及尔港外抛锚。美丽的城市,城市后面是美丽的绿色山景。逗留半天,然后离去。虽然我们提供了健康证明,但不准登陆。他们害怕埃及瘟疫和霍乱。

星期五——早晨,多米诺骨牌。下午,多米诺骨牌。晚上,在甲板上散步。后来,字谜游戏。

星期六——早晨,多米诺骨牌。下午,多米诺骨牌。晚上,在甲板上散步。后来,多米诺骨牌。

星期天——钟鸣四次时,早晨礼拜仪式。钟鸣八次时,晚间礼拜仪式。单调乏味,直到午夜。然后,多米诺骨牌。

星期一——早晨,多米诺骨牌。下午,多米诺骨牌。晚上,在甲板上散步。后来,字谜游戏、C博士的演讲、多米诺骨牌。

无日期——在撒丁岛风景如画的城市卡利亚里港外抛锚。一直逗留到午夜。但是,这些臭名昭著的外国人不让我们上岸。他们臭气熏天——他们不洗澡洗脸——他们害怕得霍乱。

星期四——在西班牙美丽的教堂之城马拉加城外抛锚。乘船长的小船去岸边,但也没上岸,因为他们不让我们登陆。隔离检疫。运送我写给报社的通讯稿,他们用钳子夹了过去,浸在海水里,夹得是净窟窿,然后用臭气熏蒸,直到通讯稿闻起来像个西

464　　憨人国外旅游记

班牙人。探询有无机会偷越封锁线，参观格拉纳达的爱尔汗布拉官。太冒险了——可能会被绞死。下午过了一半的时候，我们开船走了。

这些天的时间都是一成不变，千篇一律。最终，抵近直布罗陀抛锚，有种熟悉的家的感觉。

这让我想起了从前，我在新年伊始的时候开始记日记。我那时还是个小男孩，是一个容易相信别人、甘愿跳进陷阱的猎物。在新年的时候，那些心怀好意的老小姐和祖母为没心没肺的孩子发明了这个无法完成的改革方案——为孩子们设定巨量任务，任务肯定会失败，肯定会弱化孩子的意志力，削弱孩子的自信心，减少孩子将来人生道路上的成功机会。请看一下下面的引文：

星期一——起床，洗刷，上床睡觉。
星期二——起床，洗刷，上床睡觉。
星期三——起床，洗刷，上床睡觉。
星期四——起床，洗刷，上床睡觉。
星期五——起床，洗刷，上床睡觉。
下个星期五——起床，洗刷，上床睡觉。
下下个星期五——起床，洗刷，上床睡觉。
接下来的一个月——起床，洗刷，上床睡觉。

然后，我停了下来，灰心丧气。我的生涯之中很少有惊天动地的大事，不值得记日记。然而，我依然自豪地回想，在我年幼的时候，我起床时就洗刷。那本日记毁了我。从那时起，我再也没有记日记的勇气了。我因此永远失去了自信心。

船不得不在直布罗陀停留一个星期加煤，以便驶回故乡。

待在这儿太烦人了，所以，我们四个人打破了隔离检疫的封锁，在塞维利亚、科尔多瓦、加的斯度过了七天的美好时光，游览了古代

第 59 章

西班牙花园安大路西亚的乡村风景。那一个星期的欢乐经历丰富多彩,短短的一章记述不完,我又没有长长一章的篇幅。所以,我干脆不记了。

第60章

一天早晨十点或者十一点的时候，我们下船去加的斯吃早餐。他们告诉我们船已经在港口停泊了两三个小时。我们该上船了。船因为隔离检疫只能等一会儿。我们迅速登船。一个小时之内，白色城市加的斯和西班牙美丽的海滩就隐在了波涛之后，从我们视线中消失了。我们以前从未如此遗憾地看着陆地消失。

老早之前，在闹哄哄、人头攒动的主舱里我们就决定不回里斯本，因为我们在那里肯定会被隔离检疫。我们做的每件事都按照美国古老的优秀传统开大会决断，有时把旅行项目里的一个帝国换成另一个，有时投诉烹饪欠佳和缺乏纸巾。现在，我想起来，一个乘客曾经抱怨过烹饪欠佳。在三个星期的时间里，咖啡稳步变得越来越差劲，直到最后根本就不再是咖啡了，实质上只是污水——这个乘客是这么说的。他说咖啡太淡了，杯沿一英寸深的地方就是透明的。一天清晨，当这个乘客走向餐桌的时候看到了透明的杯沿——这个乘客洞察力非凡，因此，还没坐下就看到了。他折回去，义愤填膺地向邓肯船长投诉。他说咖啡不好。船长给他看了看自己的咖啡。船长的咖啡好像还可以。那时，这个反心初起的乘客变得更加愤怒，因为他觉得不公平，因为船长餐桌上的东西比船上其他餐桌上的东西好。他手舞足蹈着回来了，拿起他的咖啡，得胜似的把咖啡放下说："邓肯船长，尝尝这杯混合物，就尝一口。"

邓肯船长闻了闻——尝了尝——慈祥地笑了——然后说："如果

是咖啡的话——是不好——但这是相当不错的茶。"

这个要造反的乘客顿时被灭了气焰,闻了闻,尝了尝,回到了自己的座位。他在全船乘客面前出了个大洋相。他不再这么做了。此后,来什么他就接受什么。这个乘客就是我。

因为我们无法再看到陆地,所以,以往的船上生活又回来了。日复一日,一成不变,每天都一模一样。但对我来说,每一天都是快乐的。最终,我们在丰沙尔的公海近岸锚地抛锚。我们身处一个叫作马德拉群岛的岛上。

群山异常可爱,植被茂盛,生机盎然,郁郁葱葱;分布着一道道的熔岩,点缀着白色的农舍;被深深的紫色峡谷撕裂。巨大的斜坡上阳光灿烂,天空中飘浮的云朵投下了斑斑点点的阴影,高耸的山峰前方掠过一朵朵轻飘飘的浮云,恰到好处地让这幅画面更加美妙。

但是,我们不能登陆。我们停留了一整天观望,我们诅咒发明隔离检疫的人。我们开了六次大会,会上闹哄哄的,发言时会被打断,动议胎死腹中,修正案无济于事,还有想提交到议会的决议,但仅仅因为疲惫不堪,最后也竹篮打水一场空。我们在夜晚启航。

航行途中,我们平均一个星期开四次会——我们好像总是在忙开会的事,但经常白忙一场,因此,每当好不容易侥幸形成决议,就成了万众欢腾的理由。我们升旗,鸣礼炮。

时光似箭,日月如梭——然后,美丽的百慕大群岛出现在了海上,我们进入曲折的海峡,在明媚的夏日之中,在岛屿之间,我们的船四处乱开,最后停在了英国国旗之下,受到了欢迎。在这里,我们不是可怕的噩梦,文明和智慧取代了西班牙和意大利的迷信、肮脏和对霍乱的恐惧。我们在这里停留了几日,周围是微风拂过的树丛、花园、珊瑚洞和美丽的蓝色海景。海水曲曲折折地涌上退下,消失,穿过层层叠叠的灌木,穿行于茂盛的绿叶之中,又出现了。海上漫长的旅程之后,我们恢复了精力,做好准备航行最后一程——短短的一程,一千英里,去纽约——美国——**家**。

我们按照事先的安排向"我们的朋友百慕大居民"告别——跟我

们关系密切的百慕大居民大多数是黑人——又开始了海上航行生活。我说了大多数。我们认识的黑人比白人多，因为我们有许多衣服要洗。但是，我们在白人中交到了一些最棒的朋友。很久以后，一想起他们，依然心怀感激，心情愉悦。

我们航行。从此，无所事事的时光结束了。另一种纷纷扰扰开始了，船舱里扔的到处是东西，忙着把东西装进旅行箱。自从我们在贝鲁特港抛锚以来，还没有出现过这种情况。人人都忙成一团。购物清单要列出来，还得附上价格，以便通过海关。合伙购买的大宗商品必须公平合理地分配，未偿付的债务还清，账目进行对照，各种箱子和行李都贴上标签。忙碌与混乱持续了一整天。

此时，我们的第一次意外发生了。一个暴风雨之夜，一名乘客跑过甲板之间的舷门。不知道谁粗心大意，一扇门忘了关。这名乘客一脚踩进了铁质 U 形钉里，折断了脚踝。这是我们的第一个重大不幸。我们陆上和海上的旅程相加远超两万英里，经历了各种恶劣气候，六十五名乘客无一人受伤，无一例重病，无一人死亡。我们的运气太好了。一天夜晚，在君士坦丁堡，一个水手跳水，我们再也没见过他，但我们怀疑他是想擅离职守，至少这个水手还有登岸的微弱机会。但是，旅客名单还是完整的。花名册上一个不缺。

最后，在一个宜人的清晨，我们驶进纽约港，全体登上甲板，都穿着基督徒的衣服——我们接到了特别命令，因为有些人想扮土耳其人闪亮登场——朋友们挥舞着手帕欢迎我们，高兴的朝圣者注意到甲板一震，这意味着船再次停靠码头，漫长的奇异之旅结束了。阿门。

第61章

在此，我要印刷一篇到达前夜写给《纽约先驱报》的文章。我之所以这么做有三个原因。第一，我跟出版商签订的合同让我不得不这么做。第二，这篇文章恰当、详尽且相当精确地总结了"贵格城号"的旅程以及朝圣者在异国他乡的表现。第三，一些乘客指责我写了这篇文章，我想让公众看看，我赞美他们，他们却并不欣赏，我真是出力不讨好，他们缺乏一颗感恩之心。他们说我把这些恭维话"付梓是操之过急"。我没操之过急。有时，我给《纽约先驱报》写通讯，但是，我去《先驱报》办公室的时候，我根本没说要写告别辞。我确实去了那里，想看看是否需要这么一篇文章，因为我是《纽约论坛报》的正式员工，这么做只是职责所在。总编不在，所以，我就不再想这事了。晚上，《纽约先驱报》跟我索要文章，我没"操之过急"。实际上，我反对了一会儿，因为我当时不想写恭维话，因此，我害怕谈起这次航行，以免我情不自禁说些苛责之语。然而，我反思了一下，觉得理应动笔写点什么赞扬一下哈吉——哈吉是前去朝圣之人——因为不感兴趣的人不可能像我这样上心，我也是一个哈吉，所以，我写下了告别辞。我读了一遍又一遍；我没发现其中哪句话不在充分恭维船长、"贵格城号"和乘客。就这一章而言，如果有人不因为自己占点篇幅而自豪，那就算我判断全错了。说了这些话，我自信地呈请读者作出不偏不倚的判断：

游客从圣地归来——旅游见闻

致《纽约先驱报》编辑：

蒸汽船"贵格城号"终于结束了不平凡的旅程，回到了自己在华尔街脚下的老码头。就某些方面而言，这次远征是成功的，而在另一些方面就算不上成功。一开始，广告说是"愉快的旅行"。呃，或许是愉快的旅行，但是，看上去肯定不像一次愉快的旅行——实际上也肯定不是愉快的旅行。对各色人等来说，愉快的旅行肯定是这样：参与其中的是年轻轻浮之人，还有点喧闹嘈杂。他们使劲跳舞，使劲唱歌，求欢做爱，但是基本没什么说教。各色人等都认为，在一个操办良好的葬礼上肯定有灵车和尸体，真正悲伤的人、出于礼节而悲伤的人、许多老人很肃穆，不轻浮，其中还有祈祷和布道。"贵格城号"四分之三的乘客年龄都在四十岁到七十岁！这就是整个野炊大军！或许可以假定其他四分之一是年轻女孩。但不是。大多数是脾气古怪的老单身汉和六岁的孩子。平均一下"贵格城号"朝圣者的年龄，有五十岁了。有没有人异想天开，觉得这些老家伙在野炊时唱歌，求欢做爱，跳舞，欢笑，讲述奇闻轶事，不敬神明，轻浮孟浪？据我所知，这些老家伙几乎没有此类罪行。毋庸置疑，身处祖国的美国人认为这些老顽童终日大笑，唱歌，嬉闹，日复一日，从船头闹腾到船尾，乐此不疲；认为他们捉迷藏，或者于月明之夜在上层后甲板上跳方阵舞和华尔兹；认为他们按照离开祖国时精心策划的那样，在空闲的时刻在日记本匆忙就一两件事情写下几笔，然后赶紧去借着船舱上方的灯光打惠斯特牌和尤克牌。如果这么认为，那就错了。这些德高望重的游客并非寻欢作乐、活泼好动之辈。他们不玩捉迷藏；不玩惠斯特牌；天啊，他们不排斥讨厌的日记！他们大多数人甚至还写书。他们从不嬉闹，只说很少的话，从不唱歌，晚祷会例外。这艘让人愉快的船就是个犹太会堂，这次愉快的旅行是个没有尸体的送葬队伍。（没有尸体的送葬队伍，没什么可让人高兴的。）在甲板上和船舱中，七天也听

第 61 章

不到一次自由愉悦的笑声,而且,就算有笑声,也极少有人附和。在很久很久以前,船上的游客在三个不同的夜晚跳舞(好像恍如隔世)。一组方阵舞,有三位女士和五位绅士(五位绅士胳膊上缠着手帕以表示其性别)。他们的脚步随着簧风琴严肃的喘息而移动,但就算这种忧伤的舞蹈也被视为有罪,就没再继续办下去。

看够了约瑟夫斯或者鲁滨逊的《圣地研究》,写够了书之后,就需要消遣一下,此时,朝圣者就玩多米诺骨牌——因为多米诺骨牌可能是世上最为温和无罪的游戏。或许只有一个例外,那就是始终难以言表、淡而无味的娱乐项目棒球游戏。在这个游戏之中,你不击球入袋,就算一击双球在这里也毫无用武之地,玩完了也不用付钱,也不用来点茶点饮料,因此,无论如何都没有满足感——他们玩多米诺骨牌一直玩到休息够了,然后,彼此私下辱骂,一直骂到祈祷时间。如果不晕船,那么,当开饭的锣声响起时,他们就非比寻常地敏捷。这就是我们在船上的日常生活——严肃、得体、餐食、多米诺骨牌、祈祷、诽谤。对于一艘游船来说,这并不算热闹;但是只要有具尸体,我们就能大张旗鼓组织起一支出殡队伍。现在,一切都结束了;但是,当我回首往事的时候,想起这些德高望重的老古董浮光掠影,用了六个月野炊,我就觉得心情好像非常愉快。广告公布的关于这次远征的标题是——"盛大的圣地欢乐之游"——并不正确。"盛大的圣地出殡队伍"更好——好得多。

在欧洲、亚洲或者非洲,不管我们去哪儿,都会引起骚动。而且,我觉得我要补充一点,那就是我可能还引起过饥荒。以前,我们都没去过外地;都是内地人;旅行对我们来说就是极为新奇之事,我们像在美国一样随心随性,无拘无束,不讲礼法,不拘一格。我们总是刻意强调我们是美国人——美国人!我们发现许多外国人几乎没听说过美国,而且,还有许多外国人知道美国只是远方的一处蛮荒之地,还知道美国最近在跟什么人打仗,旧世界的无知让我们同情，但一点没减少我们的重要性。东半球许许多多头脑简单之人在多年后还会记得，公元1867年，一群奇怪的家伙到来，他们自称美国人，好像莫名其妙地自我感觉良好。我们通常会引起饥荒。有两个原因。第一，"贵格城号"上的咖啡让人难以忍受，而且，有时大宗食物并不都是头等货色。第二，人们自然而然地会厌倦长期坐在同一张餐桌旁边，吃着同样的菜肴。

这些外国人非常非常无知。他们好奇地看着我们从美国穷乡僻壤带来的服装。他们觉察到我们吃饭时有时大声喧哗。他们注意到，我们花钱小心，一个法郎也能充分发挥作用。他们在想我们到底哪儿来。在巴黎，当我们和他们讲法语的时候，他们只是睁开眼睛看着我们！我们从未成功地让这些傻瓜理解他们自己的语言。一个乘客打算回去的时候买一副手套，对店主说："削（稍）安勿躁——可能生（星）期一勒（来）。"而且，你能相信吗，那个店主，土生土长的法国人，却问刚才说的法语是什么意思。有时候，我觉得巴黎法语和"贵格城号"上的法语肯定有某种区别。

无论到了哪里，人们都盯着我们，我们也盯着他们。我们通常让他们自惭形秽，我们大获全胜，因为我们用美国的伟大给他们施加压力，碾压他们。然而，我们尊重礼节与风俗，尤其是我们所访问的不同民族的潮流。当我们离开亚速尔群岛时，我们穿着带帽子的长斗篷，使用细齿梳子——入乡随俗。当我们从非洲的丹吉尔归来的时候，我们却戴着血红至极的"菲斯帽"，垂着流苏，就像印第安人的头皮发绺。在法国和西班牙，我们用这些服饰吸引了一些注意力。在意大利，他们自然而然地把我们当作脾气暴躁的加里波第手下，派了一艘炮艇，想看看我们更换制服有何深意。我们让罗马躁动不安。如果我们把所有的衣服穿上，我们能让任何一个地方都躁动不安。我们在希腊没添新衣服——希腊的衣服几乎没什么花样。但是，在君士坦丁堡，我们闪亮登场！头巾、短弯刀、"菲斯帽"、骑兵大手枪、紧身短上衣、腰带、灯笼裤、黄拖鞋——哦，我们不同凡响！著名的君士坦丁堡狗把下巴都吠掉了，即便如此，也没有对我们的登场表现出足够的尊重。现在，这些狗都死了。我们让狗折腾了这么一大通，它们肯定会死。

然后，我们去拜访俄国沙皇。我们跟他一见如故，就好像在一个世纪之前就相识了。拜访之后，我们装备了五花八门、精挑细选的俄国服装，再度启航，服装种类空前繁多。在士麦那，我们买到了骆驼毛披肩，以及其他绚丽的波斯服装；但是在巴勒斯坦——啊，在巴勒斯坦——我们的不凡经历结束了。他们穿的衣服乏善可陈。我们满意了，收手了。我们不做实验。我们不试穿他们的衣服。但是，我们让那个国家的人吃惊。我们搜集的服装怪异，让他们吃惊。我们在圣地游逛，从该撒利亚腓立比到耶路撒冷和死海，一队稀奇古怪的朝圣者，不惜血本穿戴漂亮、严肃、非凡，戴着绿色眼镜，打着蓝色的伞昏昏欲睡，两腿分开跨在蔫头蔫脑的马、骆驼和驴上，这些牲畜经历了十一个月的晕船和供给不足，就算是诺亚方舟上的那些马、骆驼和驴也比它们强。假如这些住在巴勒斯坦的以色列子孙忘了基甸的乐队何时从美国来到巴勒斯坦周游，他们就该在此遭到诅咒并完蛋。或许，这是最让凡夫俗子叹为观止的场面。

呃，在巴勒斯坦，我们宾至如归。显而易见，巴勒斯坦是这次远征的高潮。我们不太关心欧洲。我们走马观花，参观了卢浮宫、皮蒂美术馆、乌非兹美术馆、梵蒂冈——都是艺术展馆——参观了满是画作和湿壁画的威尼斯教堂、那不勒斯教堂、西班牙大教堂；我们中的一些人说古代大师的某些伟大作品是卓越的神来之笔（我们是在旅游指南里发现的这句话，虽然我们有时会分不清到底是哪幅画），而其他人说这些作品就是丢人现眼的古旧涂鸦。我们用挑剔的眼光审视了一些现代和古代雕塑，这些雕塑在佛罗伦萨、罗马或者任何我们能够发现雕塑的地方，如果喜欢，我们就赞扬，如果不喜欢，我们就说美国雪茄店铺门前的木雕印第安人也比这强。但是，圣地激发了我们所有的热情。加利利海荒凉的海滩让我们如痴如醉；在他泊和拿撒勒，我们若有所思；虽然以斯德伦是否可爱还存在争议，但是我们诗兴大发；在耶斯列和撒玛利亚我们陷入了沉思，耶户曾经多么热情满怀地传道啊；我们骚动起来——在耶路撒冷的那些神圣之所大大骚动了一场；我们在约旦河和死海沐浴，不在乎我们的人身意外伤害保险保没保危险性特别大的情况，我们从这两个地方取了许多罐珍贵的水，我认为从耶利哥到摩押山的整个地域今年都会因此陷入干旱。然而，这趟旅程的朝圣部分是亮点——这是不可否认的。游览了灰暗阴沉的巴勒斯坦，美丽的埃及对我们也没多大魅力了。我们只是在埃及匆匆一瞥，做好了回家的准备。

他们不让我们在马耳他登陆——隔离检疫；他们不让我们在撒丁岛登陆；非洲的阿尔及尔也不让我们登陆；西班牙的马拉加也不让，加的斯也不让，马德拉群岛也不让。所以，我们讨厌所有的外国人，扭头回去了。我认为，我们之所以只在百慕大群岛登陆，是因为旅行项目里安排了这一站。任何一个地方都吸引不了我们了。我们想回家。船上弥漫着思乡之情——思乡之情有传染性。如果纽约当局得知我们的思乡病有多严重，他们就会在纽约对我们隔离检疫。

盛大的朝圣结束了。我满怀善意地说，再见了，朝圣大游行，就成为一个美好的回忆吧。对于这趟旅程所涉及的任何个人，无论是乘客还是高级船员，我都没有恶意，不存恶念。昨天我根本不喜欢的东西，今天我非常喜欢，因为我已经回家了。从此以后，只要兴之所至，我就会跟所有这批人开个玩笑，但却不说一个字的恶言。这次远征完成了所有预设项目，我们当然都应该感激运作这次出游的机构。拜拜。

马克·吐温

我把这叫作恭维。这是恭维；然而，哈吉们从未因此对我表示一个字的感谢；相反，当我说他们之中许多人对这篇文章提出异议时，我只是说出了一个严肃的事实。为了取悦他们，我不辞辛劳用了两个小时才完成了这篇文章，但却因此饱受非议。我再也不会费力恭维别人了。

结语

自从这次朝圣之旅结束以来，几乎一年已经过去了；我坐在旧金山的家里思考，百感交集，不得不承认，随着时光的流逝，这次旅行给我的留下的记忆变得越来越亲切，虽然旅途之中也有令人不适的插曲，但它们都一个个飞出我的脑海——现在，如果"贵格城号"起锚故地重游，我非常乐意再踏上同样的旅程。还是同一个船长，同一批朝圣者，同一批罪人。我跟船上的八九个乘客处得很好（现在依然友谊深厚），甚至跟六十五个人之中剩下的那些人也成了熟人。我在海上待的时间挺长，完全清楚海损是非常严重的。长时间的海上航行可以让人原形毕露并放大其恶，还会显露自己原本认为没有的恶意，甚至创造出新的恶意。十二个月的海上航行会让一个普通人奇迹般地变成十恶不赦的坏蛋。另一方面，如果一个人品质良好，也很难在船上表现出来，至少不会明显地表现出来。现在，我确定我们这批朝圣者在岸上是老好人；我也确定，如果再来一次航行，他们会比上次大型巡游时表现更佳一些，所以，我毫不犹豫地说，我会非常高兴地与他们再次乘船出海。我至少可以跟这几个老朋友一起享受生活。他们也可以跟几个老友重逢，享受生活——无论在哪艘船上，乘客都是鱼找鱼，虾找虾。

在此，我要指出一点，我宁愿跟一群老家伙一起旅行，也不愿经常更换船只和旅伴，而普通的旅行方式是经常如此更换的。经常更换船只和旅伴的人总是感到悲伤，原因是刚熟悉了一艘船，就更换了船只,其他的船客也分道扬镳了。他们刚刚爱上一艘船就换乘另一艘,刚喜欢上一个意气相投的旅伴就挥手道别了。他们的经历极为悲惨,置身于陌生的船上,周围全是对他们漠不关心的陌生人,陌生的高级船员习惯性地欺凌他们,陌生的仆人傲慢无礼,月月如此,周而复始。还有其他事情让他们痛苦,要打包行李再拆包——要费心劳神地过海关——焦虑重重,在岸上把一堆行李从一个点搬到另一个点,还要确保行李安全。我宁愿跟一群老古董一起乘船,也不愿遭受这种折磨。我们只打过两次包——一次是从纽约出发的时候,另一次是回纽约的时候。每当我们在岸上旅行的时候,我们都估计大约待几天,以及需要多少衣服,算出精确的数字,据此打一两个小皮包,把大旅行箱留在船上。我们从久经考验的老朋友之中挑选同伴,出发。我们从不找陌生人做伴。我们经常会可怜一些美国人,我们发现他们与陌生人一起旅行,枯燥乏味,没有朋友分享痛苦和快乐。每当我们从陆上旅行归来,我们的眼睛总是去搜寻远方的一样东西——"贵格城号"——每当我们看到它在锚地停泊、旗帜飘扬的时候,我们的感觉就是游子归来看到家园时的感觉。登上船,顾虑烟消云散,麻烦抛到脑后——因为船就是我们的家。我们总是回到原来熟悉的特等舱房,再次感到安全、平和、舒适。

我认为,我们的旅行组织方式无懈可击。旅行项目得到了忠实执行——这令我吃惊,因为大公司通常会在一定程度上开空头支票。如果此种旅行一年组织一次,并坚持下去,那就善莫大焉。旅行可以消灭偏见、偏执、狭隘,因此,我们的人民中的许多人都急需旅行。想要对人和事物形成宽广、全面、友善的观点,就不能一辈子都蜷缩在地球的一个小角落里。

旅行结束了,一切回归常态。但是,在未来的许多年里,我们记忆中还会优雅地萦绕着旅行中多彩的景色和多样的事件。像我们总是在旅行之中,只是停一会儿匆匆瞥一眼半个世界的奇观,也就不能指望侥幸看到的一切可以给我们留下生动的印象。然而,我们的假日旅行并非徒劳无功——因为虽然模糊的记忆让人稀里糊涂,但是,一些最佳画面却脱颖而出,就算周边的一切风景都消失了,这些画面依然颜色鲜艳,轮廓清晰。

关于宜人的法国,我们会记住一些;巴黎,也会记住一些,虽然巴黎在我们眼前昙花一现,转瞬即逝,让我们不知所措。我们会一直记得,我们看到了高贵典雅的直布罗陀,被西班牙日落的绚丽色彩映照,沐浴在如海洋一般的彩虹之中。在想象之中,我们会再度看到米兰,还有其庄严的大教堂和一大片用大理石建成的优雅的尖塔。还有帕多瓦——维罗纳——科莫,群星璀璨;高贵的威尼斯,漂浮在一潭死水之上——安静、荒芜、傲慢——嘲笑着寒酸的处境——独自回味着失去的舰队、战役和辉煌,还有所有已经失去的辉煌盛典。

我们无法忘记佛罗伦萨——那不勒斯——也无法忘记在希腊美味的空气之中,预先尝到了天堂的味道——当然,也忘不了雅典以及雅典卫城残破的神庙。当然,我忘不了历史悠久的罗马——也忘不了罗马周围的绿色平原,平原颜色鲜艳,罗马腐朽败落,形成了对比——也忘不了成为废墟的各个拱门,分布在平原之上,藤蔓缠绕着废墟,废墟上是圆头圆脑和四四方方的孔洞。我们会记得圣彼得大教堂:不是走在罗马的街道上,想当然地认为所有的圆顶都是一模一样,而是站在几里格之外,所有的卑微的建筑都从视野里消失了,一个圆顶巍然耸立在落日的余辉之中,充满了自尊与优雅,轮廓分明,就像山一样。

我们会记得君士坦丁堡和博斯普鲁斯海峡——巨大宏伟的巴勒贝克——埃及金字塔——巨型的狮身人面像,面容善良——东方的士麦那——神圣的耶路撒冷——大马士革,"东方的明珠",叙利亚的骄傲,传说中的伊甸园,《一千零一夜》中王子和神怪的家乡,地球上最古老的大都市,整个世界上只有这座城市保留了自己的名字,保持了原址,一直安静地看着四千年来多个王国和帝国兴起,短暂地繁荣昌盛,然后消失,又被遗忘!

结语

图书在版编目（CIP）数据

憨人国外旅游记/（美）马克·吐温著；刘文静译.
—上海：上海社会科学院出版社，2019
ISBN 978-7-5520-2663-4

Ⅰ.①憨… Ⅱ.①马…②刘… Ⅲ.①游记-作品集-美国-近代 Ⅳ.①I712.64

中国版本图书馆 CIP 数据核字（2019）第 074782 号

憨人国外旅游记

著　者：	马克·吐温（Mark Twain）
译　者：	刘文静
责任编辑：	张　晶
策　划：	孙　洁
封面设计：	周清华
出版发行：	上海社会科学院出版社
	上海顺昌路 622 号　邮编 200025
	电话总机 021-63315947　销售热线 021-53063735
	http://www.sassp.org.cn　E-mail：sassp@sassp.cn
照　排：	南京前锦排版服务有限公司
印　刷：	上海颛辉印刷厂有限公司
开　本：	890×1240 毫米　1/32 开
印　张：	15.5
字　数：	424 千字
版　次：	2019 年 10 月第 1 版　2020 年 12 月第 2 次印刷

ISBN 978-7-5520-2663-4/I·348　　定价：68.00 元

版权所有　翻印必究